中国古典文学名著丛书

痛 史

[清] 吴趼人等　著

华夏出版社
HUAXIA PUBLISHING HOUSE

图书在版编目（CIP）数据

痛史／（清）吴趼人等著. —北京：华夏出版
社，2013.01（2024.09重印）
（中国古典文学名著丛书）
ISBN 978 – 7 – 5080 – 6378 – 2

Ⅰ．①痛… Ⅱ．①吴… Ⅲ．①章回小说 – 中国 – 清代
Ⅳ．①I242.4

中国版本图书馆 CIP 数据核字（2011）第 083300 号

出版发行：华夏出版社
　　　　　（北京市东直门外香河园北里 4 号　邮编 100028）
经　　销：新华书店
印　　制：永清县晔盛亚胶印有限公司
版　　次：2013 年 01 月北京第 1 版
　　　　　2024 年 09 月北京第 2 次印刷
开　　本：670×970　1/16 开
印　　张：23
字　　数：340.2 千字
定　　价：46.00 元

篇 目 目 录

前　言

《痛史》,清末历史演义小说,共 27 回。

《痛史》的作者吴趼人(1866～1910),原名沃尧,字小允,又字茧人,佛山人,是晚清著名的文学家,在诗、文、小说、戏剧、小说理论等方面均有建树,尤以小说成就最高。他著述宏富,有长篇小说作品十九种,代表作为《二十年目睹之怪现状》、《痛史》、《九命奇冤》与《恨海》等。另有短篇小说十二种,文言笔记小说五种,笑话三种,以及一些戏曲、诗歌、杂著等。

《痛史》写南宋末年,元军入侵中原,权奸贾似道卖国求荣,文天祥等忠臣士奋勇抗元的故事。小说描绘了元军如摧枯拉朽、所向披靡,宋朝如土崩瓦解、迅速倾覆的战争长卷,读之令人扼腕叹息。南宋的败亡,虽然外部原因是元军的强大,但根本原因在于朝廷内部之腐朽。小说忠实地再现了庙堂腥膻、干戈遍地的民族深重灾难,状写元人淫杀之酷,是一部忧伤愤激之作。

《痛史》成功地刻画了卖国贼贾似道的形象。他原是一个纨绔子弟,只因姐姐贾妃受宠,才得以重用。理宗时他督师援鄂,暗里实际屈膝求和,回朝却要冒功领赏。襄樊长期被围,他不但隐匿不报,而且设计害死通报皇帝的胡妃。当元军顺江东下、南宋危在旦夕、群臣力主出兵时,他竟以筹划为名设立都督府,大肆侵吞钱粮。他既是权力台上的阴谋家,又是风月场中的浪荡鬼。在其堪与皇宫媲美的半闲堂里,不仅藏有四处搜寻来的良家美女,而且还有尼姑、道姑、妓女,即使是皇帝的宫女他也敢攫取。至于他彩舫游湖、醉心蟋蟀、掘墓取宝、滥杀无辜等就不一而足了。贾似道主政的十五年,就是最后葬送南宋的十五年。小说对贾似道的叛卖行为、鬼蜮伎俩、奢靡生活作了全方位、多角度的揭露和抨击,刻画出中国历史上一个极端腐败的典型人物,显示出权奸害国的历史教训。

宋朝的最高统治者极度荒淫,将朝政完全托付奸臣贾似道,躲在深宫纵情淫乐,连襄樊被元军围困多年的军国大事,也毫不知晓。腐败必亡,这正是《痛史》所要表达的深刻主题。

《痛史》忠于史实,兼采讲史与侠义小说之长,感情充沛,笔墨酣恣,凛凛有生气。小说以历史为题材,深入历史,提炼历史主题,揭示历史规律;在不改变宏观的历史框架的前提下,又对历史事件的细节、历史人物的心理,乃至次要人物、一般事件,展开合理想象虚构、扩展延伸,还吸收稗官野史、民间传说等丰富了艺术内容。从这个角度进行考察,《痛史》无疑是一部成功的历史小说。

《于少保萃忠全传》又称《大明忠肃于公太保演义传》、《旌功萃忠录》,明代长篇历史演义小说,共十卷,四十传,一传相当于一个回目。小说的作者孙高亮,字怀石,钱塘(今浙江杭州)人,大约生活在明万历初年前后,生平不详。

《于少保萃忠全传》的主人公是明代的民族英雄于谦。于谦(1398～1457),字廷益,号节庵,钱塘(今浙江杭州)人。明正统十四年(1449),发生了土木堡之变。明英宗在土木堡与瓦剌交战,兵败被俘,瓦剌大军直逼北京城下。时任兵部左侍郎的于谦力挽狂澜,与诸大臣拥立景泰帝即位,并成功组织了北京保卫战,大败瓦剌军,迫使瓦剌放了明英宗。战后,于谦因功被加封为少保。明英宗复辟后,以"谋逆"罪将于谦冤杀。后人将于谦与岳飞、张煌言并称"西湖三杰"。

《于少保萃忠全传》以于谦一生的经历为主线,从于谦出生写起,写他幼年时代的聪慧,青年时代的抱负与交游,进入仕途之后的刚正清廉,国家危亡时的力挽狂澜,直到他含冤而死以及死后冤案的平反昭雪。小说作者怀着崇敬的心情,饱含感情地塑造了于谦这一爱国恤民、胆识超群的英雄人物。刚正不阿是他突出的性格特点。他在少年时代就聪颖过人,为官后,清廉正直,敢作敢为。在土木之变、英宗被俘的关键时刻,他"以社稷为重",冒着"另立新君"的罪名,敢于承担起挽救国家的重任,后来英宗发动"夺门之变",实行复辟后,却以"大逆不道,迎立外藩"的罪名将其杀害。小说不仅通过于谦在土木之变等重大事件中的表现来刻画人物,而且通过他救济灾民、公正断案、生活清苦等方面,展示他的性格,也描绘出明永乐至成化年间的历史演变和百态众生图。

《于少保萃忠全传》比较强调以史为据，多参照正史体系和范式来写作，比较强调"信"以达到"雅俗"的目的，在创作上体现了对史实的尊重。小说的一些重要事件和主要人物的经历都采纳了《明史稿》、《明宣宗实录》、《明英宗实录》等史书以及部分地方志中的相关材料，尤其是于谦领命巡抚河南、山西以后的情节大多有据可查，与史实相差不远，故而小说首先给人以历史真实感，整体风格较为严肃、凝重。比如，第十五传中描写于谦扶掖朝纲与国家危急存亡中指挥镇定、安排有当。以武士金爪杀王振爪牙与朝堂之上，推铖王上位，王尚心疑未坐，于谦复上前扶掖请王端坐。王方坐定，于谦大声言曰："众官今日虽为忠义激发，然在朝廷上，岂宜如此喧乱？马顺奸臣误国，打死勿论！"随安排边防守卫谋划定国安邦之计。此时的景泰帝已丝毫没有主见和王者风范，一切都由于谦安排妥当。"于公从五鼓进朝，直至一鼓方出。左右见公袍袖，皆星星碎落。"于是乎，一个勤勤恳恳于国家存亡之秋临危受命的宰相形象跃然纸上。

　　但是，《于少保萃忠全传》过于注重史实，这也在一定程度上削弱了作品的艺术魅力，长篇累牍的引用使作品显得冗长拖沓，亦容易让人产生厌烦感，因而限制了该作品的流传广度与深度。

　　此次再版，我们对原书中的笔误、缺漏和难解字词进行了更正、校勘和释义，对原书原来缺字的地方用□表示了出来，以方便读者阅读。由于时间仓促，水平有限，其中难免有所疏失，望专家和读者予以指正。

编　者

2011 年 3 月

痛　史

叙

　　秦、汉以来,史册繁重,庋架盈壁,浩如烟海。遑论士子购求匪易;即藏书之家,未必卒业。坐令前贤往行,徒饱蠹腹;古代精华,视等覆瓿。良可哀也!窃求其故,厥有六端:绪端复杂,艰于记忆,一也。文字深邃,不有笺注,苟非通才,遽难句读,二也。卷帙浩繁,望而生畏,三也。精神有限,岁月几何,穷年矻矻,卒业无期,四也。童蒙受学,仅授大略,采其粗范,遗其趣味,使自幼视之,已同嚼蜡,五也。人至通才,年已逾冠,虽欲补习,苦无时晷,六也。有此六端,吾将见此册籍之徒存而已也。虽然,其无善本以饷后学,实为其通病焉。年来吾国上下,竞言变法,百度维新。教授之术,亦采法列强,教科之书,日新月异。历史实居其一。吾曾受而读之,蒙学、中学之书,都嫌过简,至于高等大学,或且仍用旧册矣。从前所受,皆为大略,一蹴而就于繁赜,毋乃不可!况此仅就学子而言耳。失学之辈,欲事窥探,尤无善本。坐使好学之徒,困噎废食。当世君子,或宜悯之。下走学植谫陋,每思补救,而苦无善法。

　　隐几假寐,闻窗外喁喁。窃听之,舆夫二人,对谈三国史事也。虽附会无稽者十之五六,而史事略亦得十之三四焉。蹶然起曰:道在是矣!此演义之功也。盖小说家言,兴味浓厚,易于引人入胜也。是故等是魏、蜀、吴事,而陈寿"三国志"读之者寡;如"三国演义",则自士夫迄于舆台,盖靡不人手一篇者矣。惜哉!

　　历代史籍,无演义以为之辅翼也。吾于是发大誓愿,编撰历史小说:使今日读小说者,明日读正史,如见故人;昨日读正史而不得入者,今日读小说而如身亲其境。小说附正史以驰乎?止史籍小说为先导乎?请俟后人定论之,而作者固不敢以雕虫小技,妄自菲薄也。握笔之始,先为之序,以望厥成。

南海吴沃尧趼人氏撰

目　录

第 一 回

制朝仪刘秉忠事敌　隐军情贾似道欺君

鸿钧既判,两仪遂分。大地之上,列为五洲;每洲之中,万国并立。五洲之说,古时虽未曾发明,然国度是一向有的。既有了国度,就有竞争。优胜劣败,取乱侮亡,自不必说。但是各国之人,苟能各认定其祖国,生为某国之人,即死为某国之鬼,任凭敌人如何强暴,如何笼络,我总不肯昧了良心,忘了根本,去媚外人。如此则虽敌人十二分强盛,总不能灭我之国。他若是一定要灭我之国,除非先将我国内之人,杀净杀绝,一个不留,他方才能够得我的一片绝无人烟的土地。

看官,莫笑我这一片是呆话,以为从来中外古今历史,总没有全国人死尽方才亡国的。不知不是这样讲,只要全国人都有志气,存了个必要如此,方肯亡国的心,他那国就不会亡了。纵使果然是如此亡法,将来历史上叙起这些话来,还有多少光荣呢!

看官,我并不是在这里说呆话,也不是要说激烈话。我是恼着我们中国人,没有血性的太多,往往把自己祖国的江山,甘心双手去奉与敌人。还要带了敌人去杀戮自己同国的人,非但绝无一点恻隐羞恶之心,而且还自以为荣耀。这种人的心肝,我实在不懂他是用什么材料造成的。所以我要将这些人的事迹,记些出来,也是借古鉴今的意思。看官们不嫌烦琐,容我一一叙来。

却说宋朝自从高宗南渡以来,偷安一隅。忘却徽、钦北狩之辱,还觍然面目,自信中兴。诛戮忠良,信任秦桧,所以南宋终于灭亡而不可救也。

高宗之后,六传而至度宗,其时辽也亡了,金也灭了,夏也绝了,只剩了蒙古一国,气焰方张,吞金灭夏,屡寇中华,既占尽了北方一带,又下了四川,困了襄阳,江、淮一带,绝无宁日。

原来蒙古的酋长,姓奇渥温。自从未宁宗开禧二年,他的什么"太祖法天启运圣武皇帝",名叫"铁木真"的,称了帝号。看官,须知蒙古本是游牧之国,铁木真虽是称了帝号,那时他还不知道这个"帝"字是怎么样写法,所以他虽建了许多什么九旗呀、八旗的。在那鄂诺河地方,即皇帝位。群臣却还是叫他"成吉思"。这"成吉思"三个字,在蒙古话里就是"皇帝"了。

他的称帝,虽是看着中国的样,却连年号也不懂得建一个。后来慢慢的有那些全无心肝的中国人,投降过去,在他那边做了官,食了俸,便以为受恩深重了。拿着"尽忠报国"四个字。不在中国施展,却施展到要吞灭中国的蒙古国去了。所以蒙古人也慢慢的吸收了许多中国文明。到了第四传,他的什么"世祖圣德神功文武皇帝",名叫"忽必烈"的,才晓得建个年号。

这一年——宋度宗咸淳七年,还是蒙古忽必烈的至元八年,方才去了"蒙古"两个字,改一个国号,叫做"元"。他何以不知"名从主人"之义,舍去自己"蒙古"二字,改一个"元"字呢?只因他手下有一位光禄大夫太保参预中书省事,姓刘,名秉忠,表字仲晦的。这一位宝货,本来是大中华国瑞州人氏,却自从先世,即投入西辽,做了西辽的大官,成了一家著名的官族。他的祖父,却又投入了金朝,去做金朝的官。到了这位宝货,才投降蒙古,又去做蒙古的官。

这一大他忽地生了一个"尽忠报国"的心,特地上了一封章奏,说什么"陛下欲图一统中原,必要行中原的政事,一切典章礼乐制度,皆当取法于中国之尧、舜。中国自唐、虞以来,历代都有朝代之号。今陛下神圣文武,所向无敌,将来一定要入主中原,不如先取定一个朝号。据中国'易经'、乾元之义:乾,乃君象,元,首也。故取朝号,当取一个'元'字"云云。

忽必烈览奏大喜,即刻降旨,定了这个"元"字,从此"蒙古"就叫做"元"了。

忽必烈(以后省称元主)又特降一旨,叫刘秉忠索性定了一切制度。秉忠正要显他的才干学问,巴不得一声奉了旨意,定了好些礼乐、祭祀、舆服、仪卫、官制等条例,又定了许多"开府仪同三司"、"仪同三司"、"金紫光禄大夫"、"银青荣禄大夫"、"龙虎卫上将军"、"金吾卫上将军"、"奉国上将军"、"昭勇大将军"等名目,元主一一准从。

又降旨叫他起造宫殿。秉忠也乐得从事。于是大兴土木,即在燕京起造。

　　也不知费了多少年月，耗了多少钱财，方才一一造成。各处题了名字：改"燕京"做"中都"，后来又改为"大都"。宫殿落成之后，元主就喜滋滋的，叫钦象大夫，拣了黄道吉日，登殿受贺。到了这日，自是另有一番气象。但是庭燎光中，御炉香里，百官济济跄跄，好像是汉官威仪，却还带着好些腥膻骚臭牛奶酪酥的气味；雕梁画栋，螭陛龙坳，好像是唐官汉阙，却还带着许多骑骆驼，支布幔，拔下解手刀割吃熟牛肉的神情。

　　闲话少提。却说元主登殿受贺之际，享尽了皇帝之福，觉得这个滋味很好，不由的越发动了他吞并的心，遂又降下旨意，一面差官去安抚四川、嘉定一带；一面差官去催襄阳一路，务须速速攻下，不得有违。又指拨了两路兵，去攻掠江、淮一带地方。众官奉旨，都是兴兴头头的分头办去。

　　只有宋朝这位度宗皇帝，还是一味的荒淫酒色，拱手权奸。只看得一座吴山，一个西湖，便是"洞天福地"。外边的军务吃紧，今日失一邑，明日失一州，一概不闻不问。宫里面任用一个总管太监，叫做巫忠；外面任用一个宰相，叫做贾似道。

　　这贾似道，本来是理宗皇帝贾贵妃的兄弟。贾贵妃当时甚是得宠，乘便在理宗跟前代自己兄弟乞恩。理宗遂将他放了一个籍田令，后来慢慢的又做了两任京、湖南北、四川宣抚使，又放过一回蒙古议和大臣，回来就授了知枢密院事，居然是一位宰相了。说也奇怪，那些投降到外国的中国人，反有那"尽忠报国"的心；倒是处在自己本国的中国人，非但没有"尽忠报国"的心，反有了一种"卖国求荣"的心。真是叫人无可奈何了！

　　贾似道这厮，出使过一回蒙古之后，不知他受了蒙古人多少贿赂，要卖掉中国江山。那时我并未跟着他去做他的账房，此时不便造他谣言，所以不曾知道他的细数。但是他自从回国之后，即在临安城外，葛岭地方，购了几百亩地，在那里起造花园，作为别院。就花园里面，起一间半闲堂，叫了捏像的匠人来，将他自己的像捏塑了一个，就同他自己一般大小，手脚都用机关装成，举得起，放得下，以便冬春夏秋的同它换衣服。这偶像就供在半闲堂中，叫些歌姬，终日轮着班，对着这偶像弹丝品竹。他自己一个人享用得不够，还要弄一个偶像来代他，这岂不是异想天开到极处了么！他又欢喜金玉古董玩物，所以又在园里盖造一间多宝阁，将贿赂所得的古董东西，都罗列在阁上。天天到阁上去抚摩玩弄一回，风雨无阻。这就是他的日行公事了。

其余认真的军务事件，倒反而一点也不在心上；非但不在心上，并且还授意满朝文武诸臣，瞒着度宗，不叫他知道。当时贾似道威权日重，十日一朝，入朝不拜，朝中文武，哪一个不畏惧他！但听了似道一言，比奉了圣旨还厉害；所以都帮着他去隐瞒。你想这度宗皇帝，如何不在鼓里做梦呢！

当时还有一位同知枢密院事，姓留，名梦炎。虽然是个状元及第出身，平生却是一无所长。幸得结识了贾似道，似道提了他一把，就频频升官，授了同知枢密院事。所以他于于贾似道，总是依阿取容，没有一件事不是禀命而行，唯命是听。慢慢的就做了似道第一心腹人。

这日似道正在多宝阁中，摆弄一个玉雕的裸体美人，只见门上的人来报说："留枢密来拜访。"似道便说一声："请。"那门上翻身出去，不多时便引了梦炎上阁来，梦炎连忙上前打拱问好。似道在太师椅上，慢慢的半抬身说得一个"请"字。梦炎就在旁边坐下。似道先问道："年兄到此，不知有何见教？"梦炎欠身道："刚才在院中接着襄阳请兵的文书，说是危在旦夕，樊城被困尤急；所以来与老先生商量。"似道道："这文书有别人知道么？"梦炎道："没有人知道。"似道道："台谏中人呢？"梦炎道："只怕也不见得知道。"似道道："这就是了，何必理他？我想，在外头将官们自有道理，我们其实不必多管，由得他去。这也是兵法所言'置之死地而后生'呢！不然，凭了他一纸文书，今日遣兵、明日调将，我们是要忙得饭也不能吃的了。只是不要叫皇上得知，我们只管乐我们的。"梦炎连忙欠身说两个"是"字。因看见似道手中摆弄着玉美人，便笑说道："老先生何以宠上一位假美人来了？"似道也笑道："这是前日淮东安抚使送来的。我因为他因村施琢，颇见巧妙，所以拿来玩弄一番。"说罢，递与梦炎观看。梦炎连忙接过来，仔细一看。只见这玉美人约有一尺来长，可巧翠绿的地方，雕成裙裤；其余面、目、手、足、腹、背等处，都是雪白的。那脸面更雕得千娇百媚，神情像活的一般，十分精细。看罢，双手递还似道，说道："这美人好是好极了，只可惜不是活的。"似道笑道："年兄你又来了！真真活美人，哪里有这种标致脸儿呢？"梦炎想了半晌，正色道："似这般美人是有一个，只可惜不能到手了！"似道闻言连忙问："是哪一个？为何不能到手？"

梦炎道："这是学生的邻居，商人叶某之女。经学生亲眼见过的，生得蛾眉凤眼，杏脸桃腮，莫说是凡人，只怕天仙化人，也没有这种可爱的面貌呢！"

以道涎着脸问道："为何不能到手呢？"梦炎道："今年正月里选宫女；选了进去了，如何还好到手？"似道笑道："任凭他宫里去殿里去，我有手段弄她出来。"梦炎摇头道："谈何容易！"似道道："如果蒙古人取了去，便难得到手的了。如今只在宫里，还有法子想。"梦炎还是摇头说谈何容易。

似道即叫人传呼摆酒，一面叫人拿了名片去请巫太监来。不一会家童来报酒席已摆在百花亭上。似道即邀了梦炎，下了多宝阁，步至百花亭。对坐入席，两边歌姬排列成行的歌舞起来。酒过数巡，门上的人报巫公公到了。

似道忙叫请进来。不一会，只见巫忠嘻嘻哈哈的踱进来，嘴里说道："两位相爷在这里吃酒取乐呢！叫咱家来，想是要试试咱家馋嘴不馋嘴。老实说，台谏——唐宋以掌纠弹之御史为台官，以掌建官之给事中，谏议大夫为谏官，此处代指朝中宰辅大臣。咱家服侍万岁爷吃的时候多呢！嘴是向来不馋的。"似道、梦炎连忙起身让坐，又叫撤去残肴，重整筵席，让巫忠上首坐下，重新饮宴。巫忠便问见召何事。似道道："无事不敢相烦，刻有一件事，非公公大力，不能斡旋，敢烦助我一臂。"巫忠道："只要咱家力所能为，没有办不到的。只求明示，究是何事？"似道便将刚才留梦炎所谈叶氏宫人一节，说将出来。又道："此女既生得十分姿色，令其白首宫门，未免可惜；所以我意欲弄她出来，派入金钗之列，不知能办得到么？"巫忠想一想道："这人不知派在哪一宫里，有何差使，更不知曾否幸过，倘是已经幸过，或在御前当差，那便费些手脚；若是未经幸过，又无甚要紧差使，这就容易商量了。且待咱家去打听明白，再作道理吧。"似道问："此女尚在御前便如何？"巫忠道："那只好放在心上，碰着机会再取出来了。昔是不在御前，咱只要悄悄的用一乘小轿，抬她出来，送到府上；咱在花名册上，填她一个病故就完了。"似道拍手道："妙计妙计！只求早日设法，便是感激不尽了。"巫忠连连答应。说罢，又开怀畅饮，直饮至日落西山，方才撤席。

巫忠、梦炎，正要辞去，忽见门上人捧了十来封公文上来，说："是刚才赍公文的人送来的；因见相爷会客吃酒，不敢造次拿上来，今特呈览。"

似道道:"为何不送到枢密院去?"门上道:"奴才也曾问来,据来人说院里没有人。因是要紧公事,所以特地送到相府,探得相爷在别院,所以特地送来的。"贾似道接过一看,也有淮东来的,也有淮西来的,也有湖南、江西一带来的。明知都是告急文书,他却并不开看,将来一总交与梦炎道:"请年兄明日——都拟了诏旨批驳他回去。被围的责他力守,闻风告警的责他预备进兵便是了。我也无心去烦琐这些事。"梦炎连连答应。似道又对巫忠道:"这事费心,在里面万万不可提制朝仪刘秉忠事敢隐军情贾似道欺君起。"

巫忠道:"尽可不提起,只是咱有一事,要请教相爷:如今蒙古兵马如此厉害,倘一旦到了临安,我们作何处置呢?"似道哈哈大笑道:"巫公公你又来了,岂不闻'良禽择木而栖,贤臣择主而事'么!老实对你说,你想宋朝自南渡以来,天下已去了一半,又经近来几代的昏君在位,更弄得十去七八,这朝廷明明是个小朝廷了;然而我还是一个大臣,我却还有点志气,不像那不要脸的奴才,说什么瓜分之后,不失为小朝廷之大臣。听他那话,是甘做小朝廷大臣的了。我却不然,如今是得一日过一日,一朝蒙古兵到了,我只要拜上一张降表。他新得天下,正在待人而治,怕用我不着么!那时我倒变了大朝廷的大臣了呢。况且他新入中原,一切中原的风土政治,自然还是用中原人,方资熟手。那时只怕我们仍要当权呢!不比那失位的昏君,衔壁舆榇样之后,不过封他一个归命侯,将他投闲置散罢了。到那时我们权势,还比他高百倍呢。"

巫忠听了这一番高论,默然半晌道:"这是相爷自己打算的退步,但是我辈奴才呢?"似道道:"这你只管放心。蒙古大皇帝既然入主中原,他一定也要用内官的。而且一切朝仪制度,虽说有我们一班文人学士去制定,但宫里的礼仪,外臣是不能入去教习的,少不得我头一名就保举你。"巫忠听罢,连连点头。梦炎在旁深深打了一拱道:"到那时可不要忘了学生。"

三人正讲到得意之处,忽听得外面当当当三声云板,门上的飞跑进来报道:"圣旨到,请相爷外堂接旨。"似道道:"天已掌灯时候了,又降什么旨起来了?"随问门上道:"什么人送来的?"门上道:"是一名内官。"

似道道:"叫他进来吧,我酒已多了,什么接不接的!"门上答应去了。不多时来了一个内官。似道便问:"什么旨?可交给我。"内官道:"并没有手谕，只传谕召相爷入朝。"似道道："你知道什么事吗?"内官道："不知道。"似道沉吟了半晌道："知道了，我就来。"那内官回身去了。这里巫忠、梦炎也不便久留，告辞而去。似道免不得要更衣入朝。

但不知此去入朝，有甚事故。且待下回分解。

第 二 回

闻警报度宗染微恙　施巧计巫忠媚权奸

　　却说贾似道送去巫忠、梦炎二人，即入内更了朝服，出外乘轿上朝而去。

　　到了朝门，不免下轿步行。上到金銮殿上，只见度宗天子在御座上，也是满面春色，像方才吃过酒似的。似道是奉旨入朝不拜的，只深深打了一供，道："陛下召臣，不知有何国事？"度宗醉眼朦胧的说道："朕方才闻得四川一带已尽被北兵陷了，襄阳被围已经三年。这事怎样才好？"似道闻言，暗暗吃了一惊，硬着头皮奏道："这话恐怕是谣传，不然，何以臣日日在枢密院办公，总不见有报到呢？"度宗道："这是天下大事，谁敢造此谣言？"似道又奏道："陛下此话从何处听来的呢？"度宗道："是方才一个宫嫔对朕说的。"似道微笑奏道："想宫嫔们终岁在宫内承值，哪里便得知外事！想来一定是个谣言。臣近来屡接各路文书，都说北兵因为到了南方，不服水土，军中多病；所以全数退去多时了。这正是天助大宋，陛下何必多疑！"度宗还是半疑半信的，慢慢说道："既如此，卿且退去吧。"似道即刻辞朝而出。

　　度宗又命撒一对宫灯，送回府第。自家也下了御座，乘辇回宫。

　　刚刚转入宫门，遇见巫忠。原来巫忠在似道处听得有旨召似道入朝，他便先行辞去，别过梦炎，匆匆入内躲在殿后窃听。方才殿上的一问一答，他都听得明明白白，不觉暗暗吐舌道："幸而方才接到告急文书之时，我未曾就走；不然还恐怕要怪着我，说是我泄漏的呢。"听到贾似道辞去，他便先退后一步，却又回身来迎着度宗。当下度宗见了他，便问道："你虽是内官，却时时有差使出去的。朕闻得四川失了多时，襄阳围了三年，你在外面有听得么？"巫忠道："奴才不曾听得这话。只听得外面多官传说，北兵到了南方，不服水土，军士大半病倒，所以退去多时了。"度宗叹口气道："这话只怕也不确；不然，有了这好消息，他们何以总不奏与朕知呢？"巫忠不便多言，只在旁边站着。等度宗过去，方才回到自家房内。

叫了两个心腹小内监来,叫他明日去打听今年正月选进来的叶氏宫女,派在哪里?只明日便要回信,两个小内监答应着去了。

巫忠自己挑一回灯,坐了一会,吃过了些点心,方才睡下。朦胧一觉,醒将过来,恰好是三更时分。忽听得外面许多脚步声响,又有许多来来往往的灯影在窗上射入来,心中暗想必定有事,正欲起来时,只听得有入叩门说:"巫公公醒着么?"巫忠答应道:"醒着呢,有什么事吗?"外面的人说道:"万岁爷有事呢!已经传太医去了。"巫忠听说,一咕噜爬起来问道:"在哪里呢?"外面答道:"在仪鸾宫呢!快去吧,只怕太后已经到了呢。"说着自去了。

这里巫忠忙忙的起来,挽一挽头发,穿上衣服,开门向仪鸾宫去。忽见前面一行灯火,正是俞修容怀抱着未及周岁的小皇子名昺的,也向仪鸾宫去。巫忠让过一旁,等修容过去后,方才跟着走。一径走到仪鸾宫,又等修容进去,方才挨身而入,只见谢太后在当中坐着,全皇后侍坐一旁;旁边一个保姆,抱着刚只一岁的小皇子名显的侍立着。不一会杨淑妃带着五岁大的皇长子名罡的也来了。其余还有许多妃嫔,与这书上无干的,我也不细叙了。

此时只觉得静悄悄的鸦雀无声。不一会报说医官在宫门候旨。谢太后即叫宣进来。一时间只见六位太医鱼贯而入,一一向谢太后、全皇后等先后行过了礼,太后即叫内监引入后宫请脉。又歇了好一会,方见六位医官鱼贯而出,向谢太后奏道:"皇上这病是偶然停食,不致碍事的。"太后点了点头道:"卿等用心开方去吧。"六位医官复挨次退出。良久内监呈上药方,太后看过,全皇后也看过,方叫备药。巫忠觑着没有甚的差使,方慢慢的退了出来。寻着一个仪鸾宫的太监,探问:"是什么病症?"那太监道:"没甚大病,不过在金銮殿回来,便说有些头痛。后来又吐了两口,便嚷心里烦闷。只这就是病情了。"巫忠听了,知道没甚大事,也便走开。此时已是全宫皆知,到处都是灯烛辉煌的了。

正走着,只见一名小内监迎面来说道:"巫公公回来了!你叫咱打听叶宫人的下落,限明日回信,咱今晚已经查着了,她在慈宁宫呢。咱正要寻公公报信去。"巫忠听了,一径走到慈宁宫。问出了叶宫人,却是一位将近三十岁的半老徐娘了,而且相貌也平常得很。不觉呆了一呆,心中暗想:"留梦炎何以看上了这么一个东西,还去荐给贾似道呢?"及至再三盘问,才知这叶宫人是十年以前选进来的。不觉心中一气,只得拿些别的话支吾了两句,方才走去。走到自家住处,恰好那小内监还没睡;巫忠没好气,对着他脸上狠狠的唾了两口,说道:"好蠢材!咱叫你打听今年正月进来的叶宫人。你却拿这个十年前进来的老狐狸来搪塞。须知姓叶的女子多着呢!你为甚拉一个老婆子来对我?害我无端的跑一趟慈宁宫。须知这条路虽不远,却还不近呢。"说着没好气的到房里去了。

刚刚要再睡一睡,忽听见吱吱咯咯鸟雀声音,抬头一看,已是天色微明。

不便再睡,梳洗过便去仪鸾宫,应个景儿,点个卯儿。打听得度宗昨夜服药后,即安然归寝,此时还没醒呢。料着没有什么事,也就走开。

信步走去,路过景灵宫门首,就便进去看看。原来这景灵宫里,没有妃嫔,当中供着三清神像,只有几名太监宫女在内承值。内中两个太监,看见巫忠到来,连忙让坐让茶,便问:"巫公公到此有何贵事?"巫忠没得好说,随口答道:"昨夜万岁爷身子不好;所以咱今日到此,要在三清神前烧一炉香,保佑万岁爷龙体安宁。也是咱们做奴才的一点愚忠呀。"两太监道:"难得公公一片忠心!莫怪万岁爷喜欢公公,无论什么差使,都要公公去办。如此就请上去拈香吧。"巫忠只得站起来,走近神像前,装模做样的炷上三支香。两个太监便一个去撞钟;一个去击鼓。惊起一众太监宫女,都出来探看。

巫忠举眼看时,只见内中有一个宫女,年可十六八岁,生得翠黛弯蛾,红腮晕杏,竟是一个绝色佳人。不免和大众招呼了几句,方才退下。闲闲的问起这个宫人,方知就是正月里选进来的叶氏。巫忠此时不便怎样,只搭讪了两句闲话,就别了出来。

巫忠一径走出宫门,跨上马匹,加上一鞭,到了贾似道的别院下马。叫人通报,不一会传说出来道:"相爷吩咐:请。"一面开了中门,巫忠大踏步进去,门上领着路,七弯八曲的走到半闲堂。只见似道帽子也不戴,盘膝坐在地上,旁边围了七八个妖姬;还有两个唇红齿白的尼姑。一般都是席地而坐,大家正在那里斗蟋蟀玩呢。似道见了巫忠,方才立起来让坐。未及寒暄,似道先说道:"昨夜几乎气死了我。巫公公你知道这事么?"一面说一面遣散众姬妾。家人方才送上茶来,巫忠道:"咱昨夜先走一步,已在屏后窃听了。"似道道:"这么说,公公是知道的了,不用细说了;但是哪个泄漏的呢？他说是一个宫嫔说的。究竟是哪一个呢？可打听得着么？"巫忠道："这个只要向昨夜待宴的人一问便知，不消打听得的。"似道道："我一定要重重的处置这个人。公公可助我一臂之力。"巫忠道："如何处置呢？"

似道道："不说是昨夜病了么？"巫忠道："是呀！咱也闹了大半夜没睡。"

似道就在巫忠耳边低低的说了两句话。巫忠点了点头。似道便走到里面套间里，写了一个说帖，叫家人送去太医院。帖中写的是说："昨夜皇上之病，系由受惊而起。今日承值医官，务于脉案中声明，则万一变症，亦可免担干系"云云。你想太医院众医官：一则惧怕似道。二则以为他好意知照，岂有不依的呢！这是后话，表过不提。

且说当下巫忠又把亲见过叶氏一节告诉似道，又赞得这叶氏如花似玉，盖世无双，喜得似道眉开眼笑，向着巫忠深深打了一拱道："万望公公鼎力，早日赐下，感且不朽。"巫忠笑道："只是相爷何以谢咱家呢？"似道又附着耳说道："昨夜我回来之后，恰好北兵的征南都元帅伯颜，有信给我，立等回信。我当时回信去，已经保举你了。"巫忠问道："哦！原来你们是通气的。他来信讲什么呢？"似道又附耳道："他催我设法调开权守鄂州张世杰。这是我起先允许过他的，不知怎样我就忘了。他如今来催呢。这事从来没有人知道，我们是自家人一般；所以才告诉你。"

二人讲到投机，正要摆饭，忽报留梦炎到了。似道忙叫请人。梦炎进来就说道："有一件很奇怪的新闻，特来报与二位。"似道问："是什么新闻？"

梦炎道。"就是昨夜那些文书，内中多是告急的，有一封是说樊城、襄阳已经失守了。却还有一封又是鄂州张世杰的报捷文书。说什么俘获千人，夺得战马百匹，战船五十号。"似道未及听完，只急得跺脚道："罢了！罢了！"

一时间攒眉皱目，短叹长吁，半句话也说不出。二人见他如此情形，不便久坐，起身辞去。

似道送过二人，依旧闷闷不乐。众姬妾见客人已去，一个个仍旧捧着蟋蟀盆出来，斗着斗蟋蟀。见似道纳闷，便又都送殷勤献狐媚起来，似道方才慢慢的同他们兜搭起来。到了下午，留梦炎着人送来一信，似道拆看时,上面写的是:"昨夕各件中,有江西告急一纸,刻已拟成诏旨,着张世杰亲自率兵退援江州、仍酌留兵士守黄武、鄂州一带。似此办法,是否妥当?请示"云云。似道看毕,即在纸尾批了"照办"两个字,交与来人带去。从此似道略为放心。

过一日巫忠又来,说起:"昨日医官所开脉案,已经加入'恐是酒后受惊'字样。这泄漏的人,已探得是张婉妃。这人甚被恩宠,恐怕难得设法。"似道沉吟道:"只要今日及明日的脉案着实坐定了,少不得要查受惊的缘故;那时只要公公在太后前提起这事,再帮衬几句就得了。"巫忠自是答应。似道又问起叶氏。巫忠道:"相爷且莫性急,等咱家同她盘桓熟了,再同她商量,方是上策,不然,拾她出来是极容易的事。只怕她本人不愿,叫喊起来,那倒弄巧反拙了。"似道只得耐着性子去等。

且说巫忠当下辞了似道,回到宫中,一心要寻到叶氏去献媚似道;所以一日倒有两回到景灵宫去。只说烧香代度宗求病速愈,却去与叶氏兜搭。叶氏不知就里,不到两回,居然也同他亲热起来。

这一日巫忠又去搭讪。恰好神前只剩了叶氏一人在那里打扫,巫忠得便拉她就在神前相对坐下谈天。先问她说道:"姐儿进宫以来,已是大半年了!还寂寞得惯么?"叶氏道:"这里伙伴多呢,倒不寂寞。"巫忠道:"不是这么说。我说姐儿正在青春年少,倘不是被选进来,此时只怕已经出阁了。纵不然,厮守着爹娘,也是骨肉团聚。将来终身总是可靠的;如今被选进来,眼见得是长门白首,心下岂不委屈么?"叶氏道:"说起爹娘不能团聚,自然时常挂念。至于长门白首,这是各人的遭际如此,无可奈何的,倒没甚委屈。"巫忠道:"譬如现在有人替你设法弄了出去,嫁个富贵人家,父母又可以时时往还,你愿意么?"叶氏笑道:"公公休得取笑,天下哪有这等事?"巫忠道:"因为天下居然会有这等事,咱才问你呀!"叶氏道:"就是会有这等事,我也不愿意。岂不闻'女子从一而终'!又云'嫁鸡随鸡,嫁狗随狗'。我虽不是嫁与那个,然而被选进来,也是我生就的奴才命,派在这里承值,也是皇上禾恩,岂可再怀二心,自便私图么?"巫忠道:"方才所说的,你到底愿意么?"叶氏道:"或者皇上天恩,放我出去与父母团聚,那是章外之喜;除此之外,哪有出去的道理?"巫忠知道说她不动,另外将些闲话支开。谈了一会,方才别去。不免又到谢太后那边去运动。说也可怜可笑,他出尽了死力,无非要巴结贾似道,要做一个新朝的内官罢了。

又过了一日，巫忠忽然想了一条妙计。叫过身边两名心腹小内监来，叫他在宫门外预备一乘小轿。宫门侍卫要问时，只说咱奉了差使要用。一面又着人到景灵宫去传叶氏，只说皇后传唤，叫她先到总管巫太监处听旨。叶氏不知就里，听得传唤就匆匆的换了一套衣服，先到巫忠那边去。巫忠一见便道："姐儿，你可谢谢咱家。"叶氏道："谢公公什么?"巫忠道："近日闻得全国舅有病。刚才皇后传咱，派咱去问病。又说要派一个宫人同去，好到上房探问；因为咱们虽是净过身，但外面女眷们，终碍着是个男人，不便说话。咱便保举了你，如今我同你去走走。"叶氏道："这是一个差使，没甚好处，也谢不着。"

巫忠道："呆人。你借此就好顺便去望望你的爹娘了，岂不是好?"叶氏果然欢喜道："如此，多谢公公。"正说话对，只见两个小内监来说："轿已备下了。"巫忠道："如此咱们就走。"叶氏道："我还要到娘娘处请训呢。"巫忠道："不必了! 不过，要你去问国舅夫人有什么话，你代她转奏。你只要记着回来复旨就是了。"说着，带了两名小内监及叶氏，一行四人，径奔宫门而去。宫门侍卫问时，巫忠只说奉全皇后懿旨到全国舅家有事。侍卫自不敢阻挡。出得宫门，叶氏上轿。三人跨马，一口气直走到贾似道别院，方才歇下。

门上报将进去，喜得贾似道亲自迎出大门。巫忠执手说道："恭喜! 恭喜! 且速速将她送入内堂，叫她把外面衣服卸下，别有用处。"一面说一面走，走到书房内，又屏去左右，问贾似道："有不相干的粗使丫头没有? 要一个来。"似道忙说："有，有。"即刻叫人传了四五个粗婢来。巫忠指一个与叶氏身材差不多的说道："就是用她，其余都去吧。"这个丫头就留在书房里面。不一会，里面使女送出叶氏的衣服，巫忠便叫那粗使丫头穿上，说咱带你到好地方去。这丫头也莫名其妙，只得穿上了。这里巫忠才对似道说知混出来的计策。又道："略延一刻等太阳没了，带了这么一个回去，断断没有人看得出来，岂不混过去了! 到了里面就设一个小小法儿，再抬了出来，任是神仙也不知这件事了。"似道再三道谢，即叫置酒相待。酒过数巡，天色已晚。巫忠起身作别，又说道："相爷今日还有一桩喜事，只是这喜不是那喜。今夕既与叶氏大喜，那喜就不便提及。相爷明日看'京报'只怕就知道了。"几句话，倒把似道说得一呆，侍要追问时，巫忠已拉着那粗使丫头,带了两名小内监,作别去了。可怜这粗使丫头,无端被巫忠带到宫里,不知如何结果了她,去顶了叶氏的花名册,报个病故。这书中也不及交代还有那叶氏被巫忠弄了出来,送入贾家。一入门时,见似道迎出去,还当他是全国舅呢。及至将她送入内堂,立命她将宫衣卸下;却又七手八脚代她重新打扮起来,直装得同新嫁娘一般,更是莫名其妙。问问国舅夫人在哪里。那些人却都是笑而不答,又在那里交头接耳。心中越发纳闷。欲待发挥两句,又恐怕碍着国舅面上,因此暂时按住,欲待见了国舅问个明白。好容易等到似道送去巫忠,回入内堂。叶氏连忙起立,欲待致问,只见一众妖姬,都争说与相爷道喜,只是今日得了这位佳人,将来不要冷淡了奴辈罢了。叶氏闻言大惊,高声说道:"我是奉皇后懿旨,到全国舅府去的,你们遮留我在此做什么?你们又是什么人?如此胆大妄为,还了得么?"贾似道涎着脸,上前一把搀住她的手。叶氏欲避不及,被他搀来按在一把太师椅上坐下。先自家通了姓名。便将留梦炎如何赞她美貌,自已如何相思,如何托巫忠,巫忠如何用计弄出来的话,细细告诉了一遍。又说了些安慰的话和威吓的话。

　　叶氏此时如梦方醒,却是身不由主,走又走不掉,哭又哭不出,怒也怒不起,真是呼天无路,入地无门。越想越没有主意,竟是呆了同木头人一般,任凭他们摆弄。众人遂扶她拜了似道。似道便命置酒庆贺,自不必说。到了次日,似道方才起来,家人便送上"京报",似道猛然想起巫忠昨夜的话,急从家人手中取来观看。

　　不知看出些什么来,且听下回分解。

第 三 回

守樊城范天顺死节　战水陆张世杰设谋

且说贾似道看见家人送"京报"进来，猛然想起巫忠昨夜说还有一件喜事，看"京报"便知的话，正不知有何喜事，想来看"京报"可知的喜事无非是升官；然而升官之喜，当是自己先奉旨，何必要看"京报"呢！一面想一面接过那一本"京报"，揭开看时，里面第一页上夹着两张红纸条儿，先看第一张上面是写着：

××奉皇太后懿旨：婉妃张氏，妄造谣言，荧惑圣听，致令皇帝受惊，圣躬不豫，实属罪大恶极。张氏着革去"婉妃"名号，交三法司处斩。钦此。

似道看罢拍掌道："这才消却我心头之恨也。巫忠说是喜事，大约就是这个；虽然不算喜事，却也可算得一桩快事了！"想罢，再看那第二张，上面是写着：

××奉旨：权守鄂州张世杰奏报大获胜仗一节，深堪嘉尚。张世杰着授为黄州、武定诸军都统制，仍责令相机进兵。钦此。

似道看罢，心中又是不快。想道樊城、襄阳的事已是隐过，这鄂州胜仗又何必奏闻呢。如今他授了都统制，倘使他得了此职，不去退援江州，岂不是白费了手脚么？闷了半晌，叫人去请梦炎来。同他商量，叫他再专人赍了伪诏旨去催张世杰退援江州。梦炎只得依命而行去了。

看官，你道樊城、襄阳已经失守，鄂州系毗连之地，自当震动，何以反得了胜仗呢？原来樊城的守将是范天顺，手下有两员大将：一名牛富，一名王福，皆有万夫不当之勇。襄阳的守将是吕文焕，手下也有两员上将：一名黄顺，一名金奎，算来也是两条好汉。所以元朝的征南都元帅伯颜，同了副元帅张弘范，带了精兵三十万，围住了樊城、襄阳两处，已经四年，还攻打不下。

内中单表这张弘范，他本是大中华易州定兴人，从小就跟他父亲张柔，从金朝投降了蒙古，慢慢的他就忘记了自家是个中国人，却死心塌地奉承那蒙古的什么"成吉思",并且还要仇视自家的中国人,见了中国人,大有灭此朝食之概。这回挂了副元帅的印,跟着伯颜来寇襄阳,围了许久,攻打不下。那时帐下有个行军参谋,叫做董文炳,本是中国真定藁城人。他父亲董俊,曾事金朝,后来也降了蒙古。文炳从小就有许多小智计,此时拜了行军参谋,来寇中国。当下文炳见久围襄阳不下,因上帐献计,请分兵去围樊城,以破其掎角之势;所以张弘范带领一半兵马,去围樊城,却也是日久无功。

这下恼了张弘范,亲自率兵来攻城。城中守将范天顺,也在城楼指挥兵士,竭力守护。弘范督率众兵,叠架云梯火炮,向前攻打。城上擂木矢石打下,无法可以近城。弘范见城上守御有方,乃用马鞭一挥,约退兵士一箭之地,纵辔向前,扬鞭指范天顺道:"将军苦守此城,已近四年。心力俱竭,徒然劳兵费饷,终久有何用处?而且南朝奸臣当道,宗庙社稷旦夕不保;今我朝分兵南下,倘一旦临安有失,宋室君后,尚当投降,那时将军苦守此城,为的是甚事来呢?莫非那时还替大宋出力么?"古语有云:"识时务者为俊杰'。何不及早投降,当不失封侯之位。我爱将军智勇兼备,所以特来相劝,将军切勿执迷不悟。"范天顺大怒道:"有日援兵一到,我要生擒你这忘宗背祖的东西。剖你心肝出来,看看是个什么样儿。你也不想想,你出身的易州地方,本是中朝土地,你便是中朝的臣民,不在中朝建功立业;反投到那腥膻骚臭的鞑子地方去,却来此处耀武扬威。"

话犹未了,恼了旁边大将牛富,厉声大叫道:"将军且不必同这忘背根本的奴才说话,待我射死这奴才,再出城去杀鞑子。"说时迟那时快,只听得弓弦响处,一箭正射中弘范左臂,险些儿翻身落马。左右飞速上前,救回本阵。正待退兵,忽然樊城城门大开,牛富率领五百敢死之士,杀将出来。

北兵见主帅受伤,无心恋战。阵脚先乱,被牛富冲入阵中,左冲右突。北兵且战且走,牛富终恐众寡不敌,追杀一阵,也自收兵。

张弘范败退三十里立扎寨栅,叫了医官来,拔出箭头,敷上伤药,在营中养伤。一连数日,未曾出战。

忽报元主差官送红袍大将军来,弘范大喜,忙叫请入。(看官,你道这红袍大将军是个人么?非也。这是他从西域得来的一尊大炮,这等炮虽比不得近日的"阿姆斯脱郎"、"克虏伯",然而在当日火器未曾十分发明的时代,也要算是数一数二的利器了。所以元主得了它十分欢喜,给它一个封号,叫做红袍大将军;因为不用它的时候,便将一个大红缎的罩子将它罩住,所以有此美名。)当下张弘范得了这件宝货,不胜之喜,即刻传令众兵士,今夜进兵,务要攻下樊城。众兵得令,晚哺时,饱餐一顿,奋勇向前来至城下。

正是二更将尽,弘范传令攻城。

范天顺仍在城头上往来巡梭,忽听得元军中天崩地塌的轰了一声,只见半空中碗大的一个透红弹子,向城上飞来,恰打在一个城垛上,匍訇一声,城垛已倒。天顺急令兵士搬运砖石,前来修补堵塞。又传令四门多备砖石,以便随时修堵。方才元军中所放的是红衣大炮,须要格外小心。传令未毕,又听得一声震响,这个弹子却从城头上飞过,坠落城内。霎时间城中百姓大乱起来。不到一刻,接二连三的又是四五炮,弹子却都打入城中。弹子落处,顿时火起。一时男女老幼,呼号奔走,闹得人光烛天,毒烟迷目,鸡飞狗走,鬼哭神号。天顺此时只顾得守城,也不能理会此事,怎禁得一个个的弹子打来!莫说是砖石等料不能堵塞,眼见得就是铜墙铁壁,只怕也要洞穿的了。

正在往来巡梭时,忽然又是地动天惊的一声,木石横飞,火光四射,东北隅上已崩了四五丈的城墙。天顺急驰马前去察看,只见元兵一拥而入。天顺回顾左右,只有十余个从人。正欲杀将过去,元兵已杀上城来。天顺料敌不过,勒马返奔,奔至城楼前下马入内,见壁上挂着一柄龙泉宝剑,遂拔了下来,握在手上,叹道:“我范天顺生为大宋之人,死当为大宋之鬼。我这样一个干净身体,岂可死在那骚鞑子之手?莫若就此了我之事吧。”说毕,举起宝剑,向咽喉上一割,一点忠魂,已上达云霄,与日月争光去了。

却说当夜牛富见敌兵攻城既急,城中又是火起,恼得他暴跳如雷;一时上城御敌,一时又下城救火,闹到四更将尽时,真是人困马乏,忽听得东南城垣已破,提枪策马杀奔前来,只见元兵如山崩海倒一般杀人,为首一员人将,正是张弘范。牛富大怒,也不答话,举枪便刺。弘范不及招架,侧身一让,已被他枪尖戳破了肩上衣甲。牛富回手又是一枪,对准弘范面孔搠去。

怎奈众元兵一拥上前,那马立脚不住,倒退了数步。牛富无奈,回马而走。

匆促间误走入火林之内。抬头看时，前面一派是火；正待拨转马头，忽听得泼剌一声，马后倒下一根火梁，几乎打在马屁股上。恰好王福在外面走过，大叫："牛将军休慌，俺来救你也。"牛富大声答道："城垣已破，万无可为，王将军保重，好替满城百姓报仇。我先完我的事去也。"说罢，跳下马来，奋身向火炽处一跃，可怜一具忠骸，就此化成灰烬。

王福看见大叫道："牛将军既死，俺义不独生。"说罢，便欲自刎。忽又想道："徒死无益，好歹去杀两个鞑子，再死未迟。"想罢，提起一双阔板斧，只向元兵多处杀去。正走之间，恰遇一队元兵。王福不敢停留，挥开双斧，杀上前去，如生龙活虎一般，左冲右突，杀得元兵四散奔逃。正欲杀出去时，元军后面大队已至，如风起水涌一般。将王福压得退后。只得拨马杀向他处；不期马失前蹄，将他掀翻在地。急的王福举起阔板斧自刎而亡。

天色微明，张弘范亲自入城，部将阿术、乌里丹都等，均来献功。弘范便问："获住几员宋将？"众将回说："未及生擒。"又问："杀了几员？"

回说："守将三员，均已自尽。"弘范大怒，责诸将道："为何不生擒一二员来？待我亲自报一箭之仇。"诸将默默无言。弘范遂下令"屠城"。那些鞑兵本来已是野蛮残忍，奸淫掳掠，无所不为。何况得了屠城之令！可怜樊城城中，只杀得天愁地惨，日用无光，白骨积山，碧血涌浪。那些惨虐情形，也不及细表。看官，只此便是异族战胜本族的惨状了，你道可怕不可怕呢！

且说张弘范屠了樊城，拨了三千兵马，叫部将阿里海涯守樊城。自己率领众兵，前往会齐伯颜，助攻襄阳。伯颜得了樊城消息，便自大喜；一面传檄襄阳城中，谕令早降。至是会了弘范，合力攻打。

却说襄阳守将吕文焕，自闻樊城失守之信，即每日集了众将计议，部将金奎，自愿领五百兵士，杀出重围，到临安求救。文焕恐金奎去了，兵力益加单薄，所以未允。是日又接到伯颜射入城内的檄文，又集了众将计议，诸将或言固守待援，或言决一死战，或言到临安求救。议论纷纷，莫衷一是。

只有部将黄顺，默默无言。文焕便问："将军有何高见？"黄顺道："从前尚有樊城为掎角之势。如今樊城破了，我之势力既孤，而敌兵又合在一处，兵力益厚。为今之计，到临安取救是远水不救近火。而且贾似道那嘶，欺君罔上，恣威弄权，难保其必发兵相救。若说决一死战，则眼见得众寡不敌，强弱攸分，胜败之机，不言可决。若说是抵死固守，则外援既绝，城中储蓄有限，正不知守到何年何月，方始得出重围。”言罢，长叹一声，低头不语。

文焕听罢，也是无言可对。只得遣散众人，退入内室。妻子袁氏及侍妾媚媛，迎着坐下。袁氏道：“相公这两天退回后堂，为甚只是闷闷不乐？”

文焕道：“外边战守之事，非你辈女流所知。”袁氏道：“虽非我辈女流所知，但看相公情形，只怕总有些棘手。”文焕道：“正是！从前虽说被围，敌兵却不很来攻打；如今樊城失了，他眼看得我势孤力穷，日夕并力来攻，为之奈何？到了事急之时，我只得叫家将们护送你们回乡。至于我的生死，只好置之度外的了。”袁氏听了，尚未开言。媚媛早已哇的一声，哭将起来，说道：“如此说来，相公是置妾等于不顾的了。妾自得侍相公，满望享几十年富贵，也不枉虚生一场。谁料这等结局！望相公三思，代妾等想个长久之计。”袁氏在旁，也是苦苦啼哭。文焕心中着实难过，看看媚媛好似泪人儿一般，不觉把一片忧愤之心，化为怜爱之念。不免起身去抚慰她一番。媚媛趁势倒在文焕怀里去哭。文焕皱着眉儿，唉声叹气的抚弄着她，却一句话也说不出。

正在难解难分之际，忽报元兵又来攻城。文焕起身便欲出去，媚媛倒在怀里，抵死不放。袁氏也抽咽着说道：“相公出去，好歹再进来与妾等一见，死亦瞑目。”媚媛听了这话，更是放声大哭。文焕无奈，只得重又坐下。半晌又报说元兵攻打益急，文焕正欲起身时，忽又报部将黄顺，偷了权守襄阳的印绶，缒出城去投降元兵了。文焕顿足道：“这便如何是好？”正在急得手足无措之时，那袁氏、媚媛更是哭得杀猪的一般。

忽又报说元兵架起红衣大炮，要开放了。文焕听罢，也顾不得妻妾，急急跑到外堂，还要擂鼓集众商议，谁料更没有一个人来。左右报说：“如今只有金奎将军在北门守御；其余众将官，都不知去向了。”文焕没法，急急上马到北门来，上城观看。只见元军如潮涌一般，都往城上攻打。金奎却转往东门去了。文焕望了一望元军兵势；又想一想妻妾哭泣的情状。沉吟了一会，叫左右将降旗竖起。不多时，只听得元军中几声胡笳响处，那兵士便退了一箭之地。文焕方欲下城，忽见金奎气愤愤的夹着双刀，纵马而至。大叫："谁竖降旗?"文焕道："我要救满城百姓，无可奈何，望将军见凉。"金奎狠狠的向文焕望了一眼，拨转马头去了。

文焕回归私第，换了角巾素服，带了图籍典册，大开城门，到元军中去见伯颜、张弘范纳降。伯颜给了一张安民告示，命且回城，大军随后便到。

文焕领命回城。

伯颜派了部将乌里丹都、葛离格达二人带领三千兵士，先行入城。二人领命而去。不料刚刚入到瓮城时，忽然金奎领了所部五百兵丁，迎面杀来。

二人措手不及，被金奎大杀一阵，杀开一条血路，转过南城，落荒而去。二人不敢入城，回见伯颜，告知如此如此。伯颜大怒，又要挥兵攻城。

忽又报吕文焕求见。伯颜怒叫召入。文焕再三服罪，说："只有金奎一人不愿投降，未曾预先知照，以至如此。"伯颜便仍叫乌里丹都、葛离格达二人带领兵士，押着吕文焕一同进城。二人领命，入得城来。念着方才之恨，纵兵大杀，四面淫掠。文焕禁止不住。杀到后来，连自家的妻妾袁氏、媚媛，也不知掠的哪里去了。文焕此时，哪里还敢作声，只好吞声忍气的两只手将一顶绿头巾向自家头上套住。看官，这便是卖国偷生的下场了，你道可怕不可怕呢!

却说伯颜得了襄阳，一面差人到元主处报捷。一面留下乌里丹都守襄阳。

自己同张弘范、董文炳、吕文焕及一部分将官，水陆并下，却取鄂州。

原来鄂州、黄武一带，虽无甚警急，却也常有北兵往来哨探，出没无定。

鄂州守将张世杰，时时都作准备，旌旗蔽日，刁斗连宵，无间寒暑，总是如临大敌。这日闻报樊城、襄阳相继沦陷，知道北兵一定水陆兼下，来到鄂州。

一面差人去哨探北兵水陆将帅是何等人，一面日日训练士卒，预备迎敌。

一日探子来报说北兵陆路是伯颜自领，水军是张弘范带着众降将杀来。

世杰即升坐中军帐，传众将听令。先叫部下水师前锋陈瓒，率领水师三千，乘坐战船，先到上游杨桑湖内埋伏。俟北兵经过湖口后，方杀出来。

在他后军杀入，我自有照应。又叫部下陆军先锋李才，率领陆兵五千人，出城五十里扎寨，作为四面都救应。又叫张顺、张贵准备水路迎敌。各人领命而去。

然后自己带着儿子张国威，部署陆路一切，都是密密布置。

原来伯颜素来知道张世杰十分能军。当日贾似道奉使到蒙古时，他已经贿了似道，叫不要重用此人。近来又暗暗使人通了似道，嘱他将世杰调开。

此番进兵，知道世杰仍守鄂州，却也十分把细，叫部下前锋阿术带了雄兵二万，战将十员，为前队先行。再三叮嘱他沿途小心，不可轻进。阿术领命去了，然后自己率领中军，留下辎重作后队。

却说阿术领着人马，浩浩荡荡，向鄂州进发。一路上逢山开路，遇水成桥。在路不止一日，这日黄昏时分，计离鄂州只有百里之遥。阿术传令依山傍树扎寨，只因此时尚是夏末秋初，暑气犹盛；是以欲借树林取凉。扎寨既定，阿术亲自上马出外哨巡一遍，方才安息。

三更时候，阿术在帐外乘凉，忽见半空中飞起一支流星号火。正在疑讶间，只听得四面八方的连珠号炮乱响，正不知何处兵来，连忙提枪上马，出外迎敌。刚刚出到营门，迎面来了一员大将，原来正是张国威，奉了他父亲世杰之命在此埋伏。当夜杀到元营，遇见阿术，更不答话，举起画戟便刺。

阿术连忙招架，杀了几个回合。耳边厢只听得喊声大震，正不知宋兵多少。

况且平时常听得伯颜说张世杰是一员智勇双全的上将，更不知他今日出的是什么奇兵；因此无心恋战，舒了张国威，拨转马头，往北而上。国威在后追赶，顺手拈弓搭箭，对准他射去。正中阿术后心，只得带箭而逃。回顾元营，火光四起，愈觉得魂飞胆落。马不停蹄的走至天色大明，看看追兵已远，方始勒住马。招集残兵，来见伯颜。

伯颜正在着恼，忽流星马报到，副元帅率领水帅由蛮河取道汉江，在汤桑湖日遇伏。宋军前后夹攻，被虏去战船五十只。副元帅已退回蛮河，待探过陆兵胜败，再定行止。伯颜大怒，一面催督陆兵前进。一面移檄张弘范，嘱其火速进兵，在鄂州城外会齐。

却说张世杰大获全胜，劳军已毕，使命将虏来众兵，带来问话。凡系中国人,都叫另立一旁。先叫将蒙古人都割一耳纵之使去。可怜虏来一千余众,却没有几个蒙古人,十分之九都是中国人。世杰便对那些中人开导一番,说道:"我们都是中国人民,也就是宋朝臣子。你们的家乡,或者已被元兵所陷,然终久是中国土地,将来总要恢复的。须知蒙古是我们的仇人,何苦甘心事敌! 如张弘范、董文炳、吕文焕这班人,虽然是丧尽天良的,然而他还为的是高官厚禄。你们当兵的有什么大好处! 却要替他出死力。须知那蒙古鞑子的阴险心肠,招了你们来当兵,与中国打仗。如果他胜了呢,是驱你们中国人来杀中国人。倘他败了呢,我的兵杀你们可也是中国人杀中国人。他成日间叫我们自相残杀,要我们自家人都互相杀尽了,好叫他那些骚鞑子来占据我们的好土地! 如今你们愿当兵的,都留在此地;不愿的,都去归农。我绝不相强。"一席话,说得人人感泣,同声说是愿随将军杀敌,以赎前愆。

世杰大喜,一点过儿名,留在帐下不提。

且说伯颜、弘范两路兵,虽说直趋鄂州,却只远远扎住,不敢十分逼近。

彼此相持两月之久。偶然见仗,却是互有胜败。伯颜正在闷闷不乐,忽细作报说鄂州城中兵士纷纷出城,不知向何处去,伯颜忙叫再探。

不知张世杰的兵果要到何处去,且听下回分解。

第 四 回

骂贼臣张贵发严辞　送灵柩韩新当说客

原来张世杰叠次奉了诏旨，叫他退援江州。你想他在外领兵，哪里知道这诏旨是贾似道、留梦炎做鬼呢！他只知道是江州危急，所以朝廷要他上救援，然而又没有派人来代守鄂州。想来："朝廷的意见，是连江、鄂二州的责任，都负在我一人身上的了。"当下会集了众文武商量留守鄂州的人。众文武都说朝廷既没派人来代守，这责任仍存将军身上；好在公子随任在此，就该交付与公子代理，别人是断不敢僭越的。世杰恐怕国威年轻，诸事不谙，再三要另举能员代理。怎奈众文武一定不从，又说道："虽然公子年轻，我等竭力辅佐是应当的，至于权领这印缓是万万不敢。"世杰无奈，只得将鄂州印缓交与儿子国威，再三叮嘱小心在意。留下张顺、张贵、李才及一班文官佐国威守鄂州。令陈瓒带领一万水师从水路进发，自家领二万陆兵由陆路进发。均向江州而去。

伯颜打听得这个消息，连忙飞檄张弘范，叫他拨一支水军去追陈瓒。自家又令葛离格达率领十员副将，由陆路去追张世杰。料来："他赴援心急，一定无心恋战。这番赶去，虽不能一战而定，却也可以掩杀一阵。"葛离格达领命而去，却被李才预伏一军在城外抵死挡住。葛离格达不得前进，只得退回报与伯颜。伯颜便叫请了张弘范来议事，直议至天晚，尚未决计。

忽报鄂州城中有一名逃卒来投降，口称顺报军情。伯颜叫唤进来。那逃卒一步一拐的进来见了伯颜，叩过头，口称被张顺责打，因此气愤逃出。便报军情。伯颜问："有何军情？"逃卒道："张顺料得将军这边一定派水兵去追陈瓒，今日特派流星马由江边赶去，约定陈瓒，倘元兵追来，即当返战。他这边来率水师赶去，预备前后夹攻。"伯颜听说，便叫将这逃卒留下。与弘范商议此事。弘范道："事不宜迟，我已定下计了。如今急要回去调度，包管这回杀得宋兵片甲不回也。"说罢，匆匆辞去，先差一匹流星马，也沿江边赶去止住水军，叫且莫追赶。又另外授了一个计策，然后自家指拨各水军,只待探得宋兵起碇,这里也随后赶去。

原来张瓒见李才挡住了葛离格达,便到张国威处献计。言元兵既由陆路追赶,则水路一定也是不免的;不如去知照陈瓒,叫他且止住勿行,以待元兵。这边另用水军追去,前后夹攻,可获全胜。国威从之。当下张顺便去分派拨出数十只无用的船,船中满载干柴硝磺引火之物。每十船作一排,用铁索相连,每排之中,却夹着战船一只。吩咐追近敌兵时,即放起火来,将本船铁埂解开,由众火船顺流而下去烧敌兵。自家同张贵率领百只战船,随后接应。调拨既定,专等是夜天将黎明时,悄悄起碇。张顺仍自出外巡哨,恰见一个兵丁犯着军令。张顺便按军法把他责了数十棍,及是夜来查点军士时,却少了一名,知道一定是被责的逃去无疑了。急来见张贵商量说:"倘这兵逃去,将我们之计泄漏与敌人,岂不是误了大事!"张贵道:"既如此我们不等黎明动身,就此即刻起行,料他纵然知道,也调拨不及。"张顺依言,同去回过了国威,即刻起行。先打发放火船去后,自家方才同张贵督领各战船,浩浩荡荡向下游赶去。赶至次日黄昏时分,望见前面火光大起,烟雾蔽江,知是前船放火,忙叫扬帆鼓桨,迎将过去。走不到十里江面,已见众人船东飘西荡的散满一江,火船那边却是旌旗招展的,不知多少战船,一字儿排着迎上来,这回料是陈瓒回兵,正欲合兵一处,会同追剿;不期两面行近时,忽听附一片胡笳声响,来船却是元兵。张顺大惊,急挥众船上前接战,正在酣战之时,忽报后面元兵赶至。张顺忙叫张贵分兵往后迎敌,吩咐道:"不幸吾计不成,反中敌计,第二人唯有以身报国的了;不过多杀一个敌兵,总替中国百姓多除一个祸害,大家努力去干吧。"说罢,仍挥兵迎敌。张贵自去挡住后面。这里张顺明知不能取胜,仍是抵死向前;战至天将黎明,身上中了六箭,着了四枪,支持不住,大叫道:"生不能杀敌矣!死当化作厉鬼,去啖尽蒙古人也。"遂投江而死。

兵士飞报与张贵,张贵恼得火星乱迸恨得肝肠寸断;并力向前,要替张顺报仇,忽然一支冷箭迎面飞来,张贵急躲时已射中了肩窝,急急拔下箭头,敌船已近,两舷相擦。敌将一枪搠来,被张贵挟住。那将趁势跳过船来,敌兵也纷纷过船,杀散众兵,将张贵缚住,解到中军船上,来见张弘范。看官,须知这番这一支宋朝水军,要算是全军覆没的了。

当下张贵来到中军船上,只见张弘范头戴胡冠,身披胡服,得意洋洋的居中坐着。董文炳、吕文焕分坐左右,还有许多中国人都侍立两旁,不用说,这班都是降将了。弘范见了张贵,便叫他投降。张贵直挺挺的立着,一言不发。弘范以为他有心要降了,便道:"久闻将军勇略过人,倘能弃暗投明,取斗大黄金印,犹如反掌。人生图的不过是功名富贵,我劝将军切休执迷不悟,倘能为大元朝做个开国元勋,将来紫光阁上,恐怕少不了将军的图像呢。"

张贵也不言语,两只眼睛瞪着弘范,半晌发话道:"我好不明白。"弘范道:"我这是披肝沥胆的好话,你如何不明白?"张贵顿足道:"我好恨。"

弘范道:"你又恨什么?"张贵道:"我不明白中国很干净的土地,种出很干净的米麦,如何养成你们这一班龌龊无耻全没心肝的小人。我只恨我姓张的人,从来是堂堂正正忠义相传的,如何忽然生出你这个东西,将来倘使有人要著'姓氏簿'、'尚友录'等书,把你这东西的姓名也收了进去,岂不辱没了我姓张的么?"弘范大怒,方欲说话,张贵又抢着说道:"老实对你说吧,你要叫我投降,须知我张贵自祖宗以来,便是中国人;我自有生以来,食的是中国之米,踏的是中国之土,心目中何会有个什么'鞑靼'来!不像你是个忘根背本的禽兽,只图着眼前的富贵,甘心做异种异族的奴隶,你去做奴隶倒也罢了,如何还要带着他的兵来,侵占中国的土地,杀戮中国的人民!我不懂中国人与你有何仇何怨,鞑子与你有何恩何德,你便丧心病狂,至此地步!难道你把中国人民杀尽了,把中国土地占完了,将一个堂堂大中国,改做了'鞑靼国',你张弘范有什么光荣么?看你这不伦不类的,你祖宗讨给你的肢体,没有一毛不是中国种,你却守戴了一身的胡冠胡服,你死了之后,不讲见别人、你还有面目见你自家的祖宗么!这话不是我骂你,我只代中国的天地神圣祖宗骂你,还代你自家的祖宗骂你。"

一席话,骂得张弘范闭口无言,手脚冰冷,面目改色,几乎气死。两旁立的降将,本来都是中国人,听了这一席话,起先也是汗流浃背的,到了后来,老羞成怒,由不得张弘范做主,也不等号令,一个个拔出腰刀来,把张贵乱刀砍死。他那点忠魂,只怕去会张顺去了。

当下弘范气过一阵,叫抬去张贵尸首,便要追赶陈瓒。董文炳献计道:"如今纵追着前兵,胜了一仗,顶多不过覆没了他一军,莫若回兵,用计去袭了鄂州,方为上着。"弘范依言,一面用轻舟逆流而上,追捉宋朝败兵,不许放一名回鄂州去;一面将夺得宋兵的旗帜衣甲,叫自家兵士扮了宋兵,转过船舵,向鄂州而来;因是逆流,故行了三日方才到得。

这日早晨,离鄂州只有五十里,弘范便叫泊住,等到黄昏时分,方才起碇,赶到鄂州,已是深夜,叫军士打蓄灯球火把,去叫城门,只说是张顺、张贵两将军得胜而回。城上守兵不知就里,望见是自家兵马,即开了城门。元兵一拥而入。

李才正在各处巡哨。闻警急来迎敌,怎奈元兵来的势大,城中虽说戒严,却只在城上安置守具,并未曾准备巷战。李才左冲右突,终归无用,眼见得大势已去,又念着纵然杀得出去,有何面目去见世杰,遂拔剑自刎而亡。

却说张国威在州衙内忽听得外面人声鼎沸,情知有变,急忙披挂,待要上马,忽然来了一队元兵,将州衙围往。一员敌将策马闯入中门、弃枪下马,对国威拱手道:“贤弟,别来无恙。”国威倒觉得愕然,定睛看时,不是别人,正是表兄韩新。原来韩新是世杰的外甥,所以同国威是表兄弟。从小在世杰处学了一身武艺,后来只力干戈缭乱,久不相闻,这韩新存了一点贪生怕死之心,忽然又生了一个图取功名富贵之心,所以投到蒙古军中,派在张弘范帐下差遣,是夜赚开城门,领兵入城,也有他一份的功劳。当下国威问道:“贤兄不是投了蒙古么?”韩新道:“正是,如今我受了定远大将军之职。”国威道:“然则来此何事?”韩新道:“来保护贤弟。”国威道:“如此说,贤兄是要投诚反正了。果然如此,就烦贤兄助我一臂之力,出去杀敌。”

韩新道:“如今满城都是元兵,如何去杀!”国威道:“难道不杀他,在此坐以待毙么?”韩新道:“我正是恐怕贤弟见城池已破,萌了那迂腐的见识,所以特地来劝你。”国威怒道:“如此说,你不是投诚反正,却来劝我降敌了! 我念一点亲情不杀你,你快走,不要误我的事。”说着要去取他那方天画戟。韩新一把拉住道:“贤弟何苦如此! 岂不闻‘识时务者为俊杰’! 如今任你出去,难道你还杀得出城么? 俗语说的蝼蚁尚且贪生呢!”国威大怒,伸手向着韩新面上就是一拳。韩新也大怒道:“我好意相劝,何得无礼!”

国威厉声道:“你背了你的祖宗了,负了我的姑母,反颜事敌,这便无礼。”

韩新又低首下心的说道:“我念着一点亲情,特来相请,贤弟何苦执迷不悟!"

国威大怒啐道:"无耻的囚徒,谁与你有亲情呢? 莫说你我是异性的表兄弟,就是我同胞的亲兄弟,你反颜事了敌国也要义断恩绝,以仇敌相待的了。"

韩新只是苦苦拦住,要劝他投降。国威正色道:"你倘要在鞑子跟前,立功献媚,我将这颗脑袋,送给你去请功,倒可以办得到;他事,你不必向我缠绕,你去吧。"用手指着门外道:"你看你的伙伴又来也。"韩新回头看时,国威顺手拿着权守鄂州的一颗铜印,照头摔去。韩新眼快,连忙躲时,肩上已着了一下,不觉大怒,拔出腰刀杀来,国威也拔宝剑相迎,二人就大堂上战斗起来。外面元兵看见主将动手,也一拥入内,长枪短剑乱杀。可怜可敬一个少年英勇的张国威,念了大义,灭了亲情,死于乱兵之下。

却说元兵当夜破了鄂州,足足的杀掠到次日晡时,方才稍定。先后生擒的兵士不下千余人,张弘范便传令叫他们投降,他们却一个都不肯降。弘范正待发落时,忽报伯颜入城劳军。弘范迎入,伯颜先向弘范贺喜,然后向众将士一一抚问。说起生擒众兵没有一个肯降的话,伯颜道:"我不信有此事,拣不肯降的杀了几个,其余自然降了。"说罢,同弘范到校场,叫将房来众兵,先捆在东面,叫一名过来问他肯降不肯,说不肯就拉到西面杀了。再叫一个来问,说不降,又拉去杀了。一连杀了数十名,还是没有肯降的。伯颜也觉得奇异,于是又叫过几个来问道:"你们如果降了,兵饷比中国加上两倍,你们愿降么?"几个同声说道:"就加到十倍廿倍也不降。我们张将军说的,为国捐躯死了尸首是香的,魂灵是有光彩的;投了鞑子非但惹得一身靴子骚,祖宗在地下还要哭呢。"伯颜大怒,忙叫杀了,又问那些,却是自始至终,没有一个降的。伯颜不胜叹息;猛然想起前日那一名投降的逃兵,便叫人去传了来。伯颜道:"你看见杀了的那些人么? 他们是受了你们张将军的教训,都是至死不肯投降的;单是你这厮受了几下军馈,便逃出来投降,可见就是你一个人不受教训,我这里容你不下。"喝令斩了,拿他当牺牲去祭那一千余众。阿术此时箭伤已愈,随行在旁,即上前谏道:"不可! 杀他一人,本不足惜,但以后那些中国人,以为投降了还要被杀,也有害怕的不敢降了,也有激怒的不肯降了。岂下沮了敌人归化之心么?"伯颜笑道:"将军知其一,不知其二。事到今日,中国全土已在囊中。他来降固下多,他不降也不少。你说怕激怒他不行来降,你须知中国人是激他不会怒的,倘使激得怒时,我们今日未必能到此地了!我杀他正是要激励我自己兵士呢!"说罢,仍喝令斩了。又叫张弘范去主祭。弘范不敢有违,只得领命,祭过了方才摆宴庆功。看官,那不肯投降的一千余众,不必说也是可敬的了。这个逃卒,却也是死有余辜。伯颜虽是个鞑子,他处分这件事,也要算他出色的了。

只有这张弘范,奉了伯颜之命,去祭这班忠义之国士;当时他不想想自己是何等详人,他还不羞惭而死!张贵骂他全没心肝,想来不是冤枉他的了。

闲话少提。且说伯颜劳军已毕,休兵三日,便拟进兵。董文炳献计道:"今鄂州已下,根据之地已定,不必苦苦去追张世杰。今宜调集各路兵马,一面取郢州,一面取黄州,距此最近。张世杰已去,守兵不多,一鼓可定。一面分兵士攻饶州及抚州,以分张世杰江州之势,一面攻取他州做个驻兵之地,以便前后顾盼。再加一路去攻常州,常州攻得下时,就不难径趋临安了。"

伯颜大喜,只是眼前兵将不敷调遣,乃行文各处征调去了。

忽报元主有诏至,伯颜迎人开读,乃系嘱其如军务不顺手,不妨暂时休兵回朝;朝中也等他商议事件云云。伯颜行罢,即与张弘范商量。弘范道:"劳师动众,已经到得此地,眼看得宋朝兵力,日见穷蹙;倘一时休兵,被他养成锐气,那时又费手脚了。古人说的:'将在外,君命有所不受。'将军欲成大功,还是暂不休兵的好呢。"伯颜听见说得有理,就叫董文炳将此意拟定了表章,专差一员武弁赍奏去了。一面仍商量进兵之策,伯颜的主意,总是要先除了张世杰。韩新道:"末将与世杰有甥舅之谊,愿凭三寸不烂之舌,去劝他来投降。"伯颜道:"谈何容易!你看他训练出来的兵尚且不降,况他自己?"韩新道:"仗着这点亲谊,姑且去一行。他纵不来降,也可以借此探听他军中虚实。"伯颜道:"能得此公来降,自是好事,但不知如何去法?"韩新道:"世杰之子国威,是前日破鄂州时阵亡的,末将已经代他备棺成殓了,如今只借送国威灵柩给他为题便好。"伯颜应允。韩新便去收拾,因为带了灵柩,陆行不便,备了船只,由水路而去。一路晓行夜泊,不止一日,到了江州。

其时江州已被元兵围了,不免先入元营,告知来意。此处元营领兵大将,名唤爱呼马,闻得伯颜差来之人,连忙迎入,知是要说张世杰投降的。因说道:"张世杰到了此处,先将兵马扎在柴桑山。后来闻得鄂州失守,柴桑山上有一支兵来,并力杀开我兵,入江州城去。不两日又有一支兵,从城里杀出来,到柴桑山上去。如今城里打着张世杰旗号,柴桑山也打着张世杰旗号,不知他究竟在哪里呢?"韩新低头想了一想道:"江州的守将是哪个呢?"

　　爱呼马道:"此处守将是吕师夔。"韩新听了喜道:"是他吗!我不管张世杰在哪里,明日只先进城里,说得他降了。那时世杰肯降便好,如不肯降,就便设法结果了他。岂不是好!"打定主意,就在爱呼马营中歇下。爱呼马不免置酒相待,一宿无话。次日韩新起来,换了一套素服,软装打扮,也不带从人,骑了一匹马,来至江州城下叫门。守门兵士,问了姓名,方才下城通报。不一会只见吕师夔来至城楼相见。

　　不知相见后有何话说,且听下回分解。

第 五 回

叛中国吕师夔降元　闻警报宋度宗晏驾

话说韩新与吕师夔本来是旧相识,当下见师夔亲上城楼,遂纵马行近两步拱手招呼,求开城门。师夔便叫人开门,请上城楼相见。师夔道:"与公久违,忽然见访,必有所见教。"韩新道:"渴念故人,故特在主帅前求一差使到此,顺便奉访,还有一分薄礼奉送。"师夔道:"厚赠决不敢领,但求示知是何物件。"韩新道:"此处说话不便,可有僻静地方?"师夔道:"便到敝衙如何?"韩新道:"甚好,甚好。"于是两人把臂下城上马并辔而行,来到州衙前下马入内。

师夔料韩新有机密事相告,便一直让到内书房方才分宾上下献茶,屏退左右。原来吕师夔是一个极贪得无厌之人,方才听得韩新要送他礼物,所以屏退从人之后即先问道:"近来一路行军,想必大有所获,才悦厚赐之物,究是什么? 还乞示知,以解疑惑。"韩新道:"别无他物,不过慷他人之慨,送上金印两颗。"师夔听了,不解所谓。正低头寻思,韩新挨近一步,低声说道:"到如今内地盗贼横行,外面元兵强盛,宋室江山。十去八九,眼见得不久就要灭亡。前日董文炳又定了计策,分兵攻打沿江各路,直捣常州。

你想常州一破,临安还可保么? 古语说得好,'识时务者为俊杰'。今为公计,何不弃暗投明? 况且元朝所得天下,处处要用人,像我这样不才还被录用。公如投了过去,怕不封侯拜相么!"师夔听了这后,正在沉吟之际。韩新又道:"不瞒公说,我们现在已经通到宋室朝内的了,第一个是贾似道,他是答应着兵到临安时,里应外合的;其余什么留梦炎咧,巫忠咧,都是他做包头,一总包下的。你想朝中第一个首相已经如此,你苦守这孤城做什么呢? 倘学了那迂人的见识,说什么'尽忠报国',那是我最不信服的。人生数十年,何苦有功名富贵不去图取,却来受这等结局呢!"师夔恍然大悟道:"怪不得我屡次告急,总不见有一兵半卒前来救授。及王末后,却又将最要紧的鄂州之兵调来,大约就是弄这个手脚了。"韩新道："可不是吗！自从家母舅离了鄂州，不到几日，就打破了。我这回来，非但要劝你；还要劝家母舅呢。"师夔道："此公恐怕不容易劝得动。"韩新道："他的儿子在鄂州战死，我今送他的灵柩来，好歹要领我的情；只是我奉劝的话，你到底以为何如？"师夔道："见机而作，自然是智者的行为。有何不从！我就即刻叫人士竖了降旗就是了。"

韩新道："这且不忙，还有话商量呢。我打听得家母舅不在城内，我想设法将他请来，我们当面说他，叫他投降。他肯便肯，不肯时就城中先结果了他。你也好带他的首级，到伯颜那边做个见礼呀。"师夔道："好便好，只是刻下元兵围得铁桶似的，如何去请他？就算用细作混得出去，他进来时未免要厮杀一番，并且几次他的进出，都是他自己做主，我并未请过他来。"

韩新想了一想道："这个容易，待我出城去叫爱呼马假作退兵之状，将兵士退出数里，他自然会入城来同你商量如何追逐？他倘是带多少兵来呢，我那里自然容易探得。倘是单人匹马来呢，请你悄悄地通个信儿，我再来见他。"

师夔道："此计大妙，便可依计而行。"当下韩新告辞出城，见了爱呼马，告知如此如此。爱呼马即传令兵上略退三里扎寨。

过了一日，韩新正在盼望，恰好师夔差了人来，报知张世杰已经单人匹马进城，请将军速去。韩新闻报，即义主换上一套素衣，来至城下叫门，单请世杰相见。世杰正在城楼同师夔指挥兵士，修补城垛，见是韩新，便叫开门放入。韩新上得城时，先拜见了母舅，然后与师夔厮见。韩新泣对世杰道："表弟在鄂州镇守，城破时，甥即到州衙，意欲相救，不期表弟已经战死。甥只得备棺盛殓，知母舅在此，特地扶送前来，以便母舅差人送回范阳安葬。事已如此，敢劝母舅不必伤心。"说罢，暗窥世杰颜色。世杰坦然道："守上不力，死有余辜。我有何伤心！只是他能力宋室死义，送回宋室土地安葬也好，可不必一定送到范阳去。"韩新道："现在灵柩尚在江边船上，求母舅择一地方，先行安置。"世杰道："既如此，就请贤甥写一字帖儿，我叫人取去。"韩新写毕送上。世杰便叫随来的一名牙将，拿了字帖，到船上去取灵柩。交代道："取到岸上，只拣一块干净地埋葬了就是。"那牙将倾命而去。韩新道："这是表弟永远安葬之事，似乎不可太潦草。世杰道："如今天下纷纷，国家之事尚料理不来，何暇再问这等事。

依我之见,贤甥这番送他来也是多事呢!"

说话之间,师夔便叫人置酒款待韩新。世杰道,"如今军务倥偬,何暇宴饮。"师夔道:"不然。韩将军是远客,岂可简慢!贤甥勇且在此聚聚谈谈,我先回敝衙预备去。"说罢,辞了下城,上马回到衙内,传了二十名刀斧手,暗藏军器,伏在两边厢。只待说世杰降元,他肯便吉,不肯时掷杯为号,即出来结果了他。——安置停当,然后叫人去请,不多时世杰、韩新一同乘马而来。

师英便命置酒,酒过数巡,韩新对世杰叹道:"当夜元兵袭破鄂州时,愚甥苦苦劝表弟降了元朝,倘使他听了愚甥之言。何至如此!"世杰道:"贤甥方才说是赴救不及,如何又说曾劝他降元呢?"韩新道:"何尝是赴援不及!愚甥到得州衙时,表弟方提了画戟要上马,是愚甥拦住,苦苦劝他,怎奈他百般不从。后来又举起州印打来,愚甥虽念着亲情,不去怪他,甥手下带来的人,却耐不住,一拥上前,刀剑并下。那时叫恩甥要狄护也救护不来,所以亲送他遗骸到此,向母舅请罪。"世杰道:"如此方不愧为吾子也。莫说是手下人杀的,就是贤甥杀的,也是各尽其职,说什么请罪呢。"

韩新道:"不如此说。岂不闻'良禽择木而栖,贤臣仟主而事'!以时势而论,宋室土地,十去八九,眼见得不久就要沦亡。豪杰之士,望风归附,母舅倘能见机而作,不失封侯之位。尚望三思。"世杰微笑道:"贤甥此话,只好向热心富贵的人说上,我的热心,向来未用到富贵上。是以听了一席高论,我还是执迷不悟呢!"韩新道:"如今人心涣散,万事皆不可收拾,母舅还想以一个人一双手恢复中原吗?"世杰道:"倘中国尚有一寸土地,我尚有立足之处,不能没有这个希望。果然中国寸土皆亡,我亦当与中国同亡,我的热心,就在此处。"

韩新尚欲有言,忽听得丁当一声,酒盏坠地,两边厢突出二十名刀斧手,一拥上前,为首两名彪形大汉手执剑刀,向韩新砍去。韩新措手不迭,推翻酒筵。二人略退后一步,韩新方才拔出佩剑。二人又奔师镶,左右急上前挡往,世杰拔剑在手,大叫反了,来奔二人。二人忙道:"张将军息怒,请善肯心护;待俺二人杀了卖国贼,再告一切。"说罢又奔韩新。师夔见势头不妙,急走入内室,大叫:"韩将军随我来。"韩新方惊得手足无措,听得招呼,急走入内,将中门紧闭,由后门绕出,走上城头,把降旗竖起,大开四门,招接元兵去了。

这里张世杰仗剑在手,听了二人之言,正在摸不着头绪,还是要挡住二人。又见师夔、韩新先后入内,正个知是何变故,亦欲相随进去,却被两个人汉拉住道:"去不得,去不得。他二人正要杀将军呢。"世杰愈加疑惑。

那两个大汉只得诉说一番。一个说道:"在下姓宗名仁,这一个是兄弟宗义,都在此当刀斧手头目。吕师夔那厮,今日传我们来,说要是将军降元,肯便肯;不肯时掷杯为号,便叫出来结果将军,要取将军首级,去见伯颜作为赞礼。我弟兄二人,略明大义,所以约定手下,到时不许动手。我兄弟便欲先杀了那两厮。此时要告诉将军,也来不及,待我们打入去,索性结果了他,再与将军保守城他。"说罢,撞开中门,杀将进去。此时张世杰如梦方醒,也随着二人杀入内室,搜寻师夔、韩新,却只不见,宗仁、宗义手执大刀,逢人便杀,将他一家老幼,全行杀死。却只不见吕、韩二人,想是由后门逃走,躲向民房去了。

正欲出外追寻,忽听得街上人声鼎沸,急出问时,只见众百姓扶老携幼,哭哭啼啼的往来乱走,口中嚷道:"元兵杀进城来了。"世杰大惊,急急提枪上马。宗氏兄弟也寻了马匹,跟着世杰杀出城去。此时城中的元兵,已是峰屯蚁聚。你想张世杰等只得三人,又是巷战,任是何等英雄,如何杀得出城呢?此中却有一个缘故,假如是攻破城池的敌兵,他攻了进城,自然提防还要厮杀,而已总以杀人为主。如今这是竖了降旗请他进城的,自然以为城中之人,个个部愿投降的了,如何还有准备。所以入得城时,便四散的都向百姓人家淫掠去了;不提防突然间有人杀来,自是措手不及,所以被三人杀开一条血路,奔离了城门。

城外元兵虽多,却被张世杰一马在前,宗仁、宗义在后,如生龙活虎一般,杀入阵去,荡开一路,杀奔柴桑山而来,本营将士,接应人士。世杰道:"不是贤昆仲相救,几丧贼手。"宗义道:"非但如此,我兄弟早商遣定了。如果韩新那厮说得将军肯降时,我兄弟要突然出来连将军也……"说到此处,宗仁连忙喝住。世杰道:"我如果背主投元,自然应该连我也杀了,如此方是大义,又何必讳呢!如今有屈二位,就在左右,早晚好商量军事。"二宗诺诺连声道:"愿附骥尾。"世杰大喜,宗仁道:"今江州已失,此处不能久驻,须防元兵来攻,我们还要商量一个退步。"宗义道:"我们不如反把江州围了,这叫做先下手为强。"宗仁道:"你这又是糊涂,倘上游元兵再来,在外围住,便怎么样呢?"

正议论间,陈瓒使人来报说:"探得张弘范率领水师沿江而下。我兵过少,恐不能敌,请令进止。"世杰想了想道:"今元兵既得江州,张弘范到此,必会师一次,我等终要定个退步方好。"想定,即移檄陈瓒,叫他且退入鄱阳湖。自己率领陆兵,退到建昌扎住。一面差人赍表到临安告急。

使者奉命星夜起行,谁知沿路多有元兵不能速进。又兼在路上病倒了,足足病了五个多月,才能起身,好容易赶到临安,入得城时,只见满城百姓挂孝,心中吃了一惊。正在疑惑观望之间,忽听得一声斥喝,连忙站过一边。

只见前面来了一对龙凤日月旗,随后跟着许多銮驾提炉,旌旄斧钺,清音细乐之类。说不尽那种严肃气象。过了许多方见众官素服步行执绋,后面来了一个棺材,却罩着杏黄缎绣金龙的棺罩。棺后是黄缎魂轿,用九曲黄罗伞在前引导。使者看得呆了,以为不是太后便是皇帝崩了,然而一路上何以不听见说呢?看官,你道果真是谢太后或是度宗皇帝没了么?非也。原来是贾似道的母亲死了,此时似道威权日重,朝廷还当他是个好人,倚他如左右手,那天他奏报了丁忧,朝廷恐怕他丁忧守制去了,没人办事,又怕别人办事,及他不来,意欲要他戴孝视事,又怕他不允,所以度宗想出这个空前绝后的特恩,赐他以天子卤簿葬母,饬令满城挂孝。这一段话,不是我诌出来的。

倘或不信,请翻开宋史看看,这件事载得明明白白,可见不是我做书人撒谎呀!当下使者打听了方才知道,想着:"贾丞相丁忧,如今枢密院不知又是哪个呢!不管他,我只投我的文便了。"想罢,到枢密院投递,顺便打探打探,方知权理的是陈宜中。

这天陈宜中也去送殡,到了次日到院,方才知道,想道:"近来各路告急表章,好似雪片一般;皇上又成年不出来视朝,这事究竟如何处置,也得早些商量。我偶然同留梦炎说起,他只说已经办妥了,却又不见有甚动静。"

正在纳闷之间,也是事有凑巧,外面报说:"皇上在上书房。"原来度宗自从那回病后,虽说医好了,却总未甚复元。况且他又是个荒淫酒色的人,终日在宫中饮宴,外边的事,虽已略知一二,然一经想起来,便觉心中焦躁，倒不如纵情酒色，转可以解闷消愁。因此自从病愈，即不视朝，一切朝政大事，都由贾似道去办。这日不知如何，忽然高兴，要到上书房去看两页书。

陈宜中得了这个信，连忙袖了表章，去请朝见。度宗叫宣召入来问："有何事？"宜中奏道："张世杰有告急表章在此，谨以奏闻。"度宗道："贾似道在值时，有了军务，他总会调度，并未烦过朕心。"宜中闻言，不敢作声。度宗又想了半晌道："朕记得张世杰在鄂州曾有捷报到此，何以忽然又告急起来。"宜中道："鄂州已经失守，襄阳、樊城皆已陷了。张世杰退援江州。吕师夔反了，投了胡元，张世杰退守建昌，故此上表告急。"几句话吓得度宗呆了半晌，方问道："如今外面军情，到底怎么样了？"宜中奏道："昨日闻报常州危急。"度宗闻言，只急得汗流浃背，叹口气道："卿且退上，明日再降旨吧。"宜中只得迟出。

度宗起身，坐了逍遥辇回宫，到俞修容处去。修容抱着小皇子昺迎入。

看见度宗颜色有异，奏问道："陛下龙颜，与往日不同，不知有甚心事？"

度宗叹口气，指着小皇子道："这小孩子将来不知死在哪里呢？"修容惊道："陛下何出此言？"度宗半晌没有话说，忽地哇的一声，吐出一口血来。修容大惊，连忙上前扶到房内床上，服侍睡下；一面差人到各宫去报。

不一会全皇后带着小皇子㬎到了。此时小皇子㬎已经封了嘉国公，因他虽是嫡出，年纪尚幼，故未策立做太子。当下全皇后先上前请安问病，度宗只是不语。全皇后只得出来问俞修容。修容道："妾亦不知底细，亦不知驾从哪里来，只入到宫时，面色已是不好，指着昺儿说什么不知这孩子要死在哪里。"全皇后即刻传了随从度宗的近侍来问话道："皇上方才从哪里来？"

近侍奏道："从上书房来。"全皇后又问："上书房召见哪个来？"近侍奏道："陈宜中请朝召见的。"皇后道："问过甚后来？"近侍把宜中的奏对说了。全皇后也觉吃惊；然而此时是病人要紧，急叫人去传太医。

忽报太后到了。全皇后，俞修容连忙出迎。只见谢太后喘吁吁的，扶着拐杖进来。杨淑妃扶着小皇子㬎，跟在后面。谢太后口中说道："前回那个病，还没有复元，怎么又吐起血来了？你们又是哪一个激恼了他？"

全皇后俞修容不敢作声,跟着进来。谢太后伏在床前道:"官家,你怎样了?"度宗道:"孩儿没有甚病,太后不必忧心,略歇一会就会好了。"谢太后出来问起端的,全皇后把上项事由说了一遍。谢太后也多紧锁双眉。

歇了一会,医官来了。请过脉,说是急怒攻心所致。今把恶血吐出,转易用药。出去拟了药方进来,谢太后叫取药来,看着煎服了。不一会度宗睡去。谢太后方才交代俞修容等好生服侍,上辇回宫。全皇后却就在修容宫内用了夜膳,看度宗醒过两回,没甚动静,方始带着嘉国公回去。临行又叫杨淑妃不必回宫,在此帮着服侍。杨淑妃唯唯答应。

是夜杨、俞二人不敢睡觉,静悄悄的坐在外间,守到天明。谢太后早打发人来问过。全皇后又到了。传了医官进来诊过,说脉息平了好些,又拟了药方服药。度宗就床上坐起,全皇后坐在床前,度宗又把昨日的事说了一遍。

全皇后道:"陛下且请放心,保重龙体要紧。"度宗道:"贾似道总说外面军务没甚要紧,朕想明日叫他自己领兵出去御敌,看他自己用兵,如何奏报。"

说罢,叫近侍取过笔砚。近侍就端了一张矮脚几,放在床上,放好笔墨。度宗写了一道旨意,给全皇后看。全皇后接过看时,只见上面写着一行字道:"贾似道着开府临安,都督诸路军马,出驻沿江一带,相机御敌,即日出京,毋稍迟缓。"

全皇后尚未看完,度宗忽地又哇的一声,吐出一口血。全皇后、杨淑妃等吃了大惊,急忙上前扶住。近侍撤去了矮脚几,方欲扶度宗睡下,只见他接连又吐了三四口。急得全皇后一面叫人传医官来,一面叫人奏报谢太后。

谢太后因年纪大了,又担了心事,昨夜一夜未曾睡着。此时恰待要歇歇,闻得此报,只吓得魂不附体。即刻叫备辇,宫女奉过拐杖,又一个宫女搀扶着上了辇,一直向俞修容宫里来。恰才到得门前,只听得里面一片哭声,谢太后这一吓非同小可。

不知后事如何,且听下回分解。

第 七 回

痛蒙尘三宫被辱　辟谣琢二将怜忠

话说太皇太后欲图旦夕之安,情愿奉表称臣。就叫词臣拟定了降表草稿,仍着刘岊送去,给伯颜看过合适不合适。刘岊领旨赍了表文稿子,到了平江,见过伯颜,将稿呈上。伯颜看过一遍道:"虽然如此,还要叫你们主子交代各路守将,一律投降。我兵到时,自然秋毫无犯,倘若不然,我仍是杀一个寸草不留。你快回去,叫临安百姓,家家门上都要贴个帖儿,写着'大元顺民'四个字。你们也该准备犒军礼物,我随后便来也。"刘岊诺诺连声退出,回去奏闻。太皇太后大惊道:"我只道投了降,他便不来,谁知仍是如此,只得依他而行的了。"说罢,又哭起来,对陈宜中道:"卿去备办一切吧。"

哭倒在龙床之上,众内监搀扶上辇,回入宫去,从此就病倒了。

不一日张世杰勤王兵到,将兵扎在城外,自家匹马进城,到宫门请旨。

黄门官传了进去,良久出来说道:"奏了内谕,太皇太后慈躬不豫,不能视朝,可到陈丞相那边去。"世杰只得出来,去寻陈宜中。只见宜中指挥众人,杀牛宰马,十分忙碌。问起情由,方知道要进降表,恼得张世杰暴跳如雷道:"我们在外面拼性命的厮杀,如何这里就投降了?"陈宜中道:"要救目前,也是没法。如今文文山也拜了相,你去访访他,从长计议吧。"世杰闻言,辞了宜中,去访文天祥。只见天祥座上,先有一客。世杰看那客时,不觉吃了一惊,原来不是别人,却是镇守安仁的谢枋得。世杰不及与天祥见礼,先向枋得道:"这是叠山先生呀!何得在此?我记得起身入卫时,路过安仁,曾得一会。我沿路转战而来,路上不免有些耽搁,请问如今江西情形如何了?"枋得道:"自从将军行后,元兵便袭了建昌,又攻破了饶州。吕师夔那厮,亲带元兵来取安仁;安仁那边城低壕浅,将寡兵微,将军你是知道的呀,因此把守不住,只得退到建宁,哪知元兵尾随而来,又破了建宁。我只得齐了妻子,赶来临安请罪,方才到此,尚未到宫门请旨。"世杰咬牙切齿道:"什么罪不罪,左右大家都投了降就算了!文丞相，你是向来讲气节的人，怎么看着一班卖国求荣的奸贼，怂恿得朝廷也奉表称臣，你却一言不发，也不知道阻止阻止。我如果早赶到两天，得见那回事，我张世杰是情愿一头撞死了，也不肯看这种没廉耻的行径的。"说罢，他就大叫皇天后土，列祖列宗，那一掬英雄热泪不由的如断线珍珠一般沥沥落落滚将下来。文天祥叹道："当日太皇太后只图急顾目前，以为送了降表，可免兵至临安，俟兵退后，再图善策。何期伯颜不肯退兵，必要一到临安，以示威武。"世杰不等说完，便抢住说道："什么示威武不示威武，只怕他到得临安时，也就不肯空过。我不管他，等他来了时，先将伯颜一枪搠死，然后杀退元兵。看你这班文臣羞也不羞？"榭枋得道："张将军且请息怒，我们商量大事要紧，说是要杀伯颜呢，也未为不可，不过他的大兵已经深入重地了，仅仅杀他一个伯颜，他还有多少勇将呢！万一杀他不成，他反杀起来，这不是投鼠忘了忌器吗！"文天祥道："事已至此，将军再加些怒气，也是无用。如今且待敷衍过了伯颜，我们再图后举，不是我文某今日忽然沦亡了气节，须知生米已成熟饭，仗着这匹夫之勇，是不能成事的。"世杰叹了一口气，方才说道："适间无礼，望丞相恕罪。"天祥道："这才足以表见将军忠勇，何罪之有！"

　　直到此时，三人方才分宾主坐下。天祥问起一路情形，世杰道："本来由鄂州到江州时，是分水陆两路，自从吕师夔反了，水师退入鄱阳湖，及来时沿江水路，多是贼兵，故将水师也调上陆路，一起前来。"又说起宗仁、宗义之事。天祥叹道："忠义之士，每每屈于下僚；倒是一班高爵厚禄的反的反了，逃的逃了，降的降了，反叫胡人说我们中国人没志气，真是可恨可叹。不知宗氏弟兄二人此次有随来吗？我很想一见，此等义士是不可多得的。"

　　世杰道："现在城外，就可叫来。"随叫自己从人去叫，不一会兄弟两个都来了。世杰叫他上前见过，天祥着实夸奖了一番，又问了好些话。宗仁却对答如流。原来他兄弟二人，禀赋不同，性质各别。宗义只是一勇之夫，为人爽直。宗仁虽也是个武夫，他却恂恂有儒者之风，也曾在"经"、"史"上很用过些功。天祥见他如此，愈发欢喜。宗仁也是钦仰天祥不置，遂回身便对世杰说，要求世杰做介绍，拜天祥为师。世杰笑道："你们当面说得好好的，正好往下说去，何必要我做甚媒人？只是，你既拜文丞相为师，要好好的学他的气节，不要像世上的畜生瘟官，钻了门路，拜了阔老师，便要求八行书，往外面谋差谋缺刮地皮去罢了。"谢枋得笑道："宗义士断不如此。将军适才何等盛怒，如何这会猛然打趣起来！"世杰道："不是我打趣，我实在恨这班畜生，时时都想痛骂痛打他一番。我骂他畜生还嫌轻，不知要骂他是个什么才好呢！我也知道宗仁不是这种人，因偶然听见拜老师的话，我触动起来，顺口骂他两句。就是你们文人说的，什么'借题发挥'的意思呢。"

说的天祥也笑了。宗仁见天祥没有推托，知是允了，便端端正正拜了三拜，说道："匆促间未曾带得蛰见，求师相见谅。"世杰道："只要二百两银子的米票就够了。"天祥笑道："张将军如何只管取笑?"因问宗仁表字。字仁道："愚兄弟一向处在下僚，没有表字。"天祥道："罢罢，老师呢，我也不敢当。不过我甚爱你们这一点忠义之气，早晚同你讨论讨论也好。我今先送你们各人一个表字吧。你居长，可叫伯成，合你的仁字。你令弟居次，可叫仲取，合他的义字。"宗仁、宗义都上前谢过。宗仁便要辞了世杰，跟随天祥。世杰自然应允。

忽报说伯颜兵已到，离城十里扎住。太皇太后扶病临朝，召百官议事。

天祥急急入朝。张世杰、谢枋得仍到宫门候旨。太皇太后一并召了进来，便要商量如何送表去。天祥奏道："奉表称臣，究竟过于辱国，臣当冒死到元营力争此事，或能争回万一，亦未可知。"太皇太后道："先已应允了，并且稿子都送他看过，只怕争也无益。"枢密使吴坚出班奏道："天祥之言是也！且尽人事做去，成否再听天命便了。"太皇太后即准奏，就叫文、吴二人做祈请使，到元营面议。

天祥、吴坚辞了朝，各带着两员门客，上马同去。天祥带的是宗仁，还有一个杜浒。这杜浒表字景文，也是天祥的门生。当下一行人来到元营，入见伯颜。伯颜道："你等送降表来么?"天祥道："非也。特来与将军商议两国大事，如今宋室虽说衰微，南方半壁，尚自无恙，未尝不能立国。巨耐我朝群小弄政，引进的多是贪生怕死之徒，一旦听得将军兵到，遂建议要降。试问一国之君，哪有降的道理，所以我朝忠义之士，一闻此言，莫不怒眦破裂。今我太皇太后，特命某二人来与将军约，请将'投降'两字，暂搁一边。再讲修和，若北朝以宋为与国，请将军退兵平江或嘉兴，然后议岁币与金帛，犒师北朝，策之上也。若欲毁其宗社，则淮、浙、广、闽，尚多未下,利钝未可知,兵连祸结,必自此始,将军思之。"伯颜道:"前日刘昺来送到草稿,我已经申奏朝廷去了,如何可以挽回?况且你们已经有言在先,又何得反悔?难怪得我在北边时,就听得说'南人一无气节,二无信行'的了。"

天祥怒道:"将军说哪里话来,这是关系我国存亡的大事,自当从长计议,何能说是反悔!何能说是无信!至于无气节的话,在将军不过指叛中国降北朝之人而言,不知叛中降北之人,都是中国最不肖之辈狗彘不若之流罢了,断不能作为众人比例的呢。譬如北朝虽有人类,却不能没有畜生,今将军欲举中国之畜生,概尽中国之人类,如何使得呢?"伯颜道:"然则你们南朝如何用这班人守土呢?"天祥道:"朝廷失于觉察,误用匪人秉政,所以汲引之人,都是此狗彘之辈,莫非命运使然罢了。"其时吕文焕、黄顺、吕师夔一班人都在旁边,听了天祥此言,一个个都羞的无地可容。

当下伯颜便送吴坚先回去复命,却留下天祥。天祥道:"将军既不允所请,也要放我回去,如何留下我来?"伯颜道:"丞相为宋朝大臣,来此议事,责任非轻,故留在此,早晚好商量大事,不必多疑。"说罢,便叫左右引到别帐去安置。

当下吴坚回到城内奏知此事,太皇太后没法,只得命词臣写了降表,送到元营。伯颜见了,就差了几员文武官儿,带了一千元兵,入临安城去。一时临安,城中百姓,都写了"大元顺民"的帖子,贴在门上,以为如此顺从这奉天承运大元皇帝的大兵,可以不致骚扰了。谁知仍是强赊硬抢,掳掠奸淫,无所不至。可怜这班百姓,受了荼毒,还没有地方去控告,只得忍气吞声而受。那几个文武官儿,奉命进城,先封了府库,又将各种图书册籍,取个一空,纵容兵丁,分占各处宫殿。可怜宋室大臣,哪个敢争论一句。

张世杰屡次三番要杀起来,又因伯颜大兵近在咫尺,恐怕惊了三宫,只得耐着性子。忽然一日有人报说元兵抬了太皇太后,太后及皇帝去了。世杰又惊又怒,便要去抢夺回来,忽又想起事情不可鲁莽,且去寻叠山商量,想罢便去寻谢枋得,枋得道:"三宫昨日已经出城,此时想已在元营了,如何去抢得来?将军不来商量,我也正要访将军去。此时大事尽去,幸得益、信两王在外,将军急宜引兵他去,以图后举。即下官也要就此他去,再作后图的了。"世杰闻言,辞了枋得,率领陈瓒、宗义及所部兵士,浮海去了。

原来伯颜留文天祥在营中，见他举止不凡，有时与他谈论，他却绝无屈节的意思，因想留下此人，以佐宋帝，终恐久后要报仇，不如趁此时一不做二不休，给他一个绝望，故传令进城的官儿，将太皇太后及全太后德祐帝虏了出来，一面差人追益、信二王。可怜太皇太后此时病在宫中，元兵不由分说，便要扶她出去，怎奈她是个病人，扶她不起，于是连所睡的龙床，一并抬起来，十来个人拥着就走。全太后方抱着德祐帝，被他们也簇拥着上了一顶小轿，抬着向元营而来。

到得元营时，伯颜叫带入后营安置。全太后没法，只得到后面来。入到后面，只见地上摊着一条芦席，太皇太后躺在上面，四面一看，空洞洞的桌椅也没有一张，只有横七竖八的地上摊着些芦席，全太后不禁放声大哭，走近太皇太后前伺候了一番，席地坐下。婆媳相对流泪，并没一言。看看天色已晚，只见一个鞑兵，拿了一只烤熟的整牛蹄，放在面前，又放下两把小刀子。全太后看时，那牛蹄的皮也不曾剥下，上面烧的焦一块黄一块，内中还有许多未曾刮净的毛，一股腥膻之气，向鼻孔内乱攒，恶心还来不及，如何吃得下去！怎奈德祐帝半天没有吃的，饿得他叽叽乱啼，全太后只得取刀来切下一片，取来一闻，又是腥，又是臭，说道："官家，不吃也罢。"德祐帝如何肯依，抢在手中，向嘴里乱塞。刚刚吃下去一块，忽然一个恶心，哇的一声，尽情吐了出来。

急得全太后要哭，忽听得帐外一人叫道："不要哭了，你家什么文丞相武丞相要来见你呢。"一面叫着，一面进来。此时太皇太后昏昏沉沉的睡在地下，全没听见。全太后听得是自家人来见，犹如孩童得了亲爹娘一般，好不喜欢！忙叫："快宣进来，快宣进来。"那人道："好不害臊，做了囚囊，还要摆皇帝家的架子宣呀召呀呢！"说着，出去了。

不一会只见文天祥进帐来，俯伏在地，奏道："使三宫受惊，臣等之罪，万死莫赎。"全太后放声大哭。德祐帝见太后哭了，虽不知是其事，也哇哇的哭起来。哭的昏沉睡去的太皇太后也醒了，微微开眼，见文天祥俯伏在地，还有两个不认得的跪在天祥身后。太皇太后喘吁吁的道："丞相起来吧，到这个地方了还……"说到此处，便喘的说不下去了。声音太微，天祥还没听得。

全太后听了，因勉强止住哭，一抽一咽的说道："丞相请起吧，老太后给丞相说话呢。"天祥奏道："不知太皇太后慈躬如何了？"太后道："今日受这一惊，益发沉重了。"天祥道："总是臣等死罪。"说着，在后头那两人手中，取了一盂白饭，一匦薄粥，两碟小菜，进上来。可怜桌子也没有一张，只得摆在芦席上，那地又不平，几乎把一匦粥打翻了。德祐帝便忙着要吃，全太后道："难得丞相忠心。但不知从哪里觅来的？那二位又是什么人？"天祥道："臣虽被伯颜软禁在此，然而供应饮食，还不曾缺。今日听得二宫圣驾到此，便急急要来请见，怎奈这里监守极严，不得进来，适才送饭来的人对臣说道："文丞相，你好造化！有的好吃好喝。你们太后皇帝，只吃得一只炙牛蹄，还是臭的呢！'臣听了此言，不敢自用，解下腰间金带，贿了监守的人，特地送进来御用。那两个一名杜浒，一名宗仁，是臣的门生，并未授职。"全太后道："难得卿等一片忠诚，但愿天佑宋室，将来恢复江山，必当裂上分茅，以报今日。"又抚着德佑帝道："官家，你要牢牢记着呀，我们今日才是'素衣将敝，豆粥难求'的境在呢！"

话犹未了，只见那监守的人，恶狠狠的拉着天祥就走，说道："再迟叫元帅知道，我们担当不起呀！"天祥尚欲有言，全太后道："丞相方便吧，莫要激恼了他，下次不得进来，我姑媳、母、子三人，此时全靠的是丞相呀。"天祥只得辞了出来。

这里全太后起身，端了一瓯薄粥，喂太皇太后去吃，只吃了几口，便咳呛了，摇头说不吃，全大后自家也是苦的吃不下咽，只有德祐帝爬在地下，一把一把的不分是饭是菜，抓着了便往嘴里送。全太后见了这等情形，又是气恼，又是苦楚，思前想后，又不觉落下泪来。

看看天色已夜，一片胡茄之声四起，帐内黑黑的，并没有一个灯火。德祐帝又哭个不停。忽然看见两行人把，大放光明，一班鞑兵，拥着一个将官，手中挽着十多个人头，走进帐来，对着全太后一掷，骨碌碌血淋淋的滚满一地。吓得全太后不知是何事故，仰面一跤跌下。德祐帝慌得没处躲藏。那将官发话道："这是卖放文天祥见你的人，我家元帅查着了，砍了头来，叫你们看看。此处你容身不得，元帅叫连夜解你们上燕京去，走吧。"说着，不由分说，把全太后及德祐帝推人一顶小轿内，又用二块破板，安放了太皇太后，抬起来就走。这一去不知如何下落，且待下文交代。

再说伯颜叫人押解了宋室三宫去后，思量留下文天祥在营不妙，恐他又生别事，叫人将他师生三人，送到镇江，暂行安置。三人到得镇江时，也同在元营一样，有人监守着，寸步难行，住了好些时候，要想一个脱身之计，总没机会。

恰好一天是伯颜生日，元主特地差官赍了礼物来赐寿。伯颜时尚在临安营中，大摆筵席，与众将官宴饮，传令各处营盘，是日各兵丁一律赏给酒肉，监守天祥之人，也得了一份酒肉，到了晚上，吃得烂醉如泥。宗仁出外，看见这个光景，便悄悄地去牵过三匹马来，与天祥、杜浒一同跨上，悄悄的出了营门，不辨东西南北，加上一鞭，任那马信脚跑去，不到一时，走到江边。

天祥指着对江道："听说真州未夫，我们能渡到那边便好。"宗仁便下马沿江边去寻觅渡船，恰好一只渔舟，泊在那里，宗仁便呼渡，惜船大小，只能渡人，不能渡马，于是三人弃了马匹，跳上船去，渡过江来。

恰好在江边遇见一队宋兵巡哨，那领兵官便是真州权守李庭芝部下先锋苗再成。当下再成见了天祥大喜道："丞相得脱虎口，宋室江山，尚有可为，不知今欲何往？"天祥道："我想先去见李庭芝商量。"再成道："不可！先数日真州城中，起了一个谣言，说伯颜打发一个丞相到真州来说降；丞相若去见他，他必疑心及此。今不如先在驿馆歇下，待某先去禀知，看是如何情形再处。"天祥依言，在驿馆歇下，苗再成自去了。不到半日，即回到驿馆，对天祥道："如何！某知李权守必疑到丞相也。某入城告知此事，他果然疑心丞相是说降的，叫某来取丞相首级。某想自军兴以来，守土之人，叛的叛了，降的降了，哪个及得丞相的气节！今某赠马三匹，请丞相投向扬州去吧。"天祥大惊道："如此，我不得不行，但不知将军如何复命？"再成道："某只说丞相闻风先行，追赶不及罢了。"天祥遂谢过再成，同杜、宗二人上马而去。

行不到二十里，忽听得后面銮铃响处，有人大叫："文丞相慢行。"天祥勒马回头看时，只见为首一员武将，率领二十余骑追来，见了天祥滚鞍下马，声喏道："某乃李权守部下副将二路分是也。"天祥道："这又是李权守叫赶我的。"二路分道："正是。"天祥叹道："李权守终久疑我，我便回去与他分剖明白吧。"二路分道："使不得。权守此时正当盛怒，回去必遭毒手。今某奉权守之命来追丞相，某想丞相气节凛然，人人都钦仰的，至于权守的疑丞相，也是一股忠义之气，不过未曾细细寻思，误听谣言罢了，久后终当明白的。某恐丞相路上缺乏资斧，备得金珠在此，不敢说赠烬，乞丞相笑纳。"天祥道："得蒙仗义释放，已是铭感不忘，厚贶断不敢受。"

二路分再三相让，见天祥只不肯受，便将金珠委在地下，上马对天祥说一声："丞相前途保重。"回马不顾而去。

天祥不胜太息，只得同杜、宗二人将金珠分缠腰际，上马向扬州而去，到得城下时，已是四更，不便叫门，且下马歇息，欲待天明进城。此时四面寂寂无声，忽听得一人在城上道："奉权守命，今日真州李权守文书到此，有能杀文丞相者，将首级去见，赏千金。你们天明留心盘查出入。"天祥等三人听得，惊得手足无措。

不知后事如何，且听下回分解。

第 八 回

走穷途文天祥落难　航洋海张世杰迎君

却说当下文天祥听了城上的话，不觉大惊。思量此时无地可投，算来算去，只有由通州出海一路，可以投奔；然而这一路却是敌兵甚多，路上恐有不测。此处又非久居之地，只得同杜、宗二人，跨上了马，向通州一路而去。

走不多时，天色已亮，只见道旁一座古庙，三人下马，入内计议，只见里面先坐着一人，麻衣麻屦，戴一顶草冠，系一条草带，手中拿着一根四尺来长的竹竿，挑着一块三尺来长的白布，上写着"汉族遗民星卜"六个字。

天祥定睛看时，不是别人，正是谢枋得，不觉又惊又喜道："难得叠山在此相遇，请问何以到此？"枋得道："自从丞相去后，不久元兵就到临安城内，可怜那一番淫掠，真是惨无人理，后来又听得三宫北狩，那时张世杰来同我商量，后来闻得他航海而去，大约取道温州，再图恢复去了。不到几日，元兵便去，可怜临去那一番杀戮，真是天愁地惨，日月无光。那时我想杂在城中，徒死无益，因此改了冠服，变了姓名，混出城来，一路以卖卜为生，喜得无人盘诘，故一路到此。不知丞相何来？"天祥也将别后之事告知。又劝枋得同去找寻二王，希图兴复宋室。枋得叹道："天下事已经至此，一定无可挽回，我纵去也无益，还望丞相努力。"文天祥诧道："何以叠山先生也出此言云岂不闻'一息尚存，此志不容少懈'么？"枋得道："我岂不知此理，但我看得目下决难挽回，丞相可去尽力而为，我虽是芒鞋草履，须知并不是忘了中国，不过望丞相努力在朝，待我努力在野；丞相图的是眼前，我图的是日后。"天祥道："日后如何可图呢？"枋得道："丞相此言，莫非疑我迂阔么？你看元兵势力虽大，倘使我中国守土之臣，都有三分气节，大众竭力御敌，我看元兵未必便能到此，都是这一班人忘廉丧耻，所以才肯卖国求荣。元兵乘势而来才致如此，丞相，你想置身通显之人，倘且如此，何况那无知小民，自然到处都高揭顺民之旗，箪食壶浆以迎胡师的了。"古人有言："'哀莫大于心死。'我们中国人人心一起都死完了，如何不哀！我此去打算以卖卜为生，到处去游说那些缙绅大族，陈说祖国不可忘，'胡元'非我种族，非但不能推戴他为君，并且不能引他入中国与我混杂的，如丞相此去，可期恢复，固属万幸，万一不然，我浮沉草野，持此论说，到处开导，未尝不可收百十年后之功。"

天祥听罢拱手道："先生真是深心之人，敢不佩服！"又顾杜、宗二人道："我是受朝廷厚恩之人，不得不以死报，你二人既未受职，何不跟谢先生去？也可助谢先生一臂之力，这也是各尽其职，与委弃责任的不同。"杜浒道："话虽如此，只是师相此时无人作伴，好在谢先生这番后，弟子们都已听见，从此只要留在心上便是。"宗仁道："弟子跟随师相没有几时，何忍相离！弟子但愿跟随师相，以行师相之志，谢先生之志，少不得也要随时留心。如今谢先生资此志要行于草野，弟子们即秉谢先生之志，行之于阵上行间，岂不是好？又何心远离师相呢！"谢枋得道："伯成兄之言甚是，我们只要立定了主意，到处都是可行的，并且几个人凑在一处，到一处不过是一处；纵使游说动了，也不过是一处，何如大家分道而行，每人到一处，每人说动一处，就有几处呢！"

天祥道："我从镇江亡命到此，不知向何处去为佳，尚望高明指示。"杜浒道："正是，闻得谢先生深通'易'理，何不指示趋向？"枋得道："景文兄何以也出此言？岂不知大易的道理，处常不过论的是修、齐、治、平之道；处变不过论的是天人之理，何尝有甚吉凶？世俗的人动不动以为'易经'是卜筮之书，岂非诬蔑了'易经'么？至于我变易冠服，以卖卜为生，这不过是要掩着鞑子的耳目，暗中行我的素志罢了。难道我也像那江湖上的人，摇了摇课筒，说什么单单拆，拆拆单，去妄言吉凶么！"天祥道："话虽如此，但我们匆促之间，走到此地，实是无处可奔，究不知从哪里去好？叠山先生倘有高见，还乞示知。"枋得道："此去通州，是沿海的地方，最好走动，那边有可作为最好，万一不妥，那里贴近海边，也可浮海而去。大约益王、信王，必是取道温州，海路可以通得的，此是一条正路。若说江南一路，此时已没有一片干净土，倘非兵力厚集，是断断乎去不得的。"天祥道："然则先生此时到哪里去？"枋得道："君后蒙尘，妻子散失，我此时是一无牵挂，四海为家，可以说得'行无定踪'的了。"说罢，立起来，持了那布招牌。长揖而别。大有"闲云野鹤"之致。

天祥叹息一番，与杜、宗二人，上马向通州而去。这日到得高邮，已是黄昏时分。三人拣了一家客店住下，一路上风尘仆仆，到了此时，不免早些歇息。三人用过晚膳，就上床安歇。睡到三更时分，忽听得门外人喊马嘶。

正在疑惑间，又不知是什么人将房门打得一阵乱响，叫道："快起来，快起来，元兵到了！"宗仁急起来开门看时，原来是店主人，气喘吁吁的道："元兵来了，你们快走吧，迟了他杀来，与我无干。"宗仁方欲问时，那店主人已是一溜烟的去了。

此时天祥、杜浒也都起来了，三人一同出外探望，忽见一队元兵，一拥而入。三人急急闪在一旁，在黑暗的去处悄悄张望，只见一个头目居中坐下，便叫鞑兵去搜寻各房。不多一会，捉到六七个人上来，内中还有两个妇女。

那头目叫搜身，却搜不出什么来。头目叫拉去砍了，只留下两个妇女听用。

三人看到此处，不敢久留，闪闪躲躲地要想混出去。谁知门外又来了一群鞑兵，只得回身摸到后院去，寻了寻并没个后门。寻到马房内，喜得三匹马还在，只是无路可出。抬头看时，忽见马房旁边有一堵矮墙，已经缺了一角，那墙下堆着一堆断砖零瓦，知道必是先有寓客在此逃走，三人只得也逾垣出去，那三匹马无从牵得出来，只好弃了。

于是三人徒步而行，暗中摸索，喜得这条路甚是僻静，看看走至天明，并未遇见一个鞑兵。天祥道："天色要亮了，我们如此装束，倘遇了鞑子，断难倖免，不如趁此时弃去长衣，改做乡人模样，还可以遮饰遮饰。"二人闻言道："正该如此。"当下三人把外面长衣脱了，只穿短衣，又取些污泥，略略涂污了面目，仍向前行，转过弯来，却是一条大路。

此时微微的下了一阵小雨，一天阴云，将太阳盖住，辨不出东西南北，只得顺着大路走去。正走之间，忽远远的听得前面一片胡茄之声，知道元兵又要来了，急得无地可藏，四面一看，只见道旁有一间烧不尽的房屋，七斜八倒的好不危险，三人冒险入内，蜷缩做一堆，伏了良久，听得外面一阵马蹄乱响，一个鞑兵举起了手中枪，把那破房屋搊了一下，只听得泼剌一声，又倒下半堵墙，一块残砖，恰好打到天祥腿上，杜浒头面上几乎也着了两块，幸得双手抱着头，只打在手腕上，忍着痛不敢声张。等了半晌。外面寂寂无声，方才出来探望，见元兵去远了，方敢出来。此时不敢再走大路,向斜刺里一条小路而去,天祥腿上十分疼痛,杜浒、宗仁二人扶着,勉强而行,走到晌午时分,腹中饥饿难堪,更难行动,身边又没带得干粮,只得坐在路旁小歇。

正在无可奈何之时,忽见来了一群人,大约可有五七辈;也像是逃难的光景。宗仁迎上一步,拱手道:"列位可也是避兵到此的么?"内中一个后生道:"正是。鞑子的行踪没有一定的,你们坐在此处不走,万一来了,如何是好?"宗仁道:"正是,在下昨夜仓惶出走,未曾带得干粮,此处又无饭店,我师徒三人,饿的行走不动,是以在此小歇。不知列位可曾带有干粮,乞卖些与我们充饥,不论价值。"那后生道:"兵荒马乱的时候,吃的是最要紧,谁要你的钱财来,干粮是有的,却不肯卖。"内中有一老者对那后生道:"哥儿,不是这等说,我们同在难中,都是同病相怜的,我们既有在此,就该给些与他才是。"那后生听了老者之言,便在囊中探出了六七个烧饼,送给宗仁。宗仁便问:"要多少钱?"那后生道:"我说过不要钱,是送给你的。"宗仁便请问姓名。那老者笑道:"我们同是国破家亡的人,逃避出来,不过得一日过一日,得一时过一时,想来大家总不免要作刀头之鬼,你受了几枚烧饼,还要请问姓名,难道还想有甚安乐的日子,供我们的长生禄位么? 还是希图日后相逢,再行酬谢呢? 我这个不过是行个小小方便,奉劝你也不必啰嗦了,快吃了走路罢,提防鞑子到了,连一日也活不成呢。"说着一行人自去了。

这里宗仁捧着烧饼,来献与天祥,大家分吃了,略略好些。又歇了一会,方勉强起行。走不到十里路,只见迎面一行人,飞也似的跑来,口中乱嚷:"不好了,不好了,鞑子来了,快走吧!"天祥等让过这班人,商量暂避。

天祥道:"你二人走得动,快去吧。我是要死在此地的了。"宗仁道:"师相一人之身,所系甚重,何出此言?"说罢,不由分说,把天祥背在身上,向来路跑去。终是背着一人,走不大快,又不知后面鞑兵多少,正在心忙意乱之时,杜浒大叫道:"伯成兄,不要走了,有了避处了。"宗仁立定脚时,杜浒指着路旁一丛芦苇道:"我们何不暂躲在那个所在,料来鞑子总想不到那里面有人。"宗仁看时,那一丛芦苇,果然生得十分稠密,尽可藏得着人。

便放下天祥,走下去拨出一条路,方才来扶了天祥下去。杜浒也跟了下来。

天祥道："我在此暂避，你二人可去了，等鞑兵过后，再来此寻我未迟。"

宗仁道："这个如何使得！我是要在此保护师相的，不过景文兄不可在此，你须出去将我拨出的一条路，仍旧拨好，方可掩人耳目。不然，一望而知这里有人了。拨好之后，可在就近再寻个躲避之处，等鞑子过了，再到此处相会吧。"杜浒听说得有理，便走了出来，收拾停妥，心中暗想："与其去躲避，不如我在路上等他。他到时我方逃走，引他追过了此地；我纵被鞑兵杀死，却救了师相及伯成了。"打定了主意，就在路旁坐下。

等了良久，方见一行鞑兵，骑着马，衔尾而来。只因这一条是小路，两旁多是荆棘芦苇，所以不能散开走，只得衔尾而行。杜浒望见了，发脚就跑，那为首的鞑兵，便加上一鞭赶来，马行的快，早被赶上，鞑兵再加上一鞭，赶在杜浒前面，方才下马拦住要捉。杜浒道："不要捉，我有些宝物，送与你买命如何？"这鞑兵不懂得汉话，只伸手来拿住杜浒。等后骑到了，内中有几个原是汉人投降过去的，与杜浒传了活，那鞑兵点头应允。杜浒便将缠在腰上的金珠，一起取出，又撩起衣服叫他看过，并没有了。只看那鞑兵又吱吱咕咕说了几句话。那降元的汉奸，便代他传话道："这是我们的队长，我们这一队兵是昨夜到高邮时失路的，如今队长见你这个人老实，不杀你。叫你引导我们到高邮去。"杜浒故作失笑道："你们已经到了高邮，还问高邮呢？只这条小路一直去，不到五里远近，便是高邮大路了，还用得着引导么？"鞑兵闻言，撇了杜浒，自上马去了。

杜浒回身寻着天祥、宗仁，告知此事，于是二人轮着背负天祥而走。走到酉牌时分，忽然倾盆大雨起来，苦得无处可避，只得冒雨前行，行了半里多路，见路旁一个坟堂。宗仁道："好了，好了！我们有避雨的所在了。"

背着天祥，走到坟堂之内，只见里面先有两个人在那里避雨，旁边放着两担柴，象是个樵夫模样。三个进内也席地而坐，慢慢的与那樵夫说起话来，将真姓名都隐了，只说是："从高邮避兵而来，要到通州去。今夜没有投宿的地方，不知此地可有客店？"樵夫道："此地没有客店，过往的人都是在庙宇里投宿；但庙宇都在镇上，远着呢！天又下雨，恐怕赶不上了。"宗仁道："不知二位尊居何处？可能借住一夜么？"樵夫道："我们家不远，等雨小了，可以同去，不过简慢些。"天祥道："只是打扰不当。"说话间雨也住了。于是一同起行,宗仁依旧背上天祥,此时天色夜了,黑越越的走了一里多路,方才得到。樵夫敲开门,让三人入内,一面烧起火来,让三人脱下湿衣去烘;一面盛出饭来,三人吃毕,宗仁在腰间摸出一块零碎银子,酬谢了樵夫。又问起:"此去通州还有多少路? 此地可有轿子?"

樵夫道:"这里去通州,只有五十里路,轿子是没有的,你们想坐轿子么?"

宗仁道:"我二人并不要坐,只是这位先生伤了腿,走不动了。"樵夫道:"那么是为走不动要坐的,不是为的要装体面,这就好商量了。"宗仁道:"本来不是要装体面,只要一顶小轿就好;不然就是山轿也使得。"樵夫道:"都没有,我家有一只大箩筐,尽可坐得下一个人。明日请这位先生坐上去,我兄弟二人抬起来,不到一日,就可赶得通州了。"说得三人都笑起来。然而想想除此之外。更无别法,只得依他而行,一夜无话。

次日早起,晨餐已毕,樵夫取过一只大箩筐,拴上了绳索,请天祥坐上去。樵夫兄弟二人抬着先走,杜、宗在后跟随,果然申牌时分,便到了通州。

天祥索性叫抬到海边,始取些碎银子谢了樵夫,寻了一号海船,向温州而去。

且说当日派益王镇广州,信王镇福州,那时江西道路梗塞,故益王也同了信王一起,从陆路取道温州而去。走到半路时,忽报说元兵已破了临安,遣铁骑追来,杨淑妃大惊,急请驸马都尉杨镇,带兵数千断后。自家同了两位小王,轻车轻骑先行,到得温州,十分狼狈。

不到几日,又报道杨镇兵败,被元兵掳去了。杨淑妃十分惊慌,忽报直学士陆秀夫带兵二万来护驾,杨淑妃方才稍定,只得垂了帘子,隔帘与陆秀夫答话。秀夫道:"此时临安已失,论理两位王子,早当就藩,但以时势而论,不宜即去。且在此处扎住,待过了几天,临安百官,总有到此的,大家会齐了从长商议,再定行止为是。"淑妃道:"便是奴也是这个主意,故此在这里守候多天。先生一路辛苦,且请退出歇息吧。"秀夫辞了出来。

不数日陈宜中也到了,临安百官陆续到的倒也不少,大家会着议事。陈宜中道:"今三宫北狩,国不可一日无君,益王系度宗长子,宜即皇帝位,以镇人心。"众人都道:"是。"于是大家同去禀知杨淑妃。淑妃道:"没有太皇太后的懿旨，如何使得？先生等可从长计议吧！"陈宜中等又议了多时，议定了奉益王为天下兵马都元帅，信王为天下兵马副元帅，同行监国。

杨淑妃只得依了。群臣遂进了监国之宝。

又过了多天，张世杰到了，请驾由海道到福州。此时温州风声甚紧，百官多主张此说。于是杨淑妃带了二王百官一同登舟，向福州进发，方才出海，恰好又遇了文天祥的船。当下天祥过船相见，个个下泪。喜得一帆顺风，不数日已到了福州。一行人舍舟登陆，都在大都督府驻定。

天祥、宜中、秀夫、世杰等又联衔请益王即位。杨淑妃仍以"未奉懿旨"为辞。文天祥道："以淑妃及益王之位分而论，自当以太皇太后为重；以宗社而论，则太皇太后为轻。今请益王即位，系为宗社稷，虽太皇太后亦不能以无诏见责。"群臣同声道："文丞相之言是也。"杨淑妃拗不过，道："任凭诸位先生意思便是。"

于是群臣择定五月朔日，奉益王即位于福州。改福州为福安府。就将大都督府正厅改为垂拱殿，便厅改为延和殿。即位之日，遥上德佑帝尊号为孝恭懿圣皇帝，改元景炎，进封信王为广王；封陈宜中为左丞相，兼枢密使，都督诸路军马；文天祥为右丞相，兼枢密使，信国公、张世杰为枢密副使，越国公、其余百官俱加一级。独是陆秀夫因与陈宜中不合，未曾升迁，仍供旧职。群臣又拟尊杨淑妃为皇太后，吓得杨淑妃在帘内颤声说道："众先生，千万不可。"

不知杨淑妃为何大惊，还说出甚话来，且听下回分解。

第 九 回

辞尊号杨太妃知礼　议攘夷众志士定盟

话说杨淑妃在帘内听得众大臣要尊自己为皇太后，吓得手足无措，颤声道："众先生，千万不可如此！"一众大臣，转觉得愕然。淑妃道："皇帝虽系奴所出，但奴不过是先皇帝的一个遗妃，如何敢当这'太后'两字？"

陈宜中道："士庶人家，尚且母以子贵，何况皇室！这件事，淑妃倒不必推辞。"淑妃道："士庶人家，虽说母以子贵，但他那等贵，是由朝廷给与封典。至于他在家庭之中，未必因受了封典，就可以忘了妻妾的名分。如今全皇太后，蒙尘在外，奴忽然受了这'太后'两字的尊号，纵使全皇太后宽宏大量，岂不落了天下后世的批评？这是万万不能行的。"陈宜中又道："辽、金两朝，似乎已有此成例，倒可不必拘执。"淑妃道："陈先生这话，越发说得远了！那辽、金是夷、狄之人。我中国自尧、舜、禹、汤、文、武历圣以来，又有周公、孔子制定礼法，真可算得是第一等文明之国。岂可由我而起，废了先圣礼法，学那些夷、狄之人，弄出那什么东呀西呀的。说来也是笑话，把'太后'两个字，闹成了什么东西！岂不可笑么？"一席话，说得陈宜中闭口无言，羞惭满面。

陆秀夫道："这事须得请了太皇太后的懿旨，方是名正言顺。"淑妃道："就是太皇太后有了懿旨，奴也是要抵死力辞的。奴本来不喜欢那身外荣名，更不敢僭分越礼；况且此时偏安一隅，外侮方急，难道奴还像那没心肝的，终日想着那什么上徽号咧、做万寿咧、勒令百官报效银两铸成了扛不动的大元宝叫敌兵来取了去作为话柄么？只要众先生戮力同心的辅佐着皇帝，把中国江山恢复过来，把宋室宗社中兴起来，纵不能杀尽那蒙古鞑子，也得把他赶到万里长城以外去。那时奴的荣耀，比着'太后'两个字的尊号高得万倍呢。"

众官听到此处，无言可对。又复大众商量，以为皇帝之母，似乎不能仍称为妃。倘他日皇帝长成，大婚之后，立了妃嫔，岂不要称混了么？商量了许久，变通一个办法，拟定尊"杨淑妃"为"杨太妃"。商定了又去奏闻,把这个意思表明,淑妃只得允了。于是尊了"淑妃"为"杨太妃",怀抱着景炎帝垂帘听政。可怜杨太妃自从离了临安,一直到了此时,方才得了喘息的工夫。

这里方才商量布置守御,一面兴兵恢复;忽探子报到元兵分两路由海路南下:一路取汀州,一路取广州。汀州一路是阿里海涯做元帅。广州一路是张弘范做元帅。每路有精兵三十万,杀奔前来。

陈宜中等闻报,急急会齐了,同去奏知杨太妃商量。张世杰便告了奋勇,情愿领兵由海路去援汀州。文天祥奏道:"张世杰既领水师去援汀州,臣愿带领陆兵,去克复江西一路。北兵闻江西被攻,海上又有张世杰一支兵,则往攻广州一路的兵,必定惊慌。那时乘势再出一路兵,作为声援。可期北兵不战自退。"杨太妃依言,就令文、张二人克日领兵前去。文、张二人当下辞朝出来,分头去点定人马,一面出榜招揽天下英雄。

忽报杨太妃有旨宣召。文、张二人连忙入朝,杨太妃道:"文先生、张将军这番出兵,但愿一举恢复中原,挽回危局。奴想自先皇帝以来,只有元兵来入寇,我方设法御敌,从未曾起兵去攻伐他。这回文先生去克复江西,可算是头一次,不可不慎重其事。奴想定了主意,学古人那登坛拜将的礼,已委陆先生派人到城外去筑两个将坛,准定后天行礼。只是皇帝年纪幼小,奴又是女流,只好请陈先生恭代行礼的了。二位切不可推辞。"文天祥奏道:"现在干戈缭乱,似乎可以不必衍此等仪文,况臣才识浅陋,屡次兵败,哪敢当此隆礼!"杨太妃道:"先生,说哪里话来!这拜将出兵,本来为的是干戈缭乱,要去扫荡妖氛,才有这个礼呀!难道天下太平的时节,倒有这等事么?"张世杰道:"汉高祖登坛拜将的事,只为韩信年轻,恐怕不能服众;所以玩出这个把戏来,有甚礼不礼?臣等都是身经百战的,何必这个!"杨太妃道:"这是奴要表明皇帝慎重这事起见,两位都不可推辞。奴还有一个商量,如今上了孝恭懿圣皇帝的尊号,还没有进上册宝。奴想要差一个精细人,赍了册宝送到北边:一则是进册宝,二则是请三宫圣安,顺便探探情形。先生想想有甚可靠的人?"文天祥道:"进册宝自是礼数,但送到北边去,恐怕不方便,倒是差人到北边去,请三宫圣安,打探消息是真。这册宝一节,依臣愚见,不如先在此望空上了,等他日扫平了'胡元',三宫回銮时再上吧。"杨太妃道:"先生说得是。但差遣何人去好呢?"天祥想了想奏道:"臣有一门生,姓宗名仁。此人极精细,可以去得。"杨太妃道:"他现居何职?"天祥道:"在臣幕下,尚未受职。"太妃即命内臣传旨,封宗仁为代觐使。即刻宣召入朝。

不一会宗仁来到,山呼已毕,太妃道:"文先生保卿可往北边,代请三宫圣安,屈卿充个代觐使。不知何日可以起行?"宗仁奏道:"太妃慈德谦和,臣不敢当;至于代觐一节,无论何时即可起行。况臣也恋主心切,亦望早日觐见三宫,探个着实消息回来:一则上慰慈怀,二则也稍尽臣道。"太妃喜道:"既如此,卿可择日起行,愈速愈好。"

当下一众辞出。宗仁跟天祥回府道:"侍奉师相未久,今又要分离,真是令人无奈。"天祥道:"这是一桩正事! 到北边去,要紧是打听元人动静。这事非同小可,所以我不保别人,单保你去。不知你几时可去?"宗仁道:"送过师相起节,就可动程。还有一件事,央求师相,不知可承俯允么?"

天祥问:"是何事?"宗仁道:"门生兄弟共是五人。除门生及宗义跟随师相及张将军外,还有三个兄弟,前日追寻到此地来。那第四的名宗智,今年方才二十岁,他从小喜欢弄水,长大了就熟谙水性。宗义因这番张将军由海路出兵,就荐在张将军幕下。还有两个:宗礼、宗信。闲着无事,自小也学过武艺,意欲求师相收在麾下,早晚听候差使。"文天祥道:"我今正在用人之际,所以出榜招揽天下英雄。令弟在此,是极好的了,快请来相见。"

宗仁就叫人去唤来。不一会兄先弟后的来了。参见已毕,侍立左右。天祥抬眼看时,二人都是彪形大汉,浓眉广颡,燕颔虎腮,一望而知是两员勇将,不似宗仁虽是身材高大,勇力过人,眉目间却像一个恂恂儒者。天祥大喜,留在帐下。

到得晚来,门上又报说有四条好汉求见。天祥叫请进来相见。四人参拜过。各通姓名。第一个姓赵,名龙,表字云从。生得紫面虬髯。第二个姓李,名虎,表字公彪。生得唇红齿白。第三个姓白,名璧,表字复圭。生得气宇轩昂,声音洪亮。第四个姓胡,名仇,表字子忠。生得瘦小身材,举动机警。

都是因为见了榜文,前来投效的。

天祥看罢,不胜之喜! 齐命坐下相谈;又各赐衣甲鞍马。赵龙道:"某等早想拜投丞相门下,尽忠王室,只恨没有机会;今见榜文,特来拜见,务望录用。"胡仇道:"在下在临安时已暗暗的跟定了丞相。后来丞相到镇江,在下因恐鞑子要害丞相,也伏在左近。后来听说丞相走了,在下连夜访寻,杳无踪迹。后来在江边寻见了三匹马,料是齐马渡江了,也就跟过江来。忽听得军民人等纷纷传说,说丞相奉了元主之命,来说李庭芝投降。那时在下就冷了半截身子,喜得后来遇见谢叠山先生说起,方才晓得是谣言。那时已是无处追寻了。一天在海边,遇见一个渔翁;因自念终久是个亡国之民,何不学孔夫子说的乘桴浮于海呢? 因央那渔翁带我在船上,帮他撒网起网,自愿不受工钱,承他应允了。谁知上船不到几时,起了飓风,把船上的桅也打断了,舵也打折了。无法可施,只得随风飘荡,足足受了五六天的风涛,却飘到了此处。上岸散步,问了土人。知道丞相在此,又说得不甚明白。在下就辞了渔翁,要来打听,半路上遇见这三位,说起丞相在此出榜招人,因此同来拜见。"天祥道:"一向多承暗中保护,感谢不尽。"胡仇道:"今日得见丞相,三生有幸,务乞收在帐下,早晚听令。"天详也谦让了几句,就让到外厢去,令与宗礼、宗信相见。

天祥叫了宗仁到里面说道:"我看那胡仇为人甚是机警。你一个人到燕京去,我正在不放心,明日想派他跟你去,你意下如何?"宗仁道:"初次相见,尚不知他的底细,如何好结伴? 待门生出去试探试探他再看吧。"天祥道:"正是! 我叫你来也是要商量这事呢。"

宗仁就辞了出来,与众人相见,互通姓名,挨次坐下。宗仁便做个东,置酒与众人接风。连宗礼、宗信共是七位英雄,把酒论心,各诉生平,十分畅快。到半醉时,李虎叹道:"如今干戈缭乱,其实不是我辈吃酒的时候;不过宗大哥美意,不便十分推辞。明日我们跟丞相出师,在阵前打仗的兴致,也要同今日吃酒一样才好呢!"宗仁闻言,十分敬佩道:"弟岂不知此理! 不过今日与众位初次相会,借此聊表敬意,二则借此大家谈谈心曲罢了! 其实主意不在吃酒上呀!"胡仇道:"正是! 我们此番得见丞相跟随着效力;我劝众位千万不可把'忠君报国'四个字摆在心上。"大众听得此话,不觉一起惊愕。胡仇道:"列位有所不知,世上那班人动不动要讲'忠君报国',面子上是很好看的,你试问他心里何曾知道君国是什么东西,不过借着这个好名色,去骗取'功名富贵'罢了。不信,你看投了鞑子那班官儿,当日做宋朝的官的时候,何尝不是满嘴的忠君报国? 及至兵临城下,他的性命要紧,就把忠君报国那句口头禅丢到了爪哇国去,翻转面皮投了降了！及至得了性命又想起那个功名宫贵来，只是没法可取，他又拿出他的那副面具来去说'忠君报国'；可是忠的是鞑子的君，报的是鞑子的国了！"说罢，便咬牙切齿的恨起来。白璧道："我们只要把'忠君报国'四个字，不这样用就是了。"

胡仇道："我们何犯着挂那种卖假药的招牌！依我说，我们今日不过是各人去报私仇罢了。列位的事我不知，只我就是临安人，临安地方也没有同鞑子见过仗，太皇太后先奉了降表过去，可以算得怕他的了。那臭鞑子不费一兵半卒之力，唾手直入临安。你看他还是杀戮淫掠得一个不亦乐乎！那时我想国也没了，要家何用？所以撇了家去暗中跟随文丞相。今番出兵是我们凭借着君国之力去报私仇。我想此时我家祖坟，不定也叫鞑子掘了，这个破家毁坟之仇，如何不报！列位看着我到了阵上时，捉了鞑子，我要生吃他的肉呢！所以我不说'忠君'，只说'孝祖宗'；不说'报国'，只说'报仇'。"

一席话说的众人一起点首。宗礼笑道："依兄此说，我们国中现在鞑子不少，你何不杀两个出出气呢！"胡仇道："唉，怎么兄要说出这种话来了！尽我的力量去杀，能够杀得几个呢？就叫我一个人杀他几百，也不能算得报仇，必要仗着兵力去克复城池，赶绝鞑子，才好算得报仇呀。"白璧道："依兄此说，仍是不离'忠君报国'的宗旨。"宗仁道："胡兄此言，甚是痛切，不过，他未曾将他的意思说得圆满，他说'报仇'就是'忠君报国'，'忠君报国'就是'报仇'，把两件事混做了一件，办起事来越发奋勇些，是不是呢？"胡仇拍手道："正是，正是！我满心是这个意思，不知怎样总说他不出来，好笑我在江北遇见了谢叠山，他打扮得不僧不道的模样，同我谈了半天，我说起报仇的话，他说甚好，甚好！但只一样，自己报不来，也要交代子孙去报。我想世界上哪有许多好子孙，到了子孙时候，鞑子盘踞得久了，莫说子孙要存了个深仁厚泽食毛践土的心思，就是子孙要报仇，那鞑子还要说什么'大逆不道'呢"赵龙道："及身报得来便好，报不来时，我便一头撞死了。并且连儿女都要自家先杀了，何苦留些骨肉叫人家去糟蹋。"白璧道："不能这样说。依赵兄这话，岂不是中国从此没了人了么！"宗仁道："凡事都要有一个退后思想，譬如我们明日出兵报仇，一路都是胜仗便好，万一不胜呢！再万一有甚大不测之祸呢！那时就不能不依叠山先生的话了。

这后我也曾听先生说过,反复思量,这倒是个深谋远虑呢。我有一句话,请教胡兄,当日暗中跟随文丞相时,你是怎样跟法的?"胡仇道:"我为要暗保文丞相,受了多少恶气。我是见了鞑子就恨的,那时没法,只好投入鞑营去。我若是投到伯颜跟前显显我的本事,不怕他不重用我,但是我为的是保护文丞相,犯不着拿本事去帮助仇人,所以只去充做一马夫。那天伯颜生日,大家大酒大肉的吃,偏偏我也吃醉了,及至醒来,失了三匹马,我心中一想,必是文丞相骑去了,偷入去一看,果然不见了,是我赶出去跑到北固山顶上一望,见那三匹马在江边吃草,知道是渡江去了。"宗仁道:"我记得那夜天阴月黑,如何望得见?"胡仇听了,定睛将宗仁看了一看道:"同文丞相一起的有两位,莫非一位就是宗大哥么!"宗仁道:"正是。"胡仇拱手道:"失敬,失敬! 兄弟生就的一双眼睛,黑夜里可以辨得五色;若在白天里,只要目力可及的地方,可以辨出人的面貌。起初时,我以为人人都是如此,后来慢慢的才知道我竟是生成的一双怪眼。"大家听了,都觉得惊异。宗仁道:"想来胡兄武艺,必定高强。"胡仇道:"马上的功夫,却是有限,只因身材矮小,先就吃了亏。我看着各位的身躯雄壮,还十分羡慕呢! 其余那小小技艺,不足挂齿的,不过心志总还不让人。"宗仁见他才气磅礴,知道他是一条好汉,非同那投营效力希图升官发财的可比。此番北上,得他结伴最好,因将文天祥打算叫他结伴到燕京的话说了一遍。胡仇道:"我们投到此处,本来是任凭丞相差遣,就是赴汤蹈火,也在所不辞,何况走一趟燕京呢! 我就伴送大哥到了,再折回到营里去也是一样。"宗仁大喜,再让一回酒。大家饭罢散坐。

　　赵龙道:"今夕得闻胡兄报仇的一番议论,十分钦佩,我们今日虽是初见,却是彼此同志,何不大家定一个盟,不必学那世俗上的什么结为兄弟,只要联合一个盟会,立定了一个报仇的宗旨,始终不许渝盟,好么?"大众齐声道:"好。"宗信道:"虽不必学那个结拜兄弟的俗套,但必要公举一位盟主方好。"白璧道:"赵兄先发此议论,就请赵兄做个盟主吧。"赵龙道:"这个断不敢从。"李虎道:"我有一句话,要举一个人,却是我说出来,不许再推辞的。"众人道:"只要举得公允,自然大众赞成。"李虎道:"我们多是一介武夫,如何好当盟主? 须知我们今夜虽然只有七个人,将来人众起来,要办大事,或者不仗朝廷之力,另起民兵,代国报仇。或者别有他举,那时人多议事,盟主坐了主席,要博采众论,下个公断的呢。今夜七人

之中,只有宗大哥文武双全,人材出众,正合推为盟主。"众人齐声道:
"好。"宗仁再三推辞。白璧道:"我劝宗大哥一话,将来我们慢慢招致的
人多了,那时有了比你强的,再让与那位未迟。"宗仁不能再辞,只得应
允了。

当下商量要起个会名。宗礼道:"我们就学《三国演义》上周瑜的'群
英会'如何? 不然还有俗话说的许多'明日会'、'改天会'呢。"说的众人
都笑起来。宗仁道:"三舍弟常会说些疯话,诸位不可见笑。"于是当下议
定了叫做"攘夷会",大众折箭为誓,立了盟约。宗仁署了主名,其余挨次
签名。

宗礼道:"大哥今日吃酒做了主人,如今联盟又做了盟主,真是主运
亨通了。"

说得众人又一起大笑。一宿无话。

次日清晨,宗仁把昨夜事告知天祥。天祥也是喜欢,当即入朝请旨,
将新投效的都授了副将之职;只有胡仇封了代觐副使。

又过了一日,要行拜将之札,行过礼后,天祥就要起节。到了这日清
晨,天祥带领众将官,上马出城,到坛上去。

要知到坛后情形如何,且听下回分解。

第 十 回

下江西文丞相建殊勋　度仙霞宗伯成得奇遇

话说景炎元年秋七月，丞相文天祥奉了经略江西之命，初八日行登坛拜将之礼。是日早晨，天祥自丞相府中，率领众将官乘马来到坛下，大小三军早已伺候。

那坛周围二百四十丈，分作三层，每层高一丈二尺。下层按着方位，分树青、黄、赤、白、黑五色旌旗。中层是风、云、日、月旗，分布四角，上层遍树飞龙、飞虎旗，当中迎风立着一面绣金"帅"字大纛。天祥下马登坛，众将分列左右，军中鼓角齐鸣。旗牌官报吉时已到，陈宜中秉着节钺，两员中军在后面左右跟随，一个手中捧着"经略江西丞相信国公定北大元帅"的金印，一个手中捧着尚方宝剑，步到坛上，南面立定。天祥北面受命，军中换奏西乐。宜中口传诏旨已毕，将节钺授在天祥手中。左一员中军官即将帅印代为挂上，右一员中军官也代佩上尚方宝剑。天祥北面谢恩。礼毕，宜中率领中军退下。

天祥就在坛上誓师，其辞曰：粤唯皇宋，奄有四海，三百余年。上应天运，下洽民情，威震远迩，德被黎庶；蛮、夷归化，华夏倾心。蠢兹北虏，寒盟入寇。马蹄所及，恣其蹂躏。愤我宗社，几成墟屋；哀我百姓，淫毒备尝。三宫北狩，皇帝南渡。凡我中国臣民，咸当疾首；用是皇帝特命文某经略江西，荡除胡虏，洗涤腥膻。复我邦族，还我民命。文某才薄德凉，时虞陨越。咨尔大小军士，其各一乃心，用乃命，复乃皇室，为邦家光。荣施所及，矧唯文某？呜呼！"天下兴亡，匹夫有责。"

尔军士尚其勖哉！

誓时三军肃静无哗。誓毕，军中又奏起军乐，勇气百倍。天祥下坛来到中军升帐，齐集诸将听令。先命赵龙领精兵三万，径取梅州。宗信领精兵一万，去取会昌。此二路系吉、赣要道，先须克复。白璧领兵二万，为两路都救应。自家率领宗礼、李虎将中军。杜浒随营参谋，其余偏裨将校，不及备载。调遣已毕，令前军先行。遂入朝陛辞。

却说陈宜中下得坛来，就往那边坛上去，与张世杰行拜将之礼。大致与这边一样，不必细赘。

天祥入到朝堂，恰遇张世杰也来辞朝。杨太妃道："文先生、张将军，此去但愿旗开得胜，马到成功。奴在这里专盼捷报。如今宋室江山一担的都托在两位身上。可怜奴是女流，一事不知，皇帝年幼，真正是孤儿寡妇。务望两位各矢丹心，列祖列宗在天之灵，也当铭感！奴母子更不必说了！"说着不觉抽咽起来。天祥、世杰同奏道："臣等自当竭尽股肱之力，恢复中原，继以肝脑徐地，以报国恩。"奏罢，辞出。张世杰自由海道进兵。

天祥回到军次，先行官早已启程去了。宗仁、胡仇等着要送行。忽报有故人求见。天祥叫请入相会。原来是皇宋前任权守赣州的吴浚，天祥做江西提刑使时与他相识。此时已降了元朝，封了顺侯，派在伯颜帐下效力。阿里海涯来攻汀州，伯颜又派了他跟随阿里海涯。他仗着素来与天祥相识，在阿里海涯跟前夸了口，要说天祥投降，所以此番来到。天祥不知来意，只叫请入来相见，分宾主坐下。天祥先开口说道："仆与足下昔日是寅僚，今日是仇敌。远劳光临，不知有甚见效？"吴浚道："今日虽是仇敌，焉知他日不仍做寅僚？久不见故人，特来倾吐心腹，何以足下一见先就说此决绝之话？"

天祥拱手道："如此说来，莫非足下已萌悔过之心，要投诚反正么？果是如此，仆当奏闻朝廷，赏一个四品衔的主事。足下自北营来，必知北营虚实；倘能倾心相告，只这便是一件大功。"吴浚道："足下且莫性急，容仆细细奉告。"古人云："良禽相木而栖，贤臣择主而事。'又云："识时务者力俊杰'。宋室三百余年，气运已尽，今大元朝大皇帝奉天承运，入主中华，况又礼贤下士，所有投诚之人，一律破格录用。又久仰足下大名，特降谕旨，令各路军马倘遇足下，不许杀戮，必要生致。圣意如此，无非欲足下改事新朝，与以股肱之托。足下何不弃暗投明，不失封侯之位？仆为此事，特来相劝，务乞三思。"天祥听罢，勃然大怒道："我以为你投诚反正，方十分庆慰；讵料你出此禽兽之言，也不想你身为何国之人，向食哪朝之粟，欺君背主，卖国求荣。还有面目来见我，出此没廉耻之言。我文某一向只知道："乐人之乐者忧人之忧，食人之食者死人之事。'你那一派胡言，只怕狗彘也不要听，何得来污我之耳！我今日系兴兵恢复的吉期，正缺少祭旗品物，就借你狗头一用。"喝叫："左右，与我斩了。"

左右听令，一拥上前将吴浚推出辕门斩讫，呈上首级。天祥祭旗已毕，下令起行。

宗仁、胡仇二人，送至十里长亭，方才拜别。回到朝中，拜辞杨太妃，也要即日起行。太妃发下请三宫圣安的表文及黄金千两，叫代呈三宫使用。

二人辞了下来，便结束登程。

胡仇道："我们今日虽是奉命往北，但沿途上多是失陷的地方，都有元兵把守盘查。我们须得改了装束，冒作鞑子，方得便当。"宗仁道："我们堂堂中国之人，岂可胡冠胡服？"胡仇道："时势不同，只得从权做去。我们虽是暂时借穿胡服，那一片丹心，却是向着中国，比那些汉家衣冠的人，却一心只想要降顺新朝的如何呢！我们此去，虽说是个钦差，其实是细崽的行径，怎好不从权做事！"宗仁见他说的有理，就换上一身蒙古衣服。两人分着背上了那千两黄金，怀了请安表文，佩了宝剑，结束停当，扳鞍上马，一路长行去了。

路上看见那些百姓人家，流离迁徙的景象，真是伤心惨目，看见他二人走来，都是远远避开的。到了晌午打尖晚来落店，那些饭店旅馆，都不较量价值，可以随意开发，有的时候，开发他也不要。宗仁心中甚是诧异，便向胡仇说起。胡仇道："宗大哥何以聪明一世懵懂一时？连这个道理也不晓得！"

宗仁诧道："这里面又有甚道理？我却是不晓得。"胡仇道："宗大哥何不自己照照镜子，扮的是什么模样！中国百姓，叫那臭鞑子凌虐的够了！莫说看见了害怕，就是说起来也心惊胆战呢！他们看见我们这个模样，当是真正鞑子来了，哪里还敢计较！哪里敢不走避！只怕我们吃了他的饭，住了他的店，一文不开发，还打他一顿踢他几脚，他也不敢作声呢！"宗仁听了不胜叹息，胡仇又道："我们改了这个装束，不过是为了前面走路起见，真是神人共鉴的。还有那丧廉耻，没天良的，故意扮了鞑子来欺人。或者结识得一两个鞑子，仗着鞑子的势来欺人呢！这种人，真是狗彘都不如，说着也要动气的。"宗仁越加叹息。一路上谈谈说说，倒也不甚寂寞。

一天走到了衢州地界，已是申牌时分。只见迎面一座大山，挡住去路。

胡仇指道:"前面那山,名叫仙霞岭。有一条石路,可以越过岭去。岭上山明水秀,还有瀑布一道,倒可以游玩游玩。"说着走到山下,谁知要寻那条石路时,再寻也寻不着,添了许多树木怪石。胡仇道:"这又作怪!莫非鞑子做出来的,这塞断了大路,又是为着甚事呢? 如今只好在山脚下绕过去的了。"抬头看时,西面万山丛杂,路径崎岖,想来不大好走。东面虽然也是一条小路,却还平坦些,二人就投东面路上去。一路上弯弯曲曲,甚是难行。

约摸走到三里路光景,忽听得一声锣响,树林内跳出二三十骑人马,大叫:"鞑子! 留下买路钱来。"恼了胡仇,拔出佩剑,纵马杀将过去。那二十余骑一起迎上。宗仁也舞剑来助,杀十几个回合,不分胜败。终究是在小路上厮杀,转动不便,手中又是短剑,所以杀不过去。

宗仁大叫:"胡兄,且休同这毛贼厮杀,我们先退下去再商议吧。"说罢,拨马先走。胡仇随后也退了,喜得那毛贼并不来追赶。两人退了半里路,下马歇息。此时已是日落西山,天色昏黑,两人席地坐下,取些干粮充饥,商量如何过去。胡仇道:"我道此处本有一条石路,超过岭去的。如今寻不出来,一定是这伙毛贼塞断了,叫人家走这条小路,他却在那里拦抢。我们今夜先寻一个地方宿了,明日过去,好歹杀他一个一干二净,以便行旅。"

宗仁道:"此地厮杀很不便当,并且不知他有多少伙伴,我们不如且在此歇息歇息,等到夜深时,摘去了马铃,悄悄的过去了,岂不是好?"胡仇点头称善。

二人坐了许久,看看斗转参横,大约已是半夜光景。两人悄悄的上马,按辔徐行,一路上果然没有遇见强人。走了一程,看看将近绕尽此山,忽然吃嗒一声,如天崩地塌一般,两个人两匹马一起跌落陷坑之内。四下里锣声响处,登时火把齐明,一伙喽罗走来用钩镰搭起。说也奇怪,搭起看时,明明两个匹马,却只有宗仁一个人。那喽罗便四面去搜寻,哪里有个影儿? 宗仁心中也暗暗称奇。

众喽罗只得绑了宗仁,牵了马匹,解上山去。来到一个所在,有几间大房子,气象倒也威严。入门看时,当中一座大厅,正面摆着公案。公案上面坐着一条大汉,见众人推宗仁上来,便喝问道:"你这鞑子,往哪里去？从实说来，饶你一死。"宗仁喝道："胡说。我明明是中国人，你怎么知道我是鞑子？"左右又禀道："本来是两个鞑子，跌在陷坑内。另外一个不知哪里去了！"那大汉又道："你那同伴的鞑子哪里去了？"宗仁道："你怎么只管叫我做鞑子？我已被你们暗算了！我哪里知道我同伴的下落！"那大汉切齿大怒道："你自头至脚没有一处不是鞑子装束，怎么敢冒充中国人？"

宗仁道："我偶尔改装，也是常事。"那大汉更是暴跳如雷道："你是个真鞑子，我倒饶你一条狗命，留在山中当点苦差。你若是个中国人忘了国家，甘心扮作鞑子，我便先杀了你。"喝叫左右搜他身畔。先是解下一个皮袋，内有黄金五百两，并有些零碎银子干粮等物。又在怀中取出了恭请三宫圣安的表，那大汉看了吃了一惊，立起来问道："你这人究竟是甚路数？快快说来。"宗仁看他神色举动，料是一个草莽英雄，正打算用言语激动他，使他投诚到文天祥那里去，也可得一臂之助。今忽听他又问，因直说道："我姓宗名仁，表字伯成。奉了杨太妃及皇帝之旨，到燕京去请三宫圣安。因恐到得北边，中国人走动不便，故此改了胡服。"那大汉听罢，急急下座，亲自松了绑，扶宗仁上坐，纳头便拜。口中说道："不知天使过此，多有冲撞，不胜死罪，还望天使包涵。"宗仁倒弄得一惊，连忙扶住道："壮士快请起，不必如此。请问贵姓大名？"

那大汉不及回宗仁的话，忙叫手下："快快多打火把，四面去寻那一位天使的伙伴来，倘有一差半失，我的罪更大了。"说话未完，忽听得半空中有人大叫道："不要寻，我来也！"声尚未绝，飗的一声，胡仇已立在庭前，手中仗着雪亮的宝剑。那大汉及宗仁都吃了一惊。宗仁虽是同胡仇结伴同来，却也不曾知道他有这个本事，当下吃惊之中，着实带几分欢喜。当下胡仇上前相见，通过姓名，便道："刚才我跌下坑去，几乎也同宗大哥一起被捆，幸而生得身体轻便些，一纵便纵出坑外。四下里已是一片锣声，火光乱起，急得我又不敢厮杀，只得寻个地方藏身。喜得此地树木甚多，我还不敢爬上树去，恐怕被人看见：只得又是一跳，跳上去时，双手捉住一个树枝，然后将双脚钩起，伏在树上。看他们簇拥着大哥进来，我一路上也在树上蹿来蹿去的跟到此地，伏在檐上窥探，打算要设法相救。"说毕在怀中取出一支小小的镖儿，对那大汉道："你若要杀宗大哥时，你脸上早着了它也。"那大汉连道："不敢，不敢。"

宗仁又请问那大汉姓名。大汉道:"在下姓金,名奎,本是衢州人氏。当日在吕文焕部下,镇守襄阳,可恨吕文焕那厮,平白地反了,投了胡元,引兵入城。我恨得无法可施,率领部下五百人,大杀他一阵,走回衢州。鞑子来寇衢州时,本来可以把守;又可恨留梦炎那厮,不知为着甚事,放着现成宰相不去做。却逃到衢州去隐姓埋名的住了好几时。等到鞑兵临城时,他却偷出来开了城门,纳了元兵。气得我三尸乱暴,七窍生烟,仍旧率领五百人,杀出城来,走到此处。我忽然一阵心动,想去投朝廷,不如权且在此落草,养精蓄锐,再定行止。因将大路塞断,单留下一条小路,在下虽说是落草在此,却并不称王称霸,也并不骚扰中国人,专门与鞑子为难。两位天使如果不是这等打扮,过山时,守路的兵非但不敢惊动,并且指引避过陷坑呢。"

宗仁听了一席话,十分钦佩。因劝金奎去投文天祥。金奎道:"在下也久有此意。但我的庐墓,多在衢州,因想先克复了衢州再讲。"

胡仇道:"不可,不可。我猛然想起一事来了,我们所定的'攘夷会',还没有一个基址,终不成这会散在各处,没有一个归总的所在,莫若就设在此处,将来招致着会友,有愿跟随文丞相张将军出征的最好;倘是一时没有机会的,也好投奔此地。"金奎问是什么"攘夷会"。宗仁告知备细。金奎大喜道:"此地尚有一位英雄,等天明了大家相会,再作商量。此刻天也快亮了,大家歇息歇息吧。"叫左右在别室铺设好床褥,请二人安置。自家也去睡了。

二人听说还有一位英雄,不知是何等人物,急着要相见,哪里还睡得着,翻来覆去,直至天明,即便起来,侍候的人送上脸水,二人梳洗已毕,早点已送上来,只见侍候的人,走路好像很不便似的,再细看时,原来一个个脚下都戴着脚镣。二人心下暗想:"这是为着何故?看金奎是个豪爽的人,不应该如此刻毒。"正在想着要问时,金奎已带着一个人进来。只见那人生得面如冠玉,唇若涂朱,眉清目秀,虎步龙行。两人起身迎着相见。金奎代通姓名,始知此人姓岳,名忠,表字公荩,系岳飞的玄孙。当日在仙霞岭的一个古庙内读书。金奎到仙霞岭时,彼此相见十分投机。及至金奎将大路塞断,就山中立起寨栅,将古庙拆去,盖造了若干宫室,俾众兵士居住。这岳忠仍留在此,金奎只当他是个客。

当下表明来历,四人重新叙起后来。讲到'攘夷会'一节,岳忠也十分赞成。宗仁在皮袋内捡出那张盟约，请他二人署名。二人署毕，宗仁便要将这盟主让与岳忠。岳忠哪里肯应。胡仇道："如今主盟不主盟，倒还不急着推让；倒是这张盟约，要存在此地。金兄既允了借此地做个会所，就请按着这约上的姓名，写个信儿，到文丞相大营去通知，好在各友都在那里。"金奎道："这个使得。"当将盟约收下，邀二人同去看操。二人应允。

于是四个人一起出来，走到大厅上，抬头看时，当中挂着一个大匾，写着"仇胡堂"三个大字。胡仇不觉笑起来道："昨夜来得鲁莽，未曾看见。金兄何故将我的名字，倒过来做了堂名呢？"金奎也笑了。岳忠道："当日我本说这两个字不雅驯，金兄要表明他的主意，一定要用它。此刻做了攘夷会的会所；明日把它卸下来，就直用了'攘夷会'三个字，岂不是好！"金奎道："好，好，明日就换"说着出了门，上马去看操。

宗、胡二人沿路看时，原来遍山都是树木，而且那树木种的东一丛，西一丛，处处留着一条路，路路可通，真是五花八门，倘不是有人引着，是要走迷的。金奎道："这山上树木很多，这都是岳兄指点着移种的。这是按着'八阵图'的布置；虽然不似'三国演义'说那鱼腹浦的'八阵图'的荒唐。然而生人走了进来，可是认不得出路呢！"宗、胡二人十分敬服。说着出了树林，来到校场。金奎让三人进了演武厅，分宾主坐下。下令开操。看他不过是三四百人，却是号令严明，步伐齐整。金奎道："这也是岳兄训练的。"

二人益加敬服。

阅毕，又同到山后去看农业。原来仙霞岭后面，是一片平阳，四面众山围住，一向是个荒地。金奎到后，就叫众兵开垦起来，居然阡陌交通。田畔又有百余间房子，居然像个村落，里面有纺织之声。宗仁道："这里还有妇女么？"金奎道："在下所部的兵士，多是衢州人，所以陆续有接了眷属来的，都住在此处。左右没事，就叫她们做些女织。我这山中便是个世外桃源了。"

说话间，宗仁瞥见一群人，在田上耕作，却一般的都戴着脚镣。正要相问，忽一个兵士来报山下捉住一人，装束得不蒙不汉，又像是个疯子，请令定夺。

不知此人是谁，且听下回分解。

第十一回
君直初上仙霞山　岳忠夜闹河北路

却说岳忠、宗仁、胡仇、金奎四人，正在那里观看地势，彼此闲谈。忽报山下捉住一人，装束得不蒙不汉，请令定夺。金奎便同三人仍旧上马，回去发落。走到大堂之上，只见"仇胡堂"的匾额，已经卸下；另用青松翠柏，扎成"攘夷会"三字，挂在上面。金奎愕然，问起缘由。方知是岳忠交代手下人做的，不觉大喜。

四人分宾主坐定。众兵丁拥上一个人来。大众举目看时，只见那人须眉似雪，面目枯槁。穿着一身麻衣，足蹬麻履，头戴草帽，将一把雪白头发，披在肩头。手执一只黎杖，昂然上前。金奎远远看见，便道："这不僧不道的，一定是个妖人；不然就是个疯子。"岳忠道："当此扰乱之时，或者是个高人，佯狂玩世，也未可定，正未可轻视。"话犹未了，只见宗仁起身下座，抢步前去，对着那老人，倒身下拜。金奎等倒觉得愕然。

原来此人不是别人，正是谢枋得。当下宗仁指与众人，一一相见。金奎先举手谢过道："不知老先生鹤驾远来，有失迎迓。下人无知，又多失礼，尚望恕罪。"岳忠道："谢先生节义凛然，久已钦佩。今日不吝尘驾，必有所见教。"枋得道："国破君亡，不能补救万一；又且丧师失地，正在不胜惭愧，不期外间反加以节义之名，真是惭愧欲死。因在福建一带，闻得金将军义不降元，独在此处，占据一方，故特冒昧到此拜谒，愿闻将军雅教。"

金奎道："在下鲁莽无知，只知道'食人之禄者，忠人之事'。一向佐着吕文焕那厮，把守襄阳。当日虽然樊城已失。襄阳势孤，然若肯死守，未必不可以待援兵。叵奈吕文焕并不集众商议，竟就私竖降旗。那时我本待杀却那厮，据城自守。无奈降旗一竖，人心已散，杀他一人，亦属无益：所以等他迎鞑子入城时，痛杀他一阵，逃到此地。我意总以为守得大宋一寸土，还有个安身之地。公荩屡次劝我，力图恢复。我想这是一件极难极重的事，只好做到哪里算哪里的了。"

　　岳忠道："在下虽有此志,只是才疏学浅,年纪又轻,经练更少。今得叠山先生惠然肯来,正好商量此事。"枋得道："哪里话来!岂不闻'英雄出少年'。列位年富力强,正好替国家出力。老夫年来神气昏瞀,在此苟延残喘。天下大事,正在仰仗列位呢!老夫今日来此,有一件事奉告,亦有一件事奉托,不知可肯见听?"岳忠忙道："老先生不吝教诲,自当洗耳恭听。"

　　枋得道："列位雄踞仙霞岭,志图恢复,自是可敬。老夫所奉告者是:"请列位万勿灰心,更不可轻弃此地。而且据此一隅之地,要图恢复万里江山,子非三年五年可成之事。列位在此办事顺手,固是可喜可贺,万一施展不来,可不要徒恃一己之能。"金奎道："招致英雄,是我本来心愿。这节自当领教。"枋得道："不独招致英雄,就可了事,最要的莫如教育后进。拣年轻有志之子弟,各尽所长,尽心教育,务必使之成才。如此就是我一生之志未遂,将来也可继起有人。我办不到的,也可望后人办到。若只知尽我之力,做将过去。有志未遂,一朝咽了气,便以为我一生已经尽职。未免所见太浅了。所以诸葛武侯'鞠躬尽瘁,死而后已'两句话,为世人所最佩服,我却并不佩服。须知受人寄托,死后尚不能卸责。既知道死后尚不能卸责,就当立一个死仍不已的主见。若只知死而后已,则只须看见事不就手,拼了一死,博个死后荣名。试问于事有何益处?至于要做到死仍不已的地步,却除了教育后起,没有第二个方法。此是老夫特来奉告的一件事。"岳忠不禁点头道："老先生高论,真是高深邃远。从此当写作'座右铭',竭力做去。并当把此论传之后世,庶几一代办不成之事,可望第二代,推之还可望第三第四代。"胡仇忽接口道："这么说,到了灰孙子的灰孙子一代,总有办到之一日呢!"说的大众一笑。

　　枋得正色道："这可也是正论,不过讲到教育后起,并不是一定要教自己子孙,只要是年轻有志的,都要教起来。不必多算,一个人只要教十个,将来那十个,就可以教一百个,人才日多,哪里还有办不到的事呢。"金奎道："话虽如此;只是同在下一样的,不过只有了几斤蛮力。别样学问,一点也没有。拿什么去教人呢?"枋得道："这是将军过谦了。将军有了武艺,就教武艺。等那有韬略的去教韬略。我本来说的是各尽所长去教人呀!并且还有一层,像将军这抗拒元兵。那一腔忠义之气,就很要拿出来教人。这个比教武艺、教韬略更为要紧。只要教得遍地都是忠义之士,你想我们中国,还有那鞑子立脚的地方么?"金奎大喜道:"我一向也不知什么叫做忠义,只觉得我自家满肚子不平。看看我们好好的一座锦绣江山,怎么叫那骚鞑子来乱糟踏。想到这里,我就恨不能生吃鞑子的肉! 准知这点不平,就叫做忠义。老先生这等说来,那忠义之士是极容易得的。"枋得道:"本来从古忠义之士,多半是不平之气养成的。施展在朋友上面,就是侠士;施展在国家上面,就是忠义。"岳忠道:"金将军向来没有表字。今得闻谢老先生高论,我可奉赠一个表字给金将军,莫若就称做'国侠'吧。"宗仁道:"好个'国侠'! 除了金将军,也没人敢当。"

岳忠道:"闲话少提。请教谢老先生说,托我们的是一件什么事?"枋得道:"老夫所生三子,长子名义勇,不幸早年亡故。次子熙之,三子定之,此时尚流落江西。老夫一月以前,已经着人带信去。叫他投奔金将军麾下,早晚听受驱策。料想不日可到,还求金将军收纳。"金奎喜道:"这好极了! 有什么托不托,求不求,只叫我仙霞岭又多两位英雄。"岳忠道:"两位公子,如果惠然肯来,在下等得以朝夕侍教。"枋得抢着说道:"将军不必说此谦话。总是气味相投,志同道合,方才来投奔。将来彼此有个切磋。这是老夫敢说的。"说罢,又回头问宗仁:"何以亦在此处?"宗仁将奉诏到燕京的话,说了一遍。

金奎便叫置酒,代枋得接风。枋得道:"这可不必! 老夫也不能多耽搁,就此要告辞了。"岳忠道:"老先生既然到此,何不就在此处安住几时?"

枋得道:"我住在此处,徒占一席,于事无济,倒不如仍然到外面去,明查暗访。遇了忠义之士,英雄之流,也可以介绍他到此地来。岂非一举两得?"

岳忠道:"老先生既不肯屈留,又有这番盛意,自不敢相强。但是吃杯水酒,再去不妨。"枋得道:"不瞒列位说,老夫惨遭世变,国破家亡,已是茹素多时了。"岳忠对金奎道:"我们终日酒肉,惭愧多矣。"枋得道:"这又是一个说法,老夫是老朽无用,论公事上面,眼看得天子蒙尘,山河破碎,不能补救万一,论私事上面,先兄君禹,在九江就义,亡弟君泽、君恩、君锡都是同死国难。只有我觍然面目,偷生人世。所以食不甘味,麻衣茹素,稍谢罪戾。至于列位,正当养足精神,代国家报大仇雪大耻,又岂可以我为例呢!"说罢,飘然辞去。金奎等送至山下,握手而别。

当下四人送过枋得，仍上山来。宗仁亦欲告别。金奎、岳忠，哪里肯放，一定留住，要把"攘夷会章程"议定，才肯放行。宗仁道："此时小弟君命在身，实在不敢久留，等到过燕京，得了三宫着实消息，复过命，再来商议。"

岳忠道："君命固重，但以国家大事，与君命较，则君命为轻。我等所议'攘夷会'，正是国家大事，纵耽搁几天，有何妨碍。"宗仁无奈，只得暂时住下。又取出盟约，请金奎存下。金奎初时不肯，宗仁再三推让，并要将这盟主，让给金奎。岳忠道："盟约带在身边，本不方便，就存下何妨。盟主一层，依小弟愚见，一定是要众位同盟公举，宗天使也不能以一人私见，就让了出来；不如盟主的名目，仍旧请宗天使承了。一面发信到各同盟处，知照本会基址，设在此处，以后有愿入会的，都以此处为归宿。招接一切的事，就请金将军担任了，岂不是好？"宗仁、金奎听了，也同声应允。

大家又商量了一会整顿山寨、操练兵马的事。岳忠想起谢枋得之言，就挑选了十多名年纪少壮、粗知字义的兵丁，教育起来。金奎也选了二十名彪形大汉，教他们十八般武艺。

宗仁、胡仇又耽搁了一天。到了次日，一早起来，便要辞别。金奎不便强留，就在山下置酒送行。宗仁、胡仇也不便推辞，一起来到山下草亭之内。

宗仁便不肯入席，只立饮三杯，就要上马，因看见行酒的小厮，也都带着刑具。宗仁更耐不住，问道："请教金将军，这班人犯了何罪，却要他带了刑具服役？"金奎道："大使有所不知，这班都是我虏来的鞑子。因为他野心不死，恐怕他逃走去了，所以加上刑具。然而白养着他，又不值得，因此叫他服役。"宗仁道："这个似乎过于残忍了！"金奎道："天使知其一，不知其二。我若不残忍他，他却要残忍我呢！两位此次到燕京去，留心看那鞑子待我们汉人，是怎样待法，就知道了。"宗仁此时，不及多辩。同胡仇匆匆饮过三杯，大家说声珍重，上马向北而去。在路上晓行夜宿，自不必提。

一日行至河北地方，这里久已被元兵陷落，一切居民，都改换了蒙古服式，蒙、汉竟无可分别。只有蒙古人，不同寒暑，颈上总缠着一条狐狸尾巴，因他们生长在沙漠寒冷之地，自小就用惯了这件东西。所以到了中国，虽在夏天，热的汗流浃背，他仍不肯解下。中国人向来用不惯，所以虽然改了蒙古装束,颈上却还没有这一件毛茸茸的东西。这天宗、胡二人,来到河北镇上,天已将晚,遂寻一家客寓歇下。

胡仇往外散步,偶然经过一条街上,看见围了一丛人,不知在那里看什么。胡仇走上一步,分开众人,挨进去观看,只见两个蒙古人,按着一个汉人,在那里攒殴。胡仇正欲向前问时,那两个蒙古人已经放了手,两个人各提了一只牛蹄,扬长的去了。那个汉人,在地下爬了起来,唧唧咕咕的低声暗骂。胡仇把他打量一打量,这人却也生得身材高大,气象雄壮,只可怜已是打的遍体鳞伤了。只见他一面骂着,一面一拐一拐的向旁边一家铺子里去了。

此时围着的人,也都散开了。胡仇走到他铺子里,拱拱手道:“借问老哥,为何被这两个鞑子乱打,却不还手,难道甘心愿受的么?”那人听说,把舌头吐了一吐,道:“你这个人,敢是蛮子,初到这里来的么?”胡仇道:“在下是中国人,不是什么‘蛮子’。可是今日初到贵地,因见你老哥被人殴打,心有不平,所以借问一声。又何必大惊小怪呢!”那人听说,站起来道:“客官既是初到此地,请里边坐吧。”胡仇也不谦让,就跟他到里间去。

那人先问了胡仇姓名,然后自陈道:“我姓周,没有名字,排行第三,因此人家都叫我周老三。又因为我开了这牛肉铺子,又叫我做牛肉老三。胡客官,你初到此地,不知此地的禁令,是以在下好意,特地招呼你一声。你方才在外边说什么‘鞑子’,这两个字是提也提不得的。叫他们听见了,要拿去敲牙齿拔舌根呢。”胡仇道:“我不问这些,只问你为什么被他们乱打? 我来得迟,并没有看见你们起先的事,但是我看你光景,好像没有还过手,这是什么意思?”周老三吐舌道:“还手么,你还不知这条律例!此地新定的条例:天朝人打死汉人,照例不抵命;汉人打死天朝人,就要凌迟处死。天朝人打汉人,是无罪的;汉人打了天朝人,就要充到什么乌鲁木齐、鸟里雅苏台去当苦工。你道谁还敢动手打他呢!”

胡仇满腹不平,问道:“难道你们就甘心忍受他么?”周老三道:“就不甘心也要忍受。忍受了,或者还可以望他们施点恩惠呢!”胡仇道:“这又奇了,眼见你被他打了,还有什么恩惠? 难道你方才是自家请他打的么?”

周老三道:“天下也没有肯请别人打自家的道理。因为这两位兵官,到我小店里买一斤牛肉,我因为刀子不便。"胡仇道:"怎么你开了牛肉铺子,不备刀子的呢?"周老三道:"你真是不懂事。这里的规矩,十家人共用一把刀子;倘有私置刀子的,就要抄家的呢!这一把刀子,十家人每天轮着掌管。今天恰不在我家里,所以要到今天掌管的家里去取了来,方能割剖。那两位兵官筹不得,只给了我五十文钱,就要拿了一只牛蹄去。我不合和他争论,他就动了怒,拉我到外面去打了一顿,倒把牛蹄拿了两只去,五十文也不曾给得一文。"胡仇道:"这明明是白昼横行抢劫,还望他施什么恩惠呢?"

周老三道:"我今天受了打,并没有还手。他明天或者想得起来,还我五十文,也未可定。这不是恩惠么!"

胡仇听得一肚子气;却因为要打听他一切细情,只得按捺着无明火。又问道:"他的规矩,虽然限定十家共用一把刀,你们却很不便当,不会各人自家私置一二把么?"周老三道:"这个哪里使得!这里行的是十家联保法:一家置了私刀时,那九家便要出首,倘不出首时,被官府查出了,十家连坐。你道谁还敢置私刀么!"胡仇道:"我只藏在家里,不拿出去,谁还知道。"周老三道:"到了晚上,官府要出来挨家搜查呢!搜查起来,翻箱倒匣,没有一处不查到,哪里藏得过来。"胡仇听了,暗暗记在心上。却又问道:"这镇上有多少人家?他哪里夜夜可以查得遍?"周老三道:"他不一定要查遍。今天查这几家,明天查那几家,有时一家连查几夜,有时几夜不查一次。总叫你估量不定。"

胡仇道:"你们也一样是个人,一样有志气的,怎么就甘心去受那鞑子的刻薄?"周老三连连摇手道:"客官嚷声。这两个字是提不得的,叫巡查的听见了,还了得么!这里安抚使衙门出了告示,要称他们做'天朝',叫你们中国人做'蛮子'。"胡仇大怒道:"难道你不是中国人么?"周老三道:"我从前本来也是中国人,此刻可入了'天朝'籍了。我劝你也将就点吧,做蛮子也是人,做天朝人也是人,何必一定争什么中国不中国呢!此刻你就是骂尽天朝人,帮尽中国蛮子;难道那蛮子皇帝,就有饭给你吃,有钱给你用么?从古说:"'识时务者为俊杰'。我看客官你真是不识时务呢!"

胡仇听了,一肚子没好气。知道这等人,犹如猪狗一般的,不可以理喻。立起来就走了。

回到客店,同宗仁说知前项情事,道:"旁的不打紧,只有我们的要紧东西,不能不收藏好了。不知那鞑子们,今夜查到这里不查呢?"宗仁点头道:"是。"此时已是黄昏时分,两人商量把那请安表文,和自家的随身军器,以及金银等物,要设法藏过。四围看了一遍,正在无处可藏,忽听得外面有人说话道:"客人来迟了!小店都已住满,请到别家去吧。"又一个道:"东边那屋子,黑漆漆的没有灯光,不是空着么?"一个道:"那屋子住不得。那里有大仙住着,走近门口就要头痛的。"这一句话,直刺到胡仇耳朵里,连忙出来一看,果然见东面一间房子,乌漆黑黑的,没有人住。心下暗暗欢喜,等那些人走开时,回到房里,把那要紧东西,包在一起,悄悄的拿到东边那屋子里来。走到门口,轻轻用手一推,却是锁着的。门旁有个小小窗户,再去开那窗户时,喜得是虚掩着的,一推就开了。忙忙把那要紧东西,递了进去,倚在窗下,仍把窗门轻轻带上。回到房里来,与宗仁两个相视会意。

胡仇叹道:"不料此处行这般的苛政,把汉人凌虐到这步田地。还有那些人,肯低首下心去受他,真是奇事!"宗仁道:"岂但此处,自此往北一带,无处不是如此。我们从此倒要十分把细呢!他到处都设了一个安抚使。这安抚使何尝有丝毫安抚!我看倒是一个凌虐使呢!我今日听得这里店主说,这安抚使每夜还要选民间美女十名,去侍候他。那没廉耻的顺从了他,到明日,或后日,不定还望他赏了一二百文铜钱。放了出来,碰他高兴的时候,还要叫进去。内中有两个有点志气的,自然抗志不从,却从没有放出来过,不知叫他怎样处置了。你想:这还成个世界么?"胡仇听了,好生不平。

说话之间,已交二更。于是安排就寝,这一夜却喜得鞑子没有查到这店里来。不一会,宗仁先睡熟了。胡仇翻来覆去,只睡不着;坐起来侧耳一听,觉得四边人静,不觉陡然起了一点侠气。悄悄起来,换上了一套夜行衣,开出房门,走到东边那房子,开了窗户,取出那一包东西来。解开来取出了自己所用的一把朴刀,挂了镖袋,取了火绳,结束停当,仍旧把东西放好。掩上窗户,腾身一跃,只觉得满天星斗,夜露无声。

不知胡仇要到何处去,且听下回分解。

第十二回

盗袖镖狄琪试本领　验死尸县令暗惊心

话说胡仇当夜结束停当,佩了扑刀,带了袖镖袋儿,纵身上屋。四下里一望,只见是夜月色微朦,满天上轻云薄雾,疏星闪闪,从云隙里射出光来。

胡仇此时,一心只要往安抚使衙门里去,探听他们的举动,到底他把我们汉人如何凌虐;好歹结果了那鞑子民贼,抒抒这胸中恶气。想罢,只往房屋高大的地方窜去,好在他从小学就的是飞檐走壁的本领,不用三蹿两蹿,早到了一所巍峨官署。胡仇心下暗想:"我此番进去,是要杀人的,要探听明白,不要误伤了人才好。我今日初到此地,未曾打听得到底有几处衙门,要是错走了人家,岂不误事!"想罢了,蹿到头门瓦檐旁边,一翻身扑将过去,双脚钩住了廊檐,右手托着椽子,左手拿出火绳,晃了一晃。仰起面来一看,只见门头上,竖的一块白匾,写着"钦命河北路安抚使"八个大字。暗道:"不错了。"

收过火绳,使一个猛虎翻身的势子,仍旧到了屋上。走到里面廊房顶上,往下一看,只见静悄悄的没有人声。只有东边一间,里面有灯光人影。想来:"这都是不要紧的地方,我且到上房去看。"想罢,就从大堂顶上过去,又过了三堂。再往下一看,是一排五间的高大房屋,两边还有厢房。想:"此地是上房了,只不知那鞑子住在哪一间里面,且下去看看再说。"

遂将身一纵,轻轻落了下来,脚尖贴地,四面一望。只见东面一间,灯光最亮。走到窗下,吐出舌尖儿,将纸窗湿了,轻轻点了个窟窿,往里一看。

只见一个老头儿,坐在醉翁椅上打盹,还有两个白面书生对坐着:一个低头写字,一个旁坐观看。只见那写字的放下笔来,把纸一推,说道:"据我看来,这些人都是多事。此刻眼见得天命有归了,乐得归化了,安享太平富贵,何必一定要姓赵的才算皇帝呢!象文天祥、张世杰他们倒也罢了,这一班手无寸柄的,也要出来称什么英雄豪杰?想来真是呆子,他也不想想,就算姓赵的仍旧做皇帝,那姓赵的哪里知道有他这么一个人呢!"一个道:"可不是吗!我先父做了一世的清官,到后来只叫贾似道一个参本,就闹了个家散人亡,先父就在狱中不明不白的死了。这种乱世之中,还讲什么忠臣孝子!只好到哪里是哪里的了。"说话之间,那打盹的老头儿,盹昏了,把头往前一磕,自家吓醒了。一个笑道:"张老夫子,醒醒呀!提防刺客。"胡仇听了这话,暗暗的吃了一惊,道:"奇怪!难道他知道我在外面吗?"只听得那老头儿打了个呵欠,道:"不要紧!刺客在平阳,离这里远呢。"一个道:"平阳捉拿的公事,已经到了这里了。难道那刺客还不能到吗?"老头儿道:"也不要紧!那刺客不说么?'刺蒙不刺汉'。我是汉人呀!并且主公今日不在家,他哪里就来呢?"胡仇听了,好不纳闷!这不清不楚,没头没脑的,听了这几句话。又是什么拿刺客。这刺客是说的谁呢?又说主公不在家。可见这鞑子是不在家的了!我这岂不是白跑一次么?且不管他,再到别处去看看再说。

想罢,一纵又上了屋顶,重新走到外面廊房顶上,跳将下来。往东面屋子里一看,只见两个鞑子席地而坐,当中放着一个红泥炉子,红红的烧了一炉炭火。旁边地下,放着两段牛蹄。即鞑子拿刀割下来,在炭火上烧着吃。

还有两个妇人,嬉皮笑脸的陪着。仔细看时,就是打周老三的那两个鞑子。

胡仇走过门口,在门上轻轻的敲了两下。只听得一个鞑子说道:"不好了,分润的来了。"一面问道:"谁呀?"胡仇不作声,又敲了两下。里面又道:"你不答应,我开了门,总要看见你呀。"一面说着,拔去门拴,开了出来。

胡仇手起刀落,只听得呀的一声还没有喊出来,早结果了。胡仇在死的身上扑将进去,把刀在那一个鞑子脸上晃了一晃,当胸执着道:"你要喊了,就是一刀。"那鞑子要挣扎时,又见他雪亮的刀在手,只得说道:"不喊,不喊,请你不要动粗,有话好说。"胡仇道:"你家主子到哪里去了?说。"

那鞑子道:"到河南路安抚使那里祝寿去了。"胡仇道:"上房还有甚人?"

那鞑子道:"没有人。太太和小少爷都没有随任。"胡仇提起刀来,在他颈脖子上一抹，骨碌碌一颗脑袋，滚到墙下去了。

看看那两个妇人时，一个躺在地下不动；一个抖做了一团。胡仇一把头发提来问道："这里囚禁女子的房屋在哪里？"那妇人道："在在……在……在……在……"胡仇道："你不要怕，在哪里，你说了，我不杀你。"那妇人道："在在……在……花……园……里。"胡仇一刀，把她结果了。又把那吓的不会动的，也赏了她一刀。

四下看了看，只见那一段吃不尽的牛蹄，顺手拿起来，插在死骸子的颈腔里。吹熄了灯，出了房门，纵身上屋，再到后面，往有树木的地方蹿去，到了花园，落将下去。只见四下里都是黑魆魆的，哪里有囚禁女子的地方呢？

一时摸不着头脑，只得又腾身上屋东张西望，忽见前面有一带高墙，便纵身上去；往下一望，却是三间屋子，四围都用高墙围住。屋子里面，一律的灯烛辉煌，照耀如同白昼。只见一个婆子，提了一个水铫，往后面去了。

胡仇轻轻落了下去，蹑足潜踪，跟在她后面。只听她嘴里咕哝道："这班小孩子，没福气，就应该撺她出去，还她的娘，偏又囚在这里，叫老娘当这苦差，这是哪里说起。"一面咕哝着，到后面一间小屋子里去了。又听她道："老王婆没有好事，炭火也不加，水也不开了。"说着又翻身出来。胡仇等在外面，等她出来，迎面晃了一刀。那婆子吓的訇的一声，把铫子扔了，缩做一团，抖道："大大……王……饶命！"胡仇道："此地囚下的女子有多少？"婆子道："一共有二十五个。"胡仇道："监守的人有几个？"婆子道："六个。"胡仇扯过她的裙来，嗤嗤的，撕下了两条，把她反绑了手脚；又撕下一块，塞住了口。提起来，扔在一旁。

方欲举步向前边去，忽听得小屋子里，有呼呼的鼾声。走进去一看，三个老婆子，同在一个榻上，正睡熟呢。胡仇也不同她们说话，一个个都绑好了，放到前面去。

刚要转弯；不期那边一个人也转弯过来，扑了一个满怀，口里嚷道："老婆子！你去取开水，怎么去了这半天呀？"胡仇把她兜胸拿过来，也绑好了。

走到正屋里去，又是一个老婆子，正在门阈上朝里坐着呢！胡仇在她肩膀上一扳，道："夜深了，请睡吧。"那婆子仰面一跤，看见胡仇，大惊道：

"你是谁?"胡仇道:"你不要怕,我不杀你。"正要绑那婆子时,忽然里面走出个女子来,道:"怪道今夜睡不着,原来死期到了!阿弥陀佛!你们大人也肯开恩,赏我们死了。快拿刀来,不要你动手。"胡仇不做理会,且把婆子绑好了,提起来,觉得她身边掉下一件东西来,胡仇也不在意,提到后面,往旁边一扔。

仍到前面来,只见那女子还站在那里,毫无惧色,对着胡仇道:"要杀拿刀来,可不许你动手。"胡仇故意把刀在她脸上晃了一晃;但见她非但不退缩,倒伸长了颈脖子,迎到刀口上来。不觉暗暗钦敬道:"好刚烈女子。"

因收住了刀,对那女子道:"请教姐姐此地共有几位?"那女子道:"连我共是十九人,要杀便杀,问什么呢!"胡仇道:"在下并不是来杀姐姐们,是要来救姐姐们出去的。不知姐姐们可愿意?"那女子道:"我不信有这等事,莫不是奸贼又出甚法子来骗我们。"胡仇道:"在下是实意来救各位烈女出去的,并非奸贼所使。此刻已经将近四更了,姐姐们要走就快走,不要耽误了,反倒不妙。"那女子把胡仇打量一打量,翻身进去。不一会就同了七八个女子出来,都是睡眼蒙眬的,胡仇道:"还有呢,都叫起来同走吧!可要静点,不要惊动了人。"于是又有两个到里面上,把一众都叫醒了出来,一个个却惊疑不定。内中一个道:"管他什么呢;倘使这位真是义士,救了我们出去,自然是侥天之幸;万一是奸贼所使的,我们左右是一死,这又何妨呢!"众人都道:"有理,有理。"于是胡仇翻身出来,那一班女子也争先恐后的往外走。

刚刚跨出门阈,忽然一个踹着一样硬邦邦的东西,几乎跌了个筋斗。低头拾起看时,却是这里大门的钥匙,就是方才那婆子身上掉下来的。胡仇走到门前,看见大门锁着,正在焦躁。那女子恰把钥匙递过来,胡仇开了,大众就要出去。胡仇道:"列位且慢着,等我先去找着了花园后门,再来领路;不然到了外面走散了,倒不便当。哪一位先到里面把灯都灭了才好,不然,这一开门,灯光射了出去,就着眼了。"说着去了,不一会便匆匆走来道:"真是造化,后门找着了,并且是虚锁的。"又看了一番手脚,道:"快来吧!"于是一行人悄悄的出了高墙,径到后门而去。胡仇取下了锁,开了门,一个个都放出去了。

他却重新把门关好,上了锁,复又回到高墙里,也仍旧关上门,下了锁。

纵身上屋，走到大堂，落将下来，寻了一张纸束，公案上现成有笔墨，拿火绳在纸束上晃着，写了"下民易虐，侠客难防"八个字。又想了一想，在后面批了两句道："此刀不准动，明日亲来取。"将身一纵，左手扳住正梁，吐了点吐沫，把纸束先粘在梁上，然后拔出刀来，把纸束插住，方落下来。

细细一想，诸事停当，然后再由旧路悄悄的回到客寓。

此时已初交五更，来到东边房子窗下，轻轻开了窗户，提了包裹，解下扑刀，除下镖袋，觉得轻了；摸一摸，呀、不好了！袋里的七支镖，都不见了。这是几时失去的呢？又未听得有落地声响，这事可煞作怪，越想越不解，不觉顿时呆了。

忽听得背后有人轻轻说道："不要着急，镖在这里呢！"胡仇猛回头看时，却又不见有人；忽听得屋顶上有微微一声拍手响，抬头一看，却是站着一个人。遂将身一跃，也上了去，对那人道："彼此既是同道，你何苦作弄我！"那人道："你跟我来。"说着将身一纵，往北去了。胡仇只得跟着去，纵过了二三十重房子，那人却跳落平地。胡仇也跟着来，走到一棵老松树下，那人坐定。胡仇道："朋友，我的镖是你取去的么？"那人道："你且莫问这个，你有多大本领，却去干这个勾当。"胡仇道："我并非有甚本领，不过要为民除害，叵奈那厮不在这里，我好歹救出了十九个节烈女子。你既说我没有本领，足见你本领高强，敢问贵姓，大名？"那人道："在下姓狄、名琪，字定伯，汾州西河人。武襄公狄青玄孙。请问阁下贵姓？"胡仇也告诉过了，又道："原来是名臣之后，失敬，失敬。适间弟失去了袖镖，正在怀疑，忽闻背后有人说镖在这里，不知可是狄兄所为？"狄琪道："想小弟斗胆。兄到安抚衙时，弟恰好也到，见兄跳下身去，照着牌匾，知道兄是日间未曾来探听过的。那时弟在兄身后，就暗暗取了一枚；及至兄在书房窗外窃听时，弟又取了一枚；后来兄又到廊房外面探望，弟刚取得一枚，兄便过去叩门，弟又顺手取了一枚；兄在高墙里面，提那婆子到后头时，又取了一枚；关花园后门时，又取了一枚；在大堂写字贴时，又取了一枚。共是七枚，谨以奉还。"说罢，双手递了过去。

一席话说得胡仇目瞪口呆，暗暗惭愧，说道："狄兄真是神技，怎么跟了小弟一夜，小弟毫不知觉，倘蒙不弃，愿为弟子。"狄琪道："哪里话来！

胡兄技艺高强,不过就是老实些,只顾勇往直前,未曾顾后;倘再把身后照应到了,就万无一失了。小弟此来,还有一句话奉告:尊寓那里藏不得军器,这些轶子,要挨家查的。"胡仇道:"弟也知道,只是那间房子,说是有什么狐仙居住,永远锁着的,谅也查不到。"狄琪道:"在平日或者查不到,今夜胡兄闹了这么大事,明日哪里有不查之理!只怕粪窖也要掏掏呢。"胡仇道:"似此如之奈何?"狄琪道:"弟已算好在此,兄快去取来,包你藏得十分妥当。"胡仇不敢怠慢,立刻窜到寓里,取了包裹来。只见狄琪仍在树下,说道:"快包好了,这树上有个鸦巢,两个老鸦,我已拿下来弄死了;快把包裹放在巢里,万无一失。"胡仇听说,就背了包裹,盘上树去,安放停当,仍旧下来。向狄琪道谢。

狄琪道:"胡兄明日要到哪里去?"胡仇道:"弟还有一个同伴要到北边去。"又道:"明夜要去取刀,明日怕不能动身,后天便取道山东路,往北上了。不知狄兄要往何处?"狄琪道:"弟四海为家,行无定址,恰才从平阳路来。胡兄既往北行,弟明日就往南去,到河南路也闹他一闹,叫他们以为刺客向南方去了,兄好放心北行。"胡仇道:"多谢之至!兄说从平阳来,恰才听得那衙门里人说:'平阳出了刺客。'莫非就是狄兄?"狄琪道:"正是。然而未曾伤人,不过在那安抚使床前,留下一把刀罢了。"胡仇道:"狄兄如果南行,可投到衢州仙霞岭,暂住几时。"遂把设立"攘夷会"一事,大略告知。狄琪道:"如此甚好!弟如路过那边,一定前去。"说罢,握手而别,各奔东西。

才行了数步,胡仇又站定了,回头叫道:"狄兄且慢,定伯兄且慢!"

狄琪也立定了。胡仇上前问道:"万一他明日大索起来,连鸦巢都搜到,岂不要误事?"狄琪道:"不要紧,此中有个缘故,这轶子不知哪一代的祖宗,亲临前敌,与金兵交战,被金兵杀得大败,单人匹马落荒而逃;后来因山路崎岖,骑了马匹,走到旷野之地;走不动了,蹲在地下憩息;可巧一只老鸦飞下来,站在他的头上。金兵远远望见,以为是一块石头,就不追了,他方才得了性命。从此轶子们,见了老鸦,就十分恭敬,称为'救命神鸟'。连这'鸦'字的讳也避了,他如何敢动到鸦巢呢!"胡仇道:"如此,是万无一失的了!承教,承教。"说罢,两人分手。

胡仇仍窜回客寓,悄悄的回房安寝。此时已是天色微明,胡仇闹了一夜,此时得床便睡,也不知睡到什么时候,朦胧之间,只听得宗仁叫道:

"起来吧,要赶路呢。"胡仇故意哼了两声道:"我昨夜只怕感冒了,难过呢,让我歇歇吧。"又哼了两声,仍然睡着了。宗仁听他说病了,只好由他睡去。

胡仇这一觉睡到日高三丈,方才醒来。宗仁忙问道:"此刻可好点么?"胡仇道:"好点,只是太晏,来不及上路了。"宗仁道:"赶路不打紧,只怕要弄出事来,我在这里正没主意呢。"胡仇道:"弄出什么事呢?"宗仁道:"今日一早,外面就哄传起来了,说是安抚使衙门出了刺客,杀死亲兵。方才店小二来告诉我这件事,说本镇上各客寓,三天之内,已住之客,不准放行,未住之客,一概不准收留,要挨家搜寻呢。并且听说街头路口,都有兵把守,过往之人,一律要搜查呢。"胡仇道:"如此正好,我就在此处养息三天。"宗仁把手向东边屋子里一指道:"只是那东西怎么得了?"胡仇道:"不要紧,这寓里人多着呢,他知道是谁的?"宗仁道:"那里面有请安折子呢!一起弄掉了,怎么复旨?"胡仇道:"不要紧,那屋里有大仙呢,也许他们不敢搜那屋子。"宗仁道:"说也奇怪,你昨夜安放东西,可曾给他关上窗户?"胡仇道:"关的。"宗仁道:"今天早起,可开了!他们嚷什么大仙出来了,宰了鸡,点了吞烛去祭。我很担心,恐怕他们进去,见了包裹。幸而他们非但不进去,并且连窗户里面也不敢看一看。我才放下心来。"

胡仇听了,暗暗好笑。这明明是我五更回来时,取出包裹,忘记关上的,他偏要说大仙出来了,谁知我就是大仙呢!

不说宗、胡二人悄悄私谈,且说安抚使衙门,到了次日早起,一个亲兵到东廊房里来寻他伙伴,推门进去,呀!这一吓,非同小可,怪声大叫道:"不好了,不好了,杀了人了!"顿时惊动了众人,乱哄哄都来观看。恰好本官又不在家,只得去告禀师爷们。一时间几位师爷都出来了,也是大家吓了个没有主意。

一面地方上也知道了。因为安抚衙门,出了命案,非同小可,飞也似的去禀报县令。县令闻报,也吓得魂不附体,轿子也来不及坐了,连忙叫备了马,带了仵作各自扳鞍踏镫,加上三鞭,如飞的到了辕门下马。气喘吁吁的跑到里面,与众位师爷匆匆相见。便问:"尸首在哪里?"当下就有地方上的人引到东廊房里来。县令也不敢坐,就站着叫仵作相验。验得:女尸二具,男尸一具,均是被刀杀死,身首仍是相连;另男尸一具,已经身首异处。县令逐一亲身看过,看到那一具,说道:"这一具是身首异处的了! 既然没了脑袋,他那颈腔子上,血肉模糊的,又是什么东西呢?"仵作听说,蹲下来,摸了一摸,又摇了一摇,把它一拉,拉出来。看了看,是半段牛蹄。禀道:"禀老爷,这个死人想来生前是个馋嘴的。他脑袋也没了,缺了吃饭的家伙,还要拿颈腔子吃牛蹄呢! 可是没有牙齿,嚼不烂,未曾咽到肚子里去。"县令一声喝断。心下暗想:"这个杀人的,很是从容不迫,他杀了人,还有这闲工夫,开这个心呢!"正在肚子里纳闷,忽听得外面众人,又是一声怪叫。

　　未知是何事情,且看下回分解。

第 十 三 回

胡子忠再闹安抚衙　山神庙结义狄定伯

　　且说安抚衙门的人，乱做一团，一个个交头接耳，议论纷纷；闻得县令来验尸，大家又忙着打听，谁知这县令也验不出什么道理来。忽然大堂上一个小厮大叫道："在这里呢！在这里呢！"众人不知何事，一哄又到大堂上去。只见那小厮抬着头，在那里指手画脚。众人仰面一看，吓了个魂不附体，一起乱嚷起来。一时县令及几位师爷，都来看了。县令道："这个刺客的本领，也就非凡。那么高的正梁，他竟能把刀插上去。"内中一个师爷，戴起了近视眼镜，把那纸帖上的八个大字，一个一个的细辨出来；后头那一行小字，还是看不见，叫眼睛好的人，念给他听。他听了，吐舌道："这个胆子还了得。"

　　正说着人报中军到了。原来这中军，昨夜也拥了民间美女，饮酒作乐，不觉过醉，直睡至红日三竿。左右闻得这事，急急走到帐内，把他千呼万唤，方得起来；还是宿醉未醒，听得这件事，老大吃了一惊。忙忙过来，正遇着师爷们同着县令议论这刺客留刀的事。中军抬头一看，也觉吃了一惊，想了一想道："这厮合当命尽。他既然说今夜来取刀，待我今夜点齐了本部人马，在这里守着，不怕他会飞上天去。"又对县令道："少不得贵县也要辛苦了！费心也点齐了通班捕快，今夜在这左右，帮着巡逻。傥幸拿着了刺客，大人回来，彼此也有个交代。"

　　内中一个师爷道："不如此刻先派了兵，挨家搜查，各处要路隘口，多派人把守盘诘。"中军听说，连连称："是。"马上就发出号令，各处大索。

　　又叫具令派了差役，跟着众哨官、百长、什长分头搜查去了。

　　宗、胡两人，正在窃窃私议。胡仇心下明白，只因此时众寓客历乱异常，房外不住的有人走动，不敢轻易说出，恐怕泄漏机关。只有宗仁急的搓手顿足，又不敢露出形色来，恐怕犯了人家疑忌。其实同寓客人，哪一个不是忙着赶路的？今听得已住之客不准放行的号令，哪一个不急的搓手顿足，唉声叹气？不过宗仁是有事在心的人，格外提心吊胆罢了。

正在惶惑之间，那搜查的人到了。一声斥喝，把一座客寓，重重围住。

当先一个哨官，跟着一名县差，带了几十名兵丁，一哄而进。先是每一个客房，派一名兵士守住，那哨官亲自一处一处搜过来，跟随的人，带着就抢掠金银。一间间翻箱倒匣攏墙倒壁的搜过。可怜有一个被他在行李内搜出一把裁纸刀，一个搜出一把扦脚刀，也被他当作凶器，顿时锁了，押到县里去比问。真个是马槽厕所，没有一处不搜到。

后来搜到有大仙的那一间，宗仁更是提心吊胆的，两手捏着一把汗。只见那店主人跪倒禀道："这屋里向有大仙居住，求老爷免搜。"那駾哨官喝道："胡说，莫不是你这里藏着奸细么？"那店主不敢再辩，连跌带爬，退了下去。那哨官举足一踢，匉訇把门踢开了。先自进去，后头跟了六七个人，在屋里四面一看。并没有东西，连个桌椅也没有的。那哨官反动起疑来，细细的四下里找寻。忽见一处地下的泥松了，凸了起来，就叫手下发掘，掘下了三四尺深，忽觉得一股腥气，直刺鼻孔。一个兵丁，举动铁锹，再掘了一下。不好了，掘出祸来了！只见地洞中，伸出了一个碗大的蛇头，吐出三四寸长的舌头，往上一喷。那兵丁早着了毒气，晕过去了。吓的众人一声大喊，跑了出来。大叫："捉蛇、捉蛇！"那蛇不舍，蜒蜒婉婉，往外追来。

这里面搜查的人，一个个都是赤手空拳的，奈何不得。内中有个机警的，连忙出去招呼了有兵器的进来。一阵大刀长矛，乱刺乱砍。那蛇腾跃起来，拿尾巴打伤了几个人，方才被众人打死。细看它时，真有碗口粗细，一丈来长。

想来这间屋子，一向是它在那里作怪，住的人住得不安，无知的愚人，就说是有了大仙了。

闲话少提。且说当下那哨官，叫把晕了过去的兵丁，拖出来一看，已是无救的了。又伤了几个人，也就无心搜查。有那未经搜查的，也不过胡乱翻了一遍，就算了。宗仁眼看着他们去了，方才放下心来，然而不见搜出自己的包裹，却又纳闷。胡仇道："大哥不必心焦。那东西我早就安放了一个妥当去处，包你不误事就是了。"宗仁不知此中缘故，仍是闷闷不乐。

且说那中军当日抖擞精神，要捉拿刺客。不到日落，就传令众军士饱餐一顿。到得黄昏时分，便点齐人马，把一座安抚使衙门，围了个水泄不通。

众军士一律的弓上弦，刀出鞘。又叫了两小队，分布在大堂、花园等处，只等刺客到了，一起动手。中军又出下号令，如有能捉住刺客者，回明安抚大人，破格行赏；倘刺客当面，仍被逃脱者，即照军法从事。你想从军士哪一个不图赏怕罚呢！一个个都振起精神，摩拳擦掌，等待捉人。那中军官，身披掩心甲，佩了腰刀，不住的内外巡逻。

那几位师爷，已是吓的手足无措。他们本是分着房间居住，到了此夜，天尚未黑，便商量要住到一屋子里来。立叫小厮，支起铺来，关上房门，下了门拴；又抬了一张桌子，把房门堵住；恐怕不够，又七横八竖的加上几把椅子，又支上一床薄被，把窗户挡住，收拾停当。有两个格外胆小的，早就钻到床上，抖开被窝，连头蒙住。有两个自命胆大的，还要商量今夜如何睡法。一个说："要点灯睡的好，就是刺客来了，也可以看得见。"一个说："灯是点不得的，点了灯要被他看见，反为不美。"一人一个主意，正在争执不已，猛回头看见先睡的两个，在床上抖的连帐子也动了！不觉打了个寒噤，也不管三七二十一，一头钻到床上，也陪着他发抖去了。

不提这个慌张。且说那中军官巡出巡进，不住的喝着口号叫："留心呀，留心！"后来巡的乏了，就坐在大堂上休息，抬头看着那把雪亮的刀，暗想看他如何取法。忽又回头想："我坐在这里，是吓的他不敢来了，不如藏在暗处，张弓搭箭，等他来时，给他一箭，岂不是好！"想定了主意，便走出廊外，拣个黑暗去处伏住，也不去内外巡逻了，只眼睁睁的望着那刀。

守到三更以后，大众都有点困倦了。忽报说后面马房失火。中军此时，隐身不住，忙忙出来，分拨兵丁去救火。方才分拨定了，又报中军府失火。

中军官道："不好，他这是个'调虎离山'之计。我不能去，只分派得力人，回去扑灭就是了。这个时候，他一定要来了，众军士们，小心呀！"

一声未毕，只听得扑通一声，又是扑通一声，屋顶上掉下两个人来。众兵一起大喊道："刺客来了，刺客来了！"举起火把，围上前来照看，中军也忙着来看时，却不是什么刺客，原来是本标的两名哨官：一个已是跌得头破额裂，脑浆迸出，眼见得是硬了；一个未受重伤，还能说话。中军喝问道："你们做什么来？"哪哨官道："我们二人商量着，刺客一定从屋顶上来的，徒在底下守着无益。我两人曾学过飞走的功夫，因此我同他两个，同登屋顶,分做东西两处屋角守着。方才看见大堂屋脊上,好像有两个影子,我连忙赶过去,看见那一个也赶到那里去了。我两人合在一处,却看不见人。不知怎么,觉得脚下绊了一绊,就跌了下来了。"

中军听说道:"不好,这时候管保到了!"抬头看时,咯嚓一声响处,中军只喊得一声:"嗳……"那"呀"字还没有喊出来,身子便倒了。众兵士这一惊,非同小可,上前一看,便一起发出怪声喊道:"不好了,中军爷着了镖了!"这一声喊,大堂上下,一切守看的兵士,都围了过来。两个百长,忙叫先抬到堂上去。这是刺客放的镖呀!众兵士七手八脚,忙忙抬了进去。大众还抬头一看,道:"还好,刀还未拿去。你看明亮亮的还插在上面呢。"这一闹可闹的不得了了,安抚衙门搅它一个人马沸腾:又忙着防刺客,又忙着救中军。谁知他这一支镖,不偏不倚,恰恰中在太阳穴上,哪里还救得过来?一面将镖拔下,他早大叫一声,气就绝了。

此时上下无主,只得飞跑到里面,报与众位师爷。谁知一处处的房门,都是敞着的。末后找到一个房间,门虽关着,却是任凭你把门打得如同擂鼓一般,里面只是寂无声息。这报信的吓得没了主意,跑到外面去,大叫道:"不好了!众师爷都被刺客杀了!"大众听了,慌做一团。

内中就有个哨官出来做主:一面报县,一面用流星马,到河南路飞报。

不一会县令来了,慌慌张张,验了中军,派定人守护了尸首,又到后边去要验众师爷,叫人撬开房门,推开桌子椅子,看时,只见六七顶帐子,在那里乱摇乱动。一个便叫道:"不好了,刺客在房里呢!"翻身就跑。县令恰才要进去,倒被他吓的倒退两步。后来有两个稍为胆大的,约了一同进去,剔起了灯亮,揭开帐子一看,只见一团被窝,在床上抖着呢。拉开被窝看时,内中一位师爷,唇青面白,嘴里三十二个牙齿,在那里打着关,说道:"大。大。大。大。大。王饶命。"这兵丁伸手拉他一把道:"师爷莫怕,刺客去了呀!师爷的手,怎样湿漉漉的?"扶起他看时,浑身上下,犹如水里捞起的一般,可怜这是他出的冷汗呢!不曾叫他汗脱了,还算好。那位师爷定了定神,看见搀他的人,是个骽兵打扮,方才放了心。一面县令也进来了,一个个的都叫了起来。

县令看见一众师爷无事,方才略略放心。仍旧出到大堂,吩咐把中军尸首停好,代他解去了掩心甲。忽见他的腰刀,只剩了一个空鞘,刀却不见了。

　　此时众人防刺客的心都没了，乱哄哄的不知乱些什么。此时听说中军爷的刀不见了，一个便道："不好，中军爷的刀，是宝刀呀！不见了，还了得吗？回来中军爷问起来，怎么回话呢？"一个道："呸，人也死了，还会问你要刀吗？"这一个方才笑了。

　　县令在大堂上，踱来踱去，搓手顿足，急不出个主意来，猛抬头看见梁上插的那把刀，忽然想起道："早上来时，那刀子没有那么大，好像换了一把似的，莫非他们捉弄我吗？"想罢，便对那哨官说道："怎么梁上那一把刀子，好像不是早上那把了呢？"一句话提醒了众人，留心细看，就有中军贴身的亲兵，认得是中军的刀。便道："这是我们爷的刀呀！怎么飞到上头去了？"众人留心再看时，那纸柬儿也换过一张了；只是灯光底下，看不大出是写的什么字。县令便同哨官商量道："这光景只怕又是那刺客所为，莫若把他拿下来吧。"哨官道："我们天尚未黑，就守在此处，寸步未曾离过。他哪里就换得这样神速呢？没奈何先把它拿下来吧，万一它插不稳，掉了下来，又闹出事。"于是吩咐兵丁，拿梯来取。可奈没有这个长梯，恰好两处救火的回来了，就拿那救火梯子进来，谁知仍旧搭不到正梁。又取过一张桌子，垫了梯脚，方才搭住。爬上去取下来看时，正是中军的宝刀。此时县令心中还疑心众人拿他捉弄，再看那纸柬时，却是并未换去，不过上面又加了一张，写的是："原物取还，我去也！"七个字。不觉心中纳闷，只好等安抚使回来，听候参处。这里足足忙了一夜，天色大明，县令方才别去。这一天镇上各处，格外搜查得厉害，可奈绝无踪影。宗仁只是纳闷，唯有胡仇心下明白，他却绝不做声。

　　一连过了三天，看着有人动身去了，知道已经弛禁。宗、胡二人，也收拾马匹，料理动身。宗仁道："我们的东西在哪里呢？可要取了回来。"胡仇道："大哥只管放心前去，包在弟身上，取了回来。"宗仁无奈，怏怏而行。一行出了河北镇，往北进发。

　　这一天胡仇有意耽延，从早到晚，走不到五十里路，便要歇宿；恰好这个所在，没有村店，只在路旁一个古庙内歇下。喜得这座古庙，没有闲人，只有一个老和尚在那里苦修；用了一名香火道人，也是个老头儿。当下二人，叩门入内，说明投宿来意。和尚连忙招呼到方丈里坐地，一面摆出斋饭，就让二人在云房歇宿。

　　胡仇饱餐一顿，便嚷困乏，要去歇了。拉着宗仁到云房里来，悄悄说

道："大哥,你看天色已晚,我正好去取东西。你且在此等我,倘是等久
了,可不要着急。我这来去,差不多有一百里路呢!你放心安睡吧,我不
到天亮就来了。"一面说着,一面急急的换上夜行衣。宗仁问道："到底往
哪里去呢?"

胡仇道："自然还到镇上去取。"宗仁还要说话时,胡仇已经走出天
井,轻轻一跃,到房顶上去了。

宗仁暗暗想道："一向只知道他是技击之流。原来有这个本事,说不
定镇上闹的事,就是他做出来的呢!"一时心中又惊,又喜,又是纳闷:惊
的是胡仇有这等本领,居然像侠客一流;喜的是有了这等伴侣,沿路可以
放心;纳闷的是他既干下这个事来,何以三天以来,并没有一言吐露?把
我瞒得铁桶似的。呆呆的坐在那里闷想,一时人声俱寂,四壁虫鸣,那一
寸心中,犹如辘轳般乱转,看看坐至三更,只得安排就寝,睡到床上,哪里
睡得着?只是翻来覆去,好容易捺定心思,方才蒙眬睡去。

一觉醒来,已是天色微明,仍未见胡仇回来,不觉又是担心。开出门
去解手,走到廊下,只见漆黑的一团东西,宗仁心疑,走过来踢了一脚。忽
的那团东西竖了起来,原来是一个人。宗仁定睛看时,不是别人,正是
胡仇。

不觉大喜道。"胡兄回来了,何不到房里去?"胡仇道："弟回来得不
多一会,因推了推门,是关着的。不便惊动大哥,就在这里打一回盹,却也
刚才盹着。"于是宗仁解过手,一同进内。

胡仇提着一个包裹,进房放下道："东西都取来了,一件不失。大哥
请点一点。"宗仁道："又何必点呢!只是你把这东西放在哪里?如何把
我瞒起来呢?"胡仇道："我何尝要瞒大哥!只因那边耳目众多,不便说话
罢了。"

宗仁道："那刺客的事,莫不是也是你闹的么?"胡仇道："大哥哪里知
道的?"宗仁道："我只这么猜着,也不知是与不是?"胡仇就把当夜如何到
安抚使署,如何杀了两个鞑子,如何放了十九个女子,如何留下扑刀,如何
遇见狄琪,如何把包裹寄放在鸦巢内,一一都告诉了。

又道："昨夜还要有趣呢!大哥睡了。我到三更时候,前去取刀。见
他们防备得十分严密,我便到马房里及中军衙门两处,都放了一把火,要
想调开他们。谁知他们人多了,调不尽许多。后来又看见东西屋角上,都

伏着有人。凭着我的本事，本可以躲避得过，然而究竟碍事。我就在屋脊上面，故意露了一露影子，那两个人便一起赶过来。他们在南面来，我却伏在屋脊之北。等他走近，我只伸手在两个脚上，一人拉了一把，他们便倒栽葱的跌下去了。我走过来一看，连那中军官也围着观看呢！我就轻轻跳了下去，走到那中军背后，把他的腰刀，轻轻拔了下来。仍然纵到屋上，好笑那骚鞑子，犹如睡着一般，一点也不知道。我等他回过脸来，觑准了，赏他一镖。众人乱了，围着去救。我这才翻转身子，抱定庭柱，翻了个神龙掉尾的式子，又换了个顺风拉旗，到正梁上，拔下自己的刀来。又把他的腰刀插上，留下一个纸束，方才把刀送到鸦巢里去。你道有趣不呢？"宗仁听罢，半晌才说道："这件事好便好；只是于大事无济，以后还是不要做吧。"胡仇道："我本要刺杀那安抚使，为民除害。可巧他不在家，倘使在家时，叫我给他一刀，岂不省了许多凌虐？"宗仁道："话虽如此。只是胡兄知其一，不知其二。从来奸佞之辈，逢君之恶，或者贪污之辈，虐民自利，那就可施展行刺的手段，杀了他为民除害。须知那奸佞贪污之人，不过一两个，多不过十来个，刺杀他也还容易，警戒他也尚容易。此刻外族内侵，遍地都是鞑子。他本来已经是生性残忍，更兼仇视汉人，几乎成了他鞑子的定例。那一种凌虐苛刻，看的同例行公事一般，哪里还知道这是不应为而为之事？就让你今番得了手，杀了他，明天又派一个来，仍是如此。你哪里有许多功夫去一个个的刺杀他呢？何况未曾得手，格外惹起他的骚扰来。你看前两天那种搜索的样子，只就我们歇宿的那一家客寓，已经是闹得鸡飞狗走，鬼哭神号。那一班哨兵，借着检搜为名，恣行动掠，内中正不知多少行旅之人，弄得进退无路呢。胡兄具了这等本领，莫若早点到了燕京，觐过三宫，复过旨，仍到文丞相那里立功去，倒是正事。"胡仇听了，怔着半晌道："这么一说，倒是我害了河北百姓了，这便怎么样呢？"宗仁道："既往不咎，以后再办起事来，谨慎点就是了。"

说话之间，天已大亮。二人梳洗过后，吃了早点，谢过和尚，上马启程。

走不上三十多里路，只见迎面来了一人，生得唇红齿白，风度翩翩，书生打扮，骑着一匹白马。后面一个小小书童，背着书囊，紧紧跟随。那书生见了胡仇，滚鞍下马。

未知此人是谁，且听下回分解。

第 十 四 回
仙霞岭五杰喜相逢　燕京城三宫受奇辱

却说那书生见了宗仁、胡仇，连忙滚鞍下马。宗仁、胡仇不知他是何人，见他招呼，也只得跳下马来，彼此拱手相见。宗仁、胡仇同声问道："足下何人？素昧生平，望恕失敬。"那书生道："路上非说话之所；那边一座小小的庙宇，可到那边谈谈。"宗、胡二人，满腹狐疑，只得牵了马匹，一同前去。走不上一箭之地，就到了庙前。四人一同入内，那书生又翻身出来，在那庙的四面看了一遍，再复人内，叫小童到外面去看好了马匹，方才指着宗仁对胡仇道："这一位兄弟是素昧生平的。怎么胡兄也认不得我起来？"

胡仇被他邀到此地，本来是满腹怀疑，摸不着头脑，忽听了此言，猛然省悟道："原来是狄兄！失敬，失敬。"便对宗仁道："这位便是前几夜弟遇见的狄武襄公玄孙，定伯兄了。"宗仁大喜，也通了姓名。三人就席地而坐。

胡仇道："狄兄前夜不是说到河南路去吗？怎么反从北而来呢？"狄琪道："此是四天以前的话了。有了这四天，到河南路去。可以打两个来回了。那一天分别时，已将大亮了。别后无事，我不等大亮就动身，赶到河南路，恰好断黑时候。可巧这一天，是那一路的什么安抚使生日，聚了多少哨官，在那里吃酒。我也效颦胡兄，在大堂正梁上，给他留下一刀一束，并未伤人，就连夜回到河北路来。知道胡兄镖打了中军官，不胜欣佩。那天匆匆一见，并未请教胡兄要到何处去，所以前日特地赶到前站，希冀可以相见，不料昨日等了一天，未曾遇见。方才想起："胡兄一定是先行出了河北，然后折回去取军器的，所以在半站上歇了，以图近便。'所以今日一早又迎将上来，不期在此相遇。"胡仇道："那里不是三天不准人行么？狄兄怎样走的？"

狄琪道："弟与小徒，并未落店，只在各处闲逛。"胡仇道："弟与宗兄，同奉了旨，到燕京去，代觐三宫；所以行李内，还有表章、银两等件，不尽是军器。"狄琪道："这个差使，怕不易办。弟闻得三宫在燕京，如同囚禁一般。住的房子，四面尽是高墙。外头都有哨兵把守，绝不放一个汉人进去。胡兄到了那里，千万要小心在意。"胡仇道："怎么鞑子们专门用高墙困人？河北路困那女子的，也是高墙。"

狄琪忽然想着一事道："胡兄，你干事勇往则有余，细心还不足。河北路高墙里的几个老婆子，你把她绑了不放她；又仍然把那门锁了，岂不白白的饿死她们？弟从河南路回来，想起此事，连夜进去，放了一个，好让她叫喊起来。论理她们不过迫于势力，代他看守那女子。罪还不至于死呀！"胡仇道："兄办事真是细心，弟万万不及。当真说的，不如求狄兄收弟做个门徒吧。"狄琪道："师弟是断不敢当，然而弟奔走江獭五六年，并不曾遇见一个知己。今得见胡兄，也是三生有幸，我们不如学那小说上的行径，结为异姓兄弟吧。"胡仇大喜道："如此，只怕我还要叨长呢！"当下两人就交拜了八拜，叙了年齿，胡仇二十八岁，居长；狄琪二十四岁，为弟。

胡仇对宗仁说道："宗大哥，不要看的眼热，不如也一同拜了吧。"宗仁道："不忙，不忙。我们联盟会里，将来免不得一大班都是异姓兄弟，那才热闹呢！请问狄兄：此刻要到何处去？"狄琪道："弟行无定踪。"胡仇接着道："我曾劝狄贤弟到仙霞岭去。"宗仁道："不如到江西文丞相那里立功的好。"狄琪叹道："依弟看来，文丞相也不过是'鞠躬尽瘁，死而后已'罢了！此刻天下大势，哪里还提得起！"说罢，不觉长叹。宗仁听了他"鞠躬尽瘁，死而后已"的话，猛然想起谢仿得教育后进之言，因道："狄兄既不到江西，仙霞岭是不可不去的。叠山先生也到那里去过，发了一番议论，劝各人各尽所长，教育后进，以为将来地步。此刻岳公荩，已把他那家传的'易筋经'教将起来。据说学了这'易筋经'，上阵见仗，气力用不尽的。"狄琪道："兄说的岳公荩，莫非是岳忠武之后吗？"宗仁道："正是。"狄琪大喜道："如此，弟一定到仙霞岭去。只因弟从前学的'易筋经，未经师传，终不得法，所以劳动久了，终不免有点困乏，如今好投师去了。"

胡仇道："贤弟真是了不得！有了这个本事，还是这般虚心。只是宗兄劝你去做教习，你却去做学生，未免反其道而行了！"狄琪道："弟何足为师？

然而遇见要学的，也未尝不肯教，就是弟带着的那个书童，也并不是书童，就是弟的小徒。"说罢，便叫了他进来，与二人相见；又代他通了姓名,原来姓史名华,年方十六岁。相见既毕,仍到外面看守马匹。

狄琪对胡仇道:“兄此番到燕京,弟有一物可以借与兄用。”胡仇便问:“何物?”狄琪道:“此乃弟世代相传之物,就是先武襄公所用的铜面具。先武襄公每到阵上,必戴着铜面具,是人所共知的。后来人家又故神其说,说是这铜面具,有甚法术。其实是个谣言,就是弟也不知是何缘故一定要戴着这东西上阵。想来当日西征,以及征依智高时,那些敌兵,都是无知之辈,所以戴上这黄澄澄的东西,去吓敌人,也未可定。然而细细想去,却又不必如此,或者以备避箭之用,也未可知。这都不必管他。自从到了弟手,弟却另外有用它的去处。我们夜行,身上披了夜行衣,可以避人眼目,只有一张白脸,最难隐藏,所以弟把那面具,用黑漆漆上一层,夜行时戴上,更是方便。”胡仇道:“蹿来蹿去的,带了这东西,不怕累赘么?”狄琪道:“一点也不累赘。”说罢,到外面去,在书囊里取了出来,交与胡仇。胡仇接过来一看,哪里是个面具?就同织布的梭一般。不觉对着它发怔。狄琪道:“所以不嫌累赘,就在此处,当日不知巧匠怎么做的,它有个软硬劲:把它拉开来,就是一个面具;一松手,它又卷起来了。”说罢,拉开来,给胡仇看,果然是黑黑的一个面具;一撒手,又卷了起来,仍旧同梭子一样。胡仇看了,大以为奇,问道:“但是,怎么戴法?”狄琪道:“这面具上头,同帽子一般,下面也照着下须样式做的。拉开来,上面先戴在头上,下面往下扳上一扣,再也掉不下来。”说罢,自家戴与胡仇看。果然四面贴服,不像平常的面具,不觉大喜。狄琪道:“兄到了燕京,恐怕鞑子们不许你们好好觐见。少不得要夜行,故以此物相借。”胡仇谢了又谢。

宗仁道:“我们彼此上路吧!不要太耽搁了,错了站头。”胡仇道:“宗兄怎么近来胆怯了?”宗仁道:“并不是胆怯,只因身上背着这重大事件,在这荆天棘地上行走,不能不小心些。”狄琪道:“正是,天也不早了,我们走吧。”说罢,出了庙门,个个上马,拱手而别。

狄琪一心要学“易筋经”,就带着史华,径奔仙霞岭来。一路上无非是饥餐渴饮,夜宿晓行,一日过了衢州,到了仙霞岭。只见山下乱石纵横,无路可上。只得循着山边而行,行了许久,只寻不出上山的路。正在踌躇之间,忽然一声锣响,那边石岩之中,跳出了二三十人。当中一员头目,手执齐眉棍,嘴里叽里咕噜,说了几句话,就同鞑子说话一般,全然听他不懂。狄琪笑道:“你这汉子,嘴里说些什么?”那头目便立在一旁道:“没事，没事，就请过去。"狄琪道："我不是要过去，我是要到仙霞岭的。"那头目道："你到仙霞岭做什么？这里就是仙霞岭。你说了，我同你通报。"狄琪道："我姓狄名琪，要拜访岳将军的。"那头目便放下齐眉棍，叉手道："请狄将军少待，便当通报。"那手下的小卒，听见了，就有两个飞奔上山去了。

这里狄琪问那头目道："你刚才叽里咕噜的，说些什么？"那头目道："这里的山主金将军的号令：凡是鞑子经过，一律要捉上山去，不许放走一名。若是汉人，就放过去。因为近来有许多鞑子也扮了汉装，亦有许多汉人也扮了鞑子，恐怕闹不清楚，前两天岳将军出下号令，叫我们守山口的都学了两句蒙古话，有人经过时，先拿这话问他。他答得出的，便是鞑子，答不出的，便是汉人，以此为分别的。"狄琪听了，这才明白。

忽见两个小卒，当先走下来，说道："岳将军迎下来了。"狄琪放了辔头，迎将上去，果见当头来了一员好汉，生得面白唇红，仪表堂堂。骑着高头骏头，按辔而来。便上前欠身问道，"来者莫非岳将军否？"岳忠连忙下马答应。狄琪也翻身下马，执手相见。彼此又通过姓名，史华也上前见过。

方才上马，同到山上来。

金奎早迎到廊下。狄琪也上前厮见，分宾主坐定。史华侍立一旁。狄琪道："今番在路上，遇见宗伯成、胡子忠二位，说起金将军义不降元，与岳将军雄踞仙霞，为将来恢复地步，不胜钦佩。又闻得岳将军，肯以'易筋经'教育后辈，不揣冒昧，愿拜在门下。"说罢，纳头便拜。吓得岳忠还礼不迭，说道："不敢，不敢。弟一技之长，何足挂齿！狄兄愿学，早晚尽可谈谈，至于师弟之称，断不敢当。"拜罢，重新入座。岳忠问起如何遇见宗、胡二人。狄琪便将胡仇如何在河北路行刺相遇，自己如何到河南路去，又如何赶在前站，迎将回来，一一告知；只瞒起盗镖之事，一字不提。

正在滔滔而谈，忽听得金奎在旁边呵呵大笑起来。岳忠道："金兄又笑什么？"金奎道："我只喜这仙霞岭的英雄，日多一日，想的不觉心痒起来，忍不住发笑。"狄琪问道："尚有哪位在此？还请相见。"岳忠道："是叠山先生两位公子，前天到了。"狄琪道："何不请来一会？"岳忠道："他两位各有所长，大公子熙之长于农事。前天到田上勘视了一回，说水利还未尽善。此刻监工改造沟洫去了。二公子定之，考究畜牧。此刻往山后勘地，要建造畜牧场。少刻都要来的。"狄琪听了,暗想道:"亏得有此二人,不然,徒然在此耍刀弄棒,称雄称霸,到了粮食尽绝,也是徒然,若要出去劫掠,只落了个强盗的名目罢了!"

忽听得金奎又说道:"狄将军,可知道我们这山上,彼谢叠山老先生定下了一个规矩?"狄琪道:"请问是什么规矩?"金奎道:"凡在山上的人,不能空住着的。"狄琪笑道:"可是要献纳伙食钱?"金奎道:"岂有此理?"

狄琪道:"不然便是听受驱策。"金奎道:"唉!算我不会说话,狄将军不要同我取笑。"狄琪道:"请教到底是什么规矩?"金奎道:"来人要将自己本领,教与众人。今狄将军有了这通天本事,明天也可以选几个人教起来。"

狄琪道:"这不是小弟推托,这可不能胡乱教人的。不比平常武艺,纵使教成一个万人敌,他总是要在明处使出来。弟这个全是暗中做事的手段,教了正人,本不要紧,万一教的是个不正之人,他学了去,那就奸、淫、邪、盗,无所不为的了。纵使要教,也得要慢慢查察起来。果然是个光明正大的行径,方才可以教得。"岳忠道:"这也是正论,但是近来金兄,每天聚集了所教的学徒,讲说忠义;又讲那鞑子凌虐汉人的可恨,汉人被虐的可怜。那听讲之人,有许多听了怒形于色的,也有痛哭流涕的。这种人,总可以教了。"

狄琪道:"只怕是金将军的高徒,都不能教得。"金奎怒道:"这是什么话?难道我教的都是奸人么?"狄琪道:"不是这等说。金将军身躯雄壮,武艺高强,所选来教的,自然也是些彪形大汉。我这个末技,却是要身材瘦小,举止灵动,眼明手快的,方才学得上来。"金奎道:"罢了,罢了!我本来还想学呢!"此刻没指望正说话间,谢氏兄弟到了,大家又厮见一番。金奎见有了谢家兄弟,又平添了狄琪、史华,乐不可支。便叫置酒庆贺,痛饮至晚方散。

这且按下不提。且说宗、胡二人,别了狄琪,一路上晓行夜宿,到了燕京。投了客寓,便先要打听三宫的住处及元人将三宫如何看待。

原来伯颜到临安时,虏了太皇太后、全太后及德祐皇帝去,只因太皇太后抱病在床,在路上把她停下来。叫押全太后及德祐皇帝先去。想要等她病好了,才送到燕京。

一日太监巫忠,不知从哪里跑来见伯颜,说是现在二王出奔在外,留下太皇太后在此：万一她出一道手诏，二王之中，随便叫一王即了皇帝位，倒又费了手脚，不如及早押到北京去处置。伯颜便问巫忠是何人。巫忠便自陈履历，并言曾托贾似道介绍。伯颜听得是贾似道一党人，不觉大怒，叫拿去砍了。后来想起这话不错，便不管死活，叫带病而去；所以全太后、德祐帝先到，太皇太后后到，元人便把他们安置在两起：全太后、德祐帝在一起；太皇太后，另在一起。

有一天，元主忽必烈在宫中宴饮，忽然想起全太后来，便对左右说道："朕要叫那蛮婆子来行一回酒取乐，如何？"左右道："这蛮婆子，已经四十多岁的人了，怕没有什么趣味！"元主道："管她呢，叫她来看看。"

于是就有两名太监去了。去了多时，回来说道："那蛮婆子，恋着那小蛮子，一定不肯行；奴才们未奉旨意，不敢施为，请旨定夺。"元主道："不是还有一个老蛮婆子么？"左右道："老蛮婆子，是另在一起的。"元主道："就叫那老蛮婆子去看顾那小蛮子，替了那蛮婆子来。这是朕格外施恩，叫她这食毛践土的蛮婆子，要知道朕的深仁厚泽。赶紧就来，再倔强时，就给她一顿皮鞭，叫她知道朕的国法。"

两个太监奉了圣旨，就到太皇太后那里，簇拥着她，连爬带跌的到全太后这边来，把元主的圣旨，口传了一遍。太皇太后哭道："媳妇呀，你就去走一趟吧。我们是国破家亡的人，受辱已受尽了，也不是头一次了，你好好的去了再来。我还有多少话要同你说呢！快去吧！免得受他们的皮鞭！小官家有我照应呢。"说还未了，就有一个太监上前兜脸一掌道："这是什么地方！还由得你官家长官家短的。"只打得太皇太后头晕眼花，险些儿栽个跟头。打了不由分说，拥了全太后要走。德祐皇帝哭起来叫道："母后呀！"

这太监回身又是一掌，打得德祐帝哭倒在地。那一个太监道："由他去吧，打他做什么呢？"这一个太监便道："这是什么地方？由得他们在这里官家、母后的乱道！僭越非分到这步田地，还了得吗？这是乱臣贼子，人人得而诛之呀！"说着簇拥全太后出去，上了车子，来到东华门，便拖了下来；拥入宫去。

来到宫门时，早有上谕出来道："呀！蛮婆子换了青衣进去。"两个太监，便过来剥了原穿的衣服，代她穿上了一件青衣走到宫里来，见了元主。

两个太监过来叉着颈脖子，喝叫跪下。元主道："蛮婆子抬起头来。"

全太后只得抬头。元主道："唔,怎么不搽点粉来? 来,左右,带她搽粉去。"

全太后没奈何,去搽粉。想起自己身为国母,无端受此奇辱,不觉流下泪来。

又把搽得好好的粉弄污了,如此好几次。元主又不停催促。没奈何咬着牙忍着泪,搽好了出来。元主呵呵大笑道："好呀! 还是一个半老佳人呢! 快筛酒来,朕从今不叫你蛮婆子,叫你美人了,你可快点谢恩。"说还未了,就有一个太监来,又着跪下,叫磕了头;还是又着脖子,不让起来,说道:"你说呀! 说:谢皇上天恩。"全太后没奈何说了,方才放起来。

元主道:"美人,你会唱曲子吗?"全太后道:"不会。"元主道:"不会吗? 左右给她五百皮鞭。"全太后吓的魂不附体,忙说:"会,会。"元主呵呵大笑道:"会,就免打,你要知朕是最爱听曲子的呀! 快点唱来。"

全太后没奈何,随口编了一个北曲"新水令",唱道:望临安,宫阙断云遮,痛回首,江山如画。烽烟腾北漠,蹂躏遍中华;谁可怜咱在这里遭磨折!

元主只知欢喜听唱曲子,这曲文是一些也不懂得的,也不知怎么是一套,只听这几句音韵悠扬,是好曲子罢了。便呵呵大笑道:"好曲子,唱得好! 美人,你再来敬朕一杯。"全太后没奈何,再上去斟了一杯酒。

元主此时已经醉了,便把全太后的手,捏了一把。全太后已是满腔怒气。

元主又道:"美人,你们蛮婆子,总喜欢裹小脚儿,你的脚裹得多小了,可递起来给朕看看。"全太后哪里肯递。左右太监已经一叠连声喝叫:"递起来,递起来!"全太后气愤填胸,抢步下来倒身向庭柱石上撞去,偏偏气力微弱,只将额角上撞破一点点,然而已经是血流不止了。元主一场扫兴,不觉大怒道:"这贱蛮婆,不受抬举,快点撺她回去。"左右一声答应,也不管死活,一个抬头,两个抬脚,抬起来便走,一直送到住处,往地下一掼,便回去复旨。

元主怒犹未息,忽又叫过一个太监来道:"你传朕的旨意,去封那老蛮婆子做'寿春郡夫人',封那小蛮子做'瀛国公',单单不封这贱蛮婆子,叫她看着眼热,要活活的气死她。"那太监奉了旨,便到三宫住处来,大叫道:"圣旨到,老蛮婆子、小蛮子快点跪接。"太皇太后,看见全太后这般狼狈,正自凄凉;忽听得圣旨到,又气、又恼、又吃吓,正不知是何祸事,只得颤巍巍的向前跪下。全太后不知就里,也只得带着德祐帝跪下来。太监向全太后兜胸踢了一脚喝道:"没有你的事,滚!"这一脚踢得全太后仰翻在地。那太监方才说道:"皇上有旨:封老蛮婆子做'寿春郡夫人',封小蛮子做'瀛国公'。快点谢恩。"太皇太后福了一福,德祐皇帝叩了头。太监喝道:"天朝规矩,要碰头谢恩的。"太皇太后没奈何,低头在地下碰了一碰。太监道:"还有两碰。"太皇太后只得又碰了两碰。太监道:"说呀。"

太皇太后道:"说什么?"太监道:"蛮子真不懂规矩!你说,'谢皇上天恩。'快说!"太皇太后没奈何,说了,又叫德祐皇帝碰头。德祐不肯。太监便过来,接着他那脑袋,在地上咯嘣、咯嘣、咯嘣碰了三碰。又道:"说:'谢皇上天恩!'快说。"德祐皇帝哭着说了,那太监方才出去。忽然又是一个太监来,大嚷道:"圣旨到!"

不知又是什么圣旨,且听下回分解。

第 十 五 回

待使臣胡人无礼　讲实学护卫长谈

话说太皇太后及德祐帝谢罢了恩,恰待起来,忽然外面又闯了两个太监进来,大叫道:"圣旨到。"太皇太后、德祐帝只得仍旧跪下,低着头,不敢仰面观看。只听得那太监高声道:"奉圣旨:老蛮婆子和那小蛮子仍旧住在这里,交理藩院看管。那贱蛮婆子撵到北边高堵里去,只许她吃黑面馍馍,不准给她肉吃。'快点谢恩。"太皇太后、德祐帝只得碰了头,说了谢皇上天恩。全太后却只呆呆的站在一旁不动。一个太监大喝道:"嗟!你这贱蛮婆子,还不谢恩吗?"全太后道:"这般的处置,还谢恩吗?"太监又喝道:"好利嘴的贱蛮婆子!你知咱们天朝的规矩,哪怕绑到菜市口去砍脑袋,还要谢恩呢!这有你们蛮子做的诗为证,叫做'雷霆雨露尽天恩'呀!"

全太后没得好说,只得也跪下碰了头,说了谢皇上天恩。那太监便喝叫跟来的小太监,不由分说,七手八脚,拉了全太后便走。从此太皇太后得见了孙儿,却又失了媳妇,可怜那一掬龙钟老泪,泣的没有干时。

宗、胡两人,初到大都,住在客寓里,哪里得知这些缘故?日间又不敢彰明昭著的访问;到了夜间,胡仇便穿了夜行衣,戴了黑面具,到处窥探查访,却只寻不着个踪迹。一连几日如此,不觉心中焦躁。

这一天胡仇独在客寓里坐地。宗仁往外闲逛一回,听得街上的人,三三两两都说什么"刺客,刺客!"宗仁留心听时,却又听不甚清楚。信步走到大街上去,只见一群人围在一处,一个个的都抬着头仰着面在那里观看。宗仁也随着众人去看时,原来是河北安抚使移文到此,捉拿刺客的一张告示。

吓的连忙退步,回到客寓里,对胡仇说知。

胡仇听了便要出去观看。宗仁道:"他出了告示要访拿你,你怎么倒自己出去露面?"胡仇道:"这有什么要紧?我脸上又没有刺客的字样,手里又不扛着刺客的招牌,他哪里便知道是我呢?"说罢,自去了。

　　不多一会，便回来说道："这事很奇怪。宗兄，你听得么？"宗仁道："除了那个告示，莫非又有甚的事吗？"胡仇道："可不是么！我方才出去，听得人说："我国朝廷，又专派了钦差，从海道走天津卫来。不知是什么意思，起初我还以为是个谣言，再三打听了，却是个确信；并且打听得钦差是姓程，已经到了天津卫好几天了。不知为争什么礼节，却只住在天津卫，不到这里来。我好歹去打听打听。"宗仁道："这个是什么意思，却揣度不出来。去打听也好，只是几时去呢？"胡仇道："等到将近入黑时，我只推有事出城，便连夜赶去，好在我晚上也看得见，走路是不妨的。"宗仁道："正是。我从前听胡兄说，黑夜之中，能辨颜色；然而前回在河北路闹的事，我听胡兄说又带了火绳，这是什么意思呢？"胡仇道："这火绳是我们不可少的。比方一时之间，要寻觅什么细微东西，或者要看小字，却非火不行。何况那里是我初到之地，一切情形都不熟悉，又焉能少了它呢？即使能辨得出颜色，到底要定睛凝神，方才可见，怎及得了这个方便呢？"宗仁点点头道："这也说得是。不知今夜出去，可用这个么？"胡仇道："自然总要带着走，宗兄为甚只管问这个？"宗仁道："不为什么。我方才洗手，打翻了点水在你的藤匣子上，连忙揩干，打开看时，已经漏了进去，却将一把绳子弄湿了。恐怕是你的火绳，不要弄坏了，误了你的事。"胡仇道："这个不要紧。这火绳是用药制炼过，在大雨底下也点得着的。"宗仁道："这就好了。赶着去打听打听，到底是甚事？我们在这里好几天了，也不曾得着三宫的消息，好歹多一个人，也好多打一个主意。"

　　商量停当。等到太阳落山时候，胡仇便收拾起身，只对店家说是出城有事，今夜不回店来了。说罢自去。宗仁独自一人，在店守候。过了一天，胡仇欢欢喜喜的回来。宗仁便忙问："打听得怎样了？"胡仇道："这位钦差，是原任的殿前护卫。姓程，名叫九畴，福建人氏。久已退归林下的了，今番因为圣驾到了福建，他便出来见驾。据说我们走后，陆君实已经拜了相；程护卫去见过驾时，便去见陆君实，说起我们代觐之事，程护卫便说："这件本是堂堂正正的事，须得递了国书，明白说出要觐见三宫，方才妥当。'我两个不曾奉有国书，恐怕见不着。陆君实大以为然，便保荐他做了钦差，到这里递国书，他正在要访我们呢。"宗仁道。"却又为什么在天津卫耽搁住了呢？"胡仇道："此刻已经到了通州了。程护卫动身之前，本来就怕走旱路不便；所以要走海路。到了天津卫，上岸之后，谁知这里鞑子,早知道了,那鞑官儿,预先就出了一通告示,说什么'程九畴经过地方,有司不必敬他,着自备盘费。程九畴只许带百人进京朝见,其余都留在天津卫'云云。因此程护卫不曾起身前进;二来也因为不知我们消息,正在那里打听。此刻我们不要耽搁,赶着到通州去,会齐了程护卫,重复进来,再行设法吧。"

宗仁道:"我们本是两起来的,此刻怎好闹到一起去呢?"胡仇道:"程护卫来的本意,本是为恐怕我们办不妥才来的。那国书上面,本来就空上两个名字,只等见了你我,便把你我名字填上,一同会那鞑子官儿,说明觐见三宫的意思,看他如何举动,再作道理。"宗仁道:"他们说什么只许百人进京,想来程护卫带来的人不少呢。"胡仇道:"这回程护卫还带来一份国礼呢! 带的是:十万银子,一千金子,一万匹绢缎。那么运的人也就不少了呢!"

宗仁听了,便和胡仇收拾启程,结算了店家旅费,跨马直奔通州而来,见了程九畴,分宾主坐定。宗仁道:"此次幸得老护卫远来,晚生们正寻不着三宫的门路,又不便四处访问。此番老护卫赍了国书前来,自可以堂堂正正的觐见了。"九畴道:"正是。陆丞相踌躇到了这一着,所以在杨太妃前,保举了老夫,当了这个职任。其实老夫近年来十分龙钟,哪里还当得起这个重任! 只为受恩深重,不能不拼了这副老骨头。此刻侥幸到了此地,见了二位,一切事情,还望二位努力,老夫不过一个傀儡罢了。"宗仁道:"晚生们年少学浅,还仗老护卫指教。"九畴道:"二位正在英年,正是建功立业的时候,眼看得山河破碎,满地腥膻,我们有了年纪的人,如何还中用呢! 将来国家的命运,怕不是仗着一众年少英雄转移过来么!"

胡仇道:"同是大家的公事,也不必论什么年老年少,将来的事,自有将来的办法。依在下的愚见,不如先商量定了这回的事为是。前日匆匆拜见,不及细谈一切,不知老护卫有何主见? 我们何不先把这个细细谈谈呢?"九畴道:"此刻那鞑官儿,还是只许我带一百人去。我先是怕搬运人夫不够,和他们争论;后来他索性说不必我的人搬运,他自着人来代我搬运了,只叫我带几名随从的人进去。我想这也罢了。昨日忽然又有一个鞑子来说,叫我即刻进京。我因又和他争论,说我是奉了皇帝上谕,赍国书来的,你们礼当迎接,不能像这么呼来喝去的。那鞑子就去了,到此刻还没有回信。"宗仁道:"老护卫争的是。我们既是堂堂正正的来,自然该当和他讲礼法。"说罢，大家散坐。宗、胡两个卸去了胡冠胡服，照着品级，换上了中国冠裳。

九畴又把国书取出，添注上宗、胡两个钦差名字。

过了两天，只见来了两个鞑官，带了一大队鞑兵来，说是来迎接国书的，并请钦差同去。程九畴、宗仁、胡仇三人和鞑官见过礼，便一同上马。用黄亭抬着国书在前，三人随后跟来。走到下午时候，到了他那什么大都的地方，先在驿馆歇下。

过了一宿，鞑官叫人备了三乘轿子，请三人坐上，又把轿帘放下，轿夫抬起便走。仍然是国书在前，三人在后。走了好一会，走到了一个所在，把轿子直抬到二门之内，方才歇下。三人下得轿时，那鞑官也自到了。三人抬头一看，见大堂上挂着"理藩院"三个大字的堂额。程九畴不觉发话道："我们堂堂天使，怎么打发到这个所在来？"宗仁四顾，不见了抬国书的黄亭，便问道："我们的国书哪里去了？"那鞑官道："已经送到礼部衙门去了！你们且在这里住下，待我们奏过皇上，自有回话。"说罢，去了。便有两个鞑子来，引三人到了内进。三人此时，手无寸柄，只得暂时住下。不一会，二三百个鞑兵，把金银缎绢，以及三人的行李，都搬来了，只放下便走，三人只得叫从人收拾过，静听消息。

到了次日早上，忽听得门外人声嘈杂，几十个鞑子，一拥而进，却都站在大堂上面。内中就有两个鞑子，到里面来招呼三人道："我们大老爷来了，要见你们呢！"三人移步出来，只见一大群鞑子，正在那里拥挤不开。居中摆了一把椅子，一个鞑官坐在上面，旁边地上，铺了两大条羊毛地毡，那些鞑子一个个都盘膝坐在西面一边。当中的鞑官，指着东边，对三人道："你们就坐在那里。"程九畴道："我们中国人，向来没有坐地的，不像你们坐惯。"胡仇便接口道："快拿椅子来。"那鞑官道："也罢，拿椅子来，你们坐了好说话。"当下就有那小鞑子取了三把椅子来，三人一同坐下。那鞑官先发话道："你们到这里是做什么的？"程九畴道："本大臣奉了杨太妃及皇上谕旨：赍国书来投递，要通两国情好。国书已被你们取去，怎么还佯作不知？"那鞑官道："不是带有银子来吗？"程九畴道："金银绢匹，都在这里。是送你们的，可来取去。我们国书内声明，要觐见三宫的，怎么没有回信？"那鞑官道："不必觐见。我们早代你们觐过了。"宗仁道："我们觐见三宫，还有事面奏。"那鞑官道："我们也代你奏过了。"胡仇道：

"这又奇了。我们要奏什么事,你怎么知道,能代我们奏呢?"那鞑官没有话说,站起来走了。跟来的鞑子,也都一哄而散。

宗仁叹道:"像这种人犹如畜生一般,莫说内里的学问,就是外面的举动,一点礼仪也不懂,居然也想入主中国,岂不要气煞人吗?"九畴叹道:"如今的世界,讲什么学问,只要气力大的,便是好汉。你看杀一个人放一把火的便是强盗,遍杀天下人放遍天下火的,便是圣祖、神宗、文、武皇帝。我朝南渡之后,只有一个岳鹏举,一个韩良臣。鹏举被秦桧那厮把他陷害了,就是良臣也未竟其用。以后竟然没有一个英雄豪杰,怎么不叫人家来蹂躏呢!"宗仁道:"真个是岳、韩之后,就竟然不曾出过一个良将,这也是气数使然。"九畴道:"什么气数不气数!依我看来,都是被那一班腐儒搅坏的,负了天下的盛名,受了皇帝的知遇,自命是继孔、孟道统的人,开出口来是正心、诚意,闭下口去是天理,人欲。我并不是说正心、诚意不要讲,天理、人欲不要分;也不是同韩侂胄一般见识,要说他是伪学。然而当那强邻逼处,土地沦亡,偏安一隅的时候,试问做皇帝的,还是图恢复要紧呢? 还是讲学问要紧呢? 做大臣的,还是雪国耻要紧呢? 还是正心、诚意要紧呢? 做皇帝的,一日万机,加以邻兵压境,正是心乱如麻的时候。他却开出口来便是正心、诚意,试问办得到办不到? 自从他那么一提倡,就提倡出一大班的道学先生来;倘使敌兵到了,他能把正心、诚意、天理、人欲,说得那敌兵退去,或者靠着他那正心、诚意、天理、人欲,可以胜得敌兵,我就佩服了。当时如果岳、韩两个,提倡起武备来,对皇帝也讲练兵,对朋友也讲练兵,提倡得通国人都讲究练兵,只怕也不至今日了。"

一席话说得宗仁错愕起来,问道:"依老护卫说起来,这正心、诚意的学问,是用不着的了。"九畴道:"这又不然。照经上说的由正心、诚意做起,可以做到国治、天下平,如何用不着呢? 但是有一句古话,说的是:"善易者,不言易。'须知道实行的人,断不肯时时挂在嘴里说出来的,就是说出来,也拣那浅近易明的才说。断不肯陈义过高,叫人望而生畏。"宗仁道:"正心、诚意,就是正心、诚意,还有什么浅近深远之别么?"九畴道:"要说到实行上面,就是浅近;不讲实行,单向着理解上说去,自然深远了。譬如岳鹏举当日说的'文臣不爱钱,武臣不惜命,天下即太平。'这就是实行的话。你试想文臣果然能不爱钱,武臣果然能不惜命,不是认真能正心、诚意的人能做得到? 能做到这样的人,还不是纯乎天理,绝无人欲的么？鹏举当日,绝不曾提到这正心、诚意、天理、人欲的话,单就爱钱惜命说去,可是人人听得明白,人人都佩服他这句话说得不错。像他那种什么'去其外诱之污,充其本然之善'那些话,你叫资质鲁钝之人,任凭你把嘴说干了,他还不懂什么叫做'本然之善'呢!又如什么'帝王之学,必先格物、致知,以极事物之变,自然意诚、心正,可以应天下之务。这些话对皇帝去说,你道皇帝听得进么?人家急着要报仇雪恨,又要理政事,又要办军务,他却说得这等安闲,譬如人家饿得要死了,问他讨一碗饭来吃,他却只说吃饭不是这般容易的,你要先去耕起来,耨起来,播起种子来,等它成了秧,又要分秧起来,成熟了,收割起来,晒干了,还要打去糠秕,方才成米,然后劈柴生火下锅做饭,才能够吃呢。你想这饿到要死的人,听了这话,能依他不能呢?我也知道这是从根本做起的话,然而也要先拿出饭来等这个将近饿死的人先吃饱了,然后再教他,并且告诉他若照此办法,就永远不会再饿了。那时人家才乐从呀!没有一点建树,没有一点功业,一味徒托空言,并且还要故陈高义,叫人家听了去,却做不来。他就骂人家是小人,以显得他是君子;偏又享了盛名,收了无数的门生,播扬他的毒焰。提倡得通国之人,都变成老学究,就如得了痨病一般,致有今日。我有一句过分的话,当时秦桧卖国,是人人知道的,他这种误国的举动,比卖国还毒,却没有人知道。如果中国有福,早点生出个明白人,把他的话驳正了还好,倘是由他流传下去,将来为祸天下后世,正不知伊于胡底呢?"

宗仁听了半天,起初以为是泛论讲学之辈,后来听到他引了"去其外诱之污"等句,方才知道是专指朱熹讲的。宗仁生平本是极推崇朱熹的,听了九畴这番议论,不觉满腹狐疑。因问道:"依老护卫说来,这讲学不是一件好事了?"九畴道:"讲学怎么不是好事!不过要讲实学,不可徒托空言,并且不可好高骛远,讲出来总要人家做得到才有益呢。"宗仁道:"正心、诚意,何尝是做不到的事情呢?"九畴道:"我方才不是说么!文臣不爱钱,武臣不惜命,便是正心、诚意,却是任你拣一个至蠢极笨的人来,或拣一个小孩子来,你同他说这两句,他都懂得;非但懂得,他并且知道:文臣不应该爱钱,爱了钱便是贪官;武臣不应该惜命,惜了命便要打败仗。若单讲正心、诚意,不要说至蠢极笨的人以及小孩子,就是中等资质的人,任你口似悬河,也要讲好几天他才略略有点明白呢!"宗仁道:"他这讲学,本来是讲给聪明人、上等人听的。"九畴道:"须知天下上等人少,下等人多;聪明人少,鲁钝人多。这一国之中,须要人人都开化了,才足以自强。若是单单提倡上等人,聪明人,这一班下等鲁钝的,就置之不理,这一国还算国么? 譬如出兵打仗,将帅不过几个人,兵卒倒是论千论万的。任凭你将帅谋略精通,武艺高强,那当兵的却全是孱弱不堪,兵器都拿不动的,能打胜仗么? 讲到正心、诚意,那些兵卒们,若不是人人都正心、诚意,也不能取胜呢! 然而要教他正心、诚意,正不知从哪里教起? 还不如说些粗浅忠义之事,给他们听,养成他那忠义之气么! 你想:养成了忠义之气,还不是正心、诚意么? 他们好陈高义的,往往说人家是小人,做不到这个功夫,他却自命力圣人。莫说圣人他未必学得到,就学到了,却只有他一个圣人。站在这一大班小人里面,鞑子打来了,哪里又造反了,哪里又闹饥荒了,试问做圣人便怎么?"

宗仁听了,恍然大悟。暗想:"原来这正心、诚意,是人人做得到的,极容易的事,却被朱夫子说的太难了。"又想起九畴这番议论,同谢枋得教育后起的话,恰好互相发明,不觉暗暗佩服。正要开言,忽听得门外一阵人声嘈杂,又拥进一大群鞑子来。

不知此来又有何事,且听下回分解。

第 十 六 回

胡子忠盗案卷尽悉军情　郑虎臣别仙霞另行运动

却说宗仁正听得程九畴的话入了毂，忽然又拥进来了一群鞑子。当先是一员鞑官，向九畴说道："你们带来的金子、银子、绢匹，奉了我们皇帝的圣旨：'交内务府点收。'只我便是内务府的堂官，你们可交给我带去。"

九畴道："金、银、绢匹，本来是送你们的，都堆在这里，你们取去便是。"

那鞑官便吱吱咕咕的发了几句号令。那跟来的鞑子，便七手八脚的大挑小担，顿时搬个一空。那鞑官也就扬长的去了。

宗仁看见这般举动，又是可笑，又是可叹，因对九畴道："倘不是遇了世变，我们从何处看得着这种野人！"九畴道："这种本来是游牧之辈，一定要责他礼节，才是苦人所难呢！"胡仇道："罢了，算了。不要谈这些不相干的了，我们的正题，还要讨论讨论呢！我们说要觐见三宫，看他们的意思，是不许我们见的了，还得要打个主意才好呀！"九畴道："看他明天回信怎样说再商量吧！此刻也急不来；如果他们一定不许觐见，只怕仍然是要烦胡兄去暗访呢。"胡仇道："暗访也访过多日了，只访不出个头绪来。少不得今夜也要去访查访查，这倒不必定要等他们回信再访。"

三人议定了，方才退入后进。宗仁又与九畴讨论了些学问，等到夜静时，胡仇穿上了夜行衣，戴了黑面具，别过二人，走到檐下，将身一纵，鸡犬无惊的就不见了。九畴十分嗟讶。

且说胡仇上得屋时，心中本来没有一定的去向，只随意所之，蹿过了好几处房屋，只见迎面现出一所高大房子。暗想："莫要在这里，且进去看看。"

想罢，蹿到那房檐之下，躲在角上黑暗的地方，用一个倒挂蟾蜍的势子，只一翻身，双脚挂在檐上，倒过头去，一手抱住庭柱，往下窥探，只见堂上点的灯烛辉煌，内中坐着七八个鞑子，老少不等，在那里团团围坐，一面吃酒,一面割生牛肉烧吃。那一股腥膻之气,闻了令人恶心。当中坐着的一个,年纪最轻,却是穿的是绣龙黄袍,开口说道:"南边打发来的几个蛮子,怎样处置他呢?"坐在上首的一个道:"只索杀了他就是了。这点小事,还要费王爷的心么?"下首一个道:"这几个蛮子,不值得一杀。我们要杀,就杀那大伙儿的,杀他这三个没甚趣味。"又一个道:"不错。杀要杀那些有本事的;这三个人,一个是老的将近要死了,一个是白面书生,那一个更是猴子一般,能干些什么事出来?杀了他也是冤枉。"又一个年纪最老的道:"他们总算是来通好的,自古说:'两国相争,不斩来使。'不如莫杀他,也显得我们天朝豁达大度,也好借他们的口,到南边去传说天朝威德。"那年轻穿黄袍的便道:"老刘说的是,不杀他也罢。"那坐在上首的道:"他们说还要什么觐见三宫呢!"那年轻穿黄袍的道:"这可使不得。我们好容易把那蛮婆子弄来,岂可以叫他们轻易相见!他们见了,鬼鬼祟祟的,不知要商量什么呢!天已不早了,我们不要把唱戏的功夫耽误了,唱起来吧。"这句话才出口,阶下便走进去十多个小厮,一般的都生得眉清目秀,唇红齿白,一时管弦嘈杂,就杂乱无章的唱起来。却也作怪,唱的一般都是中国曲子,并没有什么"胡笳"杂在里面。胡仇看到这里,就轻轻的用一个猛虎翻身的势子、翻到房顶上去。又拣高大的房子去寻了几处,并无踪迹。看看天已不早,就忙忙回到寓处。程、宗二人,已经睡了。也就解衣安憩,一宿无话。

次日起来,便把昨夜听见的话对二人说知。九畴道:"据此看来,觐见仍是不能明做的了。"胡仇道:"但是叫他老刘的是哪个?想来这个人一定是中国人。"九畴道:"这不消说得,一定是刘秉忠。他本来是瑞州人,他家的历史,香得很呢!他的祖父,降了西辽,做了大官。他的老子,却又降了金朝,也做了官。到了这位宝货,又投降了鞑子。祖孙三代倒做了三朝元老,真可以算得'空前绝后'的了。"

还说着话时,忽然报说鞑官到了。三人迎出外堂相见。那鞑官便道:"你们不必多耽搁,我奉了皇帝圣旨,要你们即刻动身,不得稍有停留。"九畴道:"我们奉旨来此,是要觐见三宫。怎么把这个正题置诸不理不论之列?"

鞑官道:"你们的什么'三宫四宫',在这里,饭也有得吃,衣也有得穿,房子也有得住,用不着你们见,你们见了,也不过如此。并且你们将来也不必再来见他。我们代你们把他养到死了，便代你们棺殓祭葬，一切不用你们费心。这是天朝的深仁厚泽，你们应该要感激涕零的。"说着，不由分说，斥令从人，收拾行李，押了动身。九畴等三人，束手无策。三人虽然都有武艺，怎奈此时同在虎穴之中，并且这个不是可以力争的事，只得忍着气上路。

一路上仍旧坐轿，鞑官、鞑兵却骑马跟着，一径押到天津，上了原来的海船，督着起了碇，方才呼啸而去。

九畴等三人，一肚子不平，无处发泄，只气得目瞪口呆。胡仇便叫把船驶到僻静去处，仍旧泊定。对九畴、宗仁道："两位且在这里稍候，我好歹仍旧到他那大都去，探个实在消息，倘使不得三宫下落，我便上天入地，也需去寻来。你二位千万等我回来了再开船。"九畴、宗仁，到此也是无可奈何，只好听凭他办去。

当下胡仇改了装扮，结束停当，带了干粮军器，背了包裹，走上岸来，往大都而去。这里程九畴、宗仁两个，自在船上守候。宗仁便终日与九畴讲学，暗想："这一位虽是武夫，却是个讲究实行功夫的。凡那一班高谈阔论的鸿儒，被他诋骂得一文不值，内中言语虽不免有过激的所在，可也确有见地，倒是一位讲实学的君子。"为此谈的愈觉投机，慢慢的又讲到时局。九畴叹口气道："这番文丞相、张将军两位，便是国家气运的孤注。他两位要是得手，从此或者可以图个偏安，万一不利，那就不忍言了。"宗仁又把仙霞岭设立"攘夷会"一节告知。九畴道："这也是最后无可奈何之一法；但可惜局面小些，恐怕不能持久。"宗仁道。"据金国侠的意思，打算复了衢州，再进窥全浙呢！"九畴道："衢州在万山之中，恐怕不是用武之地，然而这个也是尽人事做去罢了。"

两人谈的人毅，转忘了盼望胡仇之久。一连过了七八天，两人谈至更深，方才就寝。忽然舱外蹿进一人，正是胡仇。两人连忙起来，便问："事情如何了？"胡仇喘定了片刻，方才说道："三宫不知被他们藏到哪里去了？挨家寻过，却只寻不出来。后来恼了我，打算到他宫里去探听。等到四更时分，蹿了进去，我满意这个时候，他们总睡静了；谁知走到一处，灯烛辉煌，有一大班鞑子，列了许多公案，都在那里办公事。左侧一间，静悄悄的坐了几个鞑官儿。再往里一间，当中坐着一个龙冠凤冕，虬髯细眼的鞑子、前面跪着三个鞑子，我想这当中坐的一定是鞑酋忽必烈了。伏在檐下,看他有甚举动。方才宁一宁神,那跪着的三个,已经退出去了。一会又进来两个,也对那酋跪着,说了好些话,又退出去。一起一起的,都是如此。过了五六起,所说的话,好像都是什么打胜仗,得地方之类。我很疑心,此时天色已经朦胧发亮了,那酋也退到后面去了。我又在瓦上蹿到方才见他们办公的那房子里去,见他们乱哄哄在那里收拾文书,都归在一起,放在抽屉里面,就纷纷的散了,不留一个人。我便轻轻落下来,在抽屉里取了那文书,四下里一望,都是书架子,都是放着些文书,书架上面,还分别贴个签儿,标着些什么民政、工政、财政之类,我都无心观看,只在那军政架上,取下了一大叠,束在怀里,蹿了出来。喜得时候甚早,没有人看见。我便兼程赶了回来,好歹总探了些军情。至于三宫的下落,确是没有地方去访寻了。"

说罢,解下包裹,取出文书道:"我在路上,还没有功夫去看呢,打开来大家看吧。"宗仁便去剔亮了灯。九畴取了过来,先理顺了日子,原来都是伯颜、张弘范的奏报。先看了几卷,也有报得了常州的;也有报得了平江的;也有报宋帝已降,兵到临安的;也有报押解宋帝起行北上日期的:这都是已往之事。三人早从那里经过来的,无心去细看。后来看到一卷,是报梅州失守,略言:"南人立益王昰为帝,命文天祥寇我江西。其先锋赵龙,率兵三万,陷我梅州"云云。又一卷是报会昌失陷的,说是宗信领兵陷了会昌。三人不觉大喜。再看下去,有报说陈瓒陷了兴化军,张世杰陷了潮州及邵武军的。又有报说赵时赏围攻赣州的。三人愈加欢喜。抖擞精神,往下再看,却是几卷无关紧要的平常事情,也并不是军务。这个大约就是胡仇在抽屉里取出来的那一叠,他们新近接到,未曾按类分开的了。又往下看时,内有一卷写道:"某月日,遣副将李恒袭击文天祥于兴国县。天祥兵不支,退走永丰。适永丰先为我兵别队所破,兵先溃,追至方石岭,斩敌将巩信,擒赵时赏。刻天祥走循州,正挥兵追剿"云云。宗仁大惊道:"一向都是胜仗,何以一败至此?"急急搁过此卷,再往下看时,是报说:"张世杰来寇泉州,被我军击退,遂克复邵武军"的。宗仁顿足道:"两处都败了,此刻还不知怎样呢!"急急又看下一卷时,是报说:"我兵破福州,南人奉其帝奔潮州"的。

九畴叹道:"大势去矣!"急又翻一卷来看,上写道:"据谍报南人奉其帝奔潮州,道遇张世杰,遂入世杰军中,窜至浅水湾。我军追至,张世杰又窜井澳。正追剿间，据划探报称前途有飓风，南军舟多覆没，帝落水，遇救得起，然死生未知，尚待再探”云云。又有一卷，报说："文天祥此时在丽江浦"云云。以下便没有了。三人看罢，不觉纳闷，相对愁叹。胡仇便道："不期便闹到这个地步！我们这番回去，只怕还没有地方复命呢。"九畴道："我们此刻只有先到潮州一带去打听行在的了。"宗仁道："或者我们径奔丽江浦，投文丞相去。文丞相那里，总知道行在处所的。"九畴道："军情瞬息千变，莫说我们到南边还要好几天，就是此时，文丞相也不知在那里不了？"胡仇道："他末后那个奏报，又说我们皇上落水，死生未卜。此说不知确不确；万一有甚不测，我们还复什么命！并且据这奏报，那边地方多失陷了，不知怎样支持？"

九畴道："万一有甚不好说的事，还有信王在那里呢！陆君实一定能担任这件大事，若说那边地方多已失陷，须知两广地方还大着呢！你们区区一个仙霞岭，还打算要复兴中国，何况有了两广地方呢！"说话之间，已经天明，便吩咐船户启碇。三人又商定了，沿途拢岸，以便探听南方消息。一时间船出了口，放洋起来，不免受些风涛之险，不在话下。

一日，船家拢船进了一个海湾泊定了，来报说到了益都路了。胡仇道："哪里有个益都路起来？"九畴道："这本是我们的东京路。自从鞑子占据了，就改了益都路；但不知怎样去打听？"胡仇看看天色道："此时已经是黄昏时候了，还是我去暗访。此时我得了法门了，只要向公事上去探听，没有消息便罢，有了总是确的。"宗仁点头称："是。"九畴道："未必，未必。他这种军务事情，何尝是通咨各路的。你须知大都是他的总汇，所以才有这些公事呀。"胡仇不觉愣了一愣道："我姑且去试探试探，左右船已泊了，不去也空坐在船上。"说罢，换了装束自去了。到了半夜，方才回船，果然没有探听着。

到了天明，吩咐启碇再行。胡仇道："似此看来，再到别处傍岸，也不过如此。徒然耽搁日子，以后可以不泊岸吧。"宗仁道："今番无论走海道走旱路，总免不得要到广东，但是近来海上有了战事，我们虽到了广东洋面，恐怕也近不了行在。"胡仇道："照此说来，福建洋面就有了战事的了，自然有许多鞑船在那里；万一遇见了他，啰唣起来，也是不可不防的事。我们不如径走温州，由温州登陆吧。我们顺便还可以绕仙霞岭，探听探听近来消息，不过多纡绕几百里路。"九畴道："仙霞岭虽是可去可不去，然而我们总在浙江一带登岸便是。我们此刻行李少,走旱路便当些。"

商量已定,即叫船家转舵转篷,向温州进发,偏又遇了风暴,在海湾浅处避了十多无风,复行驶出,风势又逆了,因此行了一个多月,方才到得温州海口。泊定之后,三人便舍舟登陆。九畴便要渡飞云河,取道南雁荡,入福建界,往广东。宗仁、胡仇商量要先到仙霞岭,探听消息再去。九畴拗不过二人,只得依了。于是取道乐清、青田,一路往仙霞岭而去。此时温州一带,久已属了"胡元"。三人虽说是中国的钦差,然而带了国书去,却没有回书来,并且不以礼相待,简直像被逐出来的。此时不便仍以钦差自居,只得微服而行。又以此处居民,也一律的改了胡服;因为那一班鞑子,见了穿中国衣服的,不是说他异言异服,甘居化外,便说他大逆不道,拿了去不是监禁若干年,便是砍脑袋。因此三人也只得暂时从权,换了胡服,打伙起行。

海船泊岸时,天已不早,因此到了乐清,便投了客寓。是夜月明如水,三人不能成寝,偶到外面玩月,只见中庭先坐着一人,也是胡冠胡服,在那里吹笛。吹罢了,又唱曲子。唱的却是中国曲子,并不是胡调。宗仁等他唱完了,不禁上前回道:"适聆雅奏,阁下当是汉人。"那人连忙起身招呼道:"正是,正是。此时满目中虽然都是胡冠胡服,内中却十分之九是汉人,只看其心是汉心是胡心罢了。"宗仁听他此言,以为必非常人,因请问姓名。

那人道:"在下埋没姓名已久。此时沧桑已变,政俗都非,就说也不妨。姓郑、名虎臣的便是。"程九畴从旁急问道:"莫非是在漳州木绵庵杀贾似道的郑义士么?"虎臣道:"正是。不知老丈因何得知?"九畴道:"那木绵庵离我家只有二里之遥。那一天出了事,我一早就知道了。后来地方官还出示捉拿义士,不知义士藏到哪里去来?"虎臣因还问了三人姓名,方才说道:"在下那时走了出来,也不辨东西南北。走了几天,到得福州,那捕拿的文书也到了。我急的了不得,走到海边,要附海船逃去,偏偏又没有海船。天色又不早了,看见海岸旁边有一家人家,我便去投宿,内中却是一个渔翁,承他招留。后来同他谈起时事,谁知他并不是个渔者出身,也是个清流高士,因为愤世嫉俗,托渔而隐的。我又略略说起贾似道,他便切齿痛骂。我见他如此,便告诉他在漳州杀贾似道逃走出来,此时官府行文缉捕的话。他十分钦敬,并道:'老夫本来要等八月秋凉,方才出海捕鱼，既然阁下要避难，我们来日便出海。我们出海一次，总要三五个月才回来；不然，捕了鱼就驶到别处口岸去卖，那就可以几年不回来一次的了。'当时我十分感激。那渔翁便叫两个儿子，连夜收拾起篷、缆、桨、橹、鱼叉、鱼网之类。忙了两天，他便带了两个儿子，和我一同上船出海，留下渔婆及他那两房媳妇看家。我从此就在渔船上过日子，虽然偶尔也回福州一次，然而不到几天，又出海了。去年九月，渔船到了潮州。我因为潮州有个好友在那里，好几年不见了，此时捕拿我的事也冷淡许多了，因辞了渔翁，去访那好友。不到几天，宣传圣驾到了。我不觉大惊，想这时候福州一定失守了。过了不到一个月，又听说兴化军失守，守将陈瓒殉节。"九畴等大惊道："此信是真的吗？"虎臣道："怎么不真！圣驾本来是在浅水湾，后来刘深领了水师来攻，几乎支持不住；幸得张世杰在军中调度得法，方才逃出虎口，前往井澳。偏又遇了飓风，御舟也覆了；好容易把圣驾救起，闻得已经因惊成病了。"九畴等三人相顾道："此信是确的了。"虎臣道："就当那几天里头，我遇见了谢叠山先生。他告诉我这里有个仙霞岭，岭上有多少英雄，都是心存宋室的；劝我投奔，我依言附了海船来到这里。"胡仇道："敢是此时才去。"虎臣道："不是。此时是从仙霞岭来，我因为岭上诸位，多主张以兵力恢复中原；我却不能武事，住在山上，也是虚占一席，因此辞了下山，出来别有运动，此时却不便说出来。"胡仇道："我们都是仙霞岭上一家人，就说说何妨！"

虎臣道："公等说出姓名。在下便知道。并且'攘夷会'上，我也书了名，不然，哪里肯尽情倾吐！这运动一节，此时确不便细谈，只到后日便知。我总不失了'攘夷会'的颜色便是了。"四人又谈了一会，个个安歇。到了次日，便分道扬镳。虎臣到哪里去？且待下文交代。

且说九畴等三人，在路下一日到了仙霞岭。把路军士，问知底细，报上山去。不一会，金奎、岳忠、狄琪等，一班儿都挂了孝服，迎下山来。三人一见，不觉大惊。

不知带的是谁的孝，且听下回分解。

第 十 七 回

越国公奉驾幸崖山 张弘范率师寇祖国

却说程九畴、宗仁、胡仇看见金奎等，一众穿了孝服，迎下山来，都不免吃了一惊。胡仇头一个性急，连忙加上一鞭，走到码头相近，便滚鞍下马，不及寒暄，先问："没了甚人？"金奎也下马道："且到山上去说。"遂向前与程九畴厮见，又与宗仁见过，数人重新上马登山。宗仁留心看时，一路上的情形，大为改观了：道路也修好了，树木也葱郁了，山坳内房屋也添了许多了。一路观看上山，到了"攘夷会"门前下马。相让入内，只见大堂之上，也尽都挂了孝。宗仁便问："没了甚人？"岳忠道："三位还未得知。今上皇帝，龙御上宾了！"一句话只吓得程九畴面如土色，忙问："是几时得的信？"岳忠道："是前天得的信。"九畴不及多问，抢步到了大堂上面，看见当中供着御灵，便当先哭临了。众人也随班行过礼。

岳忠、金奎让三人到左壁厢的三间大厅上叙坐。九畴方才细问情由。岳忠道："自从宗、胡两位去后，不到两天，有十多个鞑子，贩了五百匹马，在岭下经过，被我们捉住，得了马匹，考验起来，可喜都是些上好的马，因此就立了一个马探部，选了精细的兵士，分头探事，随时飞报。此时派在外面探事的有二百起，所以外面信息，甚是灵通。三天五天，总有各路的信息报到。这个警报，还是三天以前报到的。据报说，去年十一月，元将刘深，起了大兵来寇浅水湾行在。张世杰竭力抵挡，怎奈鞑兵势大，支持不住。只得率领残兵，奉了御驾，向秀山进发，走到井澳，遇了大风，损坏了御舟，左右侍卫，以及皇上，尽皆落水。幸得张世杰悬下了重赏，众兵丁一起凫水施救，方才救起。从此就得了个慢惊的毛病。刘深那厮，又追将过来，只得带着病逃到谢女峡。陈宜中丞相，见势头不好。说是到占城国借兵，带了十多号船去了。直到此时，不见回来。到得今年四月，便驾崩了。当下一众大臣，都要散去，幸得陆秀夫慷慨说道："大行皇帝虽然上宾，广王乃度宗皇帝之子，现在军中。古人有以一旅一成中兴者。今百官有司皆具，士卒数万，天若未绝中国，何尝不可据此恢复！"说得众人应允,方才奉了广王即皇帝位,上大行皇帝庙号,为端宗。"宗仁道:"文丞相此刻在何处?不知可曾探得?"岳忠道:"文丞相初出兵时,声势极大,首先复了梅州,张世杰克复了潮州,陈瓒克复了兴化军。一时鞑兵丧胆。广东制置使张镇孙,也乘势克复了广州。于是吉安、赣州一带,尽行克复,大兵会于南昌县。张世杰一路也乘势攻打泉州,克复邵武军,招降了海盗陈吊眼、许夫人,兵势也不弱。

后来鞑子那边,来了一员贼将,叫做什么李恒,带了一支鞑兵,探得文丞相在兴国县,便轻骑前来袭击。文丞相不曾防备,败了一阵,打听得邹凤在永丰县,有数万兵士,便打算到那里去。谁知永丰先被鞑兵攻下了,文丞相率领残兵,走到石岭地方,人困马乏,走不动了,便吩咐且扎下行营,略为憩息。谁知李恒追兵已到,众兵士喘息方定,哪里还敢接战,只得拔队先行。

副将宗信,带领五百名兵士断后,等李恒兵到,便挥兵杀回,直杀入鞑兵阵内,左冲右突了一回。后又杀将出来。李恒见他以寡敌众,勇气百倍,疑有伏兵,不敢追赶。宗信杀出来后,就在山坡前扎住小歇。鞑兵此时,四面围将过来,用强弓硬弩,一阵乱射。可怜宗将军和五百兵士,同时殉国了。"

宗仁听得,不免凄然下泪。岳忠又道:"李恒既射杀了断后兵,便一路掩杀过来,追到空坑地方,我家兵尽行溃散。赵时赏被鞑兵捉住,问他是何人,他便冒充了文丞相。李恒信了他,文丞相方才得脱,一路招集残兵,在海丰县扎住了几时。此时闻得出驻在丽江浦,觑便要图克复广州。"宗仁道:"怎么!广州又陷了么?"岳忠道:"岂但广州!兴化军及潮州都陷了。鞑兵破兴化军时,恼陈瓒不肯投降,把他分尸数段;杀得百姓血流成河。潮州是杀得鸡犬不留。说来也是可惨。"当下各人叹息一番。程九畴伤感之下,便得了个怔忡之症,不能起行。宗仁听得兄弟宗信殉了国难,也是十分伤感,因此得病,都耽搁下来。只得暂住几天,再定行止。

忽然一天马探回来报说:"都统凌震,又克复了广州。"胡仇听得,便对众人说道:"此刻宗、程二位,都生病在此,不能复命;不如我到广东走一次,顺便打探军情如何?"众人都道:"如此甚好。"胡仇即日结束停当,背了行李,骑马下山,向广东进发。一路上晓行夜宿,只觉得景物都非。不胜禾黍故宫之感!越过了福建界,到了广东地方,直向广州进发。说不尽那兵荒马乱情形,真是令人伤心惨目。到得广东与凌震相见,方知广王即位后,改元祥兴。就以今年景炎三年,改为祥兴元年。升广州为祥兴府。先帝崩于州,此时陆秀夫、张世杰奉祥兴皇帝,迁至新会之山。此时计程,还在路上。

胡仇得了此信,便问凌震讨了一号海船,沿路迎将上去。走到新会地方,恰与大队兵舰相遇。胡仇叫把船拢近,先问了张世杰坐船,驶得两舷切近,便使人通名求见。世杰忙叫快请。胡仇跨过船来,相见已毕,便诉说一切。

世杰不胜切齿道:"我若不雪此仇,誓与此舟同沉。"于是带了胡仇,到杨太妃御舟复命,太妃听胡仇奏说一切,也是无可奈何,只说得一声:"卿且退去歇息。"世杰又引到祥兴皇帝御舟。上得船时,有两名御前护卫挡住,叫且在前舱患息。此刻陆丞相正在和皇上讲大学章句呢!世杰、胡仇只得在外面等候。过了好一会,那御前护卫进去探问过两回,方才有旨出来,宣张世杰、胡仇两个进去。胡仇便跟着世杰进去。朝见已毕,将到大都一切情形奏闻。那祥兴皇帝才得八岁,一点事也不曾懂得。那复命一节,不过是个礼节罢了。只有陆秀夫侍立一旁,垂绅正笏,望之俨然不可侵犯。说句俗话,就犹如庙里泥塑木雕的神像一般。把一个八岁孩子,也拘束得端端正正的坐在上面。胡仇奏完了,也不曾懂得回答一句什么。还是陆秀夫代传谕旨,叫且退去憩息。

世杰、胡仇退了出来,回到中军船上。世杰叹道:"陆君实也不愧为一代大儒,只是迂阔了些。天下事闹到这个步位,皇上的年纪又不曾长大,他只管天天讲什么大学。我岂不知大学是讲修齐治平之道?然而对着八岁孩子去讲,未免太早了些。"胡仇道:"教导也是不能少的。此时若不把道德陶融了,将来长大亲政时,天下事更不可问了,只是大学未免太高深了,无妨取浅近的先行诱导,也好使听讲的易于入耳;并且连年兵败,迁徙流离,三宫北狩,这等大耻大辱,也应该时常提在嘴里,好使皇上存了个国耻在心,方才能奋起精神,力图中兴呀!将军何不劝劝陆丞相看!"世杰道:"我何尝不劝来!怎奈他说报仇雪恨,恢复疆土,是武臣之事,启沃圣德,致君尧、舜,是他文臣之事。倒叫我只管设法杀敌,不要管他。他言之成理,叫我也无可奈何!"正说话间,内臣赍到了御旨。封胡仇为军前参督,就留在军中听用。胡仇受封谢恩毕,然后与宗义、宗智相见。说起宗信殉国一节,不免吊唁一番。从此胡仇留在军中,不在话下。

且说大队船只,乘风破浪,不日来到崖山。这崖山,在新会县南八十里,大海当中,与奇石山相对。远远望去,犹如两扇大门一般,好个形势。这两山之中,便是海潮出入之路。山上人民,聚族而居,平时也设兵戍守,所以山上有个镇府衙门。船拢了山,世杰便和秀夫商量,要奉两宫登岸,先到镇府衙门驻跸,再作后图。商定之后,奏闻杨太妃,便备了法驾,请两宫登岸。

此时颠沛流离之际,法驾也是有名无实,不过草草应酬,两乘轿子罢了。一时岛上居民,闻得太妃、皇上驾到,无不扶老携幼,出来瞻仰。此时正是六月时候,海边的天气无常,御驾正在前行,还不曾走到有人家的地方,忽然天上起了一片黑云,顺风吹来,顿时布满空中,便大雨倾盆,雷电交作起来。

一时无处躲避,抬轿的人,只得冒雨向前飞跑。偏又狂风大作,把轿顶揭去。

喜得走不多远,路旁有一座古庙,轿夫便连忙抬了进去。随从的人,也跟着进来,一个个都是淋漓尽致,气喘吁吁的了。太妃下得轿来,便忙着叫人在行李内取出衣服,代祥兴皇帝换出湿衣,自己也换过了。

这一场雨是暴雨,此时早已雨过云开,现出一轮红日了。宫人们便取太妃和祥兴帝的湿衣,到庙后去晒晾。又苦于没有竹竿之类,只得把衣服抖晾在一种小树之上。这种小树,土人叫他做山桔。到了秋天,结成一种指顶大的小果,颜色鲜红,也可以吃得,不过味道略涩罢了。说也奇怪,这山桔树的树身,与别的树本来无异,自从披挂过了御衣之后,那树身忽然长出了许多斑节,七高八低,或大或小,就如龙鳞一般。以后便永远如此,土人说它因为披过尤袍,所以留下这点古迹,因此就叫它做“龙缠山桔”,最奇的这山桔本是广东的土产,然而除了这座庙后的,别处所生,一律都是光身,没有斑节的。岂不是一件奇事么!

且说张世杰奉两宫到了崖山之后,便移檄广右诸郡,征取钱粮;一面遣人入山,采伐树木;一面招募工匠,起造行宫。又赶造战舰,招了铁匠,打造军舰,朝夕训练士卒,以图恢复。从六月赶到十月,方才略有头绪。

话分两头。且说文天祥,自从空坑兵败之时,一妻二子,早在军中失散,却被鞑兵获住,问知系文天祥妻子,便要派兵护送他到大都去。须知他是一门忠孝的人，哪里肯跟他到北边去，便都自尽了。天祥退到循州，招集残兵，往海丰扎住，将息了几时，便进扎丽江浦；偏偏又遇了一场瘟疫，兵士死的甚多。正在忧闷之间，接了家报，他的老母亲及一个长子，又都死了。天祥忙便上表奏报丁忧，陆秀夫与张世杰商量：此时正是国家分崩离析之际，岂可听其闲居！并且他若丁忧回去了，那一支兵，实在也无人可以统带，遂拟了一道诏旨，温语慰留。又奏闻杨太妃及祥兴帝，遣官前去赐祭。天祥得了诏旨，自念家属已尽，剩得孑然一身，乐得尽忠报国。于是墨绖从戎，进兵潮阳。恰好邹□也练成了一支兵马，前来相会。

那时外寇既深，而本国的盗贼也自不少，有两个海盗的渠魁：一名陈懿，一名刘兴。在潮州海面一带，出没为患。文天祥想内患不靖，难御外侮，遂差了一员将官，坐了小船，访到二人巢穴，劝令投降。二人不肯降，并且出言无状。差官回报，天祥大怒，拨了一支水师，乘了兵舰，出海征剿。那海盗本来是乌合之众，见官兵到了，便张惶失措。刘兴早被一支流矢射中，落海而死。盗众益发大乱。陈懿见势头不妙，便转舵逃走。千不合，万不合，这支官兵不合不去追赶，被他逃生去了。

他逃到半海，恰遇了鞑子大队兵船。陈懿便在自己船桅上，竖起降旗。

鞑兵望见，以为是大宋兵马，下令驶近。陈懿便到中军船上去叩见元帅。你道这元帅是谁？原来就是张弘范。此时伯颜已回大都，张弘范受了大地父母之恩的那个异种异族皇帝，就封了他做都元帅。封了李恒做副元帅。

这李恒的历史，与张弘范又自不同，我说句粗话，他竟是个杂种。何以故呢？他本姓于弥，是西夏国主之后。唐朝之末，他不知哪一代祖宗，做了唐朝的官，赐姓李，后来也有做宋朝官的，到了鞑子入寇时，他的老子李惟忠，方才八岁，生得眉清目秀，被一个鞑子的什么王看中意了，把他收留抚养大了，才生下他来。如此说来，他虽未见得真是杂种，也和张飞骂吕布的话一般，是个"三姓家奴"了。

闲话少提，却说李恒本来就随同伯颜入寇宋室，到处蹂躏的了。此时封了副元帅，更是耀武扬威，和张弘范两个带领大队兵舰，要寻宋兵厮杀。这天听说有宋兵投降，便同弘范坐了中军，传投降人进见。陈懿不免唱名报进。

弘范问起来历，方才知道是个海盗，不是宋兵。不觉大喜，取过空头札付，填了个行军千户，给与陈懿。李恒道："陈懿是个强盗，只怕未可轻用，怎么便给他札付呢？"弘范笑道："只要他肯为我用，便是好人。那个管他强盗不强盗呢！况且我要寻文天祥踪迹，正缺少一个向导，何不就用了他，岂不是好！"因问陈懿："此时文天祥在哪里？"陈懿道："此时在潮州练兵。"

弘范道："从此处到潮州的海路，你可熟悉么？"陈懿道："我在海面上行走了十多年，莫说到潮州，就是附近广州、惠州，以至雷州、琼州、廉州一带，都是熟悉的。"弘范大喜。又加了一副委牌，委他做了前锋向导官。陈懿拜谢了。弘范便叫他带领大队，向潮州而去。

此时已是十一月天气，北风大作，乘着顺风，不一日到了潮阳境地。沿海居民，看见大队舻船，塞海而来。一时奔走呼号，哭声遍野，扶老携幼，弃业抛家，都往内地乱蹿。天祥闻报，忙忙上马出来晓谕弹压，却哪里弹压得住！一时军心大乱起来，部下的一员将官刘子俊，忙来报道："兵无战心，势难久驻。看看敌兵前舰，已经登岸，不如率领众兵，由末将保丞相先走，留邹将军断后，退还海丰，再作区处吧。"说声未了。探马报到舻兵已经登岸，追杀过来。天祥急忙回营察视，只见众兵都慌做一堆，料难驱之使战。

便同刘子俊、宗礼、杜浒及一切众将，率领众兵先走，留邹□断后。

指拨方定，张弘范的兄弟，先锋官张弘正，早已追到。邹□截住厮杀，只因兵心慌乱，不敢恋战，且战且走，猛不提防，一枝冷箭射过来，把坐骑射倒，将邹□掀翻在地。张弘正赶马过来，举刀要砍。邹□大喝："舻奴不得动手！"连忙丢了长枪，拔出佩剑，自刎而亡。弘正下马，取了首级，仍向前追去。

却说天祥等正走间，流星马报到，邹□已死，追兵将近，只得舍命前行。

走至五坡岭，人困马乏，看看追兵已远，便传令扎住。兵士解甲休息，摘去鞍辔，放马吃草，一面埋锅造饭。正在山前列坐，忽听得一片胡茄声响，舻兵已到。一众军士，亡魂丧胆，正是人不及甲，马不及鞍。宗礼骑了无鞍马来战弘正，不十合，被弘正一刀搠落马头，宗礼亦自刎而死。刘子俊急挺枪来迎，正纵辔而出之时，不提防马失前蹄，掀翻在地。众舻兵一拥上前缚住,解向后面中军去了。

此处赵龙、李虎、白璧一起上前挡住。众鞑兵见拥出了三员战将,便一起放箭。这里三人,一心要挡住鞑兵,好放天祥远去,别作后图,所以并不闪避,仍是向前厮杀,一面舞动军器,遮拦隔架,挡拨箭弩。怎禁得这里万弩齐发,不一会,三条好汉都死在乱箭之下。

鞑兵仍复前追,赶及天祥。弘正赶一个两马并头,便伸手把天祥活挟过去,陷了海丰,就解天祥到中军来。谁知刘子俊被捉来见张弘范时,便自认是文天祥,因他明知鞑子最怕的是文天祥,所以自己认了,待他不再追赶,好等天祥逃至行在,再图后举的意思,不料后来真文天祥也被捉来了。弘范问了姓名,不觉大惊道:"南朝哪里有了两个文天祥?"因叫几个降卒来认,内中有认得的,便指出刘子俊姓名。弘范大怒,喝令斩了。一面劝文天祥投降。天祥哪里肯依? 弘范叫且送到后军安置。休兵一日,便又传令下船,仍叫陈懿做向导,杀奔崖山,来灭宋室。不多几日,到得崖山。弘范在船头上望见崖山水寨,不觉吃了一惊。

不知惊的甚事,且听下回分解。

第 十 八 回

灭宋室生致文天祥　论图形气死张弘范

却说世杰自从奉了御驾，迁幸崖山之后，盖造行宫，赶制船械。是年九月，就奉端宗皇帝梓宫在崖山安葬，号永福陵。自此大事粗定。世杰一意整理武备，以图恢复：陆地上训练马步兵，海上操练大小战舰。到了年终时，已造成大战舰千余号，小战舰三千号。操演纯熟，箭弩齐备。

一日世杰入见祥兴帝，适值陆秀夫在那里进讲大学章句；世杰等他讲完，然后对秀夫说道："刻下战舰齐备，堪与一战；但是连年失败，人心畏怯，新近文丞相兵败被俘，存亡未卜。仆意欲奉两宫御驾亲征，或者可以鼓舞士气，振刷军心。不知丞相以为如何？"秀夫道："用兵是危险之事。天子万乘至尊，岂可轻履危地？望将军再图良策。"世杰道："御驾不行，人心终不能鼓动，而且连年航海，士卒离心。如不奉皇上镇压住他，万一人心解散，为之奈何？"陆秀夫乃从其言。同去奏闻杨太妃。

到了祥兴二年，正月元日，朝贺已毕，即奉两宫，舍陆登舟，驶至海口，御舟居中下碇。四面数百号护卫舰，列成阵势。却将一千号大战舰，一字儿排列在前面。中舻外轴，以大铁缆相连。船头有楼棚，如城堞一般。施旗招展，盔甲鲜明，十分威耀，其余小战舰，留作指拨，四面巡梭。

张弘范率领大队战舰到来，远远望见，犹如一座城池一般，所以吃了一惊，。吩咐先下了碇，再作商议。李恒道："他屯兵海中，海水咸不可食，一定要到崖山汲水。我们不如先夺了崖山，不消一日，他军心自乱。那时乘势进兵，一鼓可下了。"弘范依言，叫李恒亲自督队去袭崖山东面。李恒领命，率领一百号战舰，杀奔崖山东面来。谁知张世杰虽然身在舟中，他陆上的防兵，早已布置严密。李恒战舰到时，岸上万弩齐发，几次冲突，总不能近岸，徒然被射伤了好些士卒。

李恒不觉纳闷，暗自筹划："若取不得崖山，无面目去见弘范；不如抄到宋兵背后，出其不意，攻他一阵，好歹总有些斩获。"想罢，便叫转舵，刚刚转过山坳，忽听得一声鼓响，当头来了一队战船，为首大将，正是宗义。

驶得切近，拈弓搭箭，觑定李恒射来。李恒急闪时，已中了肩窝。宗义把令旗一挥，全队战船，桨橹并举，冲将过去。李恒的船，本来乘着北风，满拽帆篷而来，到此收篷不及，被宗义兵一阵弩箭，射得众鞑子死伤枕藉。李恒忙叫转舵逃走，已被宗义指挥兵士，夺获了二十号船。李恒狼狈逃去，宗义全胜而回。原来世杰在敌楼上，望见鞑兵拨动船只，知是去袭崖山，恐怕有失，便拨宗义去救应，果然胜了一阵。表过不提。

却说李恒败了回去，与张弘范商议道："宋家兵船，俱用铁缆相连。此时虽交正月，北风尚大，我们何不学周瑜战赤壁故事，用火攻之法呢？"弘范又从其议。下令准备五十号旧战船，满载干柴、茅草、硝磺等引人之物，扯满风帆。另用十号大船拖带，驶近宋兵水寨，一起放火，拖船即便驶回。

那火船乘着顺风，直撞过来。谁知世杰出海时，早就防备火攻，那战舰外层，一律都用灰和泥涂满，不露一点木在外面，容易烧它不着。看见鞑兵放火船来攻，便传令放倒船桅，把来船拒住。五十号火船，相离在二三丈之外，便不能近，所以一场大火，只烧了几百根船桅。

张弘范看着火光冲天，烟焰蔽海，以为这一把火，可以把宋兵烧的靡有孑遗了。乃至烟消火灭时，望见大宋水寨，依然旌旗招展，雉堞完好。不觉一场失望，又和李恒商量。李恒道："张世杰全力在此，必不能兼顾他处。他的钱粮，全靠广右诸郡供应，不如元帅在此与他相持，待我由水路绕道外海。去攻下了广州，先绝了他粮道。任凭张世杰英雄，他总不能驱饿兵交战。"

弘范依言。李恒便点了二十只战船，将军器旗帜，全收在舱内，扮做商船模样，径奔广州，陆续登上岸。守土官兵，还未曾得知。及至一声号起，一片胡笳之声，李恒当先，带来二千兵士。一起拔出军器，一拥入城，逢人便杀。凌震听得鞑兵已经进城，仓惶失措。弃了印信，扮做平民，逃走出城，坐了一只海船，径投张世杰去了。这里李恒取了广州，纵令兵士杀一个尽兴，然后留下一半兵士把守，自己仍带领战船回崖山去，适值世杰和弘范交战。

却说李恒去取广州时，便绕道外海。此时回来，却径由内江出来，恰好在崖山南面，听得前面金鼓声与胡前声相和，知是交战。便指挥兵士，桨橹并举，直向宋寨后面，冲将进去。世杰亲赴前敌，与弘范大战，全军精神，都注在前面；不提防后面有兵杀来，吓的措手不及。李恒率领二十号船，横冲直撞，一直杀到中军。各舰纷纷起碇逃走，军中大乱。

陆秀夫带着家眷，另坐一船，听得鞑船杀入中军，以为世杰前面兵败，连忙叫出妻子来，自己督着她跳下水去，然后过到御舟，祥兴帝正在吓的啼哭。陆秀夫奏道："世杰兵败，鞑兵已杀入中军，孝恭懿圣皇帝已经被辱，陛下不可再辱，臣愿奉陛下以死社稷。"奏罢，取过那方卞璧玺投入海内，道："此是我中国历代传国之宝，不可堕入胡人之手。"说罢，背起祥兴皇帝，走出船头，耸身一跃，君臣同溺。可怜从此日之后，中国人便没有一寸土地。好好的一座锦绣江山，变做骚胡世界了。秀夫下得水时，李恒已到，杀上御舟，扯下龙旗，换上鞑子旗帜，一时宫人纷纷赴水，军中益发大乱。

探艇报到前军，世杰与弘范两个还未分胜负，闻报连忙收兵回救。弘范自后掩杀过来。世杰不敢恋战，奋勇退回，入到中军时，人报："陆丞相义不受辱，奉了皇帝赴海归神。"世杰叹道："天亡宋也。"此时中军各舰，五零四散，已不成阵列。

世杰寻着了杨太妃御舟，奏道："陆丞相已奉皇帝殉国，臣愿奉太妃，杀出重围，访寻赵家宗室，再立后嗣。"杨太妃大惊，哭道："奴流离数年，不过望抚育皇帝成人，以报先帝。今皇帝已经殉国，奴岂有独生之理？望将军访求赵家宗室，共图恢复，奴死亦无憾矣。"说罢，推开船窗，翻身落水。

世杰抢救，已经不及，只得仍过坐船，望见前面一千号大战船，已经断了铁缆，四散分开，多半已换了鞑子旗帜，忠志之士，纷纷落水殉国。回顾只剩了十六号战船相随，便奋力夺路，冲出重围。十六号船，又只剩得十号。

又遇了狂风大作，波浪掀天，世杰号令众将道："我冲出重围，并非逃生，正是求死，不过不愿将我这干净身躯，死在骚鞑子之手罢了！我今便凿船自沉，尔等兵士，有愿逃生的，只管各自散去。"众兵一起大呼道："我等愿随将军，尽忠社稷，不愿偷生。"说罢，也不等凿船，纷纷赴海。世杰叹道："愧煞一班反颜事敌之臣也！"说罢，也一跃自沉。这十号船，漂在海上，空无一人。正合了一句古诗："野渡无人舟自横。"

且说张弘范大获全胜，便率领大军，杀奔崖山而来，用藤牌挡住了弯箭，一拥上岸，任情杀戮。胡仇本来奉了世杰将令，留守崖山，及至鞑兵上岸，情知抵敌不住，然而徒死无益，于是杂在难民之中，走到海边，觅了一号渔船，出海去了。这且按下不表。

却说弘范攻下了崖山，就在祥兴帝的行宫，置酒大会。又在那里磨崖勒碑，刻了"张弘范灭宋于此"七个大字。他自以为莫大之功，要为天下后世，留个古迹。谁知后来到了明朝，有一位大儒者，姓陈，名献章，表字公甫，生在新会白沙乡，人人都称他"白沙先生"。这位"白沙先生"，见了他这七个字，便道："这七个字记不尽他的功劳，待我同他加上一个字吧。"便在"张"字上面，加上一个"宋"字，变成"宋张弘范灭宋于此。"看官，张弘范的初心，勒了这块碑，不过要记他替元朝开国的功劳，谁知被陈白沙先生轻轻的加上一个宋字，反记了他背叛祖国的罪恶。正是要求流芳千古，转变了遗臭万年。此时媚外求荣诸君，也要留心提防，不要后世也出一位大儒在台衔上面，加上中国两个字才好呢！

闲话少提。却说张弘范磨崖记功之后，便班师回大都去，仍把文大祥安放在后军，一路同行。经过吉州地方，天祥身经故土，想起当时克复及以后失败情形，不胜愤恨，遂不吃饭，打算绝食而死。说也奇怪，俗语说的，七天不吃饭，便要饿死。这位文丞相，却是不吃了八大，依然无恙。没了法，只得仍旧吃饭。

一路上缓缓而行，直到十月，方才到了那个什么大都。张弘范便去复命，并奏闻捉了文大祥来。元主忽必烈便叫张弘范劝他投降。弘范奉了他的圣旨，便置酒大会，请了一班降臣，让天祥坐了首席。酒过三巡，弘范开口道："宋家江山，已无寸土，丞相已无所用其忠了！倘肯投降天朝，少不免也是个丞相，丞相何苦执迷不悟呢！试看我们这一班，哪一个不是中国人！一个个都是腰金带紫的。人生求的不过是功名富贵。天亡宋室，丞相必要代他恢复，这不是逆天么？到了吉州时，丞相绝食，八日不死。可见后福正是无量，望丞相仔细想来。"文天祥道："我若肯投降，也不等今日了。我岂不知腰金带紫的快活！但是我坐视国亡，不能挽救，死有余辜。怎敢还望腰金带紫！并且这等胡冠胡服，只合胡人自用。中国人用了，我觉得非但不荣耀，倒是挂了'反颜事敌'的招牌，写了'卖国求荣'的供状。诸君自以为荣，我文某看着，倒有点代诸君局促不安呢！"一席话说的众人满面羞惭，无言可对。

弘范强颜道："丞相忠义，令人愧服。"宴罢，就叫人打扫一间公馆，送天祥去居住。

次日复命，说天祥不肯降的话。元主道："这是你不善词令之过。朕再派人劝他，看他肯降了，你羞也不羞？"弘范一场没趣，退了出来。

元主就叫丞相博罗劝令文天祥投降。博罗奉旨，便在宰相府召集百官，叫人请天祥来。天祥来到，走至堂下，看见博罗居中坐下，一众文武百官，侍坐两旁，仆人传令行庭参礼。天祥闻说，翻身便走，仆人追上，问是何故。

天祥道："我并未投降，便是个客，如何叫我拜起他来！士可杀，不可辱。你去告诉你家丞相，要杀便杀，下拜是万万不能的。"仆人回去，告诉了博罗。博罗只得撤了中坐，请天祥来，以客礼相见。博罗道："宋家天下，已经亡了多时，你只管不肯降，还想逃到哪里去？"天祥道："纵使无路可逃，还有一条死路，是可走的。当日被你家伯颜将我拘住，辱我三宫。那时便想以一死报国，因为念着老母在广东，无人侍奉，并且两位王子，尚在浙地，还想奉以中兴，恢复故土，所以忍耻偷生。到了今日，已是绝望，但求早赐一刀。"博罗道："你家德祐皇帝，被我天朝擒来，还未曾死，你们便立了皇帝，这等算得忠臣么？"天祥道："当此之时，社稷为重，君为轻。德祐皇帝北狩，国中无主，所以另立皇帝，以主宗社。何况二王皆是我度宗皇帝之子，有何不忠？难道那一班奴颜婢膝，投降你家的，倒是忠臣么？"博罗道："你家德祐没有诏旨叫他做皇帝，这便是篡位。"天祥道："德祐皇帝北狩之后，端宗皇帝方才登位，怎么是篡？况且是我家天下，我家人自做皇帝，也要算做篡位，然则你们平白无端，恃强凌弱，硬来夺我江山，这又算什么？"博罗怒道："你立了两个皇帝，到底有什么功？"天祥笑道："为臣子的，岂可存一个'功'字在心里！譬如父母有病，为人子的，延医调治。父母痊愈了，岂能自许为功？"博罗道："你立了二王，可曾治好了？"天祥道："父母有病，明知不能治，也没有不治之理。及至真正不能治，那是天命了！"博罗道："你动辄以父母比君，你今日不肯投降，只求速死，然则你父母死时，你为甚不死？"天祥笑道："父母死，要留此身办理后事，还要显亲扬名，如何便死？你只管劝我投降，譬如父母死了，岂有另外再认别人做父母之理？我若投了降，便真是认别人做父母了。"博罗道：

"你若投了降,少不得一般的封侯拜相,岂不是显亲扬名么?"天祥道:"事了异种异族的皇帝,辱没及于祖宗,遗臭且及万世,何得谓之显扬?"博罗大怒,喝叫:"推出去,斩了!"左右即簇拥天祥下去,如法绑了。推到辕门外面,刽子手拔出雪亮的大刀,看准颈脖子上,用力砍去。恰才举起刀来,只见一匹马如飞而至,马上骑了一名内监,大叫:"刀下留人!"刽子手便停了手。那内监滚鞍下马,径入宰相府,口传元主诏旨,说:"万一文天祥执意不降,务必留着慢慢劝导,不可杀他。"博罗只得传令放了,又叫天祥谢恩。天祥道:"我生平只受过君父之恩,其余无所谓恩。况我生死,已是度外之事,又谢什么呢?"博罗怒道:"这般倔强匹夫,岂可再叫他安然住在公馆! 可送他到监牢里去,磨折他几时,等他好知道我天朝的威福。"

左右便把天祥送到兵马司里去。

张弘范知道元主喜欢文天祥,得了这个消息,便想说得他投降,好去领功。因亲去交代司狱官,好好的侍奉天祥,不得怠慢。谁知司狱官已先奉了博罗之命,叫拣一间极潮湿的房子,与天祥居住。弘范只得备了被褥之类送来。此时十月下旬,北地天气早寒,弘范又送了炭来,又拨了两名仆人来伺候。自己天天到狱中探视,看见天祥衣服单薄,而且旧敝不堪。又送了一袭狐裘来。过一天去访天祥,见天祥仍穿着旧衣,因问道:"那件狐裘,莫非不合身么? 天气甚冷,丞相何不穿呢?"天祥道:"我是中国人,岂可穿这种胡服?"弘范听了,回去便叫缝衣匠,做了一件宋制的宰相袍送来。天祥仍旧不穿,弘范道:"这不是胡服了,丞相何以还不穿呢?"天祥道:"君亡国破,死有余罪;尚有何面目再着朝衣。"弘范又叫人做了一件青衣,天祥方才穿了。弘范更是送酒送肉的,天天不断,供应了一个多月,绝未曾谈起投降的话。

一天弘范退朝,打叠了一番话,来劝天祥投降,走到门口,只听得里面有人曼声长吟,侧耳听去,正是天祥的声音,念的是一首歌,歌曰:天地有正气,杂然赋流形:下列为河岳,上则为日星;于人曰"浩然",沛乎塞苍冥。皇路当清夷,含和吐明廷;时穷节乃见,一一垂丹青。在齐太史简,在晋董狐笔,在秦张良椎,在汉苏武节;为严将军头,为嵇侍中血,为张睢阳齿,为颜常山舌;或为辽东帽,清操励冰雪;或为"出师表",鬼神泣壮烈;或为渡江楫,慷慨吞胡、羯;或为击贼笏,逆竖头破裂。是气所磅礴,凛然万古存,当其贯日月,生死安足论? 地维赖以立,天柱赖以尊;三纲实系命,道义为之根。嗟予遭阳九,隶也实不力! 楚囚缨其冠,传车送穷北,鼎镬甘如饴,求之不可得;阴房阒鬼火,春院! 天黑,牛骥同一皂,鸡栖凤凰食;一朝蒙雾露,分作沟中瘠,如此再寒暑,百沴自辟易。哀哉沮洳场,为我安乐国! 岂有他谬巧,阴阳不能贼? 顾此耿耿在,仰视浮云白! 悠悠我心忧,苍天曷有极,哲人日已远,典型在夙昔。风檐展书读,古道照颜色。

弘范听罢;便进去相见。常礼已毕,便道:"丞相何必自苦! 宋室三百余年,气运已尽,我皇帝奉天承运,奄有中土,明是天命有归。丞相是个明人,岂不知'顺天者昌,逆天者亡'? 何不早早归顺? 上应天命,下合人心。若徒然心恋宋室,此时赵氏不闻有后,已是忠无可忠的了。望丞相三思。"

天祥道:"人各有志,何苦相强! 我不肯降元,就如你不肯复宋一般。试问叫你此刻起了部下之兵,兴复宋室,你可做得到?"弘范知道他立志坚定,不便再说。坐了一会,即便退去。

光阴似箭,不久又是腊尽春回了。这天是那鞑子的什么世祖皇帝至元十六年正月元旦,一班大小文武官员,或鞑或汉的,夹七夹八,排班朝贺已毕,各归私第,又彼此往来贺岁。张弘范在家,准备筵席,邀请同僚宴饮,饮到兴酣时,弘范洋洋得意道:"我们身经百战,灭了宋室,不知皇上几时举行图形紫光阁盛典?"此时博罗已醉,听说便道:"你想图形紫光阁么? 只怕紫光阁上,没有你的位置呢!"弘范愕然问道:"何以见得?"博罗道:"皇上屡次同我谈起,说你们中国人性情反复,不可重用,更不可过于宠幸。养中国人犹如养狗一般,出猎时用着他;及至猎了野味,却万万不拿野味给狗吃,只好由他去吃屎,还要处处提防他疯起来要咬人。从前打仗时用中国人,就如放狗打猎。此刻太平无事了,要把你们中国人提防着,怕你们造反呢!"

你想还可望得图形的异数么。"弘范呆了半晌道:"丞相此话是真的么?"

博罗呵呵大笑道:"是你们中国人反复无常自取的,如何不真!"弘范听了气的咬牙切齿,大叫一声,口吐鲜血,往后便倒。众官齐吃一惊,赶前扶救。

不知弘范性命如何,且听下回分解。

第十九回

泄机谋文丞相归神　念故主唐玉潜盗骨

却说张弘范听了博罗一席话，气得大叫一声，口吐鲜血，往后便倒。吓得众多官员，急急上前围着扶救。只见他手足冰冷，眼睛泛白，口角里血水流个不住。已是呜呼哀哉了。这是媚外求荣的结局，表过不提。

且说胡仇在崖山，随着众难民，附了渔船逃难，茫茫然不知所之。在海上飘了半年多，看看粮食已尽，只得拢岸。及全登岸看时，已是辽东地方。

胡仇只得由陆路南行，沿路行来，已尽是鞑子世界，心中不胜悲愤。兼之在海上几个月，受尽了风涛之险，因此染成一病，在客寓里将息调理。

又过了三个月，方能行走。一天到了燕京，心想："前回奉诏来代觐三宫，未曾得见，此时不知是何景象。"又想起："在崖山时，闻得文丞相被俘，想来一定也在此地，何不耽搁几天，探听这个消息呢！"想罢，便拣了一家客寓住下，到街上去闲行，希冀得些消息。

正行走间，忽听得有人叫道："子忠兄，为何到此？"胡仇回头看时，此人十分面善，却一时认不出来。便问道："足下何人？在何处会来？"那人笑道："乐清一会，怎便忘了？"胡仇猛然想起是郑虎臣。因同道："郑兄何以也在此处？"虎臣道："此处说话不便，我同胡兄去访一位朋友谈谈。"

于是同胡仇走到一处，叩门而入。里面迎出一个人来，修眉广颡，气宇轩昂。

虎臣介绍相见，彼此通了姓名，方知此人是张毅甫。虎臣道："这位张兄，是一位义士，我到了此处，便与相识，每每谈及国事，总以恢复为己任。"

胡仇起敬道："中国有人，宋室或尚可望；但不知有何善策？"张毅甫道："此时大事尽去，只剩得一腔热血罢了。还有什么善策呢！"

胡仇又问虎臣别后之事。虎臣道："我自从到此，便设法钻了门路，投到阿剌罕那里做书启。今年阿剌罕拜了右丞相，他倒颇肯信我。"胡仇道:"这又是何意?"虎臣道:"要设法恢复,先要知道他的底细,又要运动得他生了内乱,才好下手。'攘夷会'里,众位英雄,都见不到此。又怕他们不肯屈辱其身,所以我来任了此事。此时会中探马,时常来此。我有了消息,便由探马报去。我这不是代会里当了一名细作了么!"胡仇叹道:"'忍辱负重'。郑兄,真不可及!不知此时三宫圣驾如何?文丞相可曾到此?"虎臣道:"太皇太后,去年就驾崩了。此刻太后及德祐皇帝,仍在这里,封了个什么瀛国公。文丞相去年到此,因禁在兵马司,起先是张弘范要文丞相投降,供应得其好。今年正月大年初一,这卖国奴才伏了天诛,以后便只以囚粮果腹;我设法通了狱卒,时常去探望,早晚饭都由毅甫这里送去。"胡仇也把崖山兵败一节,告诉过了。虎臣道:"胡兄既在此,何必住在客寓!可搬到张兄这里来,早晚有事好商量。"胡仇也不推辞,当下便央虎臣,带了去兵马司见文天洋,把崖山兵败一节,详详细细的告诉过了。依恋了半晌,方才辞出。便到客寓把行李搬到了张毅甫处住下。

毅甫引了胡仇、虎臣到密室里,商量道:"我想外面要求赵氏之后也甚难,德祐皇帝,现在这里,文丞相也在这里,我们倘能觑一个便,劫了文丞相出来,奉了德祐帝,杀入他皇城里面,一切都是现成的,据了此处,号召天下,更派兵守住了关口,阻住鞑兵的来路。倘天未绝宋,未尝不可恢复。但是要设个法,把他近畿的兵调拨开了方好下手。"胡仇道:"要调开他的兵,颇不容易。除非先从外面起义,攻克了几处城池,他方肯调兵出去。"

虎臣道:"待我慢慢设法,这不是一朝一夕的事。"

三人商量到夜,虎臣别去,回到丞相府,只见阿剌罕呆着脸,在那里出神。虎臣问道:"不知丞相有甚心事?可否说与晚生?也分点忧。"阿剌罕道:"此时天下太平,四夷宾服,只有日本未曾朝贡,从前曾经派了使臣,赍了国书去,叫他来进贡。第一回投到了,没有回信。第二回是海上遇了风,未曾送到。去年又派了使臣去,今天回来了,复命说日本如何无礼。皇上大怒,立刻要起兵去伐日本。我想日本比高丽还远,劳师动众的,万一不利,岂不挫尽了威风!想要谏止,却想不出要怎样说才得动听。"虎臣连忙说道:"丞相差矣!日本不臣,正当征伐,以示天朝神武;倘使姑息容忍,将来各国都以为天朝不足畏,观望不前,连那高丽、安南都藐视起来,那时反要逐国征讨,岂不更劳师动众么?"阿剌罕道:"话虽如此,然而不能操必胜之算,万一失败,岂不失了国威?"虎臣道:"只要多起兵,谅日本蕞尔小国,何难征服呢!"阿剌罕低头思量。虎臣又道:"若起了倾国之兵,那日本国不够一击,哪有失败之理?何况此时皇上天威震怒之下,丞相若是进谏,怕不白碰钉子!"阿剌罕道:"谈何容易!起了倾国之兵,万一国内有事,便如何?"虎臣笑道:"丞相忒过于疑虑了,此时大元一统,天下归心,还有何事呢?"当下二人谈至夜深,方才安歇。

次日阿剌罕入朝元主,又商量要起兵伐日本。阿剌罕奏道:"臣以为日本远在海外,不易伐;倘陛下如天之量,能容忍过了最好;如果陛下必要大张挞伐,以示天威,则当多派兵士,以期必胜。"元主道:"朕调集各路镇兵三十万,派禁兵二十万,取道高丽,以伸天讨,有何不可!"于是传旨兵部,行文调兵。阿剌罕下朝回去。

虎臣探得实信,便来告知毅甫及胡仇。胡仇道:"天幸有此机会,宋室可望复兴了,但此事必要先奏知太后才好。"毅甫道:"瀛国公府,关防严密,如何进得去?"胡仇道:"只要知道了地方,我可以去得。"虎臣道:"如此我便可带你去认了门口,但不知如何去法?"胡仇道:"不瞒二公说,飞檐走壁,是我的本技。认清了门口,我便在深夜进去。但是也要通知文丞相,一面送信到仙霞岭,叫各人乔装打扮,陆续来此,等人齐了,才能起事。"

虎臣道:"这且莫忙,等此地有了出兵日子再说。并且忽必烈这厮,每年必到蒙古一次,一去便是半年,等他去了。国内空虚,便好乘机猝发。"胡仇道:"这却不然,必要乘他在此时起事,先杀了他,以报国仇,等他们蛇无头而不行方好办事。倘使放他到蒙古去了,我们占了此地,他不免又要起兵来攻,岂不费了手脚?我们只等他起兵出了海,就动手。"毅甫点头称是。

商量已定,虎臣便带领胡仇,认了瀛国公府门口;顺便到兵马司悄悄通知文天祥。

是夜胡仇穿了夜行衣,纵身上屋,寻路走到瀛国公府。这座府第,是有名无实的,统共是三间土屋,给全太后母子居住。其余四面的房屋,都是鞑子居住。名为护卫,其实是监守。全太后自从那回忤了忽必烈,被关禁到高墙里面去,从不放出来。去年太皇太后病的重了,将近要死,不知哀求了多少次,方才把她放出来服侍。不多几时,太皇太后驾崩,全太后便留在这里,抚养德祐帝。

　　是夜胡仇到了,伏在屋檐上偷看,只见下面三间土屋:当中一间,门口挂了一挂芦帘,里面堆了许多砂锅瓦罐之类,打了一口土灶;西面一间,堆了些破旧杂物,东面一间,透出灯光来。胡仇轻轻跳下,用舌尖舐破了纸窗,向内张望,只见一个中年妇人,穿了一件千补百缀的旧衣,盘腿坐在土炕上面,炕上摆着一张矮脚几,几上放着灯,几那边坐着一个十来岁大的孩子,生得面黄肌瘦。这妇人拿着一叠小方纸片儿,教那孩子认字。看官,只这一个妇人,一个孩子,便是太后、皇帝了。可怜外族凭陵,便被他糟蹋到如此,长到十来岁大的人,书也不让他读,只得自己教他认几个字。

　　闲话少提,却说胡仇看罢了,暗想这只怕便是太后和皇帝了!这土屋是盖造在当中,四面都有房屋围住,料是看守的人。此时还未交二更,只怕众鞑子未睡,不便敲门进去;且到那四面房子里一看,众鞑子果然没睡:也有斗纸牌的,也有搂着鞑婆子说笑的。胡仇在身边取出一把闷香,走到暗地里点着了,一处处在门缝里放进烟去。不一会,便都呵欠睡着了。

　　胡仇又走过来,在纸窗洞里一看,只见那妇人已经把矮脚几推过一边,站在地下抖被窝。留心再看,底下是一双小脚,暗想鞑婆没有裹脚的,这一定是太后了。便伸手轻轻的在纸窗上弹了两下。全太后吃了一惊,问:"是谁?"胡仇轻轻答道:"请太后开门,臣有事启奏。"太后听得是南方口音,惊疑不定。又问道:"你是谁?是哪里来的?"胡仇暗想:"我纵说出姓名,太后也不知道我这个人,不如撒个谎吧。"于是答道:"臣是文丞相差来的。"

　　太后听了,便剔了剔油灯,开了房门,带了德祐帝,拿了灯到外间来。胡仇揭起芦帘进去,拜了太后,又拜德祐帝,慌的德祐帝躲在太后身后。太后道:"乱离到此,不必行礼了。有事说吧,这几年外面的事情如何?文丞相此刻在哪里?"说时已经抽咽起来。胡仇只得从前次奉命代觐说起,直说到崖山兵败宋亡,然后说自己附船逃难情形,直说到来了燕京,见了文丞相,和郑虎臣、张毅甫商划恢复,特地先来奏报的话。太后道:"难得文丞相及将军等如此忠心!但愿十五庙在天之灵,各位成了大功,不惜分茅裂土,但是此时在虎口之内,千万要秘密,万一事前泄漏,我母子性命,亦不能保了。"

　　胡仇道:"臣等自当小心,待约定了日期,再来奏报,此时不便久留。"

太后道:"此处关防得十分严密,将军怎得进来?"胡仇道:"臣能在檐壁上走,来去甚便。"说罢,辞了出来,一纵身,便到屋上去了。全太后呆了半晌,想道:"这是新进的人,并不曾受过高官厚禄,还这等忠义;可恨那一班守土之臣,一个个的反颜事敌,把中国的江山作礼物搬送与鞑子!"

不说全太后心中之事,也慢提胡仇回去。且说元主自从恼了日本,便连日催着调兵,克日出师,大有气吞东海之概。满朝文武大臣,都为这件事忙坏了。一日在朝议事,筹拨兵饷,赶备衣甲,修理战舰,添造兵器等。指拨已定,方欲发朝,忽然留梦炎出班上了一道封奏,略言:"闽省僧人某,善观天文,言近日上星犯帝座,恐有变故,而中山亦有狂人,自称宋主,聚众千人。幸觉察尚早,经地方有司扑灭。臣昨日趋朝,又言路上有匿名揭帖多张,言:'某日纵火为号,率两翼兵为乱'未有'丞相可无忧'之语。今赵显留居京师,文天祥亦近在咫尺,请分别处置,免其为患。臣受恩深重,不敢不冒死以闻"云云。

元主看了,恼得睁圆鞑眼,吹动鞑须,大叫快提蛮婆子及小蛮子来。侍臣奉了诏旨,忙来提取。全太后德祐帝不知就里,被他们横拖竖拽,拉到了他那什么金銮殿上。元主大喝道,"好蛮婆子,你到了这里,朕有甚亏负你?你受了天高地厚之恩,不知感激,反要做那大逆不道之事。这里容你不得,朕派人押解你到蒙古去。这是朕俗外天恩,饶你一命。"全太后只得谢了恩。

起来,要挣了德祐帝走。元主喝道:"唗!再不能容你母子在一处,留下小蛮子,朕别有处置。"全太后哪里舍得,抱住了号啕大哭,被众侍臣硬扯开拖了出去。元主就派了差官,押解起行,并将掳来的宋家宗室,一律都解到蒙古去。又叫人来,捉住德祐帝,硬将他的头发剃去,当堂变了个"小和尚"。

又派人押了送到吐蕃去,拣一个凶恶和尚,交与他做徒弟。

处分已毕,方叫提文天祥来。元主道:"你好倔强!为何不投降?如果降了,朕便用你做丞相。"天祥昂然答道:"堂堂中国丈夫,岂有投降夷、狄之理!"元主大怒,喝令:"推出斩首。"左右力士,簇拥出去。元主忽又转念:"天祥为人忠正可爱,不如赦了他,等他知感,或者可肯投降。"

便传旨叫赦天祥。留梦炎忙奏道:"外面谣言如此,文天祥万不可赦。陛下如爱忠正之臣,臣有一门生谢枋得,为人忠正,不亚于天祥,臣当作书招之来,同事陛下。"元主准奏。

却说殿前力士,拉了文天祥,到柴市法场上,举刀行刑。天祥南向拜别宋朝十五庙,从容就戮。后人敬他的忠义,就把柴市的地名,改做了教忠坊;直到此时,仍用此名。

力士杀了天祥,便去回奏。元主叹道:"好男子!可惜他不肯投降。今已死了,可追封为庐陵郡公,谥忠武。"赐祭一坛,即叫丞相博罗主祭。博罗领旨,便备了祭品,写了"敕封庐陵郡公文忠武公神位",作坛致祭。是日风和日丽,众多官员,都来祭奠。只等博罗祭毕,便依次行礼。博罗上香已毕,方才拜下,忽然天昏地暗,日月无光,霹雳一声,大雨如注,一阵狂风卷地而来,把所供的神位卷起,直吹到云端里去。吓得博罗及众多官员面如土色,连忙取过纸笔,改写了"故宋少保右丞相信国公文公神位",仍旧供上,致敬尽礼,拜将下去。霎时间,云收雨散,天地晴明。博罗等无不震服。祭毕,复命,奏闻此事,元主也是惊奇。此是后话,表过不提。

且说胡仇等自从通知文天祥,奏闻全太后之后,便打发人星夜到仙霞岭,知照各位英雄,陆续赶来,觑便下手。忽然一天郑虎臣踉跄奔来,报道:"大事不好了!"毅甫、胡仇忙问"何事?"虎臣道:"文丞相归天了!"胡仇、毅甫一起大惊,同声问道:"哪里来的信,可是真的?"虎臣道:"是阿剌罕下朝来说的,千真万确。并且全太后已被他们送在蒙古,德祐帝被他们逼着做了和尚,送往吐蕃去了。闻得文丞相在柴市就义,我们快去看来。"于是三人匆匆走到柴市,只见天祥尸横在地,首级搁在半边,面色如生。一起抚尸大恸。哭过一场,张毅甫便叫人就地搭起篷厂,备了衣衾棺椁,将首级缝好,具香汤沐浴,更衣成殓。忽然尸身上,散出一阵异香,沁人心脑。换下来的衣物,百姓们争着取去供奉,有拿着一只旧鞋子的,也当宝贝般收藏起来。毅甫等只得任人取去,只留下一件外衣,做个纪念。翻开衣底,只见上面写了一首赞道:

孔曰:"成仁",孟曰:"取义";唯至"义"尽,是以"仁"至。读圣贤书,所学何事?而今而后,庶几无愧。

这一首赞,流传后世,至今虽三尺童子,都听先生说过。不必细表。

却说张毅甫等殓了天祥,拣一处洁净的庙宇,停放了。朝夕到灵柩前焚香上供。过了几时,便和胡仇商量:"此时文丞相已经就义,太后皇帝,又不在这里了。眼见得'恢复'两个字,是无望的了!我们不如奉了文丞相灵柩,回吉州去安葬,然后到仙霞岭,与众位英雄商量办法,岂不是好?"商议定了。便请了郑虎臣来,告知此意。虎臣道:"此举极好! 二位安葬了丞相,再到仙霞,务乞代为转知各位:我身虽在此,心在宋室,务必尽我之能,唆摆得鞑子们自生内乱,等外面好举事。"

于是张、胡二人便择定日子,奉了灵柩,一路向江西而来。二人商量:"若取道河南,走淮西入吉州,路是近些;但不如走淮南入浙,先过仙霞,与众人相见,看有甚机会可图。"商议已定,遂取道淮南。毅甫是北方人,从来不曾到过南方,看见山明水秀,未免流连风景。

一天到了临安,胡仇便去省视祖墓,谁知已被鞑子铲平,拔去了碑碣。

不觉痛入骨髓,恸哭失声。毅甫勉强劝慰了一番,方才雇到江船,渡过钱塘江,天已昏黑,只得在船上住了一宿。

天明,雇人先起了灵柩上岸,商量行止。只因此时已是十二月天气,下了一天大雪,走路不便,只得暂时借住在一座古庙之内。这庙里只有一个老道士住持,甚是清净。住了一天,那雪下的更大了。是夜人静之后,忽然有人来扣庙门,老道士开了,便进来了五六十人,喧呼扰攘,借庙内地方吃酒。

惊醒了张、胡二人,起来问是什么事。当先一人,便过来招呼。问起情由,知是运文丞相灵柩南回的。那人便道:"既如此,二位也是同志的了。在下姓唐,名珏,表字玉潜。今夜之会,只因近日来了两个鞑子和尚,十分残暴,把我大宋先帝陵寝,尽行发掘,取了殉葬的金玉珠宝,又发掘了许多大臣及富家的坟墓,共有一百多处。还要拿先帝的遗骸杂入畜生骨头,取去镇塔。"

胡仇听了,不觉大怒,又想起自家祖墓,不胜悲愤。

未知此事究竟如何,且听下回分解。

第二十一回

胡子忠装疯福州城　谢君直三度仙霞岭

却说谢枋得离了弋阳，往福建路上行去。遇了名山胜迹，未免凭吊欷歔；看见风俗日非，更不免凄然泪下。一日行到福州地方，入到城市寻了客寓。

他一路上仍是托为卖卜之流。此时鞑子的防汉人，犹如防贼一般。下了命令，大凡一切过往行人，都责成各客寓，盘问来踪去迹以及事业。枋得胡乱诌了个姓名，又只说是卖卜为业。闲着没事，便拿了布招，到街上闲走，顺便采访风气人情。在路上看见两个人，连臂而行。内中一个说道："我们闲着没事，何不再去看看那疯道士卖药呢？"一个道："也好。你说他疯，我看他并不是疯，不过装成那个样子罢了。看上去倒像是个有心人。"一个又道："我也这样想。不过他到了几天，人家都叫他疯道士。他那招牌上，也写的是疯道人。我也顺口说他一声疯罢了。"那一个又道："他那种说话。若是只管乱说，少不免要闯祸的。"枋得听了，暗想："什么疯道士？莫非也是我辈中人，何不跟着他去看看呢！"一面想着，顺脚跟了二人行去。

走到一座大庙，庙前一片空场，场内摆了许多地摊。也有卖食物的，也有卖耍货的。内中有一大堆人围成圈子，在那里观看。那二人也走到那圈子里。枋得也挤进去一看，只见一个瘦小道士，穿一件青道袍，头上押了一顶竹冠，地下摆了药箱，摊了一块白布招牌在地下，写道"疯道人卖药"五个字。那道士正蹲在地下，在药箱里捡什么东西呢。捡了一会，方才站起来。

枋得细看时，哪里是什么疯道人，正是仙霞岭上的胡仇。枋得便把身子往人丛中一闪，试看他做什么。只见他右手拿了一片骨板，左手拿着一面小铜钲，一面敲着，嘴里便说道："'奔走江湖几许年，回头本是大罗仙。携将九转灵丹到，要疗冥顽作圣贤。'自家疯道人是也。神农皇帝，怜悯自家子孙，近日多染奇病，特令疯道人携带奇药，遍走中华。专代圣子神孙，疗治各种奇病。你道是哪几种奇病：一、忘根本病；二、失心疯病；三、没记性病；四、丧良心病；五、厚面皮病；六、狐媚子病；七、贪生怕死病。你想世人有了这许多奇病，眼见得群医束手，坐视沦亡，所以神农皇帝，对症发药。取轩辕黄帝战蚩尤之矛为君，以虞、舜两阶干羽为臣，佐以班超西征之弓，更取苏武使匈奴之节为使，共研为末。借近日文丞相就义之血，调和为丸。敬请孟夫子以浩然之气，一阵呵乾。善能治以上各种奇病。服时以郭汾阳单骑见虏时免下之胄，煎汤为引。百发百中，其验如神。更有各种膏丹丸散，专治一切疑难杂症。那个药，是没病吃了病，病了吃不好。那膏药呢？好处贴了烂，烂处贴不好。有缘千里来相会，无缘对面不相逢。诸君有贵恙的，只管说出来。今日初摆出来，尚未发利市。我说过奉赠三位，分文不取。诸君诸君，当面莫错过我疯道人，过后难寻吕洞宾。"

胡仇说了半天，还没有人理他；他便手击铜钲，高声唱起"道情"来。唱道：

据雕鞍，逞英雄，拨马头，快论功：轻轻便把江山送！尸横遍野屠兄弟，膻沁心脾认祖宗。中原有你先人家。全不顾、忘根背本，还夸说："勋耀从龙。"

做高官，意洋洋，失心疯，似病狂。异言异服成何样！食毛践土偏知感，地厚天高乱颂扬。此时饶你瘿心恙；问："他日黄泉地下，何面目再见爷娘？"

没来由，变痴聋；叛国家，反夸功。人身错混牛羊种！史迁传来编夷狄，周室功忘伐犬戎。问他："是否真如梦？何处是唐宫汉阙？谁个是圣祖神宗？"

两朝官，一个人。旧乌纱，怎如新？出身履历君休问。状元宰辅前朝事，拜相封侯此日恩。门生故吏还相引。一任他、故宫禾黍。我这里、舞蹈扬尘。

一般人，最堪悲，似城墙，厚面皮。大威一怒难容你。将军柔性甘凌辱，兵部尊臀愿受笞。低头不敢争闲气。试问他："扪心清夜，衾影里、羞也么咦？"

肉将麻，骨将酸，媚他人，媚如狐。争恩斗宠还相妒。吮痈舐痔才奴婢，做妾骄妻又丈夫。抚心自问诚何苦！媚着了骚官臭禄，失尽了男子规模。

好男儿,志气高,重泰山,轻鸿毛。如何乞命将头搁！降旗偏说存民命,降表无非乞免刀。偷生视息甘膻燥。虽说是死生大矣,到头来谁免一刀！

(尾声)叹世人苦苦总无知,须知祸福相因倚。劝诸君,若撄奇病还须治。

胡仇唱完了,又敲了一回铜钲,疯疯癫癫的,做了一回鬼脸,只管对着众人看。众人看他,他也看众人。只见众人听了他的"道情":也有笑的;也有点头叹息的;也有不解的;也有掩耳而走的。

在人丛中一眼瞥见了枋得,便连忙撇下了铜钲骨板,走过来打了个稽首道:"谢老先生,鹤驾几时到此？贫道稽首了。"枋得也拱手还礼道:"老朽日来才到,却不知仙踪也在这里。"胡仇道:"既如此,我们借一步说话。"

枋得道:"我只住在某处客寓里,我们暇了再谈,此时各有营生,不必耽搁。"

说罢,飘然自去。

方才转了个弯,忽听得背后有人叫了一声叠山先生。枋得回头看时,却没有认得的人。又向前去,不多几步,又有人在后面叫道:"叠山先生哪里去？"枋得又回头看时,虽有几个过往的人,却都是素昧生平的。又不知这素昧生平之中,是哪一个叫自己,不觉呆立了一会,方才前行。到处走了一遍,然后回到客寓。

天色将晚时,胡仇来访,彼此诉说别后一切。胡仇把伪装出来试探人心,及张汉光合药,岳忠著书的话,说了一遍。枋得道:"这两种书,可不能冒昧送出去,徒取杀身之祸。我这个并不是怕死的话,就如你今日唱'道情'所引的,'重于泰山,轻于鸿毛。'看怎么死法罢了！若是大不能有济于国事,小不足以成一己之名,未免鸿毛性命了。这种书,倘使胡乱送人,被那鞑子侦知,或者送非其人,送着那丧心病狂的汉人,倒拿到鞑官那里出首去,加上你一个传播逆书的罪名,又何苦呢！虽说一般的是死于国事,然而岳公茎苦心著撰出来,不能收得尺寸之功,你便速以身殉,未免徒劳无功了。"

胡仇道:"老先生见教的极是。我向来送人,都是十分慎密,总是到夜间,潜行送去。他得了书,还不知从何而来的。"

二人正在说话,忽然一个人匆匆走进来,向枋得拱手道:"叠山先生请了。"枋得向那人一看,却是个素不相识的。不觉愕然道:"足下何人?从何处会来? 尚乞明示。"那人道:"久仰山斗,望风而来。何必相识!"枋得道:"不知有何见教?"那人道:"本省参政,要请先生前去一会。"说看,便有人拿了"福建参政魏天祐"的官衔名帖进来,道:"轿马都已备下了。"那人道:"就请先生一行吧。"枋得道:"须得先说明白。参政请我何意?"那人道:"当今皇帝,下诏求贤,多少人保荐了先生,怎奈不知先生踪迹。皇帝又诏令各路郡县,一律搜求,所以参政也十分在意,不期今日访着了。"枋得道:"足下又是何人? 何以识我?"那人道:"我是参政的门客,今日出来,偶然看疯道人卖药,听他唱道情后,又见他招呼先生,说出一个'谢'字。我便留了心,后来在先生后面,叫了两次,先生都回头观看,是以知道实了。又去告知参政,特地来请。"枋得道:"我是一个卜者,别字依斋。哪里是什么谢叠山! 足下不要错认了。"那人道:"先生不必多辩,且请去见了参政再说。"说话时,已来了许多仆从,簇拥着枋得请行。

胡仇见人多,便自去了。

这里众人拥着枋得上了轿,一直到参政衙门来。魏天祐迎接进去,十分恭敬,说道:"久仰先生大节,今日得见颜色,不胜欣幸。"枋得手拂长须,双眼向天,只当未曾听见。天祐又道:"此时大元皇帝,抚有中夏,求贤若渴。中外朝士,都荐先生。尚望一行,必见重用。"枋得大声道:"你既久仰我的大节,为何又叫我失节?"天祐道:"此时宋家天下,已无寸土,先生更从何处用其忠?"古人说:"'识时务者为俊杰。'何必执迷不悟! 先生倘是主意未定,不妨仔细自思。便屈在敝署小住几时,再派人护送先生到京里去。"说罢,便叫人送先生到署后花园里去安置。

于是一众仆人,带了枋得到花园里去,在一间精致书房里住下,又拨了两名书童来侍候,枋得处之淡然。不一会,送到晚饭,十分丰盛,备有壶酒。

枋得却并不举箸,只吃了两枚水果。家人又来铺设锦裀绣褥。枋得道:"我家孝国孝在身,用不着这个。可给我换布的来。"家人奉命换了。

到了夜静时候,安排就寝,忽闻窗外有弹指的声音,开窗一看,原来是胡仇来探望。枋得开门让进。胡仇便问:"魏天祐那厮,请先生来有甚话说?"

枋得道:"无非是劝我到燕京去。他也不看看,我们可是事二姓的人。"胡仇道:"先生主意如何?"枋得道:"有死而已。我从今日起,便打算绝食,万一不死,他一定逼我北行,不免打从仙霞岭经过。你可先行一步,知照众人,对了押送我的人,万不可露声色,只当与我不相识的。我死之后,望你们众位努力,时时叫起国人,万不可懈了初心。须知这个责任,同打更的一般,时时敲动梆鼓,好叫睡觉的人,知道时候;倘停了不敲,睡觉的人,就一起都糊涂了!眼看仙霞领众人,虽似无用,不知正仗着这一丝之气,还可以提起我国人的精神,倘连这个都没了,叫那鞑子在中国住久了,曾亲遭兵祸的人都死了,慢慢的耳闻那兵祸之惨的人也死了,这中国的一座锦绣江山,可就永为鞑靼所有了。"胡仇领诺,又盘桓了半晌,方才别去。

到了次日午饭时,枋得便颗粒不吃。天祐听得,便亲来劝慰道:"先生,何必自苦!人生如驹光过隙,总要及时行乐,方是达人。"枋得目视他处,总不理他。天祐道:"我今日早起,在签押房桌上,忽然见放着两本书,不知是哪里来的,遍问家人,都不知道。"说罢,取出来给枋得看。枋得看时,却是一本"胡元秽德史"、一本"胡元残虐史"。略略翻了一遍,便笑道:"这著书人也忒有心了!然而'胡人无百年之运'。到了那时,怕没有完全的著作出来么!"天祐道:"怎么说没有百年之运?"枋得道:"我考诸'易'数,察诸人心,断定了他无百年之运;不信你但看这部书,不是人心思宋的凭据么?"天祐道:"这种逆书,我待要访明了是谁作的,办他一个灭族。"

枋得道:"这是宋家遗民,各为其主之作,怎么算是逆书?"天祐道:"大元皇帝,应天顺人,抚有四海,岂不闻'居邦不非其大夫'?何况非及天子!这不是大逆不道,乱臣贼子么?"枋得道:"天道便不可知。若说顺人,不知他顺的是哪一个人?中国人民,说起鞑子,哪一个不是咬牙切齿的!只有几个人头畜鸣之辈,泊颜事敌,岂能算得是人?若说乱臣贼子,只怕甘心事敌的,才是乱臣,忘了父母之邦的,才是贼子呢。"天祐大怒道:"你敢是说我们仕元的是乱臣贼子么?如此说,你是忠臣。封疆之臣,当死守疆土。安仁之败,你为何不死?"枋得道:"程婴、公孙杵臼二人,都是忠于赵氏。然而一个存孤,一个死节;一个死在十五年前,一个死在十五年后。万世之下，谁人不敬他是个忠臣？王莽篡汉十四年之后，龚胜才绝食而死，亦不失为忠臣。司马子长说的'死有重于泰山，轻于鸿毛'。韩退之说的'盖棺事始定'。匹夫但知高官厚禄，养得你脑满肠肥，哪里懂得这些大义。"天祐道："你这种不过利口辩给，强词夺理罢了。什么大义不大义！"枋得道："战国时张仪对苏秦舍人说：'当苏君时，仪何敢言！'今日我落在你这匹夫之手，自然百口不能自辩的了。"天祐无可奈何，只得自去理事。

从此枋得便绝了食，水米不入口。可也奇怪，他一连二十多天，不饮不食，只是饿他不死，不过缠绵床褥，疲惫不堪。这一天，家人又送了饭来。

枋得暗想："饿既不能饿死，不如仍旧吃饭，免得徒自受苦，好歹另寻死法吧。"于是再食。

不多几日，魏天祐奉了元主诏旨，叫他到京。天祐又来劝枋得同行，被枋得一顿大骂，气得天祐暴跳如雷，行文到江西去捉拿他家眷下狱，要挟制他投降。一面整顿行李，到燕京去，便带了枋得同去，心中甚是恨他，却又不敢十分得罪；只因他那一种小人之见，恐怕枋得到燕京时，回心转意，投了降，那时一定位在自己之上，未免要报起仇来。因此不敢得罪，这真是以小人之心，度君子之腹了。

枋得知道行期已近，便提起笔来，吟了一首诗，因为他本来有几个朋友在福建，他隐名卖卜时，没有人知道，及知天祐请他到了衙门，这事便哄传起来，朋友们便都来探望，所以要作一首留别诗。当下提起霜毫，拂拭笺纸，先写下了题目，是："魏参政执拘投北，行有期，死有日，诗别二子及良友。"

诗曰：
> 雪中松柏愈青青，扶植纲常在此行。
> 天下久无龚胜洁，人间何独伯夷清！
> 义高便觉生堪舍，礼重方知死甚轻。
> 南八男儿终不屈，皇天上帝眼分明。

这首诗写了出来，便有许多和作。到了动身之日，便都来钱送。

枋得一路上只想设法寻死，怎奈天祐严戒家人，朝夕守护，总没有死法。

　　一日天色将晚,行近小竿岭。此处被金奎等在山上建了一座庙宇,派了乔装道士,在那里居住。枋得动身时,胡仇探得行期,先来报知,并述了枋得吩咐的话。宗仁、岳忠、狄琪、史华、谢熙之等,一班扮道士的人,都预先到了小竿岭来,准备素筵饯行。远远的便差小道士打探,探得到了,便迎下山来。先见了魏天祐,说道:"贫道等久仰谢叠山先生大节! 闻得今日道出荒山,特备了素筵饯送。望参政准贫道等一见。"天祐暗想:"这穷山道士,也知道他的大节,真是了不得。"当即应允,一同登山入庙。熙之便要过来拜见父亲。枋得连忙使个眼色。熙之会意,便只随着众人打个稽首,一面款待天祐,一面祖饯枋得。言语之间,各带隐藏。又一面使人报知金奎。

　　只因天色已晚,一行人便在庙中歇下。岳忠等只推说久仰大节,要瞻仰丰采。把枋得留在一间静室内下榻,把方丈安置了天祐. 那守护枋得的家人,因有一众道士在这里,便都各去赌钱吃酒。

　　这里枋得便与众人作一夜长谈。又嘱咐熙之努力做人:"我一到燕京,即行就死。一路上我便想死,前两天忽然想起谢太后的梓宫,尚在那边,我到那里别过先灵,再死未晚。"熙之听得父亲就死,不觉恸哭,要跟随北去。

　　枋得道:"这可不必! 你要尽孝,不在乎此。不如留下此身,为我谢氏延一脉之传。你若跟我到北边去,万一被他们杀害,将如之何? 况且天祐这厮,已经行文江西,拿我眷属。此时你母亲和兄弟定之,想已在狱中。我虽料到他,这个不过是要挟我投降的意思,未见得便杀害;万一不如我所料,你又跟我到北边去,送了性命,岂不绝了谢氏之后么? 你须记着:'不孝有三,无后为大。'我之求死,你之求生,是各行其使。不过你既得生,可不要忘了国耻,堕了家风,不然,便是不孝了。"熙之无奈,只得遵守父命。枋得又勉励了众人一番。

　　次日早上起行,金奎早率领了一众僧人,在山门外迎着,请到方丈拜茶。

　　茶罢起身,金奎叫众和尚,一律的穿了袈裟法服,敲起木鱼,念往生咒。祝谢先生早登仙界。枋得大喜,执着金奎的手道:"和尚知我心也。"天祐见此情形,不觉暗暗称奇,何以这里的道士也知道仰他的大节? 这里的和尚又知道他必死,非但知道他死,又要祝他早死。真是奇事? 一面想着,上轿起行,经过了窑岭,熙之又赶到前面饯送,送过之后,一行人度过苏岭、马头岭,便入浙江界,一路往燕京而去。

将近燕京时,枋得又复称病不食,连日只是睡在车内。一天进了京城,天祐便先去朝见元主,奏闻带了谢枋得入都,元主便欲召见。天祐道:"谢枋得在路得病,十分困顿,怕未便召见。"元主便吩咐送往报恩寺安置,派御医前去调治,等痊愈了,再行召见封官。天祐得旨,便去安置枋得。

未知枋得此次能死与否。且听下回分解。

第二十二回

谢君直就义燕京城　胡子忠除暴汴梁路

却说谢枋得到得报恩寺来,魏天祐拨了两名家人前来侍候。南朝投降过来的官员,纷纷前来问候,或劝他投降。枋得便问太皇太后的梓宫在何处。

内中有知道的,便告诉了他。枋得叫备了祭品,亲自支持着,去祭奠一番。

然后回寺,高卧不起,不饮不食,亦不言语。人问他时,只推说有病。一班旧日同僚来探望他,他也只瞪着双眼,绝不答话。莫不扫兴而去。

末后留梦炎亲来看视,说了许多慰问的话,又夸说了许多皇元皇帝如何深仁厚泽。枋得道:"大元制世;民物一新,宋室遗臣,唯欠一死。愿老师勉事新朝,莫来相强。"梦炎道:"天时人事,总有变迁。何必苦苦执迷不悟? 还望念师弟之谊,仍为一殿之臣,岂不甚好?"枋得道:"君臣之义,师生之谊,二者孰重? 望先生权定其重轻,然后见教。"梦炎羞惭满面而去。

枋得冷笑一声,也不起来相送。

梦炎去后,过了一会,忽然有人送来一瓯药,说:"是留丞相送来的。"

枋得看那药时,稠的像粥汤一般。因对来人说道:"承留丞相厚意赠药,然而我这个病,非药石所能愈,我也不望病愈。请你转致丞相,来生再见了! 这药也请你拿了回去吧。"那来人道:"这是留丞相好意,望先生吃药早愈。同事新朝的意思,先生何故见却?"枋得大怒,取起药匣向地下一掷道:"我谢某生为大宋之臣,死为大宋之鬼。有甚新朝旧朝? 你们这一班忘恩负义之流,我看你他日九泉之下,有何面目再见宋室祖宗。"骂罢,便挺直了,睡在床上。那来人没好气的去了。

从此之后,他非但不言语,并且有人叫他,也不应了。他在路上已经绝了几天食,到了报恩寺来,一连过了五天,那脏腑里已是全空,无所培养,一丝气息,接不上来,那一缕忠魂,便寻着文天祥、张世杰、陆秀夫打伙儿去了。

那拨来侍候的家人，连忙去报知魏天祐，天祐忙着来看时，只见他面色如生，不禁长叹一声，叫人备棺盛殓。自己到朝内去奏闻元主。后人因为谢枋得全节于此，就把这报恩寺，改做了"悯忠寺"，以为纪念。此是后话，表过不提。

且说一众寺僧，也甚钦敬枋得尽忠报国。到了大殓之日，大家都穿了袈裟法服，诵经相送。正要举尸入棺时，忽然一人号哭闯入，伏尸大恸。不是别人，正是他公子定之，奔来省亲，不期赶了一个"亲视含殓"。

你道定之如何赶来？原来魏天祐行文到了弋阳，拘捕枋得家小，弋阳令得了文书，便把李夫人和定之两个捉了，分别监禁起来。李夫人到得监内，暗想："我虽然一个妇人，却也幼读诗书，粗知礼义，受过了宋朝封诰，岂可以屈膝胡廷？今日捉了我来，未曾问话，明日少不得要坐堂审我。那时我不肯跪，不免要受他刑辱，非独贻羞谢氏，即我李氏祖宗，也被我辱没尽了。

不如先自死了，免得受辱，岂不是好！"想定了主意，不露声色，等到夜静时，竟自解带自尽了。直到天明时，狱卒方才查见，连忙解下来。一面飞报弋阳令。弋阳令得信大惊。便和两个幕友商量，如何处置。一个幕友道："魏参政带了谢枋得进京，却叫我们拘住他的家小，不过是逼挟他投降的意思，并不曾叫处死了他。今无端出了这件事，万一枋得到燕京肯投了降，不必说也是执政大臣，区区一个县令，如何抗得他过！万一他报起仇来，怎生抵挡？不如把他儿子放了，待他自行盛殓，我们再备点祭礼去致祭，或者可望解了这点怨气。"弋阳令依言，把定之放了，不敢难为他，反道了许多抱歉的话。

定之听说母亲没了，不暇与他周旋，飞奔到狱中，伏尸痛哭一场，奉了遗骸回家，备棺盛殓。弋阳令即日便来致祭。

定之没了母亲，一心又记念着父亲，盛殓过后，即奉了灵柩，到祖茔安葬。葬过了，便想赶到燕京去省视，收拾过行李，到他姊姊葵英家来辞行。

原来枋得有一女，闺讳葵英，嫁与安仁通判周铨为妻。安仁失守时，周铨死节。葵英当时便要殉夫，因为未有子女，要寻近支子侄，代周铨立嗣，所以守节在家。又因连年兵荒马乱，周氏家族，转徙在外，所以未曾觅得相当的嗣子。李夫人死后，葵英奔丧回来，送过殡后，仍回夫家。

这天定之去辞行，只见葵英招了几个牙人，在那里商量变卖家私什物。

定之问是何意。葵英道："我自有用意之处，慢慢我告诉你。"一会儿，议价已定，即行交易，除了随身衣服不卖之外，其余一切钗、环、首饰、细软、粗笨东西，全行卖去，只剩下一间空房子和一个人。众牙人纷纷去了，定之便告诉了到燕京去的话。葵英道："这是要紧的事。我想父亲到了燕京，一定奉身殉节。你此去能赶上送终最好，不然也可以奉了遗骸，归正首邱。"

定之道："姊姊今日变卖了东西，是何意思？"葵英道："当日安仁失守，丈夫殉国。我视息偷生，想要择子侄辈，立一个后。谁知直到今日，仍未有人。我想皇上江山，也有不保之日，我们士庶人家，便无后又怎么？所以决意不立后，把这些东西卖了，我要在村外河上造一座石桥，以济行人，倒是地方上一件公益的事。你到燕京去，早点回来，看我行落成之礼。"

定之便别了葵英，径奔燕京。及至赶到，枋得已经没了两天了。恰待要盛殓时候，便恸哭一场，亲视含殓，就在寺内停灵。一时燕京士大夫，无论识与不识，都来吊奠。和尚又送了两坛经忏。

一天郑虎臣备了祭礼来祭吊。他们在仙霞岭是相会过的，行礼已毕，便留住谈心。让虎臣上坐，定之席地坐下，问起虎臣在此的缘由。虎臣把自己的意思表白一番，又道："我身虽在此，然而'攘夷'的意思，是刻不敢忘。

前回阿剌罕有谏止伐日本的意思，被我一阵说转了他的心肠，便起了五十万大兵，假道高丽而去，杀了个大败而回。好得他不信我们汉人，凡当兵的都是鞑子。我不须张刀只矢，杀他一阵。他去时是五十万人，回来时剩不到五万。虽然不是我手杀他，然而借刀杀人，也出出我胸中恶气。从此之后，我总给他一个反间计，叫他自己家里闹个不安，然后在外面的才可得隙而攻。"

定之道："这等举动，深心极了，但能够多有几个人更好。"虎臣道："仙霞岭上，倘有与我同志的，不妨到此。我可以设法荐到鞑子那里去，觑便行事。须知时势已经到了这个地位，徒恃血气之勇，断不能成事的了。"

　　二人又谈了良久。虎臣问起定之有枋得的遗墨没有？定之问是何意。虎臣道：“有一个张弘范的门客，得了一纸文丞相的遗墨。我用重价买了来。因想起文丞相和谢先生，一般的大义凛然，使宋室虽亡，犹有余荣。意欲再求得谢先生遗墨一纸，装裱成册，以志钦仰，并且垂之后世，也是个孝忠的意思。”定之道：“张弘范的门客，哪里会得着文丞相的字？这就奇了。”

　　虎臣道：“据说当日张弘范掳了丞相，载在后军，进逼崖山时，张将军竭力守御，弘范叫文丞相写信，劝文丞相投降。丞相不肯写，逼之再三，丞相便提笔写了一首‘过零丁洋’诗。弘范无奈他何，只得罢了。那门客顺手把牙人①。他捡了，夹在护书里，所以得着了。我明日拿来你看，只乞有谢先生遗墨，赐我一点。”定之道：“只要行匣中携得有的，自当奉赠。”说罢，虎臣辞去。

　　到了次日，果然拿了一幅笺纸来，展开一看，只见笔墨淋漓的，先写下一行题目，是：“过零丁洋旧作一章录寄范阳张将军。”诗云：

　　　　辛苦遭逢起一经，干戈落落四周星。
　　　　山河破碎水飘絮，身世浮沉雨打萍。
　　　　惶恐滩头说惶恐，零丁洋里叹零丁。
　　　　人生自古谁无死，留取丹心照汗青。

　　末后只押了“文山”二字。二人同看了一回，相与叹息一番。定之道：“前两年先父曾作了两首示儿诗，写了两份：一份给家兄，一份给与我。此诗我常随身带着，便觉得先君常在左右。郑兄既然欲得先人遗笔，就当以此奉赠。好得家兄处还有一份，我兄弟同有了，也是一样。”虎臣连忙拜谢，定之取出来看时，诗云：

　　　　门户兴衰不自由，乐天知命我无忧。
　　　　大儿安得孔文举，生子何如孙仲谋！
　　　　天上麒麟元有数，人间豚犬不须愁。
　　　　养儿不教父之过，莫视诗书如寇仇。
　　　　千古兴亡我自知，一家消息又何疑。
　　　　古来圣哲少才子，世乱英雄多义儿。

----

①　牙人——买卖介绍人。

靖节、少陵能自解，孔明、王猛使人悲！

只虞错改"金银"字，焉用城南学功诗。

虎臣看罢，不胜大喜。重又拜谢。便拿去装裱起来，以示后世去了。

这里定之料理丧务已毕，便择日扶了灵柩，回弋阳来。晓行夜宿，不止一日，到了玉亭乡。却见他那葵英姊姊，归宁在家。姊弟相见，一场痛哭，自不必说。将灵柩奉至中堂，安放了几天，便又送至祖茔上安葬了。

葬事已毕，葵英对定之道："我起先变卖什物，要造一座桥，以济行人。谁知工程做了大半，还未完成，我的钱已用完了，只得把房子也卖了，完此工程。"定之道："既然如此，姊姊便可常住在家里，此时父母俱已亡故，骨肉无多，姊姊在此完聚，也是求之不得的事。"葵英道："喜得这桥，刻下已经完工。我二人可到桥上，行个落成礼。"定之道："如此也好，但不知要用甚礼物？"葵英道："不必礼物。不过到那里看看，行礼是个名色罢了。"

于是二人同到了桥上，果然好一座坚固石桥。二人步至桥中，葵英倚走桥栏，对定之说道："此时父母葬事已毕，贤弟之事已了。周氏无子侄可嗣，我尽散所有，做成此桥，仰后人永远不忘。周氏虽无子嗣，似还胜似有子嗣的了。如此，我代周氏经营的事，也算完了。贤弟从此努力，勿堕了谢氏家风，勿失了父亲遗志，"说罢，一翻身跳落桥下。只听得扑通一声，水花乱溅，桥下流水正急，定之不觉大惊，忙叫救命，桥下泊的舢板小船，看见有人下水，都忙着刺篙、打桨、摇橹去救。怎奈水流太急，直赶到三四里外，方才捞起，百般解救，已是来不及了。

定之抚尸痛哭了一回。此时围着看的人不少，定之便对众人，把他姊姊毁家造桥的原委，告诉了一遍。众人听了，哪一个不叹息钦敬！一时都围着那死尸罗拜起来。

定之谢了众人，又雇人异回死者，送家备棺成殓。此时早哄动了全乡之人，个个送楮帛来奠。那楮帛香烛，竟堆积如山。

定之择了日子，送至周氏祖茔上安葬。葬这一天，来会葬的，不独玉亭本乡，万人空巷，便是邻乡之人，闻得这个消息，来送葬的也不知几千几万人。当日送葬众人，公同议定，题了这座桥做"孝烈桥"，以志不忘。后人每经过孝烈桥，莫不肃然起敬！此是后话，表过不提。

且说定之葬了葵英之后，便把门户托与邻人，只说出门有事，径望仙霞岭来。到日,恰值众人齐集在金奎处议事。胡仇亦在外回来。只因探马来报,汴梁路黄河决口十五处,鞑官驱强壮民夫堵塞,砖石沙泥,不敷所用;乃驱老弱百姓,作为堵口材料。杀人不计其数。又一路探马报到,江南大饥,元主发粟五十万石,派了鞑官到江南赈济。那鞑官奉了诏旨,将赈粟尽行吞没,到了江南,终日吃酒唱戏,百姓流离迁徙,并不过问。因此众人聚集商议。

定之到来,与众人见礼之后,先把父母如何亡故,姊姊如何就义,一一说了。

熙之一场痛苦,自不必言。众人也互相嗟叹,不免喧慰一番,然后再行开议。

宗仁道:"前者胡兄在河北路,大闹了两次安抚使衙门,当时我曾劝胡兄不必如此。为今之计,却除了行刺之外,别无他法。"胡仇道:"那时宗兄曾说过他们虐待汉人,视为常例,虽杀了他一个,换了个来,还是如此。我听了宗兄这话,很是有理,所以从此就没有动过手。何以宗兄今日又主张起行刺来呢?"宗仁道:"此中有个道理:那时胡已愤的是他们处常的手段,虽刺杀他,换一个来,自然是仍然一样。今日这个,在他们中间也是格外的残虐,杀一个,也足以警后来。"胡仇道:"如此说,我便告了这个奋勇。"

狄琪道:"徒然一杀,不彰其恶,杀之也是枉然。我意若举行此事,必要多带几个手脚灵敏之人。一面刺杀了,一面便四处获贴榜文,声其罪恶。庶几能使后来的寒心。"岳忠道:"此说极是。"

狄琪道:"此时汴梁、江南两路都要去,不知胡兄愿到哪一路?"胡仇道,"贤弟如果高兴走走,我们各人认一路。"狄琪道:"弟也因为闲住的久了,也想出去活动活动。"胡仇道:"好极! 如此我到汴梁去,贤弟就到江南。我仍旧卖药,不知贤弟怎样去法?"狄琪道:"我只到处去化缘,不卖什么。"宗仁道:"你二位都要带几个人去才好。"狄琪道:"我那里教了好几个徒弟,只拣几个手足灵敏的带去便是。"商议既定,约于明日起行。

金奎道:"你们便出去干事,只苦了我闷坐在家里,好歹要闷出病来。"

胡仇笑道:"和尚不必闷。我这番出去,好歹寻一个去处,请你出去抒伸抒伸。"说罢便随了狄琪,到苏岭选了四名矫捷少年,预备同行。狄琪自已也选了四人，留下史华看守茅庵。次日各分南北，上路去了。

不说狄琪到江南。且说胡仇带了同伴，一路向汴梁进发，在路仍然托为卖药。不止一日，来到河南境内，只见洪水滔大，那百姓转徙流离之苦，实在触目伤心。行至汴梁路，便寻了客寓住下。在路上探得元主已派了钦差，带了银钱到来赈济。及至到了境内打听时，钦差虽然来了，却"赈济"二字，绝不提起，只是逐日会同安抚使，驱役民夫，修堤堵口，却又不发给工食。

胡仇心中十分恼怒。入了客寓，到了夜静时，便和四人，分写了百十来张榜文，无非声明赃官罪恶。次日晚上，人静之后，便交代四人静等，我今夜未必就能下手，不过先去探路，探明白了，明日再作商量。

说罢，换过衣服，带了袖镖刺刀，纵身上屋，蹲至安抚使衙门里面。寻至上房，见灯火未灭。纵身跳下，向屋内一望，只见几个赃妇，围住说笑，却不见有一个男子。暗想："这赃子哪里去了呢？"再纵上屋顶，经过二堂，到了大堂，各处寻了一遍，却只不见，不觉心中纳闷。

正站在大堂上胡思乱想，忽听得仪门外一阵人声嘈杂，射出火光，连忙往上一蹿，伏在屋檐上观看。只见仪门开处，进来了一大队灯笼执事，乱纷纷的在天井里四散摆开，诸人便散。一个人嘴里嚷道："你们明天一早就来，要到钦差公馆里接大人呢！早点来侍候。"诸人一起嗷应，便纷纷出去。

这人把仪门掩上。胡仇一翻身跳将下来，把那人的胸膛攥住，拔出刺刀，在他脸上晃了一晃，道："喊了，便是一刀。"慌的那人抖做一团说不出后来。胡仇道："钦差公馆在哪里？说了便饶你。"那人抖着道："在……在……在……鼓楼前的高大房子便是。大……大王饶命。"胡仇手起一刀，把他结果了。

纵身上屋，向鼓楼前而去。寻到钦差公馆便一处处往下观看，看到花厅上，只见灯烛辉煌，笙歌竞奏，里面坐了两位赃官，相对饮酒。两旁坐了十多个妓女，在那里奏乐度曲。四个家人侍立行酒。另外一个官儿，在廊外拱手侍立，十分卑恭。

胡仇左右张望，只见东面一条夹弄，走过去一看，却是通连厨房的所在，弄内有一个小门，便轻轻落了下来，把夹弄门关住了，闪到院子里，把通到前面的门，也关了，翻身上屋，留神往下观望。只见一个家人，走到夹弄里去。胡仇轻轻的一镖打去,只听得呀的一声倒了。里面听见声息,便跑出来了两个家人,胡仇接连又是两镖。真是镖无虚发,一起并倒。第四个正要出来看时,胡仇早飞身下地,手起刀落,撇去了半个脑袋。大踏步上前,一手握刀,一手指着两个鞑官,骂道:"好个害民贼,百姓何罪?你要驱他们做堵河口的材料。鞑酋发放银米赈济,他那银米也不过取于民间,仍以散于民间。你何得一概乾没,吞入私囊?我今日杀你为民除害。"说罢,手起刀落,砍了一个。那一个正待要走时,被胡仇兜胸捉住,双手举起,往阶下一丢,只撞得脑浆迸裂。

肝脑涂地,却报他主恩去了。

回头看廊下侍立的官儿,早已伏在地下,抖做一团。再看厅上时,却是溅满一席的鞑血。那十多个妓女,也有跪在地下磕头的,也有哭的,也有互相拥抱的,也有吓呆了不会动的。胡仇先把那官儿一把提起来问道:"你是个什么官?是鞑子,还是汉人?"那官儿战兢兢的道:"我是祥符令,是汉人。"胡仇一丢手,四下里一望,见院子里搭着凉篷,有两根扯凉篷的绳子,便拿刀割取下来,把那十多个妓女,都反绑着,鱼贯的拴起来;连那祥符令也拴在一处。又割下几幅妓女的裙来,把各人的嘴都堵塞住了。又取了一块布,醮了血在墙上大书"皇宋遗侠胡仇为民除害"十个大字。回身向祥符令道:"我姓名也写下了,你认清楚我,明日好画影图形的拿我,我且在你这媚敌求官的脸上,留下点记认。"说罢,举刀在他脸上拉了两下,可怜割得血流满面,嘴被堵住了,又嘶叫不出来。胡仇早腾身上屋去了。

不知后事如何,且听下回分解。

第二十三回

疯道人卖药济南路　郑虎臣说反蒙古王

却说胡仇杀了两个鞑官，安置了祥符令。腾身上屋，侧耳一听，正值三更三点，遂蹿回客寓，对四个同伴说知。忙叫四人，连夜分作四路，去张贴榜文，并须逾城出去，城外也要张贴起来。四人领命而去，约过了一个更次，便陆续回来。五人议定，一早动身，四人先回仙霞岭报信，胡仇还要到别处去。

次日天明之后，城厢内外，宣传贴了许多无头榜文。里正见了，便忙到县令处报，谁知县令昨夜在钦差公馆侍候未回。赶到公馆时，说花厅院门还未开。原来这院门被胡仇关了。外面侍候的人，知道有妓女在内，关了门，自不敢去叫。那厨房的庖丁，见许久不来要菜，出去打听时，夹弄门关了。

听了听，外面寂寂无声，自不必说，是在那里干什么勾当的了。越等越无声息，现成的酒肉，乐得大家吃起来，吃了个烂醉如泥，日高三丈，犹未起来。

及至外面侍候的人，见里正报说出了无头榜，榜文上说的是杀了安抚使和钦差，除暴安良的话，这才大惊。到门前窥探了半晌，不见动静，敲了两下，不见答应，益发慌了，用力撞了许久，把门撞开了。这一惊非同小可，只见钦差死在阶下，脑袋已撞成齑粉了。一个家人死在廊下，没了半个头颅。

夹弄口又是互相枕藉的，横了三个家人：各人头上都带着一支镖，一个是从脑门上打进去的，两个是打在太阳穴。花厅上死的是安抚使，首级抛在一边。

十多个妓女和县令，都拴在一处，眼光闪闪，口不能言，那县令更是满面血迹。

众人连忙过来解放，掏去口中裙布，一个个都已不能动弹。有两个妓女，竟是吓的硬直冰冷了。忙着到厨房去取开水灌救。开了夹弄门进去，看见几个庖丁,七横八竖的躺着,吃了一惊,以为都是被杀了;及至听得鼾声如雷,方才把他们乱推乱叫的叫醒了,忙着弄了姜汤开水,出来灌救,先把县令救醒了,抬回县署。里正忙着到全城大小文武各衙门去报,一时都到县署齐集。

县令一面诉说了昨夜各原委。里正呈上榜文。这才饬了通班马步快赶缉凶手,为时已经巳午之交,胡仇等已经去的远了。

莫说这里慌做一团,忙做一堆的事,且说胡仇离了汴梁路,迤逦往北而去,一路上仍托为卖药。此时大水之后,居民多患湿疮,胡仇的药,甚有灵验,买卖倒也不恶。有时遇了贫病的人,他一般的施给医药,不较药资,因此所过之处,莫不歌颂疯道人的功德。胡仇隐了真姓名,只自称为"疯道人"。

有时疯疯颠颠的唱两阕"道情",有时落落寞寞的默无一语。

一天行到了济南路。此地居民稠密,看看倒也富庶,就便觅了客寓安歇,寄顿了行李,便携了药箱,到闹市上摆起摊子来。慢慢的便有许多过往行人,围住了观看,胡仇演说了一番各种药品的功效,见无人来买,便敲起铜钲,装出疯态,口中说道:"'道人四海可为家,茫茫何处是中华?炼成再造乾坤散,要觅英雄付与他。'自家疯道人是也。历尽名山宝利,采尽异卉奇葩,修合成药,普济世人。这且不在话下。年来于修合各药之暇,更炼就一服空前绝后之圣药,名为'再造乾坤散'。奔走天涯,要觅一位有道之士。奉赠与他;怎奈南北奔驰,都无所遇。今日初游贵境,知历下是我们中华古圣帝耕钓之地,山明水秀,或有奇人郁育其中,也未可定。说起这'再造乾坤散'修合的药料,也极平常。不过用英雄眼泪一掬,豪杰肝肠全副,忠臣心一片,孝子魂一缕,烈士血一腔。这几味药,难得起来,天壤绝无;易得起来,人人尽有。被贫道采取齐全,炼成此散。并不卖钱射利,只求得一位英雄有道之士,便双手奉赠与他。唉!常言道:'说话赠与知音,良马赠勺将军,宝剑赠与烈士,红粉赠与佳人。'今日再无所遇,贫道又要含泪出济南城去也。闲时编了几阕俚语'驻云飞',既然无人买药,不免唱来消遣则个。唉!甚的来由呀!甚的来由?

'甚的来由?南渡偏安忘大仇。天地蒙膻臭,草木都含姤。休、酣乐眼前头,可怜身后。大好西湖,今日谁消受,索性把剩水残山一笔勾。

'甚的来由?降表甘心奉寇仇。就道仓惶走,此日真巡狩。休、往事怕回头，痛心疾首。景炎、祥兴，统绪谁承后？只得把圣祖、神宗一笔勾。

'甚的来由？举动拘牵失自由。残忍天生就，杀戮无停手。休、踩躏遍神州，家倾户覆，地惨天昏，何处堪号救？无奈把子姓黎元一笔勾。

'甚的来由？无赖衣冠等沐猴。趑趄戎、夷后，出尽爹娘丑！休、只要觅封侯，甘居功狗，雉尾貂冠，尽得他消受！情愿把黼黻文章一笔勾。

'甚的来由？甘为他人作马牛。赋税才输够，徭役还随后。休、倘不应追求，披枷带扭，子散妻离，谁个来援手？怕不把性命身家一笔勾。

'甚的来由？忘却同胞敌忾仇。南北忙忙走，敢惜悬河口。休、有志总须酬，切休罢手，奋勇争先，莫落他人后！切休把父辱君仇一笔勾！

'甚的来由？塞地充天满贮愁。国辱谁甘受？国难谁能救？休、好整你戈矛，男儿身手。锦绣江山，未必难仍旧！哪肯把赤县、神州一笔勾。'"

这七阕"驻云飞"，总名叫做"七笔勾"。唱完这七阕之外，照谱上还有一阕"尾声"。

当下胡仇才唱完了这七阕，那"尾声"还没有唱出来，人丛中便走出一条大汉来，对胡仇拱手道："请问道长所炼之药，可曾分赠过人？像我要拜求一服，不知还肯施舍否？"胡仇举眼看时，那人身长八尺，气象凛然，仪表非俗，连忙稽首回礼道："贫道适才说过，并不曾遇见知音，所以还不曾赠过他人；然而内中或者有聪明人，默为领去，也未可知。"那人道："道长说要遇了英雄有道之士，方才肯送。不知像我这等粗人，还能领受否？"

胡仇道："居士要领受，便自去领受，又何必贫道赠送？不敢请问居士贵姓大名？"

那人道："我姓黎，舍间不远。可否请仙驾过临，以便拜领圣药。"胡仇道了声："打搅不当。"便收拾过药箱，卷了布招，随那姓黎的去，走不多路，转过两个弯，到了一个门首，敲了两下门。里面童子开出门来，便让胡仇进去。转过一个小小院落，南北对着，一式的三间平屋。

姓黎的让胡仇北屋里坐下，放声大哭，纳头便拜。胡仇大惊，连忙扶住道："居士何故悲恸？"姓黎的拜罢起来，道："道长，你道我果然姓黎么？我本是姓李，名复，字必复，今年三十岁。先父名坛，初时不该听了人言，降了蒙古，派来镇守此城。宋朝理宗皇帝景定三年，投诚反正，便举此城归宋,拜表乞师求援,一面移檄邻近各处,同心归宋。一时益都、涟、海等处,皆闻风响应。那时留梦炎还在南朝,理宗皇帝命他带兵北来,他只观望不前。

蒙古兵大至。先父把守不往,被他攻破城池,自投大明湖内,水浅淹不死。

被蒙古兵捉去,遂与先兄彦简,同时被害。其时我尚在母腹。先母本是外宠,另外置备房屋居住。城破之日,先父预嘱先母,说:"倘他日生的是女,便不必说。若是生子,可取名曰复。令其长大,为父复仇之意"。其时幸居住别业,未曾波及。先母生下我来,就在此度日。改姓为黎,以避耳目。我长到十六七岁,先母才把这话告诉我,屡次想投奔南朝,又以老母为累。三年前先母弃养,又闻得南朝已经亡尽。可恨我抱了这报仇之志,没处投奔。适才听见道长所唱,不觉触动心怀,流下眼泪,乞恕鲁莽。道长有何可以复仇之策? 尚求指教。"胡仇道:"居士孝心壮志,令人可敬,此时若说报仇,只须自己去报,何必再要投奔他人? 据贫道看来,此时人心思宋。居士若肯举义,怕没有响应的么!"李复道:"话虽如此,若没有一个赵氏之后,奉以为君,只怕人心不服。"胡仇道:"此事只能从权办理。此时我们起义,只要代中国争社稷,并不是代赵氏争宗庙;若必要奉一赵氏为君,莫说此时没有,就有了,或者其德不足以为君,又将如何? 总而言之,中国者,中国人之中国,只要逐去鞑子,是我们中国人之有德者,皆可以为君。只问有德无德,不问姓赵不姓赵。若依居士的办法,是终久无有报仇之日的了。"李复道:"道长之言,顿开茅塞。但不知此时他处地方的民心如何?"胡仇道:"依贫道看来,人心思宋,是一定的,不过此时是在他檐下过,不敢不低头罢了! 况且鞑子又禁止汉人,不准携带军器,连劈柴切菜的刀,都是十家合用一把,自然急切不能动手。倘有一处起义,只怕草泽英雄,还不乏人!"李复道:"谈了半天,还不曾请教道长贵姓道号? 仙乡何处?"胡仇道:"贫道姓胡,临安人氏,没有道号,就叫了'疯道人'。今日遇了同志的,我也不必隐瞒,实告居士。我并不出家修道,不过是乔装打扮,掩人耳目,借着卖药为名,到处访求英雄,以图恢复中国。居士若有此意,我可以代为招致几位英雄相助。"

李复大喜道:"不瞒道长说,此处便是先父别业,后面有一座小小花园,里面窖藏颇富,就是兵器也不少。平时我也结识几个市井少年,只没有调拨的人，不敢造次。道长能代招致人才，真是我三生之幸。"胡仇道："此时且不可造次，并不可泄漏于人，待我星夜赶回南边去，再寻几个同志，南北相应，方为妥当。"李复大喜。

二人又长谈了良久，胡仇方才别去。次日即雇了快马，赶站回南。在路不止一日，到了仙霞岭，恰好狄琪也回到了，众人正聚在马头岭岳忠那里，单单不见了史华。

原来狄琪到了江南，乘夜刺杀了两个放赈钦差，把八个随员，都割了耳朵，叫他们回燕京去回话。一面张贴榜文，等到天明时，全城大乱。他索性振臂一呼，把各处仓库都打开了。一众饥民饱掠一顿，他却乘乱跑了出城，赶了出境，各处云游了一回，方才回来。因为失了史华，闷闷不乐。

宗仁道："大约他出去玩几时，就回来的，何必念他？"狄琪道："我料他此去，未必回来的了。我因为他虽然已经二十多岁，见了人，还是腼腼腆腆的，所以虽然教了他几路拳脚，那飞走跳纵的法子，并未教与他。这回他要跟我出去，被我说了他几句，说他一点志气也没有，怎能跟我办这等事？他大约怪了我这句话，便不别而行的去了。"胡仇道："我看他生得唇红面白，犹如女子一般，不料倒是受不得气的。"宗仁道："等过些时，再去寻访他也未晚；或者过几时，他的气平了，会回来也说不定。"

胡仇道："正是。我们不必尽着谈他，还有正经大事呢！"说着，便把李复一节事，告诉了众人。狄琪拍手道："却是巧事。我今番在江南，也结识了两个人：一个杨镇龙，一个柳世英，都是浙江人。因为江南大饥，他两个暗中带了巨款去暗中散放，顺便招致英雄。据他说：'在原籍已经有了万余人。此番散赈完后，便打算回去起义。'"胡仇道："有了此处，便可与李复相应；只是李复势孤，我们必要派人去帮助他才好。"金奎道："好，好！你前番临走时，说好歹找个地方，让我抒伸抒伸，今番敢就是我去。"

胡仇还没有回答，忽报说清湖镇唐珏来了。众人忙叫请入。不一会唐珏领了一条好汉来。唐珏向他通过众人姓名，然后那汉自言："姓董，名贤举，广州人。特由广州到此相访。"岳忠便道："壮士远来，有何见教？"董贤举道："闻得从前跟张元帅的一位宗将军在此，特来拜访，并有所求。"岳忠道："能效力之处，自当遵命！"董贤举道："恰才在唐家店，听唐君说起，此处尽是忠义之士，料来说也不妨，我在广州，暗集钱粮，私招人马，部下已有了万余人，打算起义，恢复中原。一日得势，更当水陆并进，奈苦于水师训练无人，要求宗将军枉驾到那边走一次，便当以水师相托。"宗仁指着宗智道："这是舍弟宗智，曾经跟过张将军几年。不知壮士何以知道？"

董贤举道："惠州有一位义士，姓钟、名明亮，也与我们同志，在那边也集了万余人。我们常有往来，是他说起，因为他有一个贴身的护勇，是当日代文丞相看守曾太夫人厝所的，宗将军到那里起运灵柩时，曾对那看坟的说过，运柩到吉州安葬之后，就要到仙霞岭，因此知道。"宗智道："败军之将，不足与图存。何况当日跟随越国公，不过因为略谙水性，图个进身，至于训练之事，恐不能当此重任。"董贤举正待开口，宗仁先说道："这是公众的义举，你力所能为的，倒不必推辞。"董贤举大喜。

当下岳忠便叫置酒相待。这一班都是一心为国的人，酒逢知己，自不必说。大家谈起起义的事，岳忠又指拨了一百名探马，代他们互通消息。又差人到浙江去打听杨镇龙、柳世英的举动。狄琪顺便附了一封信去，也不过是通知又多了两路同志的话。

只有金奎急着，要到济南路去。岳忠道："那边人少，自然应该要去；但不知你一个人去，还是带了众人同去。"金奎道："既然那边人少，自然要多带人去。我打算把五百僧众，都带了去呢。"岳忠道："你那一班高徒，虽然剃了发，却一个个都还是用的在家名字，不曾有个法号，怎么好出去呢？"宗仁道："这个容易。编取了五百个名字，叫他们各记一个就是了。只是金将军也要取一个法号才好。"金奎道："那回公荩送我一个表字，叫做国侠。我今番就用了它吧。"宗仁道："这个不像和尚名字。"岳忠道："把'国'字去了，改做'侠禅'，不就好么？"金奎道："好！我就用它。"

是日尽欢而散。留下董贤举盘桓了两天，宗智便同他到广州去了。

这里岳忠和宗仁，把五百僧众，都取了法号，分作三个一起，两个一起的，陆续向济南路去。一面交代，到了那边，随意投在寺院里挂单，在那边静心等候，哪怕等一年半年，没有机会，切不可妄动。到那边时，彼此不是同行的，只作不相识。胡仇又写了一封信给侠禅，带与李复。切嘱千万慎密行事。从这天起，每天打发几个起身，又交代分路而走：一起走淮南，一起走淮西，不可同行。一连打发了一个多月，才打发完了。末后是侠禅起身，众人不免一番钱送。僧众尽行后，宗仁便剃了发，到寺里住持。另外再招了愿剃发的三四百人，在内为僧，依然旧日规模。

　　胡仇看见僧众去了。只等各路约期举事，便要到燕京去打探消息，仍然背了药箱，装做道人。一日到了燕京，打听郑虎臣，却不见了，心里好生纳闷，只得在闹市上摆摊卖药。

　　卖了两天，忽然一个小厮走近前来，作了一揖道："师伯几时到此？"

　　胡仇抬头一看，不是别人，正是史华。不觉惊道："你几时到这里的？你师傅想你呢！"史华道："此时不便说话，师伯住在哪里？我晚上来。"胡仇告诉了他。

　　到了晚上，他果然来了。胡仇问他："为甚到此？"史华只是低头不语。

　　胡仇又问："郑虎臣可曾见着？"史华道："我到此就是投他，为何不见？"

　　胡仇喜道："他此时在何处？"史华叹道："此时只怕见不着他了。"胡仇忙问："何故？"史华道："上半年一个蒙古王来觐见，和阿剌罕往来颇密，因此虎臣也认识了那蒙王的门客，谈得投了机，那门客便把他荐在蒙王那里。他便辞了阿剌罕，来投蒙王。那蒙王名叫'明里铁木儿'，生性浮躁。不知怎的，被虎臣说动了他的心。星夜回蒙古去，起了本部兵，顿时造反，要打入燕京，争夺天下。起先的声势，好不厉害！陷了几处城池，占了几处山寨，在哈斯图岭，立了中军。这里屡次调兵遣将，都不能取胜。后来元主亲征去了。自从他亲征之后，便叠获胜仗。今天早起的军报，是已经攻下了哈斯图岭，获住了明里铁木儿了。如此说，虎臣纵不被擒，也死在阵上了。岂不是从此不能相见么！"胡仇惊道："你此刻到底在哪里？这种消息如何得知？快告诉我。"史华道："我此刻有一句话请问师伯，请师伯教了我，我再讲未迟。"胡仇道，"你要问什么？"

　　要知史华问的是什么话，且听下回分解。

第二十四回

侠史华陈尸燕市　智虎臣计袭济南

却说史华把郑虎臣说反了蒙古王一节，诉说了一遍之后，因见左右无人，又说道："前回师怕和我师傅，分头到汴梁、江南那回事，到底为着什么来？"

胡仇道："你这个问的奇怪，难道你不知道么？"史华说："我知道不过是为民除害罢了；然而今日害民之政，比那个厉害的还有呢！"胡仇惊道："草菅民命，吞没赈款，这个害民，是了不得的！不知还有甚事比这个厉害？"史华道："草菅民命，吞没赈款，不过是一个人做的事，害的是一处地方。比方他派了个好人去，便不至如此。他此刻中书省立了个规措所，名目是规划钱粮，措置财赋，其实是横征暴敛，剥削脂膏。把天下金银都搜罗到他处，然后大车小载的运往蒙古。这里却拿出些绫绢来，写上几个字，用上一颗印，当现钱叫你们使用，叫做什么钞法。我们中国统共能有多少金银，禁得他年年运回去，不要把中国运空了么？"胡仇道："这个果然是弊政，比那个厉害。你既然说得出来，必要有个处置之法。"史华低头不语。胡仇道："你此刻在哪里？到底做些什么事？"史华道："此时不便说，我也不敢说，说出来辱没了我师傅，只要久后便知。我此刻还有事，不能久陪，暂且告辞，改日再来领教吧。"说着辞去了。

胡仇不胜纳闷，想着他那闪闪烁烁的十分可疑，想过多时，只得搁起，连日仍然在外卖药。忽然一天传说元主回京，跸路清尘，所有一切闲杂人等，俱要赶绝。胡仇卖药摊，本来设在正阳门外，此地为跸路必经之所，这一天清道，便被赶开。一连三天，不能做买卖。

这一天传说御驾已过，仍旧可以摆摊了。胡仇背了药箱，走出寓门，忽然听得街上三三两两的传说："中书府出了刺客，好不厉害！"又有人说："统共不过二十岁上下的人，便做刺客，怪不得把自家性命也丢了。"胡仇听了，十分疑怪，怎么这里居然也有同志，既然能行刺，为甚又把自家性命丢了？

正在胡思乱想，忽见迎面来了个老者，像是读书人打扮，在那里自言自语道："杀人者适以自杀，不度德、不量力，其死也宜哉！"胡仇向他打个稽首问道："请问老丈：这不度德、不量力的是谁？"那老者道："道人有所不知。我们这里一位卢中书，昨夜被所用的一个小家人刺杀了。那小家人刺杀主人之后，知事不了，即自刎而死。此刻陈尸教忠坊，招人认识，如有能认识者，赏银一百。你这道人何妨去看看，如果你认得他，包你发一注横财。"

胡仇听了，谢过老者，径向教忠坊而去。到得那里，只见围看的人，十分拥挤，胡仇分开众人，挤了进去，只见陈尸地上，旁边插了一支木杆，挂了赏格。再看那尸身时，不觉吃了一惊，原来不是别人，正是史华。心中惊疑不定，旁观的人，议论纷纷，有笑的，有骂的，有叹息的，忽然人丛中跑出一个人来叫道："老四：你看这个字条儿。这是今天早起，官府相验，在他身上搜出来的一张字，拿去存案。我方才到衙门里去，问书吏抄来的。"

说罢，递过一张纸。这个人接在手里，展开观看。胡仇连忙走近一步，在那人背后一望，只见写着："卢世荣暴敛虐民，万方愁怨。吾故隐身臧获，为民除害，欲免拷掠，故先自裁"云云。胡仇看罢，不胜叹息。便不去卖药，背了药箱，仍回寓中，暗想："好个有志气的史华！因为他师傅说得他一声脯腆没用，他便做出一场事来。怪得我问他做什么事，他不肯说，说怕辱没了师傅，不知你肯降志辱身，做这等事，正是为人所不能为呢！此时卢世荣家，不知乱的怎样，今夜我不免去打听打听。"

于是挨至夜间，穿上了夜行衣，飞身上屋，向中书府去，只见宅门大开，灯烛辉煌，大小家人，一律挂孝，中座孝幔内，停着尸灵，妇女辈在内嘤嘤啜泣。廊下左侧厢，有一条夹弄。胡仇在屋上越过夹弄，望下一看，却是另外一个小小院落，一明两暗的三间平屋。内中坐了七八个门客，都在那里高谈阔论：一个说："陈尸召认，是白做的；就是认得他的人，也断不敢说。"

一个说："为甚不敢说呢？现写着一百银子的赏格，谁不贪银子呢？"一个说："我们做官的，往往言而无信，早就把人家骗的怕了，这是一层；还有一层：他认得的说了出来，不怕我们翻转脸皮，说他是同党么？"一个说："不错，不错。若说认得，他在这里当家人，我们都是认得他的；不过都只知道他叫琪花,不知他的真姓名,所以要陈尸召认;倘有人知了他的真姓名,不免又要向他追查家属;家属拿到了,还不免要他当官去对质。谁高兴多这个事呢?"一个说:"这些闲话,且不必说。今日我到丞相府去报丧,并请博丞相代奏请恤典。闻得博丞相说:这恤典两个字,且慢一步说。闻得陈御史还要和我们作对呢!去打听要紧。"一个说:"人都死了,还作什么对?这又是琪花的余波。这么说快点打听才好!"说着便叫了几个家人进去,问道:"你们谁认得陈都老爷宅子的?"内中一个道:"小的认得,他住在南半截胡同路西,一棵榆树对着的一家便是。"那门客道:"那么你明天清早就去打听,陈都老爷明天进朝不进,若是进朝的,打听为了什么事。"那个家人答应了,就一同退了出来。

胡仇听得亲切,暗想:"什么陈都老爷,要和他们作什么对。他方才说的,住处很明白。我何不依他说的门户,去探听探听呢!"想罢,翻身向南半截胡同而去。果然见有一棵榆树,对着一个门口,蹿到门内,只见各处灯火全无,只有南院内透出一点灯光,便落将下去。只见一个童子,在廊下打盹。胡仇悄悄的走到窗户底下,轻轻用舌尖舐破了纸窗,往内观看,只见里面有两个人对着围棋,一个八字黑须的黄脸汉,不认得。那一个正是郑虎臣。

不觉又惊又喜,然而又不便招呼。呆看了一会,只得又纵身上屋,蹲着等候。

过了好一会,才听得底下有人声,伏在檐上一看,只见打盹的童子,已经起来,打着灯笼先走,那黑须黄脸的跟着。郑虎臣送至廊下,便进去。那两人径往北院去了。

胡仇又落下来,仍在方才那小洞内张望。见虎臣一个人呆坐着,便轻轻的弹了两下纸窗。虎臣吃了一惊,回头对纸窗呆呆望着。胡仇又弹了一下。

虎臣仍是呆呆望着,不发一言。胡仇又连弹了三下。虎臣惊疑不定,问道:"是谁?"胡仇轻轻答道:"是我。"虎臣大惊,直站起来道:"你是谁?"

胡仇道:"疯道人。"虎臣益发吃惊,走近纸窗,轻轻问道:"是胡兄么?几时来的?"胡仇也轻轻的答道:"多时了!"虎臣道:"此刻谈话不便,你住在哪里?我明日一早看你吧。"胡仇便轻轻的告诉了他的住址,然后纵身上屋,回去安睡。

次日郑虎臣果然一早就来。胡仇不及他言,先要问史华的事。虎臣道:"说来这件事话长,我昨天才从蒙古回来,已经不及见他了。他当日投到燕京来,寻着我,说他师傅说他腼腆,不能办事;所以他要出来做点事,给人家看。我问他要做怎样的事。他说要我荐他去当门客。因为一时没有机会,我就留他在我处住了几天,他却十分体察人情,几天里面,把这里燕京官场的恶习,都体察到了。又对我说,当门客不便行事,莫若当家人的好。又叫我荐他当家人。我十分谏阻,他只不听。我只得把他荐给陈天祥,就是你昨天到的那里。这陈天祥表字吉甫,是一个监察御史。史华倒也欢喜。他说,得便叫陈天祥多参几个厚敛虐民的官,便是他尽心之处。谁知不到几天,被中书卢世荣看见了,喜欢他的姿色,硬向天祥要了去,做了贴身的家人。他本来改了姓,叫'李华'。这卢世荣把他改了做'琪花'。"胡仇道:"这又是何意,同他改个女孩子名字呢?"虎臣道:"这里官场,酷尚男色,也是染的鞑子恶习,所以他自愿当家人,不愿做门客。也是图易于进言,易于近身之意。他却也狡猾得很,虽到了世荣处,却还时常到陈天祥这边来,做出许多依恋的样子,说思念故主,不愿随卢氏。意思是要陈天祥参卢世荣。怎奈卢世荣方条陈了规措所,元主就派他办理,十分宠信。陈天祥不敢下手。史华又尝私对我说:'这规措所是专掣中国金钱到蒙古去的。世荣这厮意思怕中国穷的不得精光,上了这个条陈。我一定要取了他的性命,推倒他的规措所'云云。前天他把查察得世荣办规措所的弊端,开了手折,送给陈天祥。又说了句来生再报主恩的话。陈天祥也不曾在意。谁知是夜他竟刺杀世荣,自刎而死。天祥昨日得了信,随即据他所开的弊病,具了奏折。又在折尾叙明:"世荣致死,系因威迫良家子弟,致被反刃。凶手畏罪自刎'云云。我昨天到时,他折子已经写好了。今日一早具奏去了,等一会便有信息。"胡仇道:"史华对我说郑兄说反了蒙古王,为什么在此处?"虎臣道:"我说得他肯反了。到了蒙古,他竖旗起事那天,我就推说和他游说各家王子,便脱身去了。难道我还跟着他受死么?我这个是叫他自相杀戮,虚耗他的兵饷,又使他互相疑忌的意思;不然,他们一德一心修起政事来,我们更难望恢复了。"胡仇又悄悄把济南、浙江、广州各路的事,告诉了虎臣。虎臣喜道:"如此便有点可望了。还有一个蒙古王,名叫'延纳'的,不久就要反了。

知照他们，乘时举事，长驱直进，燕京唾手可得。据了燕京，南方不难传檄以定矣。"胡仇道："郑兄也应该趁此时走了，或到济南，佐理他们办事也好，因为他们那里战将有余，谋士不足。郑兄到那边去，好代他们谋划机事。"

虎臣道："我也甚想回南边去走二次，得便就行。"胡仇道："郑兄此时可是就陈天祥的事？"虎臣道："不，不过我昨天回到这里，暂时借他地方歇住罢了。只听了今天的信，再定行止。"说罢，二人又谈了许多别后的事，方才分散。

到了午饭过后，虎臣满面喜色，匆匆走来，说道："陈天祥的奏，居然准了。下了诏旨：说卢世荣办理规措所，暴敛虐民，天怒人怨，假手李华，代天行戮，死有余辜，仍着戮尸示众。李华畏罪自刎，不必追究。卢氏私出赏格，拿家属问罪，规措所着即行停止。"胡仇道："其实卢世荣已经死了，也就罢了，何必又戮什么尸呢！"虎臣道："这正是鞑子残暴的行径，也是虐待中国人的去处。如果卢世荣是个鞑子，也绝不至于如此了！"胡仇道："这么一办，好虽好，可是那一种没心肝之流，又要说什么天恩高厚，感激涕零，倒代他立固了根基了。"虎臣道："我们时刻存心恢复，他们自然时刻存心永据了。我们此刻且莫虑这个，我已叫陈天祥差人买棺盛殓史华。我们且去看看，也是送他一场。"胡仇点头应允。二人一同走到教忠坊，只见卢世荣的首级，已经用木宠盛了，挂在高竿之上。陈天祥正差了两名家人，买了棺木，来盛殓史华。二人看着殓好了，送到城外义地埋葬。

胡仇留在燕京探听消息。虎臣便问胡仇要了一封介绍信，径奔济南，投李复来。李复得了胡仇书信，便延请虎臣，在花园里居住。

此时侠禅已到了多时，只是觑不着机会下手，问起带来的僧众，知道都散在各寺院里居住。虎臣道："且等我住过两天，到外面去看看形势，少不得没有机会，也要做他一个机会出来。"从此郑虎臣便天天到城外各处去查看地势，一天出了南关，顺着大路走去，沿途观看野景，也忘了路之远近，不觉走到一山，山下有几家居民，路旁放着两乘山轿，轿夫过来问："可要坐轿子？"虎臣便问："这是什么山？"轿夫道："这是有名的千佛山，山上有一千尊佛，十分灵验。这里安抚使大人。也常来拈香的。"虎臣听说，便步行登山。只见一条石路，蜿蜒而上，过了一座牌坊，转了一个大弯,便到了半山。这半山上有一个大庙宇,庙内倒也十分宽敞,僧众也不少。从庙后转出去,又有许多小庙,都有和尚住持。虎臣游过了,便回到大庙里,走入客堂。便有知客和尚来献茶。虎臣闲闲的问道:"宝刹共有多少高僧?"

和尚道:"本庙的不过四五十人,近来倒是挂锡的客师甚多。"虎臣道:"我在山下就听说宝刹菩萨十分灵验,这里安抚使也常来拈香。"和尚道:"安抚使爱大人,时常来此,倒不是为的拈香。敝庙方丈是一位蒙古高僧,曾经封过国师,与爱大人是相好的,所以常来谈天。"虎臣又应酬了几句套话,然后辞了和尚,循路进城,回到李复家里。

恰好李复接了仙霞密报,知道广州、惠州、临安一带,都约定了九月起事。虎臣道:"此时已过了中秋,转瞬便是九月,我们此地也不可不预备。"

李复道:"计将安出?"虎臣道:"此处安抚使是哪一个?"李复道:"是爱呼马。"虎臣道:"侠禅此刻不可安坐在家里,赶到各寺院里,知照伙伴:从今日起,陆续都到千佛山庙里挂单。限于九月初七日取齐,不可有误。"

侠禅道:"千佛山我也去过一遍,我们伙伴已经不少。"虎臣道:"要借他那里办事,众人不能不到那里。你且去招呼了,我再告诉你的法子。"侠禅答应去了。

虎臣又问李复:"平日结交的市井少年,共有多少人?"李复道:"共有二千人光景,要是他们再转代招呼起来,大约可得三四千人。"虎臣听罢,点头筹划。一面叫李复陆续打发二百人扮作客商,暗藏军器号衣,到益都去。

记准了九月初十、十一两天,大家留心,听得城中连珠炮响,便一起动手,不可有误。这就近只有益都有重兵,先取此处最要。李复依言,分派去了。

直等到九月初七这天,虎臣才授了计策与侠禅,叫他去行事。又拨了十多名市井少年,暗地跟随了去,听受指挥。又叫李复暗暗把号衣军器,分给众人,只听初九日城中炮响,便一起动手。分拨已定,只在家里坐待时候。

却说侠禅领了虎臣的计,径奔千佛山来,见过知客和尚,说明来挂单一宿，明日便行。那知客和尚，见他相貌狰狞，心中未免有些害怕，无奈禅林规矩如此，只得把他留下，侠禅暗中查点，见自己伙伴，约已到齐，便悄悄的告诉了众人，明日早饭时，如此如此。众人都点头会意。一宿无话。

次日早起，饭厅上高敲云板，主客各僧，都鱼贯而入，各就座位，念了一声阿弥陀佛。方欲坐下，侠禅忽然举起饭碗，向地下一掷，大吼一声："与我下手！"仙霞岭上，一众和尚，便一起动手，两个缚一个，把本庙僧人，一起都缚起来，不曾走了一个，连那使役人等，都捉住了。

侠禅一面分拨五十人守住山口，提防走了人，一面拨人到后面小庙里捉拿和尚。自己抢起锡杖，径奔方丈而来。那方丈里的鞑和尚，在那里割烧牛肉下酒，旁边还放着一碗热腾腾的大蒜煨狗肉。侠禅大吼一声，举起锡杖，当头打去，鞑子和尚未曾提防，被他这一下，打得脑袋破裂，脑浆迸流，倒在地上，挣了两下，就不动了。侠禅大怒道："好个不耐杀的东西，怎么手也不回就死了。"一脚把尸首踢开，出了方丈，督着众人，把本山和尚，都押入空房，锁禁住了。

然后饱餐一顿，取出一个字帖，差一个伙伴，送到安抚使衙门里去。看官，你道这是什么帖？原来是郑虎臣预先写下的，冒了鞑子和尚之名，约爱呼马初九日到千佛山登高的。爱呼马得了帖子，便回说："明日准到。"侠禅吩咐众人，个个准备。

到了初九那天，又差一名和尚去催请。爱呼马便传齐执事，带了五十名亲兵，鸣锣开道，作张盖游山之举来了。刚刚来到半山，牌坊底下，便有许多僧人排班迎接。轿子抬到山门之外，爱呼马下轿。执事亲兵，都在门外侍候。

爱呼马步入庙来，见两面僧人，排班站立，独不见方丈迎接，心下疑惑，便问道："如何不见方丈和尚？"和尚回道："今日老和尚偶抱小恙，请到方丈里相见吧。"爱呼马径到方丈里来，一脚才跨进了门，侠禅早在里面提着锡杖等候多时，一见爱呼马进来，手起杖落，劈头打去。爱呼马本是一员战将，虽然未曾提防，却也身手敏捷，连忙往旁边一闪，正待喝问，第二杖又劈头下来，忙伸两手去挡接。不提防这一根锡杖，是镔铁打成的，有五十斤重，侠禅的气力又大，这一接，把他的虎口震开了。连忙松手，大叫："亲兵何在？"叫声未绝，腰上早着了一下，被侠禅一搠，直搠到天井里去，横卧在地，正要挣扎起来，背上又连着两下，便呜呼哀哉了。侠禅径奔出来，指挥众僧，把执事亲兵围住了，捉的捉，杀的杀，不曾走了一个。

不知以后如何取济南，且听下回分解。

第二十五回

赚益都郑虎臣施巧计　辞监军赵子固谢孤忠

却说侠禅受了虎臣之计,赚爱呼马到千佛山结果了。又围住他的执事亲兵,杀的杀,捉的捉,不曾走漏了一个。即剥下号衣,叫跟来的市井少年穿了,扮作亲兵,飞马进城,到文武大小各衙门禀报。只说安抚使在千佛山得了暴病。众多官员,得了此信,便都匆匆的到千佛山去请安问病。侠禅那一根禅杖,未免又劳动它逐一结果。

虎臣探得众官都已出城,便到安抚使署前,放起三声轰天大炮,不一会,刀枪林立,剑戟争光,一众好汉,都来齐集,听候号令。虎臣一面分兵到四门,砍倒了守门兵弁,摧倒了腥膻臭恶的鞑旗,换上光明正大的宋家旗号。

一面打开了监牢,放出了犯人,自己却亲身杀入安抚衙门,首先收了文书印绶,出榜安民。李复带了兵士,出城去会合侠禅,恰好在半路相遇,会齐了同进城来。李复亲提各和尚来问话,内中是汉人,尽都释放,仍回本庙,是鞑子,都拿去砍了。虎臣备了文书,差一名精细兵士,到益都去投递。又叫侠禅带了本部五百禅兵,受了密计,先到益都城外一百里地方埋伏,倘遇了益都兵来,不可放过,就便截杀。叫李复镇守济南,自己却带了五百兵士,扮做难民,径奔益都来。

却说益都守将是葛离格达,拥了一万重兵,镇守益都。这天接了一封文书,内言济南起了土匪,请发兵来弹压。葛离格达看了文书,便派一员副将,带了五百鞑兵前去。这员副将名唤宋忠,得了将令,领兵便行,走不到百里之遥,忽听得一声鼓响,树林内拥出一队和尚。为首一员,生得面貌狰狞,虬髯倒挂,手抢禅杖,大喝:"侠禅在此,谁敢过去?"宋忠纵马上前问道:"你既是出家人,为甚不去念经礼佛,却来造反?"侠禅更不答话,纵马出阵,抢起锡杖便打。宋忠忙举枪相迎,战不三合,被侠禅一杖打落马下。挥兵掩杀,这五百和尚,都是侠禅亲自教出来的,操练了几年,今日新硎初试,勇气百倍。这五百名鞑兵,不够他们一阵,还嫌杀的不尽兴。

侠禅约住众人，仍旧埋伏林内。

不多一会，又有一支兵到了。原来郑虎臣首先到了益都，又递了第二道假文书，只说济南被围甚急，专待救兵一到，里应外合。葛离格达连忙又叫一员副将，名唤胡突的，带了一千鞑兵，兼程进发，会合宋忠，同援济南。

侠禅截住去路厮杀，五百僧众，便向敌阵冲入，横冲直撞，鞑兵大乱。胡突措手不及，被侠禅一杖打死。杀得尸横遍野，方才鸣金收军。

那边郑虎臣赚得葛离格达两次出兵，便叫五百僧众假扮难民，一拥入城。口称济南已失，只得弃家，逃难到此，围住了镇府衙门求赈。葛离格达大惊，便集众将商议，遣兵救援。一将出禀道："末将虽不才，愿领兵克复济南。"

葛离格达看时，却是乌里丹都。这乌里丹都，从前与葛离格达是同僚，一同跟了伯颜、张弘范入寇宋室，后来他贻误了军机，被伯颜参了他一本，便奉旨革职。他要谋开复原官，就想投营效力，怎奈没有人肯收他。后来葛离格达出守益都，他仗着同僚之谊，便来投奔，葛离格达收在帐下。此时听得济南有失，便出来讨差，葛离格达大喜道："将军克复了济南，我当奏闻朝廷，开复将军原官。"便拨了三千人马，交乌里丹都，即刻启行。乌里丹都奉了将令，即刻起身。益都百姓，看见一天之内，连起了三次兵；又见那假扮的难民，说得土匪怎生厉害，一时人心大乱。

且说乌里丹都，领了人马，离了益都，径奔济南，走了百里之遥，只见两旁树木丛杂，天色已晚，便传令扎住行营，埋锅造饭，安歇才定，忽然军中扰乱起来。乌里丹都急问："何故？"左右告道："军士掘地作灶，掘出了好些尸首。细看时，都是益都兵士，所以惊扰。"乌里丹都喝道："哪有此等事？再有妄造谣言者斩。"正传令间，忽报外面火起，急出帐看时，只见两旁树木尽着。此时九月天气，木叶黄落，着了火，犹如摧枯拉朽一般。

军中大乱，乌里丹都传令拔队起行。忽然听得喊杀连天，鼓声大震，一队和尚，在火光里杀出来。乌里丹都大惊，又不知敌兵多少，不敢恋战，带着人马，向济南路上走去。走不到十里路，只见前面一带火光，列成阵势，旌旗招展。正不知多少人马，幸得那一队和尚兵，只杀了一阵，便自退去。不如回去见过葛离格达，添兵再来，想罢，便传令回马，只见那树林内，火光迄自未熄。那树木被烧的倒将下来，塞住大路，不得前进。正叫兵士探路时,忽然鼓声大震,火把又明。先前那队和尚兵,又从两旁杀出。当先一员虬髯和尚,直接到乌里丹都马前,举起五十斤的镔铁锡杖,劈脸打来。乌里丹都接住厮杀。侠禅杀的性起,用尽了生平之力,抡动锡仗,往来如风。一杖打在乌里丹都的马头上,把马头打碎了。那马负痛直跳起来,把乌里丹都掀翻在地,跌离五丈多远。侠禅赶上,拦腰一杖,几乎打做两截。挥兵掩杀,那鞑兵夺路逃命,拥挤不开,自相杀戮,死者不计其数。看看杀至天明,侠禅方才约住众兵。

那杀不完的鞑兵,逃了性命,到葛离格达那里报信。葛离格达大惊,正欲派兵救援,忽报济南安抚使,盼救兵不到,杀出重围,逃难到此,离益都只有十里。葛离格达连忙上马,带了一队亲兵,出城迎接。出得城时,只听得城内三声炮响,猛回头看时,城头上大乱,四门尽闭。不到一会,尽换了大宋旗号。正不知何处兵来,吓得葛离格达几乎堕马,幸得标下各兵,还有五千驻扎城外,仓惶便投到营里去。

忽探马报说济南安抚使爱大人,被土匪追赶甚急。葛离格达仓惶之际,便引了一千军士,迎将上来。走不到五里路,只见一队残兵,打着爱呼马旗号,飞奔而来。葛离格达亲自出马,迎将上去。那一队兵,行至切近,忽然一声号起,众兵士一起去了头盔,全是和尚,直扑过来。葛离格达大惊,不及招架,回马便走。五百和尚,在军中左冲右突,勇气百倍。城外各营,闻警齐来救援。城内郑虎臣,率领七百少年壮士,杀将出来。正在混战之际,一连三四次报到东平、临清、东京、莱州、平度各处郡县,一起失守。此是虎臣假报,他们哪里得知。军士闻报,信以为真,一时大乱,无心恋战,簇拥着主将,寻路奔逃。葛离格达也没了主意。正在慌张之际,忽然侠禅匹马撞将过来,马头相并,抡起锡杖,当头打去,葛离格达不及招架,侧身一闪,打在肩上,翻身落马。军中大乱。葛离格达竟被众兵踏成肉酱,混杀了一阵,鞑兵四散奔逃。

虎臣收兵入城,安民已毕,留下人马,镇守益都。自己和侠禅率领五百禅兵,班师回济南去,李复迎接进城,商议分兵进取。虎臣道:"此时兵马未足,不可轻进,一面招兵买马,积草屯粮,等兵粮足用时,方可四面掠地。"

李复依言,竖起了兴复宋室的义旗,招军买马;一面差细作分往广州、浙江等处探听消息。

　　且说临安杨镇龙，本是当地一个巨富，伯颜兵入临安时，纵兵蹂躏，他家损失不少。他的父亲杨敬和母亲均被鞑子掳去，死生未卜。那时镇龙才一十八岁，乱后访寻父母消息无着，因此立志报仇。与嘉兴柳世英结为生死之交。平日阴蓄了许多敢死之士，待时而动。生平又专喜济困扶危，临安地面，人家都称他为"小孟尝"。前番江南大饥，他和柳世英两个，暗带了钱米，前去赈济，救活的不少，所有流亡无归之人，都招到临安来。喜得他家广有田园，安置上二千人，并非难事，因此人人歌功，个个颂德。镇龙见人心归服，便坐了船，亲自到嘉兴来，与柳世英商量。

　　这柳世英家世是以蚕桑为业，嘉兴一带的桑园，多半是他私产，因此也是财雄一方，所有种植桑园的佃夫，便是他的心腹。这一日家人来报说杨镇龙到了。便亲自迎出来，执手相见。延入密室，置酒相待。说起举义的事，柳世英道："这件事必要斟酌万全，方可下手。近来虽据探报，说广州董贤举，惠州钟明亮都约定九月起事。我们虽也答应了九月，然而万一没有机会，切不可鲁莽。我并不是畏缩，恐怕画虎不成，被人笑话。近来仙霞岭上各人，既与我们通了气，何不先到那里走一遭，和他们商量一个长策呢！何况我们人众虽多，却都是不曾上过阵的，战将更少，到得那里，或者可以招致几个来，便好行事了。"镇龙喜道，"如此我们便行，"柳世英道："前回听得狄定伯说：本来他们踞了仙霞岭，招兵买马的甚好；后来恐怕鞑子与他们为难，便一律都改为寺观，众英雄都改了道士和尚。我看这一着很为不妙，这番到了那边，看看形势，好歹劝他们再改回来。果然有险可守，我们也可以有个退步。"镇龙道："这个且到了那里再说。"于是二人收拾过行李，叫家人挑着同到仙霞岭来，一路上水船陆马，夜宿晓行，不在话下。

　　一天到了清湖镇，天色已晚，便觅客寓投宿，恰好路旁一家大店，招牌写着"张家店沽酒寓客"。二人入内，先拣了酒座坐定，家人把行李放下，酒保便过来招呼，摆上几碟小菜，暖上一壶会稽女儿酒，在二人面前，各斟上一杯。那两个家人自然另桌去吃。酒保便问："二位还是在此歇宿？还是吃酒便行？倘是歇宿，我们此地有上等客房。"镇龙对世英道："只怕我们吃过酒，赶上山去，还来得及。"酒保道："二位是到哪里的？"世英道："我们是到福建去的。"酒保笑道："既到福建去，巴巴的赶到山上去做什么呢？我这里住一宿，明日一早起行，不舒展得多么！"世英道："那里有一个道士,是我们的朋友,要去看看他。"酒保道:"是哪个山上的?"世英道:"仙霞岭的。"酒保笑道:"客官你弄差了!仙霞岭只有和尚,没有道士。只有马头岭、苏岭、窑岭是有道士的。"世英听了,不免一呆。那酒保便去了。世英对镇龙说道:"那狄定伯明明说是仙霞岭,怎么到了这里,又说不是,莫非有点蹊跷?"镇龙道:"或者这酒保弄不清楚,也未可知。何况这等事,本来是缜密的,或者定伯故意闪烁其词,更未可定。"

说话之间,只见店中走出一个人来,向二人招呼让酒,便在横首坐下,问道:"不敢请教二位,是要访哪位法师的?小店这里,所有山上的寺观,都来买酒,略有点晓得。"世英道:"是一位姓狄的。"那人道:"你二位贵姓?"二人说了,那人连忙拱手道:"久仰大名了!不知驾到,有失迎迓,失敬了。"忙又叫酒保重新暖酒,送到头号客房里去,即起身让二人到里边来,走过了两进客房,直到第三间内,另外一个小门,推门进去,却是一座小小花园。园内盖了三间精室,琴书炉鼎,位置幽雅,进去坐定。世英方问那人姓名。那人道:"在下张毅甫的便是。"镇龙道:"莫非是从燕京送文丞相灵柩回吉州的张义士?"毅甫道,"尊称不敢。"镇龙道:"义士为何做了这当垆的勾当?"毅甫便把仙霞岭建庙开店的一番话告知。又道:"这园内各处房屋,便是专为延接天下英雄而设。平常过客,是不得进来的。"

世英道:"狄定伯前者说是在仙霞岭。方才贵伙又说仙霞没有道士,这是何意?"毅甫道:"若说这仙霞岭的山脉,大而言之:从东面天门山起,过雁荡、括苍到这里,直到福建、岑阳岭、三祭岭、翠峰山、新路岭、迤南入西,到江西盘古山、南径岭,一路几千里,都是仙霞山脉。小而言之:从这里清湖镇起,迤南七千里,入福建界,都是仙霞岭。大约仙霞是个总名,近人把最高的一座,定了仙霞岭名,其余都另有名字,不过都是仙霞的别峰。他处人便笼统说过了,近地人却分别的很清楚。如定伯他只在苏岭结了一座茅庵,二位要会他时,只消到马头岭岳公冢那里,便可以会得着。"二人大喜。说话时,酒保已送上酒菜,三人对坐,把酒论心。杨、柳二人就在张家店住了一宿。

次日早起,张毅甫亲自送到马头岭,与岳忠相见。通过姓名,便差人去请狄琪、宗仁来,共议此事。宗仁道:"既已应允了广州那边九月起事。我们又已差人去约济南一路,他们亦必如期同举,这里万不可失信。如果怕没有将弁，我有两个小徒，刘循、刘良，勇力过人，可以相借。"岳忠道："便是我教的张雄、马勇，也可以叫他跟随二位，听候指挥。"镇龙大喜拜谢。

又谈起此处一律毁去堡栅，改建寺观，甚为可惜的后。岳忠道："便是我也日夕打算过来，当日谢叠山先生叫这样做，不过是一时权宜之计，以避锋锋。也因为我们当日建立山寨时，只在山之一隅，用乱石塞断山路，过往诸人，都要绕山下小路，才能到仙霞关。我们那时，本怕不能大举，才想出这样办法。此刻既是各处都举事，我们也断不袖手让人。二位起义时，此处必定响应。"二人更是欢喜。聚了一天，即带了刘循、刘良、张雄、马勇、别过岳忠等，先到嘉兴去。

论理这条路，是先到临安，再到嘉兴，何以他二人却先到嘉兴呢？因为世英想起一件事，说我们虽说是举义，然而说起来不过是一个平民，恐怕人家不肯响应，必要寻一个宋家宗室，奉之为君，方为名正言顺。镇龙道："此时更到哪里去寻宋朝宗室呢？"世英因又想起一个人来，这个人姓赵，名孟坚，表字子固，系安定郡王之后，曾经做过翰林院学士承旨。宋亡之后，避乱在海盐居住。那年程文海奉了元主之命，访求江南人才，要荐他，他高卧不起，文海使威迫胁，他仍旧抵死不行，文海无奈，荐了他的同族兄弟赵孟頫。此人至今尚在海盐，便想迎他到军中，先做了监军，以后觑便行事。或竟奉他继了宋室之后，立之为帝。二人议定，所以在临安并不耽搁，径向嘉兴而来。

先把刘循等四人，安置在家里，拨人侍候。二人径奔海盐，寻到赵子固庄上，告与守门老仆，说有事要求见。那老仆进去良久，出来相请。二人进得庄门，只见夹道桑阴、匝天浓绿，内中也点缀些花草，大有隐士之风。二人跟着老仆，走到一所房子内，拾级登楼。老仆领到了楼上，便自下去。

二人抬头看见子固是一位苍颜老者，气象荡然。一个垂髫童子，侍立一旁。二人上前，拜见已毕。子固让坐，便问："二位辱临，不知有何见教？"

镇龙见有童子在旁，因请道："有心腹之事相告，乞王孙屏退左右。"子固道："这童子只在老夫身边，并不下楼一步。有话但请直说无妨。"

镇龙、世英齐声道：胡元恣虐，宋社沦亡，迄今苦元虐政，人思故主，某等愿从众志,毁家纾难,兴复宋室,特来请王孙监军。"子固道:"二位在宋,官居何职?"世英道:"某等皆是农民,并未授职。"子固起敬道:"难得两位义士,不忘先朝,但老夫行将就木,只求晚年残喘,与圣朝草木,同沾雨露之春足矣,何敢多事!况不肖弟孟頵,屈膝胡元,厚颜献媚,我赵氏祖宗,当恸哭于地下。凡我宗族,都蒙其羞,更有何颜,妄图恢复,望二位努力为之。此时赵氏宗社已无,胡元僭妄,凡我中国人,都同他有不共戴大之仇。但能起义恢复,凡是中国人,有德者皆可居之,何必赵氏!"镇龙道:"王孙话虽如此,远望以宗庙为重,屈驾一出,以镇人心。"子固道:"不瞒二位说,自国亡之后,老夫即居此楼,足不履地,日以卖字为生。有所不足,则老妻采桑、饲蚕、织绢,以佐朝夕。自恨不溢先朝露,更何心争雄。二位果能恢复旧物,即据而有之,但能使胡元绝迹,即找赵氏祖宗,亦必含笑顶礼于九泉。二位好自为之。"世英道:"王孙高洁不从,某等只好别求宋家宗室了。"子固道:"这大可以不必。天下者,天下人之天下。唯有德者居之。昔者,我太祖皇帝,军次陈桥,骤遇兵变,黄袍加身,遂受天下于周。天下岂是赵氏私物?何必如此拘执?"二人再三相请。子固笑道:"二位孤忠可敬,志气甚大,何以识见反小?此时兴兵恢复,是代全中国人驱除腥膻污秽之气,岂是为我赵氏一家之事?望二位旗开得胜,肃清宇内。俾老夫得再履中国土地,受赐多矣!"二人见子固执意不从,只得兴辞嗟叹而出。一路上商量,虽无赵氏监军,此时人心思宋,或者亦可以行事。且待回到嘉兴,再为商量。

不知回嘉兴后,如何布置,且听下回分解。

第二十六回

应义举浙民思故主　假投降宗智下惠州

却说杨镇龙、柳世英二人，回到嘉兴，便和二刘、张、马商量起事之法。

商量了数日，尚无头绪。刘良道："此时已是八月下旬，不上几天，便是九月。若说起事，是时便可以动手。若必要等机会，恐怕误了约期。我看从来地方起事，无非是民心涣散，或是民怨沸腾，方才闹起来。论此时民心，原未十分归附胡元。论民怨呢，他那种苛虐之政，百姓们居然受惯了，也忘了怨了。除非此时他另外出一个什么政命，激起民怨，方才是个机会。"一句话，忽然提醒了柳世英，即日下乡，到自家庄上去。

原来柳世英在离城十五里地方，有一座庄院，十分宽大。世英到了那里，便叫人分头去招了四五百名佃夫来，杀牛宰马，相与痛饮。饮酒中间，世英正色对众人道："我今日听了一个消息，甚为不好，告诉你们各位，早为防备。"众人都问："是什么信息？"世英道："如今鞑子朝廷，下了一道诏旨，派了钦差，专到我们浙江地面，要搜寻十万童男，十万童女。钦差不日便到。我同你们众位，情同手足。各位都有子女，我既然得了消息，不能不告诉出来，等大家好预备；不然，钦差到了时，挨户搜寻，那时藏也没有藏处。你们各人也各有亲戚朋友，也都要互相知照，免得临时张皇。"众人听了，一起惊愕。内中一个问道："不知他要这许多童男女做什么？"世英把桌子一伯，咬牙切齿道："他要在蒙古地方，起造一座极大宝塔。怎奈他那里多是沙漠，地皮太松，不能起造；他要取了童男女去，活埋在地下，垫塔脚，叫做'打人桩'。你说可恨不可恨呢！"说的众人都切齿大恨。世英又道："我为这件事，这两天不进城，就住在这庄上。你们想得出什么主意，三天内之，可来告诉我。"众人应诺。这一天就不欢而散。

这几百人出去，便沸沸扬扬的说起来。不到一天，嘉兴城厢内外，早传遍了。妇女们听了这话，都在那里哭哭啼啼，登时就怨气冲天，便有许多人到柳家庄上讨消息。世英益发说的厉害，说是："若有隐藏的，都要治罪穷追。"诸多人等，更是吓的没了主意，有些人便打算带了子女逃走的。世英道："凭你逃到哪里，总是没用。被他碰见了，说你有心抗旨！非但子女不能免，自己还要受罪。"说的众人益发慌了。

到了第三天，拥到柳家庄去讨主意的，何止数千人！庄内容不下，甚至庄门以外二三里路，都站满了人。世英道："当日我们太祖皇帝，相传下来，三百多年，百姓们相安无事。哪一个不是受了皇帝的负载？此时鞑子恃强，灭了宋室，我们百姓就受此惨毒。为今之计。除非赶去鞑子，恢复了宋朝，方得太平。众位如果要保全子女，同享太平，可同我进城，先杀了鞑官，占住城池，然后传檄各处，一同恢复，非独免了惨毒，又且做了中兴功臣，不知众应意下如何？"众人同声道："愿往。"于是世英指拨刘循、刘良、张雄、马勇各带一队百姓，分往四门，杀散守门兵士，关闭城门，不许放鞑子出入。自己和杨镇龙带了众佃夫百姓，一拥入城。到郡守衙门，先将郡守卜成仁，一刀杀死。城头上早飘起"灭胡复宋"的旗帜。

杨镇龙便向柳世英借了一千佃夫，带了张雄、马勇扮做逃难百姓，飞奔临安而来。此时搜求童男女的谣言，早已远近传播。临安一带，也是人人惧怕，个个张皇。杨镇龙带领一千人到时，地方上全没准备，被他一拥进城，围了安抚使衙门。安抚使哈斯哈雅措手不及，只得从后花园短墙上，跨了出去，扮做平民，逃走去了。杨镇龙据了临安，出榜安民。一面差人飞报仙霞岭，一面差人到广州一带探听虚实。

岳忠得报，便聚了宗仁、狄琪商议道："胡子忠昨日差人报到，说：蒙古王延纳反了，元主自将亲征。今杨、柳二人，已占了临安、嘉兴。虽未知山东、广州两路消息如何，听柳世英说起，我们不如仍旧造起寨栅。我想造起寨栅，又要兴工动作，不过分得一隅，倒不如夺了仙霞关，拒住福建来路。这里马头岭，也造起一个关来。我们便自成一家，进可以战，退可以守。从前谢叠山先生劝我们改了寺观。我也恐怕被他们围了，里面粮食不足，所以依了。近来山内开垦的地更多，可以不忧这个。他来了，我们力足以胜的，便杀他个片甲不回；力不能胜的。我们便闭关自守，以劳其师。他不来惹我们，这一条路是闽、浙通衢，商贾往来，我们可以收他的关税，以供兵饷。岂不是一举数得？"宗仁道："非但如此，我们并且可以出去攻取城池，以为响应。眼见得兴复宋室，在此一举的了。"狄琪道："此处仙霞关，并没有重兵把守，不过税厂里有百把名护勇，另外有五百名鞑兵，扎在那里，算是保护税厂的。我们带几百人去，唾手可得。得了此处，远可以堵住福建的来路。"

三人正在计议，忽然几处飞马报说："湖州、甬东、会稽、处州各路兵起，都竖了"灭元复宋"的旗帜。宗仁道："如此我们更不容缓了。"于是议定：当夜狄琪引一千兵去取仙霞关；叫谢熙之监工在马头岭要路上，筑造马头关；宗仁镇守本山；岳忠带领一千兵士，去取礼贤县，这礼贤县近在清湖镇北十五里，因这里最近，先去攻打试兵。

且说狄琪当夜带领一千兵，悄悄的行至仙霞关下，分五百人攻打鞑营，五百人取税厂。先把税厂围住，打开厂门，攻将进去，逢人便杀。这税官正在睡梦里，三更半夜，正不知何处兵来，下得床时，狄琪早已进来，手起刀落，结果了性命。得了税厂，拨二百人去杀守关兵士，就便守关。自己率领三百人，去助攻鞑营。那里正在混战，鞑兵仓促之中，黑摸着厮杀。我兵灯球火把，照耀如同白日。狄琪兵到，直奔鞑兵阵内，左冲右突，身体矫健，如入无人之境。五百鞑兵，不曾留得一个。可怜这场败仗，连一个送信的人也没有。

岳忠带领一千人下山，先到了清湖镇，分在张家唐家两店居住，是夜四更造饭，五更起身，天明时到了城下。恰好城门开放，岳忠匹马当先，一千人一拥而入，就城中杀起来。到了县署，擒下了县令，出榜安民。城上竖起宋家旗号，杀了县令祭旗。差人到清湖镇取了张毅甫来，叫他权了县令事。

把鞑子的印信毁了，另铸铜印。改了礼贤县做江山县，取恢复江山之意。（直到此时，还是叫江山县。）

岳忠班师回马头岭，谢熙之已经督率工役，筑造关隘。岳忠便差人到各处报捷。并拟定了彼此往来公牍，一律仍用德祐年号；因为景炎已崩，祥兴殉国，此时只有德祐帝尚在吐蕃，所以仍用此年号，是尊宋室的意思。又行知各处，当取鞑子所铸"至元通宝"钱，一律销毁，改铸"皇宋通宝"钱行用，使百姓们思念宋室。一面差人到广州去催促起义，逼取福建，以便与此处相连。

部署方定，又是一连好几处报到兵起。大抵自高宗南渡以来，在临安建都一百四五十年，历代都是讲究以仁、义、礼、让治天下。百姓们久沐皇仁，此时忽遇了胡元暴虐，哪一个心中不横亘着"大宋"两个字。此时得杨镇龙、柳世英两个起了义兵，一时响应者五百余处，浙江一路，几乎全都恢复了。

宗仁等得了此信，更是欢喜。恰好济南捷报又到了。于是更盼广州的信，又加派了人去催促。

且说董贤举自从聘了宗智到广州，便同到战船上去。原来董贤举并不在陆路上，恐怕泄漏机谋，因此造了百余号大船，只推说出海捕鱼，暗中招集四路英雄。广州民情好斗，往往因些微小事，两姓相斗，各聚数千人，如临大敌，虽死不悔。董贤举利用此辈，说以忠义，又陈说胡元暴虐，说得人人愤激，他便罗致到手。也有随他下船操练的，也有在家居住等他起义的。这百余号船出海，也去捕鱼，有时操演水战。

自从宗智到了，更认真操起来。恰好广州安抚使，因为地方多盗，要招募团练兵，限期七月要招足了三千人，教与操练，九月安抚使亲自看操。董贤举得了这个信息，不胜之喜。便暗暗吩咐手下各人，都去投充团练，等到他阅操那天，自有道理。各人受命而去。所以这一回所招团练之兵，十停之中，倒有九停半是董贤举党人。他们又都是在家私自操练过的，教起来格外容易。那安抚使自是欢喜，定了九月十五日在校场看操。

董贤举得了信，便秘密布置，分头授以计策。到了操的那天，安抚使带了一员中军，两员副将，一队亲兵，亲到校场上来，到演武厅坐下。团练兵徘队到了，果然旌旗招展，盔甲鲜明。那百姓围着校场观看的，人山人海。

安抚使叫传令开操，中军官手执令旗，在厅前传令，忽然人丛中一声大炮，轰天震响，便竖起一支"灭胡兴宋"的大旗来。登时四面八方一片声叫杀，那些团练兵把褂子号衣一起脱了，里面便现出"皇宋义民"的号衣来，刀枪剑戟，直杀奔演武厅来。那一班看热闹的百姓，吓的四散奔逃。剩下的都是董贤举部下，一个个去了外衣，里面都是"皇宋义民"的号褂。董贤举抢起一双阔板斧，径奔安抚使。安抚使大惊，忙叫两员副将迎敌，自己由中军官保护着，逃回城中去了。这两员副将，哪里敌得住四五千人，不到一顿饭时，早就剁成了肉泥。

董贤举率领部众，径奔城下。城门已闭，城楼上箭如飞蝗射将下来，不能得近。贤举挥兵攻城。忽见一人，走上敌楼，手起剑落，杀死守将，赶散兵士，开门出迎。贤举便领兵入城。

那杀守将的不是别人，正是宗智。原来贤举遇事都与宗智商量，这回的布置，也是二人在船上商定的。及至贤举上岸行事，宗智正欲驶船出海，忽然想起在城外举事，万一放了人进城报信，先行设法守御，再移檄邻郡来救，岂不是前后受敌。因此星夜赶回，暗暗率领二百兵士，乔装入城，以为内应。

当下会合了贤举，一同攻入安抚使衙门，全家屠戮。宗智劝道："这些鞑子，自然该杀，但是那老弱的，可想便想了，何必杀戮太过。"贤举道："对于这些畜生，万不能施妇人之仁。须知他们杀来时，把我们中国人如何糟蹋！老弱的似乎可想，你须知老的他曾经从少壮时过来，他少壮时曾经杀过我们，如何不杀？至于那弱的更不能想，我此时想了他，他将来壮起来，便不肯想我，为什么自己留下这个祸根？我此时得了广州，有所凭藉，他日打到蒙古，我还要把他全部落杀一个寸草不留，方才放心呢！不然，留下他那孽种，能保得住他永远不觊觎中国么？"于是传令全城搜罗鞑子，见了便杀，不准留下一人。汉人不准骚扰，虽一草一木亦不准动。此令一下，全城汉人无不香花灯烛，顶礼膜拜。部署已定，宗智便率领水师，到惠州去接应钟明亮。

却说钟明亮在宋朝时，本来是一个海盗，专在海外拦劫商船。张弘范到广东时，屡次遣人招安。明亮不肯投降，只说："大丈夫当南面称孤，岂肯屈膝他人！"这句话传到张世杰耳边，也遣人去劝他投顺。他又说："元兵寇急，我可以相助一臂，等元兵围解，我仍是我，不愿受封官爵。"世杰恐怕他不受约束，也就放过。明亮说过这话，便想助宋攻元。正待启行，已闻得崖山失败，遂又入海去了。

董贤举当日原是个海客，从海外贩货回国，遇了钟明亮行劫，贤举慷慨取出金银相赠。又劝其改业。明亮道："我也知漂流海上，终非了局，无奈已经失足多年，内地不能容我，为之奈何？"贤举又说起鞑子占了中国土地，怎样残虐，怎样苛刻。明亮大怒道："我当日便虑到海上非久居之所，内地官府，又不能容我，便想占据一片土地，独霸一方，又怕人家派上我一个乱臣贼子之名。无奈只得漂泊在外，好几年足不履地，不料骚鞑子如此可恶！我须容他不得，不免回惠州去，杀散了他，自己占据了。此时我是夺鞑子之地，不是夺皇帝之地，须不能派我做大逆不道，乱臣贼子。"贤举道："果能如此！岂但不是乱臣贼子，还是忠臣义士呢！"明亮道："我也不要做什么忠臣义士，只要得个安身之所，由得我称孤道寡。

如果兵精粮足,战胜了鞑子,仍把他赶出长城以外,我不妨也做几天皇帝玩玩。"自此便与贤举订交,相约举事。怎奈他的大名,早已威震百粤,近侮一带,天天防他,竟无下手之策。

这天宗智率领十号大船,来至惠州洋面,与他会合。说贤举已得了广州,特来策应。明亮道:"我这里总想不出一个下手之策,正没个人来商量。"

宗智道:"大凡平地起事,断不能硬做,必要略施小计,出其不意,方能下手。"明亮道:"计将安出?"宗智道:"可将十号兵船,拆去炮位,改作商船模样,混到惠州城里。我们却如此如此,另做计较。"明亮大喜道:"果然妙计。"遂依了宗智的话,连夜把十号兵船,都拆卸了炮位,藏过各种兵器,拨了一千名心腹兵士,扮作商人水手,驶到惠州去。

这里宗智吩咐各船,都在海外暂行下碇,但听得深水门炮响,可一起驶来。自己和明亮坐了一船,略带了几十名兵士,船桅上高扯降旗,驶向深水门来。这深水门是惠州出侮的门户,向日设有炮台把守。守台的鞑官,望见降旗,便差了一员武弁,乘了舢板,到船上来问:"是哪里来的?"宗智便邀请入船相见,说是:"钟明亮刻待伙伴,劫得财物,一切都掳为己有,因此众心离散,各船都四散而去,各自谋生,只剩得这一只船,如何还能安身! 小人劝他不如归顺天朝,改业守分,他又不肯;因此小人把他擒住,要送到郡守太爷那里投降。"说罢,便叫取明亮过来,请武弁验看。只见两名小卒,从后舱把钟明亮拉了出来,双手反绑了,口中大骂:"反贼,不识羞耻,卖主求荣。"武弁见了,便去回报守台官。守台官命将船泊岸,取到台上验看。

宗智叫先把明亮平日所用的五百石硬弓,丈八长矛,送上去,然后自己带了明亮登岸,径到炮台里参见守台官,求备了文书,解与郡守。明亮却站着不跪,不住的大骂:"无耻小贼,卖主求荣。"守台官道:"你要投降,也可以使得,但是要依我一件事,我便与你文书,若不依我,我先杀了你。"宗智道:"老爷吩咐,小人自当遵命。"守台官道:"捉拿海盗的文书上,没有你的名字。单指名要捉钟明亮,有能捉获者,照军功前敌保举。我此刻先给你一个六品功牌,派你做一名哨官。"宗智连忙叩头道:"谢谢老爷。"

守台官道:"便派你解去,可是我文书上,只说是我出海擒来的。你见了郡守,也要如此说。等我得个异常劳绩的保举,少不得要好好的抬举你。"宗智道:"小人遵命便是。"守台官大喜。即刻备了文书,又派了五十名兵士护送,抬了弓矛先行,把明亮上了镣铐,打入囚笼,径奔惠州来。

入得城时,众百姓闻得捉住了江洋大盗,哪一个不来看! 把一个郡守衙门,挤满了人。郡守闻报,到堂。验了弓矛,宗智呈上文书。郡守看了,叫打开囚笼,要验正身,宗智亲自下去,开了笼锁,顺手把镣铐开了。明亮一跃而出,在地下拾起长矛,往郡守当胸一刺,直从后心透过。举起长矛一挥,把一个未曾死绝的郡守,直摔在大门以外。大叫一声:"子弟们何在?"人丛中拥出一千余众,暗藏的大刀阔斧,一起都使将出来。吓得百姓们四散奔逃。早有人把四城门关闭下锁,不放一人出去。一面搜杀鞑子,一面出榜安民。

守台官派来跟随宗智的五十名兵士,杀的一个也不曾留下。宗智就在自家队里,选了五十名武艺高强的,扮做了守台兵士,自家带领着,飞奔深水门来。不等通报,直奔入炮台,寻着守台官,一刀刺死。五十名兵士,就台里杀起来。守台兵大惊,一个个都不曾准备,手中未带兵器,只得四散奔逃,这里便四面追杀。宗智先叫扯毁了鞑旗,竖起宋家旗号。又放了三声轰天大炮。海上众船,听得炮声,一起起碇,驶将进来,把鞑子守口的兵船围住,四面放火,烧了个一艘无存。明亮唾手得了惠州,便请宗智商议进兵潮州,进取福建。一面行文董贤举,叫他进兵韶州,进觑江西,相期在中原会合。

未知这番进兵,胜负如何,且听下回分解。

第二十七回

忽必烈太子蒙重冤　仙霞岭义兵张挞伐

却说钟明亮一面行文广州，叫董贤举进兵韶州，自己却进兵取了潮州，直逼福建地界。福建省内各路，一时起兵响应的，也有二十余处。江、淮一带，又纷纷起兵。

这个消息传到燕京，枢密院里那一班做平章政事的大臣，吓的手足无措。

先是山东报到济南、益都失陷。不多几天，又报到临安、嘉兴失陷。接着广东警信又到。自此各路告急的文书，雪片般来。无非说某处失了，某处陷了。

此时元主到蒙古亲征延纳去了。又值太子真金死了。

原来蒙古是天生的游牧人种，他那里没有宫室房屋，终年都是骑在骆驼身上过日子；到了晚上，随便走到哪里，便支起篷帐住宿。到了天明，又骑上了，游到别处去。所有动用器具，都带在骆驼身上。他所以要游来游去之故，为的是打猎。猎了鸟兽，拿来当粮食；猎不着鸟兽，便蛇、虫、鼠、蚁，也要吃的。所以叫做"游牧"。

忽必烈这厮，虽然夺了中国天下，盖造了宫殿，他那游牧的性格，还不能改变，终年坐在家里，他哪里有这种耐烦性子守得住？所以他把燕京改做大都。又在蒙古破天荒的盖了几座宫殿，取了名字叫做"上都"。他每年来往一次，以遂他那游牧的习惯。每年到上都去，便留下太子真金监国，这是他一向的老例。

这回起了大兵，亲征延纳，自然也是太子监国了。当时有两个辅佐太子的官，巴不得太子早点做了皇帝，自己好望升官，无奈眼看着元主七十多岁还不肯死。于是设法去和两个丞相商量，只说："皇上春秋已高，还是这样勤劳国事，太子心下不安，要想求丞相上个封奏，请皇上让位与太子。太子做了皇帝，自然尊老皇帝为太上皇，岂不甚好！"两个丞相听了。便拟了一个奏招，誊清了，盖了印，正要拜发，忽然又想起："这件事奏上去,依了便好,倘然不依,起了疑心,说我们阿附太子,岂不是连自己的前程都难保!"因此一想,便搁住了,不曾拜发。

那两位辅佐太子的知道了,见功败垂成,十分着急。便设法通了丞相门客,把那折子偷了出来,暗地里差人送到元主的行在。元主见了,到没有什么话说。那两位丞相知道了此事,连忙上折分辩,说:"这个奏折非出己意,系由太子授意。"云云。并指出那两个辅佐的姓名。元主看了,怒得须发倒竖,暴跳如雷道:"不肖畜生,就等不及我死了你再做。你既然性急要做皇帝,为甚不索性弑了我。"说罢,便传旨到燕京去,先收了两个太子辅佐下狱,不肖子待朕回来处置。

这道诏旨到了燕京,兵马司便来拿人,吓的两个急望升官的辅佐,都在监里上吊死了。太子真金,知道此事,也吓的魂飞魄散。还望元主回来,可以同两个辅佐对质,分辩得明白,父皇知道不是出于我意,还有解救。不到一天,报说两个辅佐都吊死了。这一回是死无对证了,不觉愈加惊惧。因此急出一个病来,一天重似一天,众多官员,天天到东宫问候,一面奏闻元主。

元主绝不挂念,反说:"这等不肖子,倒是早死为佳。"这句话,传到太子耳朵里,又是一番气恼,病势加重,就此呜呼了。

众大臣一面治丧,一面飞报元主。不多几天,又叠接各路警报,益发慌的手足无措。雪片的文书,飞往蒙古告急。元主得报,不由得他不惊惶失措。

幸得蒙古已平,延纳就擒,便忙忙的班师回燕京去。可笑人家得胜班师,是"鞭敲金镫响,人唱凯旋歌";他的得胜班师,却是兼程奔走,犹如败北而逃一般。回到燕京,也不及问太子的事,便召集文武各官,商量拒敌,飞饬有事务邻省,协力进剿;一面派右丞相蒙固岱,挂了帅印,统领十万鞑兵,先救济南、益都一路。

且说李复自从得了济南,招兵买马,声势雄壮,邻郡不敢正视。侠禅性急,便带领本部五百人,渡过黄河,来取武定。李复放心不下,拨了一千兵相助。侠禅领兵杀奔武定而来,郡守闭门拒敌,不敢出战。侠禅攻打一月有余,还攻不下。

一日报说蒙固岱领兵到来,径往济南去了。侠禅怕济南有失,便传令退兵。

武定郡守，望见兵退，便率领鞑兵前来追袭。侠禅便命众兵停住，等追兵到来，一起回旗反鼓。自己匹马立在当路。武定郡守追至近前，看见侠禅按兵不动，不敢逼近，却叫军士放箭。侠禅大吼一声，抢起锡杖，杀将过来，郡守大惊，回马便走。侠禅赶杀过来，鞑兵大败奔逃，侠禅追至城下，看着那郡守将近城门，便按住禅杖，拈弓搭箭，一箭射中郡守脑后梢，翻身落马。

众鞑兵忙来抢救，侠禅乘机挥兵，一拥进城，得了武定，出榜安民。一面差人到济南报捷。

不想那报捷的兵士，走至半途，被蒙固岱兵获往，搜出报捷文书，便留兵屯守济南来路。自己亲领五万兵来取武定，侠禅领兵出迎，鞑兵卷地而来，蒙固岱并不交战，只挥令众兵重重围裹。侠禅毫不畏惧，率着本部五百人，往来冲突，究竟众寡不敌，杀至日暮，奋力杀出重围。望见武定城上，已换鞑旗，知已失守，只得往济南而走。

刚刚渡过黄河，只见漫山遍野，尽是鞑兵，急寻小路而走，蒙固岱也率兵渡河赶来，侠禅人困马乏，便率领残兵，登路旁一座小山扎住。蒙固岱率兵攻上山来，侠禅就拾取山上大小石块打下，鞑兵不敢相近，只得四面把山围住了。是夜不敢安睡，天明时便下山，要想突围而出，几次都不能得手，只得仍退上山去，支持了一日，行粮已尽，山上又无处取水，便和众残兵商量，要乘夜突围。是夜天阴月黑，对面不见。一众人马，衔枚勒甲，悄悄下山，不想才下得山坡，便听得人声。原来蒙固岱也乘着是夜昏黑，饬令兵士在山下掘成陷坑，要活捉侠禅。众兵正在动手，忽然听得有人马响动，便大喊起来，飞奔回本营报信。侠禅在黑暗中挥兵掩杀。蒙固岱得报，忙命点起灯球火把，指挥众军，把侠禅一众，重重围住。侠禅在围内左冲右突；杀一个马仰人翻，至天色微明时，坐骑中箭倒了。侠禅失了坐骑，不能厮杀，拔剑自刎。五百人全死于乱军之中。

蒙固岱便领兵直趋济南。此时郑虎臣到益都去了。李复登城守御，只见鞑兵用长竿挑了侠禅首级示众，不觉大怒，率领三千兵出城迎敌，被蒙固岱杀得大败而回。鞑兵乘势攻城，架起云梯火炮，日夜轮班攻打，李复把守不住，被他攻破城池，也自刎而亡。

细作报到益都，郑虎臣大惊，暗想："我守此孤城无用，不如走到南边去，别作良图。"于是改了装束，匹马出城，径投仙霞岭来。益都没了主，那蒙固岱自乐得唾手而得了。平了这一路，便领兵到浙江来，有几路没志气的，先就降了。因此蒙固岱声势更加浩大。杨镇龙、柳世英只得弃了城池，投奔仙霞岭来。岳忠先后接见了虎臣，及杨、柳二人。得了信息，也差人去叫张毅甫暂时弃了江山县，回清湖镇去，免得交兵令生灵涂炭。一面营缮马头关，以便固守。

早有细作报到蒙固岱军前，言仙霞岭有强人占住，起造关隘，十分险固。

蒙固岱大怒道："我自下浙江以来，一路望风归顺，何物小丑，乃敢抗拒！"

问帐下谁人领兵，去踏平仙霞岭。两员战将，应声而出。乃是右先锋甘士裘、甘士则弟兄两个。上帐禀道："末将兄弟愿往。"蒙固岱道："'上阵不离亲兄弟'。你两个去甚好，各要鼓勇当先，不可挫了锐气。"二人领命，各带本部人马，杀奔仙霞岭来。一路上任情虏掠，杀戮无数。风声传到清湖镇，各居民纷纷迁徙逃避。此时行旅绝迹，张毅甫、唐珏也收了店务，回到仙霞岭来。

却说二甘杀至马头领下，抬头一望，只见山势险恶，山隘新筑了一座高关，便在关下叫骂。关上偃旗息鼓，只做不知。二甘叫骂了一日，无人接应。

次日再来搦战，又不见一个人出来。二人商量道："眼见得几个剪径毛贼，听见天兵到了，不敢出头。无奈这座关甚高，便插翅也飞不上去。明日须用云梯火炮去攻，方可望破。"次日果然搬取许多云梯火炮，来到关下。方欲架起，忽然关上一阵火箭，飞蝗般射来，云梯全行烧毁，火炮就地轰起，倒把自家军士，轰死无数。再来叫战时，却又不见一人。二人闷闷不乐。

是夜三更时候，忽听得军中鼓声大震，关上人马撞入军中劫寨，正是人不及甲，马不及鞍。二人急急披挂上马，杨镇龙已杀到帐前，二人双枪并举，敌住镇龙。柳世英从后面杀至。甘士则舍了镇龙，来敌世英。镇龙拨马便走，士裘匹马追去，镇龙向树林内走，士裘迫近时，忽然金鼓齐鸣，火光大作，林子里冲出一队人马，为首大将，乃是张雄。士裘正纵辔绝驰的追赶，收马不及，与张雄马头相并，被张雄轻抒猿臂，擒过马来，掷在地下，喝叫军士绑了，解上关去。士则敌世英不过，拨马而走，被世英一箭，射中后心,亦被捉住。关上鸣金收军。这里鞑兵在黑暗地里,不知备细,尚且自相掩杀。

直至天明,方才知道主将不见了,只得奔赴大营报信。

却说二甘被捉,解上关来。岳忠、宗仁、虎臣、狄琪、杨镇龙、柳士英、刘循、刘良、张雄、马勇一班义士,排列上座。兵士解二人上来,喝令跪下,问了姓名。宗仁道:"既是无名小卒,杀之无益,可待至天明,放他回去,叫蒙固岱亲来受死。"兵士将二甘押下。各人自去安歇,到了天明,果然把二甘放了。

二甘得脱,便寻路回到大营,去见蒙固岱。把被擒一节瞒起,只说黑夜兵败,迷失路途。蒙固岱大怒,喝令推出斩了。众将一起告免。蒙固岱道:"暂且寄下两颗狗头,每人再带三千人马,去取马头关。取得来时,将功折罪,取不来,只拿脑袋见我。"

二甘拜谢。领兵复来,离关十里扎住,勉强出来搦战。只见此番关上,旌旗招展,剑戟鲜明,气象又是一样,但只是不肯出战。蒙固岱又几次催促进兵。二甘前被关上一阵劫寨,杀的怕了。这回是夜夜提防,不敢解甲而睡。

被蒙固岱催逼不过,只得把关上不肯出战的情由,备了文书去申报。缮就了文书时,要用那先锋印,却不见了。吓的魂不附体,在营中四处搜寻。士则道:"昨天傍晚时,发给各营的粮食,还用过的。怎么今天两颗都失了?岂不蹊跷?"无奈拷问近身兵士,哪里拷问得出来?又只得各处搜寻,只差地皮没有翻转来寻觅。此时全营上下,都知道失了先锋印。一个个称奇道怪。

正在慌张忙乱时,忽报关上有人来下书。二甘叫传进来,那投书兵士,直入中军,递过书信,并一个包裹。士裘看信。士则打开包裹看时,两颗先锋印,端端正正的包在里面,吓得面如土色。士裘看那信上,写的是:"夜来无事,故借取先锋印为把玩之具,今特送还。"云云。二甘慌的手足无措,暗想:"他们有如此能人,如何能取胜!不如索性说兵少,攻打不下,请丞相自来,免得我们负此重任。"于是赏了来人去了。便备了文书,申详上去。

蒙固岱十分大怒,亲提大兵到来。在路上纵情杀戮,以出怒气,所过处鸡犬不留,到了清湖镇,见居民逃的踪迹全无,无人可杀,便喝叫兵士,把全镇房屋,拆为平地,把大兵屯在镇上,亲到前面督战。

二甘迎入中军,告说:"关上坚守不出,在外仰攻不便,是以不能取胜。"

蒙固岱亲自领兵出阵,士裘在左,士则在右,挥兵攻打。那一座关在半山上面,巍峨高耸,自山下望见,如在云霄一般,如何可攻!关上虽是遍竖旌旗,密陈剑戟,却并不发一矢。

蒙固岱这才信是难攻,收兵回营,商议破关之策。士裘又诉说前番用云梯火炮,反致失败之事。参谋官吴典谋献计道:"日里攻打不易,不如乘夜,多选轻健兵卒,用长梯爬上关去,斩关落锁。外面再以重兵接应,或者可下。"

蒙固岱依计而行,到得晚上,选了一千名轻健军士,准备长梯,径奔关下。

只见关上全无灯火,鼓角无声。正竖起长梯,争先要上。忽听得一声梆子响,关上火把齐明,箭如雨下,一千兵士,死伤大半,弃梯而逃。蒙固岱十分大怒。到天明时,关上倒差人把长梯送还,说是:"请丞相夜来再用。"蒙固岱气得三尸乱爆,七窍生烟。喝叫把来人斩了。左右劝道:"两国相争,不斩来使。"蒙固岱道:"那是两国交兵的话。这是几个毛贼,如何不斩!"

一时把送梯的五十人,尽行斩了,用长竿挑到关下示众。岳忠大怒,便点兵出战。

却说仙霞岭上,自从探得蒙固岱兵到,弃了江山县之后,知道不久便要交兵,便做了兵符印信。大众公推岳忠做了元帅,众人愿受指挥。岳忠谦让不过,只得受了。把兵士花名册点了一点,全山所有兵士,共得三万人,其余老弱不路在其内。少壮务农,未隶兵籍的,还有二万人。便派定了张雄为左先锋,马勇为右先锋,宗仁中军统领,郑虎臣参预军谋,张毅甫管理军粮,唐珏监督行军工程,谢定之守仙霞岭,以防福建一路,谢熙之管理全山百姓讼事,狄琪四路都巡察兼管探牒;调取张汉光做行军医官;其余杨镇龙、柳士英、刘循、刘良及一班大小战将,皆随营听用。众人见岳忠调拨,井井有条,越加拜服。

前番劫营胜了一阵,专要激怒蒙固岱要他亲来受死。军中有了狄琪一个人,充做探牒,所以敌军中一切备细,无所不知。前回到敌营探听消息,顺手取了两颗光锋印,戏他一戏。这回用长梯取关,也被他先探知了,所以有许多准备。这送梯回去,却是岳忠之谋,要引蒙固岱出阵,好去擒他。虎臣谏止道:"这一送回去,他一定老羞成怒,要斩来人。我们这里人数有限,何苦白送几十人性命呢?"岳忠道:"不妨。当日金将军擒来许多鞑子,都上了脚镣,叫他当奴才。此刻把这种人选五十名,去了脚镣,就着他送去。他若杀时,也是杀他自家人。"虎臣称妙,依计而行,这些人果被蒙固岱杀了。当他盛怒之际,这五十名鞑子,虽百口也不能辩。

岳忠听报,便亲率众将,杀下山来,单搦蒙固岱交战,直逼营前叫骂。

蒙固岱大怒,问:"谁敢出战?"二甘道:"未将愿往。"蒙固岱道:"你二人乃败兵之将,不可当前敌。"中军护卫桑良辛道:"未将愿往。"蒙固岱与了令箭,点了五千人马,杀出营来。只见岳忠军前,竖起皇宋三军司令旗,岳忠居中,左右雁翎般排列着十多员战将。岳忠见敌兵已出,便问:"谁去交锋?"马勇应声出马,大叫:"来将通名受死。"桑良辛道:"我乃蒙丞相麾下,中军上将桑良辛,你是何人,敢来敌我?"马勇道:"你是无名小卒,非我敌手,只叫蒙固岱来。"桑良辛大怒道:"蒙丞相金枝玉叶,岂肯见你们这班毛贼。"马勇举枪便刺,良辛急架相迎。大战三十回合,不分胜负。恼了张雄,拍马舞刀,前来助战。良辛抵挡不住,拨马回阵。岳忠挥兵掩杀过来,鞑兵大败。张雄、马勇两匹马当先,直迫至营前,扳开鹿角,挺枪挥刀杀入,鞑营大乱。二甘及一班武将,保着蒙固岱,弃营而走。岳忠占了寨栅,查点军士,受伤的都送回关上,交张汉光医理。

却说蒙固岱败回清湖镇,气愤填胸,便起齐了人马,前来报仇,直逼岳忠营前,便要踏为平地。营内万弩齐发,几次冲突,不能得近,只得约退人马,树立寨栅。方才动手,忽听得炮声震天,鼓声动地,岳忠领兵杀到,蒙固岱忙挥兵迎敌,那边岳忠已退去了。一连几次如此。蒙固岱令后军立寨,前军迎敌。军士忙了一天,方才把营寨立定。

是夜岳忠亲率军士,打起灯球火把,来挑夜战。蒙固岱大怒,亲自上马,率领二十余员战将,出营迎敌。张雄一马当先,直取蒙固岱。副将低打都,手摇方天戟,出马相迎。不三合,被张雄一刀斩下马来。甘士则连忙出阵,两个在阵上大杀了五十回合,不分胜败。蒙固岱正欲叫人助战,忽然一连几次飞报,后营五六处火起。蒙固岱大惊,忙叫鸣金收军。军士回顾,后面火光大起,一时慌乱起来,忙忙回走。岳忠挥兵赶来,鞑兵立脚不住,四散奔逃,岳忠领兵杀入大营,众将保住蒙固岱,舍命逃走。后营火光更大,军士不战自乱,又听得前营已失,遂弃营溃散。……

于少保萃忠全传

林从吾旌功萃忠全传原叙

　　予族世居吴山下，与忠肃公同里。先府丞公为公姊婿，得公居乡立朝事甚核。居恒窃念公勋著天壤，忠塞宇宙。今勿论海内学士、大夫，瞻斗杓而仰河岳，即田夫壄叟，粉黛笄袆，三尺童竖，语公事业，则颜开，谈公冤愤，则色变，百世之后，过公之里，谒公之像，有不且悲且泣，欷歔感动，想见其人者乎！独公生平事迹繁夥，未有完书。四方吊者，往往遗恨。里友孙怀石君，其先为公石交，传其事，与予所闻悬合，因衰采演辑，凡七历寒暑，为《旌功萃忠录》。夫萃者，聚也。聚公之精神、德业，种种从备，与夫国事及他人之交涉于公者，首尾纪之，而后公之事迹无弗完也。盖雅俗兼焉，庶田夫壄叟，粉黛笄袆，三尺童竖，一览了了。悲泣感动，行且遍四方矣。

　　初，孙君之方纂是录也，患疽，病亟，公见梦焉。峨冠盛服，如所塑者，抚孙之背曰："吾与若祖故人，来祐汝。"孙疽遂愈。岂公之精爽，预知孙君之意勤，而假灵以显其事耶？四方噩梦一征之公若左券，不偶然也。孙君附公而名著，其子侄辈为诸生，又藉公之灵而翩翩艺文。孙君之获报，宁有既乎！予嘉而叙诸简首，为翼忠者劝。

万历辛

目　录

第 一 传

于少保龆年①出类　兰古春风鉴超群

少保公姓于,名谦,字廷益,号节庵。浙江钱塘人也。先世皆为显宦。公之祖名文大,官工部主事。尝念宋朝丞相文天祥死极忠烈,侍奉其遗像甚虔。公之父名彦昭,字英复,乃笃厚君子也。累德积行,好善喜施。年近四旬,每以无子为忧。忽一夜,梦一神人红袍金幞②,立于彦昭前曰:"吾感汝祖父侍奉之诚,顷当为汝之嗣,汝宜勿泄。"彦昭辞谢不敢当。神用手一指,觉来,忙对妻刘氏说知。刘答曰:"我适才亦得此梦。"自后刘氏有孕。临产之际,正值大雨如注,雷电交加。偶然三司③参谒巡按,一时骤雨,手下人役不曾带得蔽雨之物,因而暂歇彦昭门首,候雨住而行。当时于公产下,少刻晴朗,日丽中天。此是洪武戊寅年四月二十七日午时也。三司见雨霁④遂行。

于公生下旬月之间,果然容貌魁伟,呱呱之声洪朗异常。杭族有弥月之庆⑤,邻里亲友俱来贺喜。彦昭乃抱公出来,与众亲友观看。有邻老见之,叹羡曰:"此子真英物也!惜吾年老,不能见其显达,为可叹耳!"自后彦昭极其珍爱。抚养至四五岁时,遂取名曰谦。因梦中谢神不敢当之意,故名曰谦。

一日清明节届,彦昭同弟彦明,拉族人领公同往祖茔⑥祭扫。因过凤凰台,其叔携公之手,同上台观看。叔曰:"今朝同上凤凰台。"公即应声答曰:"他年独占麒麟阁⑦。"其叔并诸族人闻言,悉皆惊叹曰:"此吾家之

---

① 龆(tiáo)年——童年。龆,儿童换牙。

② 金幞(fú)——金色的头巾。

③ 三司——明代以各省之都指挥使、布政史司、按察史司合称三司。

④ 雨霁(jì)——雨后天晴。

⑤ 弥月之庆——初生婴儿满月庆礼。

⑥ 祖茔(yíng)——祖先的坟地。

⑦ 麒麟阁——汉代阁名,在未央宫中。汉宣帝时曾画霍光等十一功臣像于阁上,以表扬其功绩。后多以麒麟阁或麟阁表示卓越的功勋和最高的荣誉。

神童也!"后于公七岁,又同叔父等祀祖回家,路从癸辛街过,见牌坊上写着"癸辛街"三字。其叔彦明对公曰:"癸辛街三字,上二字合着甲子支干;下一字又合着街道地名。吾一路思量,不能有对。汝若对得好时,我做一件小圆领与你。"于公笑而答曰:"此对何难? 癸辛街可对子午谷。"其叔曰:"此真切对。但子午谷偶忘出处。"公即答曰:"《三国志》内,蜀将魏延对诸葛亮道:'延愿得精兵五千,由陈仓道而东,当子午谷而西,不消十日,可到长安。'《通鉴》上亦有之。"叔与众闻说大惊,谓兄曰:"此子必昌吾家,宜善育之。"彦昭与弟并族人领公回家,明日彦明果制一小红圆领与公,乃曰:"他日服此以耀吾门。"公答曰:"敢不佩服。"惜乎彦明早亡,不及见公之功业,亦可慨也。

　　父彦昭一日同公立在门首闲玩。少刻,见一老者挑担新白鲞①来卖。彦昭见之,唤此老问价。因价还得少,那卖鲞老者口中即唠叨曰:"你如何买得成新白鲞。"彦昭见说,面色通红,未及回言。忽然公从父肋下立将出来说:"我偏要叫你这老乌龟。"卖鲞老者见公是个孩子,便能骂人成对,心中惊异,乃大声骂曰:"小猴狲开口伤人。"公又应曰:"老畜生闭嘴饶你。"旁人见答,通笑起来,皆称奇异。卖鲞老者见公有此口才,心中惊服。

　　彦昭送公上学,公在学读书。一日先生出外访友,不在馆中。同窗学生在与公跳跃,共作旋蒙顽戏。忽然,先生走到,一时回避不及。先生看见,俱要责罚。于公忙上前禀曰:"先生不必加责,学生辈功课皆完,一时乘闲戏耍。如今任凭先生背书写字对课,若有一毫差错之时,任从先生责罚。"先生见说有理,即曰:"吾方才见汝旋蒙窜跳,甚是顽劣。吾即将此为题,汝若对得好时,方免责罚;如其不然,必当重责。"公曰:"请先生出题。"先生曰:"手攀屋柱团团转。"公即对曰:"脚踏楼梯步步高。"先生又出一对曰:"三跳跳落地。"公又答曰:"一飞飞上天。"先生见对大喜,免责,欲责诸生。公复禀曰:"学生蒙师宽恕,亦乞一视同仁。"先生见说,击几叹曰:"此子长大,非凡品也!"

　　翌日,其父彦昭来拜先生,先生极口称公。因与父谈久,公嶷然②端

---

①　白鲞(xiǎng)——剖开晾干的鱼。
②　嶷(yí)然——凛然端坐的样子。

坐读书。先生见之，曰："子坐父立，礼乎？"公闻言，即出位而对曰："嫂溺叔援，权也①！"先生惊喜，谓其父曰："令郎真英才也！"公父答曰："不敢，皆仗吾师训诲之功。"言毕，作别而回。

延过数月，先生解馆②。于公忽然病目，其母与公分开顶心，挽一丫髻，取其清目之意。公乃闲步，见前街一伙人丛聚闹嚷。公即往众人中挨身进去，看见一僧与人相面。众皆称曰："果神相也。"于公闻言，乃慢慢挨到此僧面前。此僧一见公容貌，乃大喜异。遂用手扪其丫髻而戏之曰："蛇头且喜生龙角。"公即昂面答曰："狗口焉能出象牙。"众人见回此言，尽皆大笑。忽然天暗，渐渐雨下，众人一起走散。公亦急急回家，不意眼痛路滑，蹉跌在地。众人见了，一起哄笑起来。公虽跌倒在地，颜色不变，因见众人笑他，即坐地吟诗一首以诋之，云：

　　雨落忽绸缪，天街滑似油。

　　麒麟跌在地，笑杀一群牛。

众人见于公口中念出诗来，各各惊异称羡。公亦回家。

明日晨起梳头，谓其母曰："今日眼目甚痛，乞母亲再挽一髻，导散顶心之火气。"母遂依公，乃挽三髻于上。早饭罢不多时，公又见一丛人围绕昨日那僧，仍在此处相面。公即往人丛中挨身进去。有人认得公，皆让他进围。公遂立在此僧当面。那僧一见，喜动颜色，即扪其首而戏之曰："三丫如鼓架。"公即答曰："一秃似擂槌。"众人见说，一起大笑。那僧见笑，即对众曰："诸君莫笑，此子骨格非凡，人莫能及。他日乃救时宰相也。"言未毕，只见旁边立着一人，纶巾羽服，丰姿飘逸，气宇轩昂，乃大声言曰："和尚，汝之相术甚佳，惜未尽其奥理。"那僧见其人之容貌、语言，即忙施礼。众人见僧不相面，与那人会礼，皆散去。公亦回家。此僧就收拾相面行装，即请那道者同行，行不百十余步，早见一处雅致酒肆③，僧人坚请道者进内而坐。不知道者何人，观后传可晓也。

----

① 权——变通。

② 解馆——指书塾中休假。

③ 酒肆——酒店，酒铺。

第 二 传

张代巡特提进泮① 范方伯交馈资家②

当日僧人同道者共至肆中坐下。僧人乃叩问道者曰："敢问仙翁高姓大名,贵乡何处?"道者答曰："吾乃四明人氏,姓袁名忠彻。柳庄吾之父也。"僧人见说大惊,忙拜于地曰："原来是太常翁,闻名久矣! 今幸一见,足慰生平之愿。吾闻老师在朝,为何至此?"袁忠彻笑而答曰："汝不知吾父子之事。吾前蒙皇上圣恩,升授为太常卿之职,不愿在朝为官,甘乞遨游江湖,以阐明吾父子之术。复蒙圣主恩,着吾驰驿③还乡,随处游玩。今吾发放人役,欲玩西湖之景。留连月余,因到城中,偶然遇汝,亦是有缘。"就问此僧法名,出家何处。僧人答曰："小僧法名兰如,贱字古春。俗居富阳,出家径山寺。自幼慕老师乔梓④麻衣之术⑤,权以度日。何幸相逢,真天假其缘也。"当日古春就在肆中拜袁公为师。坐饮之间,古春细观袁公,果然丰姿潇洒,谈论风生。二人坐饮多时,古春问曰:"适间所见孩童,果有贵相。未审弟子有何失鉴之处,乞吾师指示。"忠彻笑曰:"汝相不差,此儿真济世宰辅之器。但惜乎不得善终。"古春忙叩曰:"吾师此相见于何处?"袁公曰:"此子两目炯炯,倏忽有时朝上,名曰望刀眼。日后为国家必然犯刑,亦其数⑥也。"因叹曰:"忠臣烈士,必不得令终。"又曰:"此子之貌,确肖宋朝文丞相之仪容。"古春见说,以首肯之者数次。

---

① 进泮(pàn)——古代称考中秀才为进泮或入泮。泮,指泮宫,即古代学校。

② 资家——资助家用。

③ 驰驿——旧时各省都设有驿站,凡官吏因急召入京或奉差外出,由沿途驿站急供夫马粮食,兼程而进,不按站止息,叫驰驿。

④ 乔梓——儒家以为父权不可侵犯,似乔木一样高高在上;儿子应卑躬屈节,像梓树一样俯首贴耳。后因称父子为乔梓。

⑤ 麻衣之术——传说北宋钱若水少年时访陈抟于华山,由麻衣道者为之相。后人作相法书或作相术多托名于麻衣。

⑥ 数——旧时迷信,指天数,不可抗拒的命运。

复叩问袁公相中秘要,遂邀袁公到寓,再三恳求。袁公见其真诚,遂将心法一一传与古春。古春后来相术甚高,名闻海内。至今有《袁柳庄父子相书》、《兰古春歌诀》行世。

于公自从相面之后,心觉欣悦,眼目亦好。明春仍就学读书。瞬息之间,不觉又过一年,乃是永乐七年。正月初一元旦,家家贺年,其父乃命公往亲友家拜节。公乃穿其叔所赠红圆领,乘一匹骏马,着一仆随行。公正骑马往新宫桥小路冲出,不期巡按从新宫桥大街而来,公一时回避不及,代巡见是个孩子,唤手下人役勿令惊吓。又见公容貌端庄,举止自若,并无畏惧之态,即问曰:"小子何敢冲吾节导①?"于公即答曰:"良骥欲上进而难收,正望前程耳。"代巡见其出语不凡,心甚奇异,乃问曰:"观汝此言,亦是读书之子。"公答曰:"颇读书几行。"巡按曰:"汝既读书,吾出一对与汝,若对得好时,重赏;如其不能,加罚。"于公即请出题。巡按因见公穿着红色衣服,遂曰:"红衣儿骑马过桥。"公即应声答曰:"赤帝子斩蛇当道②。"巡按乃大惊异,即问从役是谁家之子。左右有识者禀曰:"此是太平里于主事之孙,于彦昭之子。"巡按奇赏者久之。即命人到县,取银拾两,作为读书之资,仍送提学考试。至岁考时,遂补弟子员③。入泮时,当永乐七年。公年方十岁也。

于公蒙④按院送考进学,自后只在山中读书。三月间清明节至,公欲回家祭祖,取路投昭庆寺来。闻得三司在寺内饮酒,公乃徐步进寺观看。有书吏⑤人等认得于公的,皆沸沸言⑥说:"前月巡按送提学考选进学的小秀才,在此观看。"三司闻得此言,乃问众吏役。吏役人皆禀说是。三司曰:"快请来见。"众吏役等一起来请于公。公昂然过来,相见三司。三司见公俱出位,即叫长揖,不必行礼。于公礼毕。三司见公仪表举止,尽

① 节导——符节,古代使者所持以作凭证。
② 赤帝子斩蛇当道——指汉高祖刘邦醉酒拔剑斩蛇的传说。汉朝盛行五德终始的学说,认为汉朝以火德而王,火是赤色,故神化刘邦斩蛇故事,称其为赤帝子。
③ 弟子员——明清两代称县学生员(即通过考试取入县学的秀才)为弟子员。
④ 蒙——受。
⑤ 书吏——官署雇员,承办例行公事。
⑥ 沸沸言——喧闹;人声鼎沸的样子。

皆敬重。三司问曰:"小生员就是张代巡送学考取的么?"公曰:"然。"其时有范方伯就道:"向闻生员才思敏捷,予有一联口对,敢烦一对何如?"于公即请示题。范方伯乃指佛坐言曰:"三尊大佛,坐狮坐象坐莲花。"公即对曰:"一介书生,攀凤攀龙攀桂子。"三司闻对,皆大惊喜,啧啧者数声。即令吏役携酒一席,并折席银三两,送公回家。公乃辞谢出寺。寺门外有许多军兵,一见公得赏酒席、礼仪,一起围住问曰:"小先生作何文何对,有此厚席礼物?"于公曰:"三司出一对曰:'三尊大佛,坐狮坐象坐莲花。'吾即对曰:'一伙小军,偷狗偷鸡偷觅菜。'"众人闻言,知其戏侮,皆大笑,不敢复问。

　　吏人送公回家。明日即将席仪买办物品,祭奠祖宗。祭毕,公竟到馆中读书,又不觉八个月矣。时当岁毕,公乃收拾书籍,回见父母。省拜毕,抬起头来,看见父面有愠色①。公即跪下,复问其故。其母刘氏,以岁迫家窘之事言之。公即起慰曰:"父母且请宽心,儿自有措置②。"乃别父母,一径行到布政司来。正值范公坐堂,公即趋见范布政。布政一见公谒③,心中甚喜,忙问曰:"生员为何事到此?"公即禀曰:"生员向蒙老大人珍惠,数月在远处攻书,未及叩谢。近因岁逼回家省亲,生员见父母有忧色,知为家寒岁迫,百物无措。不瞒老大人说,虽薪水亦不能给。生员心下皇皇,敢来叩谒大人。闻老大人今年黄历颇多,欲求数块变卖,聊充薪水,供膳二亲。乞老大人怜而赐之。"范公闻言,即令书吏取绵纸黄历数十块送公。公正欲辞谢而出,范公又曰:"春间昭庆寺中所对,足见贤契④奇才。今日予见历,因思一联请教。"公即请示题。范公即将黄历为题目:"二月春分,八月秋分,昼夜不长不短。"于公即对曰:"三年一闰,五年再闰,阴阳无错无差。"范公见对,极加称赏,即命库吏取银十二两,送公为薪米之费。公乃辞谢而出,归家奉养二亲。

　　明岁,仍往湖州读书。荏苒⑤间,不觉又过三载矣。一日,新提学到

----

① 愠(yùn)色——怒色。
② 措置——安排,料理。
③ 谒(yè)——进见地位或辈分高的人。
④ 契——情意相投的朋友。
⑤ 荏苒(rěnrǎn)——指时间渐渐过去。

任。人传言,宗师颇立崖岸①,其是严肃。于公闻知,急急赶回。适值提学落学,公忙整衣巾进内参见。礼毕,见诸友排立两旁,默无一语,若有所思。于公心中默忖曰:"人言宗师颇作严峻,今日观之,信不诬也。"提学看见于公,大声言曰:"此生员何独来迟?"于公上前禀曰:"生员处馆湖州,故此来迟。乞宗师情谅。"提学曰:"此事吾已不较。适才吾进学宫,见泮池中一小蛇浮游水面,弯曲之形,有类带草之字,因出一联与诸生对。出之已久,尚未有人对。汝能对得,即为优等。"于公曰:"请宗师示题。"提学曰:"吾所出者:蛇游水面,斜弯一似草之形。"公不待思索,即对曰:"雁步沙堤,倒写两行真个字。"提学与众友闻对,尽皆钦服。提学即令生员皆要背诵太祖卧碑,着几个生员背诵,又复掣签②讲书。头一签,掣着孔宗道讲《中庸》"天命之谓性"三节。第二签,刚掣于公。公见掣着,即上前禀曰:"蒙宗师命诸生讲书,不过窗下记熟套几章,虚应故事。适才蒙宗师已命诸生们背诵太祖卧碑,而我朝太祖之圣训《大诰》诸篇,正当令诸生们捧诵讲习。他日出仕,动导循圣典。望宗师少假片时,待生员宣讲了圣诰,以新诸生耳目。"禀毕,公即将前太祖《大诰》首篇,朗朗背讲,大阐洪猷③,引诸一切圣典,声若洪钟,谈如悬河,叠叠不倦,听者耸然。提学初闻讲《大诰》,间亦起身立听。不意于公阐发奥旨,讲论不息,提学自己身体觉倦,乃命止之。公曰:"此圣诰不可中辍。"言罢又讲,精神倍增,言言不竭。提学见之,词色甚温,谓公曰:"子青年若是英才也,宜自慎重。"遂给纸十刀、笔数帖与公,深加爱敬。诸友亦皆钦羡而退。

挨过年余,时永乐十二年圣寿节。国初,习仪拜牌,不限定礼生赞礼,亦不拘增广廪膳④,但学中选声音洪亮者喝礼,时学中遂推于公、孙祐二人赞礼。正拜舞之际,忽然一宪官失蹉⑤倾跌在半边,于公一见,即大声喝某官失仪。斯言一出,众官相顾惊骇。此官回归,不出理事,恐抚按有说。当日提学亦在,见公喝出,心甚不安。即令人唤公到校,曰:"汝才思

---

① 崖岸——高峻的山崖、堤岸。常用来比喻性情高傲,不随和。

② 掣(chè)签——抽签。

③ 洪猷(yóu)——大谋划,大计划。

④ 廪(lǐn)膳——官府发给学生员的膳食津贴。

⑤ 失蹉——失措,举止慌乱失常,不知所措。

虽宏，自宜慎缄。为何把一宪官迅口胡言，凭自己意喝将出来，于学校体面何如？"于公见说，即忙答曰："生员一见，动触于中。自古云：'天颜万里，敬如咫尺。'为臣子事君朝拜，当战战兢兢，如临如在；若其不敬，徒有设拜之仪矣！今承宗师教戒，敢不惟命是从。生员不与为证便了。"提学素奇公才，又见公皆是满腔事君忠义之言，遂以好言慰之而出。

于公此后，自知豪气太过，恐人暗挤，遂辞告父母，往姑苏游学，带一仆于康来到苏州虎丘山。盘桓数日，行过虎丘数十里之程，忽见小桥曲径、树木幽静之处，闻得朗朗读书之声。公遂与仆寻径而进，果然好座山庄，清幽书馆。于公看毕，乃曰："此处幽雅，正是读书之所。"咳嗽数声，则见衡门①开响，一小童从内出来，问道："相公何来？"于公曰："从杭州而来。"小童忙道："我家相公今早对唐相公说：'昨梦甚佳，今日必有远客到临。'如今果然。"于公乃谓小童曰："烦汝通报一声。"小童领诺，进不多时，少刻走出两人，唐巾②素服，儒雅超群。不知何人，观下传可知也。

---

① 衡门——横木为门，指简陋的房屋。
② 唐巾——唐代帝王所戴的一种便帽，后来士人也多戴此帽。

第 三 传

虎丘山良朋偶会　星宿阁妖魅惊逃

于公见内边走出二人，甚是儒雅，忙整衣冠相见。二人接进馆中，各施礼毕，三人分宾而坐。于公曰："小弟因游虎丘，不意往贵馆经过，闻得书声清朗，必有良友读书，遂尔轻造①。多罪！多罪！"二人答曰："蒙兄远临垂顾，实乃三生有幸。"于公即问曰："二兄尊姓大名？"右首者答曰："小弟姓徐，名珵，字元玉。这位是吾表兄，姓段，名民，字济世。因承外祖之姓，姓唐，故乡人称为唐济世。皆此处人氏。"于公闻徐珵之言，即问徐曰："小弟尝闻姑苏称徐奇童者，必是兄也。"徐珵曰："不敢。"唐段民即答曰："此正是表弟。"唐、徐二人问曰："敢问尊兄高姓大名？何处人也？"公答曰："小弟姓于，名谦，杭州人氏。"唐、徐闻言，忙起问曰："莫非遇代巡对'赤帝子斩蛇当道'之于神童乎？"公曰："不敢。"唐、徐称曰："闻名久矣！何幸有缘，得兄远顾，实乃三生有幸。"二人复问曰："尊兄远临，必有何事？"于公即将前事说知。二人曰："足见兄忠心触发，豪气过人。若如此，兄居鄙馆月余何如？"于公曰："贵馆清幽，二兄高品，正是读书有益。今得请教，何幸如之。"遂唤于康，行装内取银伍两，送与徐、唐，曰："微物权为薪水之费。"二人再三固辞不受。于公曰："若不肯受，是见却弟也。"二人方始受之。于公遂与徐、段二友或讲论经书，或商榷古典，或作文章，皆有高出人意表之才，彼此深为有益。在馆三月，将近年终，于公欲回家来。二人固留不住，只得饯别。于公曰："在此相扰多时，何以克当②。"又唤于康取银贰两，送与徐、段二人。二人立誓不受，曰："蒙兄雅教，感惠多矣，安敢受此。如兄不弃，明春专候兄来教益，足仰盛情。"遂相送数程，各各相别而归。

徐、段二公送于公回至中途，忽见一道流，丰神秀丽，骨格清奇，飘飘

---

①　轻造——轻率拜访，唐突。
②　克当——担当。

然若当地之神仙。道流对二人曰："二公送一友去，又有一友来陪伴也。"二人闻言，顾羽流曰："仙长何来？有何见教？"羽流曰："二公肯留小道时，当造府禀知。"二人允诺，即与同行。羽流心悦，即同到馆。施礼毕，徐、唐二人问曰："仙长何处人也？高姓尊号？"羽流答曰："小道终南山人也。姓乌，名元运，号玄虚子。"徐、段二公见乌道丰姿磊落，谈论多玄，遂留而馆谷之，不提。

　　且谈于公自回家中，过了新正，时永乐十四年也。意欲复往姑苏，时有朋友高得旸、王大用、王尚质、李潜、刘士亨等，来拉公于慧安寺看书，遂不复游苏州。当日众友初集，各出分金，治酒于西湖舟中。酒至中巡，众友齐上湖堤，少步片时。公至桑林之间，因见人剪伐桑枝，于公有感于怀，遂吟诗一首曰：

　　　　一年两度伐枝柯，万木丛中苦最多。

　　　　为国为民皆是汝，却教桃李听笙歌。

公吟诗毕，复同众人入席饮酒。是日畅饮，大醉而归。来到寺中门首，有一太保神塑像于门首。公乘醉中见之，乃大喝曰："如何见我来不跪接？可恶，可恶！明日罚你到岭南充军。"于公一头说，一边走进书房中去安歇，不提。

　　且说这太保神颇有灵异，因于公醉中要罚之言，其夜本寺住持西池和尚正睡中，梦见太保来见，曰："今晚宰相要罚我岭南为军，恐不能在此久居，但未有发牒①耳。若有牒文，即当去也。惟吾师面求，或者可免。"西和尚就问宰相是谁，太保用手指着于公书房。西池觉来，乃是一梦。曰："奇哉此梦！我想起来此必于相公也。观此一梦，于公日后必然大贵。待他起来问之便知。"遂到于公书房门首，问曰："于相公起来否？可使人送茶来？"于公在内应曰："茶到甚好。"西和尚即令人送茶汤进房。待于公梳洗毕，西池过房相见，曰："夜来相公好醉。"公曰："昨晚诚醉，不曾有甚触犯于人否？"西池曰："夜间相公醉中，曾发落郿寺监门太保岭南摆站？小僧夜间得此一梦，望乞相公恕饶。"于公见说，大笑曰："果有此事。吾常见彼立在当门，故此酒后戏言，不料形于梦寐。"遂乃同出寺前，指太保曰："吾之戏言，不足为虑。"是夜，西池又梦太保来谢道："蒙吾师讲过，

────────────

　　① 牒——文书或证件。

宰相已饶我矣。奈我常直立门首,宰相屡憎吾之不恭。今后吾师可塑一只脚屈膝者,如迎接之状,庶可免也。"西池见梦,甚奇其事。翌日,即令人另塑一屈膝之像守之,至今神像犹存本寺。自后西和尚日加恭敬于公,凡百事皆措置,以待公不时之需。公亦深感其惠,谓之曰:"若果身荣,决不有负。"

一日,公会文于吴山之三茅观中。众友因谈起:"闻得宝极观星宿阁屡言有鬼,人不敢独自歇宿。我等素知于廷益最有胆量,若能独宿一夜,我众友当出一两银子,设席湖中,何如?"于公见说,欣然允从。当晚,众友一起送公到观中阁上歇宿。反锁了阁门,众友各自回去,惟于公独宿阁上。坐之良久,不见动静。待及四鼓,公正欲睡,忽听远远一簇人,从空中而来,将入阁中。于公瞭见,大喝一声曰:"是何妖怪,敢来至此!"鬼怪闻喝,一时惊散。只听得空中有言:"宰相在此,险些被他识破。"少刻寂然无闻。公乃推窗看时,星月明朗,见窗口失落一物,公拾而视之,乃一银杯也。遂袖而藏之,以为执照①,心中思忖曰:"未审是何妖怪,乃能移人之物如此。"遂安然睡去。

少刻天明,众友一起在阁下喊叫曰:"于廷益,于廷益!"公听得,佯为不应。诸友彼此埋怨曰:"什么要紧,赚他在此。倘或被鬼迷死,不是耍处。"有孙菊庄曰:"于廷益平素有胆量,决然不妨,料他故意不应。"众人开了阁门,一起拥上。只见于公大笑曰:"快办东道落湖,还有好处。"众人见公,大喜,问曰:"廷益昨夜有何闻见?"公即将昨夜所见之怪说了一遍,即于袖中取出银杯,对众曰:"此乃天赐之物。"众友忙问:"此物何由得之?"公曰:"昨夜鬼怪被吾喝散失落,因而拾得。"众人见说,齐曰:"此怪甚异,乃能善移人之物,真亦奇也。"众乃一起拉公下阁,同出观门。王彬曰:"吾等先到众安桥下杨饭店酌②些早饭,然后买物置酒湖中。"

众人一起皆到杨家坐下,只闻得人言:昨夜何颜色家因女儿患病,酌献五圣③,忽然台子上不见一个银杯,其实怪异。众人闻言,乃曰:"此必是何家之物也。吾等饭毕,即到何家付还此物,然后落湖。"

----

① 执照——凭证。
② 酌(zhuó)——饮,吃。
③ 五圣——亦称"五通"。中国旧时南方乡村中供奉的神道。相传为凶神。

众人饭罢,一径投何颜色门首访问,邻居皆言果有此事。早有人报知何家,只见何老出来相见:"请问列位先生何来?"于公应曰:"闻知令爱有贵恙,学生有一方,特来医治。"何老对曰:"小女果有贱恙,未审有何妙方,可能痊愈。且请进内。"于公等一起进内坐下。于公曰:"昨夜府上曾失甚物否?"何老答曰:"老拙因小女有恙将及两月,诸药无效,昨晚请祝献师酌献五圣尊神。正献酒之际,忽然台上灯灭,不见一个银杯。想是老拙不虔之故,以致神怒,所以有此。"于公闻说微笑,即于袖中取出银怀,递与何老,曰:"此杯是宅上之物否?"何老一见,连声曰:"正是,正是!先生从何得之?"众人以昨夜之事谈了一遍。何老大喜。遂款留众人待了午饭,又邀进后厅坐下。

少刻,大开筵席,厚待诸人。于公曰:"今日深扰,无以为报,吾知令爱必为鬼怪所迷,吾有一方,可能医治。"何老曰:"先生有何妙方,乞即示教。小女痊安,自当重谢。"于公曰:"可写贱名贴于令爱房门之上,自然安妥有效也。"何老见说,即取红纸一张,递与于公。于公即题笔在手,大书"于谦在此"四字,递与何老,曰:"可将此贴于房门之上,自然痊愈也。"何老再三致谢,又敬数杯。众人辞谢而出。

何老即将于公所写之字,贴于此女房门之上,其女果然安妥,并无癫狂之态。其母早间来问女之身体夜来何如?女答曰:"儿夜间见两人到房门边,欲进欲不进。只见那右边一人说道:'即是昨夜神官,被他识破我们之事,今日在此镇守,我们从此去也。'说了数句,倏然不见。"其母闻言,心中甚悦,自后此女渐渐身安,一家安乐,深感于公之德。其母见于公有此神异,忙出堂前,对何老议事,不知所议何事。

第 四 传

同仁里夫妻合卺①　山东旅将相奇逢

何家老妪因见于公留名镇压邪怪,救好其女,心中暗想:此人有此奇异,必定非常,即到堂前对何老曰:"前日所见于秀才之容貌,决非凡品。且又蒙他救女儿之命,足见他英气所感,邪怪亦且畏他,日后必然显达。奈吾女已许王家,难以再议。我思得董家外孙女,端庄有福,何不说与他为妻。况我女婿董铺又是进士出身,家资颇厚,止生此女。若去说亲,无不谐矣!"何老闻之,心中甚喜,曰:"我前者设席待他,已有心问他曾有亲否,彼言尚未,或者是姻缘,也未可知。若果应成,不枉了我夫妻识人。明日正是吉辰,吾就去议。"

何老果然明日早晨到于公家来,适值于公众友请去完前日湖中之席,不在家中。其父彦昭忙出迎进。礼毕,何老深谢曰:"前者多蒙令郎驱散妖邪,小女身康,感情不浅。今日老拙一来叩谢,二来特送一佳偶与郎君,未知肯容纳否?"彦昭答曰:"只恐家寒难以仰攀。"何老曰:"两姓皆是名门,不必太谦。此女非别人,就是老拙外孙女,故敢斗胆作伐②。但小婿董铺为劾③当道被黜,为山东教官,奈无子嗣,唯有此女。老拙见令郎人才英伟,异日必然大发。且小婿亦素仰重令郎,莫嫌卑陋,勿却幸荷④。"彦昭曰;"只恐家寒,一时乏聘,难以相求。"何老曰:"不必过谦,但求一钗为聘。小婿些少家资,自行嫁赠,万勿见却。"公父见何老来意甚诚,即时允诺。何老辞归,与妪说知,心中甚喜。于公父亲选日行聘,择日成亲。

---

① 合卺(jǐn)——成婚。卺,瓢,把一个匏瓜剖成两个瓢,新郎新娘各拿一个,用来饮酒。是旧时成婚时的一种仪式。
② 作伐——作媒。
③ 劾(hé)——揭发罪状。
④ 幸荷——承受恩惠,客气话。

果然董氏夫人嫁到于门，孝敬公姑，亲主中馈①。宗族称其贤，乡里羡其德。

于公岳丈董铺因到山东作教，将及半年，朝廷命下，升为永丰县知县。未及到任，不期患病身故。董公虽有一子，尚在襁褓，无人搬丧回葬。何老与诸亲皆来浼②于公一行。于公乃带二仆于康、于淳，拜辞父母诸亲，多带盘费，往北而行。经过苏州，遂到徐珵旧馆相探，致谢徐、段二友。徐、段见公临甚喜，曰："往年多蒙指教，不觉又间阔两年矣。今日何幸到来，甚慰鄙怀。"于公把从别后诸友相留，毕姻后因岳丈病故，特往山东搬丧，便道经过，特来拜访之意一一详叙。徐、段二人曰："不知兄毕姻，又丧了令岳，种种缺礼，负罪良多。"欲留公数日，公力辞要行。徐、段不敢强留，俱送赆赙③之仪而别。

徐、段二人送公一程，回到馆中，此时乌全真亦回到坐下。徐、段二人问曰："仙长连日何往？"乌元运曰："小道连日在嘉兴游戏。"就问曰："今日二兄出外何干？"徐珵曰："就是日常所言于廷益兄，为搬岳丈之丧，以此经过，特会一面，以叙间阔。因今别去，特送一程而回。"乌元运见说，连顿足曰："吾正欲见他，只是无缘难会了。罢了，罢了！吾之劫必劳二公矣。"

明日晚间，乌道对二人曰："今夜吾要与二兄同榻而卧，某当居中。"又嘱曰："夜间若有大雷雨震动，二兄谅不畏惧。切不可起身，事亦无害。"二人见说，只得依允。三人共榻。徐、段二人心下疑惑，不知为何。时值三更，忽然雷雨大作，闪电交加，霹雳之声，若将打下而又止者数次。忽听得空中道："快下手，快下手！"又听得人道："下手不得，恐惊动内外贵人，反取罪戾④。"沸沸嚷嚷多时，又听得说："罢了，罢了。又被他闪过一难矣。"少刻风清雨息，将至天明，乌道起来相谢徐、段二人。二人问曰："夜间这景态，不知为何？"乌全真曰："昨夜之事乃天真雷火之劫也。某因参识元机，颇能吐气纳元，修真养性，炼阴济阳，但未能升举为恨。今

---

① 中馈——指妇女在家里主管的饮食等事。

② 浼(měi)——请托。

③ 赆赙(jìnfù 傅)——赠送财物给办丧事的人家。

④ 罪戾(lì)——罪过，罪恶。

幸延过三甲子①,某貌如壮年,亦可谓造到全真之境。但遇一甲,必有天降雷火,震霹交加,打窃天地元炁②之人。此时必须明心见性,预算甲子年、月、日、时,使真火寂静,则天火难加矣。昨夜即是某又逢一甲之日,仗二兄贵人,正是少年元神足备,不为惊骇所动,因此暂借庇过此劫。"即于袖中取出一卷秘书,度于二人曰:"某在此相扰年余,无以为报。此书非但能擎云降雨,亦可以解难脱厄,聊为共处相酬之意。"先顾徐珵曰:"公大贵,必有大难,是术可解。唐兄真诚无虑。"仍再三叮嘱,此书法不可轻泄,轻泄者必受天谴。复谓珵曰:"他年金齿相逢也。"言毕,乌道即拂衣而去,飘然长往,不知所之。

徐、唐二人自得了秘书,在馆中演习,得其元妙。唐段民即于是年得中乡科,明年登第。徐珵直至宣德丙午年中乡试,次年亦中会魁。

不谈二公登第后事,且谈于公自别徐、段二人,离了苏州,来到山东青州地面。忽闻得人人乱传道,近有妖妇唐赛儿作乱,占夺了青州并莱阳等县。过往客商不得前进,恐防有害。于公闻言不敢前进,即唤于康寻一宽大客店安身一夜。明早梳洗饭罢时,正欲出门探听唐赛儿事情,只见门外走进两位大汉。于公见二人相貌堂堂,威风凛凛。先行者方面巨耳,须长至腹;后随者虎头环眼,狼背熊腰,体貌甚巍。于公见了,即与施礼,就拉同坐,问曰:"足下何来,高姓大名尊表③?"其须长者答曰:"某渭南人也,姓石,名亨,字大通。此乃吾之侄也,名彪,字伯虎。世家军籍。因伯父石岩在此石棚寨为把总,与侄同来探望,欲图进身立业。到此店中吃些酒饭,然后再去,不期有缘相会兄长。"于公遂唤酒家排酒,三人同桌而坐。石亨亦问曰:"兄长尊姓大名? 何处人氏? 到此贵干?"于公答曰:"小弟姓于名谦,字廷益,杭州人也。因岳父在此作教官,不期病故,特来搬丧。偶值唐赛儿作乱,不能前进。正欲思一计以除一方之害,幸遇二兄进店,莫非天与相会乎?"

三人坐间谈论些文章武略之事。忽见一僧进店而来,坐在下首桌上,

---

① 甲子——六十花甲子的简称。甲居十干首位,子居十二支首位,两两相配一个轮回需六十年,故称六十花甲子。

② 元炁(qì)——即元气,指人或国家、组织的生命力。

③ 表——即表字。旧时人在本名之外,取字以表取名的意义,或表德行、特性。

口中急唤酒家快将酒饭来吃。口内说着，一边又看着于、石三人，乃大声曰："好奇哉，好奇哉！为何店中有此三位将相，在此相叙？"于、石闻言，一起问曰："老师莫非能风鉴乎？"僧答曰："然也。"于、石即邀老僧同席而坐。于公认得老僧，这老僧亦认得于公，各各拍掌大笑。于公曰："老师曾认得学生幼年在杭州布政司前戏言相识否？"老僧曰："是也。记相公总角时相戏，所许日后乃台辅①之器，斯言可记得否？"于公曰："不敢，恐老师过奖之言。"因顾二石曰："此老师相法果神，非他人所及。小弟幼年相会老师，不觉又过十年矣。老师真得禅养之妙，尊颜不老。"二石遂问老师法名尊号。老僧答曰："山僧法名兰如，号古春。"二石闻言忙下礼曰："闻名久矣！今幸有缘，敢烦老师别鉴，指示前程。"兰如笑而答曰："适间睹三位尊容，使山僧甚是惊异，所以言为何有三位将相叙于此店。二君日后公侯之相。此位相公，日后宰辅之相也。"古春仍叹曰："当今非乱世，何乃出此将相？日后俱成救乱之人。"二石再三求古春细鉴一鉴。古春遂问二石高姓大名。于公一一道其姓字。古春曰："三君不信吾言，待山僧写出他年贵显，留此字为左券②，以神吾术。"古春遂写诗一首。先写与石亨，诗云：

> 眉如剑楞眼如虹，凛凛身躯体貌丰。
>
> 耳大相方汉昭烈，须长堪比美髯公。
>
> 时来仗勇诛千骑，运至凭威破万雄。
>
> 睹此仪容诚可羡，后来品爵极尊荣。

石亨观之，心中大喜，曰："老师褒之太过，恐某不能到此地位。"古春笑曰："山僧不谬言，日后自显。"又写一诗，递与石彪，其诗云：

> 胡须一部茸而清，狼背熊腰似虎形。
>
> 燕额当年同翼德，虎头今日类班生。
>
> 轻舒两臂真骁勇，独立双眸甚狰狞。
>
> 边塞他年人畏伏，元戎掌握显身名。

石彪看毕，称谢不已。古春仍写一诗，送与于公，其诗云：

---

① 台辅——指宰相，言其位列三台，职居宰辅。

② 左券——古代契约分为左右两联，双方各执其一，左券即左联，常用为索偿的凭证。这里指凭证之意。

巍巍体貌若天神，炯炯双眸耀朗星。

声似洪钟欺项羽，面如冠玉赛陈平。

擎开赤手安邦国，誓展丹心佐帝廷。

他日救时真宰辅，后人谁不羡忠贞。

于公看罢曰："重蒙老师奖许，恐学生无有是日。"古春答曰："山僧昔年许公宰辅，今日岂肯谬言。日后三君贵显，方知山僧之言不妄。"复叹曰："山僧阅人多矣，不意今日将相奇逢于此。"又叹息者数声。三人见古春三叹，遂问其故。古春曰："山僧叹息者，奇三君之数耳。"

　　四人正谈饮之间，只见一俊俏后生，领着一披发女子进店来。后生朗唱一曲，讴音①清亮；女子亦吹一曲箫，清韵可人。于公问后生曰："汝是何方人？姓甚名谁？"后生答曰："小人姓萧，名韶，原是北方人氏。父亲因到南边教演吹唱，年老欲还家乡，不料病故。母亲又三年前已死，遗落我兄妹二人，不能还乡。几次欲卖身葬父，小妹又无倚仗；几次欲卖妹搬丧，又不忍同胞分散，只得赶趁度日。不料于今唐赛儿作乱，米粟甚贵，难以度日。若得达官稍助盘费，我兄妹二人带得父母灵柩回家，存殁感恩非浅。"于公见说，心中侧然，曰："观汝所言，一点孝心。吾欲助汝盘缠，奈赛儿作乱，关河阻隔，难以回家。汝能依吾一事，令汝忠孝两全。"石亨闻言问曰："于兄如何令他忠孝两全？"公曰："吾闻赛儿作乱，昨夜正思欲施一计以除之。今见萧韶伶俐，又能吹唱。观他是孝心之人，此事可托。吾欲授一奇计于萧韶，令他潜地投入赛儿营中，使其内中取事，以除一方大害。除了赛儿，就是尽忠；那时搬丧回去，就是尽孝。"即唤于康取银伍两，付与萧韶，曰："汝将一半银子，把父母灵柩权寄在寺院或坟茔空地之处。吾令授汝一计，必然成功。"萧韶见公惠此大恩，即拜于地曰："蒙达官厚德，使萧韶赴汤蹈火，亦不敢辞。"公曰："吾有一友姓许，见任滕县知县。我修书一封，附一奇计在内。汝与妹子即投赛儿营中，依计而行，无有不中。"公遂修书附计，令萧韶同妹子前去。

　　萧韶领了，即辞于公，往别径取路到滕县，呈上于公书计。许知县见了，暗羡曰："吾友此计果奇。"即令萧韶与妹投入赛儿营中，行阳施阴夺之谋，用里应外合之策。许知县会合傅总兵之军，杀了赛儿，除此一方大

_____

①　讴音——唱歌的声音。

害,实于公指示之谋。其计甚秘,功为许知县所得,故杭人有言公初出衡门第一功者,即此之谓也。于公即遣萧韶去后,二石与古春不知所附何计,各各暗中称羡,俱皆作别而行。

石亨与石彪往别路来投见其伯石岩。石岩一见大喜,曰:"吾正思汝二人,今日到此,足慰我怀。"因领亨、彪来投见傅总兵。傅总兵见亨、彪英勇貌伟,遂留于麾下①。后因收妖贼有功,升亨为镇抚之职。不数月,其伯石岩病故,无子,亨遂袭其指挥之职。石彪亦有功,遂授把总之职。

且说于公自别古春与石亨叔侄,取路径到济南府来,收拾岳父董镛灵柩。董镛原中进士,选为翰林庶吉士。居位不数月,因劾当道,反被当道唆言官劾其越职论事,遂降为济南府府学教授;在学三年,升为永丰县知县,未及到任病殂。董镛为教官时,其得诸生之心,虽上司亦皆敬仰。于公因搬丧到彼,三司府县诸生,皆有祭赗之仪②。公该受者受,该却者却。一味以礼自处。诸生亦皆雅重于公。公即辞诸友众官,搬丧而回。拜见父母,安葬岳丈已毕。诸亲友皆来吊奠。事完,当有良友高孟升、吴彬庵、吴雄、刘贡父等,来拉于公同去看书。未知在于何所,后篇可见。

---

① 麾(huī)下——将帅的部下。麾,古代指挥军队的旗子。
② 祭赗(fù)之仪——向办丧事的人家送礼。

第　五　传

于廷益大比①登科　　高孟升坚辞会试

　　诸友复来请公看书。公亦因科举在明年,遂不远去,乃从众友之情,同到富阳山中读书,与众深相砥砺②,甚为有益。公在馆中数月,一日闲步到烧石灰窑之处,观见烧灰,因有感于怀,遂吟诗一首,云:

　　　　千锤万击出深山,烈火焚烧若等闲。

　　　　粉骨碎身全不惜,要留清白在人间。

后人观此诗,谓云:文章发自肝胆,诗赋关乎性情。观公咏桑咏灰,足见其忧国忧民,自甘廉洁,全忠全节之印证也。于公吟毕,仍到馆中与朋友会文、讲论经史。

　　将及年终,回家来。一路与吴大器同行,各将衷曲细谈。于公曰:"明秋正当大比之年,不知我得中否? 亦不知我日后事业成就否?"吴大器曰:"兄之英才广学,何愁事业不成,功名不就? 明秋决中高魁无疑矣。兄如有疑,可晓得听'倩语'之事乎?"公问曰:"何谓'倩语'?"大器曰:"'倩语'者,乃听他人之言语,以决一生之穷通。书上谓之'响卜',又谓之'谶语'③,即此意也。"于公猛省曰:"妙,妙,待我试为之。"遂与大器分路各自归家。

　　延至第三日,乃是腊月二十四日之夜,公乃依法至二更时分,悄地潜行,出门而去。行不半里之程,至一家门首,听得一小儿讨豆吃,一妇人回言:"你去问外婆讨就有了。"于公闻言,即住脚暗想曰:"此分明叫吾去问外婆讨'谶语'之兆。"乃即忙回家安歇一宵。

---

　①　大比——隋唐后泛指科举考试。明清两代特称乡试为"大比"。每隔三年举行一次,各县、州、府的应试者齐集省城,由朝廷派官主考。录取者称为举人。

　②　砥砺——原意是磨刀石,引申为切磋。

　③　谶(chèn)语——迷信的人指事后应验的话。

　　明早起来,细思曰:"吾外婆平日素不喜我,我去讨'谶语',必无好言。"乃挨至午后,一径来到外婆家来。相见外婆礼毕,便曰:"外孙向在富阳山中看书,不曾探望得外婆,乞恕罪。"外婆曰:"你读书正理,日后好做尚书①阁老②。"于公闻言心中甚喜。外婆遂留公饮酒。外婆家中有两个小厮斟酒,服侍甚是殷勤,把大杯连敬公三四十杯。公不觉大醉,就喊叫曰:"好两个小厮!吾日后做到尚书阁老时,我一人赏你一个官做。"这外婆见公酒醉狂言,便说道:"尚书阁老有你分,只是恐朝廷要砍你这托天说大话的人。"于公忽闻外婆说出此言,心中大惊,不觉酒气潜消,即辞外婆回来。一路思量曰:"吾日后虽然贵显,恐不能得善张。"既而叹曰:"吾若得尽忠报国,死何足惧哉!"急急回家。

　　过了除夜,明春正是永乐十八年二月间。于公蒙提学已取了正科举。至八月终,于公果中高科。同馆高得旸亦中魁。二家果然宾客骈门,亲疏拥户。于公见俗态浮薄,心甚非之。杭俗之风,极其炎凉。惟于公与同年高得旸二人,视富贵若浮云,甘守廉洁,不与众同,一应贺礼,坚却不受。

　　于公世事已毕,数月不见高得旸出来会友,公乃亲造高君之门,欲拉高君同赴会试③。只见高君谢绝亲友,不乐仕进。因虑同年辈来邀会试,乃先题诗一首于屏风之上,以明其意,云:

　　　　今秋侥幸步云衢,明岁南宫选继开。

　　　　勉强俯成场屋志,自惭愧乏庙廊才。

　　　　随时暂尔栖蓬荜④,抚景灰心谒帝台。

　　　　即此认为终老计,亲朋何用苦疑猜。

于公看诗罢,嗟呀良久,曰:"若如此说,高君不欲进取矣!"乃大叫数声曰:"高兄,小弟候见多时,何故不出相见?"高君知公俟⑤久,只得出来相见,各施礼毕。公曰:"小弟特来约兄同赴会试,兄何故题诗于屏风之上,

---

①　尚书——明代指协助皇帝处理政务的官员,相当于国务大臣,职权极重。

②　阁老——唐代以中书舍人的年资长久者为阁老。明代亦称大学士及翰林学士入阁办事者为阁老,不限于内阁阁臣。

③　会试——明清两代每三年一次在京城举行的考试。各省的举人皆可应考。考中者称贡士。

④　蓬荜(bì)——蓬门荜户,指穷人住的房子。

⑤　俟(sì)——等待。

甘守衡门？往日所读之书何用？”高君答曰：“兄素抱经济之才①，当展生平之略。此去京都，必然连捷。小弟学疏才浅，德微命薄，不求进取，甘守清贫，以遂所志。”于公闻言，复劝曰：“兄读万卷经书，久抱经纶②，不干仕进，则所学皆成虚耳。况兄正当盛年，何故退岩下，甘老蓬衡？诚所见之偏也。”高君答曰：“今秋勉强赴试，不意侥幸登科。且小弟频年多疾，倦于进取。弟与兄相知最久，岂不知弟之愚衷？今日之不赴会试，即兄向日坚却山东收唐赛儿之功同也。当日公遗计收唐赛儿，傅总兵欲表叙公指示之谋，公闻知亲往傅公营坚却，故不叙公功，皆做为许知县之绩。”于公见高君固却，知不可强，但曰：“兄如此固执，弟不敢再强。即此告辞，再图相会。”

---

①　经济之才——指经世济民、治理国家的才能。

②　经纶——指政治才能。

第 六 传

莅①广东备陈瑶疏　按②江西鞫③明奸恶

　　于公别了高得旸回家，即整装拜辞父母，带领二仆，前往京师赴试。不消两月，起岸到京。二月内即中会魁，三月殿试毕，时永乐十九年。吏部点选人才，即奏授公为在京监察御史。不两月，奉旨差往广东犒察官军功过，并招辑瑶僮。

　　公承恩驰驿，径到广东。未至瑶僮地方，公即令舟人泊船于岸，改换衣巾，潜往瑶僮之处，察其动静。行了半日，并不见人踪迹，公心甚疑。又走多时，才见一村岩，撞见一老瑶、一老妪。那老瑶见了于公大惊，连声哀叫，乞饶老命。公闻言即曰："我非是官军，乃是商人，因到广中生艺。去年有两个伙伴，拿些货物到你这地方货卖，不料这里反乱起来，至今不见音信，未知生死若何。今见官军平定了这里，因此我特来访问个消息。"这老瑶答道："客官不要说两个伙伴，便有一二百个也已没有了。我这里官兵，唯贪功绩，不分好歹，不辨贤愚，尽皆杀害。搜掠金银入己，蔓及多多少少无辜之人。朝廷哪里知道？"公闻言甚悯，乃复问曰："你这里皆可营生为活，何苦作乱，自取灭亡。"那老人曰："客官，我这里虽是瑶僮地方，亦晓得人伦道理。自洪武爷爷归服以来，并无歹意，各自营生，耕种过日。间或一二伙贼人，不过因缺少些盐米，出来掠些，聊救一时之急，非敢为反乱之事。就是客官那边，已有此鼠窃狗偷之徒。不过捉拿为首、为从之贼，或打或杀，决不连及好人，无辜杀害。如今官军稍闻有些声息，即大肆搜捉，转相攀害。况我这边，又与獠笪切近，为首贼徒怕死，因而煽动燎人，遂相连结，拒守官军，使善良者不得安生。贼首又勾引獠笪，或出或聚，反驱人东掳西掠。不料黄贼乘时扰乱。且我这里不过扰掠贼徒，又非

-----

①　莅(lì)——到，临。
②　按——巡行。
③　鞫(jū)——查问，审讯。

有弓马熟娴之人，又没有大刀阔斧、纯刚锋利之器，所有者不过是苦竹、枪杆、弩弓、药箭之物，怎当得官军大队火铳、火炮、钢刀、铁箭、快利器械。贼首正该诛杀，安静地方。今官军反把我们守分之人无辜妄杀，邀功请赏。"那老瑶与老妪说到伤心之处，痛哭起来，诉道："我老身已有三个儿子，三房媳妇。那日晚间，正在家中煎豆腐、暖热酒，共坐吃酒，忽听得炮铳齐发，顷刻间官兵杀进。儿子与媳妇俱被杀害，只得我两口老身，亏了这头白发，饶得性命。如今村市之中人烟绝少。客官今日你好大胆，独自一人到此。幸喜如今平静还好，切须仔细。"于公见说，深自叹息，乃曰："闻你这等说，我那伙伴必死于官军之手。"老瑶遂留公歇宿。公乃权宿一宵。

明早起来，吃些早饭，公送些银子与老瑶，作别而行。行不三五里路，又见一老瑶。那老瑶见公亦哀乞求饶。公曰："不必惊恐，我非官军，是经过客商。"因问老瑶事情，老瑶之话，与昨晚老瑶之言相同。公乃叹曰："那朝廷何由知之。今将臣惟贪一时之功利，不顾人类之性命，将无辜之人枉杀，自然不报于今日，必报于子孙也。吾想秦将白起①，无辜坑卒四十万，后自身刳死杜邮，子孙尽遭屠戮。天岂无报乎！"一路嗟呀，急急回到船中，催人抵任。

官军各各出接。公遂令各将官俱造军册，一一开报明白。公乃查得功少而行事不妄者重赏，功虽多而杀及无辜者次赏。于是一军皆称严明，无不畏服。公仍着土官、土兵招致瑶僮，谕以祸福，申明今日朝廷大义。瑶人无不感泣。

事毕，乃回京复命。遂上疏②，历陈瑶僮情俗之苦状。朝廷见疏大悦，即敕广东将臣：自后抚驭得宜，不许邀功妄杀；若仍妄杀无辜者，着抚按官查实来说不饶。以后广瑶地方，渐得安生，亦于公之恩也。

时都御史顾佐见公青年如此廉明仁惠，甚相敬重，即奏差公巡按江西。公闻圣旨下，星夜到任。时江西宜春县乡民董山，五年前乏本营生，

①　白起——一称公孙起。战国时秦国名将。长平之战大胜赵军，抗杀俘虏四十多万人。后为相国所忌，被逼自杀。

②　疏——上奏皇帝的奏章。

乃央中①将田产文契，戤②借隔村豪民王江处，本银三百五十两，每两加利三分。董山借银到手，即置货物，前往营生。出外年余，不能获利，家中食用，反使费些去了。董山思得生艺艰难，利银又重，只得收拾衣饰、银钟、银钏之物，同中人到王江家来，奉还三百五十两本银，尚欠利银二十五两。王江当日收了银两，即设酒厚待董山并中人。酒毕，王江曰："今戤契一时寻觅不见，待明日还足利银时，一并交还。"董山见说，乃曰："兄长恐小弟不还这些利银，便是明日总还取契罢了。"即同中辞别归去。山因利银一时凑不起，迟延了半月，不期中人患疫三日而死。董山只得自带了利银，来到王江家里。江家推说不在，次日山又到江家，江家又推不在。连走六七次，将及一月。董山心疑，只得坐候王江两日。江推托不过，出来相见。董山即奉上利银，取讨文契。王江见说，即变了面，喊曰："汝本银不曾还，只付得这些利银，就要还你戤契！"山闻言大惊，曰："兄长莫非酒醉未醒，何出此言？前月本银通奉还你，今见中人身死，反说此言。苍天在上，不可欺心。"王江连声嚷道："谁是欺心！汝倒见中人死了，反来赖我本银。"山愤怒不平，连声叫屈，即与王江殴打起来。众邻一起来劝解开，彼此告诉一番。众又不知真情，皆说董山折本，反来欺心赖债。董山见众人一说，气得不能言语。难以分辩，只得回家。

明日，径到本县告理。县官拘王江并邻里究问，通是回护王江一偏之词。皆曰："止有赖债之情，并无债赖之理。"问官审毕，即提笔判云：

审得董山往年原借王江本银三百五十两，当日有契有约。据山此时还银，无证无中。岂有三百金之资交还，不即索契取明，而延至两月后兴词？此分明欲图赖债者也。情属可恶，法宜重惩，以警习讹。

问官判毕，即将董山重责二十，又禁狱中。待完江本银，方才拟罪放免。董山冤屈无伸，屡屡令子侄到上司去告理，皆以前招为证，反坐③越告之罪。

董山累得人亡家破，召保出外。闻得于公巡按江西，董山吁天祷告

① 中——即中人，居间介绍或作见证的人。
② 戤(gài)——抵押。
③ 坐——指定罪。

曰:"山闻新到巡按于爷,自幼神奇。今日为官,必如明镜。山之冤屈,只在此词。恳乞神天昭鉴,救拔含冤之苦。"于公初临马头,董山拼命拥住轿旁,高声哭告曰:"青天爷爷!小人三年冤屈无伸,只得拼命伸诉。非爷爷明镜,不能察此冤枉。"于公见其追切之状,非假态也,喝令取词上来。公看毕,即问曰:"还银之时有中,还利取契之时,中人病死。事之不明处在此。"董山即叩头诉曰:"青天爷爷!正是。王江见中人魆死,以为无了见证。问官又据王江邻里一偏之词,把小人屈陷三年,累得人亡家破,冤屈无伸。今日爷台①亲提究问,便知明白。"于公遂准了词状,喝令董山退去。亦不差人去拿王江,亦不发落董山,与别官究问。

挨过月余,董山又苦苦哀告于公,公佯为不理。董山情极,叩头流血。于公问曰:"汝还时,银子共有几锭?何处倾销?还有何物抵足其数。"山忙诉曰:"小人银子共四十六锭,二十四块碎银。因不足,还有银杯四个,银钏二副,衣服二套,抵足其数。这钏打造甚精。"于公见说乃曰:"吾已知道。"仍发放山出,于公遂留记在心。

忽一日,行牌到宜春县,竟拿王江到来。不问起董山之事,反究起强盗事情。公特喝曰:"王江!尔为何为盗,打劫某家,今盗首在吾案下。"即差捕官二员,随即带王江到家。协同地方邻右,将王江家内一一细软之物,尽行用箱柜封记取来,以为起赃之物,各各有号封记。不消半日,尽将所起之物,一一摆列堂中。其文契财物见在,公令王江一一说从何处来的。及至银杯银钏二物,于公见了即曰:"此正是赃物。"王江听说这是赃物,不觉放心进前辩曰:"此非是劫盗赃物,乃是前村董山欠小人银三百余两,因本银不足,将此物抵偿其数。实不是劫盗赃物。"于公见说乃曰:"是了。这田契是董山之名税的,戥契又是山名。他既还你本银,汝又赖他田契不还,观你之心,比劫盗之心尤狠。"即令人带董山过来面证。王江无辩,叩头服罪。于公大怒,重责王江三十,问徒二年。将江家资判二百两与董山,作为三年负累之苦。董山叩头不已。冤狱分明,一省称为神明。将前问官参论②,住俸三月。人皆称仰,不敢为不义之事。

时有宁府中官属,平素骄横。每遣人和买市物,减其价银;若有不肯

---

① 爷台——旧时对人的敬称。

② 参论——弹劾。

与者，即强取之；若与争夺，即扭府中，捶之致死。有司不能禁止。民不胜其苦，无所控诉。公按临，民皆遮拥马前，怨声如雷，诉告之纸，堆如山积。于公检视其事之重大者，即时题奏，付法司拿问。黜其尤者数人，置之法典者二人，但民有不便者，尽为革除，乃立碑垂戒。于是奸吏巨族素强梁①者，悉皆缩首，不敢妄肆于民。人皆仰公之德，即祀享公于学宫。

公按事已完，正欲回京复命，忽有官校因事来捕。说有长芦一带马快船，船中竟夹带私盐万万。公亦不避权贵，悉置之以法，至今河道肃清，皆公之德。一省闻公回京，皆挽留不住。有号泣相送者，皆欲望公复至。公径辞谢百姓，回到京都复命。每奏事，声如洪钟。时朝廷闻之钦听，班寮亦皆悚然。时永乐二十二年。

不两月后，永乐殡天。于是洪熙登极，乃下诏：或在朝，或在野，不拘缙绅②、儒流、耆硕③之人，但晓典故，博览古今，练达时事者，有司当即奏闻，徵聘到京，纂修前太祖、太宗实录。于公闻得诏下，心中甚喜。乃曰："吾每欲荐吾友高节庵（高得旸之号），不得其由，实有蔽贤之罪，今乃得其所矣。"即上表保奏其友，未知若何。

①　强梁——凶暴，强横。
②　缙（jìn）绅——同"搢绅"。旧时官宦的装束。亦作官宦的代称。
③　耆硕——年老而德高望重之人。

第 七 传

于侍御①保友赴京　高征君辞爵归省

　　于公即日具表，奏上于洪熙帝。帝览表毕，有旨下，即敕②礼部差官征取到京。此时阁下杨士奇、杨荣，尚书蹇义，都御史王佐，各举所知之人。当有升任杭州府通判朱耀在京，未出都门。于公闻得，即见礼部堂官，礼部官遂奏朱耀，即带敕书征聘高得旸到京。

　　朱通判领敕诏，即驰驿到杭州武林驿下马。府县官出接，宣读毕，府官即同朱通判造高君旧宅。有人禀曰："高君不乐仕进，别筑室于西湖锁澜桥旁。"三府闻言，即同众齐到西湖上来，造高君之庐。只见门首题咏甚多，惟右首一诗，乃高君自咏者。其诗云：

> 五年筑室傍西陵，槐柳为墙竹作屏。
>
> 最喜门庭无苛客，每逢时夕有嘉宾。
>
> 南阳诸葛三椽屋，西蜀杨雄半亩亭。
>
> 今日更无尘事扰，抚琴才罢阅诸经。

朱府判与众看诗毕，皆羡高君有和靖、禹锡之雅操。

　　其时早有人报知高君。高君忙整衣冠出迎，令排香案接圣旨。宣读毕，府判与高君各相见礼毕，分宾而坐。高君曰："不肖匪才，素无学术，遁迹西陵。不料今圣上过听于侍御之荐，有劳诸公祖光顾草庐。恐此行有辜负圣恩，实难应聘。"三府曰："征君不必拒辞，今日朝廷求贤之意，急于饥渴。特下诏起英耆于侧陋，访硕隽于岩栖。今阁下杨荣，尚书蹇义等，皆举相知，俱已应聘就道。况于侍御之荐，决无谬也。且士当为知己者进。今相国杨士奇先前亦以儒士应聘，纂修我太祖实录，如今已作台辅。征君岂宜若是之执乎？"高征君仍固辞不就。三府又曰："吾闻鸥鹏

---

① 侍御——侍御史的简称。在御史大夫下，或给事殿中，或举劾非法，或督察郡县，或奉使出外执行指定任务。

② 敕（chì）——皇帝的诏令。

不止园池，骐骥志在千里。征君抱经济之才，当展经纶之志，何自韬隐①坚却如此？上辜了朝廷隆聘之盛典，下负良友特疏之美举。"征君闻说方始允聘。

次日，高征君同府官至武林驿中与府官作别，星夜驰驿到京。此时杨阁老荐胡俨，蹇尚书荐李勉俱到，齐觐君②完毕。朝廷即用胡俨为翰林检讨，李勉为国子监学录，高得旸为宗人府经历。不旬月之间，朝廷取在京学士刘穆之、杨士奇等为总裁，礼部尚书蹇义，并检讨胡俨、李勉、高得旸等为副总裁。高得旸同众翰苑官在院中，果然博闻强识，文理纯正，议论合宜，虽总裁刘、杨、蹇、夏诸公，亦皆仰重。闲常时，每与于公议论政事，真有经国远猷，安邦宏略。惜乎不乐仕进。每题咏之作，果然脍炙人口。京师盛传于、高二公文词清丽，得一诗一词者，胜如得金。其文词颇多，不能备述。高征君同众纂修国史已完毕，朝廷俱加升职，因升高征君为编修③。高君再三固辞，不肯就职，叩乞致仕归故乡，以遂所志。幸朝廷见其固辞，方准所请。

高君心悦，来辞于公，即日就欲起程。于公仍劝渠就职。高君曰："弟蒙兄误荐于朝，国史已完，安敢妄贪天禄？弟志已决，不须苦留。"于公乃设席款待高君，各言衷曲，并谈国家政事。高君曰："吾昨夜观天象，不出二十年之间，朝廷多事。非济世之才，不能砥定。安知其不在兄乎？幸朝廷有福，乃生我兄，非兄不能匡济也。"遂别公而出。

明日，高君不待旨下，即与二仆潜回，留书一秩、诗一首与寓所之人，嘱咐曰："明日于爷来时，汝可将此呈上。"寓主人领诺。高君遂不别于公，飘然长往。于公连日不见高君动静，乃亲到寓所探望。寓主人禀曰："前日高爷去矣，有书与诗在此。"即时呈上。于公遂取诗拆开看，云：

> 兴在思鲈不可留，严滩孤月照羊裘。
> 昨宵已定将来事，今日难羁欲去谋。
> 报国丹心君自得，栖岩素志我何求！
> 谨将治世安民策，付与金兰细玩筹。

---

① 韬隐——收敛锋芒，隐藏才能行迹。
② 觐(jìn)君——朝见君主。
③ 编修——负责编纂记述的官。

于公看诗,嗟呀不已,曰:"高兄果有严陵之志,吾不及矣!"

于公因高君去后,国事少暇,乃差人恭请父母并家眷人等到京,同享天禄。差人去不三月,父母家眷皆请到。于公大悦,得尽温清①之礼。正是居家行孝敬,在国尽忠贞。

不数月,忽报云:"洪熙驾崩。"京城军民人等,若丧考妣②,尽皆恸哭。明日乃宣德登基,大赦天下。恩封诸藩王勋戚,次封在京官员。于公生一子,因逢朝廷恩赐父母冠服之日,即取所生子名曰冕。于公正欲奉养二亲,忽报汉王作乱,于是朝廷特取公扈从③驾行。公闻报,忙辞父母,随从而行。不知若何。

---

① 温清(qīng)之礼——即冬温夏清之礼。温,谓温被使暖。清,谓扇席使凉。古代子女奉养父母之道。

② 考妣(bǐ)——父母死后的称谓。古时亦用以称在世的父母。

③ 扈(hù)从——皇帝出巡时随从护驾。

第　八　传

从御驾议收汉庶　至单桥谏免赵王

宣德元年,朝廷乃恩封大小官员,并藩王勋戚臣寮。永乐帝生三子:长即洪熙;次汉王,封于乐安;三赵王,封于彰德。洪熙自幼仁德孝敬,慈爱好文。汉王自幼性凶刚狠,好骑马射箭。及长,甚有膂力①。永乐因汉王出兵有功,心甚喜之,初封为天策上将军。王得此职,心中大喜。夸示左右曰:"昔唐太宗曾封为天策上将军,吾今得此职,岂非天意在我乎!"遂造谋有夺兄之意,时常在永乐前谮毁②洪熙。洪熙仁厚,不与为较,反加友爱。后永乐察知其欺,遂大怒,改封为汉王,敕于云南建国。汉王哭诉曰:"子有何罪? 置于万里之外。"永乐乃改封于乐安。封不数年,永乐崩,洪熙即位。汉王心甚不安。洪熙待之益厚,比往时更加优待。不期洪熙在位一载而崩,洪熙之子宣德登极。汉王闻知,心中不乐。后朝廷加汉王封爵,又不上表谢贺,乃与护卫指挥王斌、朱恒、盛坚、侯海等,共为逆谋。暗令人到山东约都指挥靳荣反济南,仍四下里发遣弓刀手于真定、河间诸卫所,尽夺旁郡地方。又遣枚青到京,暗约英国公张辅为内应。张辅见枚青问其来意,青遂递上汉王密约之书。英国公见了大惊,暮夜即拿枚青见宣德。上一见大怒曰:"朕惟至亲只有二叔,今至亲如此,他藩何如! 朝廷有王,国法安在!"乃指枚青詈③曰:"俱是汝等奸臣离间,致伤骨肉之情!"即命拿青下狱,"待朕擒了汉王,然后处置。"

明日旨下,敕平江伯陈瑄防守淮安,都督芮勋守居庸关。又尽释放京城军旗刑徒,俱令随驾亲征。宣德元年九月初三日,命广宁伯刘瑞守内城;定国公徐昌、彭城伯张昶守皇城;安乡伯张安守护内外城。初四日,命丰城伯李贤、侍郎郭琎督管军饷,郑王瞻埈、襄王瞻墡留守北京。武安侯

① 膂(lǚ)力——体力,筋力。

② 谮(zèn)毁——进谗言,说人的坏话。

③ 詈(lì)——骂。

郑亨、都督山云、尚书黄福同守辅京师。初五日，率少师蹇义，少傅杨士奇，少保夏元吉，少傅杨荣，尚书胡濙，通政杨善，都御史陈山、顾佐，监察御史于谦、王翱等扈从，御驾亲征。令武阳侯薛禄、清平伯吴成为先锋，广平伯袁容、都督张升为左右翼，军容甚盛。

初六日，驾出都门。行至中途，上顾问从臣曰："卿等试度汉王计将安出？"少傅杨荣进前对曰："臣料乐安城小，汉王必先取济南为巢窟。"夏元吉亦奏曰："观汉王曩时①不肯离京，今必趋南京无疑。"上曰："二卿所料，未必其然。今济南虽近，未易攻打。闻朕大军至，亦无暇攻击。且汉王并护卫家小，俱在乐安，未必肯弃此。"圣言未毕，忽侍御史于谦前奏曰："臣度汉王外多夸诈，内实懦怯。又且临事狐疑，无有断决。今不直取南京，足知展转无能。今汉王实不料度陛下亲征，量得朝中将帅，无与为敌，乃敢如此悖逆。今日我陛下亲征，城中闻知胆落，必成擒矣。"宣德闻言大喜曰："观卿所言，正合朕意。"急令将士前进。

早有探事人入城，报知汉王曰："闻朝廷差大将武阳侯领兵到此。"汉王闻报，攘臂②大喜曰："吾何惧哉，吾何惧哉！此易为退耳。"复顾左右曰："吾料朝中无我对手，今果然矣。"正欣喜之间，又有人急报曰："今上亲征我国。"汉王闻得"亲征"二字，半晌无语，面如土色，心中大惧。护卫指挥朱恒即忙进曰："大王勿惊。乘此南京无备，可急起兵，直至南京。若得南京，号令文武，谁不允从？大事成矣。少若迟疑，大军一至，围绕城池，城中若釜中之鱼，必遭擒耳。"汉王终是心怯，果然不能决断。

宣德行至乐安，乃命三军一起蓐食，倍道兼行，不可迟滞。大臣齐谏曰："林莽之间，恐有埋伏。百里趋战，兵家所忌，甚为不便。"上曰："兵贵神速，朕兵直抵城下。况彼乌合之众，方汹汹未定之时，何暇设谋计伏。"大臣皆贺曰："此陛下圣算，臣等皆不及也。"上曰："卿等所言亦是。且古昔圣人，尚临事而惧，好谋而成。但朕度之审矣，卿等无虑。"遂催兵急进。来至庆云、阳信（二县名）并无官吏人等迎接，皆慌慌避入乐安城中去了。上曰："眼见彼处兵民，皆遁进城中去也。"

初九日，驾住乐安城北。但见城中黑气黯黪，遂围其城。汉王将校凭

---

①　曩（nǎng）时——往昔，从前。

②　攘臂——捋袖伸臂，振奋或发怒的样子。

城举炮石打下。我军发神机铳炮攻打，其声震如霹雳，城中一时鼎沸，慌乱起来。诸将急请打城。上不许，敕谕汉王令其改过。汉王密地遣人到驾前奏曰："愿今日与妻子诀别，明日出城待罪。"上许之，遣人归报汉王。汉王尽收诸兵器及通谋逆等书烧毁。

十一日，汉王将出待罪。王斌等力止，泣谏曰："宁决一死战，无为人擒。"汉王见众将如此，假以复入宫中取物，潜自从地道中出来，投见上位，乃顿首伏地曰："臣该万死！惟恳陛下怜之。"乞命者再三。上遂命护卫人役，发一围轿，令汉王坐于轿内抬行，仍悉召诸子从行归京。赦城中百姓之罪，乃降汉王为庶人，改乐安州为武定州。

处置已定，回驾至单桥，有都御史陈山迎驾奏曰："汉王谋叛，赵王实与之同谋。今乘此得胜之兵，移指彰德，擒赵王如反掌耳。今若不取，后赵人反测不安。设有他变，恐复劳圣虑也。"上闻言，沉凝半晌。杨荣、于谦二臣急忙谏曰："先帝止有二弟，今汉王自绝于天，不得不伐。赵王反形未露，逆谋未彰，今遽用兵伐之，恐伤先帝之爱，有累陛下之仁。"上曰："二卿之言是也。"陈山扈从在后，屡屡言曰："今不取，日后必为子孙忧。"杨士奇、夏元吉闻陈山之言，不以为是，乃进谏曰："赵王事未彰露，不宜遽伐。"上亦不忍，即命广平伯袁容、都御史刘观，持群臣奏章以示赵王。赵王闻广平伯等到，不知所为，心中大惊。及见广平伯传旨并群臣奏章，赵王视看俯拜于地曰："蒙皇上恩德浩大，骨肉保全。"即同广平伯等入朝谢罪。上待之甚厚，仍加俸一百石，彩缎二十端，送赵王归国。

上乃令汉庶人当殿见上。上责其叛逆之罪，庶人当殿犹自倔强，反出不逊①之语，不伏判逆之情。朝臣默然。忽班部中闪出一员官来，大喝一声，声若洪钟，乃曰："庶人不得喧哗强辩，吾今与汝明正其罪。"未知闪出何官。

---

①　不逊——没有礼貌，骄傲，蛮横。

第 九 传
叱庶人骤升三品　旌义叟全活万民

宣德当日令汉庶人殿廷朝见,庶人犹强辩不服。忽左班中闪出一员官来,众视之乃是侍御史于谦。谦当殿大声叱曰:"汉庶人不得强辩,吾今与汝明正其罪。汝且听着:天生烝民,立君为亿兆之主。海内诸侯,莫不臣服,欣戴奉命。今我皇上与汝,名虽叔侄,分实君臣。既有君臣之分,当尽臣子之心。昔者先帝临御,待汝恩隆无比。今日陛下即位,首加汝之爵封。唯愿共辅邦家,睦亲骨肉。岂意汝不思尽忠报国,辄敢谋为不轨。初令徐颎四出劫掠,复遣枚青潜结勋臣。用铁瓜挝①死指挥徐郎,而多营求护卫;陈盛兵赫劫中官侯泰,而强邀绝马驼。瞻圻是汝之子,宠姜而杀其母,仍绝其嗣。父子夫妇间,垂恩绝义,亦已甚矣。且先帝是汝之兄,诪构百端,谋夺储位,实欲推刃同气,大灭彝伦②。何忍为哉! 散骑军劫夺旁郡,养亡命横杀士民。如此逆恶,死有余辜,尚何强辩?"

汉庶人听于公喝出平日所为,心胆皆颤,不敢复言。两班文武见于公言词严凛,声若洪钟,矢口发出庶人真正情状,皆暗暗称羡他。宣德帝闻于公之言,触起雷霆大怒,曰:"朕宥③得汝,国法不能容也。"即令金瓜武士,拿庶人幽于逍遥城中。过数日夕,朝廷令排宴,大宴庶人三日,令其自尽了。

宣帝日前因于谦扈车驾从征之际,料度庶人之谋,灼见无差,今又证庶人之罪,言词严厉如此,宸扆④大喜,乃属意用公。不数月,忽有奏山西、河南二省荒乱。有内旨:特差侍御史于谦,即升都察院佥都御史,兼兵部右侍郎,巡抚二省。明朝御史竟升侍郎,于公一人起也。于公闻旨,即

---

① 挝(zhuā)——击,打。

② 彝(yí)伦——伦常,古指人与人之间的道德关系。

③ 宥(yòu)——宽恕,原谅。

④ 宸扆(chényǐ)——宸,帝王的居处;扆,帝王座后的屏。借指君位。

辞别父母并夫人董氏，单骑带二仆人前往到任。公时年三十二岁。行香毕，乃立二木牌于院门首：一写着求通民情；一写着愿闻利弊。二省里老皆自远来迎公。公皆和颜悦色，款问风俗。里老见公开诚下问，无不悉言风俗。公曰："今二省饥荒最甚，此为急务。吾欲与诸里老议平籴①之法。汝众里老，俱将吾善言劝谕富豪之家，将所积米谷麦粟，先扣足本家食用之数，其盈余者照依时价粜②与饥民，以救其急。自古贫富相周，有无相济，此亦一乡、一邑邻里之通义也。若有仗义者，每石肯减价二钱，减价至百石以上者，给与冠带③荣身，免其终身差役，并杂色差役。若一二千石以上者，奏请建坊旌表④。若不愿减价者，勿强之，但行平籴之法。若有奸民擅富要利，坐视饥民，不与平籴者，汝等里老从实举呈，吾当重罚不恕。"诸里老唯唯领诺。公又谓里老曰："今蒙我朝廷发一十三万银两赈饥，吾尽发于二省州、县官员，分给赈济。中间多有豪富奸猾之徒，不思饥民得银止可苟延数月残喘，反恃强挟逼赈济银两，以偿往日拖欠私债者，汝诸里老并饥民被挟逼者，即时鸣告，吾当重治不贷。凡有欠私债者，俱候年丰，渐渐还纳。"诸里老唯唯听命。公又嘱曰："今凶荒之年，多有骨肉至亲，不能保全，有遗弃子女者甚多。汝诸里老当即开报州、县等官，务要设法收养，候岁熟查访还之。若汝等里甲地方贤良之民，能收养四五口者，吾即犒以羊酒，给尚义之匾；十口以上者，加彩缎，免其各差役；二十口以上者，给与冠带荣身。汝众里老当听吾嘱，勿使遗失。"众里老闻嘱，领诺而出。

　　公即领各府、州、县，一一开报明白，分上、中、下三户造册。限半月之间，排门册籍，俱赴本院稽查⑤。然亦不时体访。乃大开仓廪⑥，发粟出谷，赈济饥民。先将前朝廷发十三万银两，分赈二省。仍每里煮粥于通

---

① 平籴(dí)——旧时指官府在丰收时用平价买进谷物，以待荒年卖出。

② 粜(tiào)——卖出(粮食)，跟"籴"相对。

③ 冠带——戴帽束带子。这里是官吏和士大夫的代称。

④ 旌(jīng)表——封建统治者用立牌坊或挂匾额等方式表扬遵守封建礼教的人。

⑤ 稽(jī)查——检查(违禁活动)。

⑥ 仓廪(lǐn)——储藏粮食的仓库。

衢①,如穷乡村落之处,亦每里给米四石,令四人兼押一缸粥。每一饥民来就食者,止许吃四、五碗,即令止之,复令他行动半日,再与之食。此乃是公为民深虑,恐一时食之过多,久不得食之饥民,反伤脾胃,损命者有之,故令行动,不使过伤,实救饥民之良法也。于是饥民扶老携幼,俱来就食。有惜体面者,有年老并少年妇女,不好出外就食者,着查实计口给米。或给粟麦,或颁与粥食,不使失养。

公又思饥民虽目下得食延生,奈仓廪空虚,倘再遇凶荒,何以接济?乃大书榜示,告谕富家巨族,劝其捐贷资粟,以备仓廒②,以济饥荒。告谕才出,早有河南富民赵守贤者,家资巨万,年近七旬无子,乃亲赴院中投词案下,情愿将家资悉捐到官,籴谷赈饥,余者存之义仓。于公见词,亲令起来,以礼优待之。着府官设席款待,加以宾礼,令簪花赐酒,仍备鞍马旗鼓旌匾,迎送街衢。又以花红③、羊酒、彩缎犒赐其家。即星夜赍本奏闻。

不一月旨下,着有司建坊旌表义民于闾里④,仍月给米一石,冠带荣身。当时赵老冠带到院拜谢于公。公令免拜,曰:"此是朝廷旌尚义之典,何劳拜谢。"因问赵老:"汝年几何,有几子?"赵守贤禀曰:"某今年正七十岁,并无子嗣。"于公曰:"吾观汝首能尚义,阴德不小。年虽七旬,体貌健厚,非无后者。"乃劝其纳妾,以生后嗣。公令里老择一贫家女到院,命赵老纳之。赵老领谢而出。后赵守贤将及一年,果生一子。至院中叩谢于公。公心甚喜,以为天之报施善人,如此之速。于公思:吾才出告谕,赵守贤先来损资赈济,亦良民之豪杰也。叹羡久之。仍大张榜文劝示。各处张挂。

---

①　通衢(qú)——四通八达的道路,大道。
②　仓廒(áo)——贮藏粮食等的仓库。
③　花红——指有关婚姻等喜庆事的礼物。
④　闾(lú)里——乡里。

第 十 传
于院示捐资劝谕　众民诵赈济歌谣

　　于公即令出榜,大书劝示千余张,悬挂通衢。其略云:

　　巡抚河南、山西都察院佥都御史,兼兵部右侍郎于,为承奉朝命抚济饥荒事。照得河南、山西二省,饥荒为甚。贫民流散,缺食嗷嗷。本院莅任以来,即将前钦赐赈济银两,并各府州县无碍钱粮,及预备仓粮,尽行赈散,以济其急。虽目下少苏民困,将来犹恐不支。昔尧有九年之水,汤有七年之旱,民无枵腹①而啼饥号寒者,其故何也?能预为备耳。今本院即捐俸资二千五百两,复蒙贤有司王、高、孙、李、刘、杨诸公,各捐俸资五百金,为蓄粟麦之本。然虽有此,尚未充盈。倘遇凶年,将何周济?本院悉访民情,颇知闾阎②之事。今特出榜,劝谕尔等贤良富家巨室:有能捐二百金以上者,当即与冠带奖励。有能捐四百金以上者,当即奏闻,录为义民官,建坊旌表;或本身原有官职者,即荣封其祖父,或录其子之名,衣巾寄学。有昔年贱价籴粟米,今肯输千百石,仍照昔日贱价卖于民间者,亦同前样旌奖。或收留遗弃子女五、六口乃至十口以上者,或肯减一二钱时价粜卖者,本院已前日面谕众里老,皆照前给赏旌表不谬。有贤士大夫能捐贷者,亦即保奏,不时擢用③。本院每思富贵之家,如有三千金家资者,可捐贷百金;有万金者,可捐贷三百金,亦不过三十分中出其一分。况捐一分之资,而活数千人之命,阴功岂浅浅哉!后必有报之者。本院常见有司官因饥荒之岁,每令州、县官督察里阎勒报大户,其富豪大户,不知捐贷赈济之德甚洪,而反百计夤缘④,用钱贿赂,求其脱免,

---

① 枵(xiāo)腹——空腹。枵,空虚。
② 闾阎——古代平民居住的地区,也指平民。
③ 擢(zhuó)用——提升任用。
④ 夤(yín)缘——攀附上升,拉拢关系,向上巴结。

里胥得遂其奸，脱上户而报中户。有司不查其实，又不再三开谕，往往转相扰害，亦何上下之愚哉！假如用夤缘贿赂之费，孰若捐贷以赈饥贫，上舒朝廷之隐忧，下为子孙之积福，中又不致为里甲之科需。本院今谕捐贷赈济，实劝汝等为此好事，汝等反吝财难舍。及一闻僧尼设法化缘，遂能舍大资财，以邀来世福德，岂非妄谬乎！孰若捐数十百金，以济嗷嗷饥苦之民，实有见在无量功德。故西蜀张咏能立法捐资济贫，子孙数世荣贵；浙江蒋氏以平粜贱谷，兄弟三代为神。所谓仁人者，其利甚薄，其报甚隆。生前则万人感戴，死后则百世流芳。多有富豪之家，平昔悭吝①，不肯捐资赈济，行此美事，是诚愚而不悟者。嗟乎！眇眇一身在世，食用有限，死又将不去。且终日营营，千谋百计，作牛马不肯少输一二。为此美事，今本院每县置二仓，一曰尚义仓，一曰平准仓。义仓即贤良捐资输谷之仓。平仓即丰年贱价买进，若遇凶年，照昔贱价平粜者。即于仓前立碑勒名大书某人捐贷若干，某人输粟麦若干，计全活人若干，不但立碑建坊旌奖，亦在在口碑②，为人传诵。贤良仁富，见此荒年，岂无恻隐③良心？欲捐输济困，又有奸徒，不思本院推诚劝谕，反设言阻塞其尚义良心，且言今捐百金不难，恐他日又有别项大役；又有言捐贷不难，倘又要人去买谷输仓，则人财两为赔累。今本院一心为贫民苏困，劝尔贤良，既肯捐贷资谷，又岂复劳汝买输，决无是理，切不可听奸徒惑阻。本院所以立碑勒名留后者，一则旌贤良尚义之功，二则杜后不许再将尚义之家，有别项大役索扰也。本院亦思尔等富家巨室皆辛苦营生，成家立业，必不强致之。但本院推诚待人，谆谆劝示。尔众当以本院之心为心，待后丰熟，必计数给还，安肯欺谬？今出示后，尔众若不体本院之诚，他日府、州、县官详实报名到院，是顽民也，反为不美。故示。

二省人民见于院榜示开诚劝谕，有富豪良善，莫不欣然乐捐资粟，以尊明示。其最尚义者，河南则赵守贤、高从善、孙祖祐、刘德洪；山西则杨有年、

---

① 悭(qiān)吝——吝啬。
② 口碑——比喻群众口头上的称颂，旧时称颂的文字有很多是刻在碑上的。
③ 恻隐——哀痛，对别人的不幸表示怜悯。

王永、李文科、邵承芳、朱朝卿。至今高、孙、杨、王、朱五宅,皆累世簪缨①。赵、李、刘、邵四家,子孙蕃盛。可见济人活命之功,天必阴祐其后也。

公乃着县官每里选忠正耆老二人,协同里中,照旧日册籍,查计人口,给与半年粟谷银两。仍着县官不时稽查,不许里书作弊徇私。如有别省流民饥馁到来,亦令随在地方就食度命,不可赶逐。此法行之,民沾实惠,而得全生。公即每县置二仓立碑,刊诸尚义之名。又给与冠带,奏闻建坊旌表给匾,犒赐其家,免后各色差徭冗役,一一照示与面谕里老之言,一毫不谬。公又差人于成熟处收买粟麦,如湖广、四川等处,皆起本院勘合公文,备书救灾恤邻,无遏籴②等语,"仰体朝廷德意,皆吾赤子。若分彼此,大非仁人君子之心。若有人到贵省籴买米麦,及贵省之人搬运米麦前来者,俱不许恃强之徒,遏闭拦截。若贵省有此之徒,系是刁恶害民之蠹,希重治之。若州县官有遏闭者,当为推情毋阻。"其差人输买之处,是以无人敢遏。其买籴来上仓粟谷,公算其盘费,点折虚耗,皆公自蠲资③,赔补其数,置之仓廒。若遇凶年,乃分次贫、极贫,谅人计口给与。

后两年之间,时岁成熟。公即查计先年捐贷资谷之家,各各照数算明给还。有尚义者,感公大德,不愿领者,仍贮库贮仓。又有几处仓廒,如先年贱价买谷者,资本三钱加利五分,六七钱者,加利八分,给还原籴之家。故富家巨室,并小户贫家,无不感德思恩。

公又访得鳏寡孤独者,皆查养于卑田院,亦月给米粟,二季与布匹,并无遗失。仍令各处设医药局,以疗疫疾。盖大荒之后,必有饥伤之病。公乃究轩岐④之奥旨,拯斯民于寿域⑤。又设社学⑥于里邑之中,令教孤寒子弟,使教读者,令其自洒扫应对,出恭入敬之礼,循循导之。其教读生

---

① 簪缨——簪和缨,古时达官贵人的冠饰,用来把冠固定在头上。旧时因以作为做官者显贵之称。

② 遏籴——禁购谷米。意为阻止受灾的邻邦来买粮食,坐视其灾荒而不顾。

③ 蠲(juān)资——即捐资。

④ 轩岐——轩辕与岐伯二人的合称。相传为医家之祖,《内经》即以黄帝、岐伯问答的体裁写成。后世因以岐黄作为中医学的代称。轩辕,即黄帝。

⑤ 寿域——生前预造的墓穴。

⑥ 社学——元、明、清三代的地方学校。

儒,每月给米一石、银一两,作为教育子民之仪①。自此数年,全活万万,
教育万万。百姓深感公恩。有歌谣一篇,以见当时公之德政云:

> 凶年饥岁贫无粟,处处人民皆枵腹。
> 儿女卖与富家翁,少男止换六斗谷。
> 春来只有四斗粮,兼秕夹糠煮薄粥。
> 夫妻共食一月余,面渐尫羸②皮搭骨。
> 引邻看看作饿莩③,精液耗干无泪哭。
> 忽闻巡抚至此邦,开仓赈济饥与荒。
> 示民出粟自捐俸,谆谆复谕富贤良。
> 幸蒙尚义诸耆俊,贷资输谷到官仓。
> 大家小户皆得食,顷然面色生容光。
> 鳏寡孤独俱有养,医药调理救灾伤。
> 赵父杜母今复见,天遣恩官拯二方。

歌谣至今诵之。

　　于公每巡视,目见河南地方逼近黄河,水势极汹,每留心计划。待百
姓农事完毕少暇之时,乃亲自令民采取青柴芦草等物,堆积近水之处,以
备卷扫之用。仍筑数处大堤,以遏水势。堤旁种树,以固根基。每五里立
一铺,专人看守。少有坍损,即时修补,至今保全水患之功甚大。公每见
河南、山西大路遥远,当暑热炎天之时,商贾往来,又无遮阴少息之处,多
有喘渴中暑而死者。公甚怜之,乃使人夹道两旁,排种柳树极多,不三五
年间,柳树渐长成阴。公又于大路中筑高埠数十处,旁边多开濠堑,亦种
柳树万株。或三里、五里,浚④开一井于路,连开数百余井,一则透泄黄河
水势,一则住民与行人得水以济其渴。又于井畔通造一亭,与往来之人憩
息。至今柳树合围成阴,行人得水以舒吻渴。古迹犹存,实万代之绩也。

　　公又见大同、山西行都司十三卫俱在大同,地方窎远⑤。巡按御史不

---

① 仪——礼物,报酬。
② 尫羸(wānglèi)——瘦弱。
③ 饿莩(piǎo)——饿死的人。
④ 浚(jùn)——挖深,疏通(水道)。
⑤ 窎(diào)远——(距离)遥远。

能一一遍历军卫并有司，事多不法，以致老弱充当，冗食者众。及闻警报，不能时刻猝至，为害不小。公乃上本，奏请专差监察御史一员，于大同雁门等处，控压边境，庶不致边政废弛，军皆精练，至今遵守。

公又见山东、陕西亦连岁凶后，多有逃移到山西、河南二省者，恐日后贻患①地方，即令住居相近者，编成里甲②，另立乡都；若住居星散者，就于各乡都附近处安插。亦各立里长管束，仍复拨与荒田退滩余地，开计亩数，令其耕种耘锄生业。又奏河南、怀庆、陕州等处余粮有见在仓五、七年之上者，奏闻量减时价，粜与陕西、山西饥民并直隶、潼关军，余与河南安插逃民等众，全活亿万民命。于公处置饥流之民，皆得其所，地方果然宁静，家家乐业，皆公抚动之绩也！

公一日出巡过城南，忽见旋风骤起，吹得随役之人眼目难开。少刻，卷起一堆冬青树叶，只在公马导前卷来卷去。公暗想曰："此时当盛夏之际，万物正茂，为何有此败叶成堆卷来，此必有异事。"遂令人拾取叶来看时，其叶颇大，因问左右何处有此大冬青树叶。道言未了，旁边闪出一人。此人不知所禀何事。

---

① 贻患——遗留祸害。
② 里甲——明代州县的基层组织。以邻近的一百十户为一里，从中推丁多田多的十户轮流充当里长，余一百户分十甲，每甲十户，轮流充当甲首。里甲初任传达公事、催征税粮。后官府凡祭祀、宴飨、营造、馈送等，均由里甲供应。

第十一传

戮①淫僧救全少妇　矜②老媪规谏贤王

于公因出巡过城南，偶见旋风吹卷冬青叶甚异，遂问左右曰："此叶甚大，其树必大。何处有此大树？"言未毕，旁边一皂隶③禀曰："城西南有静果寺，寺前有一株大冬青树，必是此树叶吹来。"公闻此言，遂问离此有多少路。皂隶禀曰："离此有二里路。"公即命人役一起摆道，径往寺来。果见巍巍一大树，即将此叶比之，相同。公曰："此处必有冤枉。"

早见两个僧人出来迎接。公细观二僧，俱带恶形，即伪问之曰："前日有人告汝二僧谋害人命，埋此树下。"二僧闻言，面如土色，口中虽然抵赖，言语先自謇塞④。公虽见僧如此，无有见证，难于动刑。乃即命人在树下四边开掘。掘不二尺，果有一尸，带血喉伤，颈皆勒断，乃僵尸也。公见之，曰："冤哉！冤哉！盛夏而尸不朽坏，岂非冤乎！"心中大怒，喝令将二僧拷掠⑤。二僧不待加刑，即招道："半月之前，晚间见一后生，领着一妇人，在此经过。僧等三、四人在此乘凉，偶见妇人生得好，遂起谋心，用绳勒死后生，埋此树下。"

公大怒，急令人进内搜捉，又拿住两个僧。有一僧跳墙而走，亦被拿住。搜进四房深奥之处，果有两个妇人，一个正是其夫被谋死者。又问此二妇何来，妇人哭诉曰："妾因夫死七日，同一九岁儿来此山中做碗麦饭⑥。众僧见妇人独行，一起强搂进寺。三日前，说儿子被虎驮去，不知真假。圣爷爷做主。"公闻言大怒，即审为首僧，置之典刑⑦；为徒僧三人

---

① 戮（lù）——杀害。
② 矜（guān）——同"瘝"。痛苦，病。
③ 皂隶——古代贱役。后专指衙门里的差役。
④ 謇（jiǎn）塞——言辞不流利，口吃，语塞。
⑤ 拷掠——用棍子或鞭子打。
⑥ 麦饭——以麦为饭。引申为粗粝的饭。
⑦ 典刑——常刑。

问发充军;一烧火道人并幼徒俱释放。将寺中衣服都给予二妇。审得小儿是僧拐去卖与人家,公自捐俸资赎还,俱着亲人领回去讫。将尸另葬于漏泽园中。自此人人皆称公为于青天,于城隍①。

于公明鉴如神,虽妇人女子,亦传诵其德政。公一日正坐堂,见一老妇直入厅前,痛哭不止。公问曰:"老妇何事哭泣?"老妇诉曰:"妇人因儿子为事监禁狱中,只得把十岁孙儿卖与人家,要救出儿子,养妇人的老命。卖得身银三两,赶早进城,要付儿子,救他出来。将身银放在饭篮里,送饭与儿子吃,就与他银子使用。走到路中,妇人忽然肚疼起来,只得去东厕上解手,不敢将饭篮放在坑板上,就挂在横梁之上。妇人心忙要去得紧,忘记拿了饭篮。走到半路猛省起来,急急转去寻时,不知何人拿去。如今银又没了,孙子又卖了,儿子又救不出来,妇人左右是死了。久闻爷爷是青天,活城隍,要与妇人做主,查一查。"诉毕大哭起来,只把头在地上磕得头破血出,两边皂甲哪里喝得住。公曰:"你这妇人,不知人姓名,又不见人踪迹。且旷野之中,又没个见证。东厕之处,又没个邻居。这样没头公事,也来混淆。"那老妇抵死叩头地下,告曰:"爷爷! 包龙图曾断七十二件没头公事,爷爷这一庄事断不出?"于公被老妇说了此言,一时奋然起来,叫那老妇:"且起来,待吾与你寻获还汝。"老妇见说,即忙起身,朝上拜了数拜,曰:"好个青天爷爷,寻还了我好。"公仍理别事,老妇见公理别事,半晌不与他寻获,又跪下大哭起来。两边皂甲喝不止。公令不可赶他,存思一会,心中转道,反被这村妇激恼。

公欲差人到县取银三两给与老妇,忽见两个喜鹊,从老妇身边一飞,飞到于公案边一回,又飞去了。公仍理别事,老妇又跪下哭起来。皂甲又喝不住。正闹嚷间,只见二鹊又飞下来,到案桌边噪了一回。于公乃顿悟,暗想曰:"吾厅上人役颇多,况平日无燕雀到吾之案下,今二鹊来得甚异。"便问左右曰:"此处有人叫喜二否?"两三皂甲齐声禀覆道:"有个喜二。"公问曰:"这喜二作何营生?"皂甲禀道:"是赶早卖炊饼的。"那老妇听得说卖炊饼的,他就道:"爷爷,妇人转去寻时,路上撞见个卖炊饼的。"公曰:"是也。"即叫两个皂甲,吩咐曰:"汝可好好唤喜二来见。就令他带

---

① 城隍——古代神话所传守护城池的神。道教尊为"剪恶除凶,护国保邦"之神。这里泛指神。

炊饼担来，切不可惊吓他。吾在此立等。"

二人唯唯领命，急急来到西门，见了喜二道："于爷唤你。"喜二见说，吃了一惊。心中慌乱，道："公差，我一向本分营生，又不为非，于爷唤我做甚？"二人曰："汝自去见，想必要买你的饼，叫你连担挑来。"喜二见说，愈慌道："都爷少什么吃，要我的炊饼？公差，我原不叫做喜二。我是姓嵇，排行第二，乡音叫做喜二。想不是我，不要差了。"两个差人见说，焦躁起来道："老爷叫连炊饼担挑来，不是你，是谁？"一边说，一边拽了担便走，哄动若干人看。

于公正在堂上专等，两个差人带喜二进见，惊得喜二声已出不得。于公见了，便问曰："喜二，你无甚罪犯。汝早间曾拾得甚物么？"嵇二闻得此言，心中少定，便道："爷爷，小人早间上东厕，拾得一饭篮，并无别物。"公曰："正是那饭篮。汝曾动么？"嵇二曰："小人不曾动。"公曰："快取来。"老妇人一见嵇二拿这饭篮进来，大喜道："爷爷，正是，正是。"就令当堂开看，果然有银三两在内。公即给还老妇，因问曰："汝儿子为何事监禁，要银使用？"老妇诉道："因欠王府债负，被他嘱县监追完纳①。"于公闻言，瞅然不乐，又取自己俸银三两与老妇。差人一同赎还孙儿。一面写牌着该衙门释放老妇之子。用好言发回嵇二，仍给银五钱与嵇二，嵇二叩拜而出。人皆称公神圣。

又一日，公出外，至途中见一伙小民，皆被缠索连串缚着，立于道旁。公即命住轿，问曰："这干人为何事的？"众人齐跪下诉曰："是王府较比房钱的。"公曰："止有朝廷命有司比较钱粮，那有王府比较房钱之理。"公因前日老妇人之子欠王府债负，监禁狱中，有司承奉追比②。今又见这许多人受此责限，心中不悦。乃复问众曰："汝等既赁府中房屋居住，怎不还纳租银，以致如此追比。"众民哭诉曰："小人安敢少府中房租。但因水旱不均，旱时府中又不肯乘晴修理。若有大雨，家家水满，难以安身。租银若或欠少分文，虽家中鸡鸭之物，亦皆拿去准租③。内中总有少一二个月房银，住不得搬了出来，不分多少一概拿去。三日一限追比，实出可怜。

---

① 完纳——缴纳。
② 追比——旧时地方官吏严逼人民限期交税、交差，逾期则受杖责。
③ 准租——抵算、折价作为抵押。

望爷爷做主，救拔众人草命。"公闻众言，心甚怜悯，即叫带到院中来。众官校只得带进院来。于公即提笔批云：

> 丰年谅不少违，歉岁须从权免。晴时收尽众之鸡豚，雨下当不过屋中水满。虽少欠一二月之房金，何必期三五朝而责限。比较尊何国法，搬移任从民便。今宗王若要房钱，等待年丰于谦任满。

于公批毕，即发放众人回去，安心生理；若少欠者，待年熟时完足。众人各各叩谢而出。

公即亲到府中见周王，极言时荒民贫之苦。周王一一听从，自后府中一应债负房钱等项，俱皆蠲免①，一以见周王大德，一以见于公惠爱。周王自后常请公赴宴往还，遂出百花园浼公赋诗。公迅笔立就百花诗赋，每花题咏一首，文词华丽，脍炙人口。王极尊重，至今珍之。常时开筵畅饮，王亦能赋诗。每相赓和②，亦是一代之盛事也。

于公省巡二省，必经太行山过。一日晚间，公过此山，只见前面一伙人，各执枪刀器械。火炬齐明，一起拥上山来，不知何为。

---

① 蠲（juān）免——免除（租税、罚款、劳役等）。
② 赓和（gēng hè）——连续相和。和，依照别人诗词的题材和体裁做诗词。

第 十 二 传

化盗辨冤真盛德　判疑拔吏见无私

于公每巡历二省,从河南抵山西,必由太行山经过。此山连亘数百里,时常有盗贼出入于中。当日公巡历夜行过此山,只见前面火炬齐明,枪刀器械无数,呐喊而来。手下人役,远远看见,相顾惊骇,不敢向前。于公见了,大声曰:"吾何惧哉!"喝令左右上前。手下人役只得担着惊恐,聚在一处,缓缓前进。那伙盗贼渐渐将近,公乃大声叱曰:"汝众何为者耶?知吾巡抚二省于侍郎否?昔在凶荒,今来稔熟①。汝尚敢如此横行,将欲来劫吾耶?将欲自寻死地耶?汝众且听着:吾自莅任以来,莫非有偏私乎?莫非有剥削重敛乎?莫非有贪婪污行乎?莫非有暴虐酷刻乎?莫非有坐视民饥贫而不赈济乎?莫非有鳏寡孤独而失于所养乎?莫非有大兴工作,而役汝劳力乎?莫非有抚驭乖方②而激汝为盗乎?数者之中有一于此,汝众当明言吾过,甘受尔等之侮。若其无有,可速散去,即宜改过,学为良民,上不污祖宗之名,下免自己分身之惨,中不留盗贼之名,遗臭于后。若仍不悛③,苍天不佑,国法难容!"群盗见公威风凛凛,声若洪钟,言词有理,皆感激相顾曰:"果是于爷。我等不敢为非矣。"言讫,尽皆奔散。自后盗贼绝少,亦于公威德服人之一验也。

于公自斥退群凶,从山西巡历到河南省下。多日,有布政司左参议刘孔宗,自持廉洁,一毫不染,与人平素寡合。虽于同僚之中,少有不合,动辄面叱其过,驭手下人役书吏甚严,在任多年,遂为众所排挤。当时有妻兄,不远千里而来,欲图姐夫济助。刘孔宗少少与些盘费,令人逐出境外。其人怀恨,乃佯对众曰:"刘参政是我姐夫,凡事皆重托我,特差人远远接

---

① 稔(rěn)熟——庄稼成熟。

② 乖方——怪僻,不讲情理。

③ 不悛(quān)——不悔改。悛,悔改。

我到此。"谣诱①月余,赚得一事,得银百两。假言进内说了,刘姐夫尽允诺矣。事无不谐②,其人同中骗银到手,竟自潜逃。刘孔宗不知其事,依律问放为事之人。其人见事不谐,即央亲人前往,半路拿着骗银之人,遂各处讦告③。有平日怪孔宗者,又从而排挤之。其诬银之人,又恨孔宗逐他。事连孔宗夫人,众官交章劾论,于公察知其冤,乃上疏力陈孔宗之冤,孔宗方得无罪。孔宗深感于公之德,其夫人立像,日奉三餐祀公。后孔宗立官为工部侍郎,亦公之疏雪④而致之也。

于公一日坐堂,见一后生,告姐夫谋占家产事。公差人拘其姐夫,审问其故。姐夫诉道:"小人怎敢谋占他人家产。岳丈在日,自谓此子非岳丈亲生,有遗嘱令某管其家产,非敢谋占。"公曰:"既有遗嘱,取来吾看。"其人即呈上。公看毕,笑语其人曰:"汝岳翁,有智人也。他当日写遗嘱付汝时,正恐汝害他性命。他的遗嘱写说'非吾子也',一句。'家私田产尽付与女夫'一句。'外人并不得争论'。观汝岳丈取此子之名为'非',就有主见久矣。岂有自生之子,说非亲生而辱名败门乎!岂有父取子之名为'非',是美名乎!吾今为汝岳翁点明遗嘱之字句云:'非',一句。'吾子也',一句。'家私田产尽付与',一句。'女夫外人,并不得争论。'"公断句读毕,遂判七分与其子,三分与女夫,作为抚长管业之事。公复谓其小子曰:"汝父在日,取汝之名为'非',乃一时之权词耳。吾今与汝判明家产,'非'之名不美,吾就与汝改名曰'衍'。'衍'者,为世世相承之意。"小子闻言拜谢曰:"以公祖改父之名,敢不终身佩德!"遂叩谢而出。此子因公之德,后来读书领贡⑤,荐授凤阳府教官。后于公被诬死,衍上疏明公冤与功,乞加建祠祭祀以报之。此子即储衍也。

于公因院中堂鼓旧损,声音不远,乃令一老吏写牌取鼓。吏持笔半晌,写牌呈上,看之,不中公意。公旁立一小吏,公命写牌,小吏承命。即提笔写云:

① 谣诱——欺骗,诈骗。
② 不谐——事情未办妥。
③ 讦(jié)告——斥责别人的过去,揭发别人的隐私。
④ 疏雪——洗清冤枉。
⑤ 领贡——指参加科举,成为贡生。成为贡献给皇帝的人才。

巡抚二省都察院于,仰造鼓铺户,速办堂鼓一面。务要紧绷密钉,轻击远闻。置之军中,三挝令敢勇之士先登。悬之省下,一鸣使聚敛之官警退。今欲革故鼎新①,尔当用心整饬②。送院验中,随给价银。如制不堪,定行究治。

小吏写毕呈上。于公览讫甚喜,遂问小吏何名。禀曰:"贾瓘,乃是府中拨来服侍老爷。"于公见他敏捷,心中有意抬举他。

一日,于公出巡未回。贾瓘见院中屏风上有一幅唐人韩干所画《五马归厩图》甚妙,高处露着一条斗方白纸在上。贾瓘看见笔力甚健,一时乘兴,援笔遂写一诗于上,云:

　　一日行千里,曾施汗血劳。

　　不知天厩外,犹有九方皋。

贾瓘题写毕,既而恐惧,欲涂洗又不可。

不数日,于公回院,贾瓘伏地请罪。公问其故,贾瓘禀诉其事。公观诗毕,喜曰:"汝无罪。不过一时乘兴而作,非有意为之,何罪之有? 吾前日见汝能文,今又能诗,可为小有才者。自后服侍上司,当小心谨慎,不可造次。"正吩咐间,适值公案桌歪欹③。公遂命贾瓘取一木片衬垫平正,其案桌遂不歪欹。公因谓贾瓘曰:"汝既能诗,可将衬桌之事为题,作诗一首。"瓘不索纸笔,即口占一诗云:

　　寸木原因斧削成,每于卑处建功名。

　　一朝衬进台端下,能与人间定不平。

公闻贾瓘所吟之诗,极口称赞曰:"观汝才华若此,不宜久处于下。"遂即收为本院巡吏。后考满进京考中,除官经历。后累官至工部员外,寻升江西参政,与苏州府知府况钟同登三品之职。况钟亦吏员出身,累升至苏州知府。在任十九年,食参政俸。苏州士民仰戴,称为况青天。若贾瓘与况钟,亦可为吏员中杰出者。贾瓘若不遇于公,亦不能甄拔④到此。

于公在任年久,遇天旱时,公即诚心祷雨,雨随至。遇年潦久雨,公即

---

①　革故鼎新——去掉旧的,建立新的。

②　整饬(chì)——整顿,使有条理。

③　歪欹(qī)——倾斜。

④　甄拔——鉴别选拔。

虔心祈晴,指日见旭。所以二省人民安阜,盗贼潜消,家家乐业也。不期公之父彦昭病故,公闻报,即日斩衰①就道而行。百姓闻之,涕泣固留。公谓百姓曰:"为人在世,忠孝为先,安有父丧而不奔回守制者? 汝众不必苦留,决不可少住也。"公遂换马单骑,急急奔回守制②。百姓随路泣从者千余人,有赴京保留者万余人。朝廷见百姓等苦保,旨下夺情起复。公再三哀祈乞终父丧,诏方许之。二省士庶军民等,合建生祠③侍奉,报公之恩。

其时入京官员,俱用在任土宜人事馈送当道。惟于公巡抚十余年,未尝有分毫土宜人事④馈送当道并相知者。公丁父忧⑤才阕⑥,不期母夫人刘氏又卒。公复丁母忧。朝廷遣行人汪琰来,钦赐谕祭营葬毕。行人奉旨,迫公还朝复任。公再三乞终丧制,朝廷不允。公复五上表章,恳乞终制,后朝廷方允。不谈于公守制终丧。且谈今日朝廷新命一太监掌理监事。未知此人行事如何,试阅后卷可知。

---

① 斩衰(cuī)——衰,通缞,旧时丧服名,"五服"中最重的一种。其服用最粗的麻布做成,不缉边,便断处外露,以示无饰,故称"斩衰"。服期三年。
② 守制——封建时代儿子在父母死后,在家守孝二十七个月,谢绝应酬,做官的在这期间必须离职,叫做守制。
③ 生祠——旧时为生人(活着的人)建立的祠堂。
④ 土宜人事——送人的土特产等礼品。
⑤ 丁父忧——丁忧,旧称遭父母之丧为丁忧。丁父忧,即遭父亲的丧事。
⑥ 阕(què)——终了。

第 十 三 传
王振恃权诛谏职　太后盛怒暂徇情

　　宣德十年驾崩①。后正统登极,时正统帝年方八岁。群臣合章祈请命张太后临朝,垂帘听政。朝中有三杨阁老辅佐邦家。一位是江西泰和县人,姓杨名遇,字士奇,号东里,时人称为西杨宰相;第二位乃是湖广石首县人,姓杨名溥,字弘济,号澹庵,居湖广之东,故人称为东杨宰相;第三位乃是福建建安县人,姓杨名荣,字勉仁,号獻庵,居闽南,故人称为南杨宰相。总三人而共称之,故曰三杨。三杨阁老秉政,果然国家宁谧。更兼上有张太后仁圣懿明②,兼临天下,果皆民安物阜,正舜日尧天之时也。

　　正统年幼,独喜任一中贵人。这中贵人乃是山西大同人氏,姓王名振。自幼奉上旨,拣选进宫。翰林官练习经史,颇通六艺;擅作聪明,能吹弹歌舞;兼有才思机巧,人皆不及。自幼服侍正统帝。及今帝登位,凡王振所奉皆从,因命掌司礼监事。王振既掌监事,遂作起威福,要人趋附奉承。廷臣少不如意,即传上旨,或谪,或拿问,或调远方,或革职。自此以后,人皆畏惧王振。而振见人附己,所行无不遵依,乃立意发兵收复安南(即交趾也)。永乐年间,三征交南,俱皆臣服,又屡叛屡伏。至于宣德年间又叛,盖朝廷因久劳人民而征远国,遂舍之不伐。

　　此时王振欲立威外国,乃发兵十五万,命定西伯蒋贵充总兵官,兵部尚书王骥提督军务,征安南、木麓、川思、任发(奚名)。连岁兴兵,遂使中国之民困于锋镝③。兵连祸结,所费馈粮万万。时有翰林侍读刘球,素怀忠耿。见王振专权,妄起兵端,国家耗费,百姓怨嗟,乃上疏奏劾振。时正统帝年幼,凡奏本皆由王振之手。振见此疏,大怒曰:"叵耐④这厮无理!

---

① 驾崩——专指皇帝之死。

② 懿(yì)明——美好贤明。

③ 锋镝——锋,刀口;镝,箭头。犹言刀箭,泛指兵器,这里引申指战争。

④ 叵(pǒ)耐——不可容忍。

汝又非言官，干汝甚事！"遂蓄恨在心，思欲害之。偶值编修董瞒自陈愿为太常卿，得以祀神，专主祭祀。王振看见此本，复怒曰："翰林官反越职僭言，朝廷官爵，擅自邀求。轻造诽谤，渎神祈福。"前月刘球本上有"选礼臣以隆祀典"等语，振乘此机会，即矫上旨拿董瞒、刘球二人，俱下锦衣狱中。振复与心腹锦衣指挥马顺言曰："董瞒之事，尚可恕他。叵耐刘球这厮，劾我妄起兵端，独专大权，要我万岁爷爷杀我。汝为我决不可轻放他。"马顺领命，遂重加拷掠。逼令刘球招董瞒之事是他主谋。刘球抵死不肯承认。忽一日，王振令人持一纸与马顺，顺即到狱中使捽刘球到一僻静之处，布置刘球。刘公见了恶刑，惊得魂不附体，口中只叫曰："吾今为国去奸，反遭汝等奸邪毒害。吾死之后，旦夕诉于我太祖暨太宗之灵，伸吾冤抑被害之事，明吾忠义报国之心。先擒汝子，后诛汝身！"马顺闻言，遂搠扒其身而死，甚是酷烈。可怜忠义学士刘球，为国除奸，反遭马顺毒害而死。此后人人畏惧，无人敢劾王振。

这刘学士遭马顺之害，一点忠魂不散，径附体在马顺儿子身上，历数马顺之恶。马顺见其附体于子，多请僧道禳解①求释。只见其子口中说道："马顺，汝害吾甚酷，吾今已诉知上天。不过七年之间，汝之死日，比吾尤惨酷也。汝今解禳何益，祸不旋踵②矣。"言讫。其子口鼻流血，面目皆青肿而死。马顺见儿子被刘公忠魂附体，活捉而死，心中甚惧，悔之莫及。王振闻知，心亦惊恐，遂票旨即放出董瞒，赦归田里。王振正令人释放董瞒，忽宫中内相到来，传出张太后旨：召王振。振闻召，惊得面如土色，默想曰："此事只我与马顺密为之，张太后安能得知？"正慌惧间，又有内相催促。王振只得忙至宫来，朝见张皇太后。

太后屡闻得王振弄权，因此亲临别殿。先召大臣杨士奇、张辅、杨溥、夏元吉、蹇义、杨荣、胡濙等，朝见张太后。太后正中端坐，左右女官，皆杂佩刀剑侍立，拥卫东首。时正统帝端立西首直下。英国公张辅同诸大臣皆恭立。张皇太后一一动问，皆有奖励之词。及问至杨溥，乃叹曰："昔先帝尝称卿忠诚，不意今日得见也。"你道张皇太后为何出此言？当时洪熙为太子在南京监国时，永乐因汉庶人出征有功，心中甚喜。庶人

---

① 禳(ráng)解——送信的人向鬼神祈祷消除灾殃。

② 旋踵(zhǒng)——把脚后跟转过来，比喻极短的时间。

因其喜，每进谗言，毁谤那洪熙，有夺嫡谋太子位之心。那时杨溥做学士时，苦苦泣谏永乐帝。永乐大怒，遂下溥于狱中十年。溥虽在狱，手不释卷，人讥诮之。溥笑而答曰："朝闻道，夕死可矣。"后来到洪熙登极，即放溥出狱，遂升大学士，兼文渊阁。当日张太皇太后见溥，故有此言称及。张太后顾谓正统曰："此六、七臣，皆先朝所简拔①，以贻与皇帝者，凡有事必与之议。若非此七臣所赞画者，不可行也。"正统帝唯唯受命。

少顷，宣王振至，俯伏阶下。太皇太后一见，颜色顿异，曰："汝服侍皇帝起居，闻汝行事多不律②，今赐汝死。"侍卫女官闻旨，即擎剑欲斩王振。那正统帝忙跪下求免，诸大臣皆再三叩恳。张太皇太后曰："今皇帝年幼，未能周知事务，若留渠③用事，日后必误家国矣。我今暂听依皇帝暨先生之言赦振，自后不得与渠干国家大事。"言毕张太皇太后即命驾回内，仍命上赐英国公并诸臣等酒饭。诸公饭毕，乃辞拜上而出。

后宣德崩，张太皇太后将宫中一应玩好之物，不急之务，悉皆罢去。又禁不许差中官出外办事。若差出外，恐其生事。凡有大政事，必先启奏皇太后，太后令付阁下议定施行。每隔数日，必遣中官至阁中查问，连日曾有何事来商榷。辅臣即以帖开某日有某中官以几事来议，如此施行。皇太后乃以所事验之相同，则不究问。设若王振自断，不行阁下议者，必以诏切责之。由是王振不敢为非，终张太皇太后之世也。

且不谈张太皇太后之事。且谈于公丁父母之忧，服满起复。当时山西、河南二省士民人等，有千余人，上京恳公复任，旨未下。公朝罢，乃拜访众官。众官俱来拜贺，公一一回拜。于公亦拜谒王振，适值少卿薛瑄亦到振所。各相见礼毕，王振不逊二公之位，乃遽然上坐。于、薛二公即曰："此非礼也。论遵朝廷之礼叙爵，则吾等职品相同；论今日相见之礼，吾等是客，公是主。岂有主坐客位之理乎？"言毕，二公亦高坐于上，不谈言语，茶罢而别。自此王振与于、薛二公不睦。

过十余日后，于公早朝回归，忽见前面大喝四声："行人回避。"于公只道是那絣王谒陵回朝，忙下马回避。随从人说道："非是那絣王驾来，

————————

①　简拔——选拔，选择。

②　不律——不约束。

③　渠——方言，他。

乃是内相王振。"于公闻言,跨马前行观看,果是王振乘着四明车辇,随从人役颇多,犹如驾到一般。于公看见,已是心中愤怒,不期①王振跟随人役,倚振之势,大声叱曰:"兀那甚官儿! 不避俺家王爷。"于公见喝,指着从人叱曰:"汝仗谁之势,欲人回避。"正论口之间,王振乘着车辇到来。于公曰:"汝有何德能,妄肆尊大,擅敢乘此四明车辇!"两下遂争竞起来,路中过往官员看见,齐来解劝。于公对众曰:"昔虞舜曾制此车辇,巡游天下,采访民间利病。恐不能悉知颠连幽隐民情,故制此辇,名曰'四明'。即大典所谓明四目,达四聪之旨。招求四方贤才,采取四方言路,洞烛四方民情。他今妄自尊大,擅乘此车,僭越②无礼。汝谓朝中无人乎! 谁不识汝妄为之制度乎! 吾因汝是皇上宠异之人,不与汝较论。前者拜望,礼也,汝又高坐无礼。今又使从役叱吾下马,汝视人如无物耳! 吾岂惧汝哉!"言毕,即将王振车前横轼乱击。众官见于公言词有理,心服其能。遂劝开,各各散讫。

王振心中怀忿,欲寻事中伤于公。又思得于谦是前宣德爷爷简任之臣,又惧那太皇太后在上,恐其知道,因此不敢伤害于公。公明日遂上疏劾王振。正统帝览之,欲将于公发锦衣卫责杖,又省曰:"此臣乃先帝简拔之臣,若发下去,倘有差失,使朕有杀谏臣之名。"遂留中不发。于公见奏不下,又因父母之变过哀,遂染成一疾,乞休养病,愿以孙元贞、王来二人代巡二省。候明旨不下。原有千余人在京乞公复任的,闻得公乞休养病,众遂往通政司、都察院等衙门,告乞公复任。又晋、周二王,亦各有本保留于谦复任。

王振接着二本,遂与心腹王、毛二人计议。王振曰:"叵耐前者于谦当众言吾之过,吾决欲设一计以害之。"王、毛二人忙摇首曰:"难害渠。日前于谦因劾汝之过,那万岁爷欲发于谦到锦衣卫责罚,又沉吟半晌,曰:'于谦是个好官,况又是我先皇帝简用之臣。朕若一时发他下去,倘有差失,坏朕的名德。'后来因见于谦病本乞休,要以孙元贞、王来替代,故此着吏部知道。此事惟我二人知之。且张太皇太后素知其能,难以害他。况今二省与周、晋二王,并官民人等,俱有保复之本。依我愚见,莫若乘此

---

① 不期——不料想,没想到。

② 僭(jiàn)越——超越本分,冒用在上的名义或物品。

机会，仍着他前去巡抚二省，免得留在京师，见他动气。若差他前去，众官倒说汝有容人之量。那万岁爷又见你不念旧恶，愈加信任。"王振见二人说得有理，随即依议而行。遂票出旨着吏部降于谦二级，为大理寺少卿，仍差巡抚二省。公闻有旨下，只得带病辞朝而行，时正统十一年三月廿一日也。公辞朝到任后，未知若何。

第十四传

权珰①蒙蔽劝亲征　王师败绩于土木

王振见于公远去,心中消释其忿。不期张太皇太后升仙,三杨阁老,俱皆老耄,不能理事。病者病,殂者殂,朝中大权,悉归于王振。振遂肆无忌惮,竟差驿使马云、马清、陈友、李让等三百余人,前往北外太师也先处买马三千匹。

使臣领振差使,径到瓦剌地方,来见太师也先。也先见南朝使臣到,心中甚喜。乃杀牛宰马,大宴使臣,其是恭敬。又着许多妇女,吹笙弄笛,歌唱队舞。马云等吃得大醉,因乘醉中大声言道:"汝这般乱歌、乱舞、乱跳,有甚好看? 吾中国有的是美女、美妇,歌舞女乐,笙箫管笛,何等齐整。"也先闻得此言,心中就慕想起来,沉凝半晌。众部长一起说起中国果有好妇女。其时伯颜与昂克二人,即开口道:"俺闻汉时曾有公主许配俺们这里。如今既是两家和好,何不结为姻亲?"众部长闻言,齐声道好,再三言之。马云初时尚未应允,后来一发吃得大醉,就乱言乱语应承。也先闻允,心中大喜。明日遂选良马二千五百匹,诈称三千匹。又多备宝刀、弓箭、骆驼、貂鼠等物朝贡———一来进贡,二来作聘。其马价银缎,一一皆用别物偿之。

马云等辞别也先,带领众军,一起到京。哪里敢说起婚姻女乐之事,又把也先抵偿马价作聘之物隐过,方敢来见王振。王振即亲自来点视马匹,止有二千五百匹,少了五百匹。虽有骆驼五十匹,不足马数。振乃大怒,遂把这朝贡的人毫无赏赐,又把马价减少,反到四驿馆,大言责备来贡的人。那来人闻言,闷闷不乐,不敢回言,记恨在心,急急回归。

当时也先送马云等同众回南进贡时,即夸示诸多部落,仍禀知脱脱不花可汗②道:"南朝自遣使臣,来通和好,又许俺们和亲,不日即有好音来

———

① 权珰(dāng)——弄权的宦官。

② 可汗——古代一些少数民族,最高统治者的称号。

也。"诸部落闻知,俱各前来称贺。谁料这些进贡的回来见也先,将事情说了一遍。也先即问起赏赐并婚姻之事。众人齐答道:"还要说起赏赐婚姻之话! 饶得俺们性命回来,十分之好也。"也先闻言,气得昏倒在地。各部劝起也先。也先大怒,遂与各部誓约,点起众部,并诸处外方人等,共有七十余万,诈称一百万,一起冲拥到边关。时正统己巳十四年七月初五日也,其日钦天监奏荧惑入南斗。

也先统众到边,大肆劫掠,攻打各关。哨马飞报进京,报道北兵围杨洪于花马池,逼朱谦于瓦子关,败顾兴祖于独石,追石亨于雁门关,大同、宣府诸城堡,俱皆失陷。杀掠人畜万余,各处烽烟竞起。王振闻报,不与众官商议,力劝今上位亲征。正统帝遂下诏亲征。群臣忽见有旨下,即连章进谏,皆被王振阻遏,不行奏闻。此时灾异屡见,王振竟不省,仍协令上位亲征。

明日又发旨下,将欲就往。众群臣即时至五凤楼前,执章①候谏。王振一见众官,即问曰:"众官员至此何为?"众官对曰:"特谏止圣驾,不可亲征。"振曰:"汝众官不闻澶渊之事②乎?"众官对曰:"今时与宋时不同。昔契丹无故犯宋兴兵,乃贪兵也。兵法云:'兵贪者败'。且有寇准决其谋,高琼施其勇,故能成功。"振闻众言,反让众曰:"宋独有人,吾国岂无人耶?"遂不听众官之言。接了许多谏章,径往内廷而去。

时正统十四年己巳八月初六日,传旨下:着令弟郕王与太监金英、兴安等,留守内都。吏部尚书王直,礼部尚书高谷,都御史王文,学士陈循、商辂、江渊等,皆留守北京。擢监察御史韩雍为右金都,巡抚江西,取回南直隶巡抚侍郎周忱入朝。取回巡抚河南、山西侍郎于谦入朝。遂命英国公张辅(公年八十三岁),成国公朱勇为先锋,平乡伯陈怀,都督井源为左右翼,正统乃命王振同户部尚书王佐,兵部尚书邝埜,学士曹鼐、张益等官扈从亲征。当日共点兵五十余万。正出行之际,忽然雷震奉天殿,殿中角梁俱折,栋瓦皆碎。文武百官见此灾异,即合章俟候于午门外谏圣驾。

————————————

①　执章——拿着奏本。章,臣下的奏本。
②　澶渊之事——指北宋与辽(契丹)订立和约的事件。当时辽大举入侵宋,宋真宗在宰相寇准的坚持下亲往澶州督战,大胜辽军,辽提出议和,签订了和约。

　　王振将昨日众官谏章蒙蔽，竟不奏上。今日复见众官列于午门之外，乃一马当先，问曰："今日圣驾已发，汝众官何得再谏？"众官拥住谏阻。王振曰："自祖宗以来，每每亲征，非独今上也。汝等不识时势，安晓兵机！"大喝军士，拥圣驾前行。诸文武大臣，只得匆匆随车驾。

　　出得都门，连日凄风苦雨，军士慌张。行至大同，闻得敌势甚猖獗，王振遂矫上旨，先差都督井源等二万人马冲阵。不两日，报道井都督兵大败，不知所往。王振闻报，又忙矫传上命，差平乡伯陈怀领二万人马接战。平乡伯领命，遂点人马与敌交锋，身遭五箭，尚犹督战，可怜忠勇都督，终于箭射身亡。此时成国公朱勇连胜二阵，怎奈援兵不至，手下军兵，苦战一日一夜，料粒不曾充腹，兵士纷纷乱窜。朱勇见势已去，大叫曰："吾今为王振所卖，奉命有功，无人应援，乃天数也。今日尽忠报国，死亦无恨。但得人杀出，报知我主上，即速回銮①，庶不有失。"顾谓亲兵指挥伍宣曰："汝素忠勇，可拼命杀转，报知我圣上，可急往附近关津回进，不可迟也。"嘱咐毕，大叫一声，自刎而死。

　　亲兵指挥伍宣见主帅自刎，泣下数行，拼命杀出，果然英勇，当之者死。左冲右突，连杀数十人，身中二十余箭，血污袍铠，死战得脱，奔至皇上营，见王振报曰："朱爷自刎，全军覆没，吾今拼死杀回，可速请圣驾转往近处关进，不然恐有失误。"王振犹自不悟，尚叱伍宣。伍宣大骂曰："误国之贼，到此尚蒙蔽耶！"大叫曰："吾主将尽忠而亡，吾敢不守义报主而死！"连叫数声："天乎！数乎！"亦自刎而死。营门外众军，遂焚其尸，且箭镞将满一升，诸君皆叹息悲咽。王振犹然蒙蔽不闻。此时英国公张辅老病卧于军中，闻知此报，身不能起，忙令人代奏，速劝主上急往附近关隘而回，不然恐误大事。王振又阻，竟不报闻。尚书王佐知事不济，只得俯伏于草莽之中，祈请皇上速转。振又矫上旨令退。学士曹鼐等见势急迫，假作书以和为名，速请圣驾转，然后再图别议。振反大言曰："竖儒不知兵事，阻挠军机。"当有钦天监正彭德清，见王振尚发此言，乃大声斥

---

　　① 回銮(luán)——即"回銮"，帝王及后妃的车驾称銮驾，因称帝、后外出回返为回銮。

曰:"象纬①示警,决不可复上前去! 若有疏虞②,致陷乘舆于草莽,谁任其咎。"振尚欲遣将交战。曹鼐曰:"臣子固不足惜,但主上系天下安危,岂可轻进。"振又曰:"倘有此,亦天命也。"会日暮,有黑云如伞,营中人畜皆惊。

次日车驾至土木。王振有辎车千余辆,在后未至,因此稽留等待,遂驻兵于土木。十四日欲行,而敌已四围合拥。见我兵势亦盛,不敢轻进。不料我军屯营之处,水草全无,军士不得食,马驮不得料。众军饥渴,连掘三四十处,皆掘三四丈深,不见一毫水泉。众军见无水泉,尽皆慌乱,遏止不定。王振忙令移营。敌人见我军乱窜,遂仗铁骑,一起冲杀过来。我军势不能当,一时大败。但见尸横遍野,血染黄沙。此时将士虽欲奋勇,奈两日饥渴,力不能支。损害雄兵五十余万,皆王振一人所致也。大臣死者,尚书邝埜、王佐,英国公张辅,学士曹鼐、张益等,皆被难,后人只收得衣冠归葬。王振亦被乱兵杀死。正统见文武将官及王振俱已遭害,上有亲随四、五百人,皆非猛将强兵,乃慌忙下辇,坐于高岗大石之上,亲兵俱围绕其下。不多时,只见两员敌将,飞马奔上岗来,杀开亲兵,竟冲到上前。众亲兵俱皆惊散。未知如何。

---

① 象纬——征兆。
② 疏虞——疏忽,贻误。

第 十 五 传

正统蒙尘北地　于谦扶掖①朝纲

正统十四年八月十五日,当时诸文武大臣,只说扈车驾巡边,整饬边务,不料王振强协诸将对敌,故逢此难。时正统亲见百官并王振被害,即忙下辇,坐于高岗大石之上。此时尚有兵绕护,忽见二员敌将奔上岗来,杀散亲兵,一个提刀往上身劈来,上将身一闪,那刀早砍在石高处,只见石上火光冲起丈余。那将吃了一惊,即收住刀,慌问主上道:"汝是何人?"上不解他问的言语,不慌不忙,反问那两将曰:"汝莫不是也先乎?汝莫不是伯颜乎?汝莫不是赛刊王、大同王乎?"那两将见问,大惊异,即奔下岗来,报与也先。

半路中正遇着伯颜带人马冲来。二将便道:"俺们在前面高岗上,见一人穿的、带的,与众不同。俺用刀砍去,不能伤犯,反砍在石上,那石冲起火光,约有丈余。因此俺就不敢伤犯,特来报与太师知道。"伯颜闻说,心亦骇异,道:"莫不是中国天子么?汝且休去报与太师,俺与汝同去看个实落②方报。"伯颜领了众兵,一起复来。果然见上坐于大石之上,端然不动,亦无惧怯。伯颜见了,惊喜不尽,道:"看此人衣服异常,行动非凡,想必是中国天子也。"内中又有放箭射的,其箭射到上面前时,齐齐倒插在面前地上,如猬毛相似,一箭不能伤犯。伯颜见了此异,大喝道:"不许放箭!"众兵见此神异,亦不敢放箭,因说:"我们前月拿得南朝一个太监喜宁在此,他今顺了俺们,何不带他同去,必然认得。"遂通知也先。

那正统见伯颜与众兵去了。只有校尉袁彬在死尸里逃得性命,一见了上,放声大哭,奏曰:"我万岁爷爷为何亲自到此。"上乃问曰:"汝是何人?"袁彬答曰:"奴婢是校尉袁彬也。"上曰:"汝是校尉,不须啼哭也。汝不可说是校尉,只说是随车驾来的指挥。"言未毕,只见伯颜带领喜宁,一

---

① 扶掖——支持,帮助。

② 实落——确实,确切,究竟。

起拥到。喜宁把脸往上一看，忙对伯颜等道："此正是俺国天子。"伯颜闻说，一起罗拜①。扶上坐马而行，一径拥到也先营来。

也先一见上到来，与众头目各各合掌朝天数次，道："中国天子，在云端里坐。今日天赐俺们一会。"当日瓦剌、脱欢、可汗闻知，一起俱到。不半日之间，四下附近国王将帅，纷纷集至，遮得瞒天黑地，都来观看。也先忙令宰杀牛马，并羊鹿野味数千只，作庆贺筵席，大家畅饮。也先乃制一宽大牛皮宝帐，甚是奇丽，奉与主上为行营。此时内有袁彬、哈铭（上指挥与袁彬同寻到上者）服侍，外有高盘、蒋信、刘浦光、沙狐狸等护从。也先即将亲妹进与主上，侍奉枕席。主上即用好言对也先曰："朕承太师厚意，待朕归国，那时多差官将聘取令妹。朕是一朝人主，今若与令妹野合，可不轻了太师，使后人谈太师过失！"也先复进美女六人。主上又曰："待朕归国取令妹时，即将此六女为媵从②，庶不亵了太师令妹。"也先见说，愈加恭敬。

且谈土木有逃生得命的军将官员，皆蓬头赤脚，逾山越谷。或有中箭扶疮坏足者，奔到各关，喊叫开关。各边守关人，看见自家官军，火速开关放进，问其消息。众人一起恸哭曰："五十余万人马尽皆战没。今圣上不知何处。我等逃得性命回来报知。"守关军将闻言，尽皆号泣，震动边民，飞马报进京师。都中文武百官，军民人等，尽皆恸哭，若丧考妣，慌慌乱乱，不知所为。群臣请奉太后临朝，请皇太子权朝。时太后遂降懿旨③，即命絣王监国。絣王虽承奉懿旨，尚犹豫不肯出朝来。

太后惶惶，问内使诸人曰："若朝中有人能安宁家国者，重加爵赏。"当有太监兴安启奏曰："臣婢保举一人，此人可宁家国。"太后忙问曰："汝今保举何人，能定国家大难？"兴安奏曰："臣婢所保之人，就是先年扈从我宣德万岁爷爷驾征，当殿叱汉庶人的臣子于谦便是。"那太后闻奏，喜曰："此臣今在何处？"兴安奏曰："于谦虽巡抚河南、山西二省，前月我万岁爷有旨，着他回部理事，此时该到。"

---

① 罗拜——四面围绕着下拜。

② 媵（yìng）从——指随嫁的人。

③ 懿旨——皇太后或太后的诏令。

　　太后闻奏,速发懿旨三道,连路命人召回擢用①。于谦是七月二十三日闻有旨召回京听用,又闻得说朝廷被王振勒劝亲征,谦顿足曰:"吾常虑王振当权,必误国家大事,今果然矣!此行必然不利,想我祖宗时,士马精强,将相智勇,故可亲征驭敌,威镇边方。此时承平日久,民不知兵,况兼将帅不经战阵,如何可去亲征?必坏大事!幸有圣旨来召吾,吾当速行。"即日单骑出省,各官俱送不及。百姓闻知,拥住马前,苦苦挽留。于公曰:"吾非不欲在此,奈今主上亲征,此行必有疏虞。今见君父之难,决不可留!"百姓闻言,各各洒泪。于公不顾百姓,飞马星夜奔至京师西安门。

　　早已有太后使臣迎着于公。公闻诏,即大哭飞奔入朝。此时群臣俱在廷放声大恸。太后亦垂帘下泪。于谦忙率多官上前奏曰:"臣等誓当迎复我主上归国,但国家不可一日无君。今太后宜速降懿旨,立皇太子为太子,宣絣王上殿,令其辅国。庶社稷②有人,国家不摇动矣!"太后闻奏降诏,即立皇太子为太子,年方二岁。仍命郕王为辅,代总国政,辅安天下。维时太后宣郕王。众官亦各上表,请郕王上殿监国。郕王上殿,太后乃退朝。

　　于谦即令殿头鸿胪等官,鸣钟击鼓,聚集文武远近臣僚,大小官员,纷纷集于阙下。时于谦、王直、陈循、高谷、王文、胡濙等官,请郕王上殿,左侧就坐。令殿头官设仪,鸿胪官喝班,锦衣卫官大排仪仗,照班朝参。正分班行礼之际,只见锦衣卫都指挥马顺从旁大声扬言曰:"今上位事情未知何如,汝众官岂可胡乱行事?"即时分散仪仗,殿中沸喧大乱。给事中王竑见马顺喝散朝仪侍卫,心内忠愤不平,厉声大骂曰:"马顺逆贼!平昔助王振为恶,祸延生灵,倾危家国。今日至此,尚兀弄舌,分散仪从,紊乱朝纲③,真奸党也!吾闻乱臣贼子,人人得而诛之!"王竑口中骂说,一手即揪住马顺衣襟,一手即劈面一拳打去。众官见王竑忠义激发,一起愤怒,争其殴打,乱拳乱脚。顷刻间,只见马顺满襟血污,眼珠突出,脑浆涂地,死于殿廷之下。后人观此,足见刘学士忠魂附子之言,不差年月。

---

①　擢(zhuó)用——选拔,使用。
②　社稷(jì)——古代帝王、诸侯所祭的土神和谷神。用作国家的代称。
③　朝纲——指朝廷的政要大事。

随又索取王振心腹王、毛二人。宫中秘匿不肯发出。众官见不肯发二人出来,仍又喧乱不止,无复朝仪①。郕王复见众喧哗不止,心亦惊疑,即欲回宫者数次。于谦一见,急忙上前一手拽住郕王袍袖,叩请西向侧坐。王尚心疑未坐,于谦复上前扶掖请王端坐。王方坐定,于谦大声言曰:"众官今日虽为忠义激发,然在朝廷上,岂宜如此喧乱? 马顺奸臣误国,打死勿论!"众官虽闻此言,见内廷不发王、毛二人,仍复喧乱不息。郕王见喧乱,又欲回宫。谦复前奏曰:"今殿下若不发二人出来,恐诸臣忿忿不已,非安国家之计也。殿下命内中速发二人,为宗庙社稷之计。"王方允奏,不得已传王旨。内廷发出二人。王即命金瓜武士登时击死于廷。于公忙掣武士金瓜在手,大声宣言曰:"今附党奸邪俱皆打死,众臣各宜就班。如再喧哗者,殿下以王、毛二人为例。"众官闻言,方才依次就列。群臣皆相向恸哭,声震殿廷。于公又奏请郕王宜即降谕,抚慰群臣。公复传王口旨曰:"王振奸臣误国,启太后处,候降旨施行。"郕王即差都御史陈镒,带领五城兵马后军都督,抄没王振家产。

于公复请王左坐受群臣朝拜。公令鸣钟击鼓,仍排班喝礼,群臣拜舞,口称千岁。拜舞毕,于公复上前泣奏曰:"北敌不道,气满志盈,将有长驱深入之势,不可不预为备计。"即于郕王面前谋划。郕王见公能为,听其区画②。公遂传王令旨,着都督孙镗、范广、孙安、雷通、熊义、柳溥、卫颖、张钦等守护京师,勿违节制。又启奏乞赦杨洪、石亨罪犯。郕王允奏。又传令旨,差杨洪等紧守宣府,勿与浪战。仍差杨洪之子杨俊充游击将军,率军兵并口外③归顺人等,前往涿州、保定、真定、沧州、河间等处,往来巡哨,但见我国遭伤军兵,即令收抚,不可弃散。又传令旨飞符,着九边将师许贵、刘安等紧守城堡,勿与浪战。又传令旨差回石亨同杨宁、王通等守护京师。又着石彪领游击等兵延城防守,以防不测。又宣令旨,着金英、兴安、怀恩等忠良内相,防守内城。郕王见公一一区画,皆是定国定边要略,知人善任之谋,心中始安。百官见公外攘内静,处画得宜,遣将发

① 朝仪——古时帝王临朝的典礼。
② 区画——区通勾,即勾画,谋划。
③ 口外——地区名,泛指长城以北,因长城关隘多称口,如古北口,张家口等,故名。

兵,谋猷①绝胜,皆暗暗称羡,俱先辞朝而出。絣王独留于公在殿,公复请令旨飞檄,于紧要关津边镇出处,选能行快手飞骑急赴边镇,着将士依令而行。絣王亲见于公谋划,心中甚喜,回宫。仍着内使十二人张巨烛送公出朝。

于公从五鼓进朝,直至一鼓方出。左右见公袍袖,皆星星碎落。公从左掖门出,此时吏部尚书王直与多官为国忧心,尚在午门外候公动作。一见公出,王直同众官即拱手曰:"今日之事,变起仓促。赖公镇定,天下幸甚。"于公逊谢不敢当。遂别众官,即在朝房假寐②。

未及五更,太后深知公能,且人望所属,即升于谦为兵部尚书,兼支二俸。公于早朝固辞尚书职,太后内旨不允。絣王亦不允辞。公只得就职谢恩。公上前奏曰:"今日銮舆③未返,大敌随至。若前日扈从失律者,及坐视君父之难者,一概宽宥④,则他日谁肯披坚执锐,充锋冒敌?况陷君父于边廷,委生灵于丘墟!乞令法司议罪,庶几鼓舞人心,激励将士!"絣王嘉纳其言,于是令官查勘将士人等。失机者六名;见敌退避,不行救援者十名;临阵逃回者二十余名。于公一一检视明白,即启奏曰:"赏罚必行,后能破敌。敌锋若挫,则仇可复,銮舆可返矣。"絣王允奏。公辞朝出回部,正思一救回銮舆之策,早有人飞报进部,禀道:"有部官在彼营中得脱而回。"于公见报,忙出部趋朝来看。不知此官是谁。

---

① 谋猷——谋划,策划。

② 假寐——和衣而睡,打盹儿。

③ 銮舆——帝王的代称。

④ 宽宥(yòu)——宽恕,饶恕。

第 十 六 传

景泰帝勉从登极^①　于尚书用计破兵

于公正回部料理兵务,设谋救车驾回京,忽闻人报,忙至午门看时,乃是本部员外项忠,户部主事李贤。二公把眠车裹着,卧病在内。于公忙揭帘看时,相与恸哭。公问曰:"二位扈圣驾北行,何计得脱回来? 今主上在于何处,二位必知端的。"项、李二公大泣,答曰:"吾二人与众官扈驾,直至狼山土木地方,扎营三日,军士无水,饥渴特甚。王振无谋,慌令移营,欲就有水草之处。军士乱动,不能止遏。不料彼兵用铁骑冲杀过来。军将饥馁,不能抵敌,皆为残害。邝大人、曹大人,吾目见被马冲倒。而吾二人乘乱伏于深草野之中。半日,忽见众兵拥着了圣上而去。吾等欲出夺救,奈无寸刃在身,只得咽呜泣下。此时未知何如。"于公闻言,放声大哭。众官一起拥到,亦皆大泣,俱问项、李如何得脱回京。二公答曰:"吾二人日只伏于深草茸墅之中,摘些嫩草充饥。夜则望月而走,五日五夜,行得足破皮穿,方能到得宣府。及至宣府,又恐守关军兵不能认识,打下矢石,遂将身上衣服照耀。守城军兵方才放下篾笭,升到城上,着人用眠车护送到京。"言罢,泪如雨下。曰:"只因王振一人,致使我主上蒙尘^②,折将损兵,遭此大变,误国至此。可急设计,救返銮舆。自古国不可一日无君,今已七日矣。"于公闻言,泣奏太后曰:"今士庶慌惶,莫知有主。倘有不测,其如宗庙^③何? 乞太后念社稷为重,早定大计,以安社稷,以慰群黎,天下幸甚。"太后不允所奏。

明日,阁下陈循、高谷,尚书王直、于谦、胡濙,又率百官伏阙^④启奏。太后垂帘,群臣奏曰:"今皇上实为生民亲征,不意蒙尘。臣等虽奋死前

---

① 登极——即登基,帝王即位。
② 蒙尘——旧称帝王或大臣逃亡在外,蒙受风尘。
③ 宗庙——王室的代称。
④ 伏阙——拜伏于宫阙下。古时臣下直接向皇帝有所陈请,多用此词。

驱,必欲救君父返国。奈路遥兵战,率难以顷刻回鸾。而国家岂可久虚君位。乞太后圣虑思之,或立太子以临群庶,或命郕王以辅嗣君。伏乞早建大计,早慰生民。"太后见群臣如此,乃遣太监金英传太后旨云:"皇太子幼冲,未能遽理万机。郕王年长,是宣宗皇帝亲子,宜嗣大统,以安家国。"旨下,众官见时方多事,国有长君,社稷之福。于是群臣交章劝进,宜早登大宝。郕王固辞再三不出,太后复降旨让王。郕王不得已,乃尊太后旨,遂即位。遥尊正统为太上皇帝,尊皇太后孙氏为上圣皇太后,尊生母吴氏为皇太后,册封汪氏为皇后。追封英国公张辅为定兴王,谥忠烈。改明年为景泰元年。景帝于是月二十二日登极,遂传旨云:"朕无一德,汝诸大臣列侯勋戚,并军民人等,共推戴朕为君,奉太皇太后命奉祀庙社。谨以是诏布告中外。"是日,陈循、于谦等率文武群臣,各各山呼①拜舞朝贺。于是朝纲始肃,法令始行,天下始知有君矣。

景帝坐朝,受群臣朝贺毕。于公即上前启奏曰:"北敌不道,犯我边疆,遮留太上皇帝。彼既得志,必将长驱深入,不可不预为备计。迩者各营精锐之兵,尽拣随征军资、器械,十不存一。宜急遣官分头招募官军,起集附近民夫更替,回漕运之众军,令其操练听用。又令工部齐集物料,内外局厂,昼夜并工,造成攻战器具。今户部尚书周忱,谋虑深长,善采众论,征输未有愆期②,贡赋未尝稽欠。此正危急之时,乞令周忱兼理二部事务,则军需有备,器具易成。"奏上,景帝嘉纳,一一施行。遂改周忱为工部尚书,兼支二俸。

于公复奏曰:"京城九门,最为紧要。向者宣府、大同等处,尚为捍蔽③,今已残没,敌可竟犯京畿④。前日虽着孙镗、范广等将帅,领军守护,还宜急取石亨、柳溥为总帅,列营操练,耀武扬威,使敌闻知,不敢轻进。亦乞遣能干忠义给事中、御史等官,若王竑、叶盛、程信、杨善等,分头巡视,勿令疏虞。"复请旨,令各城门外居民,倘被贼迫胁从顺,则贼势愈众,不可复散。宜即令五城兵马排门晓谕,迁移进城,各听随便居住,勿为

①　山呼——旧时臣下祝颂皇帝的仪节。
②　愆(qiān)期——失期,过期,延误。
③　捍蔽——屏障。
④　京畿(jī)——国都及其附近的地方。

敌人所掠。又奏各边等处曾经兵马往来、剽掠残毁者,亦乞差忠勇能干将帅抚臣,前往守镇安抚。遂保奏副都御史罗通,前往平阳等处巡抚。恐彼处居民被寇抄掠荼毒,中原因而不安,仍保奏轩輗、年富、罗亨信等,前往大同、宣府、雁门等处巡抚。又请敕参将颜彪、魏中,俱令策应白洋、易州、紫荆、倒马等关并口外,相机巡劂。又奏差都督同知杜忠,参议叶清,前往偏头等关守备。又请敕都指挥石端、王信、张智等,前往大宁、真定等处把守。仍请敕都督佥事董斌、刘燧、徐亨、王祯等,前往石龙、李家庄、云川、永宁、怀来等处,分头把守。又请敕都指挥王虹、王敬、沈㲀等,前往涿鹿、茂山等卫把守。仍各请旨谕云:"以今日国家之事,必须和睦将士,安宁众庶,固守城池,整束人马,互相应接,不可坐视。如有一切关隘、楼橹、城墙、墩台、濠堑,倘有毁坏淤塞,务要挑筑高深坚固,无得坐视怠忽,虚应故事。如违,定以军法,决不少贷。"

于公又奏曰:"前日临阵,见危授命,死于王事者,宜加褒谥①,赏恤其后,以劝将来。察其临阵逃回,不肯上前对敌,坐事君父之难不救者,并误失军机者,乞请陛下一一查明,严加诛罚,以警将来。凡一切军旅之事,臣请一一身任之。如其不效,乞治臣罪。"景泰帝前见于公仓促定变,整肃朝纲,今又见其奏议详明,安边要略,心中大喜,曰:"卿之所奏,皆是为国嘉猷嘉谋,任人得所。悉依奏施行。"

于公在殿奏事,正欲辞朝而出,只见诸多内臣,纷纷奔至殿中奏曰:"今贼兵数十万,乘胜拥来,将至京都,势不可挡。百姓慌慌逃窜不止。伏乞我万岁爷速遣能事官员,英雄将帅,以救国家之难,以拯百姓之危。"时景帝闻报大惊,未发御音。于公忙上前奏曰:"今陛下勿忧,臣适才所奏,伏乞陛下,容臣调度。"景泰帝闻奏,大喜曰:"非卿莫能料理,凡一应②兵机军务,悉从卿相机调度。"众官亦皆力赞于公。

公即辞朝而出,径到通州坝上。有寮属忙谏问曰:"今敌兵长驱将至京城,为何先到通州?此乃不固其本,而防其末也。"公答曰:"诸君只知其一,不知其二。今敌人倾国长驱而来,人无粮食,马无草料,必先趋通州

---

① 褒谥(shì)——君主时代帝王、贵族、大臣等死后,依其生前事迹给予的褒奖称号。

② 一应——一切,所有。

剽掠人畜粮草,以为久困吾邦之计。吾若不先去料理处分,必为所据夺矣。"言罢,火速催人亲到通州等处,查视仓廒,果然粮食甚多。于公急出示晓谕①军民并从军家族人等,即令搬移京城驻扎。仍晓谕从军家族,即将仓粮预与关支②,准作数月之粮。随人多寡分支,使军民一举两得。从军家属,照数多给三、四个月之粮。附近居民贫穷者,亦各给与,令其速搬京师避难。如此分给,尚有盈余。公即时令人纵火,悉皆焚之。旁有众曰:"仓粮刍草,乃国家养民之本。况民以食为天,今敌未至,何故悉令焚之? 此事关系甚大,不宜造次。"公即温言答曰:"吾岂不知,奈事有经权③。即今从行,并守护各关军马万万,而通州粮草,堆积贯朽④。今吾尽与关支,使向日扈从阵亡之家得食,一以慰死者之魂;一以全生者之命。而今守护边方之族,亦得以饱喂于家,令其各无挂念。且预与兵粮,军兵得多月食,人心坚守。今敌长驱星速而来,此地粮草又多,一时搬运不及,纵可搬运,岂不劳人损力乎! 且大敌随至,而劳人费力,安能使其奋勇? 则粮草皆敌人之物也,敌若得之,则人得食,马得草,足以资用,久困吾邦矣。以方张之势,困饥馁之民,其为祸岂浅显哉! 吾今用坚壁清野之计,烧尽刍粮,收括人民,使彼进无所掠,退无所据,岂能久居乎?"众属闻言,咸称曰:"我朝廷有福,实生我公,公真社稷之臣也!"公谢不敢当。

于公正焚刍粮之际,飞马报道:"敌兵来也!"公闻报,即令诸将:"谨守关门,勿与浪战,且避其锋。兵法云:'避其锐者,击其惰。'吾自有计,切勿与战。"嘱令已毕,乃曰:"此处无足虑也,吾当速回调度。"众又问曰:"公何疾来疾去之速也?"公答曰:"今寇兵到此,无所掳掠。吾急回调度,必挫其锐,使彼知吾国有人,必然悔惧,则上皇归国有日矣。"言毕,即转回京。

敌兵果至通州,见烟焰冲天,粮草尽焚,人畜毫无所掠。也先在马上

---

① 晓谕——昭示,明白地告知。
② 关支——领取,支取。
③ 经权——经与权,即恒久不变的和权宜的、便通的。
④ 贯朽——原意指穿线的绳索已经腐烂,这里指堆积多年的陈粮旧谷。权言其多。

啮指①，谓其下曰："南朝可谓有人，俺们切勿轻进。"刊赛王即答道："俺们既已到此，难以久留，不若直趋京城，看他臣子如何？"也先依言，即领人马径奔京师而来。

此时于公早先到京城，正遇见石亨。亨二十年间屡功封为总兵。公见亨甚喜，曰："想二十年前旅店相逢，兰古春之相，真神鉴也。"石亨致谢曰："蒙公见拔，盛情多矣！"公拂然答曰："吾为国荐贤，何以致谢！"亨有惭色。日前因为正统蒙尘，亨不救君父之难被劾，逮至京来。公以亨威勇，遂荐石亨、杨洪、柳溥三人可用，朝廷允奏。更加升石亨为正总兵，提督京城九门。当时石亨曾与公计议，欲尽起京城军兵，前至通州接战；又欲分兵前往大同、宣府、紫荆等关，抄掠敌后。公曰："石总戎所谋虽善，目下危急之时，敌势猖獗，若尽将京城军兵，一起差发出外，其势必分。分则势孤，势孤则难应敌。倘彼觇知②我国中虚实，不去四散功劫，径直长驱突至，此时欲掣回人马，急切不能。在京军民，正是惶惶之际，内无固守，外无援兵，非万全之计也。"石亨固请必欲掣兵出外，庶不惊扰今上与百姓。两下相持已久，公厉声曰："今国家存亡大事，在此一举，岂因汝一人之偏见，误国家之大事！"遂斥退石亨。亨忿忿而退，成仇之心，在此而起。

公即提兵出城，身先士卒，躬擐③甲胄，整顿人马，背城扎起九个大营，分布九门。令有威望谋略文官王竑、叶盛、程信、杨善等总之。仍开德胜门，谕众曰："汝等受国家厚恩，当以死报效。为人最难得者'忠义'二字，惟国家有难，方显忠臣、孝子、烈士之人。今事机急迫，不可有一毫差错，倘有差错，祸患立至。且贼长驱而来，不劫惊，则杀戮。与其遭彼之害，宁可对敌而亡，总是一死，不如尽忠而死也。生则成功有赏爵，死亦扬名于后世。"众军闻谕，人人感激，皆愿奋死以报效朝廷。

时激谕方毕，也先假意送还上皇归国，遂长驱直前，四散攻突。我军严整，坚不为动。敌人知吾国有备，稍稍引去。

第三日，也先复领大队人马至城下，对营亦安下一大营。此时我上皇亦在也先营中。也先见我军雄威严肃，不敢加兵。我军亦不轻发一矢。

---

①　啮(niè)指——咬手指头。

②　觇(chān)知——窥视，探知。

③　躬擐(huàn)——身穿，身套。

时有喜宁因降也先，反唆也先邀我人民六、七人出城，过阵前，以奏迎太上銮驾还宫为名，飞骑报进殿廷。

景帝遂问群臣，群臣画议不一。当有中书舍人赵荣挺身出班奏曰："臣闻主忧臣辱，主辱臣死。今太上皇陷在边廷，未知真实。臣愿往彼营中，察其动静，死亦何恨！"群臣闻奏莫不叹羡。当有阁老高谷壮其忠勇之志，即解所围玉带与之。通政司参议王复，亦愿同往。

朝廷即加王复为礼部侍郎，赵荣为鸿胪正卿，遣去彼营。皆排列露刃，夹之而行。王复、赵荣厉声叱曰："汝等不得无礼，自古两国和好，必有来使，以通其意。今汝等胁吾、吓吾，吾等岂畏死者！"也先见王、赵叱众之言，即令收刃。遂问二人："汝是何官？"王、赵答曰："吾乃鸿胪正卿赵荣，侍郎王复。"也先道："尔等小官，未可议和。可令于谦、王直、胡濙、石亨、杨洪等，前来议和。"赵荣大声答曰："吾国大臣，岂肯轻来者！只因奸臣王振，诱我那太上皇帝，说边上有好风景，因劝我太上巡边玩景，所以百官扈从来此。不料与汝对敌，以致太上淹留①汝处。今新君即位，号令严明，百姓无不愤怒。且四下勤王之兵，动以万万，不日捣汝巢窟，迎复太上也。吾今承命到此，待吾朝见太上，回奏新君，那时差官迎回太上，重加赏赐太师，庶不失两国之好。吾众大臣岂与汝轻见哉！"也先见赵荣语言不逊，恐见上皇于军中，透露声息，遂不令荣等见上皇，令人逐二人于营外。又使人邀求金帛缎匹万万计。

景泰见荣、复二人已回，乃命礼部官至军前，来问于公方略。于公复奏曰："今日于谦知有军旅之事，他非所政计。"乃令人代奏，力言和议之不可听。景泰闻奏，遂不复遣官去议和。而下对垒七日，敌亦计穷，只得渐渐退去。公乃潜地②令人觇知敌移太上驾远，乃率都督范广等，发神机铳炮打攻。箭弩齐发，敌兵死于炮铳之下者数千。也先不得停留，连夜遁走，仍邀太上驾去。我军奋欲追击，于公急传号令："不许轻追，恐伤太上！"止令追之境外。果然鞭敲金镫响，人唱凯歌回，大胜归城。京城军民人等，皆焚香迎接于公进城。未知后事如何。

① 淹留——长期逗留。
② 潜地——暗地，悄悄地。

第 十 七 传

徐珵首倡南迁 于谦力争北守

　　于公当时泣励三军,军心感激,勇增百倍,杀退也先。也先连夜遁回沙漠。于公率得胜军兵回朝。众多士民,尽皆欣仰。寮采①亦赞公曰:"观公今日事业,虽宋之李纲,未能及也!"公闻赞言即曰:"四郊多垒,卿大夫耻之。今敌逼城下,但不与盟,幸耳。何敢比李纲乎!"当日朝廷论功,特加少保兼总督军务,公固辞不肯受职。后朝廷再三慰谕,公面辞奏曰:"臣微有犬马之劳,感蒙圣主恩,遽受显职,臣断不敢当的!"景泰不允所奏,仍慰谕之,公不得已受职。便启奏曰:"今敌兵虽然退去,太上拘留在彼,他日必仍假送,以和为名,自有无厌之求。从之,则削我国脂膏;违之,则速其变扰。此理之与势,必不可和也。为今之计,莫若遣将练兵,养威蓄锐。倘彼再犯顺,我即声罪致讨,无有不胜矣。"景帝深嘉纳之。

　　公日则入朝奏事,夜则宿处朝房;出则经画军务,进则防豫事机。时值边境汹汹②,讹言不绝。公见京城百姓惶惶,一日四五次惊恐不定,诽诽谣言。公闻民谣,心甚不安,曰:"若如此,则国本动摇,非安社稷之事。"即令后军都督、五城兵马等官,鸣锣晓谕,不许谣言,如违斩首,决不轻恕,民闻禁示,方始宁静。公将紧要事渐渐安辑。

　　不期十月初一日,飞马忽报:"也先拥了太上皇帝从紫荆关来送驾,将近京师。其势甚盛!"也先自从被大兵杀败之后,仍收集各路人马。喜宁见齐集人马,忙上前来唆也先道:"太师这里可假送他上皇归国为名,俺们从各关去,将他上皇当先,在前遮避。关上有人看守者,见是他上皇在前,那敢将炮铳箭石施放? 那时任俺们掳掠,又好索取金帛。"也先见说大喜,道:"此计甚妙。"遂依计而行。果将这上皇拥在前面,径投紫荆

---

　　① 寮采(cài)——官舍,引申为官的代称。

　　② 汹汹——犹讻讻,形容喧扰,也形容气势盛。

关而来。守关军将看见了上皇在前,都不敢施放铳箭。那上皇拥至城下,差人叫守城官军将帅出来相见,要金帛一万,犒赏也先部下头目。城上都督等官见太上召谕,遂开关相见。正开关之际,喜宁等一起拥进。众官见势不好,便忙叫闭关。早有都指挥韩清进门不及,反被射死。又掠去男女数百。边上人民一起喊哭,震动京师。

京城人民慌慌乱乱,昼夜不宁。时有侍讲徐珵(即是苏州人,前与于公同馆者。)见此声息,忙令家人搬移家小,往南回家。当有相知者,问徐珵缘由。徐珵答曰:"吾观天象,前者荧惑①进南斗②,致有此大变。今又见贼势猖獗,则知为祸不小。若留家眷在此,必遭掳掠之害。"京城军兵闻此言,更加慌乱,昼夜奔驰潜躲者,不计其数。又有内相传进宫中,宫中闻言,亦治装③将起程。景帝闻知,即忙上殿宣问群臣可否。早有徐珵向前奏曰:"臣夜观天象,察今大势,非迁南京不可。如其不然,恐有不测之祸矣。"景帝闻奏迟疑半晌。时有二三大臣,复助徐珵之言为是。景泰帝惶惑,不知所出,动摇六宫。徐珵复大声言曰:"除是南迁,方可免祸。"于时群意汹汹,俱办南迁之计。宫中尽收拾金宝珠玉,细软④之物,取车数千辆,欲载资装而出。

此时于公巡边才回,只见军民搬移不一,又见宫中车辇,已发数百余辆,在于午门之外。公大惊,询问此事,慌进殿廷奏事。景泰帝闻得公回,即御便殿询问可否。公忙奏曰:"谁为我陛下画此南迁之谋,可斩此人,以安宫廷,以定民志,然后出师对敌。"因而恸哭于廷,抗声言曰:"京师乃天下之根本,山陵社稷在此,百官万姓资蓄在此,帑藏⑤仓储在此,六宫辎重在此。今不守此,将欲何为?若一迁都,则大势去矣。昔宋高宗南渡之事可鉴也!若京城一失,则敌兵长驱而入,虽山之东西,河之南北,非复国家有也。"那时景泰闻奏,顿然开悟。当有内相金英、兴安、怀恩等,亦赞公言。皆称曰:"朝廷有福,赖有此人,实我国家砥柱之臣。"于是诸臣始有固志,不敢再举南迁之议。徐珵闻知,深憾于公。唯有朝廷与六宫,得

---

① 荧惑——我国古代天文学上指火星。
② 南斗——二十八宿之一,由六颗星组成。
③ 治装——备办行装。
④ 细软——指首饰、贵重衣物等便于携带的东西。
⑤ 帑藏(tǎng zàng)——国库。

于公力阻南迁之非,得英、安、恩等以固坚帝志,稍稍宁息。

奈百姓纷纷动摇,搬移不止。于公思曰:“民为邦本。今国本摇动,如何是好?”即时保差都御史赵荣(即前使致营者。帝嘉其志升职。)、罗守信二人,亲自管守九门,不许百姓搬移乱动,如违者,斩首示众。赵、罗二公,平日忠信素著于百姓,故于公保二公看守京城,又多方晓谕百姓。众百姓见二公忠诚不欺,又见于公威令必行,朝野有法,民心始定,不敢搬移。

于公见内事稍宁,即遣诸将仍照前出城屯营,严整队伍,守护京城。复传号令云:“若见敌兵前来冲突,切不可乱动。但见中军麾动大纛①黄旗,听连声子母炮响,一起攻杀,闻金即止,不可有违。违者定按军法。”众官将等得令,个个准备。

于公仍身先士卒而出,又早见敌拥太上在前,蜂拥而来,声声喊道:“送驾还朝。”于公忙传令,令百姓人等,俱在城上遥声答曰:“我国已立君矣。”喜宁与众敌对城上人道:“皇帝在此,何得乱言?”于公又忙令军民答曰:“岂不闻社稷为重,我国已立君多日矣。”各城皆如此回答。也先闻言,盛气少沮。于公在将台之上,见敌势少衰,即令右边白旗队里摇旗呐喊,声声大叫:“快留下太上皇帝车驾!”喊声齐举。也先闻喊声甚急,慌移太上马转。公见马转,急令麾动中军黄旗,放起连珠子母炮来。各军将见旗动炮响,一起奋力攻杀。铳炮之声,震动山岳。也先见我军凶勇,慌忙奔走,打死甚多。追赶数里,于公急令鸣金。众将闻金,即忙收转。问曰:“小将等正好追杀,何故令某等收军?”公答曰:“诸君岂不闻投鼠当忌器,且胜未足雪耻。万一穷追不胜,所损实多。况上皇在营中,今奋力追杀,果能救回銮舆,实乃国家万全之幸。倘穷追不及,反迫君父于危亡之地,岂臣子之心哉?所以收军者,不得不慎也。且宜保全宗社,然后徐用计谋,救回太上,庶尽臣子之心。”众将叹服称善。景帝闻知大喜,赐于公盔甲一副,蟒衣一套,玉带一条,金顶黄罗伞一柄,令其出入张盖,以示有功。

于公谢恩毕,复上前启奏曰:“前者上皇亲征,虽云天数,亦人力之委靡。有见阵而退缩者;有见敌势凶獗而逃遁者;有坐失军机者;有逗留不进者;有观望不行救援者;以致太上有蒙尘之难。伏乞一一查勘。有功

---

①　大纛(dào)——古代军队里的大旗。

者,授之爵赏;有罪者,惩之诛罚。庶使人知警劝,各怀忠效力,必不损威误国也。"景帝闻奏乃曰:"此卿部事,敕卿一一勘量,功罪施行。"于公领旨辞出回部,取军册逐一详看,即差官校星夜拿来,以正军法。公方回府,早有官吏进禀,同省亲友特来拜谒。未知所谒是何亲友。

第 十 八 传

旧窗友赴京干谒①　西和尚惊死教场

　　于公值朝廷多事之秋，常夜宿朝房。今见敌人远遁，宗社奠安，生民稍息，才回府中。早有门上官进禀道："有爷浙江亲友特来拜谒。"呈上束帖。公看毕，乃曰："快请相见。"报官出来奉请，公下阶相迎曰："承诸兄远来，足慰生平之望。"此五人者，正是公之好友：乃王尚质号彬庵，王大用号器宇，孙祐号菊庄，吴雄号洪宇，和尚号西池。五人各相见礼毕，分宾而坐，各叙间阔②之情。于公曰："承诸兄千里而来，当悉论衷曲。奈国家多事之秋，不能少尽朋友之情，可慨可愧！"王、孙、吴诸友答曰："弟辈昔年多蒙指教，不意我公名闻天下。重整山河，中兴之功，万世瞻仰，可钦可贺！"西和尚就道："当日于爷在鄙寺看书时，神人早先托梦报称宰相，今日果然。"公逊谢曰："不敢。"即命设席款待。于公曰："蒙诸兄见顾，示小弟素志清白，一毫不染，天日可表。虽然巡抚二十年，所有俸资，尽济二省饥民与夫鳏寡孤独者，亦无所蓄。今蒙降临，何以报平日相知之谊。"

　　席间诸友谈话，公遂问起高节庵之事。王彬庵答曰："征君高节庵，归隐西湖。小弟时常访之，人皆仰诵其清风。今公之大名，震骇天下，无不感仰其功业。但弟辈鼯技③庸才，不能上进，为可赧耳。"于公叹曰："高兄才识，胜吾十倍，可惜不乐仕进。吾常欲荐起共理国政，奈高兄固执，所以中止，待后仍必荐之。"复顾吴雄曰："兄亦闲居已久，改日荐兄一京职何如？"吴洪宇称谢。晚饭毕，公即令于康、于淳送五友到洁静寺院安歇，仍辞曰："吾不能送到，恕罪，恕罪！容日再来奉迓④。"随送出府门。五人径到寺中安歇。

————————————

①　干谒——求请，有所干求而请见。

②　间阔——久别远隔。

③　鼯（wú）技——意为鼠技，比喻薄有技能，无大本事。鼯，鼯鼠。

④　奉迓（yà）——迎接，恭迎。

于公假寐片时，三更起来，酌量事务。五更即趋朝奏事，区尽方略。第三日方才回府。正欲着人请五友相叙，此五友早在公府门候见。公请进礼毕，曰："朝事忙忙，不得侍陪。多罪，多罪。"王彬庵便曰："小弟们有一事禀知，未知允否？"公曰："何事见教？"王曰："近有失机坐视将官，闻得小弟们与公契谊①，特来见小弟们，肯出三千金，一人乞饶一死。未知尊意若何？"公见说即曰："这将官辈平日受朝廷若大俸禄，不肯弃死向前救护。若肯一起舍命救援，不致陷君于蒙尘矣。况今国家多事之秋，所重在赏罚，今若饶免其死，则后人谁肯为国尽忠，出死力退敌乎？此决难免其死者。"乃存思半晌，曰："既诸兄见教，曩时交契，岂可无私。吾有一法，庶使国法交情两尽。"五友忙问曰："何为国法私情两尽？"公曰："但军职等官，过了铁，番了黄，文书做绝了，则子孙永不能袭职。他既许兄三千金一个，兄等止要他三百两一个，若十二员已该有三千六百金矣。吾只与一个囫囵死。"五人复问曰："如何教做囫囵死？"于公曰："吾所说不斩首，便是囫囵死，好与他子孙袭职。吾亦怜这班将官，不过见敌势猖獗，一时畏死，岂知当今之时，重在赏罚必行。一则明正其罪以警将来；二则吾也留些阴骘②与他们子孙，以便袭职；三则尽了国法；四则全了朋情。但有一说，诸兄俱要与讲事人面讲得过，其事才好。"众人见说大悦，尽皆称谢。公又曰："吾后日有令，准下教场，大操人马，有功者赏，有罪者罚。务要整肃人马，选将练兵，杀退敌兵，迎复上皇归国，方遂吾为臣之心。"众友称羡不已，即辞回寺中安歇。

明日，五友对讲事人并犯官家族，说知于公吩咐之事："本身所犯，罪不容诛，但留些阴骘与你们子孙好承袭。若依得所言，即当领教。否则不能奉诺。"众家属见说有理，皆送三百金一人到寺。西和尚看见许多金银，惊得浑身发抖不住。王、孙、吴一一收置安藏。诸将家属，各各准备去也。

晚间于公回府，王、孙、吴等来见公，曰："承兄见教，众皆依允。其物俱已到手，感公盛情，厚德难忘。"这西和尚喜得魂惊舌缩，口中谢曰："多……多……多，谢……谢……谢，老……老……老，爷……爷……爷。"于公闻其声言，大笑起来。仍待五友酒席。正饮酒间，二王友问："明日闻

---

① 契谊——意气相合，投合。
② 阴骘（zhì）——指阴德。

公到教场阅武，小弟们实乃千载奇逢。亦欲看玩一玩，未知可否？"公曰："兄等要看何难，须要起早先进教场中，就在软门后边看其好。但操演之处，不是当耍。不可倚着我是朋友，撞将出来，那时不好认是朋友，要以军法治之。轻则一捆四十，不是当耍！"王、孙等曰："亏你做得这般嘴脸出来。"于公笑曰："法令如此，须当仔细。若明日要看，今晚可即在此安歇。明早吾先着人领诸兄进去。"谈饮多时，公即送五友到厢房安歇。

将及五更，五人皆起来。梳洗茶饭毕，于康、于淳即同五人先到演武场来。此时千军万马在内，大小将官，俱全身戎装披挂，等候操演。于康、于淳领着五人，徐徐行到教场。早见牌坊结彩，上写着"代天施行，赏功罚罪"。一班军士见了西和尚，大喝一声道："兀那秃颅，往那里走！此是什么去处！"蓝旗手见了，飞走来拿。于康、于淳指在旗手脸上骂道："汝这厮眼珠不生！这是俺爷亲友。特着我领进看操演，汝人也不认得。"众旗手见骂，便道："小爷，不要着恼。小人们不知是爷爷亲友，通该有罪了。"皆退去，并无阻当。西和尚初进教场，见许多军马威严雄勇，已是惊慌。今又见喝见拿，惊得面如土色，声已出不得，手脚都软了。康、淳二人只得紧紧的搀他进官厅后边软门后，放下五把椅子坐定。此时西和尚略略少定。

不多时，只见前面大吹大打，放炮放铳，一起呐喊，迎进于公。果然声出云霄，震动天地之威。四十八卫人马，并调来守卫人马，又有四下勤王之兵，并替回沿河漕运之兵，共有百十余万人马，将校有百千余员，小官不可胜计。于公坐下，众将官各各参见礼毕。一军齐喊，果然有撼山动地之威。军兵操演一阵，真似翻江搅海之势。操阵毕，将军册、兵政功劳簿籍一看，传令叫请有功将帅四十八员上堂。公亲自簪花赐酒，表里彩缎银宝给赏，亲送下堂，曰："下官不日奏上加封，烦劳诸将官齐心竭力，尽忠报国。"众将帅唯谢下台，公领大吹大擂游营一匝①而出。其余有把总、指挥、千户、镇抚、百户亦各委官，代簪花赐酒，给赏而出。其小校哨长有功者，悉皆委官给赏。赏毕，少刻押进失机坐视不救及临阵逃回等官，俱绑进教场来。于公一一查明，喝令："把这一十二员失机坐视逃回者，俱一铜锤一个打死，以正国法。"这西和尚合当命绝，看见绑进十余人来，就把头伸出看看。只见一声锣鼓响，一铜锤一个，打得血光上冲，军声齐喊。

---

①　一匝（zā）——一周，一圈。

西和尚看见一惊,望后跌倒,活活惊死在地。王、孙、吴三人心慌,即忙用手摸时,和尚口中气绝,少刻面如青靛。众人不敢高声。跟随人见了,即时抬到后边灌汤,不能得苏。人皆言惊碎胆矣。

于公又验视诸将校,有对面伤多逃回者免打;伤少者,捆打四十;背后伤者,打一百。背后伤乃被敌兵追来,怕死逃回砍伤者,所以重责。无伤逃回者,斩首。军中见公赏罚严明,人皆畏服。仍大书榜示数张,挂于通衢,开示某人某处,明示其功罪。事毕,众军将人等,各各跪送,呐喊吹打,送公出教场,回部而去。

王、孙、吴三人见公出教场,只得浼①人把西和尚扛在僻静处,着人看守。于康道:"待我先去禀知老爷。"王彬庵道:"我同你先去。"二人急急来见于公。公到部理事,至二更方回府中。王彬庵曰:"公今日军威甚盛,把西和尚活活惊死教场中。"公闻言,亦埋怨彬庵曰:"谁交你们与他进看?兵权最重,生杀利害之处,谁不寒心。"公乃嗟呀半晌。复曰:"终是他无福消受许多金银。吾欲取龛②盛他,非吾讨取之物。"即令人取一副好沙板棺木。又曰:"兄等可抬西池到寺中安殓,可将所得金银,悄悄尽数藏在棺内,然后盖棺,虚将钉钉,用缠索周回扎缚停当。日后回杭,将索割开取出金银,安葬西池,庶无遗失之患。"四友闻言,深相感谢领教。到寺中来一一依于公之言,安殓西池毕,来见于公。公曰:"兄等且在寺中宽住数日,小弟还有微意奉报。"公遂荐吴雄为顺天府通判,王尚质为鸿胪寺序班,孙祐为太医院院判。三友感公盛情,俱来致谢。公曰:"兄等何必谢,不过少尽往日同窗雅契。"过数日,四友皆辞公,欲回杭州。公曰:"诸兄不欲在此候缺,当送兄等起程。"又送百金一人为赆③,附书一封,烦送与高节庵,多多致意,容当荐起也。即差八个军健,护送西池棺木起程,诸友拜谢而行,一路有兵部勘合,驿递差夫送程——闻是于公亲友,谁不奉承,直送至杭。四友依于公之言,开棺分金,安葬西池毕,送书到高节庵处去。至今三家尚盛,皆于公之惠也。不题三家之事,且说于公即将众将校功绩俱奏。未知若何。

① 浼(měi)——浼,央求。央求别人。
② 龛(kān)——塔下室,用以贮存僧人遗体。
③ 赆——临别时赠送的财物。

第十九传

也先假和索金帛　高磐剖臂纳纶音^①

　　于公具本开列诸将校功绩。朝廷旨下，封赏诸将等。将校蒙封受赏，俱愿报效朝廷。

　　且谈太上皇淹滞边廷，也先屡使人觇视上皇动静。其人到上皇所居宝帐之处，只见一红面长须提大刀者，守在帐前。行觇之人，大吃一惊，慌忙奔回，禀复也先。也先不信，又遣心腹人来。忙至上皇帐前，果见红面之神守把，惊得疾奔而去，报复也先。也先知是关神显圣，自后不敢怀异心，愈加恭敬。且上皇出帐，常见红面长须之将守帐，因问袁彬。彬奏曰："此必是关神显灵来护万岁爷之驾也。"上皇遂望空默祷于神。上皇后复位之日，特加"翊天"二字赠神。

　　也先屡见有神护持，思量道："中国天子在此，又做不得俺们可汗。"当时即请得知院(官名)伯颜等计议道："中国天子在此，又做不得俺们这里可汗，留在此何为？"伯颜闻说，即劝道："莫若俺们留个好名儿，与后代称扬。"也先便问道："怎的留个好名儿？"伯颜答道："何不请天子出来，与他立约盟誓，共结和好，送他归国，使后人赞扬太师仁德。留了一朝天子，不害他反送他归国，这个不是留个好名儿？"也先道："说得是。"

　　正欲差人请上皇立誓送归，只见喜宁忙上前说道："如今且未要送还，宜假送归为名。等俺们索些金帛彩缎满足，那时送上皇爷回未迟。"也先见说，仍依其计。喜宁自从降顺也先，反唆也先如此行计，又将我中国虚实告之。也先依宁言，果差人假请上皇到营，说道："天可汗在此，又做不得俺这里可汗。今日特请天可汗立约盟誓，送归本国，永结和好，再无侵扰了。"上皇闻言，大喜曰："深感太师仁德，知院好情。若得返国，多以金帛彩缎相酬，永结和好。"

　　于是也先练选数十万人马，以送上皇为名，喜宁引导，因而掳掠。驾

---

　　① 纶(lún)音——皇帝的诏令。

至大同城下,上皇命袁彬在城下大叫,讨取金帛犒赏。当有大同守将都督郭登,察知也先假送上皇,即在城上叩拜答曰:"臣职在守边,安有金帛?"遂不开城门。上皇曰:"朕与郭登有亲,何故见朕不开关出接?"也先遥见城中有备,遂同喜宁领上皇仍投紫荆、倒马等关而来。

关上人望见上皇在前,不敢施放炮箭,亦不敢下关开门。因前次迎接被敌焚劫,故此不开。上皇候了多时,不见有人下关迎接,即命袁彬大叫道:"万岁亲自到此,可急开门。"关上并不见一人答应。袁彬心慌,只得把头触门,大叫道:"我是写字校尉袁彬,见有驾牌为照,非是奸细。"即将驾牌照看,城上人看见,方知端的,乃开关放过吊桥,放袁彬进城,审问端的。

当有广宁伯刘安、都御史孙祥、知府霍瓁等,出城来见上皇,哭叩于地,齐声奏曰:"不料陛下蒙尘,臣等之罪也。"上皇因私语刘安曰:"今彼辈未有实心送朕归国,况有喜宁唆拨引导,不怀好意,汝等可急回。"安等闻谕,慌忙拜辞上皇而转,即命闭关。也先复拥上皇而去,又放火烧关,大肆抢掠。九边将士,一时喧沸,烽烟警起,震动京师。人民仍复慌乱起来。

于公闻报,即忙入朝奏曰:"彼敌专以假送上皇为名,索取金帛。乞赐臣谦亲到边关,督厉将士,以图方略。"景泰闻奏,喜曰:"得卿亲往,朕复何忧。"即降旨委谦巡边。公领旨径趋边境。将士闻公临边,人皆畏惧思奋,各各远迎。公传令不许诸将官擅离泛地。边将得令,各候按临。公复传令:边关将士军民人等,若见敌兵拥上皇前来,仍照日前俱各答应道,"我国已立君多日,不敢开关,亦无金帛"等语。如违者,定以军法示众。九边军民闻令,喧嚷遂息。

于公巡至大同,大同守帅郭登谒见曰:"郭某手下有敢死士数百,欲劫驾返国,已差夜不收杨总旗暗暗报知太上皇去也。"公曰:"郭元戎此谋虽好,但乘危行险,可看便宜①而行。若不可行,即止。吾自有破敌回銮之策。元戎素有将略,不必吾叮嘱也。"

公遂巡至宣府,早有总兵杨洪谒见。公曰:"总戎素在边廷,父子戮力,将士齐心,可谓有大功于我国家矣!何土木之师,不以精兵救援朝廷?念公老将,遂起公任事。今汝子杨俊,因私怒擅杀都指挥姚贵,朝廷屡欲

---

① 便(biàn)宜——方便,合适,便利。

加罪。吾念他有万人之敌，奏保曲宥其罪。此后当尽心报国，以全功名，不可急了往日名节。"杨洪领诺，唯唯而出。

公又巡至独石，守帅朱谦谒见。公曰："吾观独石城池一带，城皆虚空，多有坍损，汝为镇帅，宜乘时修整。此处正是国家藩屏重地，今弃此不修，非但宣府难保，京师亦为之动摇。公虽有将才，然一人难以独任。"乃即飞章奏保都督孙安才堪大任，朝廷即敕孙安到来。于公仍授以方略：从独石度龙门等关，且守且筑，以保无虞。安等领诺而出。于是各关将帅，尊于公亲嘱之令，准备建功，以报朝廷。

且谈喜宁原是边外人，因土木之变①，仍复降顺也先，反为也先心腹。又唆也先领众假送上皇为名，索取金帛。宁已得万数，自为得计，在也先面前夸功。袁彬颇知，忙来奏闻上皇。上皇曰："逆贼如此。朕已知道，只凭天去。"

初九日，喜宁复领也先率兵十余万，仍抢掠到紫荆关来。当有守关总制都御史孙祥亲见上皇在敌营，忙叫开关，奋不顾身，领一千人马下关。一来迎谒上皇，二来实欲夺驾进关。一边恸哭，一边下关。众将一起阻曰："上皇虽陷敌营，当徐图救驾。今彼势其盛，不可造次！"孙都督闻言，张目大恸曰："汝等何言！吾闻主忧臣辱，主辱臣死。前次见上皇，不能竭心尽力，迎劫归国。今又见君父在彼蒙尘，为臣子者，安用命哉！"乃不听众官之谏，急领人马冲出关来。也先等见来官之势甚急，又多带人马，不是参驾模样，心中甚疑。喜宁早已瞧见，忙对也先道："俺见来官不怀好意，要用心提防。"也先闻宁之言，吩咐一起放箭。孙都督不知喜宁引导作奸，但见万弩齐发。孙祥连声喝曰："吾来参驾，如何乱射。"言未毕，项上与身中早中三箭矣。手下将士，急救回关，把关紧闭，齐来看孙都督，可怜一箭透咽而死。袁彬见乱箭射死孙都督，忙与通事岳谦来对也先道："太师一向仁德，既有心与中国天子通好，如何又令人射死他将官？恐伤太师仁德。"也先道："是俺一时见关上有许多头目拥来，心中疑惑，因此放箭，不料伤了他性命。汝今说明，下次不如此了。"

是日也先与喜宁领众复奔至水尽头，当有都指挥盛广出见上皇，奉上银三千两。明日又送彩缎、羊肉、酥酒、蜜食之类。是日俱屯扎在猫儿庄。

————————————

①　土木之变——即前文所指的宦官王振挟持英宗亲征致使英宗被俘事件。

第三日到八宝山。此时，景帝差季铎等赍赏①银并圣母太皇太后寄来貂裘、冲冠、龙袍、衣服到来，方知是郕王即位。上皇闻知甚喜，明日发季铎等回。铎等辞归，忽有夜不收杨总旗来见袁彬说道："奉郭都督将令，先遣某等五人夜不收来，暗请上皇到石佛寺，待也先寻觅不见时，便乘隙入城去。"袁彬闻说，即时来奏上皇。上皇曰："朕命在天，此危险之事，决不可行。"袁彬闻谕，忙传旨道："万岁爷不肯允从。"杨总旗只得去回复郭帅。

第二日，通事岳谦对袁彬曰："喜宁时时唆拨也先，除非去得喜宁，上皇方有归日。"袁彬曰："是，是。"即将岳谦的话奏知上皇。上皇曰："朕尽知逆贼为也先心腹。既如此，汝可悄悄代朕写二封书。一封奉上太后，一封与当今。"袁彬领旨，暗暗写完。呈上看毕，便差岳谦同哪哈二人带去。岳谦、哪哈潜地到京，至彰义门外，正要打话，只见城上人望见二人是敌兵打扮，连忙乱箭射来。二人不能开口，岳谦早被两箭射倒在地。哪哈见势不好，飞马奔回来见也先道："南朝自家人都不认得，反把岳谦射死了。"也先听得，忙传号令，急拥众直奔到德胜门来。将上皇藏在德胜门外空房之中，又将人马摆开阵势。待敌久之，不见我兵出来。知有准备，就缓缓抽兵退回。

二十四日，仍朝北行到老营。得知院妻子宰羊烹酒，迎接上皇。二十七日，宰杀牛马做筵席，在苏武庙中。上皇宴散，出帐仰观天象。对袁彬曰："帝星明朗，朕在此决不久。"袁彬叩头答曰："万岁爷仁德敷民，终当返国。"此时上皇在暖车宝帐之中，忽下大雪，厚高三尺。惟上皇所居宝帐，一毫无雪。又常见火光焰起，隐隐若有龙盘其上。边人见之，皆啧指啧啧道："此真天可汗也！"也先亦常见真龙护帐，厚雪无侵，辄相惊畏，甚加恭敬。每日设宴款待上皇，或弹篪②拨琵琶唱曲，亲自把盏。众头目齐跪敬酒，自此为常。只是上皇在营中思归心切，屡被喜宁唆拨也先，不得返国。

前者喜宁复唆也先杀害袁彬，因此上皇大怒，又命袁彬密写旨书二封，随即要唤护从总旗高磐带回朝来。高磐奏曰："此旨臣难带回。"上皇问曰："为何难带？"高磐奏曰："喜宁因见前次岳谦带书回朝，不料被我国

---

① 赍(jī)赏——把东西送给人。

② 篪(chí)——古时竹管乐器，像笛子，有八孔。

守城之人射死,后于尸边搜出所带旨书,上写着喜宁逆恶之事,故此喜宁教也先道:'但有人回南朝去的,都要搜检明白,方才给与号箭。若无号箭,即是私逃,径拿去开剥了。'以此这纸书实难带去。臣命不足惜,恐误大事。"上皇见奏,沉吟半晌,无计可施。只见高磐复奏曰:"臣有一计。若要带去,乞另写于小纸,细细密密写了,臣自有处。"上皇见奏,即命袁彬复写小纸细字二封呈上。上皇看毕,递与高磐。磐跪地捧接,即用薄薄羊皮一块,包裹御旨毕,腰中取出小刀一把,就将自己左膊上大划一刀,即把羊皮旨书纳进肉里,连血连皮,用刀疮药敷上。果然只见血露刀痕,不见有书在内。上皇与袁彬见之,叹息曰:"此足见汝用命之勇也。朕得返国,重加爵赏。但要小心。"高磐唯唯领命。上皇复谕磐曰:"汝今回朝,若当今不坐朝时,汝可先见于谦,令其用谋先擒喜宁,则也先无人引导,朕得返国矣。"高磐领命拜辞上皇,急急而行。也先果一路有人把守搜检,将磐一一搜过。只见血痕,不知有书在内。磐复哄曰:"特到南朝取讨彩缎,赏赐你们。"故各部俱放过,俱给与号箭。高磐不分星夜,负痛驰归。

第 二 十 传

于公相形置地铳　杨俊诱捉喜宁回

　　不谈高磐之事。且说于公一日趋朝面奏曰："臣昨闻探事人来报,也先大选人马,有再犯我国之谋。伏乞陛下赐臣亲到边方,料度机宜,设计破敌,必不误国。"景泰闻奏大喜。面谕曰："一切便宜,任卿裁度。"于公即辞朝回部,亲领数十军将,俱扮作夜不收模样。公亦装扮如此,杂在众人之中,去到边方,看其地脉①。正行不数百步,猛省曰："吾失忘了一件要紧之物,快令人取吾主上所赐金顶黄罗伞来。"众问曰："老爷今日扮作某等模样,又要取黄罗伞来何用?"于公曰："汝等只知其一,不知其二。吾今如此打扮,边上军士,一时不知是我。倘有触犯,不处,则损军威;处之,又犯无知。或者有认得我的,他不知我私行来看地脉,只道我私行觉察他隐密之事,使彼反生疑虑,吾故取伞随行。边军见吾之伞,知吾来度地脉,用计破敌,彼必用心把守,不敢怠缓,故令人取来。"众军闻言,各各叹服。

　　公一路来观地脉,察敌必犯的来路。果然守边人等,见了二十余人潜地过来,一起呐喊。正欲打下炮石,公即令人张起黄伞,守边军士看见,知是于爷,就不敢打下炮石。守泛地军将,通欲下墩迎接。公忙传令不得擅离,违者治罪。诸军闻令,各各遵守,不敢出迎。公相了地脉形势,一一与众暗立标的、记号已毕,急急回到附近关津。命工匠照式造地雷,并铜将军、佛狼机等铳炮。其铳炮形如斗大,可藏药若干,又可安铅弹若干,造成数千。其药线长有丈余者,或六七尺者。另用竹筒打通节眼,盛药线在内。虽经风雨,亦不损坏。一里埋二十个,十里埋二百个,四散埋有千数。令军士暗暗埋于敌人必由之地。其药线之头,俱露出在地上。又用乱柴燥草引火之物盖覆好了,仍用本色土泥罩上,人莫测认。

　　于公埋铳已完,复到大同,与郭登计议,又造下着地龙、飞天网、积水

---

　　① 地脉——迷信的人讲风水所说的地形好坏。这里指地形。

柜、悬溜栅等项。待敌到来,发其机轴,无不有当。于公与郭登布置已毕回京。

　　路上又思起喜宁。他知我中国虚实,各路关津险要。若不用计先擒此贼,倘被他识破,所误不小。正思计时,早有人报禀道:"有边外总旗高磐,从北地回朝,兼有上皇密旨要见爷。"于公见报,便令:"快排香案①接旨。"一边唤高磐进见。此时高磐回京,正欲趋朝奏闻,因景泰退朝,一径来到于公部堂相见。公见磐即问曰:"汝来必知上皇消息。"高磐禀曰:"总旗是上皇差来的。"公见说,忙下堂问曰:"上皇安否?"磐答曰:"上皇日夜思归。头目伯颜屡劝也先送上皇回朝,怎耐喜宁百般唆拨也先,因此稽留,不能回来。今上皇现有御书密旨在此。复谕总旗,若当今退朝时,先见老爷,因此先来。"于公曰:"既有旨来,快排香案。"公即望北朝拜。拜毕,请旨。高磐曰:"快取刀来割开我臂,方可取旨。"公见说,忙问曰:"为何割臂取旨?"高磐曰:"当时通使岳谦,曾带御书回朝。不料被我守边将士,不审分明,将岳谦射死。后被也先兵丁于尸边搜出书来,御书上写着喜宁悖逆引导之事。喜宁深恨在心,挑唆也先:但有人在上皇处出进及回南朝去的,俱要搜检明白,方许放回。因此不好带旨回朝。当时上皇无计可施,是磐设此计,只得将臂膊划开,纳旨在内。初时藏纳,不甚痛楚。如今连日马上行了七八百里路,左手甚痛,右手难于举刀自割。乞爷令人割开取旨。"说罢,即脱下衣服。臂上露出伤痕,此时红肿得大了。高磐右手指着疤痕曰:"快划开取旨。"公即令人割开,将旨取出。只见鲜血淋漓,高磐大叫一声,晕倒在地。公急令人扶起,忙灌些定晕醒魂丹。两班跟随将士人役,皆叹曰:"国难显忠臣!"自此以后,人人怀忠奋勇,乃高磐一人激之也。幸天怜忠义,默佑高磐,渐渐苏醒。

　　于公忙令人取香汤,洗净血污的羊皮包纸,仍旧跪而拆开密旨看时,旨上单写着:"也先屡欲送朕返国,皆因喜宁唆拨,反为彼之引导,攻掠城堡,残害赤子。当用计先除此贼。若得返国,愿居闲地,或守祖宗陵寝②,亦所甘心。"公宣诵毕,朝北哭拜于地曰:"君辱臣死,理所当然。是臣等万死之罪!"复咬定牙根曰:"喜宁逆贼,吾誓不与共天!"即写本赍太上御

---

　　①　香案——放置香炉的长条桌子。

　　②　陵寝——帝王的陵墓寝庙。

书,奏闻景泰帝。帝怜高磐之忠,即加升高磐为侍卫指挥金事。景泰宣问于公。公上前奏曰:"臣已有计先擒宁贼,以正国法。"景帝闻奏大悦,退朝。

公回部。即请太医院官,疗治高磐之臂。御医以妙药敷之,三日痊好。高磐即来叩谢于公。公大喜曰:"此足见汝忠贞,天佑之也。"命取银二十五两与高磐。磐拜谢。公又唤磐上前,附耳言曰:"汝可如此如此而行。至日,吾自有人接应拿他,不可泄漏。"又命曰:"若见蒋信,可传他家中信息,且言朝廷优待之恩。令其至日可同上皇往僻路而走。"磐一一听计,拜辞于公。复辞朝毕,乃与季与铎等,同赍①冲天冠、衮龙袍、玉带等物,并各边外赏赐出关。

一路急急径到也先处,下了敕书,并赏赐之物。又到上皇营中,进上御冠衮衣②等物。上皇慰问高磐毕,又曰:"可曾带得赏众头目的缎帛来否?"磐奏曰:"众大头目赏赐,臣已带来。但以下头目人多,朝廷着宣府等边关备办。待送皇爷驾到,即从城上送将下来,方迎请皇爷回朝。"喜宁在彼闻得高磐之言,心中大喜,坦然无疑,忙来对也先说道:"南朝既有赏赐彩缎在宣府,如何不送天可汗去?"也先因前者整顿人马齐备,今闻得喜宁之言,即时起发人马,亲送上皇到宣府来。

高磐闻得这个消息,暗暗称羡于爷:"果神算也!"即密地来到赛刊部下,寻见蒋信,报与家书,并朝廷优待之意。信感恩,誓以死报。高磐又将于公保护上皇斜僻去路,一一说知。信乃领计,即使忠勇健儿,潜地到宣府城边。箭上刻了字号,写"也先同喜宁在本月二十七日亲送上皇到城",一箭射上城去。守城人见了蒋信号箭,飞报与总兵杨洪。洪即差快马急报于公。

公见报,心中大悦曰:"除了此贼,上皇返国有日矣。"乃思欲擒此贼,除是杨俊方可。但他使酒,勇猛难近。然以擅杀都指挥姚贵,朝廷屡欲拿俊正法,我保奉他将功赎罪,今日必为我用。即传令着杨俊来见。俊即杨洪之子,洪闻于公令牌到,即着子杨俊来见于公。公曰:"想汝日前酗酒,无故杀死都指挥姚贵。朝廷必欲正法,我保奏免汝一死。汝可建功赎罪。"杨俊闻言,叩首谢罪。公曰:"吾今定下一计,非汝不能成功。今二

---

① 赍——怀着,抱着。

② 衮(gǔn)衣——古代皇帝及上公的衣服。

十七日,就令汝父率多官将,到城赐也先众头目以下缎帛等物,件件皆放在筏箩之内,令人放下城去。汝可将纯锦缠身,一如彩缎之色,踙①在筏箩之内。高处再加些缎匹于上,不可露出头角。若不认得喜宁时,但有人叫喜宁的,汝就知得是他。待宁来搬彩缎之时,汝可用心看定,把喜宁登时拿在箩里。城上自有人接应,吊汝上就。拿得喜宁,汝之功可赎前罪。吾知汝勇猛,能擒此贼。汝可小心,安危在此一计,不可怠惰。"俊领计叩辞于公而出,来与父杨洪计议停当,专候也先到来。

且谈也先整点大队人马,令喜宁、陈友为向导,二十三日起程,从倒马等关,一路送上皇为名。各关俱道:"朝廷赏赐缎帛,俱在宣府。"喜宁闻得此言,一心要到宣府,故别处关津都不在心。至二十七日,早到宣府城下。城上人见上皇在前,一起俱呼万岁,震动山岳。城上早放下数十筐筏箩落来。此时高磐紧紧的傍着喜宁之马,城上人看见高磐与喜宁赶在当先,仍又放下数十筐缎帛下来。此时杨俊已扎缚停当,就踙在箩里,一起放落城来。高磐与喜宁见了,忙跑下马来,搬取彩缎。高磐见宁落马来,大声高叫两声曰:"喜宁哥哥,待我也搬些与众头目,见见功劳。"杨俊闻得叫声,知是喜宁,忙跳出箩来,大喝一声,把喜宁一似提小鸡一般,丢在筐里。高磐见俊拿了喜宁,即时敲起号锣。城上人闻锣响,即将滚木绳索,一起用力拽上城来。陈友见了,即便落荒逃命。也先亦知中计,忙传令攻城,来救喜宁。

这高磐、蒋信、袁彬等一班人,奉着上皇,往小路里加鞭飞马而去。也先见上皇与众前行,恐怕往别关进城,乃亦飞马紧追。城上杨洪等将见上皇去远,即忙放起号炮。各处城上闻得号炮响时,俱把火箭、火炬一起远远丢射,施放地雷,发硕铜将军、铁佛狼等铳炮。火炬、火箭燎着乱草枯苇中的药线,登时地铳震天,四下里只听得天崩地裂、霹雳之声,烟焰冲天,打死不计其数。也先回马看时,只见残兵冒烟突焰而来,道:"中计了!"怒气填胸,大叫一声:"罢了!"便倒撞下地。未知性命若何。

---

① 踙(jiù)——方言,蹲。

第二十一传

外国结连归和好　朝廷允奏遣臣僚

不谈也先气倒马下。且谈于公因喜宁引导也先，数侵边境，扰害生民，故定下此计以擒之。果然上合君旨，下快民心。喜宁既被杨俊擒下，挟得半死，声已难开，押进营中。杨洪用槛车①械②进京来。于公下营见宁，厉声叱曰："朝廷有何负汝？汝反背主，甘为引导，唆索金帛。今日擒来，有何理说？"喜宁无言，叩头乞死。于公即时奏请。第二日旨下，着刑官将喜宁凌迟③处死。号令各门，以戒将来。朝廷将杨俊升都督金事。杨洪封侯，增俸二百石。于公加升少保总督兼兵部尚书，加食二秩之俸。

也先看见此番如此残败，心中愤怒，颇有欲害上皇之意。伯颜密知，向前力言道："太师一向好心甚多，此事非干天可汗之事。俺们一向要与他和好，又只管领人马与他厮杀，又不送天可汗归国，复索了许多金帛彩缎，他那里如何不做准备？今事已如此，不如消停数日，遣几个得当人到南朝，与他通好，免得伤了太师一向好心。"也先道："得知院(伯颜官名)你说得是。既如此说，俺且拔营回去，再作商议。"

当时瓦剌可汗脱脱不花亦领人马到来。此时蒋信即于途中迎着脱脱不花，以言说之曰："太师也先每领人马南侵，所得金帛，皆归自己帐下，到于可汗处甚少，及至损伤人马，则可汗均受其弊。俺们料得敌不过南朝人马，可汗自当做主，以和为上。"脱脱不花闻言道："把台说的是。"即催人马，来到也先营中。伯颜先将和议之情说与脱脱不花。脱脱连声道："好。既如此，俺与太师、得知院、平章等，俱押了花字④。着得当人亲赍

---

① 槛(jiàn)车——装载猛兽或囚禁罪犯的车子。

② 械——用刑具拘系人犯。

③ 凌迟——俗称剐。中国古代执行死刑最残酷的一种方式。即零刀碎割，使犯人受尽痛苦而死。

④ 押了花字——在公文契约上签字或画记号，以作凭证。

赴京讲和,永无他意。"伯颜称谢,随即都押花字,令人到老营来请上皇。

上皇即时亲临也先营中。脱脱可汗与伯颜齐道:"俺们与太师屡欲送天可汗归国,都是喜宁阻住,坏了俺两家和好。今日俺们与太师,实心送天可汗归国。又恐你那边臣子不知俺们真心,特请天可汗来,当面折箭①为誓。"上皇见折箭立誓,知今番送归是实,大悦称谢,亦即书一御押。当日脱脱可汗即先差通使三路人,前来近边打话通了,然后差皮儿马、黑麻等起程。黑麻等叩辞上皇。上皇亦面谕劳,又有御书一封,付与黑麻等。脱脱并也先亦嘱咐道:"你们到南朝去,将俺实心送回的事,一一说知。"黑麻等领诺,即便起程,又等候先差三路人通了话,然后到京。

这三路人来到大同坟岭墩,这墩就是大同北关都督参将许贵把守。贵每日轮差夜不收,探听北边哈密等处消息,巡视奸细。当日夜不收哨至坟岭墩来,忽见一伙北兵前来,内有三人,装束似南非南,似北非北,又当先跨马而来。众夜不收看见,正要放箭,只见那三人高叫道:"休得放箭!俺们是脱脱不花王与也先太师差来打话通和好的。"众夜不收见他说得南边话来,料是通使的,收了弓箭道:"汝是何等人? 须说得明白。"那当先一人道:"俺是女直同知。"第二道:"俺是浮石参将。"第三道:"俺是哈密指挥。俺三人通是脱脱不花王差来近关打话的。若只差一路人来,恐南朝不明一路的言语,故此差我三路人通晓汉语的,庶不误了大事。你们众人听着:俺太师也先道:'如今实与南朝讲好,可着大头目奏将去,连夜差使臣来。'俺们便回去报知。若不来时,俺三边轮流搅扰得你国田不得种,粮不得收。你国中消耗,自然来和好。"众夜不收闻得这说话,便道:"众人且暂住,待我们禀与大头目知道。"三人闻言,即领众就近墩屯扎。众夜不收径来报知许参将。贵闻报,亲自来到墩边,与三人打了一番前项说话。许贵曰:"汝等既是真情,吾当转奏朝廷。"乃即差人星夜到京,将此事一一奏闻。

景帝允奏,即着该衙门写敕戒谕。许贵去了。群臣见戒谕许贵之旨,齐奏曰:"数次遣使,未见的实。今脱脱番文是实,兼有上皇御书押字,亲差黑麻等到此。臣等亦屡问使臣,所言皆实无疑。理当答使复,勿令有他日之悔。"景帝闻奏,半晌不言。于公察知其意,即毅然上前奏曰:"今

① 折箭——古人发誓时常折箭表示决心。

若果有上皇御书并脱脱等番书,详勘黑麻等来意是实。且兄弟至亲,君臣大义,理宜迎复。"诸文武见公所奏,亦皆奏曰:"理当迎复,勿令后悔。"景泰复闻众臣之言,心中不悦。谕曰:"当时大位,皆卿等合词要朕为之,非出朕心。"于公闻谕,忙上前复奏曰:"今陛下天位已定,谁敢有异议?但欲发使答礼,少舒边患耳。上皇终当迎回,岂可久留边地?此非朝廷与臣子久弃君父于遐荒者。"景泰闻奏,心中开悟。乃曰:"从汝,从汝。"言罢退朝。

群臣皆聚于午门外伺候。当有太监兴安,复传旨至午门外,大声言曰:"尔等固欲答使,且言孰可行者,孰为文天祥、富弼①其人耶?"众皆未及答,尚书王直面发红,亦厉声言曰:"岂可如此说!今日皆朝廷臣子,一惟朝廷用,谁敢有不行?"兴安闻说,仍复进内。少刻升给事李实为礼部左侍郎,罗绮为大理卿,充正副使,马显升都指挥充通使前去。不知朝廷差数使前往,后事如何。

---

① 文天祥、富弼——文天祥,南宋大臣、文学家,曾出使元军议和被扣留。富弼,北宋大臣,曾出使契丹。

第二十二传

李侍郎出使沙漠　罗少卿奉命退荒

　　景泰因于公奏明，并诸臣力言请复之事，乃差李实等前往。敕书既下，只言答礼，不及迎复之事。李实见敕大惊，忙趋内阁，明白其事，正进朝来，遇着内相兴安。兴安见实，大声曰："李侍郎，汝领黄封办事，你哪里晓得其中就里？当时景泰之意，不欲迎请上皇归国。奈群臣恳谏不过，于公又开陈①兄弟至亲，君臣大义。景泰不得已，遣李实等聊报复答礼而已。"李实见兴安口吻，只得转出朝来，收拾行李，一同罗绮、马显等并来使，打点启程。景泰元年七月初一早朝，景帝亲御左顺门，召李实等面谕曰："卿等去脱脱不花、也先那里，务要勤谨办事，好生说话。"遂各赏银伍拾两，并衣服二套，彩缎三表里②。又谕曰："可上复太师也先，并得知院伯颜等，内有敕书二道，及各队长赏银二百两，彩缎二十四表里。"李实等领命，即拜辞出朝，本日遂同黑麻、秃完等五十六人起身。初七日，过毡帽山。初八日，过兴和州卫东海边，夜宿棍儿硇。初十日宿失剌，即边塞之处，亦送李实等下程，羊二只，酒数瓶。十一日，到也先营中。

　　也先听开读敕书毕。也先道："你国皇帝，因何差你们？"李、罗二公答曰："自太师祖父以来，至今朝贡我国四十余年。尔使臣进马来京，往往待以厚礼，遇以重恩。近日因王振擅减了马价，以致太师动兵，邀留太上皇帝，抢掠人民，杀害兵马。今得知院伯颜上合天道，下顺人心，奏闻可汗，说知官人，特念前好，同差参政完者、秃劝等赍书赴京，以全和好。因此差我等大臣，赍送赏赐，给与太师并知院等，以全终始，仍旧遣使往来。"也先见说，便道："这事皆因马清、马云小人们坏了事情，以致动兵，小事变成大事。今你们来，且过一夜，明日引你们见天可汗去。"李实曰："此足见太师仁厚之心。"也先又道："你们来得正好，这事务必要成就了。

---

①　开陈——开通，启发。
②　表里——旧时赏赐或送礼用的衣料，亦作"表礼"。

你们若不来时，俺们七月十六人马已到京来了。今侍郎路上辛苦。"即唤人斟酒，亲自把盏奉敬李、罗二公数杯。酒毕，复令宰壮马一匹、羊四只为下程。

十二日早，也先差头目人等赍我朝赏赐与脱欢可汗，并得知院等敕书，又着人分头赏赏赐前去。是日也先即差平章人等，同李实、罗绮等行三十里，来见上皇。共进上纻丝八匹，衮衣二套，粳米、鱼肉、钞煤、烧酒、器皿等物。李实等一见上皇，放声大哭。拜舞毕，唯见袁彬、哈铭、高磐三人侍侧。上皇曰："卿等休哭。比先①朕来北，为打猎游幸之事，皆王振所陷。也先有意送朕归国，皆被喜宁引诱，遂破了紫荆等关。复至京师，又被喜宁阻住。后至小黄河，也先亦欲送回，又被喜宁挡阻。今喜宁既已凌迟，朕无阻挡也。"上皇遂问："圣母及当今安否？"李、罗齐答奏曰："俱安。"又复问旧臣存退何如。李实一一道其姓名，或存或退，甚悉。上皇曰："朕在此一年，因何不来迎朕归国？"实奏曰："陛下蒙尘，群臣及军民人等，如失考妣。差人三次来迎，俱无的实。通言也先假意，惟前月高磐回朝，见有陛下御书花字，方是实信。叵耐喜宁阻住。今宁已正国法，特差臣等来探虚实，未知也先果真心否？"上皇曰："汝等回去上覆当今皇帝并文武群臣，早早差人来迎朕归国。朕若回时，情愿守祖宗陵庙。若不来迎时，也先说令人马扰边十年，也不得休息。朕在此一身不足惜，当念天下生灵、祖宗社稷为重。"李实、罗绮唯唯领诺。李实询问上皇所食，方知也先每日只送牛羊、野味、酥酪，殊无米羹。李实凄然奏曰："想昔陛下锦衣玉食，今观衣食粗陋不堪。"复以大米二斛②进上。上皇曰："饮食小节，且与朕整理大事。"实乃条陈③数事奏上，皆谏上皇昔日任用非人，引咎自责，谦让避位退居之词，忠言正道，恳切甚悉，上皇闻奏大悦，皆从其言。因日暮促归，李实涕泣而别。

明日，也先宰马备酒，相待李、罗。也先道："你们皇帝敕书上，并不曾说着迎回天子。天子在此，又做不得俺们可汗，终是个闲人。俺还你们，千载后图一个好名儿。侍郎回去可奏知，务要差三、五位老成臣子来

---

① 比先——先前。

② 斛(hú)——旧量器，方形，口小，底大，容量本为十斗，后来改为五斗。

③ 条陈——分条陈述。

接。如今若送去，可不轻易①了你们皇帝？今日与你约定，至八月初五来迎，不可失信。"李实含泪答曰："差人来迎，必须要请圣旨。吾等是臣下，岂敢擅约得日期。"也先又道："八月初五若不来时，你边人又要吃苦了。"再三嘱咐日期。实等亦再三曰："日期难定。"也先道："若是来迟，可先着三、五人来回报，便迟五、六日亦可。若不来时，俺们领人马扰边，莫道俺们失信！"也先叮嘱毕，各送马匹貂鼠，为进贡之物。

李实等来辞上皇。上皇再三谕嘱迎归之事。即于袖中取出御书三封，与实赍回，仍谕曰："卿等勿惮路遥，当以天下苍生为念。汝等回去，多多上覆太后并当今皇帝，说也先非要土地，所要者，蟒衣、织金、彩缎之物。差人早早赍来。汝可莫辞辛苦。"李实闻言，哭拜于地不能起。伯颜道："侍郎休哭，及早归朝，来迎皇帝就是了。"伯颜与众强扶起实时，只见泪流尽血。伯颜与众啮指啧啧称羡，惊顾曰："南朝果有好臣子！"上皇见李实眼中泣血，再三慰勉，实即带泪拜辞上皇，复到也先营来。也先便道："烦侍郎早早奏知来迎。"实当下辞别也先，即同众使起程。也先又差右丞把秃并脱欢、黑麻同行。

不一日，来到京城。二十二日早朝复命。景帝御文华殿，召李实、罗绮等宣问曰："也先有恁说话。"李实将前情诸事，一一备陈奏。景帝又问曰："太上皇帝如何说？"实即奉上御书，又备陈太上所谕前旨，皆无遗失。景帝又曰："也先请和之意，虚实何如？"实答曰："臣至彼国，相待甚厚，论和议是真。但也先万一变诈，非臣所知，乞陛下圣裁。"景帝曰："卿等一路辛苦了。"命赐李、罗羊酒、银钞等物。复命太监牛玉于文华殿前廊下待酒饭毕。实、绮辞出。

明日，罗绮复领把秃、黑麻、脱欢等进贡马匹、貂鼠等物，朝拜毕，把秃等起奏，乞早命使臣，同往迎接上皇。景帝闻奏，不言退朝。把秃等辞出，在四驿馆安下等旨。俟候数日，不闻旨下。意不欲迎请，故此迟迟。把秃、黑麻等延候多日，旨方下，着多官于午门外会议可否？不知会议若何？

---

① 轻易——随便，轻视，怠慢。

第二十三传

遣使迎归上皇　安插永杜边衅

景帝旨下，命多官于午门外计议。时有都御史王文厉声曰："来，来，来，孰谓来耶！不索金帛，必索土地，有许多要求。彼岂真心送来耶！"众官素畏王文，相顾俱莫敢发一语。于公曰："防变方略①，事在于我。李侍郎回朝，吾问其言，实乃真心，非虚诈也。万一变诈，其直在我，其曲在彼。王御史不必多虑，吾已筹之熟矣。"遂率多官面奏曰："前侍郎李实回朝，臣等灼知②。也先屡败，必然悔过。虽云人谋，亦天意也。且君臣大义，兄弟至亲。若不遣使迎请上皇，则直在彼，曲在我矣。此番不迎请，则上皇终不得返，边疆终不得宁，干戈③终不得息。伏乞遣使奉迎，以承天心，以安民命。"众臣奏上。景泰览奏，见众臣同词，即日遣都御史杨善、侍郎赵荣等，于二十七日起程。杨善、赵荣闻命，欣然就道，曰："此吾等效命之秋也。"尚书王直、胡濙等奏曰："迎复上皇，礼当从厚。"诏不下。有千户龚遂荣暗遗一帖于朝门下。胡濙、高谷等，正早朝进门，忽见一帖，令人拾起观之，其帖上写着："上皇之出非为游畋④，实乃巡视边方，为宗庙生灵社稷之计耳。今若奉迎，礼当从厚。迎复还京，犹当避位。行君臣之礼，尽兄弟之情，雍雍揖逊⑤，则唐虞之事，复见于今日矣。"众官见帖中之语，嗟吁良久。当时学士高谷曰："何不将此帖呈奏，感动上心，足见朝野同心。"谷遂袖其帖入朝，复将此帖示廷臣曰："武夫尚且知此礼，况儒臣乎？"王直亦叹曰："此'礼失而求之野'也。"朝廷闻有此帖，震怒，索之甚急。龚遂荣挺身谓搜索校尉曰："此我所为也，何必他索。"景帝后来心亦

---

① 方略——全盘的计划和策略。

② 灼知——清楚明白地知道。

③ 干戈——泛指武器，比喻战争。

④ 游畋(tián)——打猎。

⑤ 雍雍揖逊——和谐谦让。雍雍，鸟和鸣声。

明悟,即赦之勿罪。当日胡濙忙办仪注①。二十七日,杨善、赵荣等辞帝起程。

初二日,来到边境。克昂问道:"你们既来迎请上皇,将何财物来迎?"杨善答曰:"若将财物来迎,后人讥诮官人受财了。今若空手迎回,足见官人们有仁义,能顺天道,自古无这等好男子。吾国鉴书上备载官人们的好处,使万代人称赞。"也先闻言说:"都御史说的是。"次日,领善、荣等朝见上皇。杨善、赵宁叩拜,不胜悲恸。上皇曰:"朕不日回京,卿等不必恸哭。"杨、赵收泪,乃问上皇起居毕。也先设宴款待。

明日,也先又大排筵宴与上皇送行。酒至数杯,也先自弹琵琶,克昂奏箫,伯颜鼓瑟,皆奉酒欢劝。也先见杨、赵二公侍立于旁,便道:"侍郎,都御史,可就坐。"二人连声答曰:"上皇在上。安敢,安敢!"上皇顾二臣曰:"既太师着卿等坐,便在下侧坐。"二臣拜伏于地,奏曰:"臣等虽居草莽②,安敢失君臣之礼?"也先见了,回顾左右道:"中国有好礼数。"正饮酒歌弹,克昂与帖木儿亦知书,通晓汉语,当时便道:"俺们闻二位大人有大才。俺有一对,可求对之。"杨、赵即问曰:"有何佳句,请道。"那克昂即举手中琵琶,乃道:"琴瑟琵琶八大王,一般头角。"杨善即应声对曰:"魑魅魍魉四小鬼,各样肚肠。"帖木儿、克昂等闻杨公之对,尽皆惊畏,俱咟指道:"中国果有好人物!"愈加敬重。

初八日,上皇驾起。也先率众头目送一日程途。也先与众拜别而去,仍令伯颜并把台等率大众护送。行五日,到野狐岭。伯颜等道:"此处乃华彝界限。"一起哭道:"皇帝回也,何日复得见天颜?"俱各罗拜。上皇再三慰劳伯颜,伯颜方辞别回转。惟把台、袁彬、高磐、哈铭、吴官童等带回。伯颜复差头目率五百骑送至京城。

上皇十四日连发书二封,先命使人赍回。十五日至唐家岭,又遣使回京,谕免群臣迎接。十六日,百官俱迎于安定门。此时百姓闻得上皇驾回,皆欢呼踊跃,扶老携幼,顶礼焚香,拥塞于安定门之内,齐呼万岁,声动山岳。上皇一一慰劳毕,乃从东安门而进。景帝亦至门出迎,下辇拜。上皇亦答拜。拜毕,相抱而哭。各述授受之意,推让逊避良久,乃送上皇至

---

① 仪注——礼物。
② 草莽——杂草,丛草。引申为草野,与"朝廷"、"廊庙"相对。

南城殿中。百官皆朝见。礼毕，大赦①天下。上皇揖逊，当日自居南城宫殿。百官朝贺毕而出。景帝亦别上皇回殿。遂赐五百边骑赏物彩缎，发令回归。众辞朝去讫。

且谈少保于公见上皇已归，北地和息，寇盗稍宁，惟虑先朝永乐年间降人，皆禄养于东昌、河间、易州、涿州、蓟辽等处地方，切近②京师。三、四十年间，人数众多，生长蕃盛，骄纵难制。日前也先入寇之时，多有乘机扰乱之意，为害非小。思今之计，乘此南征未罢，吾当举其有位号者，重与犒赏，随处安插，庶无相聚为乱之患。乃即日上疏奏闻，景泰览奏大悦，即降旨曰："卿为国深虑，实有远谋，急宜相机③区画。"于公乃即安插诸降人于广东、广西、湖广、四川等处，遂使积恶潜消，各为良善，宗社奠安④，皆于公之功也。

① 大赦——通常指国家对所有犯罪者赦免或减轻其刑罚的措施。由国家最高权力机关或国家元首以发布大赦令施行。
② 切近——靠近。
③ 相机——观察当时情况。
④ 奠安——安定、稳定。

第二十四传

于公荐贤置州县　徐珵改讳治张湫

于公见边方和好，并寇盗削平，外无侵边之患，内无鼎沸①之虞，乃思安内抚民之策。且叛乱之后，地广民残，少官治理，乃奏保廉能仁厚之官数人以治之。朝廷允奏，各升巡抚一员，添设州县。于公保奏孙原贞为浙江巡抚，添设宣平、云和、景宁、泰顺四县，各置县官管理，因叶宗留扰乱之后，而置之也。又奏保王来为福建巡抚，添设永安、受宁二县，各置尹、丞、簿、典官掌理，因邓茂七扰乱之后而设也。复保奏李匡为广东巡抚，立南海、东莞二县，因黄萧养叛乱之后而设也。俱各置尹、丞、尉、典分理掌管毕。于公喜曰："吾料诸君必不负吾所荐。"

正欣喜间，早有人报进部来禀道："张湫河决，大水冲没漕船。"于公闻报，大惊曰："目今兵马众多，惟仗漕粮②足用。今河决淹没，诚为可虑！"即日具本奏闻。朝廷即敕工部尚书石璞、侍郎王永，治理张湫。石、王二公到任一载，未有成绩。当有徐珵闻知二人治水无成，自以为深知地理，特来见公。公即见曰"元玉(徐珵字)特来，必有教谕。"徐珵说与欲往张湫治水之意。于公曰："吾倒忘了元玉才能。明日即当面奏，荐兄治水，以舒国忧。"徐珵甚喜，辞出。

明日，于公早朝毕。景帝御便殿，于公即趋入启奏曰："臣闻张湫河决，石璞一人莅任得疾，不能治理。谕德徐珵颇晓天文、地理，乞陛下以河道委之，必能成功。"景帝未及宣言，旁有金英、兴安二监问曰："这徐珵就是前年主南迁之人么？若是此人，因他识得天文、地理，依了当日之言，这时候不知被边人僭到何处去也？"景帝闻得此言，就不允于公之荐。于公被二监当殿说出徐珵之事，局促不安，只得叩辞出朝。

后过月余，时值新岁，群臣朝贺毕，各归。徐珵即造于公府中。一来

---

①　鼎沸——形容局势不安定，如鼎水之沸腾。

②　漕粮——中国旧时历代政府规定由水路运往京师供官、军食用的粮食。

贺节,二来即问起前所涴之事。于公答曰:"日前小弟面奏荐兄,奈内廷诸人知兄之名,当面阻挠,使吾不敢再奏。"徐珵默然不悦,即辞回,公固留酌,不肯而出。于是深恨于公。

明日,珵带了亲随数人,一径来见阁老陈循。循见珵曰:"元玉有何见教?"珵即将所事告之。循曰:"若内监有言,事不谐矣,非干①于节庵之事。就是不佞②,亦难保举公也。"徐珵即送玉带一条、明珠百颗与循。循曰:"何劳惠此珍贶③。"遂留饮。因谈论间,陈循曰:"依吾愚见,元玉将尊讳改得,自当一力保奏。使内廷诸人不知,事无不谐矣。"珵闻言大喜,即领教而出。徐珵遂上改名疏,景帝允奏。改名有贞,字元武。留连月余,陈循果上疏保奏许彬、徐有贞二臣善度水势,可浚河渠。若命治水,必有成绩。内廷果不知为珵,无所阻谤。并以金都御史星夜驰往张湫治水。

有贞闻命下,星夜到张湫来看地形。乃点检徒役,谓属吏曰:"吾观此处工役甚大,非经岁月,不能成功。视此数千疲卒,焉能用得?吾今散遣汝等,且休息数月,待吾巡历地势,然后召用。"徒卒感恩而去。有贞遂乘一小舟,穷河之源。乃由山东济州、汾州沿卫及沚汝,复往大河,过濮范,始回舟。其地形源流脉络,皆得之于心。乃召前遣回卒徒,皆依期而来。筑坝修闸,下柳填堤,以制水渠,以分水势。奈东堤沙湾,正当洪口处。今日併工筑得成,明日决坍;明日筑得,后日决坍。如此两月余,堤筑不成。许、徐二公闷坐不乐。许彬因而得疾,告病回家,只留徐有贞独任其事。有贞见筑不成堤,心中不乐,曰:"前者又是吾上本条陈。吾自谓希踪禹迹,不意今日不能成功。吾之命运也夫!"嗟叹良久。

一吏见徐公忧闷,上前禀曰:"老爷忧堤不能筑成,以小吏观之,其下必有缘故。何不捧箕召仙以决之?"有贞即问曰:"谁会召仙?"吏曰:"小吏自幼传得此术。"有贞曰:"汝既能召,可即召来,以决休咎④何如?"吏即请徐公焚香,吏书符念咒,令人捧着鸾箕。少刻,果然箕动如飞。有贞见箕动,乃投词问筑堤不成之故。此时有贞端坐,令人叩问,毫无敬意。

---

①　干——相关。

②　不佞(nìng)——没有才能。旧时用作"我"的谦称。

③　珍贶(kuàng)——珍贵的赠礼。

④　休咎——吉凶。

忽然仙箕索笔写诗一首,云:

> 虎皮端坐意何如? 伊丈夫兮我丈夫。
>
> 品爵似君天下有,文章如我世间无。
>
> 黄封御酒吞三盏,醉扫番书笔一涂。
>
> 高力脱靴犹诮让①,汝今祷事尚轻吾。

有贞见箕仙写出此诗,知是李太白降临,即忙离坐,下礼叩祷曰:"徐某不知太白真仙降临,失于恭敬,望乞恕罪!"再三叩祷,那箕仍书十大字云:

> 若要筑堤成,西山访老僧。

写毕,不动而退。徐有贞心下明白,即问左右曰:"此处西边可有山否?"众人答曰:"右边有座西山。"有贞复问曰:"山上可有庵么?"众又曰:"山上寺院原无,人家亦少。只有一庵,名曰定禅庵。庵中有一老僧,在内诵经。尝有一白尾骡下山背斋,供给老僧。"有贞闻言,心中默喜,知是异僧。

　　明日黎明,带数十余人行了两日,将至山边,忽见白尾骡山上奔驰下来。徐公遂令人取饭米斋供之物,放在骡驼的袋中,令人一起跟着骡上山而来。果见翠岩峻壁,林屋洞天。又行过数十里之路,极其深窈,幽黑难行。徐公遂令人持火炬而行。行十余里,早见一平宽崇丽之处,上下山壁,皆如金色相映。内中又有石乳自上滴下,相接至地,莹然如玉,识者谓之金亭玉柱之景。徐公看玩良久,行过半里,果见一石庵,庵中一老僧在内诵经。徐公并从人未敢进见,拱候②庵前。徐有贞细观,果然是有行僧家。徐有贞并从人观看僧庵、僧像。正羡慕间,只见老僧诵经已毕,有贞忙过见礼。老僧答礼曰:"山野朽僧,有何德行,敢劳大人亲自到此。"有贞曰:"下官奉朝廷敕命,差筑张湫洪口。不料此洪口日用千夫修筑,日筑日崩,三月不能成一毫之功。昨者召箕仙,蒙李太白降箕,指示吾师。今特到来,望乞老师指教禅机。若能筑得堤成,上舒朝廷隐忧,下拯生民漂溺,实老师功超三乘③,普救群黎之德。"再三叩问。未知老师肯指示否?

---

① 诮让——责备。

② 拱候——拱手等候。

③ 三乘——佛教名词。佛教宣称人有三种"根器",因此有三种不同的修持途径,并把这三种修持途径比作所乘的三种车,故名。

第二十五传

神僧指水怪形藏　于公存海涵①度量

徐有贞当日在庵内,再三叩问老僧。老僧见有贞虔诚,对有贞曰:"大人经纶天地,包括万理,岂不闻仁者无欲之言乎!"徐公心中顿悟此语,乃曰:"如老师之言,莫非其下有巨鱼乎?鱼性贪饵,吾以丰饵巨钩,必能获也。"老僧曰:"非小可②也,非易取也。洪口之下,极其深邃。内有一怪,潜身幽底,似蛟非蛟,似鳄非鳄,形长力大,口能吐波发浪。所以才筑得就被他哄坍,非水势之恶。皆因此怪在下搜决③,因此难筑。"有贞见说甚惊,乃曰:"若有此怪,必用千夫巨饵,方能获捉。"老僧笑而答曰:"大人虽用万人,亦难捉取。若必欲以人力胜,惹他性起,连附近人家,皆遭其害。吾今传大人一法,自然除恶,不损于人。"徐公忙叩问曰:"老师有何妙法?"老僧曰:"大人回去,可急取三五千担石灰,装载多船。先令人吩咐往来船只、附近人家,暂离此数十余里之外。限五日,不许人行动往来。至日,到于洪口,可击锣为号,一声锣响,齐把石灰倾下水底,急把快船飞摇放远,待水底石灰滚化,发蒸起来,此怪必然煮死。除了此怪,那时因水势而导之,堤必成功。"

徐公蒙僧指示,即叩谢辞转,急急与众下山回府。速差人取备石灰,按法行之。果然一夜后,听得洪口水滚如雷。少顷水高接天,冲倒近处房屋无数。居民预先得了晓谕,暂移无害。至第三日后,有贞见洪口水势不高,波平浪息,乃令人驾快船数只,前出哨看④。哨船之人果见一怪,身长数丈,遍身鳞甲,头如猪而有须,前有二爪,后有鳞尾,形甚凶恶,浮死于水面之上。哨船人来报有贞。有贞亲往观之,果觉骇异。识者曰:"此猪婆

---

① 海涵——敬辞,大度包容。尤用于请人特别原谅时。

② 小可——轻微,简单。

③ 搜(shǎo)决——搅乱。

④ 哨看——巡视,巡察。

龙也。"

　　有贞连夜并工修筑,又三月,此堤将成,忽然大雨,连堤满涨,水甚涌溢。有贞又棹船细察其故,制数木鹅放水中,顺流而下。又投之以物,使人往数里候看,物与木鹅皆浮出,惟一处木鹅不浮,投之以物皆沉。有贞曰:"此水源也。"忙令人塞之,不止,有贞闷思曰:"向者蒙老僧指示,得除此怪,堤将有成。不料秋雨瀑涨,洪水泛滥,其害终在。吾因思穷其源,今源已知其处,奈塞之不止。"思量久之,不觉隐几而卧。少刻,见二人立于案前。有贞忙问曰:"汝二人何人也?"二人曰:"我河神也。先年因张潋洪水大泛,民遭漂溺。官司屡督工筑堤不就,役夫死者数千。吾二人不忍见众漂没,乃对天立誓,愿舍身以救万人。我二人遂跳入洪口,其下果有一怪螭①在下,与战一日夜,被吾二人斩之。水就退,沙就长,而堤成。上帝怜吾二人为众舍身救患,敕吾二人在此守护洪口。今公水源虽寻着,而其下尚有龙窟珠渊,非石沙与土所能塞之也。"有贞忙问曰:"用何物可塞?"二人曰:"可铸长铁柱,与大锅底贯坠于下,自然塞住。"徐公闻言大喜,问二神何名。二人曰:"吾乃郝回龙、郑当柱也。"言毕觉来,乃一梦耳。

　　有贞忙出厅问之,适东平判官王震到厅禀事曰:"卑职蒙差浚河,前日见一石板上书着:'郑当柱、郝回龙为众舍生。在水中,幸遇王州判,移我显圣河东。'卑职不敢隐默,特来呈禀。"有贞闻言,心异其事。遂语以适才得梦之由,王州判曰:"此分明神之显圣,大人当急为之。"有贞遂依梦中所传之法,用铁柱铁锅下之,随用石沙去塞,渐塞渐筑,而堤遂成。有贞感二神传法,乃建祠奉二神于洪口。复上疏开神之功绩灵显,遂名其庙曰"显惠"。至今往来商贾②居民祷祀之。

　　有贞乃从金堤张潋起,逾百里而至大猪潭。西南行九里至濮阳,又上数十里至范阳,又上数百里经澶渊,以接河沚③,其水势随平。凡河流旁出不顺者,筑堰堰之。堰有九处,长阔皆万丈。于是水不东冲沙湾,更从北出,以济漕渠之浅涸。又于数百里之中置闸,由龙湾于东昌、魏湾,共置八闸。积水过丈,则放泄皆通,流于古河,以入于海。又铸精铜、精铁,杂

━━━━━━━━

①　螭(chī)——古代传说中的一种动物,蛟龙之属,头上无角。
②　商贾(gǔ)——商人的总称。
③　河沚(zhǐ)——河中的小洲。

为元金之物象数百斤，以镇定之，取金水子母之义也，名曰广济闸。历三年，功始完备。有贞共差人四万五千，分而作长役者一万三千。用木植大小十余万，竹六十余万。至今漕运。并商贾船只，往来称便。

徐有贞筑堤成功之后，寻思往日西山老僧指示之功，乃令人备礼，前往致谢。数日回来，禀覆道："小人们蒙差遣，仍旧寻踪到庵。只见松崖翠壁依然，金亭玉柱如旧。其庵空，其老僧与白尾骡，不知所往。但见石庵柱上，高题一偈①，写着留与治水徐公。因此小人们录此偈呈览。"其偈云：

　　　指示汝成堤，从此赖无虞。日前多朗照，

　　　后渐进弥迷。越五重华曜，于忠实尔为。

　　　南金当有遇，归莫检篇遗。

有贞看毕，不解偈中之意。乃曰："此真神僧点化，吾得除水怪以成堤功。恨吾归心太急，不曾参问得禅机。若再相恳，必有教益。可惜无缘。"嗟叹一回，留月余，乃治装还朝。

朝廷因有贞治水有功，升礼部侍郎，加金都御史，支二俸住京。其年京师大旱，有贞荐唐段民能祈雨。段民应诏，果祈下甘霖尺余，不致饥歉。不多月，段民得病身故。朝廷遂荫②一子入监。

有贞在京一年，因国子监缺祭酒③，复浼于公保荐，于公即便保奏。过数日，于公奏事于文华殿。景帝独宣于公至面前，曰："徐有贞虽有才华，然其心术机险，岂堪为祭酒耶？若用之，岂不坏了后生辈也？"公见谕，惟叩谢辞出。左右见景泰召公当面，遥闻有贞祭酒之言，传与有贞。有贞只道于公不荐他，又在上前说他过失，甚恨于公。两次不如所愿，遂尔成仇不解。冤祸于此基矣。

于公平日只知辅君匡国，练兵养民。唯直道而行，于心无愧，不知旁忌匿怨者多时。有兵部侍郎王伟，原任职方司郎中，于公见伟有才思，遂保举为本部侍郎，镇守大同诸处。前者于公遗计于伟，致小田儿（贼名）之

---

① 偈（jì）——佛语中的唱词。

② 荫（yìn）——封建时代由于父祖有功而给予子孙入学或任官的权利。

③ 祭酒——学官名。原意是指祭祀或宴会时，由年高望重者一人举酒祭神，是一种荣誉。后成为学官名，主管国子学或太学。

死。遂召回同理部事。未几,于公以多事匆忙,偶然诖误①一事。王伟遂密奏于帝。一日,景泰召公于便殿,以伟劾疏面授于公。公叩头认罪。帝慰谕曰:"朕自知卿,卿勿为虑。"于公蒙景泰授王伟之疏,感恩叩谢而出。

王伟见于公回部,忙出迎曰:"今日有何圣谕? 何事商榷回迟?"公曰:"姑进内言之。"既到堂,伟又曰:"圣上何事议论?"于公笑曰:"老夫政事冗繁,稍有不是之处,贤弟当面言之,不佞必然相从,何忍为此。"随出袖中所劾之疏与之。王伟局促无地。公复慰曰:"不佞素无夙憾②。自今之后,有不到处,烦贤弟面教,足见雅情,不必介怀。且国家多事之秋,部事非一人可理。得弟辅成,足沾厚意。"王伟此后愈加恭敬于公,公亦厚待王伟,无纤毫芥带于心。有事彼此商议,然后施行。

公一日与伟商榷兵政,忽有人报道:"广西总兵武毅上本劾奏思明州土官黄玹弒③兄大变事。"公正欲问时,早有武毅揭帖呈上。于公看毕,查访其事。不数日,人报道广西思明州土官黄玹有本奏上。朝廷旨下,着众官会议。未知所议何事。

---

① 诖(guà)误——贻误,耽误。

② 夙憾——旧怨,旧恨。

③ 弒(shì)——臣杀死君主或子女杀死父母等的下杀上的不敬行为。

第二十六传

江渊为亲访智客　景泰立子建东宫[①]

　　于公当日正与侍郎王伟商榷兵务,忽有人报道:"思明州守备黄玹有本奏上,朝廷命各官会议。"于公闻报,忙差人查访其事。且谈黄玹原是广西思明州土官,初为宣尉司,后因有功,升为都指挥使,守备浔州。玹乃庶出者,有嫡兄黄玒,世袭思明州土知府。黄玒年老,止生一子,名曰黄钧,应袭知州之职。黄玹屡欲谋杀侄儿黄钧,夺其职与自己之子。一日假传巡抚军令,征兵思明州。乃令已子纠率心腹骁勇千余人,离府城十余里结寨。待至更深,贪夜破其城,攻进黄玒府中,喊叫道:"黄玒残虐我众,特来报仇!"尽杀黄玒并其子黄钧,将二尸砍为数段,纳于大瓮之中,埋于后园,即领众还寨。

　　明日,思明州有人报至浔州,黄玹佯为不知,惊哭倒地,随即走到思明州来。一边发丧,一边令人寻黄玒父子尸骸,竟不能得。复大哭写榜出示,假令人缉捕凶身,报此家门大仇。不料黄玹令众杀玒父子之时,有玒之仆福童见玹父子并左右之人,其夜福童脱走,明早竟到军门总兵二处告理,首诉玹父子杀玒一家。人皆知黄玹杀玒父子情真事实。巡抚李棠,总兵武毅,察知黄玹弑兄,劾奏其罪。玹知不可掩饰。心中大惧,即命其子带十万金来京师,求解脱之术。

　　原来黄玹与学士江渊有亲。玹子潜地来京见江渊,恳其解祸。江渊曰:"汝父子造恶深重,祸不可解。"玹子再三哀求,渊不肯尽计。玹子曰:"久闻京师有称智多星吴矮子,其人可晓?"渊令人访之果有。玹子即造其家,见其人身不满四尺,言语颇雄壮。玹子遂送厚礼,说其来意。智多星道:"吾有一计,此事不但免罪,且有升赏。"玹子闻言,忙拜于地,叩求其计。吴矮子欲言而又忍者数次。玹子复送千金。吴矮子曰:"今上登位多年,屡欲立己子为东宫。每每形于言语之间,无人敢发其事。汝可急

―――――――――

　　① 东宫——太子所居之宫,也即指太子。

回,将此事奏请。即能免害。"玹子闻言大喜。辞回来见江渊,说知其事。渊曰:"计虽好,吾不忍为。"固却之。

玹子乃请人做成本稿,适值①黄玹又遣心腹千户袁洪带万金来京。玹子与袁洪说知其事。候三日,遂令袁洪待景泰设朝赍本。廷臣奏有广西都指挥黄玹,令千户袁洪赍密疏奏上。其略云:

> 广西守备浔州都指挥使臣黄玹,切念太祖高皇帝,百战艰难而取天下,期传之万世。迩来上皇轻身北狩,文武将吏,十丧八九,几危社稷。不有陛下,臣民何归? 今即位三年,皇储②未定。臣惧人心易摇,多言难定。争夺一萌,祸乱不息。皇上即循逊让之事,复全天叙之论。恐事机叵测,反复靡常③。语曰:"天与不取,反受其咎。"近日仰观天象,土星逆入太微垣,与诸突异,皆可畏愕,愿早留意。万一羽翼长成,权势转移,寄空名于大宝,委爱子于他人,阶除之下,尽为仇寇,肘腋之间,自相残蹙④,此时悔之晚矣! 乞与诸大臣密定大计,以一中外之心,以绝觊觎⑤之望。臣不胜瞻天仰圣,急切屏营⑥之至!

景泰览疏毕,大喜曰:"万里外有此忠臣!"遂下诏,令毁武毅、李棠等劾黄玹弑兄大恶之本,不许留藏副本。急降旨着廷臣会议释黄玹罪,加升玹为广西都督,佩征西将军印,居武毅之上。

是月乙酉日。礼部尚书胡濙、侍郎薛琦,集文武群臣廷议,皆相顾莫敢发一言。迟疑久之,当有司礼监太监兴安厉声对众曰:"此事可行即行,不可即已。无得鼠首持两端耳。"群臣闻言,皆唯唯欲退。此见兴安不忍易上皇储君之忠心也。当时阁下陈循等见众欲退,乃即署名。后都御史王文等,驸马众侯伯薛垣、李瑾等,尚书何文渊等,侍郎项文曜等,学士商辂等,御史王震等,以次署名。惟尚书王直、于谦,给事林聪,御史左鼎数公,其有难色,不肯署名。陈循自执笔劳之,强署名。亦无人敢写复

---

① 适值——恰好遇到。
② 皇储——确定的皇位继承人。
③ 靡常——无常。
④ 残蹙(cù)——残害,残杀。
⑤ 觊觎(jìyú)——希望得到不应得到的东西。
⑥ 屏营——惶惧的样子。

疏之语。各默然不肯下笔。时有何文渊对众曰:"诸公不肯落笔,某有属对①,为诸公首作。"乃即提笔曰:"天佑下民作之君,父有天下传之子。"众官皆唯唯而服。陈循乃率廷臣面奏曰:"陛下膺②天明命,中兴邦家。统绪之传,宜归圣子。黄玹奏是。"景泰闻奏,心中大喜。乃下制曰:"可。朕启请圣母上圣皇太后。太后曰:'予老矣,愿社稷安,天下得太平。今人心既如此,不可拂。'朕敬承慈命。乃命礼部具仪注,择日以闻。"制下,礼部尚书胡滢具仪注。景泰即日简选立东宫官僚,以陈懋、胡滢、王直、石亨四人为太子太师,柳溥、陈循、高谷、于谦为太子太傅,张辄、何文渊、刘深、俞士悦、石璞、陈镒、王文、王翱、张轼九人为太子太保、江渊、王一宁、蒋磁为太子少师,李锡、萧维贞、刘中敷、罗通为太子少傅,商辂、项文曜、彭时、周旋为太子少保,赵荣、徐有贞、李绍、刘定之、吕原、柯潜、李侃、岳正、周洪谟、刘俊、李泰、林聪、赵昂、杨钦、王政等,皆为春坊、谕德、詹事等官。凡东宫官僚,俱加公孤③,并支二俸。

景泰三年五月初二甲午日,立见济为皇太子。废皇后汪氏,立见济母杭氏为皇后。封上皇长子为沂王,即成化帝。上皇次子见清为乐王,见淳为许王。汪后令居别宫。乃下诏云:"天佑下民作之君,实遗安于四海;父有天下传之子,斯本固于万年。"于是颁诏遍告中外海内臣民,大赦天下。先一日,礼部排列仪仗,在于奉天门下。忽有男子赤身手执一朱红木棍,直奔进奉天门下,奋力大呼道:"先打东方甲乙木。"复大叫一声,只一击,把排列的香案打碎。众侍卫见之,拿住这男子,待罪于午门外。后有诏下锦衣卫④勘问,众官究问其事。此人初被拿之时,似醉梦中,一无所知。及下狱勘问,那人忽然抬头一看,惊讶道:"为何在此把我拷打?"刑官问曰:"汝这男子,又非失心疯,如何自来寻死?"此人诉道:"小人正醉酒睡着,忽见一将官赶来道'快走'。领小人在亭子边,把小人手拿住,打那亭子。那将官道:'打得好,感动他的心。'说罢,那人把小人一推不见了。如今许多爷爷在此拷问我为何?"众官见他说得奇异,相顾曰:"不知是何神使为之?"遂不拷问,仍因狱中。此事甚异。

景泰既立见济为太子,凡文武官吏、军士、太学诸生,无不受赏。时人谣云:"满朝皆太保,一部两尚书。"又加赏陈循、高谷、江渊、王一宁、商辂、王直各赤金五十两。惟尚书王直受赏回家,将金于掷地,叹曰:"此何等大事,乃广西一逆贼擅敢为之!"乃上本辞职。朝廷不允。又李贤先前托疾不署名,今亦托疾不肯受职。朝廷自立见济之后,四方灾异,种种迭见。不期太子见济忽然于十月廿七得疾,至十一月初四日薨①。景泰大哭不已,七日不朝。后择日葬于西山,谥曰怀献。

时于公见灾异屡见,上疏辞爵,乞归田里。其略云:

臣谦切见自去岁冬间以及今春,时序乖和②,雨雪不降。复于二十二日大风昼晦,日光沉伏,切唯灾渗③之来,必有所由。天人感召,其应不虚。伏念臣质本凡庸,性复偏执。时遭明盛,位极人臣。既居师保之官,又兼六卿之职。臣才器不逾于常人,声望弗协于舆诵④。报国之心虽切,而济时之术全疏。经济之学蔑闲⑤,而辅导之职莫称。上不能寅亮天工,以为朝廷之助,下不能阜安兆庶,以底太平之休。兼且素乏统驭之能,匆称总戎之任。今四方多故,百姓流离。东南之寇盗虽平,西北之边报常至。综理勘定,固难其人。苟臣蒙耻而冒荣,其奈妨贤而偾事⑥。引咎思退,分所宜然。伏望我皇上宸断,罢臣职务,遣归田里。另选贤良,以代今职。上回天意,下协舆情,以彰我皇上知人之明,以免愚臣固位之责。臣不胜战栗,待罪之至!

奏上。未知朝廷准否若何。

---

① 薨(hōng)——君主时代称诸侯或大官死。

② 乖和——不正常,反常。

③ 灾渗(lì)——气不和而产生的灾害。

④ 舆诵——众人的言论。

⑤ 蔑闲——浅,小。

⑥ 偾(fèn)事——把事情搞坏了。

第二十七传

两忠臣谏诤遭谴　女妖精遇正现形

　　于公上表固辞。景泰再四勉留，只得仍旧供职。帝因怀献之亡，日夕在宫流涕，不视朝者数月。时有监察御史钟同，素怀忠鲠①。因景帝易上皇储宫为沂王，每独坐深思流涕。尝欲上疏谏诤，蓄意而未及。后见怀献身薨，即欲上疏请复。适遇礼部郎中章纶过访，钟同遂问章纶曰："桐山(纶字)有何事见教？"章公出袖中复后复储之疏。钟同看毕，曰："弟有此心久矣。"亦出所奏之疏与章公看。纶曰："可见二人同心。或得天祐，感动上心，复后复储，少舒一念之诚。愿显狄梁公之微忱，甘受殷比干②之惨酷。"二公慷慨泣下。钟公遂嘱咐家人曰："明日可抬棺木在朝门俟候。"二公作别，各呈稿与堂官看。钟公送稿与都御史刘广衡。衡曰："此本不宜上，上之恐有不测之祸。"二人不听所言。章公亦送稿与礼部尚书胡濙。濙曰："二位何自处死？"纶曰："某等已置死生于度外。"

　　明早，遂共进其疏，云：

　　　礼部郎中臣章纶，监察御史臣钟同，奏为奉养圣躬以敦孝义，恳复后、储事。臣等切见先年太上皇帝拘留北地，皇上抚有万方，屡降诏书，以大兄皇帝銮舆未还，敌仇未报，为上皇之心，即尧亲九族，舜徽五典之心也。赖郊庙神灵，陛下圣算，迎归上皇于南宫，可谓遂至愿也。昔太上皇帝君临天下，十有四年，是天下之主，与陛下同气异胞。陛下曾受封册，是上皇之弟，亦上皇之臣也。况上皇天性谦冲，意无彼此。伏望皇上于朔望日，或节旦，率群臣朝见上皇于南宫，以敦③同气之情，以隆君臣之礼，则天下国家之福，万世帝王之法也。臣等切见北极五星明朗，以臣观之，是复中宫之象，不虚其位也。前

　　　──────────

　　①　忠鲠(gěng)──忠诚耿直。
　　②　比干──商纣王的叔父，相传因屡次劝谏纣王，被剖心而死。
　　③　敦──敦厚和睦。

诏册妃汪氏为皇后,以厚大伦之原,是已正位中宫,而孝敬勤俭之德,
闻于中外矣。又诏册世子母杭氏为皇后,是固母以子贵,而中宫久让
而弗居。不意①世子②薨逝,臣民痛心。皇上当复召汪氏于正宫,则
六宫之仪范既正,而国家之本,风化之原,自可表率四方,流传万世
矣。至于皇上推念同气之谊,诏沂王复居储位,以候皇子生。如此,
则五伦全备,而和气充溢于宫廷;万姓爱戴,而欢声洋溢于四海。殆
见天心自回,灾异自弭,而外寇不足平矣。臣等不胜战栗冒死以闻。

　　疏进,日已坠西矣。景泰看毕,大怒。时宫门俱闭,乃传旨从门隙中
出,命锦衣卫官,即刻捕二人入狱。时章、钟二公,从早晨在朝门外,俱抬
棺木俟候。候至晚,忽内廷旨出,命捕二臣。二公即往狱中。

　　第三日,又有旨命刑官勘问,必有与在朝大臣或同南宫通谋者,着严
加拷掠。刑官奉旨,遂大肆拷掠,令诬引大臣通谋等事。二公曰:"此事
出于吾二人本心,有何通谋者? 今日拷死于刑下,吾所甘心。虽斩之西
市,慨然就死!"刑官必欲迎合上意,重加拷掠,几死者五、六次,并无一言
牵及他人,但曰:"皇天后土,得上复后复储,圣心感悟。吾二人朝闻俯
从,夕死得所矣!"果然苍天垂念忠义,忽然风雨交加,黄沙四起。三日,
景泰亲见天变,亦有悔心,乃密令锦衣卫官缓其刑梏。令禁锢终身,勿得
言事。

　　一日,于公因景泰召见便殿,公候谕完,乃即面奏曰:"臣切见怀献太
子立未逾年,即拘疾而薨。此亦天意有属,非人力所能强也。近章纶、钟
同所奏之疏,未为无当,乞陛下容宥。"景泰闻言,怫然不悦曰:"卿亦为此
言耶?"即命驾进宫。公悚惧而出。当有内监兴安见公奏语,亦叹曰:"此
足见于尚书忠心为国固本也!"后于公被石亨、徐有贞诬迎立外藩,不保
奏复立皇储为言。于公曰:"我曾面奏复立沂王与章、钟之奏可宥而优
容,行之未为无当。此言景泰近侍内臣皆知之。"时上皇诘问内廷数人,
人人畏罪,不敢言有此语,而公之冤不得白。吁! 此亦公之数也!

　　且谈边上巡抚副都御史年富上本劾奏:"总兵石亨蒙蔽冒功。将手
下伏役厨子杨增,自小在石亨家做厨子,并无折箭之功,乃冒军功,授千户

----

　　①　不意——没想到,意料之外。

　　②　世子——古代天子、诸侯的嫡长子。

之职。其父杨海,亦冒授指挥之职。此皆冒军功,擅爵赏,欺朝廷。臣职居总制,不敢隐默。谨此奏闻。"旨下,着兵部知道。于公见了,遂写牌着人戒饬石亨。石亨见牌,心中不悦,深恨于公,反疑公故令年富劾他,不知于公曲庇石亨多矣。先年上皇回国,朝廷骤升石亨为武清侯。亨自思:吾虽有战功,而安邦定国之功,于公之力为多,乃列举于公屡次大功,请官其子。景帝即封于公之子于冕为府军前卫千户。公即上表辞之官,复曰:"用人之权。在于君父。石亨乌得而主之。"亨闻此语,心中甚恨,曰:"吾之好意,反成恶意。"如今又见公之戒饬愈恨,遂不遵戒,往往冒功坏法。于公闻之,奋然曰:"朋友私情,君臣大义,安得以私情而昧公义乎!"即上疏劾奏其贪冒。疏上,朝廷旨下。即拿杜山、郭亨、杨增等提问,仍写敕戒谕石亨并各营:不许仍前罔上辜恩,及纵容下人受财坏法,如违,一体①治罪。石亨见朝廷拿了冒功人等,又查革了杨海官职,心中忿忿不乐,怨恨于公。

一日,石亨遇着吏部尚书王直于途中,亨即下马,将前次于公奏劾之事,一一诉知王公。王尚书答曰:"于节庵一心为国,只是太甚了些。石元戎汝亦不必介怀,俱看朝廷分上。下官明日当设一席,与二位欢释。况当国家多事之秋,若得文武同心,国家庆幸。古云:将相和,则士卒附。士卒附,则国家安。国家安,又何敌之足畏也。石云衢切勿介意,吾当与公释怨。"言毕各别。

王公明日果设席,专请于、石二公,饮酒解和。此时于公见四方寇盗稍宁,又是王公相请,乃即造王公之府。其时石亨已先在王公府中等候。门上人报于爷到来,王、石二公忙出迎接。各相见礼毕,王公即开言曰:"前闻二公之事,下官薄设,特为二公释情消踪。值国家多事之秋,正将相协和之日。"于公笑而答曰:"承抑庵(王直字)公之雅情,敢不领教!正所谓国事交情,两尽之耳。"复顾石亨曰:"老兄岂不知不佞素性执直,何必介怀?"遂相与坐席,俱开怀畅饮。款洽②多时,谈讲些国家政事。因话之间,于公对王公曰:"当年吾遇石兄于山东旅店,僧人兰古春相吾与石兄并令侄参戎,俱至将相。今日果然,真神鉴也。前年闻古春病亡,其徒西

---

① 一体——全体,一并。
② 款洽——亲切融洽。

白来谒,吾厚赠之遣归。"亨亦曰:"古春神鉴,小弟至今念他,不知已故。"王公亦曰:"吾已曾闻兰古春相术,惜乎不曾相会。"会谈欢饮已久,于、石相谢王公,辞别各回。

明日,石亨即设筵相请王、于二公,二公亦各欣然而至。亨大开东阁①,盛馔丰肴。食前方丈、优人、杂剧,迭相演戏,自午至申。石亨又令换席后堂,复邀二公进内款宴。仍命一班女乐,吹唱劝酒。石亨见二公忘怀畅饮甚悦,复令人唤侍妾桂芳出来,歌舞侑酒②。于、王二公曰:"扰深矣,何必复令宠姬出来?"石亨定要款留,又着人进内催促桂芳,芳不肯出见。亨对二公曰:"小将向日镇边闻得有警,亲领数卒前往巡哨。偶见此女投河,急令人救之。问他,他道商人之侍女。因商出外经营,年余未回。其妻凶悍,逼迫不过,故此投河。小将闻言,即欲送归。彼言若归必死,即欲请吾剑自刎。吾甚怜之,因带回家。不意此女歌舞吹弹,琴棋书画,无不通晓,虽优人选妓,不能及也。今承二公光临,正当令他出来侑酒。"言毕,复令人催之三、四次,不肯出来。于公曰:"他见吾二人在此,不欲出来。就罢,不必再速③。"言罢,于公即欲起身。石亨再四款留,亲自来唤其妾。妾只得出来相见。

那妾见了于公,欲进不进,欲言不言,只低着头,把那身子在夹壁边缩将去。石亨见了,大喝曰:"贱婢!不歌不舞,做出这般形状何也!"那妾见于公严威凛凛,正气昂昂,又被石亨一喝,把身子一侧,响一声望夹壁内挨进去了,连身子通④不见。石亨看见,喝骂曰:"贱人这样作怪!如何把身子通挨进夹壁巷去。汝快出来,饶汝之罪!如少迟延,拿出斩汝为两段!"只听得那夹壁内说道:"将军不必恼我。我原非是人,乃花月之妖,多年老桂成精,变作女身。因见主帅心地有偏,故来附你。别时宴客,尚可出来歌舞劝酒。今日于爷在此,见他正气昂昂,忠心耿耿,神人也。我妖邪焉敢上前相见?故此回避。亦我之数该尽,从此永别矣。"大哭一声,壁中寂然不响。石亨见说,惊愕半晌。王、于二公,亦异其事。皆起身

① 东阁——向东小门,引申为款待宾客之地。
② 侑(yòu)酒——劝人吃酒。
③ 速——邀请。
④ 通——全,都。

到壁边看时，寂然不闻。于公叫取剑来，砍开夹壁看时，果见一老树，约长五六尺，上有毛发，内中有微声。石亨见了大怒，忙取剑砍之，分为两段。内有血滋滚出，腥秽难闻。王、于二公皆讶其事，遂辞石亨而出。彼时尽骇其事。

　　王、于二公，一路并马而行，曰："世间有此怪异之事？"于公曰："古来有贞妇化为石，彭生变为豕，理或有之。"王公曰："今日妖邪，亦称公正直，避不敢见，若武三思之妾，不敢见狄梁公，事同一辙①。以予观之，公之正气，更迈于狄公耳！"于公曰："不敢。妖言不足信也。"二公一路嗟呀各回。至第三日，于公亦答一席。惟王公赴酌，石亨因病不来赴席。

　　且谈石亨送了于、王二公出门，即令人拿出妖树，架火焚之，烧得嗞嗞有声，臭秽难闻。石亨闻了臭气，因此得疾。自思曰："吾为将帅，死吾手者，不知多少。今反被一妖所制。"心中不乐，病日沉重，举家惶惶。当有石亨心腹卢旺、彦敬等诸人闻亨病，即来问安。请医调治，并祈神问卜，未见痊好。石彪亦差指挥杜清来问安。清禀曰："大同石爷闻知大爷贵体不安，特差清来问安。"石亨曰："吾只为妖邪所干，自觉不乐，以致成疾。汝等替吾访有推卜应验者，以诀吾之休咎。"杜清闻言，即忙禀曰："有。"不知杜清所言何人？下传可见。

―――――――――――――

　　① 一辙——一条车轮之迹，比喻趋向一致。

第二十八传
神卜幸邀元帅宠　忠臣得赐御医看

　　杜清禀曰："太爷曾闻得神算万祺、神卜童先否？"石亨曰："吾亦闻万祺之名，未知他推算之术，果有效验否？"清答曰："万祺乃江西南昌人也，自幼曾遇异人相祺，曰：'汝欲富贵乎？'祺曰：'富贵谁不欲。'祺知此人是异人，乃再三问叩。其人因留一书与之，言曰：'用此不但致富，他日贵至二品。'祺拜谢于地，抬头起来，不见其人，知为神授。观其书，乃《禄命法》也。遂研精其术，以推算为名，多有奇中。若令一推，穷通富贵，过去未来，生死如见，不能枚举①。但略道一二以证之。——或有今隐而后明，或有先讳而后显。"石亨曰："试言之。"清曰："万祺曾判一吏梁姓者，隐而甚验。批云：二十年来管一州，常将一笏②在心头。迢迢有路行将去，又有收成在后头。梁姓者自以为吏员出身，它日必有一州官做，心中暗喜。不料为吏将及七、八年，为受枉法赃，被人告发问徒，无钱赎罪，只得自去当徒摆站，扯拽行船，于是方省祺推算之神。"石亨闻说笑曰："果隐而妙。还有试言。"杜清复禀曰："又有一人，冬天生起背疽垂死，因请万祺推算。祺批云：腊月病疽不为苦，只恐他年正月五，撞出一匹花面虎。一声锣，一击鼓，这个苦，真是苦。患疽之人，果然痊好。因思道：'我家颇丰，必不为盗。安有一声锣、一击鼓之事？我自今以后，不进深山，何能遇虎？'遂不把批语为念。过了六、七年，正月初五日，要回拜人家节。乃骑一匹马，从河边经过。不料小儿一伙骑着竹马，头带虎面，敲锣击鼓，从侧里行将出来；又带着虎头，一路跳来。那马闻得锣响，见了虎头，只一躐③，把那人倒掀落水。天气甚寒，冻死于水。此'真个苦'之验也。又有

---

　①　枚举——一一列举。

　②　笏(hù)——古代君臣在朝廷上相见时手中所拿的狭长板子，用玉、象牙或竹制成，上面可以记事。

　③　躐(liè)——践踏，踩，歪斜。

一吏两考已满,意欲上京,援例候官做。乃借贷诸亲友银二百余两。正欲上京,偶路遇万祺求其推算。乃批云:不要援来不必援,不援方可省其钱。正月十五正团圆,家家欢乐处,灯下打秋千。那吏见批说'不援''省钱'之句,欲行又止。自思钱财已得在手,如何不行?遂不依其批,来到京中。不期中途落水,银两已没,又失了帖单。脱得命回家,又欲设处银两,干办帖文起批,仍旧上京。时值岁逼,亲友又无人肯再借者,延至正月十五,见家家鼓吹欢乐,惟此人悒悒无聊,忽然差了念头,遂缢死于灯棚之下。此乃是'灯下打秋千'之验也。祺在京师,多与贵官达士推算皆验,乃致富,加纳为鸿胪寺主簿。主帅心疑,何不令人请来,问其休咎。"石亨见说,即问曰:"可着谁人请来?"杜清曰:"卑官与祺向有一面,当得亲去请来。"

祺见清不敢推却,即同清到亨府。石亨扶病以礼相见,分宾而坐。即曰:"久闻先生大名高术,有一二官将,敢烦推评。"祺曰:"小官才劣术疏,恐有负元戎招谕。"石亨先将一二心腹将官,与祺推卜,果有先见之明。亨乃将自己年庚,要祺推算。祺即细细推评较卜。乃援笔批云:

一生富贵未为足,近有妖邪来附惑。再后功爵实轩昂①,数月之间封大国。慢夸绫锦有千箱,个中还须用一幅。既封其国,毁恰其屋。

石亨见其批,心甚服之。但内中三四句,觉是好言。惟"毁屋之句",似非吉语。乃再三问曰:"'毁屋'之言,烦先生明以告我。"万祺曰:"日后自有验处。"石亨怒曰:"吾所劳公推卜者,正欲指迷途耳。何故托言后验?"祺见亨怒,即曰:"此亦应元戎后头好处也。'毁屋'之说,元戎那时加封当造殿也。祺被元戎逼,故泄此言,帅爷当慎之。"石亨见说,心中少解,欲请祺为幕宾。万祺再三辞却,亨乃厚赠。后景泰得疾,亨常召问,其故多验。未及半年,景泰病笃。亨暗令杜清问祺。祺曰:"必不能起。"复暗问天位大事。祺对曰:"皇帝在南宫,何必他求。若依某推之,应在丙午日,当复位也。"后上皇复位,即日召祺,遂封为太常卿,累迁至工部尚书。

且说石亨虽闻万祺解说,心中尚有狐疑。杜清复禀曰:"万鸿胪推卜甚精,若太爷尚有疑心。何不再召童先一卜,其疑决矣。"石亨曰:"善。汝即去请童先来。"这童先自幼两目青盲,投师学推卜之术,深明卦理,言

轩昂①——形容精神饱满,气度不凡。

无不中。在京师每与贵显往来，人人钦信。正统己巳之变，上皇在北地时，有中贵人曹吉祥与童先往来，私下要童先推上皇休咎。童先卜曰："仅有一年之厄，不久即归。"曹吉祥遂奏闻太皇太后。太后果见上皇一年归国，即命朝廷赐童先一官，以旌其能。遂授先为百户，自此驰名。当时石亨闻杜清之言，即命杜清去请。

杜清去不多时，与童先并车到府。清忙令童先进见。石亨见了童先，心中甚喜，遂令卜目下之疾何如。童先即取出三文金钱，放在象牙筒内卜之。便笑言曰："石爷贵恙，不出五日即痊好。"石亨尚疑万祺"毁屋"之批，复命先卜之。童先仍把金钱复一卦，大笑曰："好，好，好。不出半年，当有封爵。主一门荣显之卦。"复曰："某亦有幸在其中矣。"石亨闻言大喜，即留童先为幕客。果五日之后病痊，仍出提督军务，厚赠童先金帛。先在帐下与亨深相契合，言无不从。

且说于人自知权柄太重，恐履危机，屡上章乞归乡井。景帝不允复赐第宅褒功。于公心愈不安，上章恳辞。景帝必不允，留之愈甚。于公感朝廷之恩。每回家中，必与其子冕曰："吾本书生，不知兵机。圣主正值忧勤之际，吾分必以死报之，遂不揣调度军马。区区犬马之劳，顾荷宠异之重。汝宜砥砺名节，毋忝①朝廷官尔爵尔之意。"冕承教诲，终身不忘父命。于公身当权盛之时，正群小侧目之际，公一心为国，不计其他。日则决断机务，夜则独处朝房。景泰平日所赐衣甲、鞍马、袍带、凉伞，悉封记于所赐宅内。时有闲暇，常往一视。至于俸禄，尽赏有功军将，家无余蓄。数年之间，安内攘外，剖决机宜。日昃②未遑③饮食，至晚平章国务。入朝即面奏其事，出朝手自书疏，夜半乃罢。公常有大关系于心，不自安者，辄叹曰："吾这腔热血，不知竟洒于何地？"闻公此言，不由人不泣下。忠臣为国忘身如此哉！公殚力劳神，渐染痰火之疾，喘急不能理事。仍上疏辞职告退。

景帝闻公有疾，即差太监兴安问疾。兴安承命到于公宅中，见其自奉菲薄。且三年前夫人董氏病故，公遂不娶，亦不蓄侍妾，所以子嗣只一人。

---

① 忝（tiǎn）——谦词，表示辱没他人，自己有愧。意为辜负，愧对。

② 昃（zè）——太阳偏西。

③ 遑——闲暇。

公当病时,惟养子于康服侍,公子冕侍奉汤药。兴安一见,嗟叹不已,曰:"此实天赐斯人,辅我国家中兴之业。"仍传御音慰谕公疾。公闻朝廷遣中贵人①问疾,带疾披袍,令子冕扶至中堂,俯拜谢恩。谢毕,乃对兴公曰:"某有何能,感蒙圣上垂念腐朽,劳公远临,万死难报圣恩!"兴安曰:"万岁爷闻知先生身体不安,特命某来问慰。吾想公之贵恙,总为国家多事之秋,劳神殚力,因此渐染而成,料亦无妨。自古吉人天相,且公素志忠贞廉洁,天亦佑之。不必过虑,请自宽心。"于公答曰:"感蒙圣恩浩大,区区犬马微劳,虽万死不能稍报。恐目下所患之疾深重,顷刻痰喘,语言气塞,呼吸之间,不能上下,只恐死不塞责②耳。今蒙宽慰,敢不自调摄而烦圣虑,与公厚德也。"

正谈间,于康进堂报曰:"朝廷又遣两位御医董宿、孙瑛来视疾。"于公忙令子冕出迎。二医进内,未知诊视于公之恙何如。

---

① 中贵人——帝王所宠信的宦官。
② 塞责——对自己应付的责任敷衍了事。

第二十九传

良医诊出病源　御手亲烧竹沥①

二御医至，兴安又对公曰："吾亦同公子出外相迎。公且安息片时，少间好视公脉。"公闻言致谢，乃进房少歇。兴公与二御医吃茶之际，二医见公家如此俭约，各相谓曰："一富庶之家尚多侍女仆从，犹且奢靡。况官居极品，身为宰辅，乃能如此，真社稷之臣也！"叹羡良久。于公子遂请二御医同兴公直至公房，诊视公疾。御医见公曰："某等久蒙台台②覆庇，未尝得望见清光。今荷朝命，得谒台前，足慰生平。公乃国家柱石，想谋谟③殚神，致成此恙耳。"于公曰："久闻二位国手高名，奈国事繁多，未遑请教。感蒙皇上圣恩，念及庸朽，劳二位垂视。有先生则活，否则弃捐沟壑矣。"二医答曰："台台何出此言？某等视公神色五彩不昏，听公尊音朗朗不萎，望闻二事，已知其无伤矣。"公曰："不佞自揣病入膏肓。"二医曰："公请宽心，容某细加诊切。"乃交相诊视，细按病源。二医曰："公之恙，乃劳神过度，七情所干，痰郁于中，火炎于上。肺受火邪而不能降，故加喘急。频嗽痰壅，胁痛而不能眠。"公闻二医讲出病源，果神妙透彻，即浼二公撮药。二医曰："诸药俱备，惟少竹沥。此疾非竹沥不能利其热结之痰。京师地寒，笋竹俱少。"兴安闻御医之言，乃曰："若要取竹烧沥，除是万岁山有竹。必须奏过皇爷，方可采取。"于公遂令人办饭，待兴公与二御医。于公命冕侍陪。酒饭毕，董、孙二医与兴公辞别于公而出。二御医具奏于公得病之源与用药之方，浼兴安带进宫中复命。

兴安进宫见帝，奏曰："臣婢到于谦家，亲传万岁爷御音，慰问谦疾。于谦即扶病谢恩。家中并无妾媵，只有一子、一仆，供奉汤药。所食之物，

---

① 竹沥——中药名。淡竹或其他竹类所采的茎，经火炙后沥出的澄清液汁，性寒、味甘，功能清热豁痰，主治痰热咳喘等症。

② 台台——旧时用为对高级官吏的尊称，也是一种对人的敬称。

③ 谋谟——谋划，计议。

亦甚菲薄。臣婢看见,正叹嗟间,适值御医董宿、孙瑛承命诊视谦疾,曰:
'疾结于胁下,非白芥子不能达。疾逆于胸中,非竹沥不能利。'言诸药皆
有,惟少竹沥。今京城地寒,奈无嫩竹烧沥。"兴安奏毕,即呈上二医所具
病源、药方、奏章。景帝览毕,遂问兴安曰:"何处有竹?"安忙奏曰:"惟万
岁山有竹。"景帝即命驾,亲到天寿山来伐竹烧沥。复撤御前饮馔,即命
兴安、舒良赍赐与于谦。公感恩涕泣,对舒良曰:"蒙圣恩宠异之隆,万死
难报!"良曰:"万岁爷灼知公为国劳神,遂成痰疾,御医亦具病源由此,遂
亲往伐竹烧沥,令某等持来。"公感恩无地,屡曰:"虽万死难报圣恩耳!"

　　兴安、舒良二人即辞于公,回朝来复命。早遇数人在朝门外诽谤于公
曰:"今日朝廷特赐于尚书珍馐、御馔、竹沥,好似唐太宗剪须赐茂公徐世
勣之故事也。只恐日后辜恩。"兴安闻言,厉声叱曰:"是何言哉!徐世勣
乃反复小人,于节庵忠贞廉士。二主皆为国家而特加异典①钦赐,若论人
品,徐世勣安能比于尚书乎!"众人闻此,诽谤犹不止,安曰:"汝众人只说
不要钱财,不贪官爵,不问家计,不顾私怨,日夜与国家公忧出力谋划者,
此人何处得来?若果有之,汝众人何不保举一人来,与国家出些力,替换
于尚书,也是你们为臣子之事。且吾与于尚书不十分契厚,亦不过为国家
惜此人耳。汝众人不要把私心起谤,公论自然难掩。"众人闻兴公之言,
皆赧然无以为答而散。

　　且谈于公服竹沥之药,果然痊好,即日入朝谢恩。见上叩首奏曰:
"臣有何能,感蒙陛下圣恩,垂念腐朽,遣使慰谕,遣医疗治臣疾。复蒙陛
下躬亲②伐竹烧沥,赍来和药。又蒙圣恩撤赐御前珍馔,天恩浩大。区区
犬马,万死难报。"景帝谕曰:"朕为国家,故惜卿尔。"复以嘉言慰谕。于
公乃叩谢而出。自此以后,于公所食之物,皆是御院尚食监赍来。虽酱醋
小菜果品,一应杂色之物,皆是御监中出来供给。真古今罕有之事,亦帝
之异典,公之隆遇也。

　　于公一日在部理事,早有人报道:"近日总兵石亨招养亡命无赖之徒
童先为幕宾,屡卜休咎。宠庐旺等冒功,克减粮饷。又石彪乃今之骁将,

────────────

①　异典——特别的恩典。
②　躬身——亲自。

一门①同握京军。特来禀爷，恐非安国家之计。"于公闻言，深为有理，乃令范广、陈逵访之。广等访得果有其事。于公深虑石亨贪婪，部下又多奸险之徒。虽一时不敢妄为，奈左右之人乎！乃思久之，遂奏遣石彪为大同游击。亦是公两全之意。亨反切齿恨之，心中愤怒曰："吾因向有一面之交，待他极厚。他反屡屡抑我兵权，劾吾将校。今又离间我叔侄。吾必欲思计以陷之。方雪吾胸中之忿！"

时景帝得疾，于公正朝服趋朝，欲面奏数事。忽有中贵出，宣言曰："圣体不安，不能临朝。今日众官暂退，有事在后日奏。"于公闻之，心中甚忧，群臣亦皆不乐。公与众臣俱叩拜于午门外，问安毕，各散。明日于公又整朝服于午门外问安。

至后日，是景泰八年正月元旦。于公与众臣俱候景泰坐朝受朝贺，又病不能设朝。适御医董宿出，众问之。宿曰："今日御体略安。据吾诊脉，圣体难痊。"于公闻言，心下惶惶。众人俱散。忽至后日传旨出，皇帝病痊，欲出行郊礼②。公与众闻之大喜，各各候驾出。少刻，内臣又传出曰："万岁爷因见疾稍愈，强欲行郊礼，不期反劳，适间呕血甚多，不能成礼。"众闻言俱惊愕。于公心中忧戚尤甚。景泰因这番复病，遂居外殿，惟太医董宿与宦官三十余人服侍。日则进药，夜则卫榻。至初七日，于公忧极，恳请见帝问安。景泰遂召公于榻前，公俯伏问安。上曰："朕自登极以来，谨守祖宗之法。前者该郊祀日期，朕因蒙天地祖宗默佑，身体少安，欲亲行祀典，不觉反劳呕血矣。"于公俯奏曰："陛下圣寿无疆，还宜保重。且陛下敬天法祖心诚，天必祐之，勿烦圣虑也。"景帝即令董宿诊脉。宿曰："圣体安矣。"上曰："若如此，后日朕当受朝。"公叩辞出，心中甚忧。且皇储未定，万一不虞，事情重大。后日候帝坐朝，率群僚上疏，请复沂王为太子。

至初十日，于公专候坐朝，又不闻钟鼓之声。于公忧惧殊甚。众官知景泰病重，亦忧皇储未定。于公与众皆欲请沂王复为东宫，惟内阁王文之意不然。众官曰："今日吾等会议，定期后日早封进。"忽有旨出：有大事在十二日早会议来说。众官闻言，即欲散回。惟吏部侍郎李贤对学士萧

———————

① 一门——一家。

② 郊礼——古代祭礼，在郊外祭天或祭地。

镃曰:"今日且未可散,乘众在此议定,必以复太上皇太子,是正理也。"只见王文对众官曰:"今日只请立东宫,安知朝廷之意在谁?"众官见王文之言,始知王文有异谋。众官遂散。

至十二日早,王文、于谦、陈循、商辂、萧镃等并众官,会集于左掖门下,同写草稿奏疏。起句云:"乞早建元良①,以安人心事。"当有萧维贞举笔对众曰:"吾更一字何如?"众曰:"更一何字?"维贞曰:"更建字为择字何如?"众皆从之。惟李贤曰:"择之一字,似非复立之意。"于公即曰:"若上后日坐朝,即当奏上。如不坐朝,当奏请沂王监国。其意有在矣,看上意何如?"果乃复散。

至十四日五更时分,于公在朝房歇,专听钟之声,其时又不闻钟声响,心中忧甚。公乃走出朝房,会集大臣,议请沂王监国。众官甚喜。时宗伯姚夔见王文未到,即邀公与数大臣到其家。众遂写稿毕。众曰:"此事是吾等所为之事,内中若有一人先泄其议者,系贪功喜事之人。"期在十六早进其稿,遂留于姚夔家。

众与公遂辞姚公将出。忽有边报,报公曰:"小人们探知,边敌由李家庄将侵京都。"于公闻报,遂辞众先回部调度,急发牌令人戒饬,各边将谨守关隘,无得懈惰。于公心忧上疾愈甚,边报又至。乃复差孙继宗、卫颖、陈逵等,领人马往李家庄、马驹桥、易州等处添兵固守,差范广备御京城。仍差人发牌,着石亨、张軏、张輗等众用心提督,固守京城九门。

石亨见牌心喜,曰:"于尚书中吾计也。"谁知石亨见皇储未定,意欲复立上皇,贪功报怨,灭深谋险至矣。后上皇复位之日,何尝有北敌犯边之事。当日亨见牌到,即命童先先卜景泰病体。先曰:"不起矣。"亨曰:"汝可再卜一卦,成得大功否?"先曰:"前已对主公预言,不过数月,应有一门封爵,某亦叨庇②。正此时也。且皇帝在南宫,何必他求。"亨闻此言大悦,乃即遣杜清星飞来问万祺。未知若何。

---

① 元良——大善。太子的代称。

② 叨庇——犹言念叨,说过。

第 三 十 传

启南宫英宗复位　掩北斗学士登台

　　且说万祺见清到，问其来意。清乃密达其事，万祺即低语杜清曰：
"皇帝居南宫，今星临度，宜当复位，何必他求。可急回与石公说，事不可
缓也。"清闻言忙回复石亨，亨知与童先暗合。乃即与掌兵官张𫐄、张𫐄、
曹钦等商议。曹钦曰："吾昨日遇见徐天全(有贞号)说：'公等知之否？吾闻
得王文、王诚已遣人赍金牌敕符，去取襄王世子矣。'吾闻此言，正欲见石
公议此。若他们事成，则吾等束手看他们享富贵也。"亨曰："吾正为此事
而来。"遂道迎复太上之意。钦曰："正合吾意，事不宜迟。"钦即令人暗暗
到南宫通知其叔曹吉祥去了。又令人邀侄婿吴瑾同来商议。少刻①瑾
到，众言其事。瑾曰："此天下之大事，社稷之功，必须得老成人素有才望
者计议方好。"众曰："老成者，唯许彬、杨善耳。"亨曰："事不宜迟，吾等明
日即往见许公去。"言毕各散。

　　十六日早，于公并众官正欲清稿，忽旨出，待十八日视朝。公与众惶
惶而退。惟公部事完，即处朝房专候内有消息。是日京师乱传王文、王诚
赍金牌敕符，取襄王世子去。

　　石亨遂同张𫐄、曹钦等，拉杨善一起来见许彬，俱道复立上皇之意。
彬曰："此盛德事，社稷功也。虽然②，奈吾老矣，行步不前，不能宣力。吾
闻徐天全经济才也，此人多谋，诸君即往谋之。"众人问曰："徐君莫非向
者治水之人。"许彬曰："是也。"石亨曰："此人果有才能。"

　　遂辞许彬，一起来到徐有贞家。各道迎复上皇之意。有贞曰："吾有
心久矣，但不得其助耳。诸君曾闻王文、王诚取襄王世子之谣？"众曰：
"闻此言，所以见许太常计议。许公言公特来相见。"有贞即问曰："南宫
可有人达知否？得有人内应，方能成事。"众曰："已有曹吉祥、蒋冕等在

────────────

　①　少刻——不一会儿。
　②　虽然——虽然如此，尽管这样。

内。前日已暗遣人达知矣。"有贞曰:"如此甚好。吾又闻得昨日有边报道,北兵又来寇犯。宜乘此机会调兵,以备非常为名,吾等行事,则莫得而测。"众人闻有贞之言,首肯者数次,齐曰:"此果有计谋者,许太常之荐不差。"有贞请众人坐定:"待吾细观天象,然后行事。"有贞自得了异书,天文、地理,原无不晓。于宅中后园起一高台,常去观天象。当晚有贞上台踏罡作法,观看星象一回,即下台出来。众人忙问曰:"天象何如?"有贞曰:"在今夕可为。"有贞遂命家人割鸡和血,同歃①之,与众即便起行,仍与家人诀曰:"我此行,事成,社稷之福;不成,家族之祸。吾归则人,不归则鬼也。"

嘱毕,乃急急与石亨、张𫐄等暗收各门锁钥,开门纳千余兵守护而行,是夜漏②下三鼓矣。有贞复令还锁诸门,取钥投水窦中。亨、𫐄问曰:"此何为者?"贞答曰:"若不镝锁,万一内外夹攻,则事去矣。"忽然天色晦冥,众人惶惑,忙问有贞曰:"此象若何?"贞曰:"时至矣。"口中念念有词,人不得而知。遂急趋至南城。城门铁锢牢密,扣之不应。有贞即令人取巨木悬架,令数人举起击之。俄闻城中隐然开门声。有贞复令勇士逾墉③进去,与外合兵,遂毁坏一处城垣而进。复见内中隐隐有灯火来,众人望见,大喜曰:"灯来,必有人到也。"言未毕,只见有数十内监出来问曰:"事体若何?"石亨、有贞齐应曰:"特来迎请上皇复位。"内监曹吉祥、蒋冕等,忙引进内。不多时,上皇出问曰:"汝等是何官?"众皆俯伏答曰:"臣等谨请陛下光复宝位。"太上犹迟疑。有贞等极陈天命有归,民心愿戴,且时不可失。太上曰:"卿等是谁?"有贞一一宣其姓名。太上又问曰:"于谦、王文得知否?"众曰:"不知。"有贞急呼兵士举辇,共扶太上登辇。有贞在前引导。忽然天色明朗,星月交辉。有贞忙催众呼噪,直入奉天殿。有贞遂扶太上升御座。太上顾有贞曰:"此事是卿为耶,朕失遇卿矣。"须臾鸣钟击鼓,俱传报上皇复位。群臣皆拜贺。

其夜于公尚宿朝房,公子于冕四鼓时见有兵行动,不知何为。少刻,

---

① 歃(shà)——用嘴吸取。

② 漏——即漏壶,漏刻,古代计时的器具。

③ 墉(yōng)——城墙,高墙。

忽闻得城南内呼噪甚急。于冕慌来报知于公曰："南城呼噪甚急,想太上欲行复位也。"于公叱之曰："小子无知,此乃国家大事。若果上病危,群臣不立沂王,当请上皇复位。自有天命,汝可自去。"须臾闻得钟鸣鼓响,公神色不乱,徐徐整朝服趋朝。将入朝时,范广闻变,率兵至阙下。于公见广,忙呵止之,即入朝就班。将行礼,忽殿上传旨下:拿王文、于谦等,未知若何。

第三十一传

逢相意诳上奏疏　吐丹忠亲写供状

上皇复位，群臣黎庶，无不欢喜。此时景泰病危，耳中闻得钟鼓响，乃问内使曰："今日钟鼓响，敢是于谦设朝？"内使答曰："闻得众官请太上皇帝复位。"景泰闻言，乃曰："哥哥做亦好，朕无忧矣。"越二日，景泰崩。

上既复位，乃问有贞曰："朕今复位，改年号不改。"贞答曰："周虽旧邦，其命维新。陛下初复大位，宜新天下耳目，以成中兴之治。"于是改景泰八年为天顺元年。复命有贞草诏，以诰①天下。即命有贞以本官兼翰林院大学士，入内阁，典机务。

是日于公入朝，欲就班行礼。忽有旨下，拿于谦、王文、范广并太监王诚、舒良、张永、王勤等下狱，因有贞诳言共谋迎立外藩之故。又有旨逮内阁陈遁、商辂、萧镃，尚书俞士悦、江渊、项文曜、古铺、丁澄、沈敬俱下狱，以其知王文之谋，故纵之也。即日出章纶于狱，升为礼部侍郎。升许彬为吏部左侍郎，薛瓛为右侍郎。又论迎复功，维封石亨为忠国公，食禄一千五百石。张轨为太平侯，食禄一千三百石。轵为文安侯，食禄一千二百石。封杨善为兴济伯，食禄一千石。吴瑾加侯爵，增禄三百石。封徐有贞为武功伯，食禄一千二百石，世指挥使，入阁办事，并封其三代如爵，又赐章服玉带，复谕前随功。升袁彬、哈铭并为锦衣指挥佥事。高磐为锦衣同知。把台蒋信已故，赠忠勇伯。徐有贞遂矫旨令法司将王文、于谦、范广等严加拷掠，必令招迎立外藩之事。王文不胜愤辩。于公曰："不必究问，但取纸笔来，待吾写出迎立供词，省劳法司勘问。"法司即付公纸笔。公提笔即写供词云：

　　供状人于谦，年六十一岁，系浙江钱塘县民籍。于永乐十八年中乡科，十九年登进士。二十一年奉命差往广东平祭瑶僮，犒劳官军，清查功绩。一军称廉明，瑶民怀德绥服。回京遂陈瑶疏，蒙恩复差巡

----

① 诰——上告下。

按江西。有枉民滞狱，一鞫①而知，全省皆称明察。因见宁府强横，劾其不法者二人。又见长芦一带马夫，快船夹带私盐万万，某亦不避权贵，各置之于法。至今河道肃清，民无阻扰。还京复命。宣德元年，扈驾往征汉王，收服汉庶人。庶人当殿不服，反出不逊之语。某历数其罪，词严义正，汉庶人无敢再言。二年，山西、河南灾荒，蒙圣恩亲擢巡抚侍郎，敕往二省。某遍历诸处，问民疾苦，出示劝谕。良民尚义，捐贷资粟。仍捐已俸粜谷，以赈饥民，以备荒岁，全活亿万。每至汴城，见黄河水势汹涌，民遭漂溺。趁民间农暇之时，令其预为椿柳，以被卷扫之害。又旷廓乏人家之处，捐俸令人种树、浚井、建亭，使行者无枯渴之苦，往来有少憩之处。久虑别省流民，居住无栖，乃编成伍甲，给与空闲田地，造房屋耕住，俱为良民。出役数十年间，昼夜区画，兴利除害。二省人民，建某生祠于白茅桥畔。正统十一年还朝，因触怒权臣，降某二级，仍差巡抚二省。十四年，今皇上亲率六军，蒙尘北地。初十日，京师大震。某望北号哭，急启太皇太后，乞命郕王监国。是日，群臣见马顺呵散仪仗，因忠愤激发，共击死马顺，廷中大乱，无复朝纲。郕王见骇，欲回宫者数次。某忙奔前披，留王住定，一一处分，慰肃百寮，奏灭奸羽，群臣帖然就列。一日之间，区画百端，飞符整饬，袍袖尽裂，几舄②尽穿。翌日蒙太皇太后晋爵尚书，某固辞不受。其时民心慌扰，讹言万端，奸盗四出，百姓逃移，京都空虚。某乃令人巡视，多方晓谕，军民稍安。某集众启请太皇太后，社稷为重，乞立太子，以临臣民；乞命郕王，以辅邦家。二十一日，太皇太后命铳王为帝。保宗社如泰山之安，使国家成中兴之业。整顿未完，敌兵突至，某亲督将士，誓以忠义，遂挫敌于德胜门遁回。某虑敌必掠通州，以资人马。某急往通州散粮各足，继焚其余，使彼进无所掠，退无所资，知吾有备，不敢侵据。至十月初三日，敌因喜宁唆拨，复大举入寇。九边震动，万姓惶惶，有倡南迁之议者。某恸哭谏阻，力陈京师根本之地，今不守此则大事去矣。景帝顿悟，宗社莫安，军民无迁徙之苦。即日命将出师，整兵拒敌。饬郭登谨守大同；激杨洪

———————

① 鞫(jū)——审问。

② 舄(xì)——鞋。

父子尽力报效；励石亨叔侄奋勇破贼；令孙镗、万广守卫京畿；督张
軏、卫颖鼎峙互援。诸将奏功。复保孙安、朱谦修饬独石诸城堡。仍
用计使杨俊、高磐密擒喜宁，豫埋铳炮击敌。敌惧请和，景泰皇帝犹
豫未定。某忙上前陈奏，备述兄弟至亲，君臣大义，礼宜答使迎复。
景帝顿悟，遣使臣迎今皇上归国。兄弟行揖逊之礼，君臣贺再会之
仪。置立十二团营，掌督精兵一百八十余万。授计于董兴、马轼等，
剿除广寇黄萧养；指画于陈瑄等，收伏闽寇邓茂七；荐陶得成诛降浙
寇叶宗留。又安插永乐年间降人于东南，潜消彼敌觊觎之心。复保
陈豫、王通筑城于天寿山，使军兵无迁徙之患，商贾得安集之防。七
年之内，日则不暇饮食，夜则独宿朝房。蒙问所供是实。

众官见于公亲书供状，件件大功，事事伟绩，无不叹息，遂缓拷掠。公写供
词，高诵毕，只俛首①不语。唯王文心中忿忿，大声呼叫。不知何言。

---

① 俛(fǔ)首——即俯首。

第三十二传

西市上屈杀忠臣　承天门忠魂觌诉[①]

当时王文见于公写出招词，读出功绩，并不分辩迎立外藩之事。王公大忿，厉声呼曰："天乎！冤哉，冤哉！今日勘问某等迎立外藩，有何指实？有何凭据？有何人见证？差何人去迎的？"有附会亨、贞之官曰："汝意欲取金牌符敕，私结内宦，迎立襄藩，如何抵赖？"王文答曰："金牌符敕，见存禁中。不奏知太皇太后，谁敢窃取而行？既言迎立襄王必动惊人，查有何人到彼？今日若以'意欲'二字诬陷某等，实不甘心！"于公见王文力辩，乃曰："王千之（文之号），汝辩之何益？石亨、有贞等意已如此，如何肯放我与你？彼盖欲踵[②]秦桧莫须有之故智也。辩亦死，不辩亦死。"当时萧维贞曰："此事出于朝廷，公等不肯承认，亦难免得。"当有张轨在坐，乃闭目与萧维贞言曰："此辈自作自犯，如何说出于朝廷。"时有刑部郎中刘清闻得此言，叹曰："真冤哉！真冤哉！"轨即斥刘清曰："听汝之言，想必也是与他同谋的。"一时附会亨、贞者群诋侮之。

明日，石亨等矫上旨，催促成狱。法司无奈，只得承亨、贞风旨，乃以'意欲'二字，附会上之。亨等遂挟都御史萧维贞等构狱词，其略云："看于谦、王文等，意欲迎立外藩，图危社稷，合依谋反者律。陈循与项文曜等，知于谦、王文等谋异不举，依知情故纵者律。"奏上，天顺帝览毕，犹豫久之。乃曰："于谦曾有功于社稷。"众皆默然，未及对。石亨、有贞忙上前启奏曰："臣等出万死一生，迎陛下复位。若不置于谦于死地，则今日之事为无名。"上闻此言，其意遂决。法司标榜于市。

二十二日早，狱中取出于谦、王文、范广、王诚等，于西市受刑。王文口中大叫曰："显迹何在！以莫须有效奸贼秦桧之故套，诬陷某等于死，天乎昭鉴！"于公乃大笑，口中但曰："主上蒙尘，廷中大乱，呼吸之间，为

---

① 觌（dí）诉——当面诉说。

② 踵（zhǒng）——跟随，效法。

变不测。若无于谦，不知社稷何如。当时吾统一百八十万精兵，俱在吾掌握之中，此时不谋危社稷，如今一老嬴秀才，尚肯谋危社稷乎！王千之、范都督等，吾与汝不必再言，日后自有公论也。"于公复大笑，口吟辞世诗一律，令人代录，其诗云：

> 村庄居士老多磨，成就人间好事多。
>
> 天顺已颁新岁月，人臣应谢旧山河。
>
> 心同吕望扶周室，功迈张良散楚歌。
>
> 顾我今朝归去也，白云堆里笑呵呵。

呜呼！枉哉！屈乎！于公吟完，令人录毕，即正色就刑。都人见之，闻之，老幼无不垂泪。有举家号哭者，有合门私祭者，有暗地披麻服者。边关军士闻知，莫不涕泣。

当时范广同赴法曹，乃挺身直至西市。口中大叫曰："当初陷驾者谁（指石亨坐视）！吾提兵救驾者，今反杀之。天理何在！"叫未绝，只见一妇人披麻带经而来，乃一妓者，平日侍从范都督数年。范广见侍妓号哭重服而来，忙问曰："汝来何为？"妓者曰："特来服侍公死。"复号哭，大声呼曰："天乎！天乎！忠良辈死也！"观者莫不惊哀。范广即刻被刑。其妓恸哭伏地，口吮其颈血。俟收殓时，以铁线缝接其头，顾谓范公家人曰："好好抬主翁去葬。"言毕，妓者从腰边掣出短刀，大声曰："主君死冤，贱妾死烈。"即自刎于尸旁。众人与法曹官等，尽皆惊讶，深叹妓之忠烈。是日天昏地暗，日月无光。阴风凛凛，黄沙四起，实有屈杀忠良之气。

不过数日，王镇正出朝门，忽然风沙泼面，天色昏暗，大叫一声，口吐鲜血。从人见了心慌，急扶至东安门来，人事不醒，惟手乱指而已。时人咸谓忠魂促迫耳。朝廷发陈循、商辂、项文曜等于外戍，后成化帝登极，尽复其职。王文亦谥毅愍。诸公冤事始白。

且说当日于公被刑，暴尸市上。因公子于冕发戍辽东，尸骸未殓。忽一人边外冠服，枕公之尸，大哭不止。复奠以壶浆，曰："某虽国外人，颇怀忠义。今公死冤，公子谪戍。呜呼哀哉！"众百姓见之，一起团看，乃是太监曹吉祥麾下一个属官，名朵耳者。众百姓见朵耳尚且如此，况我等皆是于少保爷存留性命的，反不如一朵耳耶？于是众人一起壶浆设奠，将锦衣覆盖其尸，号哭之声，巷陌皆震。徐有贞闻之，心中畏动。石亨差人禁止不住。曹吉祥痛杖朵耳，不许再去哭。明日朵耳仍来哭奠，吉祥亦不能禁。当时于公尸骸，乃都督陈逵略守者收公尸骸，葬于城西浅土，又嘱咐居民看守。居民思公功德者，每每暗奠壶浆。哭者甚众。

公子于冕前一日已发辽东卫为军，不知父第二日被刑，与解人①行至山海关，是夜梦父于公语曰：“吾前日已被石亨、徐有贞诬害而死。吾魄虽丧，而魂不灭。当日诉于天，蒙上帝怜吾忠义勤劳，着吾为京都城隍②。吾今欲朝皇帝诉吾之冤，但借汝目光三日，现形朝见皇帝后，还汝目光。”言毕欲去，公子冕梦中见说，扯住父衣，大哭不止。觉来两目失明，冕恸哭不已。遂止于山海关上，忙遣义兄于康回京，探父信息。

于公既死之后，一灵不昧③，忠魂耿耿。石亨、有贞等独坐时，亦常恍惚见公形影。一日，承天门大火，上亲临，命内使诸人救火。抬头便见于公隐隐闪闪在火光之中，以首连叩，若有诉冤之状者数次。此时乱嚷嚷之间，上耳中闻得诉曰：“臣之孤忠，上帝已哀怜赐爵。今特诉之陛下。”上闻言，惟曰：“是也。”于公又数叩首，不见，火亦随灭。上是日心知其枉，乃即召徐有贞至便殿，谕以承天门之事。有贞答曰：“此陛下见火恍惚，不足信也。”上闻贞言，愠色而罢。

明日有旨，独宥于冕辽东之戍。赍旨者星夜驰至山海关来。是日，于冕梦见公曰：“吾已泣诉于皇帝矣。今还汝目光。”冕在梦中牵父衣大哭曰：“不孝子不能收葬父骸，万死难赎其罪！今欲何往？”公曰：“汝不必恸哭，皇帝尽知吾冤矣。”言罢，振衣而去。于冕闪觉，睁眼看时，复明如旧。

后日将晚，忽有边将一起来到曰：“公子恭喜，朝廷因承天门火灾，旨从禁中出，独宥公子之罪。某等想尊公忠魂不昧，朝廷悔悟也。”于冕闻言，哀声少息，对诸将谢之，乃即欲与于淳促装回京，殡葬父骸。诸将忙谏阻曰：“公子未可遽到京师。今皇上圣聪明鉴，虽独宥公子，奈权党众多，深虑公子陈冤，倘有削草除根之意，未可知也。况彼正是炎炎④之际，何事不可为。依某等愚见，待众幸⑤少衰，朝廷念尊公功绩，那时公子到京，

---

①　解（jiè）人——押送犯人的人。
②　城隍——迷信传说中指主管某个城的神。
③　不昧——不灭，不藏。
④　炎炎——兴盛的样子。
⑤　众幸——众宠臣。

上一纸陈冤叙绩之疏，庶归葬得安，忠孝两全也。"公子闻言，心觉有理，暂止于山海关上，专候于康信息。

这于康领公子之命，奔至京师。一路闻人说公之功，叹公之冤。于康含泪访问，已知主人于二十二日被刑。暗问公尸骸何处。有人说陈都督收尸权葬在城西。于康闻言，忙来见陈都督。陈逵一见于康，二人放声大哭。逵曰："自从公子发成去第二日，不料奸党构罪，以致恩公受屈而死。我暗地赂守尸内监，潜地收殓，葬在城西浅土。待公子回时，迁恩公骸，归故乡安葬。"康感谢而叩，又大哭一场。军从莫不涕泣。陈逵即同于康到葬处。于康即办祭物，痛哭叩祭一番。忽有军人报曰："朝廷有旨，独赦公子于冕。"于康闻报，暂停一日，即别陈都督至山海关，报曰："主爷是前月二十二日被害，蒙陈都督赂守尸之人，收得骸骨，葬城西浅土之处。"于冕闻说，哭绝于地。众人同于康、于淳齐来救醒，哀哭不止。于淳当日哭之，伤心呕血，得病而死。关上忠义之官，皆送赙祭之仪与公子设灵位之处。于冕悉谢叩却之曰："承诸公盛情，却之固不恭，恐伤先人之清白，不孝孤铭心已耳。"于冕一心要拜见父尸，诸将见阻不从，谢诸将曰："不孝孤蒙恩独宥，不往收父尸骸，寸心如割，虽万死不辞！"众见冕如此，乃曰："公子坚执要去，可扮作商人，同尊使潜往祭葬毕，可即回转。"冕谢诸将，当下扮作商人，同于康一径奔到陈都督处。相见抱头痛哭。冕深谢陈逵。逵曰："某感先公厚恩，虽粉骨难报。何足为谢！"即同冕往葬所。恸哭祭奠毕，逵乃差人悄悄发棺。冕即着于康送柩回杭，葬于三台山之处。冕仍回山海关栖止。

朝廷于三月初一日有旨：追复故御史钟同，赠大理寺正卿。复召同二子进京。未知召荫何职。

第三十三传

天顺帝评功悼枉　徐武功被勘作法

　　天顺思钟同之忠，复召其二子来京。荫其长子钟启入监，即升知县；次子迪升为通政司知事。又即转升章纶为左侍郎。亦荫一子章立入监，后升为鸿胪主簿。即日召还被遣陕西定羌驿驿丞廖庄至京。上亲自慰劳，即升为吏部左侍郎。复论迎复之功。又加石亨、曹钦等俸二百石，仍升徐有贞特进光禄大夫、上柱国、武功伯，兼文华殿大学士掌文渊阁事。又有旨拿前景泰升都督广西、佩征西将军印、上易储疏弑兄逆贼黄竑。旨未下，早有人传报与竑。自竑知罪大恶极，服毒而死。及旨下，竑已死。复有旨命本处抚按协同三司等官，勘验实落，开棺枭首断尸，籍没①，以警示天下。广西总兵武毅等，见朝廷戮竑尸，籍没家产，皆举手呼天，曰："苍苍果有报应也！"

　　石亨、曹钦等以迎复之功，常直入内殿，并带从人出入，无人敢阻。一日，石亨领千户闻达、卢旺、彦敬三人侍上于文华殿侧。上问曰："此三人何人也！"亨对曰："臣之心腹人也。臣每有机密，必与之谋。如迎请陛下之事，三人亦有功焉。"上复问曰："见居何官？"亨对曰："二指挥，一千户耳。"上曰："俱升为都指挥。"亨复奏曰："蒙圣恩加一'都'字甚好，但不能朝暮同臣出入，乞再加'锦衣'二字，更感天恩。"上即允奏。三人授职，即谢恩而出。当时有识者，论石亨力奏三人为锦衣卫官，恐有弹劾石亨辈者，即发落锦衣卫来，是生死之权在其手也。

　　自此以后，石亨求请升迁官职，殆无虚日。冒报功绩千余人。杨增、杨海仍复前职。杜山、郭亨皆升一级。石亨威权日甚。其侄石彪倚亨势妄为不法之事。当有大同巡抚年富见彪倚势冒功减粮，无不妄为。年富平素刚直，先年见石亨妄冒不法，即劾论之。今复劾彪。早有人报知石亨。亨大怒，即来见曹吉祥说知，吉祥即按住年富之本。亨反令石彪诬奏

---

　　① 籍没——旧指登记并没收所有的财产。

年富。亨又见徐有贞，浼有贞票旨拿年富到京，有贞初因石亨构党之时，彼此回护，凡事皆从之。后亨每每强勒行拿，或保升官职太甚，已就有些拒却。至于年富，又与有贞交厚——不肯从亨。石亨见有贞不从，便怒。有贞不得已勉强顺从，只得行票旨去拿年富，两下就有些参商①。年富到京，有贞不发富于锦衣狱，恐亨暗伤。乃发富到刑部狱中，待上问起，有贞那时好奏明放去。上亦屡见石亨行事过妄，心中不悦。

一日，因朝见太皇太后，太后问曰："皇帝复位两月矣，怎不见于谦有手札②进上奏事？"当日上杀于公之时，虽有内官传言进宫，太皇太后未知真实。因上进宫来朝，特问于公时，上以实对。太皇太后闻言嗟呀半晌，乃曰："于谦有大功于我国家，为何就令致死？当时皇帝蒙尘，若无于谦，我国家未知何如？此必有奸人误皇帝耳。"太皇太后不觉泪下，左右惨然，上亦为之动容。太皇太后又曰："于谦有大罪，只宜放归田里，何忍置之死地？"嗟叹不已。上无辞而出。

自此以后，凡石亨辈有事奏启，上皆留心裁察。当时石亨诬奏年富阻挠军机，上遂留神。不问有贞，贞乃亨党，上故不问，而问李贤曰："卿知年富何如人？"李贤答曰："臣久闻此人行事公直，在边能革除宿弊。"上闻贤言，顿悟曰："此必是石彪为年富阻挠行事，今反奏耳。"贤叩曰："圣心明见。"上即亲书旨下，放年富出狱，着致仕③回去。明日，石亨见上自救回年富，因随机与曹吉祥等，固请尽罢各边诸处巡抚关提督军务等官，其意欲无拘束，恁他设施。

本年五月初九日，有御史张鹏、杨瓄等适河间府饮马还京，一路亲见石亨、曹吉祥家人倚势占夺民田，乃上章劾奏，乞加禁约。上览奏，谓有贞曰："御史敢言，实为难得。"当时有贞与石亨贪功，一时诬陷于公。后来见众纷纷怜公之死，有贞亦悔，渐渐与石亨疏了。所以上顾问有贞，有贞含糊不答而出。上见有贞不答，心中甚怒。复问李贤。贤答曰："御史敢言，实乃尽忠效职。陛下宜命户部复实来说。"于是旨下户部查勘，时御史张鹏偕十三

---

① 参(shēn)商——参和商都是二十八宿之一，两者不同时在天空中出现，比喻感情不合睦。

② 手札——手书，亲手写的书信。

③ 致仕——旧谓交还官职。

道御史，又合章劾石亨等"固宠擅权，冒滥官爵，强预朝政，掠美①市恩，易置文武大臣，以彰其威。布满心腹将吏，假施其德。出于门者显爵，逆其意者重伤。纵家人占夺民田，庒有司多收亡命。中外寒心，上下慑惧。不早斥罢，将来之事，不可料也。臣等备员言职，责有所归。不敢缄默，谨俱以闻。"即有小人潜以此事报亨。亨疑有贞、李贤主使，遂与曹吉祥、曹钦等泣诉于上，曰："臣等出万死一生，迎复陛下。今有贞与李贤反加排陷，唆使十三道御史，诬劾臣等，必欲置臣等于死地。且张鹏原是张永之侄，故结党诬臣，欲与张永报仇。"上见亨等恸哭不止，不得已，乃命收张鹏、杨瓒等于都察院狱中，仍命究主使之人。法司少息不究。石亨复劾都御史耿九畴怠职，不究主使之人。于是锦衣卫承亨风旨，拷讯两御史并鹏、瓒甚急，遂词连有贞、李贤。上因怒有贞前日含糊不答之故，遂降有贞、李贤俱为参政。

越二日，上有旨独转李贤为吏部左侍郎。有贞降为广东参政。石亨犹虑上有日思贞取回，乃激曹吉祥、曹钦曰："当时我等合有贞迎复上皇，只望他为我心腹，如今反行事多拗住②。吾想在内惟公等，在外惟吾。观有贞唆使御史劾奏之意，必欲尽致吾等于死。"曹吉祥曰："只索与他一毒手便好。"亨曰："他如今虽降广东参政，异日上必思他，取他回来。"吉祥曰："为之奈何？"亨曰："上尝待有贞甚厚，无事不密召有贞私语，我等皆不得闻。后来我特央心腹小内相探知几件，今何不将几件密事令人奏上，上必愈疑有贞。那时我与公等乘机讪谤，上自然震怒，害之必矣。"吉祥等笑曰："甚善。"但议何人写本，何人呈进。石亨思量半晌，曰："有。我闻有贞门下教授马士权性秉忠直。有贞欲害于少保，士权谏不可，有贞不听。然每事必与之商，不如令人诈作马士权写本。一面使一人类③给事中李秉彝者，昏夜持本进上。那时公等在内接之，多加谮毁④之语于上前，不怕有贞不认罪而成狱矣。"

计议已定，果然捏成一疏，令一貌类李秉彝者，待昏夜持上。曹吉祥特令一小太监接之。问曰："大人何官？"其人曰："给事中李秉彝也。"小监持进，亨又贴飞语于禁内。上览本，果然震怒，即命拿李秉彝付法司拷

---

① 掠美——夺取别人的美名。
② 拗住——不顺，别扭。
③ 类——类似。
④ 谮毁——污蔑，中伤。

问。李秉彝实不知情,抵死不肯承认。朝廷捕匿名者甚急。亨等见上怒,乃与吉祥等共潜曰:"有贞见陛下待之薄,有本不允。今又降谪广东,愈加怨望。臣等访得匿名谤本,皆是有贞心腹马士权为之,故灭其迹。不然,匿名内某事李秉彝何由而知。陛下试思之。"上问疏,亨指其某事。上心动,乃曰:"此语独朕与有贞言者。"亨即复潜曰:"朝廷禁内,谁人敢进。有此诽谤之语到此,必是前日有贞因降职,直入内廷谢罪之时,延挨在此,候上驾临谢罪,意图陛下俯留。后见不留,故将飞语贴此,并匿名同进。非有贞而谁?"上闻言,首肯者三,深信之,急命捕有贞下狱。亨与吉祥又奏曰:"有贞宣泄内廷之语,并造言诽谤朝廷,陛下必亲鞫方见真情。若赴法司,必然回护。"上果允奏亲鞫。

未及五更,即令鸣钟击鼓。上御便殿,命官校于狱中独取有贞鞫问。锦衣卫闻达、卢旺等又是石亨心腹,特将诸般刑具排列,专候上命加刑。当夜,官校奉旨即到狱中独取有贞。有贞见未及五更,朝廷坐殿来拿,大惊曰:"吾命休矣!此必是石亨辈谤我,陷我于死地也。"口中说,心中想曰:"今日命在旦夕,不行此法,如何脱得此难。"官校催促,一起拥至午门。有贞一头走,一头急急作法。即叫:"取水来我吃,我要一大盆水吃。"官校即取一盆水来。有贞念念有词,连吃了两碗。便叫:"少住一住。"官校促曰:"上等久,不敢迟延。"有贞口中复念念有词,人皆不晓何意。有贞念毕,又取水含了一口,朝天一喷,又朝着随人摆列火炬处一喷。有贞又捱一回而行,行不五、六十岁。少刻,烈风卷地而起,即时闪电交加。有贞被官校押进到丹墀①下时,只见雷电大作,雨似倾盆,冰雹如石块打下。押随官校,多被打伤。殿中烛炬,俱被狂风吹灭,殿瓦打碎其多。上亲见天变,心中动疑徐有贞之事,遂不究问,进宫而去。

众官校见驾回宫,急带有贞出避于五凤楼下。京城平地,水高数尺,大树吹倒数十余株。曹吉祥门首多年老树,尽皆吹断。石亨等见天大变,亦各恐惧,不敢再求鞫问。其时都城人民,见西北角上隐隐然如牛如猪之物,喷噀②冰雹。有贞得异书,奉斗斋,当时有识者曰:"此魔霾支大法也。"朝廷见天变,乃发徐有贞于狱,戍张鹏、杨瓃于边卫。

---

① 丹墀(chí)——台阶,台阶上面的空地。
② 噀(xùn)——含在口中而喷出。

第三十四传

有贞云阳谪戍^①　石亨谋逆亡身

上一日诘问石亨与曹吉祥、张𫐄等："向日于谦迎立外藩，汝等是谁知见？"众人齐对曰："臣等皆不知，是有贞对臣等说的。"上深知有贞诬害谦。每至宫中朝太皇太后时，又见太后嗟叹于谦之冤。明日旨下，发有贞谪戍云南金齿卫。云南有万里之遥，有贞闻命不敢急缓，即出狱中，便要起程。深念马士权为有贞之事而被拷掠，身无完肤，决不招认，乃至狱中看望，以其女许婚其子。遂别士权，往金齿而去。后朝廷知士权无辜，特宥放归。

当时宗藩襄王瞻墡来朝。襄王因先年已巳之变，两次上疏慰安太皇太后，乞命太子居摄天位，急发府库帑藏，招募勇敢忠义之士，务图迎复。仍乞训谕郕王尽心辅政。疏上时，景泰已立八日矣。至是上得疏于宫中，览之感叹。即亲敕王入朝，待礼渥厚^②，闲叙数日。上因问王曰："当时正月间，王文、于谦等曾使人到王处，有札子知会王否？"襄王答曰："实无。"上因此益知王、于死为冤矣。天顺帝留襄王在朝盘玩月余，辞回。

是时，也先闻知中朝杀了于谦，心中大喜，对众道："南朝头目于尚书被哈剌^③了，俺们无虑也。"即日传箭，大举入寇，由大同等关，直犯京城。大同关前者是定襄伯郭登把守。因已巳守城，二次不肯开关，又答言吾国自有新君之语，上复位，即革郭登之职回家，命李文、石彪把守。石彪倚石亨之势，反欺李文，又克剥军饷。自此兵心不服，不肯向前厮杀。以致也先兵马直抵京师。京城人民，向赖于公平息九年，今复见此猖獗，人皆惊慌，一起大叫沸嚷："安得再生于少保，为国救苍生！"京城大震，喊哭声直达内廷。上正与恭顺侯吴瑾、太平侯张𫐄等在内蹴鞠^④，遥闻喧哭之声，少刻，内臣飞

---

① 谪（zhé）戍——封建时代官吏或百姓有罪被遣戍远方。戍，防守。

② 渥（wò）厚——优厚，深厚。

③ 哈剌——蒙古语，杀死。

④ 蹴鞠——踢球，我国古代的一种足球运动，用以娱乐、练武、健身。

报进宫。上闻报,大惊,弃鞠于地,叹曰:"于谦若在,安得至此!"吴瑾亦曰:"真可惜于谦!"上顾谓吴瑾曰:"朕今复位未久,岂可令吾民遭此锋镝。朕昔在边外,也先等不过欲求缎帛而已,朕岂惜此,劳伤军民!"乃即发旨,下令赍缎帛万余,御敕一封,责其背盟①入寇之罪。外彩缎多端,答其往年恭敬之心。御敕发到,也先亦自知无礼,叩谢赏物,即擎兵回去。

当日张轨在侧,闻得上叹息于谦者再三,心中惊惧,面皆失色。辞朝出,忽见范广于路。张轨口中连叫范兄、范兄者数声,与之拱揖。左右人役,不知何故。轨曰:"都督范爷,与吾相见。汝等何不传报?"左右见说,尽皆惊讶,知其见鬼。归家无病而卒。

上一日与阁下李贤言及迎驾夺门之事。李贤对曰:"迎驾则可,'夺门'二字,岂可示于日后。况景泰病危,陛下理宜光复宝位。天命人心,无有不顺,群臣谁敢不从,何必夺门为哉?且朝廷禁门,岂可言夺。'夺'之一字,尤非美名。幸而陛下洪福齐天,得成其事。假使景泰左右先知此事,石亨、有贞辈不足惜,未矧②置陛下于何地?当时亦有邀臣者,臣知此事甚险,实不肯从。"上闻李贤之言,圣心顿悟。猛省前科道劾石亨疏,有"以夺门之功,滥冒官爵。且朝廷禁门,何名为夺?'夺'之一字尤非顺理,传之后世,岂不被讥"等语,此语与李贤所言相同,乃深知亨辈之故,即欲复于谦官爵。曹吉祥知之,又以巧言阻止。吉祥即私对石亨言及:"上欲复于谦官爵,被我用巧言谏阻。"

石亨闻言,心中不安,急忙回家,召心腹将官,欲起歹心。石亨常往来紫荆、大同等关,谓左右曰:"若塞守斯关,京城当不战而自溃矣。"时天顺三年二月,石亨召心腹人卢旺、彦敬、杜清、童先等二十余人商议。众人齐到,亨即曰:"吾今所坐之位,皆汝等所欲坐者。"众人骤闻此言,不知亨意。皆答曰:"某等蒙主公抬举,做到都指挥之职,心足矣,又岂望公侯之位乎!"亨笑而言曰:"汝等独不闻宋太祖之事乎?宋太祖因陈桥兵变,史书上不称其谋叛。今汝等助吾行事,到得宋太祖地位,我今之职,非汝等为之而何?"众人闻言,俱皆默然股栗③。时童先在旁,乃首出妖言,曰:

①　背盟——违背盟誓。
②　矧(shěn)——况且。
③　股栗——两腿发抖,形容恐惧到极点。

"兄等曾闻得近日小儿谣言否?"众曰:"不知。"童先曰:"近日谣言云:
'四方叛乱俱可摇,唯有石人摇不动。'此谣言正应在我石公也。"众人曰:
"如何应在主公?"先曰:"四方叛乱俱可摇,按前者景泰时两广并浙东西
诸贼,皆被朝廷剿除。摇者,剿也,谓四方叛乱,俱可剿除。唯有石人不能
动,此不是应在主公姓石,可成大事而不能摇也? 此天意在主公,诸公可
勉力图之。"众皆领诺。石亨大喜,对众人曰:"大同军马,最为勇猛,我抚之
亦厚。若使石彪代李文挂镇朔将军印,北塞紫荆关,东出山东据临清州,决
高邮之堤,以绝饷道,则京城可不战而自溃矣。"遂议心腹分头把守。

　　且说一日上临御祥凤楼,召恭顺侯吴瑾、抚宁伯朱永等入侍。时石亨
新造府第,上在祥凤楼观看久之,问左右曰:"此何人住居,极其高大?"朱
永谢不知。吴瑾答曰:"此必是王府也。"上笑而言曰:"非也。"瑾曰:"不
是王府,谁敢如此造作。"上顾太监裴富曰:"汝闻吴卿之言乎?"裴富知是
石亨之府,但唯唯不敢答应。上知是石亨之屋,恶其僭妄,故问左右,上盖
深知之者。遂差石亨往延绥出征。

　　将行之际,只见童先策杖①忙进,力劝乘其前谋,曰:"乘此军威,何事
不可为。"亨曰:"吾为事有何难哉? 今天下都司,待吾一一代之,可一举
而成。"童先又曰:"时者,难得而易失。恐时一失,不可复得。"石亨曰:
"吾今出征,所向必克。既克有名,人无不畏。"遂不听童先之言。童先见
亨不听,私自骂曰:"这厮不足与谋大事! 不去,祸将及矣。"遂先逃出。
门客谢昭闻童先之谋,忙进谏亨曰:"公当尽忠报国,不可妄意作为,自取
祸害。"亨阳诺而阴实不听。谢昭对人曰:"吾宾主之道尽矣。石公祸将
近也。"遂留一帖于书房,不辞而去。

　　亨乃令兵径到延绥征剿。亨自恃骁勇兵强,不令人会同李文等兵,先
自往战。此时敌兵养精蓄锐,且亨富贵已极,久弛征战,全不为意,一战而
败,折军数千,无功而回。又倚着曹吉祥在内,自入内廷面奏,反奏:"李
文畏怯,不肯同时发兵对敌。臣独奋力进剿,方才退去。乞陛下究李文坐
视之罪。若以石彪代李文镇守大同,则敌兵不足畏也。昔谢安举侄谢玄,
遂破符坚百万之众。臣敢不避亲疏举侄,伏候圣裁。"上心知石亨无功而
回,又保举石彪代李文,不准所奏。石亨见朝廷不准石彪代李文,乃浼曹

----

　　① 策杖——拄杖。

吉祥矫诏以石彪代李文总督边方。上知之，遂命多官勘视石亨、李文、石彪之事。勘得事实，众官一起交章劾奏石彪"凶暴贪狡，包藏祸心。谋镇大同，阴伤主将。倚石亨之威权，移人主之大柄①。石亨掩败为功，权倾人主，易置文武，矫诏举侄，事干天宪②，法所不容"等语。朝廷即差官校，逮石彪下狱。初，石彪事发，众官密议，明日当大班一起劾奏。有与石亨交通者，泄漏其事。上知其故，召李贤问曰："群臣党恶交通有之乎？如此，不可不戒。"贤答曰："诚如圣谕。"上乃降旨，谕百官无故不许往近侍大臣之家及锦衣卫官处。自此之后，朝政肃然。

石亨因征敌无功，复因石彪之事，不敢入朝，告病在家。众官复交劾其恶。上震怒，令官校拿来，上命露刃押亨进见。石亨见上，叩头谢罪。上曰："朕宥汝已多次矣，但汝所为之事甚妄。"顷之，上仍念其功，惟革去兵权，以本爵归第。其年冬十月，彗星出见，日晕数重。司天台奏曰："恐小人阴为不轨，宜防备之。"

未几，石亨因罢了兵权，怨望不已。一日走到一僻室，忽见一婢与一仆欢笑，石亨大怒。其仆见了惊慌，奔到后园，跳墙而逃。亨拿其婢杖死，仍差人拿其仆，并拿仆之父。其仆与父，一径到朝门击鼓报首③，将石亨向日与卢旺、童先等同谋之事，一一报闻。朝廷震怒，即拿石亨下狱。

亨在狱中三日，忽见于公立于面前。亨大声叫曰："于尚书为何至此？"狱官闻叫，进看无人，一狱惊骇。少刻之间，上命内相怀恩赐白罗一幅，令亨自尽。遂勒死石亨于狱中。石彪等俱弃市。百姓闻亨等之死，尽道："于公之灵，冤报如是其速也。"朝廷命斩石亨之仆，差人籍没其家产，追夺爵敕等项。籍其家资万万余，而宝货不计其数。内中检出私书，有与各镇军官及数省遣心腹交通之书，皆约次年正月十五举事。上亲阅大怒，即颁密旨，令各处抚按官拿究。仍发石亨二子石溟、石涧边外充军；其幼子在襁褓者，无知不罪。查出同谋奸党，虽有三、五漏网，朝廷尽皆宽宥，唯有童先、卢旺等不赦。但童先早遁，未曾获得。令人榜示紧缉捕来。这童先因见石亨不依他言，早自逃出在外，就于途中占一课卦④。未知童先自卜若何。

① 大柄——指国家大权。
② 天宪——王法。旧指朝廷的法令。
③ 报首——报告，告发。
④ 课卦——占卜的一种。

第三十五传

童先开瞽得漏网　曹钦造反乱京城

　　童先早自逃出，行至中途，就占一卦，叹曰："石公事不谐矣！我还有脱灾之日。"乃一路卖卜①而行，后闻石亨、石彪事发俱死，乃急忙潜逃故友李天章处。正行至涿州地面，忽闻一人问曰："童先，汝欲往何处去？"又曰："汝可要医好眼目么？"童先初闻叫他姓名，心中甚慌。后闻得说医好眼，心中少定。乃曰："谁不要医好眼？若医得开，真神仙也。"只见那人曰："不难。汝且站着。"即用药点之，令闭一回，又脑后针下二针。少刻，叫童先开眼。童先睁开眼来，只见日光闪闪，世界分明。早见医眼之人，立在眼前。童先忙拜谢于地。抬头起来，不见其人。童先大惊曰："这分明是神人救我。"心中思量曰："我今日明，别人都不晓是我。我今急往李兄处潜藏，方可避难。"先乃密寻到李天章家。天章一见，忙问曰："童兄之目，如何得明？必有神治。"童先即把逃出遇神开瞽②之事，一一说知。天章遂留童先住下。当时朝廷命法司榜示拿童先时，榜上亦写着瞽目童先。今先眼明，人皆不疑是他。况童先又妆扮别样形景，所以人一发不认得他。挨过半年，朝廷已不甚追究。

　　童先知事缓，乃辞别李天章，扮作商人，一径来投到曹钦家。曹钦见了大惊，忙问曰："童兄何幸眼明，得到吾家？真可异也。"童先亦将前事一一说了一遍。钦大喜曰："吾一向想兄，暗地令人密访。不期今日到来，足慰吾念。"钦遂留童先住下，因论起石亨之事。曹钦曰："石公做事不密，反致如此。吾每思量石公与我皆是同事之人，怎奈众官时常劾奏。如寇深、逯杲、孙镗等，每每举吾过失，裁抑我众。吾想：我兄弟又统军兵，皆为都督，我手下又多蓄骁勇之将。今众官不时弹劾，倘有日皇上震怒，如石公之事，移于我家，则吾束手待毙。吾欲起事，烦兄卜之。"童先曰：

---

　　①　卖卜——给人算卦来赚钱。
　　②　开瞽(gǔ)——睁开瞎眼。瞽，眼睛瞎。

"事不必卜,今令叔在内,兄昆仲①在外,若一举事,何事不成? 倘卜之不吉,反起狐疑。为今之计,兄先差一二心腹之人晓得边外之语者,潜往也先处,馈送宝货彩缎之礼,令其起兵入寇。那时兄等内中作变,则大事成矣。"

曹钦闻言大喜,即请兄弟曹铉、曹铎并童先及门客冯益等,一起都聚于密室,计议道:"掌兵官惟孙镗、孙继宗、马昂、逯杲诸人与我们有仇,余者无妨。但我等将何计先除了诸人,夺取兵权,则事无不谐。"曹铎便道:"何不我们先差伯颜、也秃等将乘机诱杀孙镗等众,就拥兵进内。叔父在内举火为应,大事成矣。"曹吉祥因问冯益道:"先生,可曾有宦官子弟登基否?"益答曰:"有,曹操是太监曹节之后。"吉祥闻之大喜。只见后边闪出曹钦之妻贺氏,指着冯益曰:"先生,汝教人为叛,罪已深矣。又将牵强混语,蛊惑吾夫。我虽妇人,颇晓书志。曹操若是曹节之子孙,如何曹操做司隶校尉时,立杖死中常侍二人? 则知曹操与曹节是同时之人,非节之后明矣。纵使是节之后,学曹操之奸雄逆贼,至今令人切齿唾骂,安可效之!"曹钦见说,遂自扭其妻,闭之密室。

曹吉祥与众议定,后日晚间行事。吉祥自进内廷去。专候至后日,乃七月初三晚间,曹钦乃邀恭顺侯吴瑾到家。吴瑾是曹钦侄婿,曹铎之女夫也。曹钦每有事,常与吴瑾商议。瑾又上所喜信者,故禁门锁钥,皆是瑾掌管。当晚曹钦邀瑾回家,将心事说知,就索禁门锁匙,要瑾放千余亲兵进内。吴瑾闻言,心中大惊,忖曰:"别事可从,叛逆之事如何从得!"口中即假言曰:"此时如何放得千兵进去? 况且京兵发遣征剿,只有出的,如何可放千人进内? 岂不动人之疑。汝既要行事,好歹至四更开门,五鼓进内方好。"曹钦信以为实。便道:"专候汝之消息。"吴侯诈允而出。

此时将及一鼓,吴侯到城点视,吩咐众军谨守城门,直到天明,方可领钥开门。若五更领钥者,明日即斩。只吩咐三门,余不能及。吴侯一路思量:倘曹钦四更不见我的动静,他必然攻打。倘若人多,一时攻破,曹吉祥见外大起,内中放火为应,其祸不小。一头想,正遇着都指挥完者秃亮令人巡更。吴侯忙问曰:"来者何官?"秃亮见是吴侯,忙下马问曰:"吴爷何事心忙? 单骑与四人同行。"吴瑾曰:"汝在此巡更,是何官何名?"秃亮答曰:"小官是都指挥完者秃亮。"吴瑾曰:"烦汝急急飞报与大明门上守门

---

① 昆仲——对人兄弟的称呼。

军将人等说知，道曹钦与曹吉祥通谋作乱，只在今夜，可牢守紫金城堧，五更时未可就开门。快教传进内廷：先令人拿住曹吉祥，免得里应外合。"秃亮闻言，遂拨数人跟着吴侯，乃即先纵马加鞭，星驰①到大明门上，一一细说曹钦、曹吉祥之事。穿宫内监，闻此消息，飞报到内廷去。

　　吴瑾恐秃亮口传不到，又急行至锦衣都指挥逯杲家，令门上人快报："请汝家主出来，有紧急事要议。"家人传报，吴侯命快取笔砚来。众人忙取纸笔。吴侯随即写奏，着人飞马赶到金堧城边，大叫："守门官监，把这封密疏，从门隙内就递进去，不可迟滞！"此时逯杲忙披衣出来，相见曰："吴侯何事？夜深下降。"吴瑾不及多言，只说："曹钦、曹吉祥谋反在今夜，为之奈何？我已发报数次，想内廷必然知道。及早我与你到孙都督、马尚书处报知，调兵守护杀贼。"二人飞身上马，径到孙都督家来。此时孙镗已得完者秃亮传报，亦令人飞报金堧城中，随到马尚书家计议。早有飞旨，在门隙中发出：着孙镗、马昂用心勒兵擒贼。孙镗见旨，泣拜曰："当以死报主恩！"遂急急调兵拒守。

　　且说曹钦等挨到三更时分，不见吴瑾动静。忙使人到吴瑾家来问消息。家人不知，以实对道："自昨日早朝，未曾回来。"使人飞来回报曹钦。钦闻报大怒，知吴瑾诈允。遂发兵五千，令曹铉等直抵西长安门攻打。自领兵五千，攻打东长安门。此时吴瑾与逯杲飞马正到孙镗家来。只闻得喊声四起，吴、逯二公知是曹钦领兵来攻门，急到孙镗处。家人答曰："家主已到马爷处发兵去也。"吴侯即对逯公曰："公可先到长安门，令人紧紧看守。我今再到马总督那里，即发兵拒贼。"逯公赶到西长安门边，见曹铉正令人砍门。逯公见了，慌忙夺过从人长枪一把，大骂："逆贼！朝廷有何负你，敢如此叛逆！"即挺枪来搠②曹铉，不期曹铉部下人多，一起乱搠。可怜为国忠臣，仓促间，被众乱搠而死。

　　众人遂砍开了门，一起拥进。此时都御史寇深闻变，起立门首，差人探听。吴侯马过，见了寇深，曰："寇公，曹钦作反。"寇深闻言，即跨马一同吴侯到马昂处发兵。正值会昌伯孙继宗、都督孙镗俱在，一起调兵拒敌。此时曹钦放起四、五处火来，只望内廷火起相应。放火多时，不见里

————————

①　星驰——如流星奔驰。形容迅速、紧急。一说星夜奔驰。

②　搠（shuò）——刺，扎。

面火起。曹钦知事不济，忙调人马一面攻打，系尚书王翱在东朝房，拘学士李贤于左掖门，勒要二公写本奏辩，云"因逯杲、寇深二人所逼，以致激变"等情。此时广宁伯刘安、太常卿万祺、学士万安等俱到，见曹钦逼勒大臣写本保奏。只见寇深匹马赶到，厉声大骂曰："曹贼！朝廷何等待汝，汝敢叛乱京城，拘系大臣，残害百姓！吾恨不即砍汝万段，以泄朝廷之愤！"曹钦怒杀寇深。广宁伯刘安见之，大骂曰："狂贼作死，吾欲砍汝以报寇公！"安亦遇害。恭顺侯吴瑾、都督孙镗军至。曹钦见吴瑾，骂曰："汝为何负我，走报消息？"瑾厉声答曰："汝负朝廷，我不负汝！汝不忠不孝之徒，吾为朝廷诛逆贼！"即彼此相杀。吴公力不胜，卒被杀。孙镗军交杀，自辰至午，未见胜负。

工部尚书赵荣闻曹钦作乱，荣文官，也披了一副铠甲，骑了一匹青骢马，驰到街坊，大叫曰："有好汉烈男子，通来随我杀贼，有功即赏！"大呼大叫之间，果有千余忠义好汉，挺持军器，仗勇而来。恰遇会昌伯孙继宗与曹镨大战。赵荣即领众从曹镨侧里，砍搠进去。曹镨与孙继宗战酣之际，不料赵公这伙人马仗忠义而来，势其凶猛，被赵兵打死无数，曹镨大败而走，乃领着残败人马，寻着曹铉。铉正与兵部尚书马昂兵马大战，镨亦来混做一处厮杀。此时各将官人马俱到，俱说杀谋反之贼。其忠勇之气，无不一以当百。被勤王之兵，一起拥杀，曹铉兵亦大败，只得弃命杀出。不知投往何处。

第三十六传

王师骈集①擒奸党　有贞无法丧林泉

曹铉等被勤王之师，并马尚书兵杀败，只剩得百十余骑，飞奔到曹钦处。且说朝廷自从三更得完者秃亮飞报，大明门上守门人监闻此急信，一一传报金墉城上，守城人飞报进内廷。又有吴瑾密疏，俱从门隙内传至内宫。上闻急报，又见密奏，方知曹钦与曹吉祥通同谋叛，放火为应。上震怒，即命内臣金英、怀恩等拿曹吉祥等众。内臣领旨，潜地来到。果见吉祥与一伙心腹人，正在那里堆积放火之物，不料众人潜地来拿。众人见了吉祥，大喝曰："汝做得好事！"一起拿住吉祥。吉祥还说："拿我怎的？"众人曰："汝同侄曹钦谋反，特命擒汝。"吉祥犹自抵赖。众人曰："汝还赖到那里去，有汝亲恭顺侯吴瑾密疏。万岁爷大怒，特旨差我等来拿。"吉祥闻言即顿足曰："罢了！罢了！"众人拿了吉祥见上。上大怒，即发吉祥于御史狱，待拿了曹钦一同究罪。故此禁门不开，钦等不能进。

且说孙镗等合勤王之师，齐剿曹党逆贼。曹铉中了两箭欲走，被孙镗斩于马下。曹铎见孙镗杀死曹铉，心中慌乱，被孙继宗一刀斩于马下。曹镠亦被马昂兵杀死。曹钦见三弟兄俱被杀，慌领残兵奔回家中，把重门紧闭。此时王师追杀，围住曹钦之屋大叫："献出曹钦，免汝阖门②诛戮！若少迟片刻攻进，汝等皆为齑粉！"曹钦知不可活，忙奔到后园井中欲投下，忽见一红袍神一手提起，丢于井畔。此时，众军齐进园中，见井畔曹钦，一起拿住。家小亦尽拿下。

众人捉曹钦械到朝来。上闻知，亲御午门，百官朝拜毕，下曹吉祥于御史狱中赐死，籍没曹钦等家产，诛钦于市。朝廷籍钦等家资，以赏将士。钦之余党，并流岭南。旌死节之臣，追封吴瑾为梁国公，谥忠壮，子孙世袭恭顺侯。赠寇深为少保，谥忠愍，荫一子锦衣百户。逯杲赠都督，亦谥忠

---

① 骈(pián)集——聚集。

② 阖(hé)门——全门，全家。

憨。论功加孙继宗太保。孙镗进封怀宁侯,子孙世袭侯爵。刘安子孙世袭广宁伯。马昂、赵荣、王翺、李贤并加太子少保。进升完者秃亮为都督。赵荣召集忠义,为首得功者三十四人,俱称为试百户。万祺升为工部侍郎。朵耳加授一级。

　　曹钦有妻父贺三老者,平日见钦势焰,常规谏钦。钦不听,遂绝不往来。今钦叛逆,凡一应姻党宗族附势者,俱加贬窜,唯贺老朝廷灼知免罪。朝廷检录曹钦私书,见冯益有颂曹氏功德之书,遂拿冯益发锦衣卫究问。曹钦之妻贺氏,向被钦幽于密室,今亦拿禁狱中。锦衣卫究问贺氏:"汝夫与谁同谋?"贺氏心中忖度:"我夫不良,何忍害人?"乃答曰:"实无。"又问曰:"朝廷之臣,谁为汝夫心腹?"亦答曰:"俱无。"及带冯益当面,贺氏亦不肯害他。不料冯益佯为不知,反以言诬诉贺氏。贺氏愤怒曰:"冯益休得混诉,向日吾夫与汝密室问事时,汝言曹操、曹节之事。妾闻汝之言甚妄,因谏吾夫,被夫闭之别室。吾夫听汝之言,遂致身亡家丧。今反诬妾而又抵赖乎!"益无言分辩,亦死于市。朝廷察知贺氏谏夫被幽,遂赦其罪。贺氏对法官曰:"妾蒙恩宥,理难不死。先前不能辅夫为善,今又不能阻夫为恶。家亡名丧,何颜立世!"言毕,即引裙刀自刎而死。众问官见之,无不嗟叹。朝廷以烈妇礼葬之。

　　且说徐有贞初被贬云南金齿卫时,行了半载,到得云南地面。在路中对解官曰:"不出一年,京师有一场大乱。曹吉祥等不能逃其祸。"后来果然。

　　有贞行到云南,至金齿只得七十里路了,天色已晚,遂同解官忙趋。回顾无处居住,急急赶行。远远见一大寺,有贞等忙投寺来。早有五、七个僧人,俸着酒果来迎,道:"不知大人远临,有失远接,恕罪!"有贞见了,惊讶道:"吾等并无人来通报,为何众僧如此接待?"乃复谓众僧曰:"我是朝廷罪人,何劳汝众相迎?"众僧曰:"大人虽今日之罪人,实昔日之贵人也。"有贞曰:"众位上人①,吾素不曾与尔等相识,况万里之途,何由悉知?酒肴远接,必有缘故。"众僧曰:"且请大人到方丈②少坐告禀。"有贞遂同众一起进寺,直至方丈坐下。众僧曰:"我这里名佛慧石羊寺,寺历年久。

---

①　上人——旧时对和尚的尊称。
②　方丈——佛寺或道观中住持住的房间。

寺中石羊,颇有奇异。但有贵官到此,此羊即鸣。昨夜闻羊鸣,故知。所以聊备酒肴奉迎。"众僧人又问曰:"敢问大人官居何职?因何事到此?"徐有贞未及答,两解官曰:"这位就是当朝阁老,武功伯徐爷。因与同僚不睦,被他谗言诳奏。朝廷一时听信,因此贬谪。不日即取转京,依然宰辅他。"众僧惊曰:"果然是位大贵人!所以数日前,有一位留须僧人到此说道:'不数日间,有一位徐阁老到此寺中,我要见他说话。'"徐公见说心疑,遂留宿寺中一宵。

明早起来梳洗、早膳毕,忽见一幅巾①禅衣之人,从寺前直进殿来,大笑曰:"徐公,四十年余不相见也。记得当初临别之际,曾说有金齿之会?今日果然矣。"徐公一见,认得是先年虎口书馆相叙的道人乌全真,忙下阶拜揖曰:"久别尊颜,何缘又得相逢也。"乌全真曰:"向年蒙公款留,义气深重,故赠公秘书,救公二大难矣。是书不可久留于世,宜付还我。"徐公答曰:"实不曾带来。"全真曰:"吾岂不知,别物不带,此书曾有验,公必带行,为防身之宝。公何诳我?他人可诬,我不可诳也。"

徐公被全真说着心事,心中惊畏,乃邀全真进内,沽酒市脯同饮。酒至数杯,全真取出一丸金丹,对有贞曰:"此丹服之,可长生不老。"有贞数知乌道之术,以为服此可以延年,心中大喜,即服之。少刻坐谈间,乌道问起:"法必纯熟,试诵演以验之,何如?"有贞口诵默演,尽皆差失。徐有贞心慌,复恳为何如此。全真曰:"公拿书再看,仍旧精熟。"有贞原诳说不曾带得,如今又不好说带来,迟疑半晌。全真即起身到有贞行李囊中,只一捏,此书早拿到手,对有贞曰:"吾报公之恩,救公之难,可为周且至矣。吾法已收,汝法已塞,不可久留。"言毕,即拂衣而去。有贞惊讶曰:"向日熟练法术,顿然忘却。而全真又忽然去了。"心中郁郁不乐。来到金齿卫中,另筑一室独处。

居不一年,朝廷复赦有贞归。有贞回家,从峡山经过,心急马快,跌伤其足,到家遂杜门不出。养病几时,忽一日,门上人进报:"有泰州马相公来拜老爷。"有贞只得出来相见。马士权曰:"闻公回府,特来候谒。"有贞乃置酒款待。酒至半酣,士权微露向日有狱中许成姻亲之语。有贞见说,即有难色,反以他言支吾,恰有悔婚之意。士权揣知其情,乃即辞回。又

---

① 幅巾——古代男子用绢一幅束头发,是一种表示儒雅的装束。

以言动之曰:"今日公回府,优游林泉。有日朝廷思公,复居台辅。若某向年被刑拷之时,稍有一言涉公,事不可测也。"有贞唯致谢而已,并不言起许婚之事。士权笑曰:"寒士①谅不敢当②相侯之女。"遂不多言而别。徐有贞见士权已去,仍戒门下之人,若马相公再来,可托以他故,不必通报。士权亦不复至。

　　有贞居家,玩游山水,闲处年余。忽一日,在书房中检书,偶然检出向年王镇劾于谦疏稿,心中悚然,是夜梦中见于公立于面前。有贞大叫一声,夫人惊醒,问是何为。有贞言及梦中之事。夫人曰:"此乃公心上萦萦所致,无虑也。"过三日,有贞得疾,不五日而殂。年六十六岁。

　　且不谈徐有贞病死。且说于少保公子于冕见诸权奸相继而死,遂从龙门关回,奋然曰:"今权党悉亡,吾父之冤得白也。"乃即上疏陈其事功。未知若何。

---

① 寒士——贫穷的读书人。
② 当——相称,相配。

第三十七传

孝子初上陈功疏　　忠臣加祭赠褒封

英宗灼见于公之冤，久欲复公官爵，群奸谏阻。公子冕发辽卫军。天顺初，承天门火，于公现形。朝廷以故降旨，独宥于冕。冕虽蒙宥，犹防奸妒，寓居关中。军民将士，皆怜于公之冤，齐粮执帛，供奉公子。公子素承父志，一毫不受，惟与义兄于康周全度日。至是成化践祚①。公子俯首流涕曰："圣明在上，陈情有日。"即回京叩阙上疏，其略云：

臣于冕蒙恩复命，冒死陈情。臣父于谦，当日尺寸微劳。今值圣明在上，若不冒死悉陈，不惟他日难见亡父于地下，臣之不孝，凡为天下人子者，皆得以罪之矣。

正统之四年，也先败盟，以致先皇帝大驾北巡。京城内外，乏人战守，廷中喧乱。是时景王疑惧，事变万端。臣父受任于危急之秋，治兵于溃散之余，疲神焦思，竭志殚力，无所不至。先行差官招募军士，并义勇民壮，及倩民夫，替出沿河遭运官军，随京操备。即荐文武大臣杨洪、柳浦等为总兵官，轩輗等为巡抚，请敕前去各处镇抚地方，辑和人民，以防奸侮。各边修守城池，整束人马，以为应援。

其年十月，也先肆逆，逼回京师。中外震惊号哭，军民举家奔窜。侍讲徐珵，建议南迁。人心汹汹，朝不谋夕。臣父厉声大恸曰："京师根本重地，且祖宗陵庙，百官军兵，帑库仓场，百官万姓辎重俱在此，车驾若一动，则大势去矣。前宋靖康之事，足为明鉴。今日死则俱死于此，决不可一步离此。"臣父乃身先士卒，督众军出德胜门外，对敌竖营。其时敌锋正锐，而我军又皆新集。石亨爱惜身命，只欲尽闭九门，不肯出战。臣父以死自誓，日夜在营，亲冒矢石，泣谕三军，以为朝廷之恩当报，忠义之名难得，若事机一失，则祸患立至，生不如死。由是人人思奋，勇气百倍，卒至挫敌。复又以假送大驾为名，屡

① 践祚（zuò）——即位。旧时多指帝王而言。践，踩，登。祚，君主的位置。

侵边境。臣父预设方略破敌，京师无事，大难悉宁。此臣父保全京师，再安我宗社之微劳也。

自后敌国知中原兵备势强，革心向化①，遣使请和，实欲亲送大驾还京。当时朝廷疑虑日前谲诈②，召百官会议，皆狐疑不决。臣父毅然独陈君臣大义不可违，兄弟至情不可失，敌情悔过如此，实乃天心有在，当早迎回大驾，不可缓也。时景帝闻言，中心开悟，差官奉迎大驾还京。六军万姓，欢呼踊跃。畿甸③已安，神人宁慰。此臣父定议奉迎还大驾之微劳也。

臣父于此数事，虽皆仗庇祖宗灵威，实出万死一生。当时舆论，咸谓朝廷论功行赏，宜与勋封。岂谓赏未酬劳，祸机遂及。奸臣石亨等谗构罔极，古今罕比。从来人臣之死于忠者，未有如臣父之惨烈也。臣之痛愤刺心，何时而已。

且臣父之在兵部，值天下多事之秋。十年劳积，辛苦万端，众所共知，不能备述。臣今复举一二言之。自土木兵溃，敌遂抄掠内地，出入无时。臣父因见永乐年间以来投降者，俱在北直隶、山东一带地方屯住，各边告警，此辈有乘机煽动之势，变在不测。臣父先以南征为由，选其精锐者，拨发前去湖广、广东等处军前听调。随后具奏，就彼安插，以绝积久难除腹心之大患。怀郭钦防微之先见，销刘聪念乱于未然。此臣父先事见几，为国除患之微劳也。

自也先围犯京师之后，复肆猖獗，始追石亨于雁门关，遂围代州。次逼朱谦于瓦子口，尾至宣府。烽火连接，人心惊惶。众谓急发京兵赴援。臣父料敌必难持久，一面奏上方略，亲到边廷。谕朱谦、杨洪等务须持重，与郭登等计谋毙敌，遣将遥援。敌知朝有谋臣，心中畏惧不敢轻肆。此臣父伐谋④制胜，全师保境之微劳也。

当时独石、马营等处边城八座，敌势猖獗之时，守将怯懦不支，尽弃其地。臣父以为独石一带城池，俱系藩篱重地，今弃彼处，不但宣

---

① 化——变化。
② 谲(jué)诈——奸诈。
③ 畿甸——国都及其附近的地方。
④ 伐谋——破坏敌方的计谋。

府难守,京师亦不免动摇。力荐都督孙安老练可任,授以方略,发兵度龙门关,且战且守。由是各城复守,边境固完。此臣父为国定谋,守在四方之微劳也。

　　其时浙江、福建、湖广、四川、贵州、两广等处,盗贼蜂起,僭称伪号,毒害生灵,攻围州县,告急于朝,殆无虚日。本部军机烦剧,干系甚大。臣父不遑寝食,昼夜运谋。令将出师,指授方略:拣选五军神机三千等营精锐,奏立十二团操之法,亲自训练,以励将士。令出征剿,不三、四年,各处僭窃,以次殄灭①。此臣父内修武备,外慑强寇,经营四方之微劳也。

　　天寿山原无城池,各卫官军四散居住。故兵犭獗之时,丧失颇多。臣父奏用成山伯王通,往昌平县创立城池,徙军民于城中,使得以固保我陵寝。及山东临清地方,事关漕运大计,至重非轻,又系京师咽喉要地。也先密遣细作向导,欲从紫荆关入寇临清,以扼要害。臣父力荐平江侯陈豫可任,令其往彼相度事机,筑立城池,置设军卫,守护运河。数月之间,人心帖然②。此臣父守护山陵,保障要地之微劳也。

　　臣思兵部尚书王骥征麓川有功,不过能除边方之一患耳,得封世袭靖远伯爵,子孙世享荣禄。正统十四年,臣父匡济多难,再安奠王室,比之王骥功差大耳。昔岳飞尽忠于宋,誓图恢复,为秦桧所害,至今春秋庙祀,以显其忠。然当时中原卒不可复,銮舆卒不能返,宋室偏安于南渡。正统十四年,臣父力阻南迁,誓以死守。乃用计退敌,保安我宗社,复迎英宗皇帝大驾回京。仿之岳飞死忠虽同,臣父之功则过之。伏望我圣明,轸念③臣父谦功在社稷,被诬冤死,乞照宋岳飞,今王骥,赐以赠谥④,则忠无不报。一以彰朝廷之恤典,一以鼓天下之人心。臣父子存没,同沾再造之恩于无穷矣!谨昧死上陈,冒干

----

①　殄(tiǎn)灭——绝灭,断绝。

②　帖然——服帖,顺从。

③　轸(zhěn)念——悲痛地怀念。

④　赠谥——皇帝给予官员的已死的曾祖父母、祖父母、父母和妻室的封号。

渎①天听,不胜感激,惶惧俟命之至!

于冕具疏奏上,成化帝览疏,叹曰:"于谦之功与冤,先帝素知之,屡欲封锡,为有贞等所蔽。朕今即位,何忍置之?"遂召回前阁下商辂、陈循等,并侍郎王伟、项文曜,少卿古镛等,复其爵,皆当时被石亨指为奸党者。又复王文、于谦、范广等官爵。即遣行人马璇赐于谦祭物、祭文。其谕祭云:

> 维成化岁次丙戌二月十有一日,皇帝遣行人司行人②马璇,谕祭故少保兼兵部尚书于谦曰:卿以俊伟之器,经济之才,历事我先朝,茂著劳绩。当国家之多难,保社稷以无虞。惟公道而自持,为权奸之所害。在昔先帝已知其枉,而朕心实怜其忠,故复卿子官,遣人谕祭。鸣呼!哀其死而表其生,一顺乎天理;厄于前而伸于后,允惬③乎人心。用昭百世之名,式慰九泉之意。灵爽④如存,尚其鉴之。

行人祭奠毕。公子于冕感泣谢恩,复厚待行人马璇。璇辞别,复命讫。

成化皇帝追念于公功大冤深,乃擢升于冕为应天府府尹。于冕谢恩,感泣无地。复思:"吾父虽蒙圣恩复前官爵,赐谕祭,但赠谥庙享,未蒙恩典,仍非吾为子事亲之道也。"即复具疏奏闻奏上,成化帝驾崩,此时弘治皇帝登极。帝览奏毕,顾近臣曰:"昔于谦有大功于我国家,宜即传旨,着该部详议来说。"弘治二年十一月十三日,本部尚书耿裕等,于奉天门题奏。次日圣旨下:赐与赠谥祠额⑤,春秋二祭,谥曰"肃愍",额曰"旌功"。特赐诰谕,其词云:

> 奉天承运皇帝制曰:朕惟功大者褒典宜隆,行伟者扬名必远。惟显忠于既往,斯励节于方来。古今攸同⑥,岂容缓也。故少保兼兵部尚书于谦,气禀刚明,才优经济,兼资文武,茂著声猷。当我皇祖北狩之时,正国步艰危之日,乃能殚竭心膂,保障家邦,选将练兵,摧锋破

---

① 干渎——冒犯,轻慢,不敬。

② 行人——掌管传旨、册封等事的官。

③ 惬(qiè)——满足。

④ 灵爽——指鬼神的精气。

⑤ 额——匾。

⑥ 攸同——同,攸,语气助语,无义。

敌。中外赖以宁谧,人心为之晏然①。回鸾有期,论功应赏。不幸为权奸所构,乃陨其身,舆议咸冤。恤恩已锡,兹复赠特进光禄大夫、上柱国、太傅,谥肃愍,命有司立祠致祭,用昭旌崇之典。吁!执羁靮②,守社稷,劳盖均焉;表忠直,愧回邪,理则明矣。诞敷③嘉命,永贲幽扃④。灵爽如存,尚其歆服。

　　府尹于冕见朝廷赠谥赠额,建祠加祭,感泣无埃。乃复乞守先公之墓,辞职再三。朝廷见于冕屡次哀祈,乞守庐墓,遂从所请。于冕蒙恩俯允,即谢恩辞朝,回守庐墓,星夜带领家眷,回到杭州。时府县奉旨营建祠宇于墓前,名曰"旌功祠"。

---

①　晏(yàn)然——平静,安逸。
②　羁靮(dí)——马笼头和马缰绳。指国家大权。
③　诞敷——广为发布,大加通告。
④　扃(jiōng)——门窗,门户。

第三十八传

张庠生修神公像　姚盐台建忠节坊

府尹于冕在家，一日，见数人直至厅中。于冕忙出厅来看，乃是一友，仁和庠生①张杰，字万英者，令人赍香纸牲仪②，来祭奠于肃愍公神前。冕即出见礼，曰："何劳张兄光临设奠？"杰答曰："待某奠毕，自当诉禀。"张杰遂令人设牲燃烛，焚香叩奠毕。仍又细观公之神像，嗟呀半晌。乃对府尹公曰："某昨夜梦谒先公神祠，见先公正襟危坐。顾某曰：'吾在京都任守，万姓感吾功德，香火甚盛，无暇一临坟墓之祠。今夜方临，适值汝来，特与汝言。吾蒙三朝圣恩，南北祠宇俱成。近坟祠连因久雨，吾之塑像，自左肩以下，丹垩③之饰，微有脱落，而人未之见也。子盍为我修之。'某即于梦中领诺。既而某复叩问先公曰：'神公适才所言任守京都，某闻北京城隍，乃宋文丞相耳。'先公见说，笑顾某曰：'子不知吾，吾即文丞相再世也。今南畿并大同、河南，上帝亦命吾兼任。其士籍吾亦司之。吾今虽没四十年，其忠魂无日不在天壤间。'复曰：'子知水乎？吾灵若水也。'言毕而起。某惊觉来，想神公丰度如生。惊异其事，谨具香纸牲仪，特来拜奠。适才观公之像，果见左肩颜色剥落。"于冕亦上细观，果然。冕泣拜于地曰："大人灵爽在天不泯，此不肖孤之罪也！"张杰叹曰："神公英灵，语予如水。正苏长公所谓如水在地中，无往而不在也。顾某何人，而得神公之嘱，有是梦耶！"次日，张杰即命塑像工匠，修整鲜俨④而去。

一日，浙江盐台姚舒因历吴山，见行人伍公，即春秋时伍子胥也。复过褚堂见仆射褚公，即唐时褚遂良也。来至栖霞岭见武穆王岳公，即宋岳飞也。特谒三台山瞻于肃愍公祠。慨然有感，遂赍香历拜四祠。每到一

---

① 庠生——科举制度中府、州、县学的生员的别称。
② 牲仪——祭神用的牛、羊、猪等礼物。
③ 丹垩(è)——丹，朱漆；垩，白土。指油漆粉刷。
④ 鲜俨——鲜明庄重。

祠，即徘徊久之。心中念曰；"观四王公之忠节，皆祠于杭。欲共建一坊，一可以共播休烈，一可以励后观瞻。"遂言于镇巡诸公。诸公闻言大悦，各捐俸资，不两月而坊成，名曰"忠节坊"。立碑于其下，其碑文云：

忠节，天下之大贤，崇报，天下之公论。大贤不立，则人道有所亏；公论不明，则人心无所劝。此忠节坊所以创建于今日也。夫岂徒然哉！盖杭为古今人物名区，鸿儒①硕辅，后先挺出。其孤忠大节，尤炳耀人耳目者有四。若吴行人伍公，在吴山之首。唐仆射褚公，在褚堂之中。宋岳武穆王，在栖霞岭之西。我朝于肃愍公，在三台山之南。守臣岁修祀事孔虔，弗敢懈缓。乙卯，监察御史姚舒，奉上命督醝②于浙。凡民所不便，与所便者，悉裁革振举之无遗议，未几，商贾大通，国计斯集，濒海千余里，欢声洋洋。于政暇即阅史传，因忆四公风采，乃修瓣香，历展拜祠下。徘徊瞻顾，咨嗟移时。其中感怀，殆有所不能忍者。既而曰："以四公生平忠义慷慨，越人今祀于兹土。虽少足以致崇德报功之念，顾祠宇异处，地址退僻，使人见闻不及，不足以广其景仰之意，亦缺典也。阖树一坊，以共插休烈于无穷哉。"时镇巡诸公，闻而从之。又速商劝贷，咸踊跃应命。卜地于吴山之东衢，示以规画，令有才干者董其事，坊成，乃大书忠节于石额，分注四分官称于左右，揭建坊之年、月、日。遂谐镇、巡、藩、臬暨群属官僚往视之，咸叹以为一时盛事。夫伍公佐吴，既成阖庐之霸业矣，及勾践败衄③，有天以越赐吴之谏，而属镂之惨，卒堕宰嚭之奸谋。褚公辅唐，尝恢太宗之帝业矣，及武氏僭立，有叩头还笏之谏，竟遭许、李谗口而死。武穆王当建绍之间，削平群盗，进兵朱仙，人皆望其可以计日恢复矣，夫何贼桧主和，矫诏班师，乃冤死于大理。于肃愍公生当正、景之际，调兵守护，不惑南迁，人皆知其社稷之奇功也，夫何权奸忌嫉，造寮肆谗，遂授命于都下。嗟乎！此岂独四公之不幸哉！天下之事，固或有成败、诎伸④不论，而人心之是非予夺，自有定论存焉。

---

① 鸿儒——渊博的学者。
② 醝(cuó)——盐。
③ 败衄(mù)——战败。
④ 诎(qū)伸——屈伸。

盖成败、诎伸者,一时之遭也;人心是非予夺者,万世之公也。以四公忠节凛凛,虽尝屈仰宜衰,而竟得显白,且萃聚昭揭于今之雄藩通衢之上。使大节以伸,大誉以著,大义已明,异代齐芳,辉映云汉。凡杭人暨南北往返道经于下者,顾瞻而嘉叹之,以兴起其高山仰止之心,则事虽诎于当时,而深护夫万世之人心,岂不足以委灵于九泉之下哉!故谨叙忠节之记云。

姚盐台建坊之后,果然往来士庶,莫不敬仰其表忠之诚意焉。

时于府尹公闻得姚盐台建坊,乃亲往观之,叹曰:"吾父与三忠异代并列,可为无愧矣。"乃往谢姚公。姚公曰:"予素仰数公功烈忠节,不意承命莅政到此,谓忠烈异代同心,因共建一坊,使万世瞻仰,何烦京兆公致谢。且令先公功烈,迥过于三公矣。"冕叹曰:"当时廷论,亦谓我先君之冤死与武穆虽同,而功业则大过之,诚古今不易之论也。冕复何言!蒙列圣之大恩,悯先君之遗烈,今复承宪台建此忠节大坊,使先君配休伍、褚、岳三公,先君死无恨矣!"言毕,府尹公即辞姚院而回。

第三十九传

卢进士陈侑享①表　傅巡抚上改谥疏

府尹公于冕辞别姚院而回，乃令人刻父功绩并自陈奏疏及行状、诸公碑志铭等诗文，三朝谕祭敕文赠文录成，尊朝廷赐名旌功，遂名《旌功录》，以纪父不朽之功烈。府尹公寿至九十而终，亦可谓能成父志之孝子欤。至十余年后，有新进士姓卢名玑者，慕于肃愍之忠烈及先朝开国元勋刘伯温二公。卢玑做秀才时，每闻二公勋绩，不得侑享于庙廷，亦昭代之缺典也。今幸得中科甲，乃即上疏奏上。其略云：

臣玑闻："罪疑惟轻，功疑惟重"，大禹之谟②也。善善长而恶恶短，春秋之法也。夫法与谟，皆圣人经世之典，治天下宜取则焉。臣切闻先臣开国元臣诚意伯刘基，有赞造王业之大勋。故太祖念之，而享于功臣之庙。今少保兵部尚书于谦，有扶持国难之伟绩，故中外百姓，赖其有保障之功。奈后来刘基之神像见黜，于谦之身家不保。臣虽未知其得罪之故，切念朝廷忠厚仁恕。怒不忘德，怨不废礼；功疑惟重，善善也长。则二臣之功德，有国家者终不可弃也。向蒙先皇帝之仁刘基，既命有司新其祠，犹以功臣之田赐其家。近荷③我皇上之仁于谦，既以御制之文赐其祭，复以府尹之职官其子。此固足见圣朝仁厚光明，而善法大禹之谟、春秋之法也。但德之深者，其报当重；功之大者，其赏宜隆。二臣既有国家之大功，自应享国家之大报。与之爵位未足，赐之赠谥未足，铭之鼎彝及子孙俱未足，惟立庙绘像，春秋享祀，堂堂庙貌，耸人瞻仰，森然祠祭，深人钦羡，庶几尽一代报功之典，激善之道也。昔者太祖高皇帝，既于鸡鸣山立功臣之庙，复以诸功臣咸配食太庙之享。后礼部侍郎宋礼言，欲请罢去太庙配享，而太

---

① 侑享——指享受祭献。

② 谟——谋。

③ 荷(hè)——承受恩惠。

宗文皇帝曰："此系先帝所定,不可罢。"夫功臣之专祭,与夫太庙之配享,均为我太祖所定。其太庙之配享,既不可罢,则本朝之专祭,不可罢明矣。臣愚伏愿我皇上,体念我太祖与太宗忠厚盛心,命合朝大臣斟酌周全。乞再立刘基神像,复入功臣之庙。又乞新立于谦神像,附次于诸臣之下,使侑享齐灵,合食无缺。则足见朝廷仁厚光明,于有德者虽远必追,有功者虽废必报。不惟伸诸既往,亦将有劝将来。谅亦皇恩所不靳①也。奏上。
朝廷准奏。二臣皆得侑享于庙。

　　传至百余年,浙江巡抚傅孟春承敕来抚两浙。不数月,于肃愍公曾孙于昆,具呈于傅抚台案下,为乞修颓祠,以光旌功事。傅巡抚见呈,心中惕然曰："于太傅公,实我朝人杰。今祠宇颓坏,皆吾等与有司之过也。"即日赍香纸牲仪往祭,随令工匠修整祠宇,重饬庙貌。傅公叹曰："于太傅当正统初年,剔历中外,茂著声猷。及已已之变,摅忠殚画②,内固京师,外筹边镇,条画立奏,动中机宜,社稷倚之,边隅畏之。忠肝义胆,赫赫在人耳目。若谥之'肃愍','肃'之一字,诚不称其实。故泰和尹学士曾云:'"肃"之一字,未足以尽公之良惠忠贞。'此盖当时拟谥者,弗克奉扬圣天子劝忠之德,以称夫大公世者之心。今予蒙恩抚浙,于太傅之谥,若论谥法,以之谥'忠',似为允当。"即差袁晓赍疏奏闻。其略云:

　　臣傅孟春奉命抚浙,观风问俗,饬兵恤民。日以惠绥疲困、辑宁地方为务,间尝考求故实。尚论国朝名臣,产自钱塘者,于谦其最著焉。十月初一日,谦曾孙于昆具呈,乞修颓祠。臣随批布政司查议,即命工修葺。臣因思:谥以报功,有其举之,固不敢废。而谥以易名,惟其似之,始可无议。按谦当正统初,剔历中外,茂著声猷。及已已之变,摅忠殚画,内固京师,外筹边镇,防卫陵寝,扼控漕渠,条画立奏,动中机宜。社稷倚之为长城,边隅畏之如虎豹。忠肝义胆,赫赫在人耳目。不幸被谗受戮,思功悼枉,四海一词。迨成化二年,遣官致祭曰:"昔先帝已知其枉,朕心实怜其忠。"弘治初年特赠太傅,谥肃愍,建旌功祠,令有司春秋致祭。是于谦之忠,已蒙累朝优恤,得谥

---

①　靳——吝惜,不肯给予。
②　摅(shū)忠殚画——抒发忠诚,竭力谋划。

"肃愍",可谓荣矣。但臣谨按谥法曰:"肃者,刚德克就也,执心决断也,正己慑下也。"今谦在国逢难"愍"则诚然,而名之曰"肃",或未协欤? 以臣之愚,而拟议以求其当,必也其"忠"乎! 盖"忠"之义曰:"盛衰纯固也,危身奉上也,推能尽忠也,廉方公正也,临患不忘国也。"即谦生平履历,方其揽辔①之初,衰正嫉邪,廉公有威。身死之日,家无长物,惟是上赐盔甲袍带在焉,不曰"廉方公正乎"! 内修外攘,始终一节,不曰"盛衰纯固"乎! 居常抚膺叹曰:"此一腔血,竟洒何地?"而不知有其身,不曰"危身奉上,临患不忘国"乎! 出谋殚虑,惟计安社稷,信哉其"推能尽忠"矣! 以彼其行,而谥之以"忠",似为允当。臣又查得先年吏部尚书石瑶,礼部尚书张治,初谥"文隐",后因言官奏易,在瑶则改谥"文介",在治则改谥"文毅"。今谥之当易,与二臣同,至其人品勋业,则大过之。伏乞即敕下该部,再加查议。如果臣言不谬,将于谦照例改谥"忠愍",庶名称其实,足以慰九原之忠魂,而彰往功来,有以定万世之公典矣。为此具疏,专差承差袁晓赍捧请候旨。

奉圣旨:礼部知道。

礼部钦此钦遵。臣等看得巡抚都御史傅孟春,题请原任兵部尚书赠太傅于谦原谥"肃愍",欲议改"忠愍"一节。臣等窃惟谥以易名,国家大典,一字之拟议,天下万世之公论系焉。故考据生前,褒崇身后,必其名与其人无毫发不相肖,而后足以彰往功来,传之不朽。或有一时拟议,偶未妥确,即令再为改定,用以昭大公而协舆望,亦何嫌于纷更。太傅于谦当己巳之年,六飞厪北狩之忧,群小倡南迁之议,物情时事,盖岌岌矣。谦以一身任安危利害之冲,卒能使其九鼎如山,万姓安枕,厥②功甚钜。且其精诚之志,贯金石而泣鬼神,忠贞之节,通天地而光日月。虽为国蒙难,九有为之称冤,而赐谥建祠,在两朝已有定论。今都御史傅孟春抚浙之初,展修祠事。偶有感于"肃愍"一谥,谓"肃"犹未报其生平,辄有此奏。据其考究谥法,委属有见。但谥典原出自上裁,即欲易"肃"为"忠",臣等何敢轻议? 顾

---

①　揽辔(pèi)——刷新政治,澄清天下的抱负。
②　厥(jué)——其,他的。

以臣等之愚,反复参详,岂惟"肃"之一字,未足概于谦之大节,即"愍"之一言,亦若有未妥者。夫在国逢难,固曰可矜;然谦之死也,在昔英庙旋鉴其枉,即在累朝深怜其忠。若犹以逢难之义律之,非所以彰先朝之令名,而全君臣之大义也。查得国朝以"忠愍"谥者二人,如学士刘球,员外郎杨继盛,以批鳞①之直,偶蹈陨身之愚。至如谦者,鞠躬报国,既有忠贞不二之节,而保大定倾,又有殊常不世之勋,比之二臣,更有不同。先民有言:"死天下之事易,成天下之事难。"切谓于谦之谥,第当表其所以成,不必悼其所以死可也。既经该抚臣具题前来,相应酌议,恭候命下,行翰林院将"肃愍"二字,并为更议上请。伏候圣明裁定敕下臣等,仍行翰林院撰祭文,浙江布政司转为支给官银,买办祭物、香烛纸帛,就遣都御史傅孟春致祭,告以易谥之意。庶先臣之精忠大节,藉以重光,且以劝后世之为人臣者,垂之信史②,亦永有法矣。谨候旨。

---

① 批鳞——触犯逆鳞。用以比喻臣下敢于直言劝谏触犯君主。
② 信史——真实可信的历史。

第 四 十 传

列圣隆恩加谥荫　诸贤屡疏表旌功

　　当日礼臣等因傅孟春奏改"肃愍"为"忠"之谥。乃复疏请上旨定议。后圣旨下,更谥"忠肃"。先傅巡抚奏章未下部时,有礼部侍郎田以俊,梦于公嘱曰:"翌日有事相烦。"言毕而觉。田公愕想其事,早出见堂官于慎行,亦言得此一梦。语未毕,旨下,着礼部详议来说。二公相顾惊叹曰:"于太傅功业盖世,忠诚炳日。'肃'之一字,原未足以概其生平。亦可见于公忠灵不泯,而又托梦于吾辈也。"乃即复疏,更定今谥。旨下,二公即发文赍到浙江。傅巡抚亲到于公祠致祭,其谕文云:

　　　　万历十八年八月十有六日,皇帝遣都御史傅孟春,谕祭太傅、兵部尚书于谦谥"忠肃",曰:惟卿钟灵间气,著望先朝。属多难以驰驱,矢孤忠于板荡。社稷是守,力推城下之要盟;樽俎①不惊,坐镇道旁之流议。返皇舆于万里,维国祚以再安。赤手扶天,不及介推之禄;丹心炳日,宁甘武穆之冤。此恤典所以频加,而公论犹有未惬。爰颁谕祭,再易嘉名。贲华衮②于重原,表风清于百世。卿灵不昧,尚克祗承。

傅巡抚承命,自往临奠祭毕。杭民士庶,皆诵圣天子追忠特谥,忠肃公百世流芳也。

　　逾一年,有都御史太常卿钟化民,亦浙江人也,又力陈忠肃公勋烈忠节,朝廷复加恩典。后二年,又有兵科给事朱凤翔,因慨当今二臣之功,食报其薄,朝廷之缺典,坐有一友问曰:"二臣何人?"翔答曰:"一是于忠肃公谦,次乃胡梅林公宗宪。"其友亦赞曰:"二公之功诚然。"给事曰:"吾观于忠肃之功,功在社稷,子孙爵之侯伯,亦不为过。胡梅林功在东南,子孙

---

　　①　樽俎(zūnzǔ)——古代盛酒和盛肉的器皿,常用为宴席的代称。

　　②　华衮——古代王公贵族的礼服。

亦宜优恤。"明日,朱公即上章奏闻。其略云:

兵科给事中臣朱凤翔诚惶诚恐顿首恳乞圣主酬勤报功,以隆盛典,以快公论事。臣切惟天下不患无英雄豪杰,而患无以鼓舞之;人君不患无爵禄名誉,而患无以善用之。我国家功令,凡首功一级以上,增秩有差,赐金有差;间有平一贼、复一城者,即赏以延世,爵以通侯,所待劳臣亦不薄矣。至若矢心报主,保大定倾,功成再造者,上之不得颁茅土之封,下之不得补黑衣①之数,此其为人心之抑郁,亦盛朝之阙遗,非浅鲜也。臣素慨于中,义不容隐。举忠勋最著者二臣,为皇上陈之,伏惟圣主垂听焉。

正统已巳之变,先英庙北狩,此乾坤何等时也?先臣太傅于谦,以兵部侍郎出而定大册,使国家之金瓯②无缺,其功不超越千古耶?他如平剧盗,收贼渠,是其细故勿论。时当紫荆失守,徐珵倡议南迁,二、三大臣,亦且依违其间矣。向微于谦力为主持,则事机一失,万事瓦解,其祸有不可胜言者。独不观宋南渡以后,日侵月削,虽有张、韩、刘、岳之雄才伟略,棋布星列,不能复中原尺寸之故物者,何也?根本之地摇也。是于谦正色立朝,力持可守不可迁,贤于宋臣远甚。今睹钟虡③之如故,朝庙之常新,暨陵寝之莫如泰山,臣民之安于磐石,而于谦之功何可泯也。

嘉靖时,奸民外比,倭寇内讧,东南盖岌岌也。先臣少保胡宗宪,以监察御史而定乱,使数省生灵,获免涂炭,其功亦岂寻常耶?他如平袁三,擒张琏,戡建寇,皆其余事勿论。时当五峰桀骜诸岛,各拥数万,分道抄掠。督抚总兵,俱以偾事论罪,朝廷悬万金伯爵之赏,向微宗宪悉力荡平。则堤防不固,势且滔天,其究莫知所底止者。独不见宋人西夏失守,如折右臂,纵以韩、范之威名,先后经略,卒不能制。元昊之稽首者何也?狐兔之窟成也。是宗宪之用奇设间,似不在韩、

---

① 黑衣——古代军士衣黑色,因以"黑衣"为军士的代称。
② 金瓯(ōu)——比喻疆土完固。
③ 钟虡(jù)——古代悬挂钟或磬的架子两旁的柱子。

范之下。今黄童①野叟，谓国家财赋仰给东南，而东南之安堵无恙，七省之转输不绝，与九重之南顾无虞者，宗宪之功不可诬也。

于谦受命于辇毂震惊之际，定计于谋夫孔多之时，忠则纯挚，识则远大，力则宏钜，守则镇定，至其囊无他物，口不言功，虽大圣贤处此，又何以加也！胡宗宪虽视于谦远逊，然以驾御风电之才，吞吐沧溟之气，揽英雄，广间谍，训技击，习水战，凡诸备御，罔不周至，故能平数十年盘结之倭，拯六、七省焚掠之难，此其功岂易易者！若乃高倨谩骂，挥掷千金，以罗一世之后杰；折节贵人，调和中外，以期灭此而朝食；此正良卫茹荼，心知其苦，口不能言者，而竟因此诖吏议吁，亦可悲矣！盖尝合二臣而评骘之：于谦之功，功在社稷；宗宪之功，功在东南。于谦之品，白玉无纤瑕，于本朝为人品第一，于古真可称社稷臣；宗宪之品，瑕瑜不掩，然比之猥琐龌龊，以金缯为上策，一切苟且偾事者，相去径庭。临事而思御侮之臣，安得起若人于九原而底柱之也！

臣浙人也，父老之所传闻，耳目之所睹记，最为亲切，然非臣一人之私言也。我皇上试讯大小臣工，有不以二臣之忠切，当录其后者乎？然在于谦，于纯皇帝敕曰：“昔先帝已知其枉，朕心实怜其忠。”于敬皇帝特赠太傅谥“肃愍”。迨我皇上允抚臣奏，改谥“忠肃”，并下部议准谕祭。是于谦之精忠列圣知之，皇上亦知之矣。在宗宪，于肃皇帝曰：“朕若罪宗宪，后日谁肯为国家任事？”于庄皇帝复其原官赐祭。今皇上又全与祭葬。是宗宪之勤劳，我皇祖知之，暨皇考知之，今皇上亦知之矣。今于谦不绝之线，仅授外卫千户。坟墓芜秽，过其墓者，辄吁唏不能禁。宗宪遭酷吏残虐之后，庐舍丘墟，子孙孱弱。吴越士民谈及于此，每扼腕而不平。此宁止结任事者之气，亦岂所以彰列圣与，我皇上无外之仁耶？伏望敕下该部，从公确议，务协舆情，务合国典。此亦激劝人心之一机也。谨奏以闻。

旋奉圣旨：兵部知道。兵部随复本，陈言：

于谦之功，功在社稷，为我朝第一元勋。惜其为奸党诬构而死。在列圣俱加赠谥祠祭恩典，而皇上亦改谥“忠肃”矣。胡宗宪之功，

---

① 黄童——幼童头发黄色，故称“黄童”。

功在东南,亦为海隅一勤事之臣。惜其遭酷吏残害,亦蒙我皇祖皇考复爵,及皇上加祭葬矣。今朱凤翔所奏二臣功绩是实。其优叙功勋子孙,皆出自圣典,请旨定夺。

时朝廷即降旨授于谦后裔为锦衣卫都指挥,令其世袭。胡宗宪后裔授锦衣卫指挥同知,亦世袭。

呜呼!于忠肃公功大冤深,褒崇赠锡,未足尽其烈。而灵爽昭于天地,千万世不泯。是真千古一人也。呜呼伟哉!